中国语言文学文库·典藏文库

吴承学 彭玉平 主编

红楼寻味

曾扬华 著

中山大学出版社
·广州·

版权所有　翻印必究

图书在版编目（CIP）数据

红楼寻味/曾扬华著．—广州：中山大学出版社，2018.12
（中国语言文学文库·典藏文库/吴承学，彭玉平主编）
ISBN 978-7-306-06514-8

Ⅰ.①红…　Ⅱ.①曾…　Ⅲ.①《红楼梦》研究—文集
Ⅳ.①I207.411-53

中国版本图书馆 CIP 数据核字（2018）第 288547 号

出 版 人：	王天琪
策划编辑：	嵇春霞
责任编辑：	粟　丹
封面设计：	曾　斌
版式设计：	曾　斌
责任校对：	李先萍
责任技编：	何雅涛
出版发行：	中山大学出版社
电　　话：	编辑部 020-84110283，84111996，84111997，84113349
	发行部 020-84111998，84111981，84111160
地　　址：	广州市新港西路 135 号
邮　　编：	510275　传　真：020-84036565
网　　址：	http://www.zsup.com.cn　E-mail：zdcbs@mail.sysu.edu.cn
印 刷 者：	广州家联印刷有限公司
规　　格：	787mm×1092mm　1/16　25 印张　410 千字
版次印次：	2018 年 12 月第 1 版　2018 年 12 月第 1 次印刷
定　　价：	86.00 元

如发现本书因印装质量影响阅读，请与出版社发行部联系调换。

中国语言文学文库

主　编　吴承学　彭玉平

编　委（按姓氏笔画排序）

　　　　王　坤　王霄冰　庄初升

　　　　何诗海　陈伟武　陈斯鹏

　　　　林　岗　黄仕忠　谢有顺

总　序

吴承学　彭玉平

　　中山大学建校将近百年了。1924年，孙中山先生在万方多难之际，手创国立广东大学。先生逝世后，学校于1926年定名为国立中山大学。虽然中山大学并不是国内建校历史最长的大学，且僻于岭南一地，但是，她的建立与中国现代政治、文化、教育关系之密切，却罕有其匹。缘于此，也成就了独具一格的中山大学人文学科。

　　人文学科传承着人类的精神与文化，其重要性已超越学术本身。在中国大学的人文学科中，中国语言文学学科的设置更具普遍性。一所没有中文系的综合性大学是不完整的，也几乎是不可想象的。在文、理、医、工诸多学科中，中文学科特色显著，它集中表现了中国本土语言文化、文学艺术之精神。著名学者饶宗颐先生曾认为，语言、文学是所有学术研究的重要基础，"一切之学必以文学植基，否则难以致弘深而通要眇"。文学当然强调思维的逻辑性，但更强调感受力、想象力、创造力和语言表达能力。有了文学基础，才可能做好其他学问，并达到"致弘深而通要眇"之境界。而中文学科更是中国人治学的基础，它既是中国文化根基的重要组成部分，也是中国文明与世界文明的一个关键交集点。

　　中文系与中山大学同时诞生，是中山大学历史最悠久的学科之一。近百年中，中文系随中山大学走过艰辛困顿、辗转迁徙之途。始驻广州文明路，不久即迁广州石牌地区；抗日战争中历经三迁，初迁云南澄江，再迁粤北坪石，又迁粤东梅州等地；1952年全国高校院系调整，始定址于珠江之畔的康乐园。古人说："艰难困苦，玉汝于成。"对于中山大学中文系来说，亦是如此。百年来，中文系多番流播迁徙。其间，历经学科的离合、人物的散聚，中文系之发展跌宕起伏、曲折逶迤，终如珠江之水，浩浩荡荡，奔流入海。

康乐园与康乐村相邻。南朝大诗人谢灵运,世称"康乐公",曾流寓广州,并终于此。有人认为,康乐园、康乐村或与谢灵运(康乐)有关。这也许只是一个美丽的传说。不过,康乐园的确洋溢着浓郁的人文气息与诗情画意。但对于人文学科而言,光有诗情是远远不够的,更重要的是必须具有严谨的学术研究精神与深厚的学术积淀。一个好的学科当然应该有优秀的学术传统。那么,中山大学中文系的学术传统是什么?一两句话显然难以概括。若勉强要一言以蔽之,则非中山大学校训莫属。1924年,孙中山先生在国立广东大学成立典礼上亲笔题写"博学、审问、慎思、明辨、笃行"十字校训。该校训至今不但巍然矗立在中山大学校园,而且深深镌刻于中山大学师生的心中。"博学、审问、慎思、明辨、笃行"是孙中山先生对中山大学师生的期许,也是中文系百年来孜孜以求、代代传承的学术传统。

一个传承百年的中文学科,必有其深厚的学术积淀,有学殖深厚、个性突出的著名教授令人仰望,有数不清的名人逸事口耳相传。百年来,中山大学中文学科名师荟萃,他们的优秀品格和学术造诣熏陶了无数学者与学子。先后在此任教的杰出学者,早年有傅斯年、鲁迅、郭沫若、郁达夫、顾颉刚、钟敬文、赵元任、罗常培、黄际遇、俞平伯、陆侃如、冯沅君、王力、岑麒祥等,晚近有容庚、商承祚、詹安泰、方孝岳、董每戡、王季思、冼玉清、黄海章、楼栖、高华年、叶启芳、潘允中、黄家教、卢叔度、邱世友、陈则光、吴宏聪、陆一帆、李新魁等。此外,还有一批仍然健在的著名学者。每当我们提到中山大学中文学科,首先想到的就是这些著名学者的精神风采及其学术成就。他们既给我们带来光荣,也是一座座令人仰止的高山。

学者的精神风采与生命价值,主要是通过其著述来体现的。正如司马迁在《史记·孔子世家》中谈到孔子时所说的:"余读孔氏书,想见其为人。"真正的学者都有名山事业的追求。曹丕《典论·论文》说:"盖文章,经国之大业,不朽之盛事。年寿有时而尽,荣乐止乎其身,二者必至之常期,未若文章之无穷。是以古之作者,寄身于翰墨,见意于篇籍,不假良史之辞,不托飞驰之势,而声名自传于后。"真正的学者所追求的是不朽之事业,而非一时之功名利禄。一个优秀学者的学术生命远远超越其自然生命,而一个优秀学科学术传统的积聚传承更具有"声名自传于后"的强大生命力。

为了传承和弘扬本学科的优秀学术传统，从 2017 年开始，中文系便组织编纂中山大学"中国语言文学文库"。本文库共分三个系列，即"中国语言文学文库·典藏文库""中国语言文学文库·学人文库"和"中国语言文学文库·荣休文库"。其中，"典藏文库"（含已故学者著作）主要重版或者重新选编整理出版有较高学术水平并已产生较大影响的著作，"学人文库"主要出版有较高学术水平的原创性著作，"荣休文库"则出版近年退休教师的自选集。在这三个系列中，"学人文库""荣休文库"的撰述，均遵现行的学术规范与出版规范；而"典藏文库"以尊重历史和作者为原则，对已故作者的著作，除了改正错误之外，尽量保持原貌。

一年四季满目苍翠的康乐园，芳草迷离，群木竞秀。其中，尤以百年樟树最为引人注目。放眼望去，巨大树干褐黑纵裂，长满绿茸茸的附生植物。树冠蔽日，浓荫满地。冬去春来，墨绿色的叶子飘落了，又代之以郁葱青翠的新叶。铁黑树干衬托着嫩绿枝叶，古老沧桑与蓬勃生机兼容一体。在我们的心目中，这似乎也是中山大学这所百年老校和中文这个百年学科的象征。

我们希望以这套文库致敬前辈。

我们希望以这套文库激励当下。

我们希望以这套文库寄望未来。

2018 年 10 月 18 日

吴承学：中山大学中文系学术委员会主任、教授，长江学者特聘教授
彭玉平：中山大学中文系系主任、教授，长江学者特聘教授

目 录

上编　红楼梦新探 ………………………………………… 1
　"红袖"与"情痴"，爱情与政治 ………………………… 3
　从贾府的末世子孙看封建社会的必然灭亡 …………… 12
　论贾宝玉的"疯""呆""痴""狂" ……………………… 22
　论林黛玉的美 ……………………………………………… 35
　论薛宝钗形象的艺术构思 ………………………………… 50
　钗、黛十论 ………………………………………………… 65
　论王熙凤形象塑造的艺术特色 …………………………… 97
　黛玉与妙玉 ………………………………………………… 122
　元妃归省与袭人探母 ……………………………………… 134
　《红楼梦》对佛、道的批判 ……………………………… 141
　《红楼梦》风格论 ………………………………………… 153
　论《红楼梦》的艺术结构 ………………………………… 169
　《红楼梦》第三回人物出场的描写艺术 ………………… 178
　《红楼梦》的对比艺术 …………………………………… 185
　《红楼梦》描写眼睛的艺术 ……………………………… 193
　关于后四十回的作者及评价问题 ………………………… 203
　论"脂批"的主要贡献 …………………………………… 216

下编　漫步大观园 ………………………………………… 227
　说不完的《红楼梦》……………………………………… 229
　《红楼梦》的"朝代年纪" ……………………………… 233
　《红楼梦》是"淫书"吗 ………………………………… 235
　瑶华为什么不敢看《红楼梦》…………………………… 238
　"魇魔法"与嫡庶之争 …………………………………… 240
　在"虚热闹"的后面 ……………………………………… 243

为贾雨村说几句好话…………………………………………… 246
　　——兼谈"护官符"
女性的颂歌………………………………………………………… 249
大观园在哪里……………………………………………………… 253
　　——"苇坑"站牌的启示
《红楼梦》的"楔子"——前五回…………………………… 256
贾宝玉及其"狂"………………………………………………… 259
"怕读文章"与"杂学旁收"…………………………………… 262
宝玉出家…………………………………………………………… 265
从贾宝玉与北静王说起…………………………………………… 269
他为什么想杀林黛玉……………………………………………… 272
且说林黛玉的"小性儿"………………………………………… 274
林黛玉与"戏子"………………………………………………… 278
林黛玉的生日……………………………………………………… 280
林黛玉有"影子"吗？有几个…………………………………… 282
四只"凤凰"……………………………………………………… 285
从"红香绿玉"到"怡红快绿"的背后………………………… 287
"冷雪"与"热毒"……………………………………………… 291
这，才是真正的薛宝钗…………………………………………… 293
薛宝钗"总远着宝玉"吗………………………………………… 297
薛宝钗与郑恒……………………………………………………… 300
呆霸王的另一面…………………………………………………… 303
《红楼梦》里最奸巧伪善的人…………………………………… 305
王熙凤是何许人也………………………………………………… 309
王熙凤的才………………………………………………………… 312
王熙凤和钱………………………………………………………… 315
王熙凤和洋货……………………………………………………… 319
"癞蛤蟆"为什么"想天鹅肉吃"……………………………… 322
"老鸹窝里出凤凰"……………………………………………… 324
是真名士自风流…………………………………………………… 328
一个"嫖了男人"的奇女子……………………………………… 331
处在"槛外"与"土馒头"之间的妙玉………………………… 335

在"槁木死灰"覆盖的下面 …………………………………… 338
"老祖宗"与宗法制 ……………………………………… 342
贾赦和邢夫人 …………………………………………… 345
话说周姨娘 ……………………………………………… 348
小红和贾府的大、小丫鬟们 …………………………… 350
藕官与蕊官 ……………………………………………… 354
为什么要删去"秦可卿淫丧天香楼" …………………… 357
每个人物都是主角 ……………………………………… 360
曹雪芹好说反话 ………………………………………… 362
"不见后文,不知此笔之妙" …………………………… 365
不写之写 ………………………………………………… 368
言在此而意在彼 ………………………………………… 371
一声两歌,一手二牍 …………………………………… 374
"闲笔"不闲 …………………………………………… 376
"点睛"之笔 …………………………………………… 379
后四十回、续书及其他 ………………………………… 382

后　记 ……………………………………………………… 385

上编　红楼梦新探

"红袖"与"情痴",爱情与政治

"甲戌本"《脂砚斋重评石头记》所独有的"凡例"末尾,有一首大家熟悉的七言律诗:

> 浮生着甚苦奔忙,盛席华筵终散场。
> 悲喜千般同幻渺,古今一梦尽荒唐。
> 谩言红袖啼痕重,更有情痴抱恨长。
> 字字看来皆是血,十年辛苦不寻常。①

胡适把此说成是"雪芹自题诗",其实不然。因为在第一回"满纸荒唐言"一诗上有批语说"此是第一首标题诗",这就明显否定了前一首是雪芹的了。这一回共有三首诗,都有批语,有的还有几条,如果前一首七律是雪芹之作,又放在全书的最前面,很难设想脂砚斋们会不加批语的。曹雪芹在"第一首标题诗"中自称此书是"满纸荒唐言",并"不愿世人称奇道妙",那又怎么会在书前自夸为"字字看来皆是血"的"不寻常"之作呢?因此,它只能是批者的诗。当然就不存在有批语了。

唯其它是批者所写,又放在全书的开头,可以说是对全书的一个总评,因此同样具有十分重要的意义。概观全部"脂批",尽管批者对曹雪芹十分了解,甚至参与了一些创作活动,对全书特别在写作方法方面提供了不少有价值的批语,可是对该书的主题大旨却往往以唯心主义的梦幻观点来加以解释,这是"脂批"中的糟粕所在,这一首诗的前半部也明显表现了这种观点。所以,过去人们一般只注重该诗的末两句:"字字看来皆是血,十年辛苦不寻常。"把它看成诗中警句,这自然是对的。因为这

---

① 本文中《红楼梦》的引文据"甲戌本","甲戌本"没有的文字参引其他本。本着尊重历史与作者的原则,引用文献除了改正错误外,尽量保持原貌。如那(哪)、他(她)、惟(唯)、顽(玩)、作(做)、混帐(混账)、原故(缘故)等,此不一一列举。

两句诗概括指出了作者的辛勤劳动，并对它做了高度的评价，当然不可忽视；但我们认为此诗的颈联"谩言红袖啼痕重，更有情痴抱恨长"尤其重要。它对理解《红楼梦》的主题有不可忽视的意义，可是人们却很少注意到它，因此有阐释一番的必要。

要理解此联的意义，先得从"红袖"与"情痴"说起。

"红袖"历来是用作年轻女子的代称，亦即《葬花词》中的"闺中女儿"。该词的含义，至今并无歧义。

"情痴"就颇为复杂了。现在不少人是把"情痴"理解为在男女爱情上表现得十分深沉的人，因而认为此诗联以"红袖"对"情痴"，不但字面不切，而且两个字的词性都对不起来，这样理解"情痴"，在一般场合下也未尝不可，但在《红楼梦》里是否合适就大可斟酌了。

"情痴"一词，可见于刘宋时刘义庆的《世说新语·纰漏》：

> 任育长年少时，甚有令名。武帝崩，选百二十挽郎，一时之秀彦，育长亦在其中。王安丰选女婿，从挽郎搜其胜者，且择取四人，任犹在其中。童少时，神明可爱，时人谓育长影亦好。自过江，便失志。王丞相请先度时贤共至石头迎之。犹作畴日相待，一见便觉有异。坐席竟，下饮，便问人云："此为茶？为茗？"觉有异色，乃自申明云："向问饮为热，为冷耳。"尝行从棺邸下度，流涕悲哀。王丞相闻之曰："此是有情痴。"

这里描绘的"情痴"任育长，虽是一个美貌少年，但却不是一个风月场的爱情主角，而是一个政治上抑郁"失志"、行为异常、不合时宜的乖僻人，这就是"情痴"的本来意义。后人也是这样理解的，欧阳修《玉楼春》词所说的"人生自是有情痴，此恨不关风与月"就是很好的证明。

那么，《红楼梦》中的"情痴"是否也是这个意思呢？回答是肯定的。在第二回，作者借贾雨村之口，大讲"正""邪"二气："清明灵秀，天地之正气，仁者之所秉也；残忍乖僻，天地之邪气，恶者之所秉也。"当这"正""邪"二气狭路相遇时，"正不容邪，邪复妒正，两不相下，亦如风水雷电，地中既遇，既不能消，又不能让，必致搏击掀发后始尽。故其气亦必赋人，发泄一尽始散。使男女偶秉此气而生者，上则不能成仁人君子，下亦不能为大凶大恶，置之于万万人之中，其聪俊灵秀之气，则在万万人之上，其乖僻邪谬不近人情之态，又在万万人之下，若生于公侯富贵之家，则为情痴情种"。

可见，"公侯富贵之家"的这种"情痴"，是秉承了"正""邪"二气而生的。他"聪俊灵秀""在万万人之上"，可是"其乖僻邪谬不近人情之态，又在万万人之下"——远远超过众人。这种"情痴"是和男女风月之情毫不相干的。

贾宝玉正是那种"正邪两赋"而生的"情痴"。第三回他刚刚出场时，作者就通过黛玉之眼着力写出了他的"聪俊灵秀"："面若中秋之月，色如春晓之花。鬓如刀裁，眉如墨画，眼似桃瓣，睛若秋波。虽怒时而若笑，即瞋视而有情。""面如敷粉，唇似施脂。转盼多情，语言常笑。天然一段风骚，全在眉梢，平生万种情思，悉堆眼角。"——真是"生得好皮囊"。同时在为他写的两首《西江月》中，却又说他"无故寻愁觅恨，有时似傻如狂""行为偏僻性乖张，那管世人诽谤""天下无能第一，古今不肖无双"。从外形到行止都是一个发展了任育长那种特性的"情痴"。

《西江月》所描述的宝玉性格，并不仅是一般的个性与众不同，在当时是具有强烈的政治色彩的。翻翻雍正的一些"上谕"，就会发现，他训斥他的一些政敌（主要是他的兄弟们）的罪行与劣迹，所用词语与《西江月》写贾宝玉的词语竟有惊人的相近之处。如雍正四年（1726年）正月谕："……允禟平日居心诡诈，行事乖张。""……允䄉狂悖已极。"① 雍正十年（1732年）谕："……允祉向来秉性乖张，器量狭小。皇考每言其不识忠孝大义。"②。对照起来一读就会明白，作者所写"古今不肖无双"的这个贾宝玉，就是一个政治上"狂悖""乖张""不识忠孝大义"（贾政甚至担心他将来会酿到"弑父弑君"的地步）的空前未有的叛逆人物，而不是一个迷恋于男女爱情的主角。

明乎此，我们就会发现，《红楼梦》中所谈的某些"情"，并非仅指儿女风月之情，而常常是指有强烈政治内容的叛逆之情。

如警幻仙姑称宝玉"天分中生成一段痴情"，因为有了它，"于世道中未免迂阔怪诡，百口嘲谤，万目睚眦。"这种痴情的性质显然就富有政

---

① 〔清〕蒋良骐：《东华录》雍正四年（1726年）正月。
② 〔清〕蒋良骐：《东华录》雍正十年（1732年）五月。

治意味，它既是"天分中生成"的，那应该就是所秉那种残忍乖僻的"邪气"而使然的。

也因此，我们才又明白，空空道人为什么要变成情僧，为什么要将《石头记》改名为《情僧录》。原来他是在"将这《石头记》再检阅一遍"，又"从头至尾抄录回来"之后，深受贾宝玉这个形象的感染和启发，"因空见色，由色生情，传情入色，自色悟空"。虽然他还是由"空"起，到"空"结，但却是经历过一番大的变化，体味到了"翻过筋斗来的"滋味，两"空"所含的意义有很大的不同。所以他改名"情僧"者，并非意图做一个违背佛门戒规的花花和尚，而是寓有强烈的愤世嫉俗的政治情意。据此，则改此书名为《情僧录》也就十分自然的了。第一回写一僧一道"看见士隐抱着英莲，那僧便哭起来。又向士隐道：'施主，你把这有命无运、累及爹娘之物抱在怀内作甚？'""甲戌本"此处有夹批曰："奇怪，所谓情僧也。"可见批书人对情僧的理解也是着眼在这方面的。

作者的这种用意，除"脂批"外，还曾得到当时其他人的领会。永忠在《因墨香得观〈红楼梦〉小说吊雪芹三绝句》诗中，称宝、黛二人为"两情痴"。他自称知"情人"，为之流泪者不是宝、黛的爱情悲剧，而是"几回掩卷哭曹侯"！显然，永忠作为雍正主要政敌之一允禵的孙子，他的身世经历是自然会令其把雪芹引为同类并深深领会到此书的真正含义的。所谓"不是情人不泪流"，亦即"能解者方有辛酸之泪，哭成此"句也。如果《红楼梦》仅是一部儿女爱情小说，是不会在这种人身上产生如此大的艺术效果的。当然，在宝、黛二人身上，并不排斥他们也有儿女之情，只是作为"情痴"来说，他们还有比儿女之情更丰富、更重要的政治含义。

"红袖"与"情痴"的意义既明，我们就有条件回过头来看那对颈联了。"漫言红袖啼痕重，更有情痴抱恨长"，就是说，读《红楼梦》时，不要只看到薄命女儿的悲伤眼泪，更要注意叛逆不肖者的抱恨情愫。换句话说，就是不要只看到书中的爱情悲剧，更要注意其中的政治内涵。显然，"红袖"与"情痴"都是人物，这就不但不存在"词性"不同的问题，而是对得极巧妙，十分含蓄蕴藉，是紧紧扣住了作品的思想内容的。

自然，我们所要阐明的还完全不在于这对诗联的对仗是否工整，更主要的还在于探讨它所表达的如何读《红楼梦》的一个观点。按照此联的意思应该是，此书中既写有儿女的爱情婚姻悲剧，又有叛逆者的政治悲剧。而一个"谩言"与"更有"就透露出了此诗作者对此二者关系的看法：前者不可忽视，后者尤其重要啊！

这种观点是否符合《红楼梦》的客观实际呢？这就牵涉到当前"红学"研究中的一个中心问题了：《红楼梦》是写爱情还是写政治。

前面已经说到，在第三回当书中主人公贾宝玉一出场时，作者的两首《西江月》给读者介绍的就是一个有强烈政治内容的叛逆形象，而非一个爱情主角。直到第十九回"意绵绵静日玉生香"以前，即差不多占前八十回四分之一的大量篇幅，基本上都没有多少宝、黛爱情的描写，作者的笔锋一直都在为开展更广阔的社会政治内容描写而布下一个深广的铺垫（它们本身当然也充满了强烈的政治内容）。如果此书只是写爱情，老实说，如此酣笔浓墨去写秦可卿的丧事以及元妃省亲等等，就实在没有那种必要。即使此后，对宝、黛爱情有较多的描写，而且成为书中一个重要的内容，但在这同时，书中也还写有大量的统治阶级内部的矛盾斗争、奴隶们的反抗以及当时社会上的各色人等。它们当中有些内容固然与宝、黛爱情有着内在的联系（还不说孰为主次），但也有许多是不相干的，或者并非非写不可的。如果这是一部爱情小说，则有些内容就不免显得枝蔓芜杂，"字字看来皆是血""无一闲笔"之说就有点落空了。如果把它作为一部政治小说，宝、黛爱情成为此小说内容一个重要组成部分，那么全书的各种描写以及"脂批"等等的赞语就都好理解了。

爱情说有一个重要的论据是，一部作品的内容与主题是和它的主要人物相一致的，而《红楼梦》里的主要人物正是宝玉与黛玉。然而第一，"孳孳宝玉两情痴"，宝、黛作为主人公是反封建的两个"情痴"，他们反封建的内容虽然包括了爱情这个方面在内，甚至可以说是一个重要的方面，但毕竟不是全部。尤其对贾宝玉这个形象，分析他反封建的意义，若只着眼在爱情上是远远概括不了这个形象的丰富内涵的。第二，《红楼梦》这部不朽的杰作，它以成功地塑造了各阶层众多的典型人物形象为它的一个重要特色，主要人物不能说只有宝、黛二人。就拿王熙凤来说，能够说她不是书中的一个主要人物吗？把《红楼梦》看成政治小说，她就是一个十分成功的而且是不可少的重要人物，作为一个艺术形象，她的成就以及作者花在她身上的心血，并不会少于宝，尤其是黛。而作为写宝、黛的爱情小说，她的意义与作用就要大大逊色了。而且在红楼的舞台上，她的戏也就太多了一些。显出这种情况的人物，王熙凤自然还不是仅有的一个。

除了就作品的内容进行客观的分析之外，在是写爱情还是写政治这个问题上，听听曹雪芹自己的意见，恐怕还是很有必要的吧。

在《红楼梦》这部长篇巨著中，作者直接站出来表明自己的倾向和观点是极少的。总是严格地让它们"从场面和情节中自然而然地流露出来"，而不是"特别把它指点出来"（恩格斯《致敏·考茨基》）。但在很少直接表现作者观点的同时，《红楼梦》的一个很大特点就是作者所公开说的，往往与"从场面和情节中自然而然地流露出来"的情况恰恰相反。如薛宝钗和花袭人在作者笔下是两个狼狈为奸、行踪诡秘的反面人物，作者却均称之为"贤宝钗""贤袭人"。贾政这个丑恶的封建卫道者，作者介绍他时反而宣扬他"自幼酷喜读书，为人端方正直"。贾宝玉是作者呕心沥血所塑造的一个正面理想人物，在他身上甚至有作者自己的某些身影，可是作者为他写的出场介绍，尽是用的贬词，末了还号召大家"莫效此儿形状"。书中还通过其他人之口称他为"孽障""混世魔王""富贵闲人""无事忙"等等，正如"脂批"指出的："通部中笔笔贬宝玉，语语谤宝玉。"甚至在一些具体情节上，作者也常常出来说反话。第五十七回在宝玉以疯癫的方式公开了与黛玉的爱情关系之后，薛姨妈即忙赶来，一面假惺惺地在黛玉面前开空头支票，说要建议贾母把黛玉许给宝玉，一面又借讲月下老人牵红线的故事，大谈什么"或是年年在一处的，以为是定了的亲事，若月下老人不用红线拴的，再不能到一处。比如你姐妹两个的婚姻，此刻也不知在眼前，也不知在山南海北呢。"对宝、黛的关系大泼冷水，手段可谓十分毒狠。可是作者给此事写的回目却是"慈姨妈爱语慰痴颦"。这"慈""爱""慰"三字，把薛姨妈说得多好啊，可是与作者的真实用心却完全相反。这种例子在《红楼梦》里是相当普遍的。

既然在这样一些具体的人和事上，作者都不肯表面公开自己的态度，我们就可断言，在关系到本书的主题、大旨这样的大问题上，作者更是不会把自己的观点灌输给读者的。可是奇怪的是，在开卷第一回，作者偏通过空空道人所见，指出书上"虽有些指奸责佞贬恶诛邪之语，亦非伤时骂世之旨；及至君仁臣良父慈子孝，凡伦常所关之处，皆是称功颂德，眷眷无穷，实非别书之可比。虽其中大旨谈情，亦不过实录其事，又非假拟妄称,一味淫邀艳约、私订偷盟之可比。因毫不干涉时世",所以空空道人才把它抄录回来问世传奇。在这些冗长甚至显得有点累赘的声明里,主要表达了两点明确的意思:第一,此书是"大旨谈情",而非谈政治,明确地提出了爱情与政治的问题;第二,即使有时也接触到了一些政治,那也只是对朝廷歌功颂德,"毫不干涉时世","非伤时骂世之旨"。可是,谁曾见过一个伟大的作家会在自己作品的开头把这书的主题大旨向读者大肆宣讲一过的呢?这种做法,连其他下三流作家尚且不为,而谓雪芹为之乎?但如果明白当时的险恶环境以及作者的身世处境,则这种奇特的做法就不但是可以理解的,也是必不可少的。所以在"非伤时骂世之旨"及"毫不干涉时世"之旁,"甲戌本"皆有批语:"要紧句"。此足证这些话是不能不写的。再证之以作者的议论常常好说反话,那么,这段话就清楚不过地是告诉读者,此书所要写的"大旨"恰恰不是"谈情",不是对朝廷歌功颂德,而是相反。这是毫无疑义的。

就在这一段"缘起"结束的后面,作者紧接着"题一绝云":

满纸荒唐言,一把辛酸泪。
都云作者痴,谁解其中味?

既然前面已把"大旨"都明白告诉了大家,怎么又怕读者不解"其中味"呢?这紧接而来的矛盾心情正说明"大旨谈情"云云,不过是一种掩饰之词。作者担心读者真的照此假语村言所说的读去,岂不辜负了作者"十年辛苦"用血泪写下的一部《红楼梦》吗?所以在不得已说了此书"大旨谈情"之后,又用深沉的词语,期望读者能真心领会到"其中味"。"庚辰本"第十二回有两条批曰:"观者记之,不要看这书正面方是会看。""凡看书人从此细心体贴,方许你看,否则此书哭矣。"读者由此是能体会到作者的良苦用心的,该批语并非耸人听闻之辞。

说作者的创作意图与他所公开声明的内容刚好相反,即此书是写政治而非写爱情,并不等于说这书里就没有写爱情,要知道,你说了"大旨谈情",却找不到一点谈情的东西,岂不立刻就被戳穿,从而暴露出在当时绝不能公开的创作动机吗?正因为如此,《红楼梦》就不但必须写爱情,而且还要写得真正显出一种似乎是"大旨谈情"的样子来。这样做,是客观形势使然,在某种意义上也可以说是不得已的。十分可贵的是,曹雪芹并未因此把爱情描写成游离于政治主题之外的累赘东西，而是把它与全书融成一个整体，成为其中一个重要的组成部分，而且使它本身也充分体现出"是一种政治行为"，这样，"大旨谈情"之说既有了着落，强烈的政治内容又得以充分蕴含其中。然而，前者只是作者要求在看"官"们那里产生的艺术效果，而后者才是作者希望广大读者"细谙"后能理"解"的"趣味"。

写爱情还是写政治，这是争论已久的问题。"文化大革命"时期强调《红楼梦》是政治小说（当然具体理解也各有不同）而不敢正视爱情，这是片面的。因为《红楼梦》里不仅写有爱情，而且还是政治内容的重要组成部分。今天如果全部翻过来，认为它只是爱情小说，那就会像某些看"官"那样，"被作者瞒过"。也有的文章认为，由于《红楼梦》里的爱情包含了丰富的政治内容，所以从这个角度来说也可称之为政治小说，这样说也还是不够的，它不足以反映《红楼梦》作为政治小说的全貌。

本来，一般阅读、评价一部文艺作品，只是就作品的客观内容来进行分析就行了，何必在作者的意图、写作方法上纠缠太多呢？但《红楼梦》却是一部很特殊的小说，理解作品的内容与掌握作者的主观意图和其独特的写作方法有着紧密的关系，弃而不顾，就不足以探其壶奥。鲁迅先生说："自有《红楼梦》出来以后，传统的思想和写法都打破了。"在打破传统写法上，我觉得主要有两点：一是艺术技巧方面在传统的基础上，比之前人有很大的突破和创新；二是采用了作者在开篇时说的将真事隐去、用假语村言来表现的独特手法。有的文章把此解释为只是生活原型与艺术虚构、生活真实与艺术真实的另一种讲法而已，这未免把问题看得太简单了一些。因为如上云云，这只是文艺创作的最一般的原则，不遵循它就根本创作不出文艺作品来，任何作家都不必把它宣布出来，就像谁都不需要在自己的小说开头说明这是一部小说一样。曹雪芹还怕别人不知道而在开头这样表白一番吗？而且书中明明说到，采取这样一种写作方法是由于作者"因曾历过一番梦幻以后，故将真事隐去"，而"用假语村言敷衍出一段故事来"。这就说明是由于一种作者还不肯直接说明的原因（作者只用"梦幻"二字来代表）才促使这样做，如果只是一般大家都必须遵循的文艺创作原则，那还用得着在开头来解释一下自己遵循这个普遍原则进行创作的特殊原因吗？既然作者打破了传统的写作方法，那么，我们在评论它时，似乎也不好用习惯沿用的程式化了的方法去套在它身上；否则，是不能真正"解"出"其中味"的。

总之，从作品的客观内容以及作者的主观意图来探讨，《红楼梦》都是一部政治小说，而非爱情小说；虽然爱情也是其中的一个重要部分，但不能含混两者的关系。

"漫言红袖啼痕重，更有情痴抱恨长。"还是这对诗联能全面而又主从分明地道出了两者之间的关系，批者将它写在全书总评的诗中，是颇有见地的。

从贾府的末世子孙看封建社会的必然灭亡

中国封建社会经过两千多年的漫长历程,到了18世纪中叶,已是"运终数尽"的时候了。阶级斗争的空前剧烈,资本主义萌芽的出现,封建正统思想的动摇,统治阶级内部的分化、瓦解,都标志着腐朽的封建制度处在风雨飘摇之中。

中国古代优秀长篇小说《红楼梦》,以它巨大的艺术力量,深刻地描绘了这一时期的广阔画面,成为中国封建社会末期的一面镜子。对封建社会面临灭亡的必然趋势,《红楼梦》从许多重要方面进行了深刻描述。我们从贾府的末世子孙身上,也可以清楚地看到这种情景。

贾府的末世子孙,尽管一个个面目各异,却有一个共同的特点,就是都十分具体地反映了封建地主阶级已经到了天崩地裂、无可挽回的历史阶段。

一、"那里承望到如今生下这些畜生来"

在"宁国府除夕祭宗祠"时,贾府的四代老幼,"左昭右穆,男东女西",随着贾母"一齐跪下,将五间大厅,三间抱厦,内外廊檐,阶上阶下两丹墀内,花团锦簇,塞的无一些空地",真是一派人丁兴旺的景象。然而这一伙末世子孙,却人人"都是安富尊荣,运谋筹划的竟无一个"。

不是吗?贾府的老爷太太、少爷奶奶、公子小姐们,无一不是过着"锦衣纨绔""饫甘餍肥"的寄生生活。他们一年到头都是忙于"除夕祭宗祠"、"元宵开夜宴"、端午庆节、中秋赏月,还有数不完的品梅、赏菊、宴海棠,加上大小生日、婚丧喜庆,真是两天一酒会、三天一大宴。拿刘姥姥的话说,一顿最简单的螃蟹宴,也要二十多两银子,"够我们庄稼人过一年的了"。若一遇上"大事",像元妃省亲、秦可卿的丧事,就更是"把银子都花的淌海水似的",一直吃喝玩乐到"人人力倦,各各神疲"的境地。

在这批蛀虫中，书中特别深刻地揭露了以贾赦、贾珍、贾琏、贾蓉等为代表的人形畜生的丑恶面目。

荣国府的长子贾赦，袭了荣国公的官职，却"放着身子不保养，官儿也不好生作去，成日家和小老婆喝酒"。而且"胡子苍白了"，还总是把一些女孩子"左一个右一个的，放在屋里"，连奴才袭人都骂他"真真太下作了"！

贾珍袭了宁国公的官职，却"那里干正事"？整天穷奢极欲，荒淫无耻，甚至干出"爬灰"的丑事来。

贾赦的独子贾琏，虽"捐了个同知，也是不喜正务的"，整天就像个"馋嘴猫儿"似的，只知道"偷狗戏鸡"，连贾母也骂他是一个"下流种子"。

年纪轻轻的贾蓉，也是一个混账东西，祖父刚刚死去，他表面上和父亲贾珍一起至棺前直哭到天亮，喉咙都哭哑了，可是一转身，他却不顾"热孝在身"，又跑回家去和两个姨娘胡闹。

男盗女娼，原是一切剥削阶级的特性。历代的封建地主阶级，为了维护他们的统治，总是满口"仁义道德"，企图遮盖他们的丑态。而贾府的末世子孙，却连这块百孔千疮的遮丑布也干脆不要了。贾蓉公开说："从古至今，连汉朝和唐朝人还说'脏唐臭汉'，何况咱们这宗人家！谁家没有风流事？"正是在这种精神堕落的状况下，贾珍、贾琏、贾蓉三人一块玩弄两个女性。地主阶级极力强调的"君君、臣臣、父父、子子"的基本伦理关系也不顾了，道德败坏到了"父不父、子不子"的地步。

这些末世子孙干的"败家破业的营生"是异常惊人的，贾珍为秦可卿办丧事，为了炫耀自己，下决心"尽我所有"地花钱。贾赦要弄石呆子的古扇，原准备"要多少银子给他多少"。这样"淌海水"似地花钱，怎能不入不敷出呢？无怪乎拿着乌进孝送来的长长的租单，贾珍还皱起眉头说："这够做什么的？……真是叫别过年了！"

果然，在经过"烈火烹油，鲜花着锦之盛"以后的贾府，便渐渐地露出它的空架子来了。甚至贾母吃的红米粥也要"可着头做帽子"，临时多要一点也没有了。为了给"老祖宗"做生日上礼，王夫人就不得不去典卖东西了。

如果这些还是一些征象的话，那么，锦衣军查抄贾府时，就把这个空架子的整个底部亮出来了，"不但库上无银，而且尚有亏空"。原来"东省地租，近年所交不及祖上一半，如今用度比祖上加十倍"，竟是"寅年用了卯年"的了。

当然，造成贾府"内囊"尽空的原因不能全归在这几个败家子身上，贾府的主子们哪一个不是"安富尊荣"、享乐腐化呢？封建地主阶级以剥削广大农民为生存条件，把骄奢淫逸的生活建筑在劳动人民的沉重灾难之上。既然广大劳动农民在他们的压榨下已日益破产，建立在上面的贾府还能长期维持下去吗？在这大厦将倾的时刻，曾经偷运贾母房里的金银器皿去当银子花的贾琏，竟又暗中差人下屯，将地亩暂卖数千金来应急。贾琏的卖地，无异是在挖摇摇欲坠的大厦的墙脚，加速了它的倒塌。

在第七回中，焦大这个"贾府的屈原"就曾经骂着、叫着，"要往祠堂里哭太爷去，那里承望到如今生下这些畜生来！"焦大这个阅尽贾府沧桑的"功臣"，早已从这批末世子孙身上预感到地主阶级末日的来临。

二、"机关算尽太聪明"，"枉费了意悬悬半世心"

反动统治阶级绝不肯自动退出历史舞台，如斯大林所说，"他们要为自己的生存而挣扎，坚持自己腐朽的事业"。在一大批男性贵族堕落腐烂的贾府里，却活跃着几个"机关算尽"的女管家。作者是带着由衷的赞赏心情来描写她们的管家才能的。

探春理家时，只三四天工夫，便显出了"精细处不让凤姐"的才能。她对付吴登媳妇的试探，使"众媳妇们都伸舌头"。她甚至还"知道一个破荷叶，一根枯草根子，都是值钱的"，结果竟从大观园的花草树枝身上每年榨出四百多两银来。这是何等"精明"的一个理家人！

薛宝钗在协助探春理家时，也显出她的满腹心计，竟能滔滔地发表一大篇议论，用"小惠全大体"的手段收买人心，真不失出身百万皇商家的本色。

贾府的主要管家人王熙凤，就更与众不同。此人从小"就有杀伐决断"的能力，"心机又极深细，竟是个男人万不及一的"。她"是个脂粉队里的英雄"，"连那些束带顶冠的男子"也"相形见绌"。正是她，在一大批束带顶冠者腐烂了的时候，竭力支撑这个将倾的"大厦"。

王熙凤的当家，从其客观环境来看，也有许多有利的条件。从社会背景来说，她的娘家是"九省统制"王子腾的"金陵王"家，因"四家皆连络有亲"嫁到贾府来的,有显赫一时的家族做她的后台。在贾府内部,又凭她的花言巧语,"一味哄着老太太、太太两个人喜欢",得到这个"诗礼簪缨之族"的族权最高体现者贾母的支持。就凭这些资本,她可以肆无忌惮地宣布:"凭是什么事,我说要行就行。"事实也是这样,正如兴儿所说的,"她说一是一,说二是二,没人敢拦她"。因此,形成了贾府里金陵王氏姑侄(女)"黑母鸡一窝儿"专权管家的局面。

在维护她的当权地位时,王熙凤不可避免地要遇上许多矛盾和斗争,但从最初的情景看来,她还是颇有成效地维持着局面的。

在三十多个主子统治着三百多个奴仆的贾府里,王熙凤采用高压手段进行残酷的统治。"协理宁国府"时,她拿一个迟到的家人"作法","打他二十板子",并"革他一个月的钱粮"。在平时她也是动不动就喝令打四十大板,或者将丫鬟"撵出去配小厮",或者将奴仆捆了丢在马棚里听候发落,通过这样来使自己"威重令行"。奴仆们在背后痛骂她是"巡海夜叉",并采取多样形式进行反抗,"错一点儿,他们就笑话打趣,偏一点儿,他们就指桑骂槐的抱怨,'坐山观虎斗','借刀杀人','引风吹火','站干岸儿','推倒了油瓶儿不扶'"。

其次,王熙凤还遇到了家族内部各种势力争权夺利的斗争。她施展出纵横捭阖的手段进行抗击。她拉拢探春,分化赵姨娘,又讨好贾母,牵制贾琏,孤立邢夫人。此外,她还用极其阴险的两面派手腕,逼死尤二姐,来解除她身边的隐患。结果"合家大小,除了老太太、太太两个,没有不恨她的"。

从以上情况可知,贾府的束带顶冠者中尽管出了一批蛀虫,但在脂粉队伍里,王熙凤、"敏探春"、"贤宝钗"等却颇具理家的才能,作者说她们"才自清明志自高",表示"爱慕此生才",正是这些人在拼命支撑这将倾的大厦。

然而,随着矛盾斗争的发展,贾府中精强狠辣的女管家人却越来越不顺心了。曾经对自己的"威重令行"感到"心中十分得意"的王熙凤,已慢慢感到孤掌难鸣,"正愁没个膀臂"了。原来说一不二的王熙凤,开始发现"我如今也是骑上老虎",谋虑要"抽回退步,回头看看"了。这个凶狠的"巡海夜叉"开始露出了她色厉内荏的纸老虎原形。当然,反动阶级总是不甘心于自己的失败的,她总是挖空心思、算尽机关来做最后的挣扎。由凤姐导演的探春理家,就是在矛盾重重、斗争尖锐的情况下,既想减轻众人对自己的压力，又想另寻新法来继续维持她们的"天堂"的一着。尽管在她的幕后操纵下，"敏探春兴利除宿弊，贤宝钗小惠全大体"，曾经取得些暂时的收效。然而这毕竟是表面的现象，根本的矛盾丝毫没有解决，也不可能解决。就在探春理家的同时，麻烦的事情却与日俱增，以至"三四日的功夫，一共大小出了八九件"，甚至"各屋里大小人等都作起反来了"。

此后，尽管王熙凤等还采取了多种措施，如通过抄检大观园，大规模地镇压那些"咬牙难缠"的奴仆，又用狠毒的"掉包儿计"来扩大自己的势力，逼得林黛玉绝食而死。但是，流水落花春去也，滚滚向前的历史车轮是拉不回来的，贾府必然灭亡的趋势不以人们的意志为转移。到贾府被抄，贾母死后，各种矛盾都激烈地爆发出来。经济上总是"接不上手""绕不过弯"，典当、借贷、变卖还不足以维持它末世的光景。奴仆们则一个个"偷闲歇力的乱乱吵吵，已闹的七颠八倒，不成事体"了。当年不可一世的王熙凤到这时只好央求奴仆们"好大娘们，那儿且帮我一天"，而"悍仆"何三"伙盗"大抢贾府一次，则搞得整个贾府鸡飞狗跳，乱成一团。王熙凤本人则在邢夫人的"掣肘"下，急得口吐鲜血，晕倒在地。在内外交困、四面楚歌声中，王熙凤终于一命呜呼。

"机关算尽太聪明，反误了卿卿性命。"无情的现实，说明了封建制度的苍天已破败到无法可"补"了。"凡鸟偏从末世来""生于末世运偏消"，才是她们"枉费了意悬悬半世心"的真正原因。王熙凤从精强狠辣到露出纸老虎的虚弱本质以至最后死亡，正是她所代表的那个阶级必然灭亡的形象写照。

三、"眼睁睁把万事全抛"

面对着这种江河日下的局面，"乐极生悲""盛筵必散"的悲哀，不时地袭击着贾府的主子们。不管他们的身份地位如何，也不管他们是否意识到这一点，都掩盖不住他们面对末日来临的恐慌。三小姐贾探春虽然并不理解其中的原因，但早就预感到一种"自杀自灭"的结局，还在理家的时候，就慨叹"我但凡是个男人，出得去，我早走了"。身历贾家七代的贾母，本来无一日不指望后代能比祖宗还强，但她也早就在抱怨"只是我一生没养个好儿子"，到后来弄得家道一败涂地的时候，还得她开箱倒柜，将做媳妇到如今积攒的东西都拿出来，去维持这个已经塌下来的虚架子。她在被抄家时"吓得死去活来"之后，绝望于儿孙们的不肖，只好含着一把眼泪去"叩求皇天保佑"了。至于贾政，在全家被抄，闹得翻天覆地之后，除了埋怨"这些子侄没一个长进的"之外，自己只剩得"心惊肉跳，拈须搓手"，"急的跺脚"，干喊几声"完了，完了"，活活画出一副丧家狗的可怜相！

总之，在两个石头狮子守着的贾府里面，"悲凉之雾，遍被华林"，绝望和悲观的情绪就像一片浓密的乌云，沉重地压在贾府这些末世子孙的头上。他们一个个惶惶不可终日，陷入了"眼前无路想回头"的境地。贾府中的几个出家人，就是这种绝望情绪的突出表现。

贾府的长房，宁国府里的贾敬，原袭了祖宗的官职，本应是这个家族中的支柱。可他却"一味好道，只爱烧丹炼汞，别事一概不管"。后来索性把官也让儿子袭了，自己一心想做神仙，结果弄到"吞金服砂，烧胀而殁"。

统治阶级中求仙信道的历代都大有人在，其原因正如"好了歌"所说的，"世人都晓神仙好"，唯有功名、金钱、娇妻、儿孙忘不了。他们的求仙，正反映了封建统治阶级既要富贵、又想长命的无限贪欲。这是当时的封建统治者在思想意识上的表现。但他们并未真正出家，而常常是用收买"替身"的虚伪办法，来解决其既贪"出家"之名又享富贵之实的矛盾。清虚观里的张道士就是贾敬的先辈荣国公的"替身"。这完全是一种自欺欺人的把戏。

贾敬则不然，他是放着现成的功名富贵不要，"眼睁睁，把万事全抛"。他不用什么"替身"，自己去到"都中城外和那些道士胡羼"。长孙媳妇秦可卿死了，他也"并不在意"，根本不肯回来。这种与"世人"大异的行动，从贾敬的个人生活经历中是找不到答案的。如果我们把它放在特定的历史时期进行考察，则从贾敬身上可以看到，封建统治者本身对自己阶级的前途也感到绝望了，希望在另一个虚无缥缈的世界里寻找出路。这正是封建制度面临崩溃时的特征。"红楼梦曲子"中说，"看破的，遁入空门"。如果他们不是面临崩溃而感到无法生活下去，决不能"看破"得如此透彻。

作者曾把贾府败落的责任归于宁国府的贾敬，认为"箕裘颓堕皆从敬，家事消亡首罪宁"，这显然是把因果关系颠倒了。因为并不是贾敬的出家才使贾府"箕裘颓堕",而恰恰是因为贾府已经到了"运终数尽,不可挽回"的地步,才使贾敬走上出家这条路的。

如果说,《红楼梦》并没有写到贾敬是怎样出家的,还不能确切说明它的原因的话,那么,贾府最年轻的四小姐惜春的出家,却是一个最好的补充说明。

惜春也曾经历过一段安富尊荣的生活,她喜欢和妙玉交往,受过妙玉的一些思想影响,但尚未产生出家的明确念头,随着贾府的渐渐败落,她出家的要求日趋强烈,直至以死相挟。她的出家,表面上有一层因姑嫂勃豀,和尤氏不睦的关系,其实不然。因为如果只是尤氏不容,她还有一条嫁人的出路,像地藏庵姑子说的,"将来配个好姑爷,享一辈子的荣华富贵"。但是,活生生的事实,使她"勘破三春景不长",感到自己也是处在"火坑"之中。因此一听说出家修行不但今世可以免除"险难",而且还可以"修修来世",就完全相信"西方宝树唤婆娑,上结着长生果"的神话,于是不顾一切劝阻,毅然地"缁衣顿改昔年妆","独卧青灯古佛旁"了。在封建阶级的没落过程中,必然产生悲观厌世的人物,因为"绝望是行将灭亡的阶级所特有的"(列宁语)。贾敬、惜春的出家,不仅表现了行将灭亡的阶级的精神状态,也有力地说明了封建地主阶级已经到了它的穷途末日。

四、"古今不肖无双","于国于家无望"

《共产党宣言》指出:"在阶级斗争接近决战的时期,统治阶级内部,整个旧社会内部的瓦解过程,就达到非常强烈、非常尖锐的程度。"如果说,前面三种类型的人物都起到了使整个旧社会内部瓦解的作用的话,那么,《红楼梦》里的主角贾宝玉,这个封建社会的叛逆者,他的种种"不肖"行为,对封建地主阶级来说,尤其起了非常强烈、非常尖锐的瓦解作用。

第三回贾宝玉的第一次出场,作者以寓褒于贬的笔调,着意为他写了两首《西江月》,可以说是对贾宝玉一个很深刻的概括。书中所塑造的贾宝玉这个艺术形象,基本上就是这样描绘的:

无故寻愁觅恨,有时似傻如狂。纵然生得好皮囊,腹内原来草莽。　潦倒不通世务，愚顽怕读文章。行为偏僻性乖张，那管世人诽谤！

富贵不知乐业，贫穷难耐凄凉。可怜辜负好韶光，于国于家无望。　天下无能第一，古今不肖无双。寄言纨绔与膏粱：莫效此儿形状！

这个"一落胎嘴里便衔下一块五彩晶莹的玉来"的贾宝玉，他所出生的"诗礼簪缨之族"的贾府，从其阶级本能出发，必然要求把他培育成地主阶级的继承人，特别在贾珠早夭的情况下，贾宝玉更是贾政夫妇的唯一希望所在。还在宝玉周岁时，贾政为了"试他将来的志向，便将世上所有的东西，摆了无数叫他抓"，开始关注他的动向了。在他长大后，又严加管束，逼令读书，应酬官府。王夫人更是把宝玉周围一些不合心意的丫鬟如晴雯、芳官等人尽数撵走，以防她们把宝玉引上"邪路"。正是由于这个缘故，所以金钏儿不过顺着宝玉讲了一句笑话，就被王夫人又打又骂："下作小娼妇儿，好好的爷们，却叫你们教坏！"最后硬是把她逼到跳井而死。在这一点上，贾政夫妇的态度是完全一致的。

可是贾宝玉却违反父母的期望，坚决与孔孟之道背道而驰。封建统治者把孔孟之道奉为经典，而贾宝玉则"愚顽怕读文章"，不愿读"四书""五经"；他喜欢的是"杂学旁搜"，把《牡丹亭》《西厢记》一类"邪书"看成"真是好文章"，偷着和林黛玉一起细看，"越看越爱"。孔孟之道要求他读书做官，光宗耀祖，他却把科举制度视为"沽名钓誉之阶"，并骂那些劝他读书上进、留心"仕途经济"的人为"入了国贼禄鬼之流"，一听到这类"混帐话"，他拔腿就走，常给薛宝钗、史湘云等人以难堪。孔孟之道要求臣子必须忠于皇帝，要做到"文死谏""武死战"，他却斥之为"胡闹"。孔孟之道宣扬"男尊女卑""唯女子与小人为难养也"，贾宝玉却大唱反调。他认为"天地灵淑之气只钟于女子，男儿们不过是渣滓浊沫而已"，因此他说"见了女儿，我便清爽；见了男子便觉浊臭逼人"。以男女性别区分人的好坏，自然是荒谬的，但从当时思想斗争的角度来看，这毕竟也是一种大胆的反传统的思想。在婚姻爱情问题上，孔孟之道要求遵从"父母之命""媒妁之言"。为了"家世的利益"，贾府的当权者给他安排了一桩虚构的"金玉良缘"，但他却一往情深地去追求那种建立在共同思想上的"木石前盟"。而当这一线希望也破灭了时，他就毅然地出家当和尚去了。

对于封建地主阶级来说,这的确是一个"古今不肖无双""于国于家无望"的逆子。

对于贾宝玉来说,要做到这一点却是十分不容易的。他生活于其中的这个所谓"诗礼簪缨之族",不过是一个封建顽固堡垒的别名。在这个堡垒里,他"一点作不得主,行动就有人知道,不是这个拦就是那个劝的",他却要在人生道路、爱情婚姻、意识形态等尖锐问题上奋力冲杀,而且终于叛离了这个家庭。

对于贾宝玉的"不肖种种",贾政除了有一次"气得面如金纸",差点把他打死之外,平时只剩下干着喉咙断喝"作孽的畜生",此外也就一筹莫展了。"统治阶级的思想在每一时代都是占统治地位的思想。"(马克思和恩格斯《费尔巴哈》)象征着封建地主阶级精神力量的贾政,在叛逆思想面前表现得这样软弱无能,不正是地主阶级行将灭亡的一个鲜明的写照吗?

贾宝玉毕竟是一个贵族家庭的"纨绔与膏粱",他过着剥削阶级的寄生生活,他的生活地位和历史条件决定了他的反抗是有限度的,特别在行动上是软弱的,正如他自己说的是"能说不能行"。当他被打得死去活来的时候,他除了表示"死了,也是情愿的"之外,却不敢对专横残暴的贾政有一句怨言。当晴雯被王夫人逼死,他除了痛哭流涕,写了一篇祭文外,也毫无办法。甚至眼见林黛玉死去,他也只能急得"无故寻愁觅恨,有时似傻如狂"而已。这样"天下无能第一"的反叛者,就注定了他只能以悲剧的命运而告终。

宝、黛两人的爱情悲剧不能只看成他们个人的问题,而是具有深刻的社会意义。因为"木石前盟"固然成了"水中月",而"金玉良缘"也不过是"镜中花",薛宝钗最终也免不了"心事终虚化"的下场。宝、黛二人的那种朦胧的理想固然没有实现,而统治阶级对贾宝玉"克承祖业"的期望也同样落空。对宝、黛来说,这场悲剧只不过说明,在当时的历史条件下,叛逆者的力量还不足以战胜旧势力,这是不足为奇的,因为"当新事物刚刚诞生时,旧事物在相当时期内总是比新事物强些,这在自然界或社会生活中都是常见的现象"(列宁《伟大的创举》)。而对封建统治阶级来说,这场悲剧却预告了地主阶级后继无人,封建制度的空架子"忽喇喇似大厦倾",地主阶级的末世子孙"树倒猢狲散"的厄运,已势不可挡地要到了。

通过几组不同类型的人物形象，曹雪芹为我们组成了一列长长的人物画廊，把贾府的末世子孙一个个陈列在读者的眼前。他们从不同的侧面让人们信服地看到，封建地主阶级的一大批人物已经到了他们的穷途末日，被人民推翻也就成了他们唯一的归宿。因此我们可以说，《红楼梦》对封建地主阶级的深刻描绘，是通过具体生动的艺术形象来完成的。它引起了人们对于地主阶级永世长存的怀疑。《红楼梦》的巨大历史价值就在这里。

论贾宝玉的"疯""呆""痴""狂"

和《红楼梦》的其他许多问题一样,作品的主角贾宝玉究竟是怎样的一个人物,也是众说纷纭,莫衷一是。有的看法甚至针锋相对,差距很大。尽管如此,却很难说某一种看法是绝对错误,没有根据的;相反,它们都不同程度地持之有故,言之成理,并非一派胡言乱语。其原因就在于贾宝玉这个形象,其性格内容十分丰富,人们可以从许多不同的角度来观察他,这样就自然"横看成岭侧成峰,远近高低各不同"了。虽然有这种种不同,但不能说人们看到的不是贾宝玉,只是许多人未见其庐山真面目罢了。而各持一端,互不相让,就永远也不能真正认识贾宝玉。这里,除了理论、观点之外,观察问题的方法、角度也是相当重要的,那么,我们应该从何着手去认识贾宝玉这个艺术形象呢?

一

文艺作品,尤其是小说,主要是通过人物形象来反映生活、表达作者的意图并感染读者的。人物形象塑造的好坏,是作品成败的关键。人物形象要能写得生动逼真,具有感人的力量,就必须写出他独有的、与他人不同的特征来,使之成为"这个"。构成人物的这种特征,当然首先必须写出他的思想、品性,但仅仅如此还是不够的,因为同一类型的思想品性往往是许多人都具有的,只有它,还不足以突出人物的特性。为了弥补这一不足,中国古代小说往往通过精致的细节刻画来使同一类型的人物得到明显的区别,通过这些细节,让"读者自己分辨,不必见其姓名,一睹事实,知某人某人也"[①]。但到《水浒传》为止,中国古代小说所运用的这种方法,只是就人物某一方面的性格特点而言的,如《水浒传》里写性子粗鲁的人很多,但他们的这种粗鲁,由于具体表现不同,而又各自的

---

① 〔明〕李贽:容与堂本《忠义水浒传》第三回批语。

不同特点，如金圣叹所说的："《水浒传》只是写人粗卤处，便有许多写法，如鲁达粗卤是性急，史进粗卤是少年任气，李逵粗卤是蛮，武松粗卤是豪杰不受羁靮，阮小七粗卤是悲愤无说处，焦挺粗卤是气质不好。"①先不论他的具体分析是否符合每个人物的情况，但却说明《水浒传》所写的人物是能在同中找出不同来的。单从这一点来说，《水浒传》刻画人物的方法是相当成功的。它标志着中国古典小说已进入了相当成熟的阶段，所以李贽称"《水浒传》文字妙绝千古"②，在当时来说，是当之无愧的。

然而，还不能认为这种方法已经达到了古典小说成功地塑造人物形象的艺术高峰，因为"粗卤"或性子急率，只是鲁智深、史进、李逵、武松、阮小七、焦挺等性格特征的一个方面，并不就是他们性格的主要核心，更不是这些人所共有的性格核心，否则，他们就不成其为独立生动的形象了。据此，则可以说，单从性子粗鲁上的不同特点这一方面来写出这些人物形象的不同，是还没有完成塑造典型人物的任务的。

鲁迅先生说："自有《红楼梦》出来以后，传统的思想和写法都打破了。"《红楼梦》对传统写法的打破，也表现在人物形象的塑造上，具体说来，有两个方面。一是人物的性格不单只通过一两件或一连串的细节来表现，而是让要表现的性格整个地溶化在人物的言谈举止、动作习性等一切细枝末节之中，也就是使人物的内在性格与他的外表气质浑然一体，不可分离。这是符合有诸内必形诸外的生活自然规律的。而一个人的言谈举止、动作习性等细枝末节，又与各人的出身经历、社会地位、文化教养等密不可分，在现实生活中是不可能有完全相同的两个人的。因此能准确地把握它，进而充分地表现它，就能成功地塑造出富有个性特征的艺术形象来。二是前述人物的外部气质所要表现的人物内在性格，不是这个人物性格的某个侧面（如性情急躁、行动粗鲁等），而是紧紧地把握住人物性格中最本质、核心之所在。这内外两者的有机结合，就成为活生生的、如脂砚斋所说"跃然纸上"的典型人物。

《红楼梦》中的一些主要人物，如贾宝玉、林黛玉、薛宝钗、王熙凤等都充分具有这种特点。其他不下数十个重要人物也都在不同程度上具有

---

① 〔清〕金圣叹：《读第五才子书法》。
② 〔明〕李贽：容与堂本《忠义水浒传》第三回批语。

这种特点。明白了《红楼梦》中艺术形象的这种特点，就可以为我们提供一个正确理解、评价这部作品人物形象的有效方法，就是自外到内，由表及里，从人物的外部气质去探究其内里的本质奥秘。无时无处不在的多愁善感，事不干已不开口、一问摇头三不知的浑厚深沉，"粉面含春威不露，丹唇未启笑先闻"的两重嘴脸，是理解林黛玉、薛宝钗、王熙凤的重要线索。

评价贾宝玉，也要找出这种线索来。

二

第三回贾宝玉一出场时，作者就在两首《西江月》里介绍他"无故寻愁觅恨，有时似傻如狂""行为偏僻性乖张，那管世人诽谤"，指出了他外部行为的特点，即傻、狂、偏僻、乖张等等，因而备受"世人诽谤"。

事实也是如此，宝玉的母亲王夫人就说他"嘴里一时甜言蜜语，一时有天无日，一时又疯疯傻傻"。众姐妹也曾说过："别和他说话才好，要和他说话，不是呆话，就是疯话。"所以贾琏的心腹兴儿向尤氏姐妹介绍宝玉时，就说他"成天家疯疯癫癫的，说的话人也不懂，干的事人也不知"。傅试家派来向宝玉请安的两个嬷嬷，第一次见面出来，就感到他"果然有些呆气"，"千真万真的有些呆气"，而且举出一些听来的事情，说宝玉"时常没人在跟前，就自哭自笑的；看见燕子，就和燕子说话；河里看见了鱼，就和鱼说话；见了星星月亮，不是长吁短叹，就是咕咕哝哝的。"

从以上可看出，作者向读者所介绍的贾宝玉，与书中无论主仆上下、里外亲疏的人对宝玉的印象都是一致的。我们把它归结起来，可以简单地概括为四个字，那就是"疯""呆""痴""狂"。可以说，贾宝玉的一切行动举止，在当"世人"看来，都带有这种特征，因而大受他们的"诽谤"。而这正是我们由表及里去探索贾宝玉性格的一条好线索。

在行动举止上表现出癫狂、乖僻、痴呆等一类异常现象者，在历史上代有其人，探索他们的情况，对理解贾宝玉也许不无启发意义。仅从文艺领域来看，这一类的有名人物如魏晋时期"竹林七贤"中的阮籍、嵇康、刘伶、阮咸，北宋著名书画家米芾（人称"米颠"），明代的李贽、徐渭等都是。他们的异常行为，其实都是一种与现实生活格格不入的表现。他们或不满当权者的统治，或不屑于封建礼教的拘束，或因此而受到迫害。他们的癫狂放诞，乃是心中郁积的那些不满的一种变态发泄，因此在历史上，这些人物都有不同程度的反封建的进步意义。

这种情况到了清初就更为明显。这一类癫、狂、痴、呆的行为，常常带有反抗清朝统治的强烈的政治意义。明末清初的一些具有强烈民族意识的遗民，就常常表现出这种情况来。

著名的岭南诗人屈大均，明亡后，积极地参加过抗清斗争，对清代统治极为不满。他曾"盛暑著羊皮袄，狂怪不可近"①。他自己也说："时人皆谓我狂生，蓬头垢面纵横行"②"我乃酒狂合自然"③"有一酒狂人不容"④。尽管如此，他仍宣称要"痛饮狂歌度此生，从他竖子日成名"⑤。他还说："吾之佯狂自废，与世相违，则终于鸟兽同群而已矣。其为忧也，将与天地而无穷焉。"⑥ 可见其狂放违世之志何等坚决。

被屈大均称为"大江以南谁狂奴"⑦ 的王猷定（字于一）也是这一类人物。在江山易代之后，他处于"世换人多默，语低心可怜"⑧ 的极度压抑之下，一当忍受不了，就爆发出来。他的行为也就自然会惊世骇俗了。他常与同辈"酒酣则倘佯于黄河之岸，望故垒闻水声溅溅，雄心激荡，相与走狭邪，狂吟大叫，世俗之人，鲜不诧"⑨。它的结果，也就是必然像宝玉一样为"世人诽谤"："余性卞急，处世多所激昂，动辄得谤。"⑩

著名书画家朱耷（八大山人），是一个富有才华的人，明亡后，隐居不出。有一天，他在屋门上写一"哑"字，从此不说话，后又忽然病癫，"初则伏地呜咽，已而仰天大笑，笑已忽蹴跑踊跃，号叫大哭，或鼓腹高

---

① 〔清〕周炳曾：《道援堂集序》。
② 〔清〕屈大均：《愤歌》，载《翁山诗外》卷三。
③ 〔清〕屈大均：《王允塞招饮竹林精舍醉赋》，载《翁山诗外》卷三。
④ 〔清〕屈大均：《雷阳阳郡斋醉中走笔吴使君》，载《翁山诗外》卷三。
⑤ 〔清〕屈大均：《遣怀》，载《翁山诗外》卷十五。
⑥ 〔清〕屈大均：《寒香斋诗集序》，载《翁山文外》。
⑦ 〔清〕屈大均：《哭王处士》，载《翁山诗外》卷四。
⑧ 〔清〕王猷定：《客燕偕内僧话》，载《明遗民诗》卷一。
⑨ 〔清〕王猷定：《祭万年少文》，载《四照堂集》。
⑩ 〔清〕王猷定：《祭尚宝丞刘公文》，载《四照堂集》。

歌，或混舞于市。一日之间，癫态百出"①，引着大批儿童在后面哗笑追逐，他也不以为意。所以，"世以狂目之"②。然而他却以精美绝伦的书画闻名于世。可见他的癫狂百态，亦是一种内心愤懑的发泄而已。朱耷原是明宗室之后，他的狂态包含有浓厚的政治意味，自可不言而喻。

以上所举，只是就其当时有名、表现突出者而言，而实际上，当时人在不同程度上以不同方式表现出这种狂放怪诞行为来对抗清廷的还大有人在，如《国朝先正事略·遗逸》中的周德林、夏叔直、唐汲庵、张命士、陈狂农等皆是，他们的行为都不是性格上的怪异或病理上的真正疯癫，而是一种变态的与现实的对抗，是对清朝统治者表示不满的一种政治行为。其人数之众，可以说几乎成了一种潮流。

正因为如此，我们就会明白，清朝前期的统治者们对那些政治上的反对派所加的罪名，就常常用的是这一类的名目。试以雍正为例。雍正上台后，对与他争夺皇位的政敌（主要是他的兄弟们）的斥责，就都是用的这些词语，如"廉亲王允禩狂悖已极"③，"（阿其那）举动狂悖"④，"塞思黑系痴肥臃肿，矫揉造作，粗率狂谬，下贱无耻之人"⑤，"允禵于未到京之前，即露种种狂悖"⑥，"允禔，允䄉，允禵虽属狂悖乖张"⑦，"允禩狂悖糊涂"⑧，等等。

由此可见，狂悖、怪诞、糊涂、乖张等等，在当时统治者的词语里，乃是一种政治罪行。清初的遗民们也确是以这种形式来表达他们的悖逆不道的。

曹雪芹当然不会不知道这些词语的含义，而他竟选择了它们作为书中主人公的外部气质特性，就绝不是偶然的；这说明作者所要写的贾宝玉不是一个风月场中的主角，而是一个与世格格不入，因而也不容于世的狂怪之人。作者借警幻仙姑之口，点出贾宝玉"于世道中未免迂阔怪诡，百

---

① 〔清〕小横香室主人：《清朝野史大观》卷九。
② 〔民国〕赵尔巽：《清史稿·艺术三·朱耷传》。
③ 〔清〕蒋良骐：《东华录》雍正四年（1726年）正月。
④ 〔清〕蒋良骐：《东华录》雍正四年（1726年）五月。
⑤ 〔清〕蒋良骐：《东华录》雍正四年（1726年）五月。
⑥ 〔清〕蒋良骐：《东华录》雍正四年（1726年）五月。
⑦ 〔清〕蒋良骐：《东华录》雍正四年（1726年）六月。
⑧ 〔清〕蒋良骐：《东华录》雍正四年（1726年）六月。

口嘲谤，万目睚眦"就是一个很好的注脚。

当然，我们绝不能以为作者是为了表明贾宝玉这一形象含有政治意义而把这一类特征的词语强加到他身上去的，而是这一类词语也十分客观地符合这种人物的特征，因为"疯""呆""痴""狂"这一些异常的特征，既是悖世者所采取的一种反抗形式和手段，同时也常常是在"百口""万目"的重压之下，一些人身上必然会呈现出来的一种性格扭曲状态。在贾宝玉身上，这两种情况都是存在的，因此，作者反复强调、渲染贾宝玉的这种性格特征，是从内到外深刻把握了这一人物特点的结果，也是我们正确评价这一人物的一条重要线索。

三

《红楼梦》产生的时代毕竟不同于明末清初，作者的身世经历及其思想也与清初的遗民们迥异，因此，在贾宝玉的"疯""呆""痴""狂"背后所蕴藏的思想，其具体内容是与屈大均、王猷定、朱耷等人截然不同的。我们不应像旧红学家中的革命家那样，将其看成是"排满"。要弄清其性质，先要看看他有哪些具体表现。

这当然主要不是表现在宝玉自己淋得落汤鸡似的，还叫别人快去躲雨，或者自己手上烫起大泡还叫别人烫痛没有之类，而主要表现在他的许许多多的因为与众不同而受到众人"嘲谤"和"睚眦"的思想和言行。择其要者有：

在人生道路上，封建社会的知识分子一般走的都是一条读书做官，从而达到光宗耀祖、显亲扬名的道路，这也是符合封建统治阶级的利益的。贾宝玉的父亲从小也就是这样要求他的："什么《诗经》古文，一概不用虚应故事，只是先把《四书》一气讲明背熟，是最要紧的。"目的就是去参加科举考试。对贾宝玉来说，以他的聪明俊秀及有利的家庭条件，这是一条十分便当的道路，然而他却偏偏不肯读这些东西，读了几年，"上本《孟子》，就有一半是夹生的，若凭空提一句，断不能接背的；至'下孟'，就有一大半忘了。"他当然不是不读书，而是所爱不在此。他的兴致在"一味的旁学杂搜"，什么古今小说，飞燕、合德、则天、玉环的外传，与那传奇脚本，都视为"珍宝"。他称《会真记》为"真是好文章"，不仅爱看，而且能记，还随时能用上几句，与对"四书"的态度形成鲜明的对照。他不愿读"四书",当然也就不愿去考科举,不仅自己不考,还骂"八股文"为"不过是后人饵名钓禄之阶"。骂迷恋于此者为"禄蠹",把劝他留意"仕途经济"的话斥为"混帐话",对说这种"混帐话"的人从不给以好颜色。世之批判科举者有之,如蒲松龄、吴敬梓等,但他们都是一些科场中的不得意者,热衷过功名富贵的人。蒲松龄考了一辈子未能得中,他一面著书揭露、批判科举中的种种弊病,一面还寄希望于他的儿孙,督促他们继续走这条路:"无似乃祖空白头,终老一经良足羞。"① 他们的思想是好理解的。至于贾宝玉,他既非过来人的反戈一击,也不是遗民们那种出于民族意识不愿出仕与新的王朝合作,以他的聪慧及客观条件,走这条路本是十分自然又十分顺畅的,他却视若粪土,弃如敝屣。在时人看来,自是乖僻、狂怪、不可思议的事情。

中国封建社会几千年来的传统观念都是男尊女卑,妇女地位低下,从孔子开始,就认为"唯女子与小人为难养也"②。此后则是夫为妻纲,妻子如衣服,兄弟如手足,夫权成为中国几千年来绑在妇女身上的一条绳索。直至今天,重男轻女的思想仍远远没有肃清。历来的文学作品中,虽也有为妇女鸣不平的,但只是哀其不幸,最多为之撒一掬同情之泪而已。贾宝玉则不然,他不但有一番从古未有、惊世骇俗的"奇"语"怪"论:"女儿是水作的骨肉,男人是泥作的骨肉,我见了女儿,我便清爽;见了男子便觉浊臭逼人。"同时还有一种"呆意":"料定天地间灵淑之气,只钟于女子,男儿们不过是些渣滓浊沫而已,因此把一切男子都看成浊物,可有可无。"这不仅是与传统的观念大相径庭,而且是完全颠倒过来了。因此能不被人们视为"奇"而且"呆"吗?贾宝玉的这种"女儿"观,在实践中证明它甚至是突破了阶级界限的。他不但"待姐妹们都是极好的",在一般情况下,即使对众丫鬟也一样友善相处,"每每甘心为诸丫头充役",就是怡红院外的丫头如平儿、鸳鸯受了委屈,他也替别人去向她们赔不是,为她们心里难受。特别是晴雯之死,使他发出了从未有过的怒吼:"箝诐奴之口,讨岂从宽;剖悍妇之心,忿犹未释。"在《芙蓉女儿诔》中,他还用了世界上最美好的词语来歌颂屈死的晴雯:"其为质则金玉不足喻其贵,其为性则冰雪不足喻其洁,其为神则星日不足喻其精,

---

① 〔清〕蒲松龄:《喜立德采芹》。
② 《论语·阳货》。

其为貌则花月不足喻其色。"在中国历史上和古代文学史中，有谁见过一位贵族公子曾经这样赞美过她的丫鬟呢？在贾宝玉的眼里，晴雯不是一个丫鬟（他从未把她当丫鬟来对待、使唤），而是天地间灵淑之气的化身。他是把她作为一个清净女儿来加以至美赞颂的，无怪乎人们对他的言行根本无法理解，只能像兴儿说的那样，"说的话人也不懂，干的事人也不知"了。

与上面两个问题密切相关的是他的婚姻爱情问题。宝、黛二人自幼耳鬓厮磨，产生了爱情，这是古代戏剧、小说中常见的事情，不足为奇，奇特的是宝黛爱情产生、发展在宝玉身边有一大群女孩子这样的环境中，而贾宝玉却爱上了一个与封建传统婚姻标准大相径庭的林黛玉。史湘云比林黛玉更早就与宝玉相熟，薛宝钗可说是与林黛玉接踵而来到贾府的。以贾府这样一个贵族之家，他们传统的婚姻观念正如王熙凤所透露的，是"人物儿""门第""根基""家私"，也即是人品（包括相貌和性格）、家庭出身和财产。拿这几条稍一比较就会发现，林黛玉远不如史湘云，尤其是不如薛宝钗。以人品来说，我们自然有不同于前人的标准来评价钗、黛，但起作用的却是当时荣国府里众人的看法："不想如今忽然来了一个薛宝钗，年纪虽大不多，然品格端方，容貌美丽，人人都说黛玉不及，那薛宝钗却又行为豁达，随分从时，不比黛玉弧高自许，目无下尘，故深得下人之心；就是小丫头们，亦多和宝钗亲近。"尤其是薛宝钗的相貌，对贾宝玉颇具吸引力，林黛玉说他"我知道你心里有妹妹，只是见了姐姐就把妹妹忘了"，不是没有根据的。以"门第"来说，薛家是显赫一时的金陵四大家族之一。他们之间的互通婚姻也已是惯例，自非父母双亡的林黛玉可比。以财产家私来说，薛家是有钱的皇商，"珍珠如土金如铁"，而林黛玉却是寄人篱下，因体弱多病想每餐吃一小碗燕窝粥也难以启齿，反而受到薛宝钗的施舍。

在条件相差如此悬殊的情况下，贾宝玉却不顾家庭的巨大阻力，毅然舍弃了人人赞好的薛宝钗，而爱上了孤苦无依且又十分"小性儿"的林黛玉。这在一般人看来，自然是不可捉摸的行为。因为这和《西厢记》里莺莺爱上张生是大不相同的。在崔、张之间，虽然还有一个郑恒存在，但郑恒比起张生，正如红娘说的："你是一分，他是百十分，萤火焉能比月轮？"莺莺之舍郑取张，就是可以理解的了。而贾宝玉只因与林黛玉思想意趣上相投，仅因这一点就把它放在全部传统婚姻标准之上，岂不更为怪哉？而钗嫁黛死，这种违反封建统治阶级常情的爱情被扼杀之后，贾宝玉竟然"眼睁睁把万事全抛"，"悬崖撒手"出家当和尚去了。这种怪事，也是世人所不可理解的。正如脂批所说："若他人得宝钗之妻，麝月之妾，岂能弃而为僧哉？"

以上是作者重笔酣写的几个重要方面，此外，虽着墨不多，但鲜明地反映出这种性格之处仍复不少。如"富与贵是人之所欲也"①，而贾宝玉却有一种"呆想"："可恨我为什么生在这侯门公府之家？……'富贵'二字，真真把人荼毒了！"所以当元春晋封为贵妃这件"非常的喜事"传出来时，"宁荣两处上下内外人等，莫不欢天喜地，独有宝玉置若罔闻"。亲友们如何来庆祝，府里如何热闹，众人如何得意，"独他一个皆视有如无，毫不介意，因此众人嘲他越发呆了"。贾府虽然内部充满了虚伪和欺诈，但那一套上下尊卑、长幼贵贱的表面礼节还是十分严格的，这自然是出于维护其统治的需要。因此，不仅"主仆之分甚严"，而且晚辈在长辈之前，其言笑起居都有一定的规矩，甚至"凡做兄弟的怕哥哥"，当宝玉进来时，在座的贾环、探春等都要起立，以示尊敬。而贾宝玉却不要他们搞这一套，还要秦钟以兄弟朋友相待，不以叔侄相称。就是在奴仆面前，他也从不讲这一套礼规。不单对丫鬟们十分体贴，就是在小厮书童们面前，如兴儿所说，他也是"喜欢时没上没下，大家乱顽一阵；不喜欢，各自走了，他也不理人。我们坐着卧着，见了他也不理他，他也不责备，因此没人怕他，只管随便，都过得去"。清代的官僚统治者们蓄奴成风，并以此为荣耀，贾府亦不例外。有脸面的大丫鬟袭人回家探母，王熙凤还要派几个仆人跟了去，以显示贾府的气派；而贾宝玉却打算回了王夫人，把屋里的人都放回去听其家人自便。生在公侯之家的贾宝玉，每日绫锦纱罗、羊羔美酒，像凤凰一般养着。在别人看来，就像神仙似的日子。秦钟就对他那"金冠绣服，艳婢姣童"的生活羡慕不已，而埋怨自己"偏偏生于清寒之家"，而贾宝玉却对自己的生活境遇十分不满，时不时说出"疯话"来：要化灰化烟，"趁着你们都在眼前，我就死了，再能够你们哭我的眼泪，流成大河，把我的尸首漂起来，送到那鸦雀不到的幽僻去处，随风化了，自此再不托生为人，这就是我死的得时了"，等等。

总之，类似这样的疯言怪行，在贾宝玉那里还可找到不少。这一切，

---

① 《论语·里仁》。

在一般"世人"眼中是不可思议的,因为"世人都晓神仙好",唯有功名、金钱、娇妻、子孙忘不了,而贾宝玉却与之恰恰相反,怎能不被目之为"疯""呆""痴""狂"呢?面对这样一个人物,不仅贾府中的许多人(包括他的亲属在内)不理解他,当时的许多评论者不理解他,就是与曹雪芹以及与《红楼梦》的创作关系甚密的脂批的作者也不理解这个人物。第十九回,当贾宝玉对袭人说到她的那些姐妹们"正配生存这深堂大院里,没的我们这种浊物倒生在这里"时,"庚辰本"有一段很长的脂批,反映了对贾宝玉这个人物惶惑不解的心情:

> 这皆宝玉意中心中确实之念,非前勉强之词,所以谓今古未(有)之一人耳。听其囫囵不解之言,察其幽微感触之心,审其痴妄委婉之意,皆今古未见之人,亦是未见之文字。说不得贤,说不得愚,说不得不肖;说不得善,说不得恶;说不得正大光明,说不得混帐恶赖;说不得聪明才俊,说不得庸俗平(缺一字);说不得好色好淫,说不得情痴情种;恰恰只有一颦儿可对,令他人徒加评论,总未摸着他二人是何等脱胎,何等骨肉。余阅此书,亦爱其文字耳,实亦不能评出二人终是何等人物。

在此之前,对贾宝玉自称"浊物",又有一批曰:

> 妙号,后文又曰"须眉浊物"之称,今古未有之一人,始有此今古未有之妙称妙号。

尽管脂批承认无法确切说出贾宝玉究竟是何等人物,但从他的惶惑不解中,却对我们今天评价这一人物有很大的启发,因为脂批反复指出贾宝玉是"今古未见之人",是"今古未有之一人"。所以用传统的善、恶、贤、愚、不肖等等标准,都无法套在他身上。要真正认识这个人物,摸清他"是何等脱胎,何等骨肉",只有从今天的历史条件(《红楼梦》产生的时代)中去进行探索。

《红楼梦》所得以产生的 18 世纪中叶,从明中叶已生发的资本主义萌芽一度遭受压抑之后,至此又有了新的发展。在此历史背景下,从清初到曹雪芹的时代,曾产生了一批不同程度地具有初步民主主义思想的哲学家，如王夫之、顾炎武、黄宗羲、颜元、唐甄、戴震等等，他们成批地出现，说明这不是一个偶然现象。在哲学家中有，在其他领域里也应当会有。足以证明这种论断的可以与曹雪芹同时的"扬州八怪"为例。这"八怪"聚集、活动于资本主义萌芽较为发达的东南沿海，他们的共同特点是无论思想，行止以及艺术风格都有与传统迥异之处，故多与世俗社会格格不入，也因此才被目之为"八怪"。既然现实生活中有此"怪"人，那么在作家的作品中出现贾宝玉这样的人物也就成为很自然的事情了。贾宝玉这个艺术形象正是在这样一个新的历史条件下的产物，在他身上体现了资本主义萌芽带来的某些新的思想意识，不管它处在如何幼弱的状态，都是人们所没见过的，用传统的眼光是无法理解的。当时，人们自然不可能认识到这一点。那么，脂批把他说成是"今古未有之一人"，在迷惑中倒也确实说出了这个人物的特点。

当我们弄清楚了贾宝玉这个人物的性质之后就会明白，把宝玉目之为"疯""呆""痴""狂"等，那是封建统治阶级从他们的正统立场出发所得出的结论，是一种"诽谤"。其实在《红楼梦》里，能理解贾宝玉这种性格的却不乏其人，如林黛玉就是与贾宝玉同一条路上来的人物。她不但不认为宝玉有何种怪诞之处，而且是打一开始相见时，便觉得"何等眼熟"，以后更引为知己，托以终身，成为《红楼梦》里的天生一对，所以脂批认为宝玉"恰恰只有一颦儿可对"，永忠也称之为"颦颦宝玉两情痴"①。此外，如妙玉也认为宝玉是一个"有知识的"。又如尤三姐，尽管她平日与贾宝玉毫无接触，可当她一听兴儿所述宝玉平日的情状，马上驳斥了那种贬斥宝玉"成天家疯疯癫癫"的看法，而认为"要说糊涂，（他）那些儿糊涂"，"只不大合外人的式，所以他们不知道"。还有龄官，只因宝玉替他遮掩了在大观园里烧化纸钱一事，便"知他是自己一流人物"，而愿意将不能让第三人知道的隐情告诉他。贾宝玉整天在内帏厮混，不愿顶冠束带去应酬宾客，可是他在外面却也有两个十分相契的朋友，那便是柳湘莲和蒋玉菡。

于是，我们便发现了一件十分有趣的事情，在对贾宝玉的看法上，《红楼梦》里有两个界线鲜明的营垒：以他的祖母、父、母、妹、表姐等为一方，把贾宝玉称之为"混世魔王""祸胎""孽障""无事忙""富贵

---

① 〔清〕永忠：《因墨香得观〈红楼梦〉小说吊雪芹三绝句》之二。

闲人"等，是一个不可接受的"疯狂"的怪物；以林黛玉、妙玉、尤三姐、晴雯、龄官、柳湘莲、蒋玉菡等为另一方，认为贾宝玉是情人、知己、朋友、同类。前者在血缘上与宝玉甚亲，但都是封建贵族中的正统派；后者与宝玉关系较疏，但都是中下层的平民、丫鬟或"连下三等的奴才"也不如的"戏子"。林黛玉乃寄人篱下者，并非贾府的"正经主子"，她曾愤怒地说："她们是公侯小姐，我原是民间的丫头。"他们的社会地位与生活遭遇使他们能自发地接受新的思想意识（不管自觉与否）。这两个截然不同的营垒对贾宝玉的截然不同的看法，不也清楚地说明贾宝玉是一个什么性质的人物吗？

四

我们说贾宝玉的思想带有初步民主主义的性质，是具有严格的含义的，不能夸大它，也不能无视它，稍有偏差，就会失真。而其关键则在于要准确地把握住产生这个人物的历史特点。

如前所说，《红楼梦》产生的历史时代已经有了资本主义的萌芽，但也仅仅是萌芽而已。由这种萌芽反映在意识形态领域里的新的思想也必然是幼弱的，它的对手，即封建地主阶级的传统思想，仍然是强大的。人们只可能朦胧地"秉赋"这种新思想，而不可能自觉地产生它。而且就是在带有这种思想的人身上，也往往不可避免地还会含有旧的思想污垢。贾宝玉正是这样一个人物。因此在评价他时，就得考虑到这些复杂的情况，过分夸大他的意义的观点，往往把他和欧洲文艺复兴时期的那些新人物联系起来，相提并论，而实际上两者之间却有极大的距离。文艺复兴时期的代表人物是作为新兴的资产阶级的代表，他们已有斗争的明确目标，有鲜明的政治口号；而具有同样性质的思想，在贾宝玉那里只是一种朦胧的意识，他自己也未必能理解它。他并没有一个明确的目标并拥有为之奋斗的信心，所以每当受到挫折、感到痛苦时，他就大叫大嚷要化灰化烟，再不托生为人，表现得十分软弱，因此把这个人物说成是"民主主义的战士"，是自觉的什么"革命者"之类，都是溢美之词，根本不符合他的实际。同样，无视他作为"今古未有之一人"的特点，只看到他身上还有种种旧的污垢，而看不到他与"世人"截然不同之处，因而把这个人物说成是地主阶级的浪荡子、多余的人甚至色情狂等等，也是十分不恰当的。因为评价一个历史人物的意义,不在于他带有某些旧时代的东西(这是不可避免的),而主要的还在于他身上是否有新的、当"世人"所没有的东西,哪怕它还处在很微弱、萌芽的状态。这个道理是同样适用于评价文学史上的一些人物形象的。红学史上对贾宝玉这个人物形象的评价如此分歧,其中很重要的一个原因也许就在于没有很好地掌握住这一点吧。

曹雪芹能敏锐地感觉到这样一种新的思想萌芽,而且恰如其分地把它熔铸在自己塑造的艺术形象中,这正是他作为一个思想家、文学家的伟大所在。

论林黛玉的美

"纷吾既有此内美兮,又重之以修能。扈江离与辟芷兮,纫秋兰以为佩。"屈原《离骚》里这四句诗,精练地塑造出一个优美的"吾"的形象:他有丰富的内在性格美,又有出众的才能,他的外貌也是出色的美好,就像那些江离、辟芷、秋兰一样。它们不仅象征着他的外在美,而且作为香花芳草,其品质又和他内在的性格美是一致的。当然,这毕竟是诗的语言,它所包含的丰富内容是高度凝练的。如果要获得可以与这个形象实质相比美,而且又是十分生动具体地表现出来的人物,我们只好从《红楼梦》里找,那——就是林黛玉。

林黛玉是一个内外皆美,而且具有强烈时代意义的人物。作者也用了大量香花芳草来比喻她。但由于她是活动在十分错综复杂的生活环境和人物关系之中,不像《离骚》中的"吾"那样被屈原写得一目了然,要认识她,还得做一番探究。

一

第十九回有一条脂批说到,贾宝玉是"今古未有之一人","恰恰只有一颦儿可对"。永忠也曾说过"颦颦宝玉两情痴"。《红楼梦》曾借贾母之口,说他们二人"不是冤家不聚头"。这说明宝玉、黛玉是《红楼梦》中与众不同的两个人物。

这样两个古今未有之人,他们的一切,自然不入一般世俗人之眼。对贾府来说,贾宝玉尽管像他自己脖子上的那块玉一样,是一块命根子,但是却从上到下,无论亲疏,都把他看成是一个疯疯癫癫、"行为偏僻性乖张"的"怪"人。正像警幻仙姑说他的,"于世道中未免迂阔怪诡,百口嘲谤,万目睚眦"。不是"正经主子"的林黛玉就更是这样了。在一般人的心目中,她是一个"孤高自许,目无下尘"的人,在贾府中很不得人缘。史湘云曾当着宝玉的面,说她是一个"小性儿,行动爱恼人"的人;

赵姨娘在背后抱怨说："要是那林丫头，她把我们娘儿们正眼也不瞧……"在一些下人的心中，林黛玉"嘴里又爱刻薄人"，"说出一句话来，比刀子还利害"，所以对她有一定的戒心，"小丫头们亦多和宝钗亲近"。林黛玉甚至在当初曾把她"抱住，搂入怀中，'心肝儿肉'叫着大哭起来"的至亲外祖母、贾府的老祖宗那里也逐渐失去了欢心，而陷入"一年三百六十日，风刀霜剑严相逼"的苦难境地。

然而这个不为世人所喜欢和理解的人，却是《红楼梦》诸女性中作者塑造得最美好的一个形象，是作者所极力赞颂的一个人物。自然，作者不是亲自站出来把自己这种观点强行灌输给读者，而是运用各种艺术方法，有时是不那么明显地却同时又是不容置疑地来表现的。兹举数端，亦可见其大概。

林黛玉刚到贾府，作者从宝玉的眼中描写出了她独特的形容：

> 两弯似蹙非蹙笼烟眉，一双似喜非喜含情目。态生两靥之愁，娇袭一身之病。泪光点点，娇喘微微。闲静似娇花照水，行动如弱柳扶风。心较比干多一窍，病如西子胜三分。

贾宝玉根据她"眉尖若蹙"的特点，故给她取字为"颦颦"。"东施效颦"的典故，说明"颦"正是西施的容貌特点，所以作者在这里是暗示了黛玉具有西施之美，而且同时还有西施所不及之慧——"心较比干多一窍"。

曹雪芹不仅赋予了林黛玉这个形象以绝世之姿，而且还给她安排了一所与众不同的住处。第十七回写贾政带了众清客与宝玉一起游览大观园时，有这么一个地方：

> 忽抬头见前面一带粉垣，里面数楹修舍，有千百竿翠竹遮映，众人都道："好个所在！"

这"好个所在"，贾宝玉曾给它题名为"有凤来仪"，意为凤凰居处的地方，而这地方就是后来的潇湘馆，成为黛玉的住所。这里之所以好，就在于它有别处所无的"千百竿翠竹遮映"，而黛玉之所以选中这个地方，也是因为"我爱那几竿竹子，隐着一道曲栏，比别处幽静些"。也许为了强调潇湘馆与竹子的关系,我们看到,作者每写到这个地方,尽管只用了寥寥数笔来写它的环境,却总要把竹子突出来。第二十六回,作者写贾宝玉要找林黛玉时有这样一段描写:

> 来至一个院门前,只见凤尾森森,龙吟细细。举目望门上一看,只见匾上写着"潇湘馆"三字。

这一片好竹子与"湘帘垂地,悄无人声"的描绘相配合,使潇湘馆显得特别清雅幽静。

第三十五回,写林黛玉从外面回来时有这样一段描写:

> 一进院门,只见满地下竹影参差,苔痕浓淡……(进屋内坐定后)只见窗外竹影映入纱来,满屋内阴阴翠润,几簟生凉。

作者不仅着力写潇湘馆的竹,甚至连室外窗内竹的影子也没有忘记描写一番。到第四十回,贾母等带着刘姥姥游大观园,来到潇湘馆时,作者又写道:

> 只见两边翠竹夹路,土地下苍苔布满……

这片竹子显得更繁茂了。大观园里别处不见有竹,只是潇湘馆有竹;而且每写到潇湘馆就要写到竹,结合屋内的陈列布置,使潇湘馆成为大观园里格调最高的一处住所。这样写,很明显是一种象征手法,竹子是用来比喻潇湘馆的女主人林黛玉,这是可以不言而喻的。那么,竹子究竟象征着什么呢?历来的文人墨客,颂咏竹子的篇章甚多,不胜枚举。我们且举一个与曹雪芹同时,和曹雪芹一样既是文学家又是画家,而且气质又颇为相似的郑板桥对竹子的描述,就可知个大概。郑板桥对竹子的评说甚多,在一则《题兰竹石》中有说:

> 盖竹之体,瘦劲孤高,枝枝傲雪,节节干霄,有似乎士君子豪气凌云,不为俗屈,故板桥画竹,不特为竹写神,亦为竹写生。瘦劲孤高,是其神也;豪迈凌云,是(其)生也;依于石而不囿于石,是

其节也；落于色相而不滞于梗概，是其品也。竹其有知，必能谓余为解人；石也有灵，亦当为余首肯。

此外，在板桥的其他《题画》当中，尤多对竹称誉之辞。他以五十多年画竹的经验，对竹子的体察，应当说是极精到的。它"瘦劲孤高，枝枝傲雪，节节干霄，有似乎士君子豪气凌云，不为俗屈"。这样的评说，竹如有知，固当认板桥为解人，而我们认为板桥所体察到的竹子的品格，正是曹雪芹心中的林黛玉的品格，雪芹有知，亦当为余首肯吧。

用这样的方法来象征、比喻林黛玉，当然还不止这一例。六十三回因宝玉生日而"寿怡红群芳开夜宴"时，众人掣签行酒令，林黛玉差不多最后才轮到掣签，作者留给她的是一枝芙蓉花，对此，众人笑道："这个好极！除了她，别人不配做芙蓉。黛玉也自笑了……"作者把"群芳之冠"的牡丹花安排给了薛宝钗，而把黛玉比作芙蓉花，芙蓉即莲花，它又有何特征呢？要说明这一点，大家自然会想起周敦颐著名的《爱莲说》，其中有云：

> 余独爱莲之出淤泥而不染，濯清涟而不妖，中通外直，不蔓不枝，香远益清，亭亭净植，可远观而不可亵玩焉。

如果说，竹子的形象是象征林黛玉的劲节孤高、凌云不俗的兀傲品格的话，那么，莲花的形象就比喻了林黛玉的高洁净雅、质朴率直、可爱而不可亵的高尚情操。与此有关的是还有一篇人们熟悉的宝玉祭芙蓉仙子的《芙蓉女儿诔》，它用了十分优美的语言来歌颂芙蓉仙子，其中特别写道：

> 其为质则金玉不足喻其贵，其为性则冰雪不足喻其洁，其为神则星日不足喻其精，其为貌则花月不足喻其色。

这里描绘的芙蓉仙子和《爱莲说》里的莲花，其形象和特质是完全一致的，只是在文字上更尽其渲染之能事。正如大家所知，《芙蓉女儿诔》明里祭的是晴雯，而其实又同时是悼的黛玉。

在大观园的诗社里，海棠诗和菊花诗明明都是黛玉的第一，作者却偏偏通过李纨只让"林潇湘魁夺菊花诗"。这自然也是有意地用"千古高风"的菊花来比喻林黛玉的。

除此之外，作者笔下的林黛玉还具有多方面的才能。她博览群书，学识渊博，不但读"四书"，其他诸子百家也都通晓，既懂庄子，也晓禅理，还读兵书，至于古今诗词、脚本传奇等杂书，她更是喜爱熟读，因此在大观园里素负诗名，曹雪芹直把她比之为才女谢道韫。她当然也擅女红，连王熙凤都乐于去求她做事。

从以上可以看出，曹雪芹在创作思想上是有意识地要把林黛玉这个形象塑造到最美好的程度。和前面所举《离骚》的不同，只在于用来比喻人物形象的不是江离、辟芷、秋兰，而是竹、芙蓉、菊。

二

然而，西施之貌，竹、莲、菊之格，都只是具有象征的意义，还不是一个有血肉的实在的形象。至于才学，光凭它，更不足以定人的性质，在这方面，薛宝钗正可与林黛玉两峰对峙，但在曹雪芹笔下，她却是一个可鄙的俗人。

从一个具体的人物形象来看，林黛玉与作者赋予她的象征意义是否相符呢？回答是肯定的。

在贾府这个赫赫扬扬，已历百世的钟鸣鼎食的贵族之家，通过读书上进以达到为官作宦，讲究仕途经济，原是他们的本能，这种被贾宝玉斥之为"禄蠹""沽名钓誉"的丑恶习性，不幸连闺阁中亦染此风，薛宝钗固不待言，就是史湘云亦未能免俗，甚至连丫鬟如袭人之流亦不幸免，从来不讲这一类"混帐话"的，唯林黛玉一人而已。正所谓出淤泥而不染者。

林黛玉对薛宝钗一直怀有戒心，素日认为此人心中"藏奸"。这种戒心并非毫无根据，从滴翠亭宝钗扑蝶时所使金蝉脱壳计嫁嫌于黛玉这一事就十分清楚。可是当宝钗乘黛玉处在孤苦烦忧、举目无亲的愁苦心境下，给她送来一点燕窝，说了几句悄悄话之后，黛玉竟在她面前把心掏了出来："你素日待人，固然是极好的，然我最是个多心的人，只当你有心藏奸。"仅凭这一件事，黛玉就相信了她，这并不是黛玉的幼稚，而是"君子可欺以其方"[①]，也正符合《爱莲说》的"莲，花之君子者也"。这里

[①] 《孟子·万章上》。

的"君子"是指正直高尚的意思。黛玉不仅改变了对宝钗的看法，并且把自己过去对她的很不尊敬的看法直率地告诉了她，这是一般人所能做到的吗？至少大观园里就找不到第二个这样的人来，这正反映了黛玉"中通外直，不蔓不枝"的朴实而又纯净的心灵。

林黛玉发现贾宝玉写了一首偈，觉得十分好笑，忙拿去和湘云一起看。并不因湘云刚不久曾当众说过她像台上的某个戏子，因而引起与宝玉的一场大风波而记恨湘云；在栊翠庵品茶时，妙玉当着宝玉、宝钗之面说林黛玉，"你这么个人，竟是个大俗人，连水也尝不出来"，黛玉一点也不介意；大观园里的诗社作诗，于此道不大当行的李纨做裁判，她常把黛玉名列宝钗之后，尽管宝玉曾多次提出异议，黛玉本人却从不计较；在与宝玉的交往中，两人经常闹别扭，丫头紫鹃就此曾当面批评她："宝玉有三分不是，姑娘倒有七分不是。"在这类问题上紫鹃虽然只是知其然而不知其所以然，但黛玉却一声也不责怪她，虽然她不过是个丫头。在这些方面，被人们视为小性儿、心胸狭隘的林黛玉，不是都表现得非常豁达和气量宽宏吗？

香菱要学诗，林黛玉毛遂自荐："你就拜我为师，我虽不通，大略也还教得起你。"既热情又谦虚。在教诗的过程中，先对她讲一般原理，后又指定并借给她必读书，然后命题作诗，不合式的坚决打回头，直到满意为止。真正做到了她自诩的"诲人不倦"。在"一个个不像乌眼鸡，恨不得你吃了我，我吃了你"的贾府中，几曾见过这种真诚、热心的助人为乐的事情呢？何况香菱还不过是个半妾半婢的可怜人。然而类似的情况并不止此，当一个晚上，蘅芜院的两个婆子提着灯笼给黛玉送来一包燕窝时，黛玉却能为她们想到"如今天又凉，夜又长，越发该会个夜局，赌两场了"，因而生怕耽误了她们的时间，并送几百钱给她们打酒吃，以度此长夜。在贾府里，又有谁曾如此细心体察并关心过这些比丫鬟们更微贱不幸的老婆子呢？而恰恰只有林黛玉才能做到。这件不大引人注意的小事，却足以说明林黛玉所独有的善良心灵。

可是在贾府的老祖宗、太太、奶奶、小姐们面前，我们却看到林黛玉有着另一种迥然不同的姿态。尽管初进贾府时，黛玉曾被贾母十分痛惜地搂在怀里，呼之为"心肝肉"，但是此后，我们却几乎没有看见黛玉什么时候单独和贾母说过几句家常，像薛宝钗那样承欢侍坐，捉摸贾母的喜欢与嗜好，像王熙凤那样"效戏彩斑衣"以讨贾母的欢心的事，是绝对不会有的。在王夫人处就更不用说了。就是在大观园的姐妹那儿，除了大家一起聚会，也从未看见她去哪家串串门。一次宝钗约她去看看探春，她推说要洗澡；另一次探春约她去凤姐处走走，她干脆说懒怠，不肯去。在那些人面前她的确是有竹子那样的一股"瘦劲孤高"、突兀傲世的架势。这种架势即使在尊荣的元妃面前也不稍减。元妃省亲时，命令大家赋诗以纪其盛，并率先写了一首不怎么样的诗。宝钗先是在自己的诗里颂之为"睿藻仙才"，表示"自惭何敢再为辞"；继而指点宝玉如何选词择语，以讨贵妃的欢喜。而黛玉却是想借此机会"安心今夜大展奇才，将众人压倒，不想元妃只命一匾一咏，倒不好违谕多做，只胡乱做了一首五言律应命便罢了"，完全不把元春及其省亲当一回事。这种姿态，比之对元妃身上穿的黄袍垂涎三尺的薛宝钗来，不是有天渊之别吗？贾母两宴大观园，极乐之余，还要惜春把此事画一幅行乐图，黛玉却为这幅尚未动笔的画先起了一个名，叫作《携蝗大嚼图》，这是对那些贵族行乐者们的一个极其辛辣的讽刺。可是人们却常常把此事仅看成为对刘姥姥的不尊重，这是一种令人感到十分可惜的误会。

最足以说明林黛玉的这种性格的，是她对待爱情的态度。林、薛二人都属意于贾宝玉，可是在处理此事的行为、作风上却有明显的不同。林黛玉对贾宝玉在爱情上要求甚严，曾当面批评他："见了姐姐就把妹妹忘了。"对宝玉与宝钗在一起常有不满之意，曾经毫不客气地刻薄宝钗。本来，如恩格斯所说："性爱按其本性来说就是排他的。"这本是对待爱情的一种真诚的表现。而薛宝钗当然更清楚宝、黛之间的关系，可是她却装得"浑然不觉"，而且表面上总"远着宝玉"。但这决不等于她是听其自然，不尽人力。而是她有一套与林黛玉完全不同的方法。她并不在贾宝玉本人身上下多少工夫，而是极力讨得贾母、王夫人等的欢心，工作甚至做到赵姨娘那儿去了；因而获得了贾府上下普遍的称赞。与袭人的勾结则更是她老谋深算的一着。林黛玉则除了对贾宝玉"情重愈斟情"外，从没想到要去巴结、讨好其他人。而正是从这里却可以看出林黛玉一往情深所要得到的是贾宝玉真正的爱情，而薛宝钗处心积虑所追求的只是宝二奶奶的地位。由于出发点不同，所以我们可以看到，当贾宝玉因"不肖种种"被他父亲打得卧床不起时，来探伤的薛宝钗是毫无表情地送来一丸药，而且责备贾宝玉："早听人一句话，也不至有今日！"而后来的林黛玉却是"两个眼睛肿得桃儿一般，满面泪光"，这是两种何等不同的情感。从以上种种鲜明的对照中，我们看到了林黛玉美好高尚的心灵。

郑板桥笔下的竹子，周敦颐眼中的莲花，林黛玉自己诗中的菊花，正具有这样一种美的性格。

三

在人类的历史长河中，一切真、善、美的事物，都是在与丑恶、虚伪的事物斗争中存在、发展的。总的来说，新生的、美好的事物总是会战胜腐朽、丑恶的事物的；但在一定的环境、条件下，某个具体的美的事物，不能战胜它的对立面，而终于被摧残以至夭折，也是常有的事。但只要这美的一方在斗争中宁折不屈，坚持到底，那么，它的夭折则是壮烈的，有重大意义的。它一方面可以使自己美的品质焕发出更强烈的光彩，同时又可以更有力地揭露、鞭挞腐朽的势力，因此也就显得更美。把生活中的这种美经过提炼、概括，集中表现到文艺作品中来，就可以给读者提供一个光彩夺目的动人的艺术形象。林黛玉就是这样一个形象。尽管作者在理论上不一定自觉地认识到这一点，但凭着他对生活的敏锐观察力，他至少是觉察到了这一点，而且通过林黛玉这个形象生动地反映了出来。

早在第二回冷子兴演说荣国府时，作者就借贾雨村之口，指出天地间有正、邪两气。当它们相遇时，"正不容邪，邪复妒正，两不相下……必致搏击掀发"；而在封建统治的黑暗社会里，必然会丑恶构陷美好，"正"气打击"邪"气。这正如《芙蓉女儿诔》所说的"高标见嫉""贞烈遭危"。林黛玉作为一个寄人篱下的孤弱女子，又是生活在封建传统势力十分顽固的贾府里，其遭遇又会如何呢？"一年三百六十日，风刀霜剑严相逼"，这凄婉动人的长歌《葬花吟》，正是林黛玉在贾府处境的痛切自诉。这里所引的虽然是诗的语言，但我们只要稍作一点探索就会发现，事实上一点也没有夸大。

钱多人众的贾府，一年到头有数不完的节日喜庆和生日祝寿，六十二回，因宝玉生日，碰巧平儿、宝琴、岫烟也同这一天生日，大家正热闹筹备庆贺，书中写道：

探春笑道："倒有些意思，一年十二个月，月月有几个生日。人多了，便这等巧，也有三个一日的、两个一日的。大年初一日也不白过,大姐姐占了去。怨不得他福大,生日比别人就占先。又是大祖太爷的生日。过了灯节,就是大太太和宝姐姐,他们娘儿两个遇的巧。三月初一是太太,初九日是琏二哥哥。二月没人。"

接着袭人马上指出:"二月十二是林姑娘,怎么没人?就只不是咱们家的。"袭人并非特别记性好,而是宝玉所说的,"他和林妹妹是一日,所以他记的"。探春数生日,一月、三月的都记得,大祖太爷的冥寿也记得,"那边的"邢夫人、贾琏也记得,同样"不是咱们家的"薛宝钗也记得,单单就记不得二月份的、常常在一起玩笑的林黛玉的生日,为什么?这正说明黛玉来了贾府几年,从没人给她做过一个像样的生日,这就无怪乎连"敏探春"也记不起来了。对比一下宝钗的生日,贾母亲自捐资二十两,办了几桌酒席,还去外面特意请了一班戏子来唱戏的光景,对黛玉的冷落和疏远就可想而知了。贾府里的生日如何做法,里面是大有文章的。

林黛玉勉强被宝玉拉去看为宝钗做生日唱的戏文,先是凤姐指着一个戏子说:"这个孩子扮上活像一个人,你们再瞧不出来。"宝钗心内明白,口中偏不说,而"湘云便接口说道:'我知道,是像林姐姐的模样儿。'……众人听了这话,留神细看,都笑起来了,说:'果然像他!'"当时的这些"戏子"是什么人呢?用赵姨娘骂芳官的话来说:"小娼妇养的!你是我们家银子钱买了来学戏的,不过娼妇粉头之流,我家里下三等奴才也比你高贵些!"贾府的奶奶小姐们当然更知道"戏子"的地位,却居然拿她来比林黛玉,以此使大家"都笑起来"取乐,这对林黛玉来说是一种何等的污辱!她能不大恼吗?而类似的事情却从未在其他人那里发生过。

林黛玉自幼体弱,长期病魔缠身,进贾府后,仍然终年与药物为伴。宝玉当着黛玉众人之面,曾向王夫人提出:"太太给我三百六十两银子,我替妹妹配一料丸药。包管一料不完就好了。"王夫人不问情由,马上斥责道:"放屁!什么药就这么贵。"当王熙凤证明宝玉说的方子是真的之后,王夫人又把话扯到别的上头去,不了了之。三百多两银子对贾府来说又算个什么呢?不听王熙凤对病中的秦可卿说的"咱们若是不能吃人参的人家也难说了。……别说一日二钱人参,就是二斤也吃得起"。如果真的有心为黛玉治病,这点银子又何"贵"之有?黛玉刚进贾府时,王熙凤曾当面对她说:"妹妹几岁了?可也上过学?现吃什么药?在这里别想家，要什么吃的，什么玩的，只管告诉我……"当日王熙凤说的未必是假意，而今日不要说"什么吃的，什么玩的"，就连治病所需要的药亦不能获得，却是现实，这怎能叫林黛玉不感到"泪干春尽花憔悴"（《桃花行》）呢？

宝、黛爱情经过长期反复的互相了解、考验，终于以宝玉送手帕而达成了默契。但"木石前盟"要得到最终实现，则还得要家长同意、做主。对黛玉来说，唯一可指望的也是最具权威的自然是贾母了，所以紫鹃就曾十分关心地劝黛玉："趁早儿，老太太还明白、硬朗的时节，作定了大事要紧。"从一般的事理来说，紫鹃的主意自是唯一可行的，然而紫鹃的贴心关怀，结果却使黛玉"便直哭了一夜"，为什么？因为正是这位老祖宗恰恰成了"木石前盟"的阻力。请看，当"慧紫鹃情辞试莽玉"时，宝玉以几乎疯癫的方式正式地、强烈地向人们宣告了他与黛玉不可分割的关系，而对待这件事，贾母却只说了一句"我当有什么要紧大事，原来是这句顽话"就淡淡地把这一件严峻的事情敷衍过去了。连凤姐儿也"巧"不过的老太太，真的不知这事的含义吗？她那一副装聋作痴的样子，当然是表明了她对宝、黛关系的明确态度，而狡猾的薛姨妈也在一旁大唱双簧："这并不是什么大病，老太太和姨太太只管万安，吃一两剂药就好了。"天真的紫鹃一时还体会不到这些话里的意味，可是"心较比干多一窍"的黛玉，却是洞若观火的啊！不仅如此，在贾府的一次元宵夜宴上，林黛玉把自己的一杯酒端起来，"放在宝玉唇边，宝玉一气饮干，黛玉笑说：'多谢。'"紧接着是王熙凤笑里藏刀地说道："宝玉别喝冷酒，仔细手颤，明儿写不得字，拉不得弓。"这事奇怪的是，宝玉并未喝冷酒，而凤姐也"知道没有，不过白嘱咐你"。很明显，她的目标不在宝玉喝酒，而在指责林黛玉不该举杯，她不能容忍黛玉有对宝玉如此亲昵的行为。随后我们还看到，老祖宗又借女先儿说书之事大骂一种"绝代佳人"——"只一见了一个清俊男人，不管是亲是友，便想起终身大事来，父母也忘了，书礼也忘了，鬼不成鬼，贼不成贼，那一点儿是佳人？便是满腹文章，做出这些事来，也算不得是佳人了"。这样正颜厉色，是在骂书中的佳人还是警告眼前的佳人，敏感的当事人是最清楚不过的。看来，依靠贾府的当家人来实现"木石前盟"是完全无望了。明乎此，我们就会发现并理解，为什么后来林黛玉有那么一股强烈的思乡情绪。思乡，也就是想念她的父母，想念可以为她终身大事做主的人。对死者的怀念正是对生者的绝望。薛宝钗给她送了一点薛蟠带来的土产，林黛玉就"触目伤情"，想起父母双亡，又无兄弟，寄居亲戚家中，当紫鹃对她劝解，她反而"泪痕满面"。从来少和人交往的林黛玉这时竟主动提出要去宝钗处，原因是"薛大哥回来了，必然告诉他些南边的古迹儿，我去听听，只当回了家乡一趟的"。可见林黛玉的思乡之情到了怎样一种程度。这种委婉深曲的心情，是他人无法理解的，所以当贾宝玉想方设法劝慰她时，她只说："我有我的原故，你那里知道？"说着，眼泪又流下来了。正是，"想眼中能有多少珠泪儿，怎禁得秋流到冬，春流到夏"。黛玉不但常流泪，而且喜独自流泪，这是因为"满纸自怜题素怨，片言谁解诉秋心"。在林黛玉心里蕴含了多么巨大的痛苦！这是一种无处可诉也不能诉诸于人的少女的痛苦。

如果说，前面种种事情还须经过一些分析才能看出个中意味的话，那么，到后来林黛玉的艰难处境就越来越明显了。抄检大观园时，王熙凤就和王善保家的先打了招呼："要抄检只抄检咱们家的人，薛大姑娘屋里，断乎抄检不得的。"结果蘅芜院得以幸免，而潇湘馆照抄不误。探春算贾府众人之生日时，袭人说黛玉"只不是咱们家的"，当时并无人持异议，而到抄家时，黛玉就成了"咱们家的人"了，岂不冤哉！尤有甚者，抄检之前，王夫人对凤姐提到晴雯时竟说"有一个水蛇腰，削肩膀儿，眉眼又有些像你林妹妹的"，是"妖精似的东西"，"我一生最嫌这样的人"。在这里，王夫人比之众人拿黛玉比作戏子来取笑更来得露骨，更显得凶狠了。像《芙蓉女儿诔》是既祭晴雯又祭黛玉一样，黛玉将来的命运也从现时的晴雯身上显示出来了。

然而，黛玉的悲剧命运并非一开头就铁定了的；相反，她曾面临过一个比较好的前景。因为黛玉当日初进荣国府时，贾母把她搂入怀中"心肝儿肉"的痛哭，决不能说不是出自肺腑的真情，贾母后来对她是"万般怜爱，寝食起居，一如宝玉，把那迎春、探春、惜春三个孙女儿倒且靠后了"，就是很好的证明。甚至直到第二十五回，凤姐还当着众人的面打趣黛玉说："你既吃了我们家的茶，怎么还不给我们家作媳妇儿？"虽是带有玩笑意味，却也透露了不少信息，反映了当权者们最初的心曲。可以设想，如果林黛玉也学得一套那种"既要自己便宜，又要不得罪了人"的做人哲学，同时又表现出一番"装愚守拙""安分随时"的姿态来，而不是那么尖刻、"小性儿"，那么，她的前途必然是另一番光景。这种可能性是客观存在的，它能否成为现实，完全决定于林黛玉自己。然而林黛玉却毅然选择了另一条路："质本洁来还洁去，强于污淖陷渠沟。"她决不强颜媚俗、同流合污，为此可以付出最大的代价，她最终是以死亡来捍卫她的美质不受污损，保持了像莲花那样出淤泥而不染的纯洁，表现了像竹子那样豪气凌云、不为俗屈的品质，成为在当时条件下所能达到的最美的一个形象。在这一点上，她和贾宝玉为了走自己的路，就是"死了，也是情愿的"是一种完全相同的精神境界，真不愧为"颦颦宝玉两情痴"了。

四

像《红楼梦》中的主角贾宝玉的思想性格具有时代特征一样，恰恰可与之相对的林黛玉也具有这种特征。这可以说是林黛玉性格中的核心部分，也是构成其性格美的最重要因素。

这种特征就是要求尊重人，维护人的尊严，不能容忍对人格和自尊心的丝毫亵渎。还在她刚要踏入贾府的三间兽头大门之前，她首先的思想考虑就是今后"都要步步留心，时时在意，不要多说一句话，不可多行一步路，恐被人耻笑了去"。这正反映了她那种强烈的自尊心。

可以说，林黛玉就是带着这样一颗执着的心情来到贾府的。明白了这一点，我们就会发现，林黛玉那些直接发作与不满，因而被人们目之为小性儿的事例，都是和她的这种性格特点紧密相关的。就像一根绷得铁紧的异常敏感的琴弦，不管有意无意，只要稍一触动，它就会强烈地颤动起来。

第七回，周瑞家的替薛姨妈给贾府众姐妹送宫花，当送到黛玉处时，黛玉首先不是像宝玉那样拿来欣赏一番它的"新巧"手艺，而是首先发问："还是单送我一个人的，还是别的姑娘都有呢？"当她知道别人"都有了"的时候，便冷笑道："我就知道么，别人不挑剩下的也不给我。"在这里，林黛玉着眼的不是宫花的价值和意义，而是在这一事件中人们对她的态度，她未必就是要求人们首先送来给她，但却绝不愿意别人有意把她放在最后，将挑剩了的给她。

贾宝玉因随其父游大观园，被"试才题对额"，出来之后很高兴，众小厮们乘这个"彩头"，一个个把宝玉身上的荷包、扇袋子等等"所佩之物，尽行解去"，黛玉知道此事后，以为她送给他的荷包也给小厮们拿去了，于是不问情由，把原来正在替宝玉做的香袋儿"拿起剪刀来就铰"，后来虽然知道宝玉是把它珍藏在衣服里，但还是闹了一通别扭。只要稍加分析，就可以看出在这种"小性儿"的后面，不还是一种强烈自尊心的表现吗？

前面说到的众人把她比作戏子一事，最后成为黛玉与宝玉闹矛盾最凶、时间最长的导火线，差点儿气走了胸怀爽朗的史湘云，同时气得贾宝玉"大哭起来"，感到"回头试想真无趣"。宝玉还从没有这样心灰意懒过呢。黛玉之所以这样大发作，原因很明显："拿着我比戏子，给众人取笑儿！"这太伤害林黛玉的自尊心和人格了。

明乎此，我们也就容易理解下面的事情了。一个晚上，黛玉信步到怡红院敲门，刚好黛玉"素日待她甚厚"的晴雯在气头上，没听清谁的声音而不肯开门，在一般人遇到这种情况，也可能大声再叫一遍，或者回去也就罢了，而黛玉却是首先"不觉气怔在门外……回去不是，站着不是"，"也不顾苍苔露冷，花径风寒，独立墙角边花阴之下，悲悲切切，呜咽起来"。回来之后，又"倚着床栏杆，两手抱着膝，眼睛含着泪，好似木雕泥塑的一般，直坐到二更多天"。薛宝钗史湘云都曾当面受过贾宝玉不留情面的顶撞，她们也不过是不由得"满脸通红"一阵而已，而林黛玉只因出于误会受了一点委屈，却如此撕心揪肺地感到痛苦，亦可见其自尊心是何等强烈了。

饱受寄人篱下之苦的林黛玉，支撑她能在贾府继续生活下去的精神力量，吸引着她对未来的憧憬与期望，就是对宝玉的爱情的追求。"每日家情思睡昏昏"——这一声长叹，流露了姑娘心中无限火热的情意。可以设想，当她一旦得到宝玉的明确表示时，该有何等的欢乐与喜悦啊！事实也正是如此，当她"体贴出"宝玉派晴雯送来两条旧绢子的意思来时，竟是"神痴心醉"，"一时五内沸然，由不得余意缠绵"，她沉浸在从未有过的爱情的幸福与甜醪之中。其实，贾宝玉向她表白自己的情意绝不仅此一次。在此之前，他还曾两次通过"西厢记妙词通戏语"来表白自己的心曲，然而效果却和这一次大大不同。当第一次贾宝玉对她笑着说"我就是个'多愁多病的身'，你就是那'倾国倾城的貌'"时，书中写道：

黛玉听了，不觉带腮连耳通红，登时直竖起两道似蹙非蹙的眉，瞪了两只似睁非睁的眼，微腮带怒，薄面含嗔，指着宝玉道："你这该死的胡说！好好的把这些淫词艳曲弄了来，还学了这些混话来欺负我。我告诉舅舅舅母去。"说到"欺负"两个字上，早又把眼圈儿红了，转身就走。

第二次，贾宝玉又当着黛玉的面对紫鹃笑道："好丫头，'若共你多情小姐同鸳帐，怎舍得叠被铺床？'"

黛玉登时撂下脸来，说道："二哥哥，你说什么？"宝玉笑道："我何尝说什么。"黛玉便哭道："如今新兴的，外头听了村话来，也说给我听；看了混帐书，也来拿我取笑儿。我成了爷们解闷的。"一面哭着，一面下床来往外就走。

本来，对于《会真记》的文章，林黛玉一接触便"越看越爱"，"但觉词句警人，余香满口"，对于宝玉的爱情表白，更是梦寐以求的，为什么当这两者一起出现在她面前时，她反而如此气愤呢？我们绝不能认为这是一种做作，须知"不觉带腮连耳的通红"这一类表情是连王熙凤也一时装不出来的，遑论黛玉？唯一的解释只能是，以黛玉的身份地位、文化教养，这样的大事，是不能在这样的场合，尤其不能以这样的方式和词语来表达的，至少在她是不能接受的。原因很简单，这对她是一种亵渎，是"欺负"她，有伤她的尊严。也就是说，宝玉的话语所包含的实质内涵，本来可以带给她爱情的喜悦，还不足以超过在表达方式上对她不够尊重所引起的反感。在黛玉那里，真可谓生命诚可贵，爱情价更高，若为尊严故，二者皆可抛。

当我们弄清了黛玉这种性格特征时就会发现，它并不是黛玉一人所独有的，在一些下层人物，特别是受压迫、侮辱最重的奴婢身上都具有不同程度的这种性格。尤三姐、鸳鸯、司棋等等皆是。尤其是"心比天高，身为下贱"的晴雯更为突出，她曾公开宣称："一样这屋里的人，难道谁又比谁高贵些？……冲撞了太太，我也不受这口气。"抄检大观园时，晴雯的形象就更为人们所熟知了。也许正因为如此，黛玉才素日"待她甚厚"吧。此外，如贾探春在庶出这一点上亦是十分敏感和自尊心甚重。他们的出发点虽然个个不同，但有一个共同点：他们都是与封建社会的不合理现象相对立的，而不是一种性格缺陷。据此，我们可以说：林黛玉的这种性格不是孤立的，它带有普遍性，甚至可以说是一种人们不易觉察到的新思潮，只是在林黛玉身上表现得最为突出和强烈罢了。

在漫长的封建社会里，无论中外，人，尤其是妇女，是受压抑的，不受尊重的，完全失去了人的尊严。在中国，妇女身上有四条绳索的强固束缚；在欧洲，也是君权统治人权，神道统治人道，这是社会发展前进的巨大阻力，因此，14—16世纪欧洲新兴资产阶级的文艺复兴运动，就自觉地提出反对中世纪以来的禁欲主义和教会统治，主张以"人道"反"神道"，以"人权"代"君权"，提倡关怀人、尊重人、以人为本位的世界观，人的价值大大提高了。

在中国古代文学中，从来没有谁像贾宝玉一样把妇女的地位看得那样高，也从没有哪一个女性形象像林黛玉那样有如此强烈的自尊心，如此执着地维护人的尊严。林黛玉的这种要求，虽然远远不如欧洲文艺复兴时期那些先驱者们能自觉地把这一思想作为斗争的口号，在她的意识里还没有形成这样一个明确的概念，但她却具有以往的形象所没有的性格特征。这一特征萌发在这样一个女性身上，是带有深刻的时代意义的。从这个特征所反映的思想体系来说，它是一株幼芽；从这个特征所预示的发展进程来说，它是一个信号。因此，它既是幼弱的、朦胧的，却又是新生的、发展无量的。这种状况恰到好处地反映了资本主义正处在萌芽阶段的历史面貌：一个未成熟的资本主义经济体系，产生了一个未成熟的带有它的某些特征的人物形象。它在封建势力的重压下最后夭折，正是表现了历史的必然要求与这种要求实际上的不可能实现的矛盾；因此，它虽然在一定的历史条件下毁灭了，但却展示了代表这种历史必然要求的新事物一定会获得胜利的历史趋势。这就是林黛玉这个形象的悲剧意义，也是她美之所在。并不具备今天认识水平的曹雪芹，能创造出这样一个人物形象来，正说明了他的现实主义创作方法的深刻性。

像中国的资本主义萌芽是产生于中国封建经济的母体内一样，林黛玉的性格也是从旧的封建社会土壤中发展而成的，从唯物主义的观点来考察，她是不可能完全出淤泥而不染的。在她身上，封建时代的种种污垢，还是显而易见的，这些人人皆有的东西是需要也容易指出来的，而分析一个人物形象，我们更需要注意的是那些他人所没有，而又最富思想意义的内容，那就是林黛玉所独有的美。

论薛宝钗形象的艺术构思

鲁迅先生说:"自有《红楼梦》出来以后,传统的思想和写法都打破了。"这种打破传统的思想和异于传统的写法是紧密相连的。探讨一下《红楼梦》写法上的特点,对于加深对这部著作的理解以及今天文艺创作的借鉴,都是颇有意义的。研究一部优秀作品的写法,不仅要知道它写了什么,还应该分析它是怎样写的以及为什么要这样写。对于"字字看来皆是血"的杰作《红楼梦》,尤其应该做这样的工作。本文试就薛宝钗这个形象的塑造来做一点初步的探讨。

一

宝、黛、钗三人的爱情、婚姻问题,是贯穿《红楼梦》全书的一条重要脉络。围绕着它所开展的矛盾冲突,反映了许多深刻的社会内容。贾宝玉的反封建叛逆性格在这里尤其显得突出。在他身上反映了具有资本主义萌芽的崭新思想。在"木石前盟"与"金玉良缘"的斗争中,正面人物贾宝玉是一个具有初步民主主义思想的人物。而这个人物所表现出来的思想深度,是与作者写薛宝钗形象的艺术构思分不开的。

在一般的爱情婚姻题材中,主人公爱此恶彼,本是古典文学作品里很普遍的现象。被爱与被恶者的条件,在作者笔下大抵都是泾渭分明、一目了然的,因此当事人的态度也就爱憎分明,丝毫不会含糊。就拿对宝、黛影响颇大,被他们称为"真真好文章"的著名作品《西厢记》来说,同是"先人拜礼部尚书",张生是一个风流潇洒、才貌盖世的郎君,而郑恒则不过是一个"木寸""马户""尸巾"的蠢驴,即使在红娘的眼里,两者相比,竟是"你值一分,他值百十分,萤火焉能比月轮"。对于莺莺来说就更可想而知了。而在《红楼梦》里,情况却并非如此,对贾宝玉来说,薛宝钗与林黛玉相比有着复杂得多的情况。

一次,林黛玉赞王熙凤的茶叶颇好,王熙凤就借此对黛玉开玩笑说:

"你既吃了我们家的茶,怎么还不给我们家作媳妇儿?"又指着宝玉对黛玉说:"你瞧瞧,人物儿、门第配不上,根基配不上,家私配不上?那一点儿还玷辱了谁呢?"王熙凤在这里说的虽是玩笑话,但却道出了封建社会,尤其是像四大家族这样人家的婚配条件:人物、门第、财产这三条,无论择婿或选媳都是适用的。以薛、林二人相比,谁更符合此条件呢?一个是赫赫威势的四大家族之一的薛家小姐,出身于"珍珠如土金如铁"的皇商之家,另一个则是孤苦伶仃、寄人篱下的弱女,从门第和财产来说,自有天渊之别。至于王熙凤置诸首位的"人物儿"又怎样呢?所谓"人物儿",不外指本人的相貌、性格等。贾母在清虚观里与张道士谈到宝玉的婚事时就说:"只要模样儿配的上,就来告诉我","只是模样儿性格儿难得好的",就是最好的说明。从性格来说,薛宝钗因为"行为豁达,随分从时"而博得上下的一片称赞,林黛玉则是有名的"小性儿"。从容貌来说,我们没有必要用今天的眼光来为她们分妍媸,但可以从书中人物特别是当事人贾宝玉的反应来加以分析。

薛宝钗刚进贾府不久,第五回就写道:"如今忽然来了一个薛宝钗,年纪虽大不多,然品格端方,容貌美丽,人人都说黛玉不及。"

这里说的"人人",虽未必包括宝玉在内,但至少可以肯定宝钗的容貌对宝玉是很有吸引力的。宝玉第一次到薛姨妈家去,就仔细地打量宝钗的装扮。特别在二十八回,宝钗褪左腕上的香串子给宝玉看时,书上写道:"宝钗原生的肌肤丰泽,一时褪不下来,宝玉在旁边看着雪白的胳膊,不觉动了羡慕之心,暗暗想道:'这个膀子,若长在林姑娘身上,或者还得摸一摸,偏长在他身上,正是恨我没福。'忽然想起'金玉'一事来,再看看宝钗形容,只见脸若银盆,眼同水杏,唇不点而含丹,眉不画而横翠,比黛玉另具一种妩媚风流,不觉又呆了。宝钗褪下串子来给他,他也忘了接。"可见宝玉是如何忘情于宝钗的美貌。二十一回宝玉续《庄子·胠箧》文所说的:"戒宝钗之仙姿",都说明宝钗是一个"颇极端丽"(鲁迅《中国小说史略》)的人物。

费这些笔墨,目的在于说明,封建贵族联姻的三个条件,林黛玉全都比不上薛宝钗。

不仅如此,林黛玉还有一个很大的弱点,就是身体很差,常年与药物为伴,是个"多愁多病身";而薛宝钗"心广体胖",显得很健康。在一定的前提下,这一条也不能不起相当大的作用。后四十回写贾母比较薛、林的长短时，除了说到她们性格上的不同之外，还说："况且林丫头这样虚弱，恐不是有寿的。只有宝丫头最妥。"这种描写是符合人物的思想逻辑的。

综合以上情况可以看出，作者就封建婚姻所要求的基本条件，明显地告诉读者，宝钗比之黛玉是处于无可争辩的优势地位的。宝玉作为一个"贫穷难耐凄凉"的贵族公子，绝不能不受传统的择偶标准的影响，特别在"人物儿"的外貌上，宝钗常常使宝玉为之神往。

然而可贵的是，宝玉却能突破这种传统的婚姻观念，断然撇弃了"人物儿""门第""根基""家私"都比黛玉优越的宝钗，而深深爱上了孤苦无依而又十分"小性儿"的黛玉。其中唯一的原因就是黛玉与宝玉有着共同的叛逆思想，黛玉从不像宝钗那样说那些仕途经济之类的"混帐话"。也就是说，宝玉舍钗取黛是以人的思想作为决定性的标准的。它不但与封建阶级那三条婚姻标准有着根本的不同，就是和那种"两目相遇，一见钟情"的才子佳人式的爱情也有着鲜明的区别，表明宝玉是一个具有新的思想意识萌芽的人物。这正是鲁迅先生赞许《红楼梦》打破了"传统的思想"的地方。

宝玉这种思想所表现的强度，是和宝钗这个人物形象有着十分密切关系的。可以设想，如果在宝、黛的爱情关系中，没有宝钗这个人物，或者虽有，但她却处处不如黛玉，对宝玉毫无吸引力，只是一个郑恒式的人物，那么，宝玉取黛舍钗的思想意义就会大大削弱，这充其量只不过表现了两千多年来文艺作品中屡屡出现过的要求婚姻自主的思想罢了。

宝钗却恰恰是另一种情况。六十二回宝玉做生日，怡红院夜宴时，宝钗抽的一枝酒签上的词语是"任是无情也动人"。这正是在宝、黛、钗关系中，作者写宝钗的指导思想：对宝玉来说，她既"无情"（思想感情上格格不入）又"动人"（其他方面），宝玉则因她的"无情"而撇弃了她的"动人"。在此情况下，"动人"的一面写得愈突出，则宝玉最后取黛舍钗的思想意义就愈大。作者正是着力地使用了这种写法，以此对突出、加强贾宝玉的叛逆思想起了有力的衬托作用。可见文艺作品中的人物是相互关联的，如何写反面人物，对正面人物有着直接的影响。鲁迅在《中国小说的历史变迁》中指出，《红楼梦》"和从前的小说叙好人完全是好，坏人完全是坏的，大不相同"。这种不同，正是《红楼梦》打破了传统的写法，因而高于"从前的小说"的地方。

写郑恒式的反面人物，《西厢记》作者的用意无非也是用来衬托张君瑞的正面形象，可是由于作者把他写得一无可取之处，因此这个人物并未起到加强作品主题的作用，他只不过成了曹雪芹严加批判过的那种"才子佳人等书"在写男女二人相爱之时"又必旁添一小人拨乱其间，如戏中的小丑一般"的人物。

鲁迅和曹雪芹都批评过这种陈套的笔法，而《红楼梦》对薛宝钗人物刻画的这种新颖写法，对今天的创作仍有值得重视的借鉴意义。

二

薛宝钗形象的特色，尤其在作者对其性格的刻画上，手法别具一格，塑造了一个别开生面的虚伪奸诈的女君子形象，完全不同于文学史上这类人物的写法，表现了作者独特的艺术构思。

在古代小说中，奸恶的人物可谓不少。为一般人所熟知的如曹操、蔡京、童贯、费仲、尤浑、申公豹、秦桧等。这些人物有个共同特点是他们的面目和心理皆为读者所洞察，也为人们所憎恶，这是因为作者对他们是用直笔加以暴露和鞭挞的。直至王熙凤也大抵属于这种类型的人物，而且写得尤其出色；但薛宝钗的情况却大大不同。

首先，薛宝钗是《红楼梦》里唯一得到上上下下众口一词交相赞誉的人物。贾母说："提起姊妹，不是我当着姨太太的面奉承，千真万真，从我们家里四个女孩儿算起，全不如宝丫头。""千真万真"，这是"老祖宗"由衷之言，而非"当面奉承"的话。王夫人在宝钗协助探春理家时当面说："好孩子，你还是个妥当人。"贾母和王夫人对宝钗的赞扬不足为奇，无须多议。史湘云虽出自四大家族之一，然父母双亡，孤独处境和黛玉有近似之处，因而最初和黛玉过往最密，每次来贾府都与黛玉相处，后来慢慢就住到宝钗处去了。宝钗对她的体贴，使她不胜感激，表示要"把姐姐当亲姐姐待"，还把家中的隐事向宝钗倾诉。作为尖锐对立的情敌，黛玉对宝钗一直怀有足够的警惕，而且一度敏锐地觉察到，宝钗是一个善于"藏奸"的人物，两人之间经常"火辣辣"地进行唇枪舌剑的斗争，然而最终还是黛玉折服了。宝钗经过一番工夫之后，黛玉竟对她消除了警惕。黛玉对宝钗说："你素日待人，固然是极好的，然我最是个多心的人，只当你有心藏奸。……往日竟是我错了，实在误到如今……"宝钗的受欢迎，不仅在主子中间如此，在奴仆中亦然。她刚来贾府不久，就显示出她的独特本领——"深得下人之心，就是小丫头们，亦多和宝钗亲近"。尤其令人惊异的是，贾府的赵姨娘，这个处处受人歧视，因而也对人人怀有敌意，甚至连亲生女儿都捏不到一块的人，也完全为宝钗所感动。当宝钗送了一点薛蟠从江南带来的土仪给贾环时，赵姨娘心中十分高兴，"怨不得别人都说那宝丫头好，会做人，很大方。如今看起来，果然不错！……要是那林丫头，她把我们娘儿们正眼也不瞧，那里还肯送我们东西？"要知道，赵姨娘在心里说别人的好话，通共才只这一次呢。

在这样"一个个不像'乌眼鸡'，恨不得你吃了我，我吃了你"的险恶环境里，宝钗却能如鱼游水，应付自如，博得一片叫好声，这和王熙凤自叹"一家子大约也没个背地里不恨我的"情景相比，形成十分鲜明的对照。这也可说是作者的专意构思。人们之所以都恨王熙凤，是因为她的奸诈狠毒，尽人皆知；而同样奸诈虚伪的薛宝钗，作者为什么偏偏又把她写成一个人人赞好的人物呢？既然人人呼好，就必然要写她许多"好"的表现，那么，作者又如何表现她虚伪的真实面目呢？这种写法的意义又何在呢？

王熙凤曾经给薛宝钗下过一句评语："不干己事不开口，一问摇头三不知。"这是一方面；而另一方面，宝钗曾经对湘云传授处世之道，"又要自己便宜，又要不得罪了人"。这两条可说就是宝钗的人生哲学，也是曹雪芹塑造薛宝钗这个人物形象的指导思想。

由于不干己事"不开口"，凡问"三不知"，这就使宝钗能够在错综复杂的是非场中做到"不得罪了人"。但是，仅仅不结怨于人，还远远不是这条人生哲学的最终目的，还必须进一步取悦于人，才能左右逢源，进退无碍，最后获得"自己便宜"的结果。于是，我们就看到"会做人"的宝钗，在每日两次到贾母、王夫人面前"承色陪坐"时是如何精心地揣摩、迎合她们的脾胃。因此，她不但知道贾母爱吃什么菜，爱听什么戏，爱猜什么谜语，甚至让自己也去适应老年人的这种嗜好。不仅如此，她还当面奉承"老祖宗"："我来了这么几年，留神看起来，二嫂子凭她怎么巧，再巧不过老太太。"这句十分得体的奉承话，实际上既委婉地夸赞了王熙凤，又直接巴结了老太太，贾母听得满身舒畅，怎能不满口赞赏宝钗呢？就凭着这种"留神看"的工夫，宝钗为湘云设计了一顿既省钱又人人高兴的螃蟹宴，使湘云对她五体投地。她乘着黛玉病中为自己

"原是无依无靠投奔了来的,他们已经多嫌着我呢"而苦闷之时,送去几两燕窝,说了几句悄悄话,成功地在黛玉的脑海中抹去了她这个人物的"奸"象。宝钗的工夫不仅留意做到赵姨娘那里,还特别着力做到花袭人身上。再加上她协助探春理家时的"小惠全大体",更使得她这条使"自己便宜"的人生哲学获得大大的成功。

然而我们切不要忘记"不干己事不开口"这条古老哲学的重要原则是在"不干己事"的前提下才"不开口"的。换句话说,遇到"干己事"的情况时,就不是"不开口",而是要大喊大叫的,否则岂不是失去"便宜"了吗?薛宝钗正是一丝不苟地奉行着这条原则的。

请看三十回,当宝玉在众人面前,特别是黛玉在场的情况下,无意说了一句玩笑话,将宝钗比作杨贵妃时,这一下可大大触犯了宝钗。只见宝钗登时"红了脸","冷笑了两声",马上借着小丫头靛儿找扇子的机会"指着她厉声说道:'你要仔细!你见我和谁顽过!'"并当即与宝玉、黛玉展开了针锋相对的"冷战",气氛异常紧张,以至在"这些上虽不通"的局外人王熙凤也感到"怎么这么辣辣的呢"。平时以"行为豁达,随分从时"著称的薛宝钗,这时却一反常态,显得异常严厉和斗狠了。

从宝钗这次极不寻常的亮相可以看出,摆在她面前有一个颇为棘手的矛盾:一方面,她必须保持平和、从时、豁达的外貌,以维持她已经建立起来的各种良好关系;另一方面,当触及她切身的利害时,她又必然十分执着,寸步不让,既不豁达,也不随分。然而这种状况如果发生得太多,动不动就"大怒",情不禁就"厉声"的话,就必然破坏她在众人面前苦心摆出来的自画像。为了解决这个矛盾,她只能采取十分隐蔽、韬晦的手段来处理她的"干己"大事,以获取她的"便宜"。作者正是根据这样的艺术逻辑来构思宝钗这个人物形象的。无怪宝钗在第三十回那样的表现就成为绝无仅有的一次了。

对于"金玉良缘"的主角宝钗来说,婚姻问题无疑是她最"干己"的切身大事了。让我们看看作者是怎样围绕这件事情来追踪她的鬼蜮行径和曝光她的丑恶灵魂的。

宝钗作为一个知书识礼的名门闺秀,自然一切都应按照规矩办事,尤其在婚姻大事上,"父母之命,媒妁之言"是绝对不能违反的金科玉律,女孩儿是绝不被允许自己去考虑终身大事的。在一次荣国府的元宵夜宴上,贾母就曾借题发挥,严厉批判过这样一种"绝代佳人":"只一见了一个清俊男人,不管是亲是友,想起终身大事来,父母也忘了,书礼也忘了,鬼不成鬼,贼不成贼,那一点儿是佳人?"贾母的指责,自是意有所指,薛姨妈也随声附和,并当众为她"大家子"的女儿打了包票,绝无此事。

不幸的是,宝钗偏偏就是这样一个整天为着"干己"的终身大事而干着不鬼不贼勾当的阴险人物。只是她的营生既不像贾赦想娶鸳鸯那样闹得尽人皆知,也不像赵姨娘与马道婆勾结在暗中谋算宝玉那样为作者写得明明白白,而是在人们难得看见,或者当着众人面前却不易为人所觉察的状况下表现出来。这种表现常常似真疑假,似有若无。作者总是不断地暴露出事物的某些疑点,诱发人们的思索,使读者自己从前后连贯中得出结论来。

在充满珠光宝气的大观园里,宝钗是最为淡雅的一个贵族小姐。她不仅身上穿着朴素,就是屋子里的陈设也冷清得像"雪洞一般",使贾母看了也"摇头",觉得"素净"得"看着不像"了。她素日不爱装饰打扮,她家里存有的十二支"宫里头作的新鲜花样儿堆纱花"也没用场,薛姨妈只好请周瑞家的全拿去分送给其他姐妹。可是这样一个朴素得出奇的"山中高士",为什么却偏偏爱把一块沉甸甸的金锁成日家吊在脖子上,让它亮在别人眼前呢?

在贾府的矛盾冲突尚未充分地暴露之前,王熙凤曾经当众对黛玉开过一次玩笑说:"你既吃了我们家的茶,怎么还不给我们家作媳妇儿?"这对不相干的人来说是没有多少意义的。但对有心人来说,却是一个不祥之兆。宝钗当时笑着说:"二嫂子的诙谐真是好的。"这淡淡的一句,和五十七回"慧紫鹃情辞试莽玉"贾母的应付方法是异曲同工的。当贾母知道宝玉听见紫鹃说黛玉要回苏州就急得发疯,明白了宝玉与黛玉间的感情时,只是说"我当有什么要紧大事!原来是这句顽话"。宝钗不也是像贾母一样只说了一句应付话吗?!

宝玉被赵姨娘勾来的马道婆用"魇魔法"弄得死去活来,后来渐渐好了,"黛玉先念了一声佛",宝钗马上笑起来。当惜春问她笑什么时,她说:"我笑如来佛比人还忙:又要度化众生;又要保佑人家病痛,都叫他速好;又要管人家的婚姻,叫他成就。——你说可忙不忙?可好笑不好笑?"素日庄重浑厚的宝钗,为什么听了别人一声"念佛",就这样不舒服,当众挑起眼来?

袭人请湘云为宝玉做鞋，本是平常的事，宝钗却转弯抹角地把这份差事揽到自己手上来；螃蟹宴上，黛玉因心口痛，想喝一口热酒，宝玉便命将"合欢花浸的酒"烫一壶来，黛玉只喝了一口，宝钗赶忙跟了过来，自己动手"另拿了一只杯来，也饮了一口放下"。这种颇异寻常的主动后面，反映了一种什么样的心理？

在清虚观的道士们送给宝玉的礼物中，有一只金麒麟，贾母似乎觉得哪家的女孩儿戴过它，别人都无印象，唯有宝钗知道"史大妹妹有一个，比这个小些"。当探春惊异于宝钗的"有心"时，黛玉尖锐地指出："他在别的上还有限，惟有这些人带的东西上越发留心。"联系宝钗的金锁，黛玉的这种敏感难道是无根由的吗？

在一个怡红院里"鸦雀无闻，一并连两只仙鹤在芭蕉下都睡着了"的炎热中午，宝玉已经午睡，宝钗却像幽灵似地溜进宝玉屋里，以至袭人都"唬了一跳"。当袭人有事走开，宝钗竟坐在宝玉身边袭人的座位上，"不由的拿起针来"为宝玉的"兜肚"绣鸳鸯。作者在此时此地为宝钗画的这幅图像，难道不会使人对这个满口"女子无才便是德"的女君子的"德行"产生怀疑吗？

其实，宝钗作为"品格端方"的年轻女子，这样不合时宜地窜到青年男子住处去，绝非仅有的一次。只是她行踪隐蔽，所知者极少罢了。晴雯有一次因在气头上没听出黛玉的声音而使黛玉吃了闭门羹，晴雯气的是宝钗"有事没事，跑了来坐着，叫我们三更半夜的不得睡觉"。这话里包含着宝钗多少暗中进行的活动啊！宝钗在《咏白海棠》诗里不是大唱"珍重芳姿昼掩门"吗？她也该是一个十分矜持自重的人吧，然而她为什么不但没有"昼掩门"，而且是"有事没事""三更半夜"地闯进青年男子的屋里去呢？

以上一个个情节，作者都平平写来，淡淡过去，它所诱发出的那些问题，作者并没有做正面的回答。如果孤立地看起来，在偌大一部书中，其中某些情节也只是平淡的小事。但是，当我们把它们联系起来加以考察时，那些情节的意义就清晰起来了，那一串串的问题也就有了答案，宝钗的庐山真面目也就昭然若揭了。

不过，曹雪芹也并非完全没有正面"指点"过薛宝钗的心思，只是他采用了十分巧妙的手法。他通过宝玉挨打而引起薛家兄妹的一次吵架，让薛呆子把底端了出来："好妹妹，你不用和我闹，我早知道你的心了。

从先妈妈和我说,你这金要拣有玉的才可正配,你留了心,见宝玉有那劳什骨子,你自然如今行动护着他。"由于这一下像闪电般直触到她的要害,所以竟"把个宝钗气怔了",而且很少有地哭起来。这话作者不说,其他人也不说,作者偏偏找到薛呆子在"眼急的铜铃一般"的情况下嚷了出来,真是妙不可言。这和作者安排焦大酒后大骂宁国府,安排傻大姐因掏蟋蟀而把绣春囊在大观园里抖出来,同是匠心独运的妙手笔。

当作者通过这些场面和情节使读者确切了解到宝钗的真正心思之后,读者也就能进一步领会作者的独特笔法,从而进入作者写得更加隐蔽、对人物性格的刻画尤其入微的境界,这时读者对于作者的笔意已经可以心领神会、融会贯通了。

宝玉挨打卧床时,曾请宝钗的丫头莺儿来"打几根络子"。当莺儿给汗巾子打络子正干了半截儿时,宝钗又来了。她一面探听打什么,一面另出主意:"这有什么趣儿!倒不如打个络子,把玉络上呢。"请看!她一个心眼儿就在那块玉上。联系六十二回宝钗与宝玉射覆时,宝钗也是射在那个"玉"字上,所谓"中心藏之,何日忘之"是也。尤其值得注意的是当说到"配什么颜色才好"时,宝钗说:"用鸦色断然使不得,大红又犯了色,黄的又不起眼,黑的太暗;依我说,竟是把你的金线拿来配着黑珠儿线,一根一根的拈上,打成络子,那才好看。"也就是说,其他一切都不行,只有金线络宝玉"那才好看"。这不明明是跑上门来兜售她的"金玉良缘"吗?为什么她特别强调"鸦色断然使不得"呢?因为鸦色者,青黑色,亦即黛色也。蛇蝎心肠,宁可问乎?!

与此一肚子蛇蝎心肠相配合的是,宝钗还有一套鬼蜮手段。她除了八面玲珑、四处讨好之外,极为狡猾的一着是笼络、勾结袭人。而尤以宝玉挨打之后,她的活动进行得既频繁又隐蔽。适应她的这种活动特点,作者也就写得若明若暗,神龙见首不见尾。脂砚斋多次提到《红楼梦》写作特点中的"草蛇灰线"也常常在这上面表现出来。王夫人在与袭人的一次长篇对话中,除了表示对袭人的赏识之外,还透露了一句"近来我因听见众人背前面后都夸你"。袭人这个被怡红院里众丫鬟斥之为"西洋花点子哈巴儿"的奴才,还有谁能跑到王夫人那儿去"夸"她呢?这个"众人"尽管作者没说出是谁,但除了宝钗和薛姨妈,就不可能是其他人。王夫人随后点名送两碟菜给袭人,并叫不用去跪谢时,袭人开头还"不好意思",不明所以,宝钗却神秘地"抿嘴一笑,说道:'这就不好意思了？明儿还有比这个更叫你不好意思的呢！'"联系到此前宝玉为了让晴雯送手帕给黛玉而支使袭人去宝钗处借书，袭人竟去到"起更方回"，这一些情节写得十分隐约，若断若续，而越是这样写，就越是留下很大的空间，让读者可以想象宝钗在王夫人和袭人之间进行了多少不可告人的勾当。这一系列活动的结果是袭人冒着"不但我的话白说了，且连葬身之地都没有了"的风险，向王夫人提出一个很不合她身份的大胆建议："……以后竟还叫二爷搬出园外来住，就好了。"可是袭人不但没有招来妄言之祸，反而马上获得一个准姨太太的地位，这其中不明显是宝钗在起作用吗？！其实，袭人的话不过是宝钗借她的口道出了己所欲言而不能之言。因为袭人建议宝玉搬出园去的理由是所谓"男女之分""起坐不方便"等等，这个"分"和"不方便"自然不是指宝玉和丫鬟的关系，而是指宝玉和黛玉的关系。宝钗这个阴险的计谋若能得逞，就只能大大破坏"木石前盟"的发展，而期望能顺利地促成"金玉良缘"的实现。这是何等刻毒的一着！

三

《红楼梦》的一个重要艺术特色，就是它塑造的许多人物总是不仅表现人物性格的某一侧面，而且从不同的侧面来展示其性格，而对人物性格不同侧面的描写所运用的手法也不一样。这就是《红楼梦》的人物性格既丰富多样而又生动别致的重要原因。作者对宝钗这一人物形象的塑造也是这样。如果说，在前面的描述中，作者刻画的宝钗是一个行动诡秘、不易捉摸的形象，那么，作者在写她性格的另一侧面——宣扬、维护封建礼教方面，她却是一个积极主动、堂堂正正、言之成"理"、行之若素的人物，是一个"才""德"兼备的女君子。她在这方面的所作所为，和上面所叙的诡秘、奸伪的风格形成鲜明的对照。而正是这不同的侧面有机地构成了宝钗的"这个"典型形象。

大观园里初起诗社的时候，众人兴致勃勃，宝钗也只好"随分从时"，可是当湘云和她商量出菊花诗题时，她一再告诫不要出那些离经叛道的"刁钻古怪的题目"，同时又板着脸教训湘云："究竟这也算不得什么，还是纺绩针黹是你我的本等。一时闲了，倒是把那于身心有益的书看几章，却还是正经。"

如要透彻地了解她这话的意思，不妨耐着性子再看看她对黛玉的训词。在"金鸳鸯三宣牙牌令"的酒宴上，黛玉脱口说了两句《西厢记》里的话，众人都未理论，独有宝钗十分敏感地当场"回头看着她"。事后还把黛玉叫到蘅芜院里喝令"还不给我跪下，要审你呢"，接着唠唠叨叨地教训一番。她说什么："……你我只该做些针黹纺织的事才是，偏又认得了字，既认得了字，不过拣那正经的看也罢了，最怕见了些杂书，移了性情，就不可救了。"宝钗说这些话的意思就是她常常挂在嘴边的口头禅："女子无才便是德。"而她之所以不厌其烦地加以阐释，说明她不仅是"木石前盟"的破坏者，也是黛玉异端思想的扼杀者。不同的是前者干得鬼鬼祟祟，后者则说得冠冕堂皇。这十足地说明她是一个顽固的封建卫道者。

宝钗的这种思想自然不是从天上掉下来的，而是其来有自。清代石成金《家训钞》曾引《靳河台庭训》有云："女子通文识字，而能明大义者，固为贤德，然不可多得。其他便喜看曲本小说，挑动邪心，甚至舞文弄法，做出无耻丑事，反不如不识字、守拙安分之为愈也。陈眉公云：'女子无才便是德。'可谓至言。"十分明显，宝钗就是在这种封建"家规""庭训"中浸渍过来的虔诚人物。宝钗不但"通识文字"，且又"能明大义"；不但自己遵行（有些只是表面的）而且大力去教训别人。因此，她可算是符合封建统治阶级最高标准的"德才兼备"的人物。她这方面的能耐和她搞阴谋诡计的本领一样，在《红楼梦》里也是首屈一指的。

黛玉写了五首古诗，通过歌咏"古史中有才色的女子""以寄感慨"，宝钗还没来得及看，就像传教士那样念起那本古经来："自古道'女子无才便是德'，总以贞静为主，女工还是第二件。其余诗词，不过是闺中游戏，原可以会，可以不会。咱们这样人家的姑娘，倒不要这些才华的名誉。"

香菱迷恋于向黛玉学作诗，宝钗就老不高兴，埋怨"都是颦儿引的她"。后来，当香菱和湘云在蘅芜院里谈诗的时候，宝钗又觉得"实在聒噪的受不得了"，骂她们"不守本分"，"痴痴癫癫，那里还像两个女儿家呢？"

探春理家时，随口说了一句朱熹的话不过是"虚比浮词"，宝钗便以为不得了，毫不客气地说："你才办了两天事，就利欲熏心，把朱子都看虚浮了。你再出去，见了那些利弊大事，越发连孔子也都看虚了呢！"

宝钗就像统治者派在大观园里的一个封建卫道士，哪里有一点异端出现，她都横加干预，一丝不苟。人们不禁要问，她不是"事不干己不开口"吗，可是在这些"事"上，她为什么如此认真，毫不含糊呢，这不正说明她是本能地把维护封建礼教当作"干己"的大事吗？

封建礼教提倡"女子无才便是德"，对男子则要求具经邦济世之才，走读书做官之路，能为君主效力，辅国治民，这样也就可以光宗耀祖、封妻荫子。贾政是这样要求宝玉的，宝钗也是这样期待于宝玉的。为了这，她不计成败得失，甘愿含羞忍辱地做一个吃力不讨好的封建说教者。

宝钗进入大观园后，对于宝玉，"在处处远着他"的假象后面，有两个方面是抓得很紧的：一是密切注意宝、黛关系的发展，暗中破坏他们的关系，努力施加"金玉良缘"的影响；二是时时向宝玉灌输封建之道，开口"仕途经济"，闭口"金殿对策"，总想把宝玉引到封建传统的老路上来。尽管毫无效果，她也从不肯收起那一套"混帐话"。尽管有一次宝玉有意给她难堪，还没听完她的训话就当着丫头的面"咳"了一声，拔腿就走，使她"登时羞的脸通红"，但过后，她"还是照旧一样"。她这种韧性，说明她像贾政一样，已经"入了国贼禄鬼之流"，是出于维护封建统治阶级的利益而表现出的一种本能行动，把她说成只是为了自己将来能达到"妻以夫荣"的目的，是远远不够的。

四

至此，我们可以清晰地看到，作者是用了两种不同的笔墨，有力地刻画了薛宝钗性格的两个侧面。这两方面骤看起来是这样截然相反，一种表现得极隐蔽，一种表现得极明显，然而两者之间又有着紧密的内在联系，收到相得益彰的艺术效果。正是由于作者充分地描绘了她作为封建卫道者的这个方面，才使人更觉得她阴险毒辣的另一面十分可怕。又因为作者入微地暴露了她虚伪奸恶的灵魂，才更使得她正人君子的道学面目尤其可憎。这两者的有机结合，就使薛宝钗这个人物形象显得更集中、更典型，因而也更有社会意义。

以直笔写薛宝钗的道学面孔，在写法上并无特异之处；用曲笔描她的丑恶灵魂，却是生色之笔，也是作者创新之处。它新在何处以及为什么要这样写，是值得加以研讨的。

鲁迅说："在中国，小说是向来不算文学的。"由于封建统治阶级对小说的歧视，所以在中国文学批评史中，极少有系统的关于小说批评的理论，对小说写作方法的总结就更谈不到了。其实，中国古代小说，尤其是《红楼梦》的写作方法，其丰富内容并不亚于其他文学样式。在诗歌创作中，有一种为诗人所常用，同时为批评家所乐道的方法就是含蓄。在一部分评论家那里，甚至把含蓄摆在各种作诗法之上。其实，诗中这种"为上"的做法，在古代批评家们不屑一顾的小说中亦有出色的运用。作者对薛宝钗奸巧虚伪性格的刻画就是如此。作者不但没有在声色议论上直接说她一句坏话，反而给她加上了一些诸如"贤宝钗"的美号、"牡丹花"的雅喻，并且通过书中的各色人等尽说她的好话。这是历来写这类人物的小说中所没有的特异之笔。然而读者从这个人物的许多似乎平淡琐碎的事件中，获得的却是截然相反的另一种印象，体验到的乃是一个无比奸恶的形象。这种艺术效果正是表现了作者的艺术魅力。这种写法无疑是一个成功的创举，也是鲁迅先生所赞誉的打破了传统写法的地方。

作者的这种创新是考虑了作品的实际需要，是和作品中其他人物的写法有密切关系的。《红楼梦》在展现封建社会必然灭亡这一主题的要求下，描写了一系列封建社会末世子孙的人物形象，而他们的阶级属性、社会地位、生活环境和生活方式都很相近，人物的面貌或性格也就很容易写得重复或彼此混淆。《红楼梦》在艺术上的一个杰出成就是在这样的情况下，不但能写出他们之间的共性，而且还能突出地写出人物的个性，使之成为有典型意义的"这个"。如有名的奸巧人物王熙凤的所作所为是飞扬跋扈、肆无忌惮的。她经常玩弄阴谋手段，不仅读者一目了然，就是书中人物也在背地里骂她"嘴甜心苦，两面三刀；上头一脸笑，脚下使绊子；明是一盆火，暗是一把刀：都占全了。"而薛宝钗则是一个获得普遍赞好的人。她行动的真实面目，不仅瞒过了当时的书中人物，甚至也迷惑了后世一些研究《红楼梦》的人。为她唱赞歌的并非个别，清代甚至有人因坚持主张"尊薛而抑林"竟和别人争论得"几挥老拳"[①]，可见作者这种含蓄笔法所达到的功力。作者这种独特笔法运用的成功，使得薛宝钗能和

---

① 〔清〕邹弢：《三借庐笔谈》卷十一。

王熙凤这两个人物在内在的性格上尽管有不少共同的地方，而在人物风貌上却能严格地区分开来，成为两个不容互相代替的典型。

当然，充分肯定作者刻画薛宝钗艺术形象所使用的含蓄手法，并不是说这就是刻画这类人物的唯一的"最上"的手法。藏与露、曲与直从来就是文艺作品刻画人物时常常运用的艺术手法。这两种手法的运用成功与否，在于作者驾驭它们的能力的高下。一个优秀的作家，应该是不仅能运用各种艺术手法，得心应手，而且应该根据人物的不同情况，善于选择适合于表现这一形象的艺术手法，以达到尽可能完美的效果。《红楼梦》的作者正是很好地运用了两种不同的手法塑造了王熙凤、薛宝钗这样两个具有各自风貌的成功典型。这种艺术手法的使用，不只说明作者表现手法的丰富多样，更重要的是表明了作者根据人物的社会身份、文化修养、生活处境等的不同而经过周密考虑的结果。

王熙凤虽然"自幼假充男儿教养"，还起了一个"学名"，但实际上是个不学无术的人。园中姐妹们好歹都能吟首诗、作个对，而她除了在一次联句时说了一句"一夜北风紧"这样的起头诗之外，生平不见有过第二句。但也因此在她身上就少受一些封建理学的熏陶，不大容易，也没有必要去打扮一副道学家的面孔。她只是凭着荣府管家人的权势、四大家族的强大后盾以及自己从小"就有杀伐决断"的能力来谋取自身的利益。在她看来，世上没有不可办到的事情，因此她横行霸道、为所欲为，用她自己的话来说，"凭是什么事，我说要行就行"。正是根据人物的这种特点，作者对王熙凤的描写就主要是用的直笔，淋漓尽致地表现她凶狠撒泼的"辣子"性格。

薛宝钗的具体情况则不同，她一方面出身于皇商家庭，自幼懂得"小惠全大体""既要自己便宜，又不要得罪了人"的生意经；另一方面她"父亲在日，极爱此女，令其读书识字，较之乃兄，竟高十倍"，就是在大观园里也是数一数二的女才子。由于封建文化的熏陶，使她又有一套为人处世的哲学——"事不干己不开口，一问摇头三不知"。这两者的融合，就使薛宝钗那种皇商家庭所形成的奸诈狠毒的内在性格常常以封建道学的外貌出现在人们的眼前。加上宝钗在贾府只是"亲戚"，名分上还不是"咱们家的人"，作为一个闺门女子，她要取得婚姻上的成功，争取成为贾府的二奶奶，这种种主客观条件和环境都决定她只能以十分隐秘的方式来进行她的活动。作者也正是充分掌握了人物的这个特点，采用了与之相适应的艺术手法来表现她,因而获得了空前的成功。

总之,《红楼梦》中许多打破传统的写法是值得我们去认真总结的,尤其是对薛宝钗形象的艺术构思更是别开生面,颇足借鉴。

钗、黛十论

恐怕没有哪一部书像《红楼梦》那样有这么多争论不休的问题了；而争论的各方（常常不是双方），又往往都能根据书中内容而言之有理，持之有故，并非瞎说一气。这或许就是《红楼梦》的奇特之处——也正是它的伟大之处吧。在诸多争论的问题之中，钗、黛之争是最引人注目的一个，因为她们是书中的两个主要人物，而且又是争论最多、最激烈的一个题目。古人曾经为此"几挥老拳"，今人仍然处于薛宝钗是"好"是"坏"、是"正"是"反"且未可知的地步。我认为要辨清这个问题不是不可能的，但必须要有一个前提，即不能脱离研究对象的具体情况，只机械地套用一些文艺理论的抽象概念，而必须从作者和作品的客观实际出发，把握它们的特点。具体来说，应该明确那么几点。

第一，具有"步兵白眼向人斜"性格的曹雪芹，是一个有强烈爱憎感情的人，书中许多人物都寄托了作者的这种感情，但这种感情不是直露的，而是曲折的、含蓄的，有心的读者应从一些一般人不大注意得到的地方去细心揣摩、捕捉。

第二，《红楼梦》的人物的确具有丰富的思想性格，与过去那种"叙好人完全是好，坏人完全是坏的，大不相同"。然而性格的丰富性与作者的倾向性是不矛盾的。丰富性，说明作者能深入生活，尊重生活，按生活的本来面目来塑造人物，但不等于作者对这些人物没有是非美丑的评断，作者总是有一个基本倾向的。有的文章认为《红楼梦》里没有好人没有坏人，没有正面人物也没有反面人物，这是对大家都喜欢引用的鲁迅先生那句话的误解。须知鲁迅说的曹雪芹的写作手法不和过去的小说那样"叙好人完全是好，坏人完全是坏的"，这话本身就肯定了《红楼梦》里是有"好人"和"坏人"之分，只是他们并不是"完全"皆"好"或者"坏"罢了。鲁迅接着上面的话还说："所以其中所叙的人物，都是真的人物。"难道生活中的"真的人物"是没有"好""坏"之分吗？

第三，《红楼梦》的总的思想和艺术都是一个有机整体，其中的有关事件、人物也都存在着互相联系的辩证关系，评价其中的人和事，都不能孤立起来说，而应和其他相关的人和事联系起来，如果丢弃这种联系，就一切都无从理解。

第四，《红楼梦》里缺少那种叱咤风云的英雄人物，也没有什么惊心动魄的历史事件，所写多是闺阁女儿、平凡细事。然而正是在这种琐碎的日常事件中却寄托了作者的深意，它们平平写来，淡淡过去，如不留意，读后将一无所得，可是千万别忘记它"字字看来皆是血"，只有"细按则深有趣味"。而这也正符合《红楼梦》含蓄的整体风格。

有了这几点作为前提，我们就有可能来参议钗、黛之争了。薛宝钗和林黛玉都是作品中的典型人物，各自负有自己的艺术使命，对她们的全面评价，当然应该各有专题进行论析。这方面，论者已经做了大量工作（当然还有许多工作要继续做），但若从这两个形象之争来说，我们最好根据上述"相互联系"的观点，也把她们联系起来进行考察。《红楼梦》里有关人物、事件之间的联系，其方式是多种多样的，而对比，却是其中最常见、最重要的一种方式，这里也就试着将二人来一番对比，以探究其是否存在"正""反""好""坏"之分。由于她们之间可以用来对比的各种联系是以不同的形式散处在全书的总体结构中的，须要加以细致的爬梳，才能寻绎出来。陋见所及，共得十题，写出来以就正于读者、方家。

一、牡丹与芙蓉

《红楼梦》在写作上的一个很大特点是没有闲笔，即使一件极小的事物，也常常包含有不可忽视的意义。如书中出现的诗词、灯谜、酒令、剧目等，这些本是古代小说中常见的东西，在一般小说中，它们往往成为一种游离作品情节内容之外的点缀物；而《红楼梦》则不然，它们都是作品思想内容的一个有机组成部分，或预示情节发展的前景，或寓伏人物的结局，或暗喻人物的性格、气质，或隐含作者对人物、事件的褒贬，等等。熟悉这种手法，往往可以使我们从小处着眼，去窥测作者较隐蔽的一些创作意图，因此它们也是我们能真正理解《红楼梦》的一条有效途径。

第六十三回，写庆贺宝玉生日，众裙钗齐集怡红院行"占花名儿"的酒令，那令签上每支画着一枝花和写着一句唐、宋人的诗，这些签上的花与诗都与每个掣得者有着密切的关系，是作者的有意安排，绝不能调乱的。如探春的杏花与诗句"日边红杏倚云栽",史湘云的海棠与诗句"只恐夜深花睡去",与书中的其他情事联系起来,就都隐寓了她们将来的不幸遭际。李纨的老梅与袭人的桃花,体现了作者对她们的品评(也与结局有关)。而麝月的荼蘼花,联系"开到荼蘼花事了"的诗句,则与后面的重大故事情节有很大关系。这些且不细说,我们只着重就薛宝钗的牡丹花与林黛玉的芙蓉花来试作探究,这对我们理解作者对钗、黛二人的态度是颇有意义的。

作者安排第一个掣签的是宝钗,她抽得的就是"艳冠群芳"的牡丹,大家也一致对她说:"你也原配牡丹花。"牡丹是有名的富贵花,素称花中之王。元人吴澄有诗称它为"天上人间富贵花"(《次韵杨司业牡丹》),陆游说它是"吾国名花天下稀"(《赏花至湖上》),因此它历来成为世人最喜爱的花朵,花开时节,常常出现全城倾动的情景。白居易《买花》诗载:"帝城春欲暮,喧喧车马度,共道牡丹时,相随买花去。……家家习为俗,人人迷不悟。"在白居易《牡丹芳》诗中还记载了"花开花落二十日,一城之人皆欲狂"的情景。陆师道的《昌公房看牡丹歌》中也有说:"尝闻乐府牡丹芳,春来一城人欲狂。"由此可见长期以来牡丹在人们心中的特殊地位。而曹雪芹在这次酒令的一开头就以牡丹比薛宝钗,也似乎显出了薛宝钗在曹雪芹心中不同一般的位置了。

林黛玉的掣签,作者是把她安排在差不多最后的倒数第二位上,而专门留给她的是一支芙蓉花。芙蓉即荷花、莲花。它也是古代诗人笔下广为咏赞的花朵,在古诗中它给人的印象总的来说是清淡、洁净、高雅、孤劲,自然是一种佳品。然而,如果与牡丹比较起来,在传统的眼光里,它至少是略逊一筹的。如梅尧臣称牡丹为"花中第一品,天上见应难"(《延义阁牡丹》),王禹偁则称之为"艳绝百花惭,花中合面南"(《牡丹十六韵》)。牡丹既为花中之南面王,那么,其他花,包括芙蓉在内自然也就处在北面而朝的地位了。而白居易更直接拿牡丹与芙蓉做过比较,他认为牡丹"浓姿贵彩信奇绝,杂卉乱花无比方。石竹金钱何细碎,芙蓉芍药苦寻常"(《牡丹芳》),相形之下,芙蓉只不过一寻常之物,与牡丹是不可同日而语的。这样的观点可以说是代表了传统的普遍看法,曹雪芹自然是清楚的。照此说来,曹雪芹以牡丹比宝钗,以芙蓉拟黛玉,竟是扬钗而抑黛了,不少读者正是这样认为的。然而事实却又不然,因为事情并未到此结束,后面还有文章哩。

在一般诗人的眼中，牡丹之所以能成为花王，不仅是因为它色艳态妍，雍容华贵，而且还被认为是一种有情之物，这在唐诗中就屡可见到。如"映叶多情隐羞面，卧丛无力含醉妆"（白居易《牡丹芳》），"自惜多情欲瘦羸"（薛能《牡丹四首》），"不必繁弦不必歌，静中相对情更多"（吴融《红白牡丹》）等等皆是。曹雪芹如果有意推尊牡丹，原可在这一类诗中摘取某句来与牡丹花相配，这支酒签当然就很完美了。可是他却尽弃牡丹"多情"之说，而偏偏在罗隐的《牡丹花》诗中截取了一句"任是无情也动人"（在全唐诗中说牡丹"无情"的也只不过这么一句吧，作者煞费苦心地把它选了出来就绝不是偶然的了），不管罗隐全诗的原意如何，这截取出来的诗句的字面却明显指出牡丹是一种"无情"之物。这就与一般的咏牡丹诗大异其趣了。大家知道，《红楼梦》中的一般所谓"情"，是大大超出了男女之情的范围，而含有更广泛的社会意义。曹雪芹送给薛宝钗的这支特制酒签，其含义就在于说明薛宝钗只不过是一个外表"动人"（且不说被"动"的是什么"人"）的富贵花，而内里却是"无情"的，至少是不合曹雪芹灌注了全副心血所塑造出来的主人公贾宝玉所追求之"情"的。

而对芙蓉呢？酒签上所写欧阳修《明妃曲·再和王介甫》的诗句"莫怨东风当自嗟"，只是隐喻了黛玉"红颜薄命"的结局，未对芙蓉做具体的评说。然而，我们却从后来的《芙蓉女儿诔》中，看到了作者对芙蓉女儿的热情赞美和至高评价："其为质则金玉不足喻其贵，其为性则冰雪不足喻其洁，其为神则日月不足喻其精，其为貌则花月不足喻其色。"这是一首何等倾心的赞歌！正如大家所知，这《芙蓉女儿诔》不仅是祭晴雯，实际上还是预祭了黛玉，它也是对芙蓉花的赞美。在曹雪芹笔下，只有芙蓉乃是"极尊贵、极清净"的花。试问，曹雪芹可曾这样颂扬过薛宝钗和牡丹花？没有。因此，从曹雪芹给牡丹选配的诗句以及对芙蓉的颂辞可以看出，在对待牡丹与芙蓉的态度上，他是一反传统的观点的，他不喜欢"艳冠群芳"的富贵牡丹花，而偏爱"风露清愁"的芙蓉花，从这里也就透露了他对钗、黛的态度。

曹雪芹运用这样一种象征手法来寄托他对人物形象的品评，也是吸取了前人的思想材料来进行艺术再创造的。宋代的著名学者周敦颐，有一篇颇有影响的《爱莲说》，我们把它放到这里来一读，也许对理解曹雪芹的这种思想会有进一步的启发。全文不长，照录如下：

水陆草木之花，可爱者甚蕃。晋陶渊明独爱菊。自李唐来，世人甚爱牡丹。予独爱莲之出淤泥而不染，濯清涟而不妖，中通外直，不蔓不枝，香远益清，亭亭净植，可远观而不可亵玩焉。予谓菊，花之隐逸者也；牡丹，花之富贵者也；莲，花之君子者也。噫！菊之爱，陶后鲜有闻。莲之爱，同予者何人？牡丹之爱，宜乎众矣！

　　单从对自然界花草的欣赏来说，人们喜爱什么花，是无可非议的；但当文艺作品用拟人化手法赋予花草以社会意义时，就会有思想意趣的不同了。在周敦颐看来，牡丹是充满俗气的富贵花，所以"宜乎众矣"都喜爱它，而他却只爱上洁净傲兀的莲花，这就与"自李唐来"的"世人"迥然不同。在这一点上，周敦颐是颇有一股反传统精神的。周敦颐是曹雪芹所熟悉的人物，在《红楼梦》第二回中曾经提到他，当然也会很熟悉他的别开生面的《爱莲说》，这是没有问题的。曹雪芹是一个出尘超俗的人物，与一般世人相比，他显得是"野鹤在鸡群"（敦敏称赞曹雪芹的诗句），可以断言，在对待牡丹与芙蓉的看法上，他是完全能与《爱莲说》产生共鸣的。因此，曹雪芹这样来设置钗、黛二人的酒签就不是偶然的了。因为在思想上，这符合曹雪芹反传统的精神；在艺术上，牡丹与芙蓉的形态特征，也确是分别与宝钗、黛玉的外部形态、内部气质很相像的。这样的比拟，在艺术上又可以收到形象生动的效果。通过这样的探究，我们就可以获得一点启发，即在评价钗、黛这两个人物形象时，我们是从"自李唐来"的世俗角度出发，还是从曹雪芹的特有思想出发，其意趣和结果是大大不同的。

二、金玉良缘与木石前盟

　　宝、黛、钗三人的婚姻爱情故事，是《红楼梦》的一个重要组成部分，也是写得十分生动成功的，并具有极其深刻的思想意义。应该如何评价它，全书的故事情节和人物形象本已提供了充足的依据，然而仁者见仁，智者见智，论者对此仍有一些分歧颇大的看法，其中更牵涉到对钗、黛的评价问题。这里，我们不妨探索一下作者曹雪芹对这一问题的态度，也许对我们会有所启发。

　　曹雪芹把宝、黛爱情与宝、钗婚姻分别概括为"木石前盟"与"金玉良缘"，这为我们提供了一个进行探究的好线索。这两个名目并非作者随意安上去的，而是有其命名的来由，并且从中可以看出作者的深意。

我们先从它的来由说起。《红楼梦》开头就有一段神话故事，说远古时女娲氏炼石补天，遗弃了一块顽石未用，此石因久经锻炼，灵性已通。西方灵河岸上有一株绛珠草，受此顽石幻化的神瑛侍者日夜以甘露灌溉，终于脱换了草胎木质，修成为一个女身。后来此石动了凡心，被一僧一道携入红尘，那绛珠仙子为了还他雨露之恩，决心一同下凡投胎为人，用一生的眼泪相报。这一石一木就是宝、黛的前身，所以很自然地把他们的爱情称为"木石前盟"。这个盟约是建立在一个"情"字的基础上的，这类故事一般都有打动人心的力量，能赢得读者的同情。而且他们之间一念不忘，扎根极深，以至宝、黛初次相遇，便产生了"倒像在那里见过一般，何等眼熟到如此"以及"这个妹妹我曾见过"的共同感觉，这是一种神交已久、一见便情投意合的心理共鸣。这种感情与传统的萍水相逢，仅仅出于外貌的吸引而一见钟情的才子佳人式的爱情迥然不同。

而"金玉良缘"之说又因何而来呢？大家知道，这是由宝玉脖子上那块特有的玉和不爱装饰的薛宝钗项上长年累月挂着的那块金锁而来的。需要注意的是，那金与玉又是如何成为良缘的呢？它并不像宝、黛关系中那样有一个美妙的神话故事作为依据，金玉良缘只是由一个癞头和尚嘴里传来的一句话而说开来的："这金锁将来要拣一个有玉的才可以配。"但是，和尚的这句话谁也没有直接听到过，而是由薛姨妈之口传出，薛蟠、莺儿等加以宣扬而成的二手材料。这样，它的真实性就不能不令人犯疑了，这和尚出家人怎么要管起红尘的儿女姻缘来呢？还有值得注意的是，书中明确写到，薛姨妈一家由南京进京，并非因薛蟠打死冯渊怕吃官司，因为"人命官司一事，他竟视为儿戏"，他们家之所以要入都，乃是因为当今皇上"降不世出之隆恩，除聘选妃嫔外，凡仕宦名家之女，皆亲名达部，以备选为公主郡主入学陪侍，充为才人赞善之职"。因此，此次进京的主要目的如书上所说，是薛蟠"送妹待选"。但薛氏既然接受和认可了"金玉"之说，就绝不会老远巴巴地准备把薛宝钗送到那"不得见人的去处"。所谓"凡仕宦名家之女，皆亲名达部"，其实并非家家皆要送选不可，贾氏姐妹与史湘云等当然都属"仕宦名家之女"，但并未有送选的任何迹象。很明显，"送选"只不过是一个托词，薛氏进京的真正用意乃是来推销她们编造的"金玉良缘"的。明乎此，则宝玉与宝钗二人的第一次正式见面，作者所写薛姨妈、薛宝钗及莺儿三人的出色表演就绝不是偶然的了。作者还曾写到宝玉当着宝钗的面在梦里嚷着："和尚道士的话如何信得？什么金玉姻缘，我偏说木石姻缘！"以至"宝钗听了这话，不觉怔了"。这是对"金玉良缘"的最大嘲讽。

"金玉良缘"与"木石前盟"不仅在其来由上有这样的不同，而且在用来表达它们的语言形式"金玉"与"木石"二词上，作者亦颇有一番寓意，不可忽略。

王熙凤有一次开玩笑指着宝玉对黛玉说："你瞧瞧，人物儿、门第配不上，根基配不上，家私配不上？……"这里透露出来的婚姻观，实际上就是封建社会统治阶级以及一般世俗人家的婚配条件，主要是"门第""根基""家私"，也即是门当户对、有钱有势，而"金玉良缘"正是这样一种婚姻关系的高度概括，不是吗？"贾不假，白玉为堂金作马"，"丰年好大雪，珍珠如土金如铁"，从世俗的观点来看，贾宝玉与薛宝钗的结合，不是十足门当户对的"金玉良缘"吗？因此，这所谓"金玉良缘"，正体现了它是一种建立在以金钱、门第为基础的、反映了朱门势族所追求的美好姻缘，显然它是绝不会为曹雪芹所称许的。

而"木石"呢？在一些蔑视富贵、具有愤世嫉俗性格的人看来，它比之那些富豪权贵要显得更为清脱拔俗，而乐意与之相处。所以孟子曰："舜之居深山之中，与木石居……"（《孟子·尽心上》），"人不可与为俦，不若与木石为邻"（阮籍《大人先生传》），可见他们对木石的称赏，这种思想是有来由的。曹雪芹是一个喜欢石头的人，具有石头般的性格，他给那个不为贾赦的金钱与威势所屈服的人就取名为石呆子，他还借画石头以宣泄其"胸中磈磊"（见敦敏《题芹圃画石》），并让他笔下的主人公贾宝玉自云"可恨我为什么生在这侯门公府之家"，而林黛玉则径直自称她"比不得宝姑娘，什么金什么玉的，我们不过是草木之人"。将这种种一切联系起来看，曹雪芹把宝、黛爱情称之为"木石前盟"，不是隐寓着深厚的赞誉之情吗？

薛宝钗和林黛玉分别是"金玉良缘"与"木石前盟"的主角，贾宝玉则一身而二任焉，可是他在梦里的喊骂，憎"金玉"而恋"木石"，这种强烈的感情，不也是曹雪芹"胸中磈磊"的有力宣泄吗？

总之，从"金玉良缘"与"木石前盟"所包含的社会内容来说，它反映了传统的封建反动思想与当时兴起的进步思想在婚姻爱情问题上的激烈斗争，从"金玉"与"木石"二词所隐含的寓意来说，它反映了作者思想意识中存在鄙俗与清脱两种观念的尖锐对立。他睥睨"金玉"而标许"木石"，这正和他鄙视"牡丹"而喜爱"芙蓉"的思想是一致的。作者让钗、黛二人分别充任这样两个鲜明对立的角色，其褒贬爱憎之情还有丝毫含糊之处吗？

三、认人与见物

作者不仅从"金玉良缘"与"木石前盟"的称谓中透露了他对宝、黛、钗三人婚姻爱情关系的态度，而且还从宝玉与黛玉、宝玉与宝钗的初次相遇中做了颇有深意的安排，值得玩味。《红楼梦》很重视写人物的初次出场，其中埋伏了许多文章，这两次相会都是与人物的初次亮相有关的。

宝、黛的初次相会与出场在第三回。在写过黛玉与贾府诸人的会面之后，才最后让宝、黛二人相见，并做了细笔的描绘。黛玉一眼看到的贾宝玉，除了他从头至脚的服饰穿戴之外，还特别写到宝玉的俊美形容：

> 面若中秋之月，色如春晓之花，鬓如刀裁，眉如墨画，眼似桃瓣，睛若秋波。虽怒时而似笑，即瞋视而有情，项上……系着一块美玉。

林黛玉见到他的第一个反应是：

> 黛玉一见，便吃一大惊，心下想道："好生奇怪，倒像在那里见过一般，何等眼熟到如此！"

她所着眼的是贾宝玉这个人，而非衣着或佩饰。而贾宝玉更衣出来，"归了座细看（黛玉）时"，只见：

> 两弯似蹙非蹙笼烟眉，一双似喜非喜含情目。态生两靥之愁，娇袭一身之病。泪光点点，娇喘微微。闲静似娇花照水，行动如弱柳扶风。心较比干多一窍，病如西子胜三分。

> 宝玉看罢,笑道:"这个妹妹我曾见过的。"

作者写的宝、黛初会所见,以及两人的反应,完全是一种心会神交的情景,一派自然天机的流露。尽管是初见,但都"眼熟""见过",显得心心相印。它使人感到,"木石前盟"是何等纯真,它完全是一种发自内心的相爱。在这次短暂的初次相会中,作者还特别写了一个情节,即当宝玉听说黛玉没有玉时,"登时发作起狂病来,摘下那玉,就狠命摔去",还骂这玉"人的高下不识,还说灵不灵呢","可知这不是个好东西"。这一想砸毁"金玉良缘"象征物的事件,实是暗示了宝玉在与黛玉第一次相见时便表明了他对待"金玉良缘"的明确态度。

宝玉与宝钗的相会却完全是另一种情景。虽然紧接第三回之后,薛氏一家在第四回就搬进了贾府的梨香院,作者除了浑写一句"合家俱厮见过,又治席接风"之外,未做其他描绘,这比之黛玉进府时的热烈气氛,从写作手法上来说,就表现了作者对薛家的一种冷淡。宝玉与宝钗的第一次照面,是直到第八回,宝玉去探望在家养病的宝钗时才正式出现的。

宝玉到里间掀帘一进去,"先就看见宝钗坐在炕上作针线,头上挽着黑漆油光的髻儿,蜜合色的棉袄,玫瑰紫二色金银线的坎肩儿,葱黄绫子棉裙:一色儿半新不旧的,看去不见奢华,……"把这个场景与宝、黛初会时联系起来,我们会发现一个颇有趣味的现象:宝玉眼中的黛玉,全是人物的容止神态,而无任何服饰穿戴的描写,这反映了宝玉完全被前者吸引并与之交融,而无暇顾及后者;宝玉眼中的宝钗却完全反了过来,只见物,不见人。我们绝不要以为这是作者的随意笔墨,是偶然的写法,这种不同,正说明钗、黛二人在宝玉心中的不同位置。这种不大为人注意的笔法,正体现了作者深微的艺术匠心,不可忽视。

如果此言不谬的话,我们就会发现,在宝钗眼中的宝玉,也同样只是见到他"头上戴着""额上勒着""身上穿着""系着"等等,在黛玉眼中的宝玉那些神致风韵,在这里一概不见,而最后见到的,也就是说薛宝钗的落眼点,便是"那一块落草时衔下来的宝玉"。

接着而来的主要文字,便是大家熟悉的"奇缘识金锁""巧合认通灵"了。但只要细一观察,就会发现,这种所谓"奇缘"和"巧合",其实都是薛宝钗在早有预谋的情况下一手导演而成的。两人在几句必要的寒暄之后,薛宝钗说的第一件事就是:

"成日家说你的这玉,究竟未曾细细的赏鉴,我今儿倒要瞧瞧。"

原来"这玉"在宝钗那里是被"成日家说"着的,今日难得的机会,自然要"细细的赏鉴"了。她拿到玉后,不但正反"细看",还将上面"莫失莫忘,仙寿恒昌"的刻字"念了两遍",引得莺儿嘻嘻地笑着说:"我听这两句话,倒像和姑娘项圈上的两句话是一对儿。"这样才使宝玉知道她的金锁上也有字,并引起他要看的兴趣,于是金锁就自然地从宝钗项上到了宝玉手中,而且让宝玉也将上面"不离不弃,芳龄永继"的字念了两遍,完成了"识金锁""认通灵"的活剧。

看来,这丫鬟莺儿的确不愧是薛宝钗调教出来的(她一有机会,就不忘在宝玉面前宣扬宝钗的好处,如第三十六回"巧结梅花络"就是突出的例子。从她身上正可看出她的主子的某些动向),她不但懂得告诉宝玉这"金"和"玉"上的"两句话是一对儿",而且后来还补充说这锁上的两句话"是个癞头和尚送的,他说必须錾在金器上——",这不正是说出了宝钗所欲言而又未能言的心曲吗?自然,我们没有直接的证据说这是薛宝钗教唆的结果,但我们却看到,宝玉来了之后,尽管宝钗说过要莺儿去倒茶,但她一直未去,这是失去了最起码的礼节的,而宝钗也毫不介意,直到莺儿说出了上面那句能最大限度说出来的话之后,薛宝钗才"嗔着"她不去倒茶,其中情事,不是十分可供玩味的吗?

其实,参与这一活动的还有一个重要人物,我们不要忽视,那便是薛姨妈。当宝玉刚来到梨香院时,是"先进薛姨妈屋里来"的,她见到宝玉,十分高兴,但没顾得多说上两句话,就要宝玉到"里间"薛宝钗屋里去,她说:"那里坐着,我收拾收拾就进去和你说话儿。"可是我们看到,宝玉在宝钗屋里细细那么看了一番通灵宝玉与金锁,又说了那么久的话,却一直不见薛姨妈的影儿,真的有那么多家务事要她去"收拾收拾"吗?当然不是,薛姨妈这样安排,分明是要让他们二人有更多的时间去互相接触,使宝钗能充分施展她的影响。不信的话,请看下面的事实:当林黛玉后来也摇摇摆摆地进来之后,刚刚坐下不久,"这里薛姨妈已摆了几样细巧茶食,留他们喝茶吃果子"。这时可来得真快啊!可以说,如果不是黛玉的到来,薛姨妈那一份美味茶点还不知什么时候才能摆出来呢。

作者所写的宝玉与黛玉、宝玉与宝钗的初次相会包含了丰富的内容,若做一比较,我们至少就会鲜明地感到一点:即宝、黛的爱情,是发自内心感情的自然流露；而宝、钗的婚事，从一开始就全是违背当事人意愿的人为撮合，其中薛家母女与莺儿是如何的配合默契啊！当然，薛宝钗是这场表演的主角。

在"大观园试才题对额"一回中，当一行人来到后来称之为稻香村这个地方时，贾宝玉曾发了一通议论，认为"此处置一田庄，分明是人力造成的……那及前数处有自然之理、自然之趣呢？……"崇尚自然而反对人为，这里表现的宝玉的审美观和作者应该是一致的，作者把钗、黛分别安排为代表两种对立情趣的主角，从中正可窥见作者对待二人的意向。

四、恋爱与谋婚

在中国传统的婚姻爱情故事中，有一种大量出现的所谓"两目相遇，一见钟情"的才子佳人式的婚姻爱情。就是《西厢记》《牡丹亭》里的故事，也没有脱离这个样式。张生在普救寺里瞥见莺莺一眼，就马上"眼花缭乱口难言，魂灵儿飞在半天"。杜丽娘在梦里会见一个少年，便日思夜想，弄到死去活来。这种模式的婚姻爱情，多少还有一个"情"字作为基础，在礼教森严、困于男女大防的年代里，青年男女极少有接触的可能，更不具备互相了解的机会，因此这样一种"一见钟情"式的感情，毕竟还是出自当事者本人的意愿；比之父母之命、媒妁之言的封建包办婚姻来，自有其不可抹杀的历史进步性。用宝、黛、钗三人的关系与这种传统模式相比，我们就可发现，宝、黛爱情比之一见钟情式的传统爱情，其社会意义已经大大前进了一步；而宝、钗的婚姻，则纯粹是一种封建婚姻，而且它的整个过程更显得虚伪和丑恶。这一点，我们在分析宝、黛、钗三人初会的情形时，已经略见端倪，综观全体，就更了然。

在宝、黛的关系中，有一个众所周知的特点，就是两人经常怄气、吵闹、啼哭，以至弄到合府上下人人皆知，他们究竟为什么而闹呢？试举一次有代表性的例子来稍加分析。第二十九回，因金麒麟之事，二人发生误会而闹了起来：

> 那宝玉又听见他说"好姻缘"三个字……便赌气向颈上抓下通灵宝玉，咬牙恨命往地下一摔，道："什么劳什骨子，我砸了你完

> 事!"……袭人见他脸都气黄了,眉眼都变了,从来没气的这样……黛玉一行哭着……心里一烦恼,方才吃的香薷饮解暑汤便承受不住,"哇"的一声都吐了出来。……又见黛玉脸红头胀,一行啼哭,一行气凑,一行是泪,一行是汗,不胜怯弱。

可以说,打有生以来,宝、黛二人都没生过这么大的气,而在这件事上为什么如此生气呢?因为双方都不满对方不了解自己。宝玉认为:"别人不知我的心还可恕;难道你就不想我的心眼里只有你?"黛玉认为:"我就时常提这'金玉',你只管了然无闻的,方见的是待我重,无毫发私心了。怎么我只一提'金玉'的事,你就着急呢?可知你心里时时有这个'金玉'的念头,我一提,你怕我多心,故意儿着急,安心哄我。"可见在这一类争吵中,乃是双方尤其林黛玉要求在爱情关系上,对方应有绝对的真诚,"无毫发私心",她甚至尽管明明已知道了对方的心意,还要"每用假情试探",以求确实无误,这就是经常吵闹的根本原因。因此,在这些事情上,表面上常常是黛玉显得有点偏狭、小性儿,而实际上是反映了林黛玉对爱情的专一。而这一点,是得到作者的深深赞许的,"多情女情重愈斟情"就是作者对林黛玉在此问题上的最好评价。

林黛玉为什么又会对贾宝玉如此多情呢?这是值得进一步探究的问题。当有一次贾宝玉因史湘云劝他注意"仕途经济"而当面给她难堪时,曾经说道:"林姑娘从来说过这些混帐话不曾?若他也说过这些混帐话,我早和他生分了。"刚好林黛玉过来在外面听到。

> 黛玉听了这话,不觉又喜又惊,又悲又叹,所喜者,果然自己眼力不错,素日认他是个知己,果然是个知己。

原来黛玉之爱宝玉,是因宝玉这个人是自己的知己,更重要的是,这番话证实了她和宝玉能够互为知己,是她从不说仕途经济一类的"混帐话"。这就说明,这一对知己是建立在一种共同思想的基础上的。

由以上可见,黛玉对宝玉的爱情要求有两点:一是感情专一,不能"见了姐姐就忘了妹妹";二是有共同的思想基础,其着眼点在人而不在物。从这个意义上来观察,宝、黛关系是具有现代爱情的性质的,远远超出了传统的才子佳人式的爱情模式。

而薛宝钗呢？她虽然从未与贾宝玉发生过宝、黛之间的那一类摩擦与别扭，而且表面上还有意"远着宝玉"，但实质上却完全是另一回事。由于有"金玉"之说，她那对水杏眼睛时时都在留意，看谁身上佩戴有什么"金"呀"玉"的。她当众很少和宝玉单独在一起，的确有点像是在"远着"他，可背地里呢？有一件事透露了天机。有一天晚上，林黛玉去敲怡红院的门，却吃了晴雯的闭门羹。原因是晴雯正在生气，没听出黛玉的声音来。晴雯为何如此烦躁呢？原来她当时正在抱怨薛宝钗："有事没事，跑了来坐着，叫我们三更半夜的不得睡觉。"在晴雯这一声抱怨里，却透露出薛宝钗背后不知有多少鲜为人知的活动啊。

薛宝钗是个极为精细的人，在她进行这一切行动的同时，她自然比谁都更明白宝、黛之间的特殊关系，当然也知道她与黛玉在宝玉心中的不同位置。宝玉曾当着她的面在梦中喊骂："和尚道士的话如何信得？什么'金玉姻缘'，我偏说'木石姻缘'！"她自然不会忘记。因为紫鹃的一句试探性的玩笑话，宝玉以为林妹妹真的要回苏州，竟急得要发疯了，此情此景，她当然清清楚楚。她从来没有体验过宝、黛之间"意绵绵静日玉生香"这样的甜情蜜意，却当面尝试过宝玉因不满她的"混帐话"而"咳了一声，拿起脚来就走"，因而羞得她满面通红的冷遇。然而对这一切她却显得豁达大度，十分沉得住气。为什么？合理的解释是，薛宝钗并不在乎贾宝玉对她的态度如何，感情怎样。她要的不是这些，因为她根本没有，也不需要宝、黛之间的这种感情；她要的是一门婚事，一门符合我们前面说过的"金玉良缘"所包含的内容的婚事。简言之，她是求婚，而非求爱。明白了这一点，我们就会看到，一方面，薛宝钗固然也会"有事没事"、深更半夜地跑到怡红院去，以至引起丫鬟的不满；另一方面，她的大量工夫还是用于讨得贾府上下人等的欢心。她对上善于察言观色，投其所好；对下巧于避怨修好，普施"小惠"。结果呢？贾母、王夫人喜欢她固然不在话下，"就是小丫头们，亦多和宝钗亲近"，就连对人人都不怀好意的赵姨娘也由衷地称赞她："怨不得别人都说那宝丫头好，会做人，很大方。如今看起来，果然不错。"因此，她的方法是成功的。在这一点上，她正与林黛玉形成了一个鲜明的对照：黛玉除了与宝玉的爱情之外，她从没有去巴结、讨好任何一个人，或者她也未尝不明白此中关系，但她怎样也不愿意去谄世媚俗，乞求赐予，结果她不但得不到其他人的支持，而且在曾经把她当"心肝儿肉"般怜爱的贾母面前也失去了欢心。不过，正是这种不同的遭际，却把钗、黛两个艺术形象鲜明地区分开来了。薛宝钗乃是一个地道的封建婚姻的忠实维护者，她用自己出色的行动完成了这一任务。她连与她那个时代大量出现的才子佳人式小说中的女主人公相比都远为逊色，至于黛玉，就更不可望其项背了。在婚姻爱情问题上，她们也是两个不同范畴里的人物。有些论者曾认为宝钗只是消极地遵守了"父母之命、媒妁之言"，自己并无意于争取宝二奶奶的宝座，这完全是被薛宝钗瞒过去了。还有的论者为薛宝钗鸣不平："为什么只准林黛玉爱贾宝玉，而不准薛宝钗爱贾宝玉呢？"谁说不准啊？问题是怎样爱、爱什么。如果孤立地看宝玉、宝钗的关系，当然不必对薛宝钗有何责难，但曹雪芹是把宝玉、宝钗的关系与宝玉、黛玉的关系联系在一起来写的，两相对比，难道没有正反优劣、是非美丑之分吗？曹雪芹这样写他们的婚姻与爱情又是偶然的吗？

五、"早听一句话"与"可都改了罢"

我们说宝、黛之间是真正的爱情，而宝、钗之间只是一桩人为的婚事，宝钗并不在乎宝玉对她的感情如何，而她对宝玉也是没有多少真正的情感的。或者说，本来应有的一点情，也被她所遵循的"理"性压抑下去了，这是有事实为据的。

宝玉挨打，是书中一件大事，在作品结构上，它是书中的一个大"过节"，是各种矛盾的第一个爆发点，通过它，又牵引着故事向更纵深、更宽广的领域发展。在这个事件中，照例，书中的主要人物几乎人人都出场亮相，更充分显示出各种人物之间的关系以及他们的思想性格，这也就是在尖锐的矛盾冲突中塑造人物的一种方法吧！我们从这一事件中考察一下作者是如何写薛宝钗与林黛玉的表现的，这应该是很有意味的。

宝玉被贾政打得半死，被众人抬进了怡红院。宝玉躺在床上，袭人正在对他进行护理时，"宝姑娘来了"。

> 只见宝钗手里托着一丸药走进来，向袭人说道："晚上把这药用酒研开，替他敷上，把那淤血的热毒散开，可以就好了。"……宝钗见他睁开眼说话，不像先时，心中也宽慰了些，便点头叹道："早听人一句话，也不至有今日。别说老太太、太太心疼，就是我们看着，

心里也疼。"刚说了半句又忙咽住，自悔说的话急了，不觉的就红了脸，低下头来。宝玉听得这话如此亲切稠密，大有深意，忽见他又咽住不往下说，红了脸，低下头只管弄衣带，那一种娇羞怯怯非可形容得出者……

曾经有人认为宝钗的这一番表情动作纯系有意地矫揉造作，非出自本心，这未免言之过偏。无辜的宝玉被毒打至此，目睹其状者，无不表示同情，想成为未来宝二奶奶的薛宝钗为之动容而显出一种怜惜娇羞的神态，完全是合乎生活逻辑的，没有理由在这一点上责备她的虚假。重要的是，宝玉挨打，其性质乃是封建顽固势力对异端思想严酷镇压，是两种力量的激烈冲突，因此如何判断此事的是非以及所处的态度，才是我们评判此人的关键。贾母、王夫人在此事上皆与贾政发生了尖锐的矛盾，但只要稍加分析，就可清楚，她们并不认为宝玉不该管教以至笞打，只是认为不该打至这样一个直欲置之死地的地步，正像贾母说的："儿子不好，原是要管的，不该打到这个分儿！"所以他们之间不管吵得如何热闹，但就事论事来说，还是认为宝玉"不好"，是"要管"的，区别只在于如何"管"罢了。在根本立场和态度上，他们仍然是一致的。一方面大写贾母、王夫人与贾政之间的尖锐摩擦，十分紧张，同时又让人看出他们在本质上的一致性，从而觉得他们之间的这种吵闹十分可笑、可鄙。这正是《红楼梦》文字的妙处。

我们再来看看薛宝钗又如何呢？面对肉体伤残的贾宝玉，她固然也可洒一掬同情之泪，然而对待此事的是非黑白，她是如何看的呢？请听她对宝玉说的第一句话，那就是"早听人一句话，也不至有今日"。这话分明就是说，你之所以"有今日"——打成这样，是由于不听人的话（包括贾政的封建教谕，也包括她的"混帐话"）所致，是咎由自取的。也就是说，在对待这件事情的态度上，薛宝钗与贾政、贾母、王夫人是坐在同一条板凳上的。她手上托来的丸药，尽可以医治宝玉皮肉的创伤，但她的思想与贾宝玉仍是隔得远远的。

紧随宝钗之后，作者写了林黛玉的到来。贾宝玉在朦胧中听得"悲切之声"，睁眼一看，只见她"两个眼睛肿得桃儿一般，满面泪光"，宝玉尽量安慰她，她却更觉伤心：

此时林黛玉虽不是嚎啕大哭，然越是这等无声之泣，气噎喉堵，更觉得利害。听了宝玉这些话，心中虽然有万句言词，只是不能说得，半日，方抽抽噎噎的说道："你从此可都改了罢！"

　　同是写悲痛，薛宝钗只有表现在脸上"微红""带赤"的情态，林黛玉却是两眼肿胀，满面泪光，而且喉堵咽塞，连话都说不出来，两者的区别是不言自明的。如前所说，我们不认为宝钗的姿态是做作，但比之黛玉，确是有外表与内心的不同：前者是一般人都可引起的反应，后者才是揪心之痛。而林黛玉的半天说不出话来，与薛宝钗的开头责备宝玉不"早听人一句话"与后来为其兄辩护时，又断定"到底宝兄弟素日肯和那些人来往"的长篇说话比较起来，其间的感情差别，就更不可以道里计了。

　　尤其要注意的是，关于对这件事情的态度和看法，薛宝钗是站在贾政等一边的。林黛玉呢？她胸中本有"万句言词"，但抽噎之后，只说出一句话："你可都改了罢！"对这一句意思高度浓缩凝结的话语，曾经有过许多不同的解释，有的人甚至认为，这是林黛玉在封建高压势力下一种懦弱的表现，是要贾宝玉退缩，果真如此吗？能真正理解黛玉这句话的含义的，恐怕谁也比不上贾宝玉吧。与其大家对此喋喋不休，倒不如听听贾宝玉的答话，从中正可找到可靠的答案：

　　　　宝玉听说，便长叹一声，道："你放心，别说这样话。就便为这些人死了，也是情愿的！"

　　从宝玉的回答中，我们知道黛玉是为宝玉的这次被打会产生什么后果而感到不"放心"，而宝玉又是如何安慰她，使她"放心"的呢？"别说这样话。我便为这些人死了，也是情愿的。"也就是说，贾宝玉尽管遭了毒打，但绝不会改变自己的思想和行止，而且是至死不变。他就是用这样的回答来使黛玉"放心"的。可见黛玉说的那句话，并不是期望宝玉"都改了罢"，而是担心他在如此高压下会不会"都改了"；否则，宝玉的答话就不仅不能使她"放心"，而是会引起她更大的担心了。明乎此，我们就可看到，黛玉在对待宝玉挨打这件事情上，其立场态度与贾政、宝钗等是截然不同的。而且通过这一事件，两颗异端之心更加靠拢了。紧接而来的宝玉遣晴雯送帕和黛玉挥泪题诗的情节的出现,就不是偶然的了。

作者通过这一激烈矛盾冲突中钗、黛二人的表现,尤其是"早听人一句话"与"可都改了罢"这两句话,充分写出了宝、黛、钗三人之间的思想异同,同时清楚地显示了这种异同的思想性质。不言而喻,其中也寄寓了作者对钗、黛二人的态度和看法。

六、真诚与谲诈

宝玉与黛玉之间、宝玉与宝钗之间,他们的关系、思想、感情如何,我们已经有了一个基本的了解。由此,我们来探索一下钗、黛之间的关系又如何,这是一个人们颇少注意却是颇有意义的题目。

在人们的一般印象中,薛宝钗行为豁达、随分从时;而林黛玉则孤高自许、目无下尘,又以小性儿出名。从一些表象来看,这也不无道理。但不少事物,当透过它的表象深入一步去加以考察之后,却会发现一些与表象不同的内质。宝钗与黛玉这两个人物也就是这种情况。

林黛玉对薛宝钗确实有过许多不满,而且毫不掩饰地表现出来,显得十分"小性儿"。见到宝玉在宝钗处,她就会不高兴地说:"早知他来了,我就不来了。"宝玉有一次望着宝钗发呆,她就用绢子朝宝玉脸上摔去,并讥之为"呆雁"。宝钗的金锁更一直使她不愉快,经常为此和宝玉闹别扭。宝玉挨打,宝钗为此事与薛蟠怄了气,因受委屈而哭了,被黛玉看见此状,以为她是为宝玉伤心,竟当面对她刻薄说:"姐姐也自己保重些儿,就是哭出两缸泪来,也医不好棒疮。"像这一类的情况还很多。对这些,我们只要稍加分析就可看出,所有这一切都是和宝、黛之间的爱情有关的。她既有一颗专诚奉献给宝玉的赤心,也就要求宝玉有一颗同等对她的诚心,不能有任何杂念;因此,也就不能允许任何第三者侧身其间。因为"性爱按其本性来说就是排他的"(恩格斯《家庭、私有制和国家的起源》),因此黛玉对宝钗的这种态度与其说是一种偏隘、小性儿,不如说是一种真诚的表现,这才是事物的本质。在这一点上,黛玉的追求与情感表现得如此坦率,毫不伪饰。

除此之外,我们却从没有看到在别的什么事情上林黛玉对薛宝钗有什么过不去的地方。相反,在经过宝玉诉肺腑、遣晴雯赠帕、听宝玉在背后赞扬她之后,黛玉对宝玉已十分放心,两人已达成了一种默契,她自以为问题已经解决,甚至认为自己过去是错怪了薛宝钗;因此她对宝钗的戒惧不但完全消除了,而且表现出一种十分信任甚至亲昵之情。在两宴大观园行酒令时,黛玉一时不慎,使用了《西厢记》和《牡丹亭》里的词语,过后,薛宝钗摆出一副道貌岸然的姿态要审问黛玉,问她那些话是哪里来的。

> (黛玉)不觉红了脸,便上来搂着宝钗笑道:"好姐姐,原是我不知道,随口说的。你教给我,再不说了。"

尽管黛玉十分喜爱《牡丹亭》与《西厢记》,她和宝钗对这两本书的看法并不一样,但在那样的情况下随便说出来,自然是一时失于检点,所以当有人挑出来,她直觉地认为是一种好心,出于一种感激之情,才对薛宝钗有如此亲昵的动作和话语,但这也说明她对薛宝钗已消除了过去的戒惧,否则是不可能做到这一点的。

这种情况到后来还有更大的发展,它可以帮助我们更深一层认识林黛玉这个形象。第四十五回,黛玉患病,宝钗来看她,对她的药方发了一通议论,并劝她每日早上喝一两燕窝粥,关切之情,使黛玉大为感动。

> 黛玉叹道:"你素日待人,固然是极好的,然我最是个多心的人,只当你有心藏奸。从前日你说看杂书不好,又劝我那些好话,竟大感激你。往日竟是我错了,实在误到如今。细细算来,我母亲去世的早,又无姊妹兄弟,我长了今年十五岁,竟没一个人像你前日的话教导我。怨不得云丫头说你好,我往日见他赞你,我还不受用,昨儿我亲自经过,才知道了。比如若是你说了那个,我再不轻放过你的;你竟不介意,反劝我那些话,可知我竟自误了。"

这段话说得何等恳切,完全是从心灵深处掏出来的。读者谁曾见过,在大观园以至贾府内有第二个能这样在别人面前毫无保留地摆出自己的隐衷,说出自己过去对对方的不好看法而又这样严加自责的呢?绝对没有。林黛玉之所以这样做,是因为她认为对方是在关怀自己,因而也对之披肝沥胆,精诚相见。可以说,在林黛玉疑忌某一个人的时候,她会毫不留情面地直面相评;而客观情况使她解除了疑虑时,她又可以肝胆相照,毫无伪饰，即使是对她的情敌也罢。真是一片赤子童心，而绝不是人们表面所感受到的孤僻和小性儿。这才是真正的林黛玉，也是她高出于其他人的地方。

回过头来看薛宝钗。她对宝、黛的关系心有不满，既有含蓄的"借扇机带双敲"，也有在黛玉为宝玉的疮伤大好时念了一声佛而马上阴阳怪气地加以嘲讽，如果仅仅是这样一些带有酸气醋意的情绪，尚有可以同情之处。不能令人宽恕的是她对林黛玉暗中施放冷箭，令人感到她的可怕。她在滴翠亭偷听丫鬟说话一事是大家熟知，也是议论很多的一件事。薛宝钗偷听了亭内的小红和坠儿的牢骚语，怕她们"人急造反，狗急跳墙"，竟用"金蝉脱壳法"转嫁到林黛玉身上去了。有些论者却为之解说，认为这是一时情急，有心为自己解脱，却无意嫁祸于黛玉，不应对她有过多的责备。其实这是说不通的。因为有意偷听别人的说话，已是鬼祟行为，自己要脱身，却拉别人（先不论拉的是谁）做盾牌，品格已极低下；若说拉了黛玉的确是出于偶然的话，其实其中却包含有必然性，说明她平日内心深处积蓄有对黛玉的种种不满，情急时就自然拉住了她，所谓仓皇中于不自觉处尤见真情，一点不错。还有值得思索的是，作者为何要写这么一个情节？只要想到这里，凡是熟悉曹雪芹笔法的读者，对这一问题应该是能了然于怀而毋庸叨叨也。

前面说到，黛玉因与宝玉达成了默契之后，也就放松了对宝钗的戒惧。有趣的是，由于种种迹象，如元春送的端午礼物，独宝钗与宝玉的一样，黛玉却次一等，而与三春一般；贾母在人前人后对宝钗大加赞赏，对她的生日破格庆贺；特别是探春理家时，竟委派了一个外姓女子薛宝钗襄赞其事；等等。这一切，在薛家母女心中自然清楚其确切的含义：她们所追求的婚事已经确定无疑了。在此情况下，薛宝钗对黛玉的态度也完全可能有所改变，因此我们不能认为薛宝钗对黛玉的每一件事都是虚假的；否则，薛宝钗就不成其为薛宝钗，而变成夏金桂了。本来，照此下去，宝钗"会做人"的形象可以显得更为生色，然而一件突发的意外事情，作者又让薛宝钗显露了一下她所谓关心林黛玉的真面目。"慧紫鹃情辞试宝玉"一回，由于紫鹃一句林妹妹要"回苏州去"的玩笑话，竟使贾宝玉急得发了疯，"眼也直了，手脚也冷了，话也不说了……已死了大半个了"。黛玉一听此讯，"'哇'的一声，将所服之药，一口呕出，抖肠搜肺、炙胃扇肝的，哑声大咳了几阵，一时面红发乱，目肿筋浮，喘的抬不起头来"。宝、黛二人的这一阵大折腾,实际上是以一种激烈的方式,将他们之间那种不可分离、至死不渝的关系正式公开在众人面前;然而可以决定他们命运的贾母却装聋作哑,以"我当有什么要紧大事!原来是这句顽话"就轻轻地把此事带了过去。当事人宝、黛对此却毫不知情。就在这时,相当一段时间以来对林黛玉颇为关心,并且也已取得了她的信任的薛家母女,都不约而同地来到潇湘馆。问题既然如此清楚明白,真正关心林黛玉的人,即使不能做主实现她的愿望,至少也应该懂得如何在语言上给她以精神安慰的。然而,薛姨妈一开头就说了一通月下老人预先注定婚姻的鬼话,接着直截了当地宣布:"凭父母本人都愿意了,或是年年在一处的,以为是定了的亲事,若月下老人不用红线拴的,再不能到一处。比如你姐妹两个的婚姻,此刻也不知在眼前,也不知在山南海北呢。"在这样一个时刻断定黛玉的婚事还不知在哪里,这分明是警告林黛玉,你不要以为两人这样闹了一阵就可以成功了,"山南海北"还说不定呢。这不分明是对黛玉当头一盆冷水么?其居心何等险恶!然而更有甚者,她的女儿薛宝钗比之乃母表演得更为可恶,当黛玉被骗,说要"认姨妈做娘"时,宝钗连忙说道:"认不得的。"黛玉还不明所以,作者接着写道:

> 宝钗笑道:"……我哥哥已经相准了,只等来家就下定了,也不必提出人来,我方才说你认不得娘,你细想去。"说着,便和他母亲挤眼儿发笑。

原来这薛宝钗挤眉弄眼的意思,竟是说要让呆霸王薛蟠娶黛玉为妻,而且语气十分肯定,"只等"薛蟠回来就可"下定",俨然一副高高在上的架势。在宝、黛二人以生死不顾来表达他们的爱情的时刻,薛宝钗竟敢当着黛玉的面从嘴里喷出这样的东西来,真是恶毒、放肆到了何等的地步。而正是这一招,却画龙点睛地暴露出了她的真面目,从而使读者看清她平日对黛玉的关心究竟是怎么一回事。

一个表面孤僻、小性儿,实质上却十分坦率、真诚;一个表面上豁达大度,内里却异常谲诈、歹毒。这就是我们透过表象看到的两个鲜明对立的形象。

七、红麝串子与蓼芩香串

从"牡丹"与"芙蓉"、"金玉良缘"与"木石前盟"的对比分析中,从钗、黛在婚姻爱情问题以及相互关系的不同态度中,可知钗、黛二人在作者心目中的截然不同。贾宝玉对待"金玉良缘"与"木石前盟"的不同态度,也是由她们之间的这种悬殊差异所决定的。

薛宝钗因劝宝玉注意"仕途经济的学问",曾被宝玉当面给以难堪,"登时羞的脸通红",而林黛玉却从来没有"说过这些混帐话",所以宝、黛能成为同心。这是钗、黛二人在本质上的不同。由于有这种思想、志趣上的根本差异,这就决定她们不仅仅是有没有说过这么一句"混帐话",而是在许多日常的言谈举动中都有意无意地表露出来。我们试从一次题诗和对待一挂香串子这两件事上来加以剖析。

元妃省亲,在大观园内领头赋诗,以志盛事,并要各姐妹亦"随才之长短"俱吟一诗以助集兴。元春的诗写得平平,她自己的评语也说:"我素乏捷才,且不长吟咏,妹辈素所深知,今夜聊以塞责,不负斯景而已。"这倒是实事求是的说法。其他人(包括黛玉)也确是"随才"各写自己的诗,对于元春诗的好坏优劣未加理论,唯有薛宝钗却在诗的结尾离开对大观园的描绘这个中心而对元春的诗大加赞颂,说什么"睿藻仙才盈彩笔,自惭何敢再为辞"。这种赞颂,既不合实际,也非由衷之言,因此就不免俗得肉麻。

我们还看到,在整个题诗的过程中,钗、黛二人的态度也是明显不同的。薛宝钗不仅写诗直接颂谀元妃,而且还发挥她善于揣摩别人心理的特长,掌握到元妃对一些词语的好恶心理,而避其所恶,投其所好。所以当她一眼瞥见宝玉的诗中,有"绿玉春犹卷"一句时,便急忙回身推他说:"他因不喜'红香绿玉'四字,改了'怡红快绿';你这会子偏用'绿玉'二字,岂不是有意和他争驰了?况且蕉叶之说也颇多,再想一个字改了罢。"后来,她替宝玉找了一个"绿蜡"来代替了"绿玉"。在这里,宝钗既要自己写诗颂圣,还要琢磨他人的嗜好,又要注意别人(主要是宝玉)是否触忌,真是细心极了,然而也俗极了。

黛玉呢?对于这次题诗,她却完全是另一番心思:"原来林黛玉安心今夜大展奇才,将众人压倒,不想贾妃只命一匾一咏,倒不好违谕多作,只胡乱作一首五言律应景罢了。"因此，黛玉作的只是一首"胡乱作"出来的"应景"之诗，与宝钗的有意颂圣之作，形成了鲜明的对比。而且"林黛玉未得展其抱负，自是不快"，于是主动做枪手，替宝玉写了最后一首。很明显，其目的是要显出自己的作诗才华，根本没有想到贾元春，毫无媚上之意，与宝钗的心机相比，自是两副心肝。

这里，我们还要特别注意，在题诗的过程中，作者写了一个很有意思的细节。当宝钗替宝玉找出一个"绿蜡"的典故出来，宝玉高兴得叫她姐姐时，宝钗悄悄地对他笑着说："还不快作上去，只管姐姐妹妹的。谁是你姐姐？那上头穿黄袍的才是你姐姐，你又认我这姐姐了！"元妃省亲，作者一直未写她的穿着，偏偏于此时从宝钗眼里写出她身上的黄袍来，这与其说是写元妃，倒不如说，更主要的是写宝钗。同一件黄袍，别人可能未见，或者视而不见（不经心之故），唯有薛宝钗却不但看在眼里，而且挂在嘴上，其中心曲不是十分微妙的吗？更有趣的是，第三十五回黄金莺为贾宝玉的通灵宝玉结一个络子，当谈到配什么颜色好时，宝钗有一段妙语："用鸦色断然使不得，大红又犯了色，黄的又不起眼，黑的太暗；……"原来在宝姑娘的审色观中，黄色本是"不起眼"的，可是元妃身上的那件黄袍，在她那对水杏眼中却显出了异样的光彩，而使她独具慧眼，不能忘怀于它。作者的这种描写，似在有意无意之间，但这正是《红楼梦》文字的独特之处，是一般笔墨达不到的。作者通过这样一个细节的刻画，就把她的题诗与其内心活动里外勾连起来了，从而更深刻又形象地表现了薛宝钗的性格。

与此事相关的是，薛姑娘有一个很大的特点，就是不事妆饰，尽弃脂粉。因此她家里有上好的宫花，薛姨妈也只好拿来叫人送去给其他姐妹。薛宝钗的屋子里也是十分清素，竟如"雪洞一般"，可是这样一个"山中高士"，却成天把一个金锁挂在脖子上，难道它不比一朵轻纱堆成的宫花累赘得多吗？对这一点早有不少人犯疑，而且确实窥测出了其中的一些奥秘，这里可不细说。然而还有一件东西往往不被人注意，因为它不像金锁那样出名，可是仔细玩味一下，却颇有意思。

原来薛宝钗除了一路来挂着一把金锁之外，第二十八回起，她的左腕上又戴着一圈红麝串子。贾宝玉有一次想要看看，这时作者特别写了一句，"宝钗原生的肌肤丰泽，一时褪不下来"，宝玉等了好一阵子，她才把它硬褪了下来。这一细节自然就使读者产生一种联想：这个以不喜欢打扮装饰著称的薛姑娘，为什么却要把这么一个紧得难受的串子箍在手腕上呢？原来这串子的来路非同寻常，它是贵妃娘娘所赐的端午礼物，更重要的是这礼物只有她和宝玉两人有；别人特别林黛玉就没有这种殊荣。因此，它和金锁一样，有着某种特别的含义，薛宝钗只把这样两件东西戴在身上，炫耀在人眼前，这虽是一件小事，但不也能有力地说明一点城府极深的宝姑娘的内心奥妙吗？

林黛玉虽然没并未享有元妃娘娘赐红麝串子的待遇，但有趣得很，作者却偏偏写到她本来也可以得到另一圈高级串子的。她与贾琏从苏州回来后，宝玉立即将北静王送给他的一串鹡鸰香念珠珍重地取出来送给黛玉。这串念珠原是系在北静王手腕上，而且本是"圣上所赐"之物，其尊荣自非红麝香串所能比拟，可是黛玉不但没有高兴地接受并把它戴在手腕上，而且还说，"什么臭男人拿过的，我不要这东西"，还"掷还不取"。过去曾有争论，作者写黛玉此举，是否隐有骂皇帝的意思。这一点我们且不理论，但我们却相信，作者前后写钗、黛二人对待香串子的不同态度，却不是偶然的。一个爱如珍宝，紧缠腕上；一个视若粪土，弃如敝屣。这样鲜明的对比，还不足以表明钗、黛二人在作者心目中的地位吗？

八、扑蝶与葬花

《红楼梦》第二十七回"滴翠亭杨妃戏彩蝶，埋香冢飞燕泣残红"写的是四月二十六日的事情。这日是芒种节，是春夏交替的一个时日，大观园内的女孩子们一早起来，准备为花神退位饯行。自然，这也是大家可以尽兴赏玩的一个时日。全回写了许多人物，描绘了各种关系，而笔墨的重点则在各种穿插中突出写了"宝钗扑蝶"和"黛玉葬花"两件事。

这是一个风和日暖的日子，本已十分秀丽的大观园，今天被打扮得尤其多彩生姿。"那些女孩子们，或用花瓣柳枝编成轿马的，或用绫锦纱罗叠成干旄旌幢的，都用彩线系了。每一棵树头，每一枝花上，都系了这些物事。满园里绣带飘飘，花枝招展。更兼这些人打扮得桃羞杏让，燕妒莺惭，一时也道不尽"，真是一个令人眼花缭乱的花花世界。

这里的自然景色，尽管都是这样美好，但生活在这里的人们，却是悲喜苦乐，人有不同。试看：滴翠亭里，坠儿和小红在为受到主子的不平待遇而抱怨；小红在去稻香村的路上，遭到迎面相逢的大丫头们的冷嘲热讽；一棵石榴树下，探春对宝玉正在窃窃私语，诉说自己的满腹闷气。看来，不管是主子或是奴才，都各自有着自己不遂心的事情。这使人感到自然景色的绚丽和人们心头的乌云是如此不协调。

当然，在这满园子的人群中，还是有真正快活自得、心旷神怡的幸运儿，她就是薛宝钗了。你看她在权衡一番之后，取消了本想去找林黛玉的计划。

刚要寻别的姊妹去，忽见面前一双玉色蝴蝶，大如团扇，一上一下迎风翩跹，十分有趣。宝钗意欲扑了来顽耍，遂向袖中取出扇子来，向草地下来扑。只见那一双蝴蝶忽起忽落，来来往往，穿花度柳，将欲过河去了。倒引的宝钗蹑手蹑脚的，一直跟到池中滴翠亭上，香汗淋漓，娇喘细细。

这个平日端庄凝重的薛宝钗，今天却显得如此欢跃活泼，和这个世界也显得如此和谐融洽，真是一幅生动的少女扑蝶图。难怪这个场景已成了许多画师争相描摹的题材。然而大家从小红、坠儿、探春等人身上就会明白，大观园绝非一个远离现实的世外桃源，这里虽然没有出现什么轰轰烈烈的英雄业绩和惊涛骇浪的暴力拼搏，却时时处处存在触目惊心的明争暗斗和错综复杂的钩心斗角，仍然是一个黑暗的封建王国。在这个人人都有许多繁难的王国里，独有薛宝钗能如此赏心乐事，这种写法无疑是富有思想意蕴的，很值得我们去细细玩味。然而，作者的构思并未仅仅到此止步。我们如果顺着作者的笔路仔细看去就会发现，"扑蝶"这一情节的出现，还有一个明显的作用，就是要"引的宝钗蹑手蹑脚的，一直跟到池中滴翠亭上"，通过偷听丫鬟说话，从而展现出她的"金蝉脱壳"计来，这是显而易见的。因此，滴翠亭事件绝非泛泛的闲笔，而是作者有意写她嫁祸于黛玉。这一点我们在前文中已有具体论析，这里就不多写了。现在须要注意的是，这一情节之所以安排在这样一个场合，体现了作者文思之深邃。原来在这样一个悠悠自得的少女的躯壳里，却有着这样一副居心叵测的肝肠，这不仅使人因认清薛宝钗的本来面目而感到惊讶，你看她在十分老练地骗住了小红和坠儿，"金蝉脱壳"计得手之后，竟"一面说一面走，心中又好笑：这件事算遮过去了。不知他二人是怎样"。真是一个诈骗老手！而且让人醒悟：就是这样一种人才能在这个世界里过得最快活，与这个世界相处最融洽，它不禁使人要问：这是一个什么世界！这种世界又会有着怎样的一个宠儿！"金蝉脱壳"计与"扑蝶"以及当时的环境，这三者是一个互起作用的有机体，只有把它们联系起来加以剖析，才能了解其中的真正含义，过去的一些争论，常常是孤立地来说，因此总摸不着要领。这种方法不仅是理解"金蝉脱壳"计，也是读《红楼梦》的一个大忌。

同是在这样一个世界里，有人欢乐有人愁。从笔法上来看，探春、小红、坠儿等的烦恼怨愁，同时又是一个引子，作者的落笔点，是要在最后写出林黛玉葬花以及那绝代悲凉凄楚的《葬花吟》。

我们随着宝玉的足迹，"将已到了花冢。犹未转过山坡，只听那边有呜咽之声，一面数落着，哭的好不伤心。"原来是黛玉独个儿在那里葬花落泪，悲伤啼哭。她所为何事呢？且听她的哭诉吧：

> 花谢花飞飞满天，红消香断有谁怜？……闺中女儿惜春暮，愁绪满怀无释处，手把花锄出绣帘，忍踏落花来复去。……桃李明年能再发，明年闺中知有谁？……一年三百六十日，风刀霜剑严相逼。明媚鲜妍能几时，一朝飘泊难寻觅。……愿奴胁下生双翼，随花飞到天尽头。天尽头，何处有香丘？未若锦囊收艳骨，一抔净土掩风流！质本洁来还洁去，强于污淖陷渠沟。尔今死去侬收葬，未卜侬身何日丧？侬今葬花人笑痴，他年葬侬知是谁？试看春残花渐落，便是红颜老死时。一朝春尽红颜老，花落人亡两不知！

这一曲长歌《葬花吟》，唱出了一个少女的多少辛酸！她一年到头生活在"风刀霜剑严相逼"的日子里，看见飘坠的落花，分外伤情。她希望能和落花一起飞到想象中的"天尽头"去，这个愿望虽然是渺茫而非现实的，可反映出她要脱离这污淖般的现实世界的愿望却是真实的、强烈的。她既为眼前百花的凋落而悲叹，更为自己未来的归宿而忧愁。她既哭花，且亦悼人，到"一朝春尽红颜老，花落人亡两不知"时，已经分不清她哭的是花还是人了。

我们若要探究《葬花吟》的全部思想内涵和艺术价值。远非这样三言两语所能道其万一的，这应是属于另一专题的任务。我们可以揣摩的还是作者为何要将葬花安排在这样一个时刻来描写，它和我们的题目有何关联？这倒是应该做的。

　　首先，单从它本身的意义来看，林黛玉葬花时表现出的极度悲哀，是放在一个极其欢乐的时刻和美好的环境里来写的，而艺术的辩证法告诉我们："以乐景写哀，以哀景写乐，一倍增其哀乐。"(《姜斋诗话》卷二)所以，这种安排和写法是为了更充分地表现林黛玉的悲惨处境和心情，从这一点来说，它无疑是相当成功的。

　　如果再进一步，我们从本文的题旨出发来纵观全回，就会发现作者集中在一回里，通过对"扑蝶"与"葬花"的重点描绘，就让薛宝钗与林黛玉形成了一个鲜明的对比：同是这样一个花团锦簇的世界，然而不要忘记，它又是一个典型的封建黑暗王国里，薛宝钗是那样适心顺意，如鱼谐水；而孤身无依的林黛玉却如此凄凉彷徨，如陷污淖。美好的自然景色对她也只能徒增"良辰美景奈何天，赏心乐事谁家院"的慨叹而已。读者在这里通过情与景、人与人、美与丑的强烈对比所获得的艺术感受和因此而产生的爱憎感情，不正是作者所构思的艺术意境所要达到的预期目的吗？

九、袭人与晴雯

　　"物以类聚，人以群分"确实是至理名言。薛氏一家从金陵初到京中，"薛蟠起初原不欲在贾府中居住，生恐姨父管束"，后来和贾府宅中所有子侄混熟了，"今日会酒，明日观花；甚至聚赌嫖娼，无所不至"，"因此薛蟠遂将移居之念渐渐打灭了"。惜春后来选上了"独卧青灯古佛旁"的出家道路，因此她早就喜欢和小尼姑智能儿在一起。赵姨娘这种人和谁也合不来，可一遇上了马道婆，也就一拍即合，很容易勾结在一起。我们只要通过这样一些"类聚""群分"的现象，往往可以看出某个人的品性，从而对其做出恰当的品评。这种现象，在《红楼梦》的人物中当然还不只这么几例。过去曾经有人把袭人与晴雯分别看成是宝钗与黛玉的影子。若从《红楼梦》塑造艺术形象的成就来说，袭人与晴雯都是特定的典型形象，不能和其他形象混同，"影子"之说，自不免抹杀了她们的典型意义，是不足取的。但是，如果从"类聚""群分"的角度来考虑，则未尝不可透过袭人与晴雯来考察一下宝钗与黛玉。

　　晴雯是一个"身为下贱"的丫鬟，但却有"心比天高"的倔强性格。

她不但对奴颜婢膝的丫鬟看不顺眼，对于主子施加的淫威她也敢于直面抗争。平时，她就公开宣称过，"冲撞了太太，我也不受这口气"，抄检大观园时，她当着主子面表现出的无畏精神，使王熙凤也暗暗纳罕。她成了主子们眼中"说话锋利尖酸""咬牙难缠"的人物。最后受谗害而被赶出大观园，含冤死去。但她却是贾宝玉的最要好的知己，晴雯与宝玉的生离死别，是前八十回写得最为动人的篇章之一，她死后受到宝玉的祭奠，尊之为芙蓉神，一篇《芙蓉女儿诔》，表现了怡红公子对她最高的赞美，也是曹雪芹对这个人物的赞美。

袭人却与晴雯完全相反。在怡红院的众丫鬟中，她有一个外号，叫作"西洋花点子哈巴儿"，表明她是一个十足的奴才。正由于她是一个道地的奴才，所以才博得了主子的欢心。王夫人就称赞她"行事大方，心地老实""知大体，莫若袭人第一"。放心地把宝玉"交给"她，而且成了王夫人在怡红院内的"心耳意神"。她不但被内定为宝玉的姨太太，而且提前就享有姨太太每月二两例银的经济待遇。可以说，袭人与晴雯是性格上完全对立的两个典型。

正是这样两个对立的人物，在与钗、黛的关系上却有明显的不同。黛玉与晴雯之间，书中没有多少详细情节的描述，但我们却知道，这个晴雯不但"眉眼又有些像你林妹妹"，而且据宝玉口中透露，黛玉"素日又待他甚厚"。所以宝玉挨打后，要送两块手帕给黛玉，这项重任就落在晴雯身上；而在此之前，宝玉却先把袭人打发到宝钗处借书去了，以免被她知晓。这其中包含的意义是十分清楚的。后来当宝玉祭晴雯时，作者却偏偏安排黛玉的身影从芙蓉花中走出来，弄得晴、黛难以分辨，这都是作者有意要读者去体味这二人的关系。

而袭人却是宝钗的好伙伴。袭人因一次宝玉在黛玉处梳洗过了，自己闷闷不乐地回来。刚好宝钗来到，袭人对宝、黛关系发表了一通不满的议论。

> 宝钗听了，心中暗忖道："倒别看错了这个丫头，听他说话，倒有些识见。"宝钗便在炕上坐了，慢慢的闲言中套问他年纪家乡等语，留神窥察，其言语志量深可敬爱。

这便是两人相交之始。宝钗是在袭人不满黛玉之时，经过细细"窥察"而物色上这个伙伴的。而袭人也因宝钗说了"混帐话"受到宝玉的冷遇而不计较,因而大赞宝钗:"提起这些话来,宝姑娘叫人敬重……真真是有涵养,心地宽大的。"这两人也可说是惺惺惜惺惺,一见相投了。此后两人交往日密。有一次,薛宝钗因表示愿意取代史湘云为宝玉做鞋,袭人马上十分感谢,并决定晚上亲自过来找宝钗。不久,薛姨妈在王夫人面前表扬袭人:"那孩子模样儿不用说,只是她那行事儿的大方,见人说话儿的和气,里头带着刚硬要强,倒实在难得的。"书中从未写过薛姨妈和袭人有过直接接触,她这番话的出处,不明显是从其女儿那里来的吗?花袭人从此大受当权者的青睐,薛宝钗是起着很大作用的。过去的评论家曾指出薛宝钗的厉害一着在于勾结袭人,这话固然不错,但还应进一步看到,也只有这样两个人才能勾结在一起,这也就是我们开头所说的"物以类聚"的道理。

根据这一逻辑,我们果然又发现,晴雯对宝钗与袭人对黛玉又是另一种态度。曾以"珍重芳姿昼掩门"自矜的薛宝钗,其实是常常深更半夜也往怡红院跑。这一人们罕知的情况,却是从晴雯口中叫嚷出来的。她有一次抱怨说宝钗"有事没事,跑了来坐着,叫我们三更半夜的不得睡觉",对宝钗的到来显得很不欢迎。而袭人则公然敢于在别人面前说黛玉的是非。黛玉生气,将宝玉送去的一个史湘云做的扇套儿铰了,她就当面在史湘云面前学舌,说宝玉将这套儿"拿了去给这个瞧,那个瞧的。不知怎么又惹恼了那一位,铰了两段",引起史湘云对林黛玉的气愤与不满。可以说,史湘云对钗、黛态度的亲疏变化,花袭人是从中起了作用的。袭人还指责林黛玉,"旧年好一年的工夫,做了个香袋儿;今年半年,还没见拿针线呢"。一个丫鬟竟然褒贬起主子不做针线活,在贾府也是独一无二的。当史湘云劝宝玉注意仕途经济,被宝玉下了逐客令时,袭人又提起宝钗以前受到的同样对待,并牵连到黛玉说:"幸而是宝姑娘,那要是林姑娘,不知又闹的怎么样、哭的怎么样呢!提起这些话来,宝姑娘叫人敬重。"这样将钗、黛加以对比,且作抑扬,真是到了十分放肆的地步。

这钗、黛、袭、晴之间,作者写得是如何的泾渭分明啊!她们之间的美丑、真伪也因此对比得十分清楚,一目了然。

作者对晴雯与袭人的爱憎态度,还可以从作品对二人的结局安排上体现出来。晴雯在八十回前就已夭折,但她死得悲壮,死得清白,作者尊之为芙蓉神,并通过《芙蓉女儿诔》用最美好的言辞对她做了至美的赞颂,《红楼梦》里没有任何人受到这样规格的待遇。我们没有看到作者写的关于袭人最后归宿的文字,但从"枉自温柔和顺,空云似桂如兰,堪羡优伶有福,谁知公子无缘"的预示中,已可看出作者对她的贬义以及不妙的结局。她起先想方设法不肯离开贾府,最后却是宝玉出家,她嫁给了蒋玉菡。在悲剧的结局中包含了作者的辛辣讽刺,而钗、黛的结局在性质上不也和袭人、晴雯的结局是一样的吗?

纵观全局,黛玉、晴雯性格傲兀,疾恶如仇,因此被迫早死,但死得悲壮,令人惋惜、同情,并激发人们对封建制度的憎恨;宝钗、袭人工于心计,投机钻营,虽然都如愿当上了宝二奶奶和姨奶奶,但"恩爱夫妻不到冬",一个守活寡,一个再嫁,到头来仍是一场空,也是悲剧。这下场却得不到人们的同情,而只能受到人们的鄙夷与憎恶。通过袭人,晴雯这两个对立的形象与宝钗、黛玉关系的鲜明对比,不是更能启发我们对钗、黛的认识吗?

十、"停机德"与"咏絮才"

到此为止,我们从各个方面、通过不同的角度与方法,对薛宝钗与林黛玉做了广泛的比较,已经有了足够的证据,可以从中对她们做出恰当的判断,也可以看出作者的意向。我们自然还可以从书中找到许多材料来进行比较,绝不仅此;但如果要求说得概括一些,其实一两句话也就足够了。而这一两句话,自然不应由我们来说,作者早就告诉了大家的,只是许多为薛宝钗辩护的读者不注意或不理解罢了。

《红楼梦》第五回贾宝玉神游太虚幻境时,在警幻仙子处先看到一些图册和判词,继而又听了十二支"红楼梦曲子",这些判词和曲子从大的方面来说,包含了三方面的内容:预示人物的结局,透露人物的品性,暗寓作者对人物的评价。在"正册"中第一册的判词就是:

可叹停机德,堪怜咏絮才。玉带林中挂,金簪雪里埋。

这判词写的就是薛、林二人。后两句含蓄预示她们的结局,前两句正是说明了她们的品性和作者对她们的评价。

"停机德"是用的乐羊子妻的故事。据《后汉书》载,乐羊子外出求学,中途而回,他的妻子以停下织机,割断经线做比喻,劝其认真读书以求功名,乐羊子受其感动,再出求学,七年不返。这是一个妻子对丈夫劝学的有名故事。"咏絮才"指的是晋代有名的才女谢道韫。她以"未若柳絮因风起"的诗句咏雪而出名,因此"咏絮才"就成了才女的别称。自然,这里的"停机德"与"咏絮才"就是分指薛宝钗与林黛玉了。薛宝钗常劝贾宝玉认真读书,注意仕途经济,尽管贾宝玉远远没有成为乐羊子,但薛宝钗确实具有乐羊子妻那样的"停机德"。林黛玉在元妃省亲赋诗时,曾经"安心今夜大展奇才,将众人压倒";在大观园的诗社活动中,她又屡次夺魁;在培养香菱学诗上,也卓有成效。把她比之为"咏絮才"是完全当之无愧的。

写在判词里的一"德"一"才",这就是曹雪芹对薛宝钗与林黛玉的总体构思。

薛宝钗的"德",是一种正统的封建妇德,乐羊子妻在《后汉书》中属于《列女传》中的人物,就是一个很好的说明。薛宝钗本人事事处处都与贾政、贾母、王夫人等站在一条线上,更证明她就是这样一种封建妇德的化身,而且许多事例说明,她的"德"还远远超出了一般妇德的要求,而达到了封建阶级的更高标准:大观园成立诗社,她对拟菊花诗题的史湘云先进行了一番封建说教;林黛玉在行酒令时说了两句《西厢记》《牡丹亭》中的词语,她当时马上就"回头看着她",过后又立刻找林黛玉进行"审问",加以长篇训话,摆出了一副封建道学家的面孔;探春理家时,随便说了一句朱子的话是"虚比浮词",宝钗马上指责她,"你才办了两天事,就利欲熏心,把朱子都看虚浮了。你再出去,见见那些利弊大事,越发连孔子也都看虚了呢!"真是时时处处都毫不含糊地在自觉维护封建礼教,在大观园里起到了贾政、王夫人、贾母等起不到的作用。

林黛玉之"才",又不仅仅是有作诗的"咏絮才",她还是一个有广博知识的才女。她不仅读过"四书""五经",其他诸子百家她都通晓。既懂庄子,亦通禅理,还熟兵书,至于古今诗词、脚本传奇等杂书,更是一见便爱。无论是作诗填词,还是猜谜行令,以至谈笑谑语,无不显露出她的聪明过人、才华横溢。

在我们根据上述情况对钗、黛进行比较评议时,至关重要的一点是必须明白,薛宝钗所特有的"德"与林黛玉所突出的"才",在她们生活的时代和环境里是两种完全对立的东西。"女子无才便是德"是当时占统治地位的思想中天经地义的信条。作者也许为了表示他的确是注意到"德"与"才"之间的这种关系，因此有意让这个意思也出现在书中，更重要的是偏偏让它出自薛宝钗之口，并要她对此做了一番发挥。上面提到的薛宝钗对林黛玉的"审问"时，她就说：

　　……所以咱们女孩儿家不认得字的倒好。男人们读书不明理，尚且不如不读书的好，何况你我。就连作诗写字等事，这不是你我分内之事。……你我只该做些针黹纺织的事才是，偏又认得了字，既认得了字，不过拣那正经的看也罢了，最怕见了些杂书，移了性情，就不可救了。

在薛宝钗看来，读书的目的是为了"明理"，否则就不如"不认字的倒好"，这分明就是"无才便是德"了。因为如果读书而不"明理"，那是会"移了性情"而"不可救"的。这是何等尖锐的矛盾！不过这个满口宣扬"明理"的薛宝钗，其实她从前本也和林黛玉一样，她和她的兄弟们自小都怕看正经书。

弟兄们也有爱诗的，也有爱词的，诸如这些"西厢""琵琶"以及"元人百种"，无所不有。他们是偷背着我们看，我们却也偷背着他们看。后来大人知道了，打的打，骂的骂，烧的烧，才丢开了。

原来薛宝钗是个过来人，她也曾经有过宝、黛等青年人所共有的爱好，只是在封建势力打、骂、烧的严厉压制下而被"移了性情"，而且陶冶出了封建阶级所要求的"停机德"。而宝、黛却只是在一个特殊的环境里，还在大量偷看这些"杂书"，而且"越看越爱"，愈走愈远，以至于"不可救了"。从这里，我们就可以深刻地体会到"停机德"与"咏絮才"的本质意义与它们之间强烈的对立关系。

薛宝钗所提倡的"读正经书"以"明理"，反对读"杂书"而"移性"，这和清代统治者屡屡号令的严禁淫词小说以"存天理"而"去人欲"的做法不是如出一辙吗？从一定的意义上来说，一部《红楼梦》所反映的正反两面的矛盾斗争，或者如作者所说的"正""邪"二气的搏击，实际上正可看成是这种"德"与"才"的斗争。体现在女子身上，薛宝钗与林黛玉正是这两者的突出代表。任何要把二人调和或合一的说法丝毫没有根据，是完全不理解薛宝钗与林黛玉的，自然也是不理解曹雪芹的。

"可叹停机德，堪怜咏絮才。"如果我们理解了"停机德"与"咏絮才"的内涵，也就会明白曹雪芹为什么会认为其"可叹"与"堪怜"了，从中正体现了作者对钗、黛二人的根本态度。

论王熙凤形象塑造的艺术特色

在红楼绚丽多姿的人物画廊中，王熙凤可说是其中的佼佼者，就人物的形象与生动性来说，她比之贾宝玉、林黛玉、薛宝钗等主要人物也是有过之而无不及的。脂砚斋称作者的"传神之笔，写阿凤跃跃纸上"（"甲戌本"第六回眉批），正道出了这个形象之非同一般。

王熙凤这个形象之所以特别生动活跳，在表现方法上，又有其本身的特点，探究其成功的经验，是颇有意义的。

一、别开生面的人物出场

在日常生活中，事物（包括人）给人的第一印象是很重要的，它往往可以决定事物最后的发展进程和结局。一见钟情、一见倾心、一见如故等等，都说明第一印象的重大作用。因此，反映社会生活的文艺作品，特别是以刻画人物为主的戏剧、小说等文艺形式，就很重视人物出场的描绘。戏剧表演中的"亮相"就是舞台艺术中的一个重要内容，因为它是表现角色性格的一个重要手段。成功的"亮相"可以在一刹那间使人感受到角色的整个性格、身份和品格。

小说也是这样的。中国小说中有很多成功的人物出场，在《三国演义》《水浒传》中尤其突出，《红楼梦》继承并发展了这一艺术方法。作者是把《红楼梦》的人物出场作为一项重要的艺术构思来处理的。哪些人物有专门的出场描写，哪些人物只是一笔带出，对同一个场合第一次出场的人物，谁先谁后，谁详谁略，为他们安排什么样的环境和氛围，都是十分有讲究的。十分明显，第三回是作者安排人物集中出场的一个专回。在这一回里，通过林黛玉第一次进入荣国府，介绍了贾府中的一批主要人物，只要稍加考察就会明白，作者在这里重点描写的是三个人：林黛玉、贾宝玉与王熙凤。而对这三人的具体描写又各具特色。对林黛玉，自始至终是在描写其他人物出场的同时，从其他人的眼中来写她的。贾宝玉则被安置在最后出场,以便集中笔墨,集中读者的注意力,来突出他的主角地位。对王熙凤则选在一个与贾宝玉的出场有相当间隔,同时又有许多人在场的情况下让她露面。由于有了这种间隔,就使读者对王熙凤出场时所独有的印象不会因贾宝玉紧接着出场而被冲淡,由于王熙凤是在其他诸人之后才出场的,就能事先形成一个特定的环境气氛以衬托出她的独特性格而给人以强烈印象。所以当林黛玉忽然听到后院里有一阵笑语声说"我来迟了,没得迎接远客"时,心里便纳罕:"这些人个个皆敛声屏气如此,这来者是谁,这样放诞无礼?"这种未见其人先闻其声的出场方式,与"三春"等个个敛声屏气的氛围形成了鲜明的对照,因而能起到特别引人注目的艺术效果。

王熙凤的出场,不但以其先声夺人的独特方式而显得与众不同,更重要的还在于对她性格的生动描绘。她一出现,贾母便称她是这里有名的"凤辣子",对她的亲昵远在早已出来的"三春"姐妹之上。而王熙凤的表现也足以表明她是确实受得起这种宠遇的。只见她首先是"携着黛玉的手,上下细细打量一回",笑着说:"天下真有这样标致的人物,我今儿才算见了!"这首先是赞黛玉,对于初来的客人,从礼貌上来说,也是应该的。然而这绝不仅是赞黛玉,这话仅是起兴,落脚点还在后面,请听她接着说:"况且这通身的气派,竟不像老祖宗的外孙女儿,竟是个嫡亲的孙女,……"原来,王熙凤今天才看见的天下最标致的人儿,竟是因为她十分像她的外祖母。可见,起初对黛玉的极力赞美,最后都奉献给了贾母了,这怎能不叫这位老祖宗打心底里喜欢呢?还要注意,这样一个比喻,实际上还不动声色地奉承了在座的几位"嫡亲的孙女儿",别人也许不大在意,可迎、探、惜三位是能体味得到这位嫂子的意思的。戚蓼生曾称赞《红楼梦》"一声也而两歌,一手也而二牍"的"神乎技矣"[①],而凤姐这里的几句话却可以说是达到了"一声三歌""一手三牍"之妙境。"怨不得老祖宗天天嘴里心里放不下",这紧接着的一句话,既是进一步说黛玉的惹人喜爱,更是歌颂老祖宗的慈爱恩德。王熙凤当然知道林黛玉是因丧母而来投奔外祖母的,她不能一味只讨贾母的欢心而对黛玉的遭遇不表一点同情,于是我们看到,当这些以贾母为中心、多面讨人欢喜的话一说完之后,她马上话锋一转:"只可怜我这妹妹这么命苦,怎么姑妈偏

---

① 〔清〕戚蓼生:《石头记序》。

就去世了呢！"她不仅有话语上的同情，而且还有感情上的悲恸，因为她"说着便用帕拭泪"。而当贾母说"我才好了，你又来招我"，阻止她再提此事时，她又"忙转悲为喜"地说别的去了。就这样几句话、一个拭泪动作和一个"转悲为喜"的变化，使王熙凤一出场就占据了整个场面，使人感到她口齿伶俐，中心是讨好贾母，又常顾到四方，喜怒哀乐的表情可以变幻于瞬息之间，给人留下异常深刻的印象。

　　第三回对王熙凤出场的描绘在文字上比写贾宝玉的出场要少。但作为这个人物性格的一个侧面来说，却是刻画得相当生动、深刻了。与写贾宝玉以及其他人物的出场比较起来，写王熙凤的一个突出特点是在第三回写了她第一次出场，在第六回又用了半回多的篇幅更细腻地写了她的另一次出场，更显得异常生动、精彩，在内容上又可与第三回的出场互相补充。这两次都是因有外人进府而促使她出场的，可是其具体情况却大大不同。第三回是王熙凤自己主动出来的，而且未见其人先闻其声，老远就听见她喊着"我来迟了……"何等热情有礼。第六回却与第三回形成了一个鲜明的对照，因为这次是应一个乡下老太婆刘姥姥的求见才出场的。作者先不写王熙凤如何出现，而是先写刘姥姥的所见所闻，把气氛渲染得浓浓的，才让她出来。刘姥姥先是来到奴才周瑞家的家里，只探听到一个老太太处在摆饭，"二奶奶在太太屋里"的信息，继而被周瑞家的选中"吃饭是个空儿"，才领着刘姥姥到了凤姐的"后厅"。"将刘姥姥安插住等着"之后，周瑞家的进去征得平儿的同意，才将刘姥姥进一步领到"堂屋"。在这个堂屋里，刘姥姥并未见到凤姐，而是先闻到一阵不知何味的香气扑面而来，而且满屋里耀眼争光的东西，使她"身子如在云端里一般"，"头悬目眩"起来。当刘姥姥来到东屋时，才见到一个"遍身绫罗，插金戴银，花容月貌"的人，当她正要称"姑奶奶"时，却被周瑞家的告知这是"平姑娘"——"不过是个有些体面的丫头"而已。一直等到刘姥姥被屋内时钟的敲打声吓得"一展眼儿"时，这才看见小丫头们一阵乱跑，并说"奶奶下来了"。奶奶虽然下来了，但刘姥姥并不能马上就见到，她"只听远远有人笑声，约有一二十个妇人，衣裙窸窣，渐入堂屋，往那边屋内去了"，然后是人来人往忙着"摆饭"，经过一段"半日鸦雀不闻"的用膳时间，"天未明时"就从"城外乡村"赶进城来，等到时钟"当的一声"，"接着一连又是八九下"的时光，一直空着肚子的刘姥姥这才看见炕桌上"满满的鱼肉"撤了出来。也就是说凤姐刚刚吃过了饭，到了周瑞家的认为可以一见的"空儿"了,这时才见周瑞家的走过来,和刘姥姥"唧咕了一会,方过这边屋里来",才算真正见到了王熙凤。刘姥姥见到王熙凤这个漫长而又曲折的过程,简直就像人们登泰山一般,经过无数曲折艰难,一步一挨,才登上顶峰玉皇顶,这与第三回王熙凤的主动热情的场面形成了何等鲜明的对照!然而对王熙凤来说,这一切完全是合乎逻辑的,因为前者不是一般的亲戚,而是贾母心爱的外孙女;而后者只是一个来打抽丰的乡下老太婆而已。

王熙凤终于露面了,刘姥姥看到的是一个"端端正正地坐在"大炕上的贵妇人,只见她"手内拿着小铜火箸儿拨手炉内的灰,平儿站在炕沿边,捧着小小的一个填漆茶盘,盘内一个小小盖钟儿。凤姐也不接茶,也不抬头,只管拨手炉内的灰,慢慢的问道:'怎么还不请进来?'"她"不抬头",是为了装着没看见进来的人,免得打招呼。当她那一对"丹凤三角眼"瞄到刘姥姥已来到跟前,才假装抬头发问,而这时,"刘姥姥在地下已是拜了数拜,问姑奶奶安"了。第一次见面,这个十几岁的年轻管家婆便这样存心白赚了一个老太婆的磕头!然而凤姐是绝不会在表面上这样大不咧咧地接受一个老年人的磕头的,所以在刘姥姥一面"拜了数拜"的同时,她"又嗔着周瑞家的怎么不早说",并要她赶快"搀起来别拜罢"。既受了拜,摆了架势,又表示出谦逊的样子来,这才是真正的王熙凤。

在随后的接待、谈话中,刘姥姥被王熙凤一会儿弄得"未语先飞红的脸",一会儿"扭扭捏捏在炕沿上坐了",一会儿因吃了饭而"磕古唧嘴的道谢",一会儿因凤姐的告苦而以为这次来打抽丰是"没想头了",一会儿又因一开口给她二十两银子而"喜的又浑身发痒起来"。一个颇懂得一些人情世故的刘姥姥,直被这年轻的王熙凤摆弄得无可无不可了。如果说,在第三回里亮相的王熙凤主要是表现了她的机灵圆滑、四面周到、八方讨好的为人特性的话,那么,第六回再次出场的王熙凤,就表现了她作为一个贵族家庭里当家人的架势,以及她的老练和厉害。这样着力而且再次来刻画一个人物的出场,王熙凤是《红楼梦》里唯一的一个,这是这个人物如此生动、形象的一个重要原因。

从结构来说,作者把王熙凤的第二次出场放在第六回,其艺术构思也是不可忽视的。因为第六回是作者正式、全面铺写贾府的开始,在贾府人繁事杂、没个头绪的情况下,作者特意从"千里之外"引来一个"芥豆之微"的刘姥姥,其作用不过"是个头绪",是由外到里的一根引线,而在贾府的"三百余口人中",这根引线的另一头却单单接到王熙凤身上。这样一个安排,一方面使王熙凤这个艺术形象在一开始就显得异常生动活跳,给人以特别深刻的印象;另一方面也说明了这个人物在全书中的重要位置,对我们正确理解这部杰作的性质和意义也起到了很好的启迪作用。

二、丰富、多面的人物性格

《红楼梦》别开生面地单独写王熙凤的两次出场亮相,一方面固然说明了作者对这个人物的重视,因而做了这样的艺术处理;另一方面,也是表现这个人物的一种客观需要。因为成功的人物出场亮相,总能鲜明地表现人物的性格特征,而第三回的人物出场,就当时的环境和人物关系来说,还不足以充分地、全面地来亮出王熙凤的性格,这才促使了作者要让她第二次亮相。通过这两次亮相,我们看到了王熙凤性格中完全不同的侧面,这种情况正预示了王熙凤这个人物形象具有丰富的、多侧面的性格特点。当然,这样一个性格特点其实也是《红楼梦》所塑造的人物形象的共同点,但可以毫不夸张地说,在这方面,王熙凤这个形象却显得尤其突出,特别鲜明,是最成功的一个。

仅荣国府这个贵族之家,全府"有三百余口人,一天也有一二十件事","外头从娘娘算起,以及王公侯伯家,多少人情,家里又有这些亲友的调度,银子上千钱上万,一天都从他一个人手里出入,一个嘴里调度",以一个十八九岁的年轻媳妇作为其当家人,已是不容易了。然而她却还有余力和自信去协理宁国府,以"卖弄能干"。在"到了宁府里,这边荣府的人跟着,回到荣府里,那边宁府的人又跟着"的忙碌情况下,凤姐硬是打点精神,将两府的事"筹画得十分的整肃。于是合族中上下无不称叹者",的确是"都知爱慕此生才"。她这种才干,用贾珍的话来说是"从小儿"就有"杀伐决断"的能力,而现在"越发历练老成了"。

要能维持住这样一个家族内的当家人的地位,除了她本人的才干之外,还有一个特别重要的因素,就是要讨得贾府内封建宗法关系的顶尖人物贾府的老祖宗贾母的欢心,从而得到她的有效的支持。于是我们看到王熙凤除了平日的承欢侍坐,在言谈笑语之中曲尽奉承之外,她还费尽心思,演出过像"二十四孝"上那样"效戏彩斑衣"的闹剧,以"引的老祖宗笑一笑，多吃了一点东西"，无怪乎只要王熙凤在场，贾母总是笑眯眯的，亲热地称她为"凤辣子"了。因此，善于察言观色，揣情度意，从讨好贾母的实际需要出发而发展成了她性格中的一个重要特征。

俗话说："事上谄者，临下必骄。"这话一语中的，也说中了王熙凤。不用多举事例，大家都会明白，她是贾府中对奴仆们最残暴的一个统治者，所以"里外下人"都称她为"巡海夜叉"，鲍二家的又叫她为"阎王老婆"，她的丈夫贾琏也叫她为"夜叉星"。这些背后的反映人们不满情绪的称呼，乃是她骄横残暴性格的必然产物。

兴儿曾对尤氏姐妹说："如今合家大小，除了老太太、太太两个，没有不恨他的，只不过面子情儿怕他。"这种状况，正是王熙凤的"谄"与"骄"两面性格所带来的结果。

王熙凤对贾母如此之奉承，甚至演出孝子老莱子的故事，但我们切不要以为她是一个孝顺的媳妇和贤惠的妻子，因为她对待她的公公、婆婆就是另一副面孔。她与同样出身金陵王家的姑姑王夫人抱成一团，而与自己的公、婆明争暗斗。当贾赦想娶鸳鸯为妾而与她利害攸关时①，她竟当着婆婆的面指责公公行事"背晦"，"这么闹起来，怎么见人呢？"公然对公公"派了一篇的不是"。无怪乎邢夫人也在背后骂她"雀儿拣着旺处飞"，与王夫人是"黑母鸡一窝儿"。至于对待丈夫贾琏就更不在话下了，夫妻之间钩心斗角、同床异梦，而贾琏始终不是她的对手。正如"庚辰本"第十六回的脂批所说："阿凤之弄琏兄，如弄小儿，可畏之至。"对于公婆、丈夫的这种态度，说明她一切皆从一己之私利出发，而没有丝毫的封建伦理观念，这种性格在贾府里也可说是独一无二的。因此，她在贾母、王夫人面前的种种表现只不过如兴儿所说，"一味哄着老太太、太太两个人喜欢，他说一是一，说二是二，没人敢拦他"。其实对贾母、王夫人也只是一种利用而已。

在"没人敢拦"的情况下，王熙凤自然可以为所欲为了，如她自己所说："凭是什么事，我说要行就行。"但她所干的许多事情最终都可以直接或间接地归结为一件事，那就是永无餍足地聚敛财富，谋求金钱。她形形色色的不同活动都与此有关。

在铁槛寺内与净虚一笔交易，她得了白银三千两。

---

① 关于贾赦娶鸳鸯一事的意义，可参看本书《〈红楼梦〉风格论》一文。

她克扣丫鬟、仆人的月钱银子，拿去放高利贷，光这一项收入，每年就有几百两银子；她布置贾蓉、贾蔷去坑害贾瑞时，没有忘记要他写了两张五十两的欠契；贾母领头凑份子为她做生日，凤姐当着众人之面做人情，要替李纨出十二两，背后却又赖掉了，而对别人她却一个也不放过；因贾琏偷娶尤二姐之事，引起了一场"酸凤姐大闹宁国府"，她借着眼泪、鼻涕大撒泼的势头，最后又讹诈了尤氏的白银五百两；贾琏请凤姐转求鸳鸯偷贾母的东西去押一些银子以应急用，凤姐却乘此机会从中敲他一二百两，致使贾琏也忍不住说，"你们也太狠了！……难为你们和我——"

"难为你们和我"是夫妻，还在金钱上如此不择手段，由此可见凤姐的贪婪性格到了何等的程度。在"一个个不像乌眼鸡，恨不得你吃了我，我吃了你"的贾府，凤姐如此地贪婪聚财，难免不犯众怒，光是克扣月钱去放债一事，就已怨声载道了；连凤姐自己也知道："再放一年，都要生吃我呢！"因此为了巩固已有的利益，达到追求钱财的目的，她必须施展各种手段，算尽机关。而在这过程中，也就进一步从各个侧面表现了她的种种性格。

如果说只是为了三千两银子而害死张金哥等两条人命还非王熙凤的本意的话，那么为了维护她的利益，卧榻之旁不容他人鼾睡，她是非置尤二姐（还有未出世的胎儿）于死地不可的。在这整个过程里，王熙凤的性格就表现得异常的阴险狠毒。

为了维护她"威重令行"的绝对权威，她对奴仆们可以动不动就命令拉下去打二十大板，革一个月的钱粮，罚在太阳底下跪瓷片子，绑了丢在马圈里，喝令小厮自己打嘴巴，把丫鬟拉出去任意配小厮，等等，甚至对身边的丫鬟可以拔下簪子来满嘴乱戳，真是一副凶狠的母夜叉面孔。王熙凤的威势也就是建立在这种凶狠暴虐的基础上的。然而这个暴君却是一个头脑异常清醒的人，她惯用暴力，却并不一味迷信暴力。当她感到这一套行不通了的时候，她懂得转换另一手，探春理家就是王熙凤运用的另一手策略。这一点，她对平儿的一段悄悄话说得最清楚："若按私心藏奸上论，我也太行毒了，也该抽头退步，回头看了看，再要穷追苦克，人恨极了……一时不防，倒弄坏了。趁着紧溜之中，他出头一料理，众人就把往日咱们的恨暂可解了。"真是知己知彼，善于应变，懂得根据不同情况决定进退策略。自然，探春理家是王熙凤采取的一种缓和矛盾的权宜之计，是暂时抽身而非甘心就此罢休。

与在奴仆们面前表现的凶狠残暴性格相联系是她在丈夫面前拈酸吃醋的泼妇性格。当她发现贾琏与鲍二家的丑事时，又哭又闹，一把揪着鲍二家的撕打，一头撞在贾琏怀里撒泼，随后又趴在贾母怀里大哭，弄得满城风雨。尽管贾琏曾宣称"等我性子上来，把这'醋罐子'打个稀烂"，但最后还是贾琏向她作揖赔礼，而鲍二家的却上吊死了。随后，凭着这股泼劲，还把宁国府闹了个天翻地覆，连贾珍也被吓得逃之夭夭了。

兴儿向尤二姐介绍王熙凤时，曾说到她"心里歹毒，口里尖快""两面三刀""脚底下使绊子""人家是醋罐子，他是醋缸，醋瓮"等等，的确道出了王熙凤这个人物性格的许多重要侧面。然而曹雪芹笔下的王熙凤绝不仅仅就是如此；否则，她就不成其为王熙凤，而和夏金桂没多少区别了。我们看到，这个凶残暴虐、阴险歹毒的母夜叉并不是一个整天拉下脸、竖起眉、令人望而生畏的凶神恶煞；相反，在许多时候和场合，她还是一个显得十分随和，因而颇为讨人喜欢的人物，没有她就好像少了什么似的。而这一点，又是这个人物形象生动、性格丰富的另一个重要方面。

在螃蟹宴上，我们看见她主动承担伺候贾母的全部工作，而让丫头鸳鸯去吃乐，后来又跑去和她们一起打趣逗笑，称丫头为"好姐姐"，平儿和琥珀打闹，不小心抹了凤姐满腮的蟹黄，引得众丫鬟"掌不住哈哈大笑起来"，她也并未生气。因贾琏与鲍二家的事，凤姐盛怒之下打了平儿一下，过后又向她赔不是，"抚恤平儿"。在主子与奴才的名分十分严格的贾府里，唯有一个王熙凤公开认丫头小红为自己的干女儿，这除了"成日家疯疯癫癫"的贾宝玉外，在贾府的主子中曾有谁在奴才面前显得如此随和的呢？正因为如此，对于这个"母夜叉"，人人有怕她、恨她的一面，却又有想依附她的一面。怡红院里的小红就是想往"高枝儿"上飞，乐于调去听凤姐的使唤，这里固然有小红本人的势利心思作怪，但如果王熙凤仅仅是一个夜叉的话，再有利可图，奴仆们也不会愿意去投她的。

王熙凤之所以逗人喜欢，还有一个重要因素是她口齿伶俐，说话风趣。只要她在场，那被封建礼法拘束得慌的气氛常常靠她得以缓和，她可以用短短的几句话说得"贾母和众人都笑软了"，缺了她，周围就好像毫无生机，所以不仅贾母平日少不了她，就是众姐妹们起诗社，还要请她这个"不会做什么'湿'咧'干'的"人去做一个"监社御史"。可以说，一部杰出的《红楼梦》，如果没有王熙凤这个生动的艺术形象，也就不成其为《红楼梦》了，因为读者也同样少不了她。脂批对王熙凤形象之生动、传神，赞誉最多，正说明这个人物在读者心中所产生的艺术效果。

这种效果的产生和作者刻画出了她多侧面的丰富的性格，因而使之成为一个活生生的人物形象是分不开的。但从多方面来表现人物性格的丰富性，并不意味着可以在人物身上任意堆砌各种各样的性格特征，人物性格的丰富性必须与统一性相结合，各种性格特点之间应具有合乎逻辑的内部联系；否则，这个形象就会成为一个不可理解的，甚至是性格矛盾的人物。王熙凤这个形象之所以成功，就因为她的性格既具有丰富性又具有统一性，她的丰富性是统一在她作为一个自私贪婪的贵族当家人这一点上的。要能当得了这个家，首先必须要有精明、决断的才干，但仅有才干是不够的，还得要有强有力的后台做支持，否则，即使像"才自清明志自高"的敏探春也无能为力；所以她就必须巴结、逢迎贾母和王夫人。当家要能顺心，做到"威重令行"，使上下里外的人伏贴，在这么"一个个不像乌眼鸡，恨不得你吃了我，我吃了你"的贾府里，没有几招辣手是行不通的，这就必然形成她凶狠暴虐的母夜叉性格。剥削阶级的本性，加上自幼出身于一个经营外贸生意的家庭的熏陶，决定了她同时又是一个聚敛钱财、谋取私利的贪婪者，她因此必然会做出许多排斥异己、伤天害理的事情来，甚至"阴司地狱报应"、封建伦理教条也可弃而不顾。这样做自然会引起天怒人怨，成为众矢之的；所以，为了尽可能不引起太大的反作用，最大限度减少人们的怨怒，她就不能事事毫无顾忌，干得太露骨，而必然要大施手段，玩弄阴谋，常常以"嘴甜心苦，两面三刀；上头一脸笑，脚下使绊子；明是一盆火，暗是一把刀"的姿态出现，成为一个最阴险的两面派人物。正是由于这种种因素的牵连制约，因此使这个人物呈现出多姿多彩的性格内容，同时又是一个高度统一的真实可信的生动形象。

三、错综复杂的人、事关联

塑造人物形象，如果只是孤立地、为追求性格的丰富性而编写性格，这并不是一件难事，但这种性格再丰富也没有艺术生命，因此没有任何意义。只有把人物性格放到一定的关系之中，即与周围的人、事、环境等等关系中去刻画，使每个性格都有其产生的合理性和必然性，这种性格才是有生命的。这种关系愈广阔，性格也就有条件写得愈丰富，这个形象的艺术感染力也愈大，艺术上也就会愈成功。

王熙凤正是具有这种丰富性格的人物形象。在《红楼梦》里，她是处在最为错综复杂的各种关系中的一个人物。她的性格也就是在这种关系中表现出来的。

《红楼梦》以其反映生活的无比深刻性，通过以贾府为代表的四大家族的盛衰过程，客观上展示了封建社会"末世"的光景及其发展趋势，为封建社会唱了一首"树倒猢狲散"的无可挽回的哀歌。作品中的众多人物以不同的身份从不同的角度参加了这一大合唱，而在完成这一主题曲的大合唱者中，王熙凤的性格及其发展变化具有特别突出的意义和作用，因为作者是把这个人物的命运和这整个过程最紧密地联系在一起的。

《红楼梦》第六回作为全书故事情节全面铺写的开始，作者在表示对头绪纷繁的贾府中，不知"从那一件事那一个人写起方妙"之后，却从千里之外的一个刘姥姥写起，如前所说，写刘姥姥乃是为了写王熙凤。脂批也曾说："此回借刘妪，却是写阿凤正传。"（"甲戌本"第六回批语）全书以"写阿凤正传"开篇，仅这一点就说明她在全书的重要位置。

此后我们看到，王熙凤性格的表现与发展变化是和整个贾府以至四大家族的历史紧紧地连在一起的。在贾府表面的架子还支撑着、尚有一定权势的时候，当家人王熙凤意气风发，才华横溢。她得心应手，威重令行，不仅在荣国府里独当一面，还有余力协理宁国府中秦可卿的丧事；她杀伐决断，颐指气使，上任不几天，把个乱糟糟的宁国府整治得井然有序，各色人等"自此俱各兢兢业业，不敢偷安"。正如她弄权铁槛寺时向净虚夸嘘的："你是素日知道我的，从来不信什么阴司地狱报应的；凭是什么事，我说要行就行。"从这骄矜异常的口气中，充分表现了她恃势自信、踌躇满志的辣烈性格。然而好景不长，随着贾府各种矛盾的外露、激化，内囊日尽的局面日益逼近来的时候，同是这个当家人的王熙凤，在性格上也发生了明显的变化。到她已无法驾驭局势，只好躲在幕后而让探春去理家的时候，她已经发现"一家子大约也没个背地里不恨我的，我如今也是'骑上老虎'了"，因而开始筹划着"也该抽回退步，回头看看"，信心已大大消失，气焰也收敛了许多。反映在性格、作风上也与前大不相同。逼死尤二姐，她采用了更为隐秘诡谲的手段；抄检大观园，她让王善保家的打头阵，自己在一旁观风色，有时还装和事佬。她的整个性格发展，大体上是由飞扬跋扈、肆无忌惮、凶残暴虐变得阴险歹毒、深沉狡诈、诡计多端。这个变化过程所展现出来的丰富多彩的性格侧面，就和全书的中心故事情节紧密联系在一起，因而它是可信的、合乎逻辑的，同时也就具有强大的艺术感染力。

贾府的由盛到衰有一个长期的发展过程。在这个过程中，有一些事件是具有特别意义的，它们是这个过程中的重要环节，带有明显的某种标志或转折的重要性质。如秦可卿之死和元妃省亲，以红白两件喜事，写出了贾府炙手可热的权势和鲜花着锦、烈火烹油的盛事。"魇魔法叔嫂逢五鬼"，第一次把这个诗礼簪缨之族的矛盾赤裸裸地揭露出来，它们是如此尖锐，确实是"一个个不像乌眼鸡，恨不得你吃了我，我吃了你"。以此为发端，矛盾愈演愈烈，促使着贾府由盛向衰的转化。到探春理家时，当家人王熙凤已不得不退居幕后，以期"众人就把往日咱们的恨暂可解了"，而结果却是"各屋里大小人等都作起反来了，一处不了又一处"。因此，这成了贾府的盛衰史进入一个大转折的明显标志。到"抄检大观园"时，则是贾府内酝酿已久的各种矛盾的全面爆发。此事一过，则是"开夜宴异兆发悲音"——丧钟已经开始敲响，接着而来的是一系列的死亡离散，因此"抄检"一事，也就成了全书的一个重要环节。我们看到，以上所提到的那些事件，都如脂批所说的是"通部书中之大过节、大关键"，而王熙凤都无一例外地成了其中的主要角色。如秦可卿之死，使她成了协理宁国府的主角，充分表现了她历练老成的治家才能（元春省亲未正面多写她，以免与前者重复，但书中已点出"第一个凤姐事多任重"）。"叔嫂逢五鬼"写她与赵姨娘的尖锐矛盾而引起的一场生死斗争，她成了矛头所指的主要人物。探春理家，王熙凤是幕后指挥者，写出她的特殊处境和谋略。抄检大观园，她既是策划者，又是主帅，作品重点写了她在不同人物和事态面前的种种应变。总之，她在这些重要事件中起着核心的作用，成为不可缺少的人物，因此，她的许多性格的刻画又和这些重大事件紧密联系在一起，不可分割。在这种状况下所刻画出来的人物性格自然也就具有非同一般的艺术感染力量，这样的人物形象也就能给人以特别深刻的印象。

以上的分析，是从全书情节的纵线发展来说明王熙凤的性格刻画与它的关系；在这同时，我们从横的方面来看，又可发现全书所写到的形形色色的大小矛盾，又都与王熙凤有着千丝万缕的干系。在主奴之间，她是贾府的主子们统治、镇压奴仆的总管，被称之为"巡海夜叉"，是最凶恶的一个。在主子们的内部矛盾中，她也是头绪最多的一个。在邢、王二夫人的长房与二房的矛盾中，她与王夫人"黑母鸡一窝儿"地抱在一起，凭着贾母的宠爱与娘家的势力，结果荣国府里二房压倒了长房。随着而来的婆媳关系上，她与邢夫人处处对立，正像赖大的母亲当面说笑的"这儿媳妇倒成了陌路人"。在王夫人与赵姨娘的嫡庶之争中，她成为赵姨娘必欲置之死地而后快的眼中之钉。在妯娌中，由于尤二姐之事，她大闹宁国府，把尤氏也骂得狗血淋头，连贾珍也吓得溜走。在夫妻关系上，她与贾琏在金钱上、人事安排上钩心斗角。她的私生活极端腐烂，与贾蓉有着十分暧昧的关系，而对贾琏的偷鸡摸狗，她却闹得满城风雨，鲍二的老婆因此而上吊，所以她被人称为贾琏的"阎王老婆"。这些都是直接的、公开的、尽人皆知的争斗，至于其他无形的、间接的纠葛，更是无处不在，这就无怪弄到了"没有不恨他的"地步，甚至尤二姐梦中的尤三姐还要"将此剑斩了那妒妇"，真的到了神鬼皆怒的地步了。

从前八十回的情节来看，贾府的最后败亡，除了内部的诸多矛盾外，还有外部矛盾的因素，而埋下的明显的灾难种子，则大多是与王熙凤直接联系着的。如她勾结长安节度使，贪赃三千两，害死两条人命；她一手导演张华告状，一手买通都察院责打张华，最后想害死他而未得逞；更有她的放高利贷，不仅在贾府内怨声载道，在外面自然也种下了祸根。第三回王熙凤第一次出场，在众人面前，王夫人问她的唯一一句话就是"月钱放完了没有"，可说是伏线于千里之外的点睛之笔，绝不是泛泛之语。

总之，王熙凤与形成全书主题的贾府盛衰过程关系最为密切，她是这个过程中许多重大事件的中心人物，她是与贾府内外人、事关系最复杂的一个人，她是诸多矛盾的会聚点，是众矢之的。一句话，从人物来说，她是作者在贾府也是全书"乱麻一般，没个头绪"的状况下所挑出来的"纲领"。无论从故事情节的开展或是作品主题的形成，她都具有他人所不可比拟的重要地位，正因为如此，才为作者提供了最有利的条件来充分展示她生动的形象和鲜明的性格。

四、追魂摄魄的细节描写

以上我们说到了王熙凤这个艺术形象非同一般的多侧面的丰富性格以及得以铺写这些性格所具备的突出条件。一个人物有了性格，至少是面目清楚的，但不一定是形象生动的，这类现象在文学史中是常见的事，即使《红楼梦》中也不缺乏这种例子。而王熙凤的性格之所以特别形象生动，其中很重要的一个原因是和作者运用了追魂摄魄的细节描写分不开的。如果说大的情节和事件是结构故事和塑造人物的骨架的话，那么只有细节刻画才能使人物形象血肉丰满、栩栩如生。王熙凤就是作者用重笔刻画得最细腻的一个人物。

年方十八九岁的王熙凤，作为这样一个贵族之家的管家人，面临千头万绪的人、钱、事务，要把这个家持理得有条不紊，确实是不容易的。当周瑞家的与刘姥姥谈到她这么年轻却能"当这样的家"时，曾称赞她"少说些有一万个心眼子"，这"心眼子"多，即心机极细的意思；李纨也曾说她"真真你是个水晶心肝玻璃人儿"，也是说她心里透彻，一切事情心里都一清二楚，这正是她能当这个家的一个重要条件。《红楼梦》全书写她八面玲珑、工于心计之处比比皆是；而作为一个当家人来说，作者表现她的"心眼子"极多，过人的精细之处，是从她口中能随时报出各种账目这一点上表现出来的。

第三十六回，因王夫人说到有人抱怨月例短了一串钱，而引起一番关于丫头的数目及月例多少的对话，当谈到袭人的编制问题时，凤姐笑着说：

> 袭人原是老太太的人，不过给了宝兄弟使。他这一两银子还在老太太的丫头分例上领。如果说因为袭人是宝玉的人，裁了这一两银子，断乎使不得。若说再添一个人给老太太，这个还可以裁他的。若不裁他的，须得环兄弟屋里也添上一个才公道均匀了。就是晴雯麝月等七个大丫头，每月人各月钱一吊，佳蕙等八个小丫头，每月人各月钱五百，还是老太太的话，别人如何恼得气得呢。

这里，袭人的特殊身份、各处的大小丫头数目、她们不同等级的月例钱,以及丫头按一定原则的合理分配等等别人谁也弄不清的琐细噜苏、却一点也不能含糊的规例,凤姐不但了如指掌,而且一口气都能马上说出来,像薛姨妈说的:"你们听凤丫头的嘴,倒像倒了核桃车子似的,帐也清楚,理也公道。"

对丫鬟如此,对主子也不例外,每个人的收入多少,她心中也有一盘账。第四十五回,因起诗社,由李纨带了众姐妹来请凤姐当"监社御史",她不但马上知道是来向她要钱,而且当众亮了一下李纨的私囊:

> 你一个月十两银子的月钱,比我们多两倍银子。老太太、太太还说你寡妇失业的,可怜,不够用,又有个小子,足的又添了十两,和老太太、太太平等。又给你园子地,各人取租子。年终分年例,你又是上上分儿。你娘儿们,主子奴才总共没十个人,吃的穿的仍旧是官中的。一年通共算起来,也有四五百银子。

真是细账加总账,滴水不漏,难怪李纨要骂她"专会打细算盘……天下人都被你算计了去"。在这个精明的当家人的账本中,不仅对现实状况有一本细账,甚至对未来的前景,她也先有一个预算。在第五十五回中,凤姐与平儿议论到将来的费用开支时,凤姐又表现了她独有的深谋远虑,她说:

> 我也考虑到这里,倒也够了:宝玉和林妹妹他两个一娶一嫁,可以使不着官中的钱,老太太自有梯己拿出来。二姑娘是大老爷那边的,也不算。剩了三四个,满破着每人花上一万银子。环哥娶亲有限,花上三千银子,不拘那里省一抿子也就够了。老太太事出来,一应都是全了的,不过零星杂项,便费也满破三五千两。如今再俭省些,陆续也就够了。只怕如今平空又生出一两件事来,可就了不得了。

在"主仆上下,都是安富尊荣,运筹谋划的竟无一个"的贾府里,王熙凤这种"操心也危,虑患也深"的精明能干,确实给人以极深刻的当家人的印象。如果说王熙凤之所以对这些情况如此熟悉,是因为长期的理家实践积聚而成的话,那么另一件事却证明她是时时事事皆如此的,一点也无差错。第七十一回,贾母做寿,邢夫人借凤姐捆绑两个婆子的事当众给她难堪,使她"越想越气越愧,不觉的一阵心灰,落下泪来",并干脆跑回房哭泣去了。偏在这样一个时刻,贾母又打发人来叫她,立等说话,原来贾母是询问这些天送礼的共有几家有围屏,刚刚才擦干了眼泪的王熙凤马上回答说:

> 共有十六家有围屏,十二架大的,四架小的炕屏。内中只有江南甄家一架大屏十二扇,大红缎子缂丝"满床笏",一面泥金"百寿图"的,是头等的。还有粤海将军邬家一架玻璃的罢了。

礼品的数目、大小、式样、好坏、送礼人等等都随口而出,回答得一丝不差,在贾府中要找出第二个这样的当家人来,的确是不容易的。本来,账目细单之类的东西在文艺作品中读来往往是枯燥乏味的,但细细品味一下王熙凤口中的这些数据,却不能不使人佩服她而像作者说的"都知爱慕此生才"了(自然,作者在此不仅是表现凤姐的才能,这些数据本身还包含有其他更丰富的内容,这里就不说了)。因此这一类细节写得越细,就越能显出她的心机极细、"少说些有一万个心眼子"的生动形象。

在贾府内,无论从辈分或年纪来说,王熙凤都是小字辈,但由于她是当家人,是实权派,所以这个小字辈的威势却常常盖过其他人。这既反映了她在治家上的威重令行,又反映了她在人事关系上的恃宠撒娇,也反映了她在精神情绪上的踌躇满志。而这一些,作者都是通过一些细节来表现的。

第三回描写林黛玉所见到的王熙凤,先是听到她一阵"放诞无礼"的"笑语声",随后"只见一群媳妇丫鬟拥着一个丽人,从后房进来:这个人打扮与姑娘们不同,彩绣辉煌,恍若神仙妃子……"这里重要的不在"打扮"上的华丽,而在她敢于"放诞无礼"的行动与前呼后拥的架势。

第六回通过刘姥姥所见,写了王熙凤日常生活中一顿极为平常的用饭过程,从丫鬟们"一阵乱跑"地通报说"奶奶下来了",到众多人的奔忙"摆饭",到"半日鸦雀不闻"的用膳过程,通过这天天如此的一件平常的生活琐事,十分细腻、生动地描绘了这个人物的威风和排场。

这种情形后来又有发展。第二十四回贾芸去求见凤姐，正与周瑞家的说着话，"只见一群人簇着凤姐出来了。贾芸深知凤姐是喜奉承尚排场的，忙把手逼着，恭恭敬敬抢上来请安。凤姐连正眼也不看，仍往前走着……"如果说，前面对刘姥姥是装着没看见的话，这里却是不屑一顾了。其目中无人、趾高气扬的样子，真是跃然纸上。

与这种日常生活中爱奉承、摆架势的作风相联系的是她的权势欲。"弄权铁槛寺"一幕，对老尼净虚代张家求她疏通一项官司一事，她起先表示"不做这样的事"，后经老尼一挑，说人家不知道是你不愿干这事，而是"倒像府里连这点子手段也没有的一般"，"凤姐听了这话，便发了兴头"，于是便酿成了一桩两条人命的惨案。这"兴头"是什么呢？就是她说的"凭是什么事，我说要行就行"，是一种恶性膨胀的权势欲。只要稍一触动——一句话的挑逗，这种权势欲就会不顾一切后果地膨胀起来。王熙凤以后的"所作所为，诸如此类，不可胜数"的左右官府、包揽讼事、谋财害命的勾当，都是和这种"兴头"分不开的。这里只用极为简单的一个细节，就深刻暴露了她的这种欲望和心理。

当王熙凤刚上任协理宁国府时，府中的都总管赖升曾召集大家交底，说王熙凤"是个有名的烈货，脸酸心硬，一时恼了，不认人的"。果然，一个媳妇迟到了，她登时放下脸来，命令打二十板子，革一个月钱粮。这个母夜叉还常亲自打人，而且差不多是她的家常便饭，这在贾府里也是唯一的一个。在清虚观，她一扬手，把一个十二三岁的小道士"打了一个斤斗"。这种大打出手的凶狠劲，在第四十四回"变生不测凤姐泼醋"时，表演得更为突出。当审问第一个丫头时，她一面说，一面又是"扬手一巴掌，打在脸上，打的那小丫头子一栽，这边脸上又一下，登时小丫头子两腮紫胀起来"，随后她又"回头向头上拔下一根簪子来，向那丫头嘴上乱戳，吓的那丫头一行躲，一行哭求……"当被她叫住的第二个丫头已向她报告了一切情况时，她仍然"扬手一下，打的那丫头一个趔趄，便蹬脚儿走了"。后来在窗外听到贾琏与鲍二家的议论到平儿时，她不问因由，"回身把平儿打了两下子，一脚踢了门进去，也不容分说，抓着鲍二家的就撕打"。最后是"一头撞在贾琏怀里"，演出了一出精彩的全武行。身为荣国府里有体面的管家少奶奶，竟如此不顾场合、不问对象，动辄扬手打人，这种出格的行动正是作者着力表现她凶狠撒泼性格的细节刻画。

王熙凤的阴险狡狯、老谋深算，是她性格的重要特征。在抄检大观园这一重大事件中，有一件小事生动而又深刻地表现了她的这种性格。这一事件的矛头固然是直接指向广大奴仆，但同时也包含着邢夫人与王氏姑侄的尖锐矛盾。以王熙凤挂帅、邢夫人的心腹王善保家的为先锋的抄检队伍本身就够复杂了。对王熙凤来说，眼前明确的直接打击对象首先就是王善保家的。我们看到，在抄检过程中，王熙凤一直是扮演着一个笑面虎的角色，处处做和事佬，而让王善保家的去垫窝儿，甚至见晴雯当着主子的面与王善保家的顶撞起来，她非但毫不生气，反而"心中甚喜"，自然，她喜的只是晴雯压了王善保家的气焰。至于王善保家的挨探春一个耳光时，她心里那种"喜"的滋味就更可想而知了。直到最后的迎春处，抄出王善保家的外孙女儿司棋的表哥给她的一封情信，而且信上提到"特寄香袋一个"——即查到了绣春囊的出处时，我们看到一直不动声色的凤姐登场了，竟亲自把那封信当众"从头念了一遍，大家都吓了一跳"。读者须知：王熙凤是个不识字的人，四十二回薛宝钗就当众说过她"不认得字"，作者也曾多次写到她不识字的情况。如第十四回，王兴家的领东西，"将帖儿递上，凤姐令彩明念道"；第四十二回，巧姐生病，刘姥姥建议凤姐查查"祟书本子，仔细撞客着"，凤姐"便叫平儿拿出《玉匣记》来，叫彩明来念"；此外还有凤姐请宝玉记物件单子的事，都说明她不识字。而抄检大观园时，即使像作者说的"凤姐因当家理事，每每看开帖并账目，也颇识得几个字了"，但要当众念这么一封丫鬟的情信，无论从她的身份或能力来说，都是不合适的，而她竟然念了。这正说明她发现此信后，知道是抓到了打击王善保家的最好的材料，于是迫不及待地自己当众念了起来。作者还写她读完信后，"王家的只恨没地缝儿钻进去。凤姐只瞅着他嘻嘻的笑。"通过这破例的一"念"和阴阳怪气的一"笑"，入木三分地表现了此时此地的王熙凤的险恶心理，给人以难以磨灭的印象。

　　当然，最集中而又生动地表现王熙凤这个人物形象的事件无过于尤二姐的死了。在审问兴儿时，她喝令兴儿自己掌嘴，她对兴儿吆喝"起去""过来"，使他三次进出，充分显示了她的势派和威风。尤二姐是她的主要打击对象，是眼中钉、肉中刺，但她却主动去小花枝巷接尤二姐进大观园。一见面，只见凤姐"忙陪笑还礼不迭"，随后又"忙下坐还礼"，待说了一大通鬼话后，她"便呜呜咽咽，哭将起来了"，说到以往之事时，

"凤姐口内全是自怨自错"，回程时她又和尤二姐"二人携手上车，又同坐一处，又悄悄的告诉她"一些家里的规矩。真是从没见她这么谦逊和对谁这么亲热过，与我们前面见过的王熙凤判若两人。但越如此，越显出她的阴险可怕。当凤姐布置好告状之事，她便开始去"大闹宁国府"了。见了尤氏，她先是"照脸一口唾沫"，在哭喊打闹了一阵之后，又见她"滚到尤氏怀里，嚎天动地，大放悲声"，接着是"说了又哭，哭了又骂。后来又放声大哭起'祖宗爷娘'来，又要寻死撞头。把个尤氏揉搓成一个面团儿，衣服上全是眼泪鼻涕……"一直闹到宁国府的姬妾丫头媳妇等"黑压压跪了一地"求情，贾蓉也不断磕头自打嘴巴，并且答应由他们去平息这场官司并补上五百两银子，这时的凤姐儿才"咂着嘴儿笑"了。一个大家少奶奶，泼辣至此，真令人叹为观止。可是在贾府的其他人面前，她又装得十分贤淑，一反常态，以至"合家之人，都暗暗的纳罕"，贾母也被哄得说："既你这样贤良……"特别是尤二姐被胡太医的药弄得打下一个男胎之后，凤姐还在"天地前烧香，礼拜，自己通诚祷告"：宁愿自己生病，以求尤二姐再怀胎生子，使"贾琏众人见了，无不称赞"。烧香、礼拜、通诚祷告本是一种最虔诚的表现，这里具体地描绘在王熙凤身上，就只是有力地反衬出她的阴险、做作和虚伪。就在她当众表演了这一切的同时，却派人在外叫张华告贾家的状，又勾连官府令其只虚张声势，给贾府、尤二姐施加压力。待这一切妥帖之后，她又要派人杀死张华，最后是尤二姐被逼自尽，临死前却一点也不敢埋怨凤姐；而死后，贾琏尽管觉得"他死的不分明，又不敢说"，甚至连哭都怕"点眼"。王熙凤就这样一手遮天，买通官府，操纵原告，威吓被告，杀人灭口，谋财害命，她最后如愿以偿，却没人敢说她一个"不"字。有正本第六十八回对此事有一条回前总批曰："余读《左氏》见郑庄，读《后汉》见魏武，谓古之大奸巨猾惟此为最。今读《石头记》，又见凤姐作威作福，用柔用刚，占步高，留步宽，杀得死，救得活。天生此等人，斲丧元气不少。"王熙凤在这件事上之所以能给脂批者这样深刻的印象，是因为作者在描写事件的过程中对王熙凤的许多言笑举动进行了追魂摄魄的细节刻画，她害死尤二姐的整个过程，其中许多情节都如上述是由细节所组成的，因而产生了特别强烈的艺术效果。

　　细节描写是整部《红楼梦》的艺术特色之一，这一特色在王熙凤这个人物身上可说表现得最为突出，也最成功。

五、看出人来的人物语言

鲁迅先生曾说过:"《水浒》和《红楼梦》的有些地方,是能使读者由说话看出人来的。"就《红楼梦》来说,这种特点表现得最突出的仍然是王熙凤。因此,这个人物之所以塑造得特别生动形象,是和她特有的语言分不开的。

马克思认为"语言是思想的直接现实",而思想又是由人物的身份地位、社会历史、文化教养等等所决定的。王熙凤的语言之所以能由她的说话看出她的人来,正是由于她的话是与以上诸因素紧密连在一起的。

王熙凤的语言首先是尖刻、犀利、富有刺激性的。协理宁国府时,她当众宣布:"既托了我,我就说不得要讨你们嫌了。我可比不得你们奶奶好性儿,由着你们去。……如今可要依着我行,错我半点儿,管不得谁是有脸的,谁是没脸的,一例清白处治。"真是赖升所说的"脸酸心硬"的"烈货"的语言。

一次从窗户外经过,听见赵姨娘在里面啐骂贾环,王熙凤便隔着窗户说:"大正月又怎么了?环兄弟小孩子家,一半点儿错了,你只教导他,说这些谈话作什么!凭他怎么去,还有太太老爷管他呢,就大口啐他!他现是主子,不好了,横竖有教导他的人,与你什么相干!"真是话里有刺:你虽是贾环的母亲,但仍是奴婢的地位,管不了他。这话何等戳心!

贾芸因求贾琏想谋一份差事未成,又转送礼去求凤姐,凤姐冷笑道:"你们要拣远道儿走么!早告诉我一声儿,多大点子事,倒值得耽误到这会子。"在自夸的同时,又对对方表示了不满与嘲讽。

审讯完兴儿后,故意把他三次呼进叫出,并对他几次命令和责难:"你忙什么,新奶奶等着赏你什么呢?""你从今日不许过去。我什么时候叫你,你什么时候到。迟一步儿,你试试!出去罢。""快出去告诉你二爷去,是不是啊?""你出去提一个字儿,提防你的皮!"言辞语气之间,充满一种不可抗拒的威严,使对方只有"不敢""是"的份儿。

平儿同情关心了一下尤二姐,王熙凤便骂平儿:"人家养猫会拿耗子,我的猫倒咬鸡!"尖刻的话语使平儿不敢置一词。

类似的例子在书中是不胜枚举的。虽然说话尖刻、锋利的在《红楼梦》里还大有人在,如林黛玉就是"说出一句话,比刀子还利害",但王熙凤的这种语言是和她的从小"就有杀伐决断",后来又"历练老成"的管家婆身份分不开的,因此,它只能出诸王熙凤的口,而不可能由林黛玉说出来。

王熙凤语言的第二个特色是风趣、幽默、生动、富有感染力。薛宝钗曾说"世上的话到了二嫂子嘴里也就尽了"说的就是这个意思。

第二十二回,贾母要与薛宝钗做生日,取二十两银子交与王熙凤备办酒戏,王熙凤凑趣道:

> 一个老祖宗给孩子们作生日,不拘怎样,谁还敢争,又办什么酒戏。既高兴要热闹,就说不得自己花上几两。巴巴的找出这霉烂的二十两银子来作东道,这意思还叫我赔上。果然拿不出来也罢了,金的、银的、圆的、扁的,压塌了箱子底,只是勒掯我们。举眼看看,谁不是儿女?难道将来只有宝兄弟顶了你老人家上五台山不成?那些梯己只留于他……

把银子存放太久夸张为"霉烂的二十两银子",把金银财宝太多说成为"压塌了箱子底",把贾母将来死后委婉说成"上五台山",即成佛的意思,既生动幽默,又十分得体、讨人欢喜。所以"说的满屋里都笑起来"。

一次,贾母说到自己小时候玩耍时不小心跌了一跤,后来虽然伤好了,如今鬓角上还有指头顶大小的一个坑儿,凤姐忙接着说:

> 那时要活不得,如今这么大福可叫谁享呢!可知老祖宗从小儿的福寿就不小,神差鬼使碰出那个窝儿来,好盛福寿的。寿星老儿头上原是一个窝儿,因为万福万寿盛满了,所以倒凸高出些来了。

在带一点别人可以接受的善意调侃中,实际充满了对方所喜爱的赞谀内容,无怪"未及说完,贾母和众人都笑软了"。

一次斗牌,凤姐输了,故意不给钱,贾母命小丫头把她的一吊钱都拿过来,凤姐就指着贾母素日放钱的一个箱子对薛姨妈笑道:

> 姑妈瞧瞧,那个里头不知顽了我多少去了。这一吊钱顽不了半个

时辰,那里头的钱就招手儿叫他了。只等把这一吊也叫进去了,牌也不用斗了,老祖宗的气也平了,又有正经事差我办去了。(偏巧平儿怕钱不够,又送一吊钱来,凤姐又道)不用放在我跟前,也放在老太太的那一处罢。一齐叫进去倒省事,不用做两次,叫箱子里的钱费事。

这种把钱都说活了的生动语言,正是王熙凤这个对金钱狂热追求者的心理写照;同时这话又是为逗笑贾母而说的,贾母也果然"笑的手里的牌撒了一桌子",这也是凤姐独有的语言。因为薛宝钗虽然也十分注意讨好贾母,但她的话只能令贾母高兴,而不能使她大笑开心。

王熙凤语言的第三个特点是思想周密、善于说理,而且长篇大论、滔滔不绝。如果不明内情,光从她的话语本身来看,是不能不被她折服的。周瑞家的说的"再要赌口齿,十个会说的男人也说不过他呢",就是指的这种特点。试举一例,当邢夫人派人把傻大姐拾到的绣春囊送到王夫人手中时,王夫人开头曾认为这一定是王熙凤所遗落,因而叫她来查问。凤姐又急又愧,跪在床边,含着眼泪,做了一番长辩:

> 太太说的固然有理,我也不敢辩。但我并无这样东西,其中还要求太太细想:这香袋儿是外头仿着内工绣的,连穗子一概都是市卖的东西,我虽年轻不尊重,也不肯要这样东西。再者,这也不是常带着的,我纵然有,也只好在私处搁着,焉肯在身上常带,各处逛去?况且又在园里去,个个姊妹,我们都肯拉拉扯扯,倘或露出来,不但在姊妹前看见,就是奴才看见,我有什么意思?三则论主子内,我是年轻媳妇,算起来,奴才比我更年轻的又不止一个了。况且他们也常在园走动,焉知不是他们掉的?再者,除我常在园里,也有那边太大常带过几个小姨娘来,嫣红、翠云那几个人,也都是年轻的人,他们更该有这个了。还有那边珍大嫂子,他也不算很老,也常带过佩凤他们来,焉知又不是他们的?况且园内丫头也多,保不住都是正经的;或者年纪大些的,知道了人事,一刻查问不到,偷出去了,或借着因由,和二门上小么儿们打牙撂嘴儿,外头得了来的,也未可知。不但我没此事,就连平儿,我也可以下保的。太太请细想!

首先,她指出这是"市卖"的粗下东西,她绝不会要。退一步讲,即使有，也不会带在身上，因为常和姐妹们在一起，万一被人看见，岂不没脸？其次，年轻主子媳妇不止她一人，"那边的"不少年轻媳妇也常到园子里来，还有丫鬟们年纪大了，"知道了人事"，就更可能了。她就这样有论有据，层层剖析，步步深入，近五百字的一大段话，一气呵成，最后得出结论，这绣春囊不仅不是她的，连她的丫鬟平儿也绝不会有。结果王夫人也觉得她说的"很近情理"，因此消除了原先对她的怀疑。如果说，绣春囊一事的确是与她无关，因而她可以理直气壮地说出一篇大道理来的话，我们又还看到，即使完全是虚情假意，她也可以编得头头是道，不由你不入她彀中。在第六十八回里，王熙凤赚尤二姐入大观园就是一个十分典型的例子。

在这段全书最长，几乎有八百字的说白里，她首先表白自己是力主贾琏娶妾生子的人，其次说明请尤二姐搬进去的必要性，否则，不但关系到她王熙凤的名声，连你尤二姐的"名儿也不雅"，更重要的是"二爷的名声，更是要紧的"。她自然料到尤二姐必然听到关于她的许多坏话，因此进一步大讲"当家人，恶水缸"的道理，说明她的恶名声都是"那起下人小人之言"，故意给她抹黑，以此来消除尤二姐对她的坏印象。最后就更令人感动了："我如今来求妹妹，进去和我一块儿，住的、使的、穿的、带的，总是一样儿的。妹妹这样伶透人，要肯真心帮我，我也得个膀臂。……所以妹妹还是我的大恩人呢。要是妹妹不和我去，我也愿意搬出来陪着妹妹住，只求妹妹在二爷跟前替我好言方便方便，留我个站脚的地步儿，就叫我服侍妹妹梳头洗脸，我也是愿意的。"这是何等悲痛可怜而又感人肺腑的话啊！就凭这一席话，尤二姐就由骤然听到她到来时的"一惊"，到陪着她"滴下泪来"，认为兴儿等的话只是"小人不遂心，诽谤主子"，以至决心跟她搬进大观园去，最后死在她手里而毫不自知。也是在这一回里，王熙凤大闹宁国府时，对尤氏、贾蓉有几段都是数百字的长篇大骂，极尽其撒泼放赖的能事，充分表现了她的性格，也表现了她独有的语言风格。

王熙凤语言的第四个特色是粗野鄙俗，脏言污语时挂口上，成为贾府的主子们中极为罕见的一个。其原因是从小不读书，没文化，虽有贵族妇女的排场，却具市井无赖的气质。李纨就曾批评她"说了两车无赖的话，真真泥腿光棍"。作者也的确生动地描绘过她那种市井无赖的形象。如有一次"凤姐把袖子挽了几挽，跐着那角门的门槛子"在那里骂人，寥寥十几个字，活现出了凤姐身上特有的无赖气质，正是这种气质，决定了她语言中夹有大量的脏言污语和市井俗谚。

先看她的脏言污语：

"呸！扯臊！他是哪吒我也要见见。别放你娘的屁了！再不带来打你顿好嘴巴子。"这是责骂贾蓉，要他带秦钟来见她。

"别放你娘的屁！你拿东西换我的人情来了吗？我很不希罕你那鬼鬼祟祟的！"这是笑啐贾蓉。

"小野杂种！往那里跑？"这是在打骂清虚观的小道士。

"糊涂油蒙了心，烂了舌头，不得好死的下作东西，别作娘的春梦！"这是骂赵姨娘等抱怨她克扣了月钱的人。

"死娼妇！吃离了眼了，混抹你娘的！"这是骂平儿误抹了她一脖子蟹黄。

"这样无法无天的忘八羔子，还不撵了做什么！"这是骂周瑞家的儿子。

"你们这一起没良心的混帐忘八崽子""什么糊涂忘八崽子！叫他自己打，用你打吗？"这是责骂旺儿。

"呸！没脸的忘八蛋！他是你那一门子的姨奶奶！""放你妈的屁！这还什么恕不恕了。""你们都听见了？小忘八崽子！头里他还说他不知道呢！"这是怒斥兴儿。

"真是他娘的话！怨不得俗语说，'癞狗扶不上墙'的！"这是骂张华不敢去告状。

"你发昏了？你的嘴里难道有茄子塞着？不然他们给你嚼子衔上了？"这是"搬着尤氏的脸"在责问她。

这个诗礼簪缨之族里的管家少奶奶，竟然这样满口污水，确实是独一无二的，然而却完全符合她的个性。

与此相关的，是她使用的俗话谚语也特别多，如：

"俗话儿说的好，'朝廷还有三门子穷亲戚'呢，何况你我？"第六回对刘姥姥说的。

"真'天有不测风云，人有旦夕祸福'。这点年纪，倘或因这病上有个长短，人生在世，还有什么趣儿呢！"这是第十一回说秦可卿。

"那薛老大也是'吃着碗里瞧着锅里'的……"这是第十六回对贾琏说薛蟠。

"谁都是在行的？孩子这么大了，'没吃过猪肉，也见过猪跑。'"这是第十六回为贾蔷向贾琏说项。

"倒像'黄鹰抓住鹞子的脚'，两个都扣了环了，那里还要人去说合。"这是第三十回说宝玉、黛玉吵架后又和好了。

"我看你厉害，明儿有了事，我也'丁是丁，卯是卯'的，你也别抱怨。"这是第四十三回对尤氏说的。

"老祖宗'一张口难说两家话'，'花开两朵，各表一枝'，'是真是谎且不表，再整观灯看戏的人'。"这是第五十四回模仿女先儿的口气说话。

"咱们也该'聋子放炮仗——散了'罢！"这是第五十四回在元宵夜宴上说的。

"一个是拿定了主意，'不干己事不张口，一问摇头三不知'，也难十分去问他。"这是第五十五回对平儿议论薛宝钗。

"如今俗语说，'擒贼必先擒王'，他如今要作法开端，一定是先拿我开端……"这是第五十五回对平儿说探春。

"'苍蝇不抱没缝儿的鸡蛋'，虽然这柳家的没偷，到底有些影儿，人才说他。"这是第六十一回对平儿说的。

"自古说：'妻贤夫祸少，表壮不如里壮。'，你但凡是个好的，他们怎敢闹出这些事来？"这是第六十八回骂尤氏。

"俗语说，'拼着一身剐，敢把皇帝拉下马'，他穷疯了的人，什么事做不出来？"这是第六十八回对尤氏等说张华。

"我是'耗子尾巴上长疮——多少脓血儿'！所以又急又气，少不得来找嫂子。"这是第六十八回对尤氏说的。

"如今里外上下，背着嚼说我的不少了，就短了你来说我了！可知'没家亲引不出外鬼来'。"这是第七十二回说贾琏。

"……他虽没个儿女留下，也别'前人洒土，迷了后人的眼睛'才是。"这是第七十二回对贾琏说要给尤二姐上坟烧纸。

稍一罗列，就可发现王熙凤嘴里的俗话、谚语是如此之多，有时可以一连串地顺口溜出来。同时，这些都是来自市井的俗话俚语，薛宝钗就评价她的话"不过一概是市俗取笑"，与林黛玉语言中有许多来自经典著作中的文言成语有明显的不同。王熙凤把它们运用得如此熟练自如，既有力地加强了她的语言表现力，也构成了她独有的一种语言特色，而这些又都符合她的文化教养与人品气质。

  总之，在《红楼梦》里，王熙凤的语言是最富有特色的语言。这个人物塑造得如此生动形象，作者所赋予她的人物语言是一个十分重要的因素。

黛玉与妙玉

怡红院里有个"容长脸面,细挑身材,却十分俏丽甜净"的机灵丫鬟,她是管家林之孝的女儿,本名"红玉",因"玉"字犯了宝玉、黛玉的名,便改唤她做"小红"。可见这个"玉"字非同一般,并非人人都可以用它来做名字的。可是在大观园里除了小红的名字本有一个"玉"字外,却还有一个人的名字中有"玉"字,成为全园中与宝、黛鼎足而三的以"玉"字命名的人,她就是妙玉。大家知道,曹雪芹给许多人物起的名字往往是含有用意的,特别是金陵十二钗可以说是个个不例外。本来通过小红的名字,作者是有意告诉大家此"玉"字是不可随意使用的,在此情况下,作者偏偏还要让另一个人也名叫"玉";不仅"玉"之,还冠之以"妙",它究竟"妙"在何处呢?这就值得做一点小小的探究。

妙玉也是金陵十二钗之一,她不叫"妙钗"或"妙"别的什么,而单单叫作者绝不轻易给人的"玉"字,这就不免会使人想到她与十二钗中的黛玉是否有什么关联。

当我们在妙、黛二玉之间产生了联想之后,就会惊奇地发现,这二玉之间竟有那么多相近的地方,甚至可以说在《红楼梦》中绝对找不出任何两个在如此广泛的方面如此相似的人来。

在妙玉本人出场之前,书中首先提到她的是第十七回林之孝家的向王夫人所做的介绍:

> 又有一个带发修行的,本是苏州人氏,祖父也是读书仕宦之家,因自幼多病,买了许多替身,皆不中用,到底这姑娘入了空门,方才好了,所以带发修行,今年十八岁,取名妙玉。如今父母俱已亡故,身边只有两个老嬷嬷、一个小丫头伏侍,文墨也极通,经典也极熟,模样又极好。

书中对林黛玉并无如此专门的正面介绍,但这里所说的妙玉的情况不就是另一个林黛玉：两个都是苏州姑娘，都出自"读书仕宦之家"，两人皆"自幼多病"，文墨极通，经典极熟，模样极好，这是说妙玉，同时也就是说黛玉。两人各自从苏州辗转来到京中投靠了贾府，其原因主要就是"如今父母俱已亡故"，既无叔伯，终鲜兄弟，甚至身边只剩下一两个嬷嬷和一个贴身服侍丫鬟的情景也完全一样。

这些当然还只是一些表面特征，而更重要的是黛、妙二玉在思想性格上也极为相似。林黛玉是出名的"小性儿""行动爱恼人""说出一句话来，比刀子还利害"。人们对她的这些评语，实际上是对她那种不肯折节媚俗、孤标傲世性格的反映，甚至在嫡亲的外祖母贾府的老祖宗面前，也从不见她有丝毫像王熙凤"戏彩斑衣"那样令人恶心的"孝心"和薛宝钗在饮食、穿衣、点戏、猜谜上都尽力顺着老太太欢心那样的殷勤，在他人面前就更可想而知了。这方面的情况大家较清楚，不用多说。

我们再看看妙玉，竟也是这样一个人。她从苏州来到都中，原住在"西门外牟尼院"，贾府要接了她来，她认为"侯门公府，必以贵势压人，我再不去的"，后来是王夫人迁就了她的"自然要性傲些"，于是"下个请帖请他"，并"遣人备车轿去接"了来的。

妙玉来到贾府，住进栊翠庵后，长时间不见有她的活动。元妃省亲，在大观园内观戏之后，"将未到之处，复又游顽。忽见山环佛寺，忙盥手进去焚香拜佛"，还有题匾、赏赐等活动，园内的这个"佛寺"，应该就是妙玉所住的栊翠庵了，但一直未见她的踪影。这和王熙凤去到铁槛寺时，老尼净虚领着徒弟"出来迎接"的风格迥然不同。一直到第四十一回贾母带着刘姥姥游大观园，一行人全部涌进栊翠庵时，妙玉才第一次正式露面。而对待这个众人唯恐巴结不及的贾母的亲自驾到，妙玉除了做到亲手捧上一杯茶这种最起码的礼节之外，就不见她有任何的其他奉迎周旋。而是献茶之后，"妙玉便把宝钗、黛玉的衣襟一拉"，跑到另一个地方去品尝高级的"体己茶"去了，把贾母众人完全弃而不顾。一直到后来贾母要离去时，"妙玉亦不甚留，送出山门，回身便将门闭了"。在整部《红楼梦》里，我们还找不出任何第二个敢于这样冷落贾母的人来。

妙玉的这种举动是否像有的人所说的那样是一种"矫情"——故意做作呢？并非如此。她的所作所为乃是发自她的本性，是与她一贯的性格相符的。这种性格除了第十七回提到过她"性傲"之外，在第六十三回中，和妙玉"做过十年的邻居"因而对她颇有了解的邢岫烟介绍说她

"竟是生成这等放诞怪僻",所以"不合时宜,权势不容"。这和贾宝玉的印象"他为人孤癖,不合时宜,万人不入他的目"是完全一致的。

然而,我们绝不要以为妙玉是一个任何人都"不合"的人。她过去对于"贫贱之交"的邢岫烟可是十分"推重"的,并教她识字,到了贾府后,对邢岫烟还是"旧情竟未改易,承他青目,更胜当日"。这一点也和林黛玉十分相像。"孤标傲世""目无下尘"的林黛玉对紫鹃感情甚深,对晴雯"素日又待他甚厚",她教地位低下、遭际堪伤的香菱作诗,更是耐心细致、诲人不倦,这在大观园里是找不出第二个来的。可见这二人的处世待人乃是合者自合,不合者则不合,都有其不约而同的鲜明的原则。

这种为人孤僻、不合时宜的性格,自然不免高标见妒,受人诽谤,所谓"好高人愈妒,过洁世同嫌",这不仅是妙玉一人的遭遇,黛玉也是一个样。自然,由于黛玉的身份和地位,人们是不会轻易直接说她什么的,但即使如此,心直口快的史湘云在发恼时,就公开在贾宝玉面前表示了对黛玉的不满。赵姨娘与林黛玉并无任何干系,可她在背后也发过牢骚:"怨不得别人都说那宝丫头好,会做人,很大方,如今看起来,果然不错!……要是那林丫头,他把我们娘儿们连正眼也不瞧,那里还肯送我们东西!"小红和坠儿在滴翠亭说悄悄话,被宝钗听见,却中了宝钗的"金蝉脱壳"计,误以为是林黛玉听见了,她们十分紧张,小红说:"要是宝姑娘听见还罢了;那林姑娘嘴里又爱刻薄人,心里又细,他一听见了,倘或走露了,怎么样呢?"这些若显若隐的情事都曲折微妙地反映了人们对林黛玉的种种看法和不满态度。

当然,最能反映人们对林黛玉的态度的是她自己的亲身感受,人们熟知的《葬花吟》《秋窗风雨夕》等许多诗词,处处都表现了她所遭遇的痛苦和悲愤,"一年三百六十日,风刀霜剑严相逼",诚如脂砚斋所批:"其凄楚感慨,令人身世两忘,举笔再四,不能下批。"

在十二钗中,除了秦可卿早死,巧姐年幼,元春在宫中之外,妙玉可说是与人接触最少的了。可她同样没有逃脱黛玉所受那"世同嫌"的命运,甚至连"竟如槁木死灰一般"的寡妇李纨都说:"可厌妙玉为人,我不理他。"看来,作者有意让这个老好人说出这句话来,正足以概括一般人对她的态度。妙玉自己的感受又如何呢?作者从来没有直接写过她的内心活动,但正如林黛玉的诗词更足以反映出她的内心世界一样,妙玉的内心世界也集中地反映在她的诗中。这个世外人不像其他金钗们那样有许多机会来吟诗作词,她唯一的一次写诗,是在第七十六回林黛玉、史湘云联诗时所写的一段续诗,正因为少而更可贵,过去人们研究《红楼梦》诗词,对此续诗注意较少,其实却颇值得玩味,全诗共二十六句,十五韵:

  香篆销金鼎,冰脂腻玉盆。箫增嫠妇泣,衾倩侍儿温。空帐悬文凤,闲屏掩彩鸳。露浓苔更滑,霜重竹难扪。犹步萦纡沼,还登寂历原。石奇神鬼搏,木怪虎狼蹲。赑屃朝光透,罘罳晓露屯。振林千树鸟,啼谷一声猿。歧熟焉忘径?泉知不问源。钟鸣栊翠寺,鸡唱稻香村。有兴悲何继?无愁意岂烦?芳情只自遣,雅趣向谁言?彻旦休云倦,烹茶更细论。

  妙玉续诗,原是听了林黛玉的"冷月葬诗魂"觉得"太悲凉了",想把前面"凄楚之句""翻转过来",然而结果呢?其悲凉之状并不亚于林黛玉。开头两句"香篆销金鼎,冰脂腻玉盆",的确是和史、林的"寒塘""冷月"句不同,有点像"翻"的意思,但紧接而来的却是"空帐""闲屏""露浓""霜重",内情寂寥,外途险阻。而"石奇神鬼搏,木怪虎狼蹲"则更是风声鹤唳、草木皆兵,周围的一切尽是吃人的恶鬼猛兽,这是一个多么可怕的黑暗世界!妙玉在续诗前曾对林、史说过:"如今收结,到底还归到本来面目上去,若只管丢了真情真事,且去搜奇捡怪,一则失了咱们的闺阁面目,二则也与题目无涉了。"可见妙玉这里所写的情景并非一般浮泛之词,而是她自己所经历遭遇的"真情真事",而"钟鸣栊翠寺,鸡唱稻香村"更说明是写的她眼前的现实生活,而非历史往事。这种残酷的现实生活与林黛玉"风刀霜剑"的境遇不是完全一样的吗?然而更为难堪的是,她不仅要承受无法摆脱的沉重痛苦,而且还只能是一个人默默地承受着这种痛苦,泪水只能往自己肚子里流,而找不到一个可以一吐衷肠的人,"苦情只自遣,雅趣向谁言?"正是这种难堪苦闷的自白。在大观园里,遭受着这样的巨大痛苦而又无处诉说的恰恰又只有林黛玉可以与之相仿佛,"一年三百六十日",林黛玉常常"独个儿自己流泪",有时晚上待紫鹃睡了,"便直哭了一夜",这种"暗洒闲抛更向谁"的状况不也是在承受着无处可诉的痛苦煎熬吗?这一点,林黛玉在自己的菊花诗中也多次强烈地表现了出来:"满纸自怜题素怨,片言谁解诉秋心?"(《咏菊》)"醒时幽怨同谁诉?衰草寒烟无限情。"(《菊梦》)"休言举世无谈者，解语何妨片语时。"（《问菊》）她在世上找不到一个可以诉说自己哀愁痛苦的人，只好对衰草、寒烟、阶菊来抒发自己的一丝幽怨，这和妙玉的"芳情只自遣，雅趣向谁言？"不完全是同一种境况吗？林黛玉"大约一年之中，通共也只好睡十夜满足的觉"，她在潇湘馆里"倚着床栏杆，两手抱着膝，眼睛含着泪，好似木雕泥塑的一般，直坐到二更多天"以及"直哭了一夜"的情景，我们时有所见，可是那坐在栊翠庵的蒲团上，过着"青灯古殿人将老，辜负了红粉朱楼春色阑"生活的妙玉，又该有多少个像林黛玉那样的不眠之夜啊！

然而，"同是天涯沦落人，相逢何必曾相识"。这两个从苏州流落到贾府，虽然社会身份不同，但都是寄人篱下的孤女，在"人愈妒""世同嫌"的情况下，却各自找到一个知音，那就是对方。我们看到，林黛玉是从不"嫌"妙玉的。第六十三回贾宝玉的生日，妙玉给他写了一张贺柬，宝玉因不知道如何给她写回柬，"要问宝钗去，他必又批评怪诞，不如问黛玉去"，可见黛玉平日是不以妙玉之所为为"怪诞"的。栊翠庵品茶，黛玉把五年前"梅花上的雪水"错以为是"旧年的雨水"，被妙玉抢白说："你这么个人，竟是大俗人，连水也尝不出来！"被人们认为"小性儿"的黛玉对此却毫不介意，对于妙玉所续史、林的诗，林黛玉是"称赞不已"，还说："可见咱们天天是舍近求远。现有这样诗人在此，却天天去纸上谈兵。"黛玉还从来没这样欣赏、称赞过别人的诗呢。对于林黛玉，妙玉也与对别人完全不同，丝毫没有那种"万人不入他目"的架势。凹晶馆联诗，她主动邀林黛玉、史湘云深夜去栊翠庵吃茶，并第一次在人前显露了她的诗才——同时又是她的心曲。书中反复写到"黛玉见他今日十分高兴"，黛玉说"从来没见你这样高兴"，"黛玉从没见妙玉做过诗，今见他高兴如此"，等等，都充分说明妙玉在黛玉面前是感到如何的心情舒畅、情投意合。纵观妙玉一生，也只有这么一次欢乐的时刻。她的续诗结尾说："彻旦休云倦，烹茶更细论。"这种不知疲倦的"细论"，即相互倾吐心怀，说明这二玉之间是何等的心心相印。待到林、史二人告辞出来，"妙玉送至门外，看他们去远，方掩门进来"，这与贾母等要离开栊翠庵时"妙玉亦不甚留，送出山门，回身便将门闭了"的鲜明对照，反映了她对黛玉无限依恋之情。当然，妙玉续诗时，还有史湘云在场，但从妙玉出场后书中所写，只有妙、黛二玉，很明显，史湘云只是一个陪衬而已，她与妙玉毫无关联。

由以上比较可知，妙玉、黛玉之交，是建立在一种特定的基础之上的，那就是她们不但在里居、家庭、才学、相貌方面相似，而且在思想倾向、性格、气质方面都很一致。而这种一致是与当时的社会现实不相容的。妙玉的"过洁"，黛玉的"质本洁来还洁去"，都会是"世难容"的。这种建立在与社会现实产生激烈的矛盾冲突的思想性格的一致，明显地具有积极的反封建意识的社会意义，而与一般生活中的友谊交往还有所不同。比如妙玉与邢岫烟的关系也还是不错的，她们曾做了十年邻居，至贾府相遇后，"旧情竟未改易"，仍然时相往来（实际主要是邢岫烟去看望妙玉），但她们之间的关系只是建立在一种"贫贱之交"的相互同情上，加上又有传授识字的"半师之分"，自然就不免有交往，但有了这种关系并不等于就有了思想上的一致，恰恰邢岫烟就证明了这一点。她对妙玉的看法，就认为她的脾气是"放诞诡僻"，是像俗语说的"僧不僧，俗不俗，女不女，男不男，成个什么理数"。邢岫烟的看法正说明她与妙玉在思想性格上是极不一致的，和妙、黛二人的关系是不能相比的。也因此，书中只写到邢岫烟常去看她，而并无其他情节可说，正透露了这种信息。邢岫烟也恰恰对宝玉说过"他也未必真心重我"，则更足以证明她们之间的关系了。

当我们有了上面这些认识之后，就有了一个扎实的基础来探索一下妙、黛二玉与贾宝玉的关系了，在这个问题上妙玉是遭到许多评议者的非议的。

宝、黛之间，在有共同思想倾向的基础上建立了真挚的爱情，这是大家都知道的，无须多说。而妙玉与贾宝玉又有着一种什么关系呢？与林黛玉相比，作者之写妙玉可说是惜墨如金。通观前八十回，除了第五回的"判词"和"红楼梦曲"以及第十七回别人对她的简介之外，后面写到她的总共只有四次，而且都是在写其他的人和事时附带提到她的，如脂批所说："妙玉，世外人也，故笔笔带写，妙极妥极。"而后面的四次中，除上面刚提到的第七十六回联诗的这最后一次之外，前面的三次写到她时都是与贾宝玉有紧密的关系的。

第一次的栊翠庵品茶，妙玉因嫌刘姥姥腌臜，就把她喝过茶的那名贵的成窑瓷杯也不要了，在贾宝玉的建议下最后还把它送给了刘姥姥，但妙玉却声明："幸而那杯子是我没吃过的；若是我吃过的，我就砸碎了也不能给他。"真是"过洁"得可以了。然而同是这个妙玉，却亲手把"自己常日吃茶的那只绿玉斗来斟与宝玉"，而在此之前，薛宝钗、林黛玉都没有享受到这种高规格的待遇。

第二次在第五十回，芦雪庭联诗，李纨罚贾宝玉去栊翠庵折红梅。这一次妙玉并未露面，作者只告诉大家，当"李纨命人好好跟着"宝玉去时，"黛玉忙拦说：'不必，有了人，反不得了。'"当宝玉"笑欣欣"把梅取回来时说："如今你们赏罢，也不知费了我多少精神呢！"这正是作者有意留下一个很大的空间，让读者去驰骋想象。

第三次是第六十三回，宝玉过生日，妙玉派人送来一张贺柬，写着"槛外人妙玉恭肃遥叩芳辰"。妙玉是和谁也没有来往的，却知道宝玉的好日子并及时送来贺柬，不能说不是特别的破格，是一种出人意表的举动。

对于妙玉这种对宝玉的不同寻常的态度，在论者中引起过很多议论，有的认为她爱上了宝玉，而态度上却扭捏、矫作，从而加以非难；也有的论者为她辩护，认为她对宝玉只是一种友谊，毋庸指责。其实非难者固属冬烘，辩护者亦大可不必，因为妙玉果真爱上了宝玉，又有何不可呢？陈妙常之爱上潘必正不是成了文学史上反封建的佳话吗？带发修行的妙玉为何又不可爱她所愿爱的人呢？因此，为妙玉辩护者在思想观点上与非难者其实是一样的，都认为妙玉是不能爱宝玉的，不同的是想辩明妙玉有没有这种行为罢了。因此，辩论妙玉对宝玉的态度是爱情还是友谊是没有什么意义的。我们应该弄清的是妙玉为什么会对宝玉产生好感（友谊也罢，爱情也罢），是出于趋炎附势、巴结攀缘，还是别的什么，只有这样才有助于我们正确评价妙玉这个人物。要搞清楚这一点，我们回过头来看看贾宝玉对她的态度又是如何，是颇有意味的。

稍为综合分析一下上面提到的三次描写，就可清晰地看出宝玉对妙玉的态度。妙玉本是拉了钗、黛二人进去另沏"体己茶"吃，宝玉却马上"悄悄的随后跟了来"。妙玉叫道婆将那成窑杯子别收了，宝玉马上知道是因为"刘姥姥吃了，他嫌腌臜，不要了"。后来，他还主动提出"等我们出去了，我叫几个小么儿来河里打几桶水来洗地如何？"当妙玉说"这更好了。你嘱咐他们抬了水只搁在山门外头墙根下，别进门来"，宝玉则说"这是自然的"。可见，对妙玉这种别人看来是怪诞的脾性，宝玉一点也不讨厌，而且是理解、体贴，并乐意顺着她。宝玉去栊翠庵折梅，是因为李纨对妙玉很讨厌而给宝玉的一种处罚，当时的环境是下雪天，"外头冷得很",可是"宝玉也乐为,答应着就要走",尽管后来是"不知费了我多少精神"才弄到梅花,宝玉还是"笑欣欣擎了一枝红梅"回来,可见贾宝玉是乐于去折梅——接近妙玉的。宝玉折梅回来后,被罚做了一首《访妙玉乞红梅》诗,开头两句就说"酒未开樽句未裁,寻春问腊到蓬莱",他直把栊翠庵视作蓬莱仙境,那么,妙玉自然就是他眼中的活神仙了。如果说这段情节还写得比较含蓄、空灵的话,那么"贺柬"一事就更为明朗了。宝玉生日,妙玉派人送了一个贺柬来,丫鬟们不当一回事,把它随便压在砚台下,而且跟着"就忘了"。可是当宝玉发现那是妙玉的贺柬时,他着急得"直跳了起来",而且立刻拿纸研墨要写回帖,可见他对妙玉是何等重视。而在众丫鬟们看来,却认为"我当是谁? 大惊小怪,这也不值得"。两相对比,态度何其鲜明。当宝玉写好回帖后,他不是像妙玉那样派人递送了去,而是"亲自拿了到栊翠庵,只隔门缝儿投进去",态度是多么郑重。可以说,贾宝玉对妙玉的尊重、体贴可以与对黛玉相仿佛,而史湘云、薛宝钗却是不可与之相比的。人们会问,那么贾宝玉为何会对妙玉如此相投呢? 这一点,宝玉自己做了回答。当邢岫烟认为妙玉是一个"放诞怪僻"的人,却对她肯给宝玉梅花,生日又送贺柬而感到迷惑不解时,宝玉说:"姐姐不知道,他原不在这些人中里,他原是世人意外之人,因取了我是个些微有知识的,方给我这帖子。"原来宝玉、妙玉之相得,乃是一种惺惺惜惺惺的举动,宝玉是个"行为偏僻性乖张"的人,因而遭到"百口嘲谤,万目睚眦",妙玉是个"天生成孤僻人皆罕",因而"世同嫌"的人。他们成了相知,不是十分自然的事吗?

不用多说,在这一点上,妙玉与黛玉又是完全一样的,这也许就是妙玉的名字中能够有"玉"字的原因吧。同时也可以说,大观园中只这三个人可以以"玉"起名,也不是偶然的吧。

到此为止,我们通过比较可以看出,黛、妙二玉之间具有以思想倾向和性格为基础的广泛一致性,这是其他任何两人之间所不具备的。由于作者写妙玉的笔墨极少,许多地方只是点到而已,没有把她置于广泛的人事关系和丰富具体的情节中去进行描绘,所以常常引起人们对这个"世外人"的误解,但通过与黛玉的比较映衬,这个人物的本质就十分清楚了。这就是产生《黛玉与妙玉》这一题目的根据。

作者对书中的人物,其喜爱憎恶的感情是十分强烈的。但这往往不是作者从正面直接表述出来,而是通过其他种种形式让读者去玩味,才能获得。我们以上对黛玉、妙玉这两个形象的分析，是否也符合作者的意图呢？从这一点来进行一些考察，应该也是一件有意义的事情。

作者对林黛玉的态度是从多方面体现出来的，其中很突出的一点就是以林黛玉所住潇湘馆周围的环境来衬托、象征这个人物。潇湘馆最有特征的东西是竹子，这是偌大的大观园里所没有的，作者的笔锋只要一接触到潇湘馆，总不能忘情于竹子。比如：

> 忽抬头见前面一带粉垣，里面数楹修舍，有千百竿翠竹遮映，众人都道："好个所在！"

> 来至一个院门前，只见凤尾森森，龙吟细细。举目望门上一看，只见匾上写着"潇湘馆"三字。

> 一进院门，只见满地下竹影参差，苔痕浓淡……只见窗外竹影映入纱来，满屋内阴阴翠润，几簟生凉。

> 只见两边翠竹夹路，土地下苍苔布满，……

> 不想日未落时，天就变了，渐渐沥沥下起雨来。……且阴的沉黑，兼着那雨滴竹梢，更觉凄凉。

这日光月下、风中雨里无时不在的竹子，以及"高风亮节"、傲兀挺拔的姿态，恰切地象征着它的主人林黛玉的高标品格，这一点是大家熟知的。按照同样的手法，查查妙玉的住处栊翠庵，又是个什么景象呢？第四十一回贾母等最初到栊翠庵时，只"见花木繁盛"，到第五十回时，我们才知道，这众多的花木中最突出的是冬天的红梅，尽管李纨"可厌妙玉为人"，却想把那里的红梅"折一枝来插瓶"，这梅究竟好在哪里呢？且看宝玉折回来的那支梅花吧：

> 原来这一枝梅花只有二尺来高，旁有一枝，纵横而出，约有二三尺长，其间小枝分歧，或如蟠螭，或如僵蚓，或孤削如笔，或密聚如林，真乃花吐胭脂，香欺兰蕙，各各称赏。

从栊翠庵来的这枝红梅有多好啊！它横空出世、独具一格、艳如胭脂、香压群芳。而且庵里还不止有这么一枝，因为随后宝玉还去了一趟，妙玉还给宝钗、黛玉众人"竟每人送你们一枝梅花"，这就使人联想起栊翠庵里那一派傲雪斗艳的火红景色来。在一部《红楼梦》里，除了潇湘馆的翠竹和栊翠庵的红梅，还没见过作者对其他花木这样认真地描绘过它们的姿态和品性。松、竹、梅素有"岁寒三友"之称，在文学作品与绘画中，它们历来被用作高洁劲直的象征，作者把梅与竹分别安置在栊翠庵与潇湘馆里，并如此加以渲染的描绘，难道会是偶然的吗？它只能有力地说明黛、妙二玉在作者心目中的地位，她们二人就是在大观园花花世界里的两株交相辉映的绿竹和红梅，是作者心中和笔下的宠儿。

应该说，黛、妙二玉之间相同处的比较到此已大体完成了，因而对妙玉的认识也已清晰了。但还有一件事情也是不可不提的，那就是妙玉的出家。这和林黛玉有什么关联吗？有的。妙玉之所以出家，据十七回的介绍，是由于"自幼多病，买了许多替身，皆不中用，到底这姑娘入了空门，方才好了，所以带发修行"。

而林黛玉幼时恰好也碰到过一件这样的事，据第三回她自己的介绍，她也是自幼多病：

> 从会吃饭时便吃药，到如今了，经过多少名医，总未见效。那一年我才三岁，记得来了一个癞头和尚，说要化我去出家，我父母自是不从。他也说："既舍不得他，那只怕他的病一生也不能好的……"

作者把她们二人幼时的这种特殊遭遇也写得相同到如此的地步，真真令人吃惊。不同的是，妙玉的父母为了救她的命，在为她买替身出家无效之后，还是让她出了家，带发修行；而黛玉的父母却怎样也"舍不得"让这样一个女儿从小就去当姑子。看来，把以上种种综合起来，我们竟完全可以说：黛玉乃是"在家"的妙玉，而妙玉则是"出家"的黛玉了。

这样说，黛、妙二玉岂不是完全可以算作一个人了吗？却又不！以上所说的只是就其相同者而言，若从完整的形象来说，她们又是两个不能相互代替的各自独立的形象，她们具有不同的典型意义。这种不同正是由"出家"与"在家"的地位与环境所决定的。从根本上来说，林黛玉在坎坷的人生道路上，虽然布满荆棘，备尝苦辛，但她还曾经有所追求，有过憧憬，还曾品尝过爱情的甜蜜与欢乐；而妙玉呢？她虽然保持了和表现了红梅般的纯洁和傲霜的品质，却是完全在痛苦中度过了这短暂的一生。她也许心中也有过某种追求和憧憬，却不能像林黛玉那样自由大胆地去表现和追求，只好把这一切全数付诸"青灯古殿"，眼望着"红粉朱楼春色阑"，在这一切都逝去的同时，她心中只剩下一个信念："纵有千年铁门槛，终须一个土馒头。"也许只是从这里她才能得到一丝带着苦涩的安慰吧。她认为"古人中自汉、晋、五代、唐、宋以来，皆无好诗，只有（上述）两句好"，实是反映了她从历史的长河中总结出来一个消极的人生观，这个人生观反映了她本人在现实生活中的全部巨大痛苦。这些只是从大的方面来说一点她们二人的不同，至于这两个形象（尤其是林黛玉）各自更丰富、更具体的性格内容，就不是这篇文章所要承担的任务了。

然而不管在形象的具体性上二人有多么的不同，她们却还有一个最后的，也是至关重要的共同点，那就是二人共有的悲惨结局。我们未能得见曹雪芹对她们最终结果的描写文字，但从前八十回中还是可以知其大略的。林黛玉追求的"木石前盟"，结果是一腔"心事终虚化"，眼枯泪尽抱恨而逝。妙玉在"人妒世嫌"的环境下，最后是"可怜金玉质，终陷淖泥中"，"好一似无瑕白玉遭泥陷"，其具体情节虽不得而知，但悲惨的结果自然是无疑的。

《红楼梦》中的金陵十二钗及"副册"中诸人，都是在"薄命司"中挂了号的，实际上每个人都是悲剧人物，所谓"千红一哭""万艳同悲"是也，这是大家的共同点。但其产生悲剧的原因却有种种的不同，其中只有黛玉与妙玉可说是基于同一根源的，那就是她们的思想倾向与性格与这个古老而又腐朽的传统社会格格不入、势不两立，这是与其他金钗所不同的。她们的悲剧是通过她们不屈服于这个世界而产生的，具有强烈的悲壮美。值得注意的是，作者把这样的两个人物分别安置在"槛内"和"槛外"的不同环境里是颇有深意的。"槛内"的世俗世界，作者通过林黛玉这个形象已做了深入有力的揭露和鞭挞，让人们清楚地看到在这里假、恶、丑是如何践踏和吞食了真、善、美的，从而引发人们对这个现实世界的不满。这是林黛玉形象所具有的独特意义。而在封建统治者的宣传里，世界是有两部分的。除了人们都熟知而且绝大多数人都厌恶的现实世界之外，还有一个虽然虚无缥缈但又十分诱人的世外仙境。在那里，"闻说道西方宝树唤婆娑，上结着长生果"，只要你认真修行，就可达到彼岸，至于极乐。这当然是一种欺骗，然而正是这种欺骗却曾经迷惑了不少世俗的可怜人，在他们痛苦的心灵上注入了一线希望的同时，又消弭了他们对现实的不满与仇恨，从而大大维护了宣传者们的统治利益。而"槛外人"妙玉的形象却生动地告诉大家，像妙玉（或者林黛玉）这样的人，无论在现实世界，或是在"槛外"世界，都是不能相容的，她们会遭到同样的痛苦和同样的悲惨下场；换句话说，"槛内"和"槛外"都是一个样的。这就有力而又全面地揭露和批判了整个封建社会，粉碎了他们的神话宣传，让人们看到了它的全部虚伪和罪恶。这也许就是作者要在这两个不同典型人物身上加上那么多相同的方面的最根本的意义所在吧。

元妃归省与袭人探母

《红楼梦》中正面直接写到回家探亲的有两个人：一是元妃归省，二是袭人探母。这两件事与这两个人之间从未引起过人们的什么联想，原因很简单，因为它们之间的差别太大了。

《红楼梦》第十六回的前半部分，十七、十八整两回，皆写元妃省亲之事，是书中重要的，也是花的篇幅最多的事件之一，是贾府"烈火烹油，鲜花着锦"的一件盛事，在全书结构上也是一个重要的环节。因为它，才有一个大观园的出现，靠着这个特殊的环境，才得以"演出这悲金悼玉的红楼梦"；还靠着它，才把作者批判的笔锋引向皇室，触及"当今"，虽然它表面上是以歌颂"皇恩重"的面目出现。所以这件事意义重大，不言自明。袭人因母病回家探亲是在第五十一回，只有两页多一点的篇幅。这回的主要内容是写宝琴编诗和晴雯生病，所以回目是"薛小妹新编怀古诗，胡庸医乱用虎狼药"，袭人之事只是夹叙在其中而已，回目上查不到，一时要找还不大容易。此事连贾府知道的人也不多，对全书的情节发展也不见有多大影响。

所以，在《红楼梦》里，这是两件不可同日而语的事情。

元妃原是贵族贾府的大小姐，生在大年初一，来势非凡。后来果然封为贵妃，穿上了使薛宝钗垂涎三尺的"黄袍"，更是平步登天，地位更高了，就是贾府的主子们也远不能与之相比。所以她的父亲贾政在向她鞠躬致敬时就说："臣草芥寒门，鸠群鸦属之中，岂意得征凤鸾之瑞。"这并非全是谀辞，是符合当时这一部分人的观念的。而袭人只不过是贾府的一个丫鬟，正如她自己对母、兄说的，"当日原是你们没饭吃，就剩了我还值几两银子"，为了不使"老子娘饿死"，订了"卖倒的死契"才到贾府来的。这样一个奴仆，在李嬷嬷的眼中也算不得一个"什么阿物儿"，"好不好的，拉出去配一个小子"就是了。

所以，在《红楼梦》里这是两个有天壤之别的人物。

那么，这样的两个人与两件事可以扯到一起来吗？回答是可以的。因为她们之间除了存在着明显的巨大差别之外，作者还安排了不少微妙的极为相似的共通地方，互相之间存在着一定的内在联系，这种联系不是从字面上一眼就看得见的，但是"细玩"一下，则可发现其中的某些"趣味"。

首先，在社会地位上，尽管两人之间的贵贱尊卑如此悬殊，但从某一角度来看，她们两人又有相当重要的完全一样的地方，即都是人家的小老婆，同是她们男人的附属品，虽然袭人还未正式"收房"，但早已"内定"，而且已提前享受了姨太太的经济待遇——每月二两例银。

其次，这种皇帝封的贵妃与贵族家将丫头"收房"而成的小老婆和一般百姓家的姨太太不大一样，她们都一半是主子，一半是奴才，行动不得自专。所以元妃的省亲是靠了"今上体天地生生之大德，垂古今未有之旷恩"，而袭人之探母，也是因为母病，她的哥哥花自芳"来求恩典，接袭人家去走走"，王夫人开了恩，才能成行的。这两者之间并无多大区别，反映了她们共有的身不由己的可悲命运。

最后，元妃省亲带来了一个威势显赫的场面。几天之前就有人在各处关防、张撒围幕、打扫街道、驱逐闲人。归省之日，有一队队执事太监前头开道，元妃则在"一把曲柄七凤金黄伞"的前引下，坐着由"八个太监抬着一顶金顶鹅黄绣凤鸾舆，缓缓行来"，派头十足。袭人探母，就她的身份来说，也可说有一支颇为可观的队伍：由王夫人的陪房周瑞家的和一个"跟着出门的媳妇"带了两个小丫头，分乘大小二辆车子随行，另加"四个有年纪的跟车"。袭人除了也穿得整齐醒目之外，还按主子的吩咐"大大包一包袱衣裳拿着，包袱要好好的，拿手炉也拿好的"。临走时，王熙凤还赏给她一个进口料子的"哆罗呢包袱"和一件大毛皮褂，谁曾见过如此衣锦还乡的一个丫头呢！尽管袭人的排场与元妃比起来，远远不止是小巫与大巫之别，但在她们各自不同的条件下，都可达到在人前炫耀而自己得到满足的程度。而不论是元妃或袭人，这种排场与体面都是得自她们主子的权势所赐予，其程度与规模都反映了她们主子的权势与地位，与她们自己是毫不相干的。正像太阳系里，无论行星或卫星都靠反射太阳的光一样，它们本身是不能发光的。

元妃省亲与袭人探母这两件在表面上互不相关的事情，都有其本身的独特意义。如前者可见贾府与皇室的关系及其赫赫威势，封建统治阶级的穷奢极欲以及通过此事件表现的各种人物的性格，等等；后者可见贾府统治者把丫鬟们"打扮体统了"不过是为自己"得个好名儿",奴才的装饰只是为主子点缀门面而已,同时也看到袭人这条"西洋花点子哈巴儿"与主子的特殊关系,等等。这些是显而易见的,是可以从文字本身中得出来的,然而《红楼梦》中往往有一些言外之意(这种含义常常是比字面本身的意义更为重要),却需要通过其他方法才能索解得到,其中很重要的一个方法就是与其他事件联系,对照起来才可领悟。我们正是从元妃省亲与袭人探母两件事的对照中,发现不同中的许多相同点,因而领悟到作者的深意。原来元妃这位从贾府乌鸦群中飞出来的金凤凰,尽管外表被装饰得无比的富丽堂皇,可是当掀开华贵的外衣的时候,人们却发现,这位贵妃竟和丫头袭人一样,不过是主子的奴才而已,最多算是一个高级的奴才罢了。元妃归省的把戏虽然比袭人探母演得更热闹,但也不过是一场"虚热闹"而已。这样,这一场表面上写得赫赫扬扬的大喜事,在袭人探母的对照下,就露出了本来的意义。在这里,作者既细腻地描述了两者之间贫富贵贱的现实差异,这一方面是一般人所容易认识到的;同时又深刻地揭示出两者之间本质深处的相同之处,这却是一般人所不易辨察出来的。而这正是曹雪芹思想深刻之处,也是《红楼梦》巨大艺术力量的具体表现。

在对比这两个事件的时候,人们自然不会忘记与省亲事件紧密相关的那座大观园。这座大观园的确花了数不清的银子,耗损了无尽的心血,建成后,贾政还带着清客们先去巡视了一番,又是对联,又是题额,何等自得!一般读者也往往为它"柳拂香风,花招绣带"的景色所倾倒,"天上人间诸景备",它多么迷人,它的主人又多么可以自豪啊!然而,就像整个省亲事件装潢焕彩而内里别有文章一样,大观园也同样是这种情况。要了解这一点,有必要先弄清建园的由来。省亲为何要建园呢?原来凤凰是不能住在乌鸦窠里的,贵妃要省亲,必须像书上说的,要有"重宇别院之家,可以驻跸关防者"才可降临。比起整个建园和省亲过程的描写来,说明其来由的这么两句话实在太少了,而"驻跸关防"云云,又还有点文绉绉的,因此并不能引起一般读者的注意。要了解这两句话的确切意思,又还得对照一下袭人探母的情节。在这一点上,二者之间又有十分相同之处,要说有不同的话,则是袭人之事写得十分明白易懂,正好作为前者的注脚。

袭人临动身前,王熙凤又嘱咐袭人道:"你妈要好了就罢,要不中用了，只好住下，打发人来回我，我再另打发人给你送铺盖去。可别使他们的铺盖和梳头的家伙。"又吩咐周瑞家的道："你们自然是知道这里的规矩的，也不用我吩咐了。"周瑞家的答应："都知道。我们这去到那里，总叫他们的人回避。要住下，必是另要一两间内房的。"袭人回家，按照贾府这里的规矩：一是不能用"他们的"一切东西，从铺盖到梳头的家伙；二是要叫"他们的人回避"；三是另要一两间内房住下。由此可见，袭人一行和"他们"——也就是袭人一家，有一条明显的界限，袭人赫然是高"他们"一等的。对这样的区划，人们会很自然地感到贾府的规矩是何等的残酷。在贾府主子的眼里，如果说袭人是他们的奴才的话，那么，袭人一家却是比奴才还不如的。这对袭人一家来说，此举是一种何等的侮辱！然而贾家"这里的规矩"是神圣不可违抗的，袭人一家纵有多少不满，也绝不能形诸辞色，因为让她回家一趟，已是分外的"恩典"了！这种奴才的悲辛并不是一般人所能体会得到的。

至此，我们再回过来看看元妃省亲，其情形不完全是一样的吗？一切使用的东西都是重新置办的，另造一个园子以便"驻跸"。元妃驾临之后，连亲弟弟贾宝玉也因"无职外男，不敢擅入"，后经破格，才得相见，同时还有"许多亲眷，可惜都不能见面"——这不就是"总叫他们的人回避"吗？通过这一对比，人们就会发现，贾府的主子们施加给花袭人一家的污辱与损害，他们又都从元妃省亲事件中承受过来了。不同的是，袭人及其一家对贾府的这一套"规矩"，心里未必乐意接受；而元妃省亲一事，尽管戒规更多，可是"宁荣两处上下内外人等，莫不欢天喜地"（"独有宝玉置若罔闻"）。贾府诸人难道就真的这样荣辱不辨、以耻为荣吗？倒也不是。因为元妃省亲是严格按照几千年来形成的那一套已成为天经地义的封建礼法制度而进行的，整个过程都笼罩着一层皇室威严的神圣光圈，将其与袭人探母一样的残酷本质都掩盖在无比热闹繁华、富贵显赫的外表里。在传统的眼光中，这一切的确是"当今"旷世的恩典，自是贾府无上之荣耀，所以在当时准备享受这种荣耀的不仅是贾府一家，还有周贵妃、吴贵妃家都在积极筹办，可见它非同一般。所以在一般人的眼里，可以很容易感受到袭人一家所受的屈辱，却很难认识到元妃省亲与前者的一致之处。曹雪芹却以锐利的观察力，独具慧眼地透过令人目眩神迷的繁华外表，看到了它的最本质的方面，以巧妙的笔法，委婉地却是无情地把它揭示了出来，从而对那些以耻辱为荣耀的贵族们进行了辛辣的讽刺，表现了敢于而且能够打破传统思想的深见卓识。

然而作者的批判矛头并未到此为止，他不仅通过对照的方法写出了省亲大喜事的性质，还着力地写到了省亲事件是如何进行的。尽管一路上的排场十分威耀，大观园里的环境又无比繁华，可是当这一场戏正式开始，也即是"省亲"者与被"省"者同时登场时，读者们看到的却是：

> 贾妃垂泪，彼此上前厮见，一手挽贾母，一手挽王夫人，三人满心皆有许多话，但说不出，只是呜咽对泣而已。邢夫人、李纨、王熙凤、迎春、探春、惜春等，俱在旁垂泪无言。半日，贾妃方忍悲强笑，安慰道："当日既送我到那不得见人的去处，好容易今日回家，娘儿们这时不说不笑，反倒哭个不了，一会子我去了，又不知多早晚才能一见！"说到这句，不觉又哽咽起来。邢夫人忙上来劝解。贾母等让贾妃归坐，又逐次一一见过，又不免哭泣一番。

到临去时，"元妃不由的满眼又滴下泪来"，"贾母等已哭的哽咽难言"。看来，省亲活动在热闹欢庆的表象里面，从头到尾都沉浸在一片哀伤的情绪之中。"以乐景写哀，以哀景写乐，一倍增其哀乐。"① 这种表现为加倍哀伤的省亲活动正说明我们前面所分析的这事件的真正性质的正确性，二者是互相联系的。

也许，作者觉得单纯从贾府一方面来写其哀痛，还不足以尽其意，还要找出另一件事来加以对照衬托。可是，第五十一回袭人探母乃因母病重回去，在此情况下，自然谈不上有什么欢乐可言；而作者也恰恰只写到她离开贾府时为止，没有写到她回家后的情况，无法用来与元妃省亲相对照，这的确是一个缺陷。然而也许作者早就考虑到了这一点吧，所以尽管第五十一回没写，却早在第十九回有一段袭人回家去吃年茶，贾宝玉带了茗烟去她家私访的描写。这个刚刚经历了元妃省亲的热闹的贾宝玉，又看到了少有的袭人在家团聚的情景，"袭人之母接了袭人与几个外甥女儿、几个侄女儿来家，正吃果茶"，她们一家亲友言笑晏晏、无拘无束、自由自在，这与元妃感叹的"许多亲戚，可惜都不能见面"形成了鲜明的对照。同时，袭人回家一次，看来比元妃回一次要容易得多，没有她那种

---

① 〔清〕王夫之：《薑斋诗话》卷一。

"不知多早晚才能一见"的感叹，而且元妃在家的时间也限制极严，"时已丑正三刻，请驾回銮"——太监的这一声禀报，就像狱卒宣布探监时间已到差不多，元妃除了"不由的满眼又滴下泪来"，是不敢耽延片刻的。原因是"皇家规矩，违错不得的"，就像贾府的"规矩"，袭人一家是违抗不得的一样。看来，这位嫁入皇宫身为贵妃的贾元春比起按"死契"卖到贾府当丫鬟的花袭人还不如，无怪花袭人想方设法不愿离开贾府，而贾元春却哀叹"田舍之家，虽齑盐布帛，得遂天伦之乐；今虽富贵，骨肉分离，终无意趣"。看来，作者的用意倒不是要美化贾府，而是要以此来反衬皇宫的可怕。如果贾府像龄官说的是一个"牢笼"的话，那么，这个皇宫就不仅是一个"牢笼"而已。黄宗羲曾大胆地鞭挞皇帝"敲剥天下之骨髓，离散天下之子女，以奉我一人之淫乐"，痛斥皇帝是"天下之大害"①。曹雪芹则生动地通过元妃这个艺术形象反映了这一现实，而袭人回家这一事件则更有力地加强了这一艺术构思。作者在元妃省亲一结束就紧接着写袭人回家吃年茶，绝不会是一种偶然的情节安排。因此可以说，元妃省亲是一个具有丰富内容的事件，而这些丰富内容所包含的深刻意义，又因袭人探母一事而衬托得更为鲜明，耐人寻味。

　　这样分析元妃省亲是否符合作者的原意呢？回答是肯定的。因为曹雪芹对省亲其事、元妃其人都另有表示过他的看法。当第十六回，凤姐与贾琏在议论省亲一事时，就借赵嬷嬷之口说到贾府祖上曾四次接驾，并讥之为"虚热闹"，这当然是借古讽今，要说的是即将来到的省亲一事。第四十六回，鸳鸯的嫂子奉命来劝她嫁给贾赦，被鸳鸯一顿好骂："怪道成日家羡慕人家的女儿作了小老婆，一家子都仗着他横行霸道的，一家子都成了小老婆了！看的眼热了，也把我送在火坑里去。我若得脸呢，你们外头横行霸道，自己就封自己是舅爷了，我若不得脸败了时，你们把忘八脖子一缩，生死由我。"大家都不会否认，作者在此是指桑骂槐，言在此而意在彼，真正要骂的是靠元妃当了皇帝的小老婆而横行霸道的贾府一家。我们不会忘记，王熙凤梦见秦可卿给她托梦时不是说到即将要来的省亲是一件"天大的喜事"吗？贾琏刚从外回来，王熙凤不是就因元春晋封为贵妃一事而对他说"国舅老爷大喜"吗？这和鸳鸯骂的话绝不是词语的偶然巧合吧。

---

① 〔清〕黄宗羲：《原君》。

综合以上分析可以看出，《红楼梦》在写作方法上有一个很大的特点，就是它写了许许多多的情节故事，其中大量的又是家庭日常生活琐事，它们之间在表面上并没有什么直接、明显的联系，但在这些平凡的日常琐事中却蕴含有异常丰富的意味，这些意味往往不是从字面上可以直接获得的，而是"味在咸酸之外"。要解其中味，往往就要与其他情节联系起来才可达到。而这些情节之间的内在联系，作者又没有一个字直接指出过，而须要读者去"细玩"，方知"趣味"。这就是为什么有的人每读一遍《红楼梦》都会有一些新的领悟，因为他懂得"细玩"之故；同样为什么也有的人总读不下去，感到索然无味，原因之一是他们还没有把握《红楼梦》的写作特点之故。《红楼梦》的这种写作特点并非故弄玄虚，而正是它的高明所在。恩格斯在谈到作家的倾向性时说过："我认为倾向应当从场面和情节中自然而然地流露出来，而不应当特别把它指点出来。"他又说："作者的见解愈隐蔽，对艺术作品来说就愈好。"曹雪芹的《红楼梦》就是一部作者的见解和倾向最隐蔽、它们的一切都是"从场面和情节中自然而然地流露出来"的最杰出的作品。这样的事例在作品中是不胜枚举的，而元妃省亲与袭人探母之间的内在联系，就是这种写作特点的一个十分成功的例子。

《红楼梦》对佛、道的批判

一

《红楼梦》作为一部杰出的反封建的政治小说,它对封建制度的许多方面,特别在意识形态领域对当时占统治地位的儒学——程、朱理学的批判是容易得到人们的理解和肯定的。然而《红楼梦》反封建的杰出成就还同时突出地表现在它对宗教——在中国来说,主要是佛、道,尤其是佛——的批判上。《红楼梦》在这方面的成绩也必须给予充分的肯定。

自汉武帝"罢黜百家,独尊儒术"之后,儒家思想就成为法定的封建社会占统治地位的思想。随后由印度传播进来的佛教以及本国产生的道教,其思想实质起着一种对"儒术"的补充作用,可以在不少方面补"儒术"之不足。儒家的礼、乐、刑、政为地主阶级设置了一个封建制度的现实,佛、道的因果报应、与世无争等等教义却叫人承认这个现实,接受统治阶级的统治,同时发送进入天国的廉价门票,以消弭人们在现实生活中产生的不满,维护地主阶级的统治。因此,它们同是占统治地位的地主阶级思想的一个组成部分,是统治阶级进行思想统治的一个不可或缺的工具。王阳明曾说:"夫佛者,夷狄之圣人;圣人者,中国之佛也。"[①] 他从统治阶级的经验中道出了儒、佛的一而二、二而一的本质。这种本质自然也适合于道教。不如此,宗教就会失去它存在和发展的可能。基督教、天主教、伊斯兰教等等一度也曾传入中国,但不能如佛、道那样盛行,就是很好的例证。因此可以说,中国封建地主阶级的统治思想史,主要就是儒、佛、道三教或并行使用或相互交替的统治思想史。特别是从魏晋到隋唐这七八百年间,佛、道在统治思想中的地位远远高于儒家,佛教中的禅宗对随后的宋明理学也产生过巨大的影响。

[①] 〔明〕王阳明:《谏迎佛书》,载《王文成公全书》卷九。

儒、佛、道虽同为统治阶级所用，但历史上三教的斗争也确实是不停的，有时甚至达到十分激烈、残酷的地步。如有名的"三武"（北魏太武帝、北周武宗、唐武宗）废佛，都曾给佛教以毁灭性的打击。北魏太武帝用司徒崔浩之言，下诏"诸有佛图形象及佛经，尽皆击破焚烧，沙门无少长悉坑之"[1]。然而这种斗争的起因，或是反映了地主阶级内部不同政治路线的需要，或是代表不同统治集团利益之争，或是僧侣太多，在土地、劳力、兵员方面危及统治者的利益，等等。总之，都是统治阶级内部矛盾斗争的反映。它丝毫不能改变三教本身作为统治工具的性质。因此，对于当权者来说，他可以在思想上不信奉它，在行动上却要利用它。如唐太宗尊佛，清康熙、乾隆重视喇嘛教；也可以出于政治斗争的需要，今天崇此抑彼，而明天抑此崇彼，如武则天由信道到尊佛等等。

宋明以来，程、朱理学成为地主阶级的主要统治思想，尽管理学家们以孔学正统自居，将其他都视为异端，然而，由于封建社会已进入后期，地主阶级从政权到意识形态的统治力量都日渐衰弱，为了挽救这危局，统治阶级在思想统治方面除了强化理学的效能之外，还迫切需要吸收一切有利于其统治的意识形态为其服务，在这种客观形势的要求下，就出现以理学为主，同时吸收一些佛、道思想的三教合一的趋势。佛、道在行动上的离世出家，在哲学上的唯心主义等许多基本方面本来就是一致的，在长期的发展过程中，两家也在不断地互相吸收、补充。至宋明之时，佛家的主要流派禅宗又和儒学发生了千丝万缕的联系。宋代的理学大师们都熟悉佛、道，号称"辨异端，辟邪说，使圣人之道焕然复明于世，盖自孟子之后，一人而已"[2]的明道先生程颢，就曾是一个"泛滥于诸家，出入于老、释者几十年"[3]的杂家。所以宋代理学大师们的许多著作，无论在思想内容、词语运用以至表达方式上，都有明显的禅迹。他们自己尽管矢口否认这种关系，有的还痛斥佛禅，但其底里却瞒不过世人耳目。对"佛书，能悉其精微"[4]，又遍读道学家书的李纯甫固已揭发"伊川诸儒，窃我佛书"[5]。儒者姚际恒也指责"周、程、张皆出于禅……程、朱之学不

---

[1] 〔北齐〕魏收：《魏书·释老志》卷一一四。
[2] 〔元〕脱脱：《宋史·列传第一八六·道学一》卷四二七。
[3] 〔元〕脱脱：《宋史·列传第一八六·道学一》卷四二七。
[4] 〔金〕元好问：《中州集》卷四。
[5] 〔金〕刘祁：《归潜志》卷九。

息，孔孟之学不著"①。这种众口一词之说，充分反映了佛、道与理学的密切联系。

随着封建社会的日趋衰落，特别在中国产生了资本主义萌芽的明代中叶以后，封建的思想统治越来越严酷，但这同时也反映了地主阶级的统治思想越来越失去效用。程、朱理学的地位被捧得愈高，真正信奉它的人却愈少，连知识分子也如此。"原夫明初诸儒，皆朱子门人之支流余裔，师承有自，矩矱秩然。……嘉隆而后，笃信程、朱不迁异说者，无复几人矣。"② 所迁的"异说"又是什么呢？主要就是禅学。"盖明季心学盛行，儒禅淆杂"③，这种情况一直延续到清初《红楼梦》产生的时代，其趋势则有加无已。理学这样大力寻求与佛、道合流，既反映了它作为统治思想的腐朽无能，也反映了统治阶级在竭力设法改变这种状况，以加强其思想统治。这种形势就决定了在意识形态领域里反封建的斗争除了批判理学之外，同时还必须对佛、道进行批判，没有这种批判，这种斗争就必然会存在很大的局限。

不仅佛、道之学俱为统治者所用，同时，其教徒也有不少是危国害民的蛀虫。如果说，唐以前的《高僧传》《续高僧传》还能抬出几个著名的高僧来的话，至宋、明的《高僧传》则拿不出什么像样的人物来了。宋、明以来，无论是缁流或是羽客，大多连表面上都不能奉行他们的教义。他们在统治者的纵容下，大多成了一群为非作歹、祸国殃民的蠹虫。如明代许多皇帝因求长生而信道士，许多道士被封官许爵，道士李元吉被封为大真人，其母亲和妻子分别封为太元君和元君，他依借权势，杀人抢财，无恶不作："元吉杀人事发，其死者皆下私狱，幽暗惨酷，或缢之，或囊沙压之，或缚投深渊，凡杀四十余人，至有一家三人者。其他僭用器物，擅易制书，强夺良人妇女，诈取平人财物，不可计数。"④ 这样一个罪恶累累的家伙，却因皇帝的庇护而逍遥法外。这当然不是一个个别孤立的事例。道士如此，和尚又如何呢？试看乾隆刚上台时连下的谕旨："近日缁流太众，品类混淆，各省僧众真心出家修道者百无一二……佛门之人日

---

① 〔清〕永瑢等：《四库全书总目提要》一二九。
② 〔清〕张廷玉等：《明史·儒林传一》。
③ 〔民国〕赵尔巽：《清史稿·儒林传·李塨传》。
④ 〔明〕沈德符：《真人张元吉》，载《万历野获编》续编卷四。

众,而佛法日衰,不惟参求近觉,克绍宗风者寥寥希觏,即严持戒律习学小乘之人亦不多见。"① 这些和尚们只是"借佛祖儿孙之名以为取利邀名之具,奸诈盗伪,无所不为"②。

由上概略的论述可知,一切反封建制度的力量也必然是宗教势力的对头。恩格斯说:"一般针对封建制度发出的一切攻击必然首先就是对教会的攻击,而一切革命的社会政治理论大体上必然同时就是神学异端。为要触犯当时的社会制度,必须从制度身上剥去那一层神圣外衣。"中世纪的欧洲是这样,封建社会的中国也是这样。

明末清初出现的一批唯物主义哲学家,在批判反动的程、朱理学时,也在不同程度上对佛、道进行了无情的鞭挞。明、清以来的优秀小说的思想意义也是和积极参加这一斗争所取得的成绩分不开的。《红楼梦》在这一方面同样显出了它作为杰出的政治小说的光辉。

二

佛教的基本宗旨是认为世界一切皆"空","众生"为"色"界所迷,失去了本性,必须苦行修炼,达到一种虚幻的"真如"境界,才能脱离尘世苦海,成其"正果"。佛徒们为了美化他们教义的威力,曾编造了大量神话来进行宣传,其中颇为得意的一个故事是晋代高僧竺道生在虎丘聚集许多石头来听他讲《涅槃经》,结果使得这些听讲的众"顽石"也感化得"点头"了。无独有偶,在《红楼梦》开卷第一回也恰巧有一个类似的故事,不同的是那块顽石听完"一僧一道"的高谈阔论之后,不但没有"悟"出佛性,产生苦修之志愿,反而被"打动凡心",也想要到人间去享一享这"荣华富贵",而且"苦求再四",要那僧、道"携带弟子得入红尘,在那富贵场中,温柔乡里享受几年"。一块经过女娲锻炼之后性灵已通的顽石,为何听了僧、道的话却会"大动凡心"呢?原来这一僧一道高谈快论的已不是当年竺道生在虎丘念的《涅槃经》,他们说说笑笑的已是"红尘中荣华富贵"了。曹雪芹构写这样一个故事作为书的开头,不仅是对佛、道的辛辣讽刺,而且预示了佛、道之徒与全书的故事

---

① 〔清〕蒋良骐:《东华录》雍正十三年(1735年)八月已卯。
② 〔清〕蒋良骐:《东华录》雍正十三年(1735年)八月庚子。

情节有十分密切的关系。通过这一僧一道的一唱一和还告诉我们，这时的佛与道也是一而二、二而一的东西了。

《红楼梦》里写了不少僧尼和奉佛者，然而这些佛门子弟却多数是一些阴险毒辣、为非作歹之徒。马道婆到处向人们推销西方大光明普照菩萨，目的只是向每人骗取几斤至几十斤不等的灯油，而"经典佛法"在她嘴里也只是用来行骗的工具。为贪赵姨娘五百两银子的欠契和几两体己、衣服、簪子，她甚至参加了贾府内部嫡庶之间争夺财产的斗争，大施妖法，欲置王熙凤、贾宝玉于死地。水月庵里的净虚，开口"阿弥陀佛"，接着而来的却是为人包揽婚事，而且竟能代人一口答应给王熙凤三千两银子，最后活活逼死了张金哥等二条人命。这个连庙里的"月例香供银子"都要贪污的"秃歪剌"在这场交易中得了多少利益，也就可想而知了。如果说，儒家之徒是满口"仁义道德"，满肚子"男盗女娼"的话，那么，这些佛门子弟则是满口"阿弥陀佛"，满脑子的贪诈狡骗。在曹雪芹笔下，他们同是一伙卑鄙龌龊的家伙。

《红楼梦》里的僧道，绝不仅只是为一己之私的财利之徒。而且在叛逆者与封建卫道者之间的斗争中，他们又是封建统治者的帮凶，此中尤可注意的是那个常与跛足道人在一起的癞头和尚，此人不仅"腌臜更有一头疮"，外形丑恶，而且内心亦复叵测。乍看起来，他行动诡秘，来去恍惚，但只要我们"追踪蹑迹"，考察一下他的所作所为，即不难认清他的庐山真面目。在《红楼梦》里，围绕着宝、黛、钗三人的婚姻问题，一直存在着十分尖锐、复杂的斗争，宝、黛之间的爱情绝非才子佳人式的儿女风情，而是叛逆者的一种思想结盟。正因为如此，再加上四大家族内部争权夺利的"家世的利益"，宝、黛的恋爱就一直遭到统治者的阻挠和破坏而出现了"木石前盟"和"金玉良缘"之争。这场斗争只是反封建斗争在婚姻问题上的一个表现，对待它的不同态度就反映了在这场斗争中的不同立场，而癞头和尚则一直是旗帜鲜明地站在封建卫道者一边的。

早在宝钗进贾府之前，癞头和尚就对她关怀备至，为了给她治好"从胎里带来的一股热毒"，和尚给她送去一个制"冷香丸"的"海上方"，另外还给了"一包药末作引子，异香异气的"，结果给她治好了这个"吃寻常药是不中用的"无名之症。不仅如此，她还给宝钗送了两句"不离不弃，芳龄永继"的吉利话，交代要錾在金锁上戴着，并刮起一阵"日后要拣佩玉的人相配"的妖风，成为"金玉良缘"的谣言制造者。同是这个癞头和尚，对于林黛玉却是迥然另一种态度。黛玉亦自幼多病，"请了多少名医修方配药，皆不见效"，还在她三岁时，这个和尚也上门来了，但并不是送什么"海上方"，而是要化她"出家"，当此计未得逞时，和尚又制造妖言了，说什么"既舍不得她，只怕她的一生也不能好的了，要好时，除非从此以后总不许见哭声，除父母之外，凡有外姓亲友之人一概不见，方可平安了此一世"。按此说法，则黛玉不但不能去贾府，而且是任何外人都不能见了，"木石前盟"又从何谈起呢？然而黛玉毕竟来到了贾府，而且从最初的形势看来，"木石前盟"亦处于有利的地位。兴儿向尤二姐谈到宝玉的亲事时就说："他已有了，只未露形儿，将来准是林姑娘定了的。"凤姐甚至还当着众人面和黛玉开过玩笑："既吃了我家茶，为什么不给我家作媳妇？"其中情事可想而知。正是在此情况下，聪慧的紫鹃就曾劝黛玉"趁早儿""作定了大事要紧"。很明显，时间的拖延是不利于"木石前盟"的。"金玉良缘"的制造者和筹谋者也深知此中奥妙，千方百计要争取时间，使形势向着有利于他们的方向发展。癞头和尚亦是这伙人中卖力的一个。在清虚观张道士为宝玉提亲时，从贾母口中显露了此中底里，贾母说："上回有个和尚说了，这孩子命里不该早娶……"略略一语，又点出了癞头和尚在暗中搞了多少活动。试看，这个遁身空门的和尚，对于红尘中宝、黛、钗三人的婚事竟如此操心，岂非咄咄怪事？但从此怪事中，我们却看到和尚和封建卫道者们的感情是如此一致，行动是如此合拍，这正是儒、佛合流的一个生动例证。在追查迫害"木石前盟"的凶手时，绝不能放过癞头和尚这个要犯。

释氏之惑世诬民，决不仅仅表现在它的几个教徒的招摇撞骗、为非作歹而已，它"普度众生""救苦救难"的虚伪宣传，还成了掩盖统治者一切罪恶的面具。在贾府的统治者当中，笃信佛教的莫过于荣府的实权派贾政的妻子王夫人了。此人"最喜斋僧敬道"，据薛宝钗的介绍是个"慈善人"，她不仅自己常常吃斋念佛，甚至还要"黑心种子"贾环去抄《金刚经》，真是一副"菩萨心肠"，然而她却从来没有准备去实行她所信奉的东西。《金刚经》不是叫人要"净心行善"吗？可她的心何曾一刻"净"过，甚至怡红院里还有她的"心耳意神"，以至脚步不到，怡红院里的大小事情，包括丫鬟们的私房话她都知晓；她"行善"吗？金钏儿、晴雯两个无辜的丫鬟都活生生地被她直接迫害致死。尽管她罪恶累累，双手沾满奴隶的鲜血，可她却还获有"慈善人"的称号。其原因除她平常会

"吃斋念佛"之外,在逼死金钏儿后,又请"几众僧人念经超度他",于是,一件肆虐杀人的凶案就变成了一场金钹喧嚣的善事,凶手也就成了菩萨,而这"几众僧人"也就成了抚慰刽子手杀害的亡灵的"牧师"。在这里,曹雪芹的揭发何等深刻,鞭挞何等有力。

佛门不过是统治者的一个工具,然而他们却硬要把它说成是一个地上天国。他们宣传"闻说道,西方宝树唤婆娑,上结着长生果",务使现实世界中受苦难的人们产生一线朦胧的希望,以为在罪恶的世界上真有那么一块"真如福地",只要虔诚修行,就可否去泰来,祸除福至。因此,它实质上还起了粉饰整个现实世界的罪恶,缓和被压迫者与压迫者之间的矛盾的反动作用。而事实上,这个"天国"又是怎样一种情景呢?在曹雪芹的笔下,"天国"也不过是人世的翻版:水月庵的净虚,她克扣智能等的"月例香供银子"和王熙凤克扣丫鬟们的月钱一模一样;栊翠庵里的妙玉和大观园里的小姐过着同样豪奢的生活;清虚观里和荣国府里一样的等级森严,荣国公的"替身"张道士也就是观里的最高统治者。这些方外之地和红尘中的情景毫无二致。《金瓶梅》中有两句诗对这班和尚们批判得好:"此辈若皆成佛道,西方依旧黑漫漫。"《金瓶梅》时代的明代如此,《红楼梦》时代的清代还是如此。正因为"天国"里同样是这样"黑漫漫",所以葫芦庙里的小沙弥因"耐不得寺院凄凉",只好又蓄发还俗,去充当门子,馒头庵里的智能儿则直把佛门"圣地"呼之为"牢坑",最后竟逃了出去,不知所向。智能儿把佛地称为"牢坑"和龄官把贾府称为"牢笼",形成极有意味的呼应。这说明,不论是人世还是"天国",是"槛内"还是"槛外",都无非一个"牢坑",而无论宝珠、柳湘莲、芳官、藕官、蕊官、紫鹃、惜春等的出家,还是葫芦僧、智能儿的还俗,都不过是从一个火坑跳进另一个火坑而已。

如果说,曹雪芹还没有通过葫芦僧和智能儿来较为具体地揭示佛门这个"牢坑"的面貌的话,那么,这项工作是通过刻画妙玉这个人物来进行的。妙玉也是被癞头和尚哄骗出家的,她是一个受害者。作者对她充满了同情,从而深刻地揭露了她的内心世界。她既要抛弃自己的"仕宦之家"去修行,却又要依附于豪门势族的贾府;她忘不了给宝玉的生日送贺柬,却又不得不标名为"槛外人";刘姥姥喝过的茶杯她嫌脏不要,却又有意把"自己常日吃茶"的玉杯给宝玉喝——尽管按照佛家的观点来看,刘姥姥和贾宝玉都不过同是一具"臭皮囊"而已;她平日虽免不了也要蒲团静坐，修身养性，可中秋之夜又情不自禁要跑出庵门去闲步赏月，品笛评诗。这种在人们看来的精神上的变态，正是反映了她内心世界的矛盾和苦闷。她本有与世俗人一样的"人欲"，却又摆脱不了宗教"天理"加在她身上的枷锁；她本也像葫芦僧一样耐不得这寺院的凄凉，"可叹这青灯古殿人将老，辜负了红粉朱楼春色阑"，但她的出身和教养又使她不能像智能儿那样逃出禅关，结果就造成了精神上的畸形发展。所谓"欲洁何曾洁，云空未必空"，正是对这类人物精神世界的典型概括。她"终陷淖泥中"的下场正好说明佛门天国是一个十足的"牢坑"，要想求什么正果，修什么来世，"到头来，依旧是风尘肮脏违心愿"。《红楼梦》在贾府身边设置妙玉这样一个人物，其意义就在说明在封建社会中无论是世俗还是佛门都同样找不到一块"真如福地"，这就使得作品在深度和广度方面都加强了反封建意义。

　　唐宋以后，特别是明清以来，佛教流派随着封建统治阶级的日趋没落也不断地发生变化，为适应统治阶级的需要，禅宗当时成了佛家的一个主要流派。因为它主张"顿悟"，认为"一悟即至佛地"，"西方只在眼前"[1]，大大简化了进入"天国"的手续，具有较大的欺骗性，特别在知识分子中影响更大，危害尤烈。曹雪芹同样对它进行了无情的嘲弄。贾宝玉在一时的感触之下，竟也"参禅"起来，既写偈，又作词，但贾宝玉所追求的"无可云证"却仍是一种"立足境"，是在对现实生活感到"真无趣"的情况下进行的一种新的探求，其中充满了叛逆者对现实的不满精神，和六祖惠能"本来无一物"的虚无思想毫无共通之处。贾宝玉是以参禅的形式否定了禅宗的思想，他最后把此归结为"不过是一时的顽话儿罢了"，说明他的确只是游戏其间而已。最了解他的林黛玉就知道他这一时的游戏是一种"无甚关系"的"顽意儿"，别以为他真的也着了此道。其实，禅宗那一套不仅和贾宝玉无甚相干，就在整个怡红院中，它也常常成为丫鬟们互相揶揄的材料。本来，"参禅""面壁"之类原为佛门的一种修行方式，名列《高僧传》当中的僧人就有许多是以"习禅"见称的。北魏僧人惠始，"自习禅，至于没世，称五十余年，未尝寝卧"[2]，更是名噪一时。禅宗尤其倡导此种修行方法，而曹雪芹却把它变成了丫鬟

---

① 《坛经·疑问品》。
② 〔北齐〕魏收：《魏书·释老志》卷一一四。

们口中的调侃语,晴雯就把"面壁"和"道学"编在一起用来挖苦袭人。对禅宗的奚落和嘲讽,更表现了曹雪芹非同一般的反封建战斗精神。

三

《红楼梦》的斥佛,常常是和贬道联系在一起的。在《红楼梦》里,僧徒和道士就是合一的东西:癞头和尚和跛足道士总是在一起;贾府的罗天大醮必是僧道同坛;道婆和尼姑均可出入于贾府的兽头大门;贾敬出家是做道士;而贾政却曾嚷着要把"几根烦恼鬓毛剃去,寻个干净去处自了",显然是想去当和尚了。可见为僧为道并无差异,这都反映了当时佛道合一的情形。在此状况下,曹雪芹在对佛徒揭露和鞭挞的同时,也自然放不过道士们:我们看到的"一足高来一足低,浑身带水又拖泥"的跛足道人,是和癞头和尚一样可恶的东西;与都中城外道士们胡羼的贾敬只是一个愚妄之徒;当年荣国府的"替身",曾被"当今皇帝"封为"终了真人"的清虚观的张道士,不过是一个比世俗之人更为庸俗的市侩;"胡诌妒妇方"的天齐庙庙主王道士则完全是一个荒淫无耻的流氓,作者通过他自己的一段话,道尽了这一真人的真正面目,"告诉你们说,连膏药也是假的。我有真药,我还吃了做神仙呢!有真的跑到这里来混?"世上一切的所谓"真人""大士"之流,也无非就是这样一种江湖骗子而已。

曹雪芹这种既反儒,又反佛、道的反封建锋芒,不仅仅是表现了两种思想的斗争,而且还需要他具有极大的政治勇气。明朝因为许多皇帝迷信佛、道,社会上就不许亵渎僧人、道士。《金瓶梅》里的小玉由于一个和尚"把那一双贼眼眼上眼下打量"她而骂了一声"贼和尚",就被吴月娘喝骂说:"你这小淫妇儿,专一毁僧谤道。"这种情况在《红楼梦》的时代仍然一样,花袭人煞费苦心规劝贾宝玉的几条,最主要的就是不准骂读书人为"禄蠹"和"再不许谤僧毁道的了"。可见反佛道和反儒一样,在当时同样被视为一种异端行为。这种社会压力同样也是来自最高统治者那里,因为曹雪芹活着时的那个抄了他家的雍正皇帝,就是一个佛、道的崇敬者。他曾经自号"圆明居士",著有阐释佛家思想的《集云百问》《圆明语录》《魔拣辨异录》等书,还编选了佛家的语录书《御选语录》。雍正四年(1726年)十二月的一道"上谕"说他自己"在藩邸时,披阅经史之余，每观释氏内典，实契性宗之旨，因时与禅僧相接"，① 早就对儒、佛之道深有钻研了。所以在他刚登基时就称"朕向来三教并重，一体尊崇，于奉佛敬仙之礼，不稍轻忽"②，并对一些排佛的"理学"家们大加斥责。可见雍正不仅自己"三教并重"，而且不许他人将其分高低，更不允许"诋谤释道"，而《红楼梦》口头上虽声称此书"毫不干涉时世"，而实际上却"三教"皆反，和雍正针锋相对。在当时文字狱横行、文化专制残酷的情况下，曹雪芹如此与"今上"大唱反调，不是表现了一个杰出思想家的政治勇气吗？

雍正这样推崇佛、道，强调"三教并重"，绝非出于一种宗教信仰，而是有其政治需要的。在历史上虽然三教都为统治者所用，但它们之间相互补充的一致关系和作用却并非统治者都能一致认识到的，因此三教的地位就常常成为统治集团中争论不休的问题。如北周武帝就曾"集群臣及沙门、道士等，帝升高座，辨释三教先后，以儒教为先，道教为次，佛教为后"③。虽然经过这样大规模的论辩，实际上却没有弄清三教之间的关系和作用，所以在以后的许多王朝里，三教的地位常常因互相排斥而变化不定。直到宋、明以后，随着三教融合的潮流兴起，三教合一、三教并重的思想也相应产生、发展。宋代刘谧力言三教的异同，赞唱三教如"三光在天，阙一不可，而三教在世亦阙一不可，虽其优劣不同，要不容于偏废"④。明代王畿认为："三教之说，其来尚矣。……世之儒者，不揣其本，类以二氏为异端，亦未为通论也。……学佛、老者，苟能以复性为宗，不沦于幻妄，是即道、释之儒也。为吾儒者，自私用智，不能普物而明宗，则亦吾儒之异端而已。"⑤ 李贽也说："儒、道、释之学一也。"⑥ 这一些言论都是力图调和三教，但对三教的真正作用和互相关系并未说到点子上。真正能探其壶奥者，仍然是那个有实际经验的雍正皇帝。雍正十一年（1733年）有谕曰："夫佛、仙之教，以修身见性，劝善去恶，舍贪除欲，忍辱和光为本，若果能融会贯通，实为理学之助。彼世之不知仙，

---

① 《世宗宪皇帝上谕内阁》。
② 《朱批谕旨》，见雍正元年（1723年）六月十八日李馥奏折批语。
③ 〔唐〕令狐德棻：《周书·帝纪五·武帝上》。
④ 〔宋〕刘谧：《三教平心论》卷上。
⑤ 〔明〕王畿：《龙谿全集·三教堂记》。
⑥ 〔明〕李贽：《续焚书·三教归儒说》。

佛设教之意而复不知理学之本源，但强以辟佛、老为理学者，皆未见颜色之论也。"① 雍正可说是真正看到了"仙、佛设教之意"，并确切地指出了它们和儒学的关系。所以他另外还说："……由是观之，释，道宁无补于王化也哉？试问中国将此三途去二留一能乎否耶？不能则何必分门立户，互相排挤，有若聚讼然！"② 这是明白宣布佛、道应当具有和儒家同样的地位，不能轩轾其间，更不能三者缺一，因为释、道也是有"补于王化"的。说清了这个背景，我们就会明白花袭人为什么要规劝贾宝玉不要骂读书人和谤僧毁道了。然而也正是从这里，使我们看到曹雪芹的反封建斗争精神。贾宝玉不仅是一个儒教的叛逆者，而且是一个佛、道的批判者，他不仅"谤僧毁道"，甚至在睡梦里还喊着"和尚道士的话如何信得？"从这个角度来考察，也可以说，贾宝玉这个叛逆者的典型也就是一个反三教的典型。

那么，又如何来认识贾宝玉这个叛逆者的最后出家呢？有些论者把这看成是曹雪芹"色""空"思想的体现，是作者世界观中的消极因素，其实不然。曹雪芹所处的封建末世，随着封建制度的面临崩溃，维护这个制度的宗教也必日益蜕颓。雍正、乾隆都曾屡斥僧、道们的"宗风渐泯""不守法戒"，这种状况不过反映了宗教已失去了骗人的效力，得不到真正的信奉者。因此，尽管当时出家者仍不乏人，但究其出家原因可以是各种各样的，而真正想能西方朝佛，成其正果者则绝少。不论是被生活所迫而走投无路的劳动人民还是沉浮于官场且在政治上几经挫折的上层人物都有人走这一条路。因为不管这条路的前途如何，都至少可以希图借其缓和一下眼前的矛盾和困境，所以当时人的出家，大都不是一种宗教行为，而是一种尖锐的社会矛盾和斗争的产物。在雍正上台后残杀他的诸王兄弟时，被流放到西宁的康熙第九子允禟就对雍正的来使说："上责我皆是，我复何言？我行将出家离世。"③ 这是一个具有普遍意义的例子，说明在曹雪芹的时代，"出家离世"在某些人特别在一些上层人物那里既是一种避祸手段，也是一种反抗行动。对他们来说，这也是一条最理想的出路。我们不能设想，也难以要求他们还有比这更积极的行动。贾宝玉的"悬

---

① 《世宗宪皇帝上谕内阁》。
② 《朱批谕旨》，见雍正元年（1723年）六月十八日李馥奏折批语。
③ 〔民国〕赵尔巽：《清史稿·列传八·诸王七》。

崖撒手"，也是在叛逆者与封建卫道者之间的矛盾空前激化以至最后爆发时的产物。虽然十分遗憾我们看不到曹雪芹关于这段情节的具体描写，但我们完全相信这是一段贾宝玉与这个社会做最后决裂时既有无限的悲愤又有强烈的控诉的精彩文字，这也是贾宝玉在他的条件下能选择的唯一出路。因此，在曹雪芹笔下的宝玉出家，贾宝玉必然是一个反封建性格得到了加强的叛逆者的形象，而不会是一个虔诚的佛教徒。这也说明，一部作品主要不在于写什么，而在于作者怎样写，《红楼梦》就是这样一部不论写什么都能闪耀出反封建战斗光芒的杰出作品。

《红楼梦》风格论

任何一部优秀的文艺作品都有它自己的特色，凭着它，就可与其他作品区别开来，显露出自己的面目，因而就有自己的独立地位。它是作者个性的体现，是作家成熟的标志。文艺作品的这种特色就是它的风格。一种独立的风格在形成的过程中，可以从前人的成就中吸收养料，但这是再创造，是前进，绝不是因袭；它也可以给后人提供楷模，但这只是启迪，供借鉴，绝不会被重复。一部成功的作品，尤其是长篇巨著，它往往可以表现出多种风格来，绝不会是单调的一种，这正是作者才能的表现；但它必定有一种主要的、构成作品鲜明特色的基本风格，把握了它，也就找到了作品的真谛。

评论《红楼梦》，也就不能不研究它的风格。

曹雪芹有深厚的古典文学基础，他的创作也必受传统思想的影响。我国古代的文学批评理论对风格问题进行过认真的研究，《文心雕龙·体性》分风格为八大类，至司空图的《诗品》则细致地概括出二十四品。有着深厚传统文化涵养的曹雪芹，他的作品风格自然也是在传统文化的熏陶中形成的。那么，《红楼梦》的风格是什么呢？要准确地把握它，《红楼梦》开卷第一回的"石头记缘起"中有两处，可以说是探索此问题的一把钥匙。

一是"缘起"劈头的第一句话，也是《红楼梦》的第一句话：

> 看官，你道此书从何而起？——说来虽近荒唐，细玩颇有趣味。

二是"缘起"结束时的一首诗，也是作者自己的（不是按书中人物身份写的）作品中的第一首诗：

> 满纸荒唐言，一把辛酸泪。
> 都云作者痴，谁解其中味？

这一头一尾的两次说法，其实都是强调一个意思，即告诉读者，《红楼梦》表面上看来似乎有许多"荒唐"的东西，但实际上是一部很有"趣味"的书，只是这种"味"不是仅从表面文字一览而可领略到的，而必须"细玩"，认真索"解"，才能获得。作者同时表示担心的是读者不能"解其中味"。对《红楼梦》的创作最了解的脂砚斋也深知这一点的重要，所以在脂批中也不忘提醒读者，"庚辰本"第二十回有一条眉批就要"看官闭目熟思，方知趣味"。或曰"细玩"，或曰"熟思"，方能求得"趣味"，在这一点上，一芹一脂是心领神会而异口同声的。

这样一种阅读方法，使人自然想起古代诗论、文论中的一类有关的文学主张，例如：钟嵘的《诗品》提倡"滋味"说，反对诗歌内容的"淡乎寡味"；司空图《诗品》的"不著一字，尽得风流"；司马光《迂叟诗话》说的"古人为诗，贵于意在言外，使人思而得之"；袁枚《随园诗话》说的"诗无言外之意，便同嚼蜡"；吴景旭《历代诗话》所说"凡诗恶浅露面贵含蓄，浅露则陋，含蓄则令人再三吟咀而有余味"；等等。它们说法不一，实质只是一个意思，就是都主张要含蓄。

《红楼梦》的风格也就是含蓄。因为含蓄，所以才有"味"，因为其"味"是含蓄于中，所以要"细玩""熟思"，才能获得。

含蓄，是一个大的题目，它可以有种种不同的表现形式和表现手法，这些都在《红楼梦》中得到了广泛的体现。下面，从几个不同的重要侧面来探讨一下这个问题。

一、书名

《红楼梦》以前的小说，或以书中主人公起名（如《金瓶梅》《平山冷燕》等等），或以事件起名（如《封神演义》《西游记》等等）又或以其他方式命名，这些名称本身都不含有什么深曲的意义。《红楼梦》则不然，我们得从它原来的名称说起。

《红楼梦》曾经有过不少名称。书上曾写到空空道人"将这《石头记》从头至尾抄写回来"之后，他自己"遂改名情僧，改《石头记》为《情僧录》。东鲁孔梅溪题曰《风月宝鉴》。后因曹雪芹于悼红轩中，披阅十载，增删五次，纂成目录，分出章回，又题曰《金陵十二钗》"。从这一过程可看出，此书名目虽极多，但它本来的名称却是《石头记》。这一点可以从书中提到书名时亦曰《石头记》,在脂批中大量出现书名时亦多是写《石头记》等情况可以得到充分的证明。

而《石头记》就是一个"细玩颇有趣味"的含蓄的书名。

这得从石头说起。石头,随在皆有,处处可见。它姿态万千,诸色俱备。大者层峰叠嶂,雄拔突兀,使你目不暇接;小者玲珑剔透,玉润珠圆,令人爱不释手。因此世上像宋代诗人范成大那样"我本一丘壑,嗜石旧成癖"(《嘲峡石诗》)的人可谓不少。战国时齐国的孟尝君,他不但喜欢养士,而且爱石,泗水之滨多美石,孟尝君派人去购买,当地人一家伙就给他运了十车来,他亲自去迎接。爱石最出名的恐怕还数唐代的一个宰相牛承章,据白居易《太湖石记》载:"丞相奇章公嗜石,于此物独不谦让,东第南墅列而置之,以甲乙丙丁品之,各列千石,阴曰牛氏石。"宋代有名的书画家米芾也是一个石头迷,元代画家倪瓒曾有诗曰:"能诗何水部,爱石米南宫。"米南宫在无为军当知州时,见到一块奇特的石头,十分高兴,朝服执笏,揖而拜之,并呼石头为"石兄"。这个傲睨王侯的人结果却因此而获罪丢官。

人们如此爱石,恐怕还不仅是爱它的自然属性之美,更重要的,像米南宫那样,已经赋予了它具有一定灵性的社会意义,使石头能和人的思想感情相通。在这方面,历史上有两个值得重视的著名的传说故事。

一是石头能听懂佛经。东晋名僧竺道生首倡"阐提成佛"说,认为一切众生,悉有佛性,均可成佛。他的主张刚出来时,受到佛门内众多的非难和攻击,后来他就跑到平江虎丘竖石听讲,石皆点头。竺道生的主张对后来佛教的影响很大,但最初时却不为人们所接受,而石头反而能颔首领会,可见石头的性灵已大大超过了当时一般的保守僧徒了。

二是石头会说话。据《左传》昭公八年(公元前534年)记载:"昔,石言于晋魏榆,晋侯询于师旷曰:'石何故言?'对曰:'石不能言,或冯(凭)焉;不然,民听滥也。抑臣又闻之曰:作事不时,怨讟动于民,则有非言之物而言,今宫室崇侈,民力雕尽,怨讟并作,莫保其性。石言不亦宜乎?'"石头本来是不会说话的,只是统治者过于失政,人民怨声载道,连石头也说话了。

这两个故事有一个共同之处,就是石头虽有灵性,却不是轻易显露出来的,它的点头或说话,只有当某种事物达到了极致时才会发生。由于竺道生的《涅槃经》讲得十分精到,晋国的人民在虐政下太怨怒了,才使得石头也点头和说话，产生反应了。根据这种情况，就可得出一条经验，当什么时候有诸如石头说话一类的奇异现象发生时，那就意味着必然出现了什么不同寻常的事情。

表面粗顽坚硬，内里却通灵性，这就是人们传统的观念里对石头特性的看法。无怪历史上就有许多人不仅爱石，而且以石自譬了。明代的袁宏道就自号石公，到清代以此为号的，见诸记载的就不下四五人。而且在作家的作品里，石头的灵性，更得到了进一步的发展，它远远不止是会点头和说话而已。清初蒲松龄的《聊斋志异》中有一篇《石清虚》，写书生邢云飞爱石如命，因石丢失，屡寻死未得；而他所爱的那块石也"能自择主"，几次丢失后又能自己回来。邢死后，"石忽堕地，碎为数十余片"，这里的石头不仅具有和人同样的情义，而且还有和《聊斋志异》里的神仙鬼狐一般的本领。

当我们对古代人们意识里的石头有这么一些了解之后，就比较容易来理"解"《石头记》这一书名的意"味"了。曹雪芹本人就是一个有我们上面描述过的石头那种性格的人，正如鲁迅先生在《中国小说史略》中所指出的，"曹雪芹实生于荣华，终于苓落，半生经历，绝似'石头'"，所以他爱石，喜画石，而且撰写了小说《石头记》。小说里的那块石头，在经过女娲氏的锻炼之后，"质虽粗蠢，性却相通"（"甲戌本"第一回），这正是我们前面所介绍的那种传统意识里的石头。它曾经幻形入世，经历过一番红尘里的离合悲欢、炎凉世态，并把这番经历刻在身上，当空空道人看了后觉得无甚意思，"恐世人不爱看"时，石头竟开口大发了一通议论，而且最后说服了空空道人把它抄了回来，使之流传：这就是作者描写的《石头记》的来历。这块石头不仅能说话，而且硬要把自己的遭遇传之人世，按照我们前面说过的石头是不肯轻易显示自己的灵性的这个特性来看，那么，夫石不言，言必有非同寻常的事情；因此，就绝不能肤浅地把《石头记》所记的看作一般的家庭琐事或儿女情事，而应该肯定它是含有重大的社会政治内容的。这就是《石头记》一名的含蓄所在。

二、 主题

含蓄的一个重要特点是作者很少正面出来发表议论，而是把自己的观点、态度从人物形象和故事情节中自然表现出来，《红楼梦》正是如此。当然，这不等于说《红楼梦》一点发议论的地方也没有；然而奇特的是，在很少的这种作者直接出来表示态度之处，却与作者的真实思想和观点恰恰相反。如薛宝钗和花袭人，在作者笔下是两个狼狈为奸、行踪鬼祟的反面人物，作者却均称之为"贤宝钗""贤袭人"。贾政这个丑恶的封建卫道者，作者介绍他时，反而宣扬他"自幼酷喜读书，为人端方正直"。贾宝玉是作者呕尽心血所塑造的一个正面人物，在他身上甚至有作者自己的某些身影，可是作者却处处让人骂他是"混世魔王""孽障""祸胎"等等，在他出场时，作者还特意为他写了两首《西江月》，称他为"天下无能第一，古今不肖无双"，"腹内原来草莽"，要大家"莫效此儿形状"。正如脂批指出的"通部中笔笔贬宝玉，语语谤宝玉"。甚至对一些具体的事件，作者也常常出来说反话，如第五十七回，在宝玉以疯癫的方式公开了与黛玉的爱情关系后，薛姨妈急忙赶来，一面假惺惺地在黛玉面前开空头支票，说要建议贾母把黛玉许给宝玉，一面又借讲月下老人牵红线的故事，大谈什么"或是年年在一处的，以为是定了的亲事，若月下老人不用红线拴的，再不能到一处"，针对宝、黛的关系大泼冷水，手段可谓十分毒狠。可是作者给此事加的回目却是"慈姨妈爱语慰痴颦"，这"慈""爱""慰"三字，把薛姨妈说得多好啊！可是事实却不然，作者还有完全相反的"言外之意"，这种笔法在《红楼梦》里是不胜枚举的。

既然在这样一些事情上，作者都不肯表面公开自己的态度，我们就可以断言，在关系到本书的主题大旨这样的大问题上，作者更是不会把他的观点强硬灌输给读者的；可奇怪的是，恰恰在这个问题上，一开头作者就大大表白了一番。"甲戌本""凡例"有曰："此书不敢干涉朝廷，凡有不得不用朝政者，只略用一笔带出，盖实不敢以写儿女之笔墨唐突朝廷之上也。"又云："开卷即云'风尘怀闺秀'，则知作者本意原为记述当日闺友闺情，并非怨世骂时之书矣，虽一时有涉于世态，然亦不得不叙者，但非其本旨耳。"第一回的"缘起"中，作者通过空空道人"将这《石头记》再检阅一遍，因见上面虽有些指奸责佞、贬恶诛邪之语，亦非伤时骂世之旨；及至君仁臣良、父慈子孝，凡伦常所关之处，皆是称功颂德，眷眷无穷，实非别书之可比。虽则其中大旨谈情，亦不过实录其事，又非假拟妄称，一味淫邀艳约、私订偷盟之可比，因毫不干涉时世，方从头至尾抄录回来，问世传奇"。

这些因过于强调而显得有点累赘的话语无非要表达一个意思，即这部书的大旨是谈情，只是写的闺友闺情，而不是干涉时世，更不敢接触朝廷大事，即使有那么一点点，也是歌功颂德，并非伤时骂世；再简单一句话来说，就是这部书写的是爱情，而非政治。

这样一来，作者所反复表白的就和主题爱情说的观点完全一致了。可是当我们分析了《红楼梦》上述含蓄的笔法特点之后，就完全可以断言，此书的本旨恰恰不是写爱情，而是写的政治。这个判断也是和作品形象所反映的客观内容相符的。

《红楼梦》从开篇直到第十九回后半部的"意绵绵静日玉生香"之前，除了前五回主要是说明时代背景、表白创作意图、介绍人物登场等等带有概述性质的内容之外，主要集中写了两件大事：一是秦可卿的丧事，一是元妃省亲的喜事。在浓墨酣笔写此之余，作者甚至还写了贾宝玉大闹书房以及王熙凤的毒设相思局等等，却一直都顾不及写宝、黛二人的儿女情事，就是偶尔出现的二人在一起玩九连环游戏的一类场面，也是几笔就带过去了。这种情况几乎占了前八十回的四分之一的巨大篇幅。如果《红楼梦》的主题以至主线都是写爱情，作者会这样落笔吗？只要读读《红楼梦》稍前的《好逑传》《平山冷燕》《玉娇梨》等一类爱情小说，其间的区别自可不言而喻了。而《红楼梦》之所以花了那么多笔墨去写丧喜二事而不及爱情，正是为全书要写更为深广的政治内容布下一个扎实的铺垫。（当然，这个铺垫本身就是充满强烈的政治内容的，它把贾府与社会各方面的联系都勾显出来而不仅是四大家族之间。）其实，这一点早在第一回脂批就明白地指出来了。当跛足道人说英莲"有命无运，累及爹娘"时，"甲戌本"有一眉批曰："八个字屈死多少英雄，屈死多少忠臣孝子，屈死多少仁人志士，屈死多少词客骚人，今又被作者将此一把眼泪洒与闺阁之中。见得裙钗尚遭逢此数，况天下之男子乎！看他所写开卷之第一个女子，便用此二语以订终身，则知托言寓意之旨，谁谓独寄兴于一情字耶？"

既然如此，为什么还有不少人坚持爱情说呢？这也不为无因，这是和《红楼梦》的特殊写法紧密相关的。《红楼梦》在写到与政治内容直接相关的情事时，往往是三言两语，不经意地几笔带过，稍不留心，就会从眼前一闪而过。如贾宝玉不肯读书上进，不喜与贾雨村之流的官宦们冠带相接，骂劝他注意"仕途经济"的人为"禄蠹""入了国贼禄鬼之流"等等。这是宝玉叛逆思想中的一个重要内容,但书中并没有多少具体情节来表现他的这种思想,往往几笔就带过了,有的话还是从别人口里转述出来的。又如《红楼梦》对待皇帝的态度是歌颂还是鞭挞,这是一个超乎一般的大政治问题。作者对此的态度是明确的,却不是很触目的,有关的内容和情节都是散在全书各处,只有如作者说的,"细玩颇有趣味",否则,你是找不到它的,它们在回目上也不留下任何痕迹。其他有关的直接政治内容也有类似的情况。而宝、黛爱情的写法就不同了,它写得十分细腻,有具体的故事情节,颇为感人,甚至还有在别的情况下少有的心理刻画。你需要找某个具体情节或话语吧,往往从回目中就可看出,如"意绵绵静日玉生香""西厢记妙辞通戏语""潇湘馆春困发幽情""多情女情重愈斟情""诉肺腑心迷活宝玉"等等,内容与回目是一致的,这是作者有意通过回目来张扬它的内容。这样,《红楼梦》里的爱情描写自然就显得格外突出、形象,给读者的一般印象也就更强烈了,这是不需要那么"细玩"就能体味得到的,与上面所举政治内容的写法及效果形成了鲜明的对照。

  然而,能不能就因此得出结论说,作者真的是在"大旨谈情"呢?回答是否定的。第一,在当时的客观环境下,不允许作者集中地、大肆渲染地来表现这种有强烈政治性的内容,即使这样,当时还有深知其中底里的人怕有"碍语"而不敢看它;第二,既然作者公开的宣言是"大旨谈情",那么,他在具体写法上就必然要使爱情的描写显得更富于艺术性,形象性更突出,这是有不得已的苦衷的。正因为在写法上存在这种矛盾,所以在读法上,作者就告诉我们要"细玩"才会"颇有趣味"。因为书中的大量"碍语",即强烈的直接政治内容,并不是通过工笔描绘、着意渲染而表现出来的,那一眼读去就能发现、感触到的往往不是书中筋骨。"庚辰本"第十五回有一条脂批曰"《石头记》总于没要紧处闲(用)三二笔写正文筋骨,看官当用巨眼,不为彼瞒过方好",可谓深得《红楼梦》笔法之壶奥,也是读《红楼梦》的一个重要方法,因为前面所举宝玉骂"禄蠹"及书中骂皇帝的情况正是如此。脂批曾经反复再四地要读者"勿被作者瞒过",看来他不仅了解作者,也是了解读者的,在今天仍有意义。

  这样说,并不等于说爱情描写就成了游离于政治主题之外的累赘物。因为作者写它是与整个政治内容有密切的联系的,而且对它本身也赋予了充分的政治内容，成为一种"政治行为"，因而与全书的主旨有机地融为一个艺术整体。这样，它既收到了表面上似乎是"大旨谈情"以适应客观环境的需要，而实质上又大大丰富了全书的政治意义，这正是曹雪芹含蓄手法的成功之处。

三、人物塑造

《红楼梦》的含蓄风格还表现在人物形象的塑造上。《红楼梦》塑造了众多成功的典型形象，是和作者有几副笔墨，能根据不同人物的特点而恰当地运用不同手笔的方法分不开的。含蓄就是其中广泛运用的一个重要方法。即使像王熙凤这样主要以直笔刻画的人物形象，作者在她与贾蓉暧昧关系方面的描写也是用的含蓄方法。

而最能反映出作者这种含蓄风格的是宝、黛、钗三角关系中的薛宝钗的形象。按照作者的正面介绍，薛宝钗是一个"行为豁达，随分从时"的人，黛玉对她"心中便有些不忿；宝钗却是浑然不觉"，在处理三人的关系上，她还"处处远着宝玉"。她和宝玉之间的确从不见有像宝、黛之间那样的"意绵绵"一类的事情，有的是她常摆出一副道学家脸孔，教宝玉如何读书上进，结果常常讨来没趣，她也不计较。所以过去有些论者就认为宝钗当上宝二奶奶只是遵循父母之命而已，本人并无觊觎之心。其实不然，薛宝钗对此是异常热衷的，只是由于作者没有把她内心深处的奥秘赤裸裸地暴露出来，而是用极含蓄的手法若明若暗、似真疑假地不断揭出大量事物的疑点，诱发人们的思索，使读者在"细玩"中得出结论来。请看下面的许多事实：

在充满珠光宝气的大观园里，薛宝钗可算是一个最淡雅的贵族小姐了。即使在她的绣房内，也冷清得像"雪洞一般"，连老太太贾母看着也"摇头"，认为"素净"得"看着不像"了。原因是她素日不爱装饰打扮，所以就连她家里存有的十二支"宫里头作的新鲜花样儿堆纱花"，薛姨妈也只好叫周瑞家的全拿去分送给其他姐妹。可是这样一个朴素得出奇的"山中高士"为什么却偏偏爱把一块沉甸甸的金锁成日家吊在脖子上，又在第一次相见时就让它亮在宝玉的眼里，因而演出一场"奇缘识金锁""巧合认通灵"的开场戏来呢？元妃于端午节给众人的礼物，独宝玉与宝钗二人的一样，其中有一串香串子是黛玉众人所没有的，薛宝钗却整天把它戴在手臂上,尽管紧得褪下来也很困难。难道这金锁与香串不比一朵轻巧的宫花更华丽且累赘吗?

王熙凤那次笑着对黛玉说:"你既吃了我们家的茶,怎么还不给我们家作媳妇儿?"不管王熙凤当时的本意是什么,这话对不相干的人来说是没有多少意义的,但对有心人来说,却是一个不祥之兆。薛宝钗当时即说:"二嫂子的诙谐真是好的。"五十七回"慧紫鹃情辞试莽玉",把宝玉急得发了疯,因而公开地表示了二人的爱情关系时,贾母却道:"我当有什么要紧大事,原来是这句顽话。"两者的应付方法,是否有异曲同工之妙?

贾宝玉被马道婆的魔魇法弄得死去活来,后来渐渐好了,"黛玉先念了一声佛",宝钗马上笑起来。当探春问她笑什么时,她说:"我笑如来佛比人还忙:又要度化众生;又要保佑人家病痛,都叫他速好;又要管人家的婚姻,叫他成就。——你说可忙不忙,可好笑不好笑?"素日庄重浑厚的薛宝钗,为什么听了别人一声念佛就这样不舒服,平白当众挑眼起来,还特别把婚姻一事扯了进来?

袭人请湘云为宝玉做鞋,本是平常的事,宝钗却转弯抹角地把这份差事揽到自己手上来。螃蟹宴上,黛玉因心口痛,想喝口热酒,宝玉便命将"合欢花浸的酒"烫一壶来,黛玉只喝了一口;薛宝钗却也跟了过来,自己动手"另拿了一只杯来,也饮了一口放下"。这种颇异寻常的举动后面反映了一种什么样的心理?

在清虚观的道士们送给宝玉的礼物中,有一只金麒麟,贾母似乎觉得哪家的女孩儿戴过,大家都记不起,唯有薛宝钗知道"史大妹妹有一个,比这个小些"。当探春惊异于宝钗的"有心"时,黛玉尖锐地指出:"他在别的上还有限,惟有这些人带的东西上越发留心。"联系宝钗的金锁、香串,黛玉的这种敏感难道是无根由的吗?而对黛玉的话,宝钗却"回头装没听见",这和焦大骂"爬灰""养小叔子"时凤姐装没听见是否同一种心理作用呢?

在一个怡红院里"鸦雀无闻,一并连两只仙鹤在芭蕉下都睡着了"的炎热中午,薛宝钗幽灵似地溜进了宝玉屋里,连袭人都因她在这么一个时候悄没声地来到而"唬了一跳"。当袭人有事走开了,她竟坐在袭人替睡着的宝玉赶虫子的位子上,而且又"不由的拿起针来"替宝玉的"兜肚"绣鸳鸯,作者在此时此地为薛宝钗画的这幅图象不是与这个满口

"女子无才便是德"的女君子身份很不协调吗？

其实，薛宝钗作为一个"品格端方"的"大家子"的女儿，这样不合时宜地窜到别的男子住处去，绝非这仅有的一次，只是作者写得很含蓄，不像林黛玉那样一切行动都为人知晓罢了。晴雯有一次因在气头上没听出声音而使林黛玉吃了闭门羹，晴雯撒什么气呢？就是因为薛宝钗"有事没事，跑了来坐着，叫我们三更半夜的不得睡觉"。薛宝钗在《咏白海棠》诗里不是大唱"珍重芳姿昼掩门"吗？她应该是一个十分矜持自重的人吧，然而她为什么不但没有"昼掩门"，而是"有事没事"地"三更半夜"都闯进别人门里去呢？

以上一个个情节，作者都好像是不经意地平平写来，又淡淡过去。它们所诱发出的那些问题，作者一个也没做正面的回答，而且如果孤立地看起来，在偌大一部书中，上述不少情节也根本不算怎么一回事；但是当我们把这一桩桩联系起来，"按迹循踪"，"闭目熟思"一番时，这些情节的意义就都清晰起来了，那一串串问题的答案也就浮现出来了，薛宝钗的庐山真面目也就昭然若揭了。

当我们通过这些情节确切理"解"到其中"味"以后，就能更进一步体会到作者在刻画薛宝钗形象时一些更为含蓄、更为成功的手法，从而能更深刻地认识这个人物的本质。

宝玉挨打卧床时，曾请宝钗的丫头莺儿来"打几根络子"。当商议好先给汗巾子打络子，并已打了半截儿时，薛宝钗又来了。她一面探听打什么，一面另出主意："这有什么趣儿！倒不如打个络子，把玉络上呢。"请看，她一个心眼儿就在那块玉上，正所谓"中心藏之，何日忘之"是也。尤其值得注意的是，在说到"配什么颜色才好"时，宝钗说："用鸦色断然使不得，大红又犯了色，黄的又不起眼，黑的太暗；依我说，竟把你的金线拿来配着黑珠儿线，一根一根的拈上，打成络子，那才好看。"表面看起来，薛宝钗满口里说的都是用线的配色问题，可是仔细玩味一下，就可发现言外之旨：其他一切都不行，只有金线络宝玉"那才好看"。这不又是用诡秘的隐语在兜售她的"金玉良缘"吗？为什么她特别强调"鸦色断然使不得"呢？因为鸦色者，青黑色，亦即黛色也。蛇蝎心肠，宁可问乎？

与这一肚子蛇蝎心肠相配合的，是薛宝钗的另一套鬼蜮手段。她除了八面玲珑、四处讨好之外，最为狡诈的一着是笼络勾结袭人。这一点，作者写得尤其含蓄，全是一套神龙见首不见尾的手法；但若细加缕析，又有迹可求。宝玉挨打之后，王夫人与花袭人有一次长篇对话，除了表示对她的赏识之外，还透露了一句"近来我因听见众人背前面后都夸你"。袭人这个被怡红院里众丫鬟斥之为"西洋花点子哈巴儿"的奴才，还有谁能跑到王夫人那儿去夸她呢？这个"众人"是谁？作者没吐一字，可是熟悉作者笔法的读者却可以得出无误的答案来。因为当王夫人随后又点名单独赏两碗菜给袭人，并叫不用去跪谢时，袭人开头还"不好意思"，因为不明所以，这时薛宝钗却神秘地对她"抿嘴一笑，说道：'这就不好意思了，还有比这个更叫你不好意思的呢。'"这话暗示了薛宝钗明白这一切的含义，而且留下了很大的余地，让读者去品味这薛宝钗在王夫人和花袭人之间进行了多少不可告人的勾当。薛宝钗这一切活动带来了什么结果呢？书中找不到直接的答案。可是读者却看到花袭人曾经冒着"不但我的话白说了，且连葬身之地都没有了"的大风险，向王夫人提出了一个很不合她身份的大胆建议："……以后竟还叫二爷搬出园外来住，就好了！"可是袭人不但没有因此招来妄言之祸，反而马上获得了一个准姨太太的地位。联系前后情况，这其中不完全是得力于薛宝钗的暗中周旋吗？其实，袭人说的不过是代宝钗道出了她所欲言而不能言的话罢了。因为袭人建议将宝玉搬出园去的理由是所谓"男女之分""起坐不方便"等等，这自然不是指的宝玉和那一大群女奴的关系而言，这个理由的矛头明显是直指林黛玉的。这个阴谋若能得逞，就只能大大破坏"木石前盟"的继续发展，而期望顺利地促成"金玉良缘"的实现，这是何等刻毒的一着！但这一切在作者笔下却是写得十分隐约，在前场表演的主要是王夫人和花袭人，起决定作用的人物薛宝钗却若隐若现，出没不定，但越是这样，就越能令读者想象出薛宝钗在这一幕中比王夫人、花袭人具有丰富得多的活动内容，这是何等成功的含蓄手法！

四、描述事件

《红楼梦》中描述了大大小小无数的事件，其中不少就是用的含蓄笔法，言在此而意在彼，可以作为代表的是很少为人们所理解的贾赦欲娶鸳鸯一事。

这一事件用了一回半的篇幅，接近宝玉挨打、探春理家、抄检大观园这一类重大事件的分量，作者费如许笔墨是想说明一个什么问题呢？仅仅是揭露贾赦的荒淫好色吗？这的确也是一种看法，比如花袭人就说过："这个大老爷，真真太下作了！略平头正脸的，他就不能放手了。"这只是一种皮毛之见，"字字看来皆是血"的《红楼梦》，能花这么多文字来写一个贾赦的好色吗？试比较前面写贾珍、贾琏、贾蓉等人之淫乱，何等淋漓尽致、丑态毕露。而在这个事件里，作者并未怎样描绘贾赦的丑态，他只是公开提出要娶鸳鸯为小老婆而已。要知道，道学先生二老爷贾政的屋里不就放着周、赵两位姨太太吗？那么大老爷贾赦想在众多的丫鬟中选一个"家生子"收在屋里又算得什么呢？邢夫人说得好："大家子三房四妾的也多，偏咱们就使不得？"这确实是实话，也合当时的情理。因此，如果把这件事的用意理解为写贾赦好色，那就把《红楼梦》的笔法看得太平庸了，用花袭人的眼光是看不懂《红楼梦》的。

要了"解"此中真意，还得从贾府内部的矛盾斗争着眼。在"一个个不像乌眼鸡，恨不得你吃了我，我吃了你"的贾府，当权的王夫人、王熙凤及其继承人贾宝玉自是众矢之的，赵姨娘差点把他们置之死地，这是大家熟知的。王熙凤说："这一家子背地里大约也没有一个不恨我的。"她所担心的对手，除了赵姨娘外，更主要的还是贾赦和邢夫人，因为一个可以由她任意斥骂的姨太太自然是不能与自己的公公、婆婆同日而语的。事实上，邢夫人在人前就公开骂她们王氏姑侄是"黑母鸡一窝儿"，激愤之情，溢于言表。贾赦之所以想娶鸳鸯，正是和这种关系紧密联系的。

因为在双方的对立中，贾赦是处于十分不利的地位的。邢夫人不像王氏二人那样有四大家族作为强大的后台，儿子贾琏是个花花公子，对外向的妻子无可奈何。更糟糕的是，贾赦本人又不得老祖宗贾母的欢心，所以有一次当合家大小之面，贾赦忍不住竟讲了一个母亲"偏心"的故事，引起贾母的大不高兴。他也明白赵姨娘是他对手的敌人，但由于明显的原因，他不能公开地把赵姨娘引为自己的盟友，至多只能与众不同地对人人讨厌的贾环说几句赞扬话。在此情况下，我们可以设想一下，贾赦一方有什么办法能扩大自己的势力而改变原来的不利处境呢？有！贾赦娶鸳鸯就是可行的一个办法。

首先，如果把鸳鸯娶过来，势孤力单的贾赦夫妇就可增加一分力量，因为在贾府里，这种大丫鬟的地位是与众不同的，试看平儿、袭人的作用就可明白。一旦让鸳鸯当上姨太太，成了半个主子，其作用又更不一样了。其次，鸳鸯如真的与贾赦夫妇扭在一起，就有可能通过她去影响贾母的态度，使双方力量产生更大的变化。最后，贾母那一份谁也弄不清有多少数目的私房财产全掌握在鸳鸯手里，只有她才一清二楚，谁都不可能越过鸳鸯去打它的主意；试看贾琏想弄贾母的一批东西去暂时抵押一项急用的银子时，他可以瞒着贾母，却不能不去鸳鸯面前作揖赔小心。这说明，如果能把鸳鸯娶来做姨太太，那么，其中的好处自是不言而喻的。

所以贾赦想要鸳鸯，实在不是由于"寡人好色"，而是由于"寡人好货"——争权夺利。因为鸳鸯在贾府的丫鬟中，并不是最漂亮的，细心的读者都知道，在她"两边腮上"还有"微微的几点雀斑"呢。如果贾赦仅是出于好色，尽可花钱去外面买一个漂亮的，而不必弄得这么棘手，狼狈不堪。事实上，他后来就是"费了五百两银子，买了一个十七岁的女孩子来，名唤嫣红，收在屋里"；但这仅仅是用来掩盖他的最初用心的一种手段而已，并非他的本意，休要被他瞒过。

在这个事件的过程中，还有两个人物的行动足以证明这种分析的正确性。一是邢夫人。她先和凤姐打了招呼后，就直接去找鸳鸯游说，只见她首先是"拉着鸳鸯的手，笑道：'我特来给你道喜来的。'"接着是对鸳鸯大唱赞辞："……这些女孩子里头就只你是个尖儿：模样儿、行事做人，温柔可靠，一概是齐的。"最后是高价引诱："你跟我们去，你知道我的性子又好，又不是那不容人的人，老爷待你们又好。过一年半载，生个一男半女，你就和我并肩了。家里的人，你要使唤谁，谁还不动？"这些话出自别人口里不足为奇，只是作为一个正太太，这样屈尊纡贵地去求一个丫鬟来当丈夫的姨太太，在一般情况下，是不可思议的事。邢夫人再"贤惠"，做到不妒是可以的；可是像这样急于求成，不顾身份赔着笑脸去求鸳鸯，如果不是有切身的利害关系，是不可能有这样的热情的。另一个是王熙凤。她尽管和贾赦、邢夫人不对路，可他们毕竟是她的公公、婆婆，不是事出不得已，这个心眼极细的人是决不肯当面去顶撞他们的。可是当邢夫人最初把此事在她面前亮出来（这是一种试探）时，她马上旗帜鲜明地大力反对，还对贾赦"派了一篇不是"。她首先借贾母之口骂贾赦"官儿也不好生作去，成日家和小老婆喝酒"，接着自己也骂起来了："老爷如今上了年纪，行事不妥，太太该劝才是。比不得年轻，作这些事无碍。如今兄弟、侄儿、儿子、孙子一大群，还这么闹起来，怎么见人呢？"本来，公公要纳妾，婆婆出面做媒，作为一个媳妇，有何因由来反对呢？随便找个借口回避此事都是极容易的事，而这个从来是八面玲珑的王熙凤，这次却如此异乎常态地发作起来，当面教训公公、婆婆一顿，岂非咄咄怪事？但当我们明白了此事的真正含义时就会明白，这种表面的变态却是符合她们之间矛盾斗争的常态的。

一场"寡人好货"——争权夺利的尖锐斗争，作者却完全让它以"寡人好色"的面目呈现出来。对此，作者却自始至终不露一字，这完全是一种极其含蓄的烟云模糊法，"万不可被作者瞒蔽了去"。"庚辰本"第四十六回（即鸳鸯抗婚这一回）开头有两条总批：一条是"此回亦有本而笔，非泛泛之写也"；另一条是"只看他题纲用'尴尬'二字于邢夫人，可知包藏含蓄，文字之中莫能量也"。两条总批都明白点出此回故事是"包藏含蓄"有深意的，只从故事的表面情节和文字的表面意义是无法理解贾赦之欲娶鸳鸯的。

至此，我们从几个大的方面分析了《红楼梦》的含蓄风格。当然，作为一部巨著的基本风格，应该是反映在全书的各个方面，无所不在的。事实上，《红楼梦》也确是如此。除了上面所指出的大的方面外，其他具体的例子更是不胜枚举。比如，写贾瑞的下作实是极写凤姐的不堪。写鸳鸯大骂她嫂子"成日家羡慕人家女儿作了小老婆，一家子都仗着他横行霸道的，一家子都成了小老婆了"，这一串"拉三扯四"的好骂，表面上是骂鸳鸯嫂子，实际上是指桑骂槐——从贾府"一家子"起，一直骂到皇帝那里去了。贾母领头，发动大家凑份子为王熙凤做生日，作者借赖大母亲之口说了一段话："我替二位太太生气。在那边是儿子媳妇，在这边是内侄女儿，倒不向着婆婆姑姑，倒向着别人，这儿媳倒成了陌路人，内侄女儿倒成了外侄女儿了！"这话真真假假，说不向着婆婆是真，不向着姑姑是假，后者只是用来作为前者的陪衬而已。此外，在《红楼梦》里即使灯谜、酒令、戏目、诗词以至人物的名字，都常常是含有深意的。所以"庚辰本"第四十三回就有脂批曰："……一部书全是老婆舌头，全是讽刺世事，反面春秋也。所谓痴子弟正照风月鉴。若单看了家常老婆舌头，岂非痴子弟乎？"意思是说，读《红楼梦》不要只看到那些表面的"家常老婆"的话语，而要看到它里面的真正含义，书中很多话是"反面春秋"，所以不可"正照风月鉴"，否则就变成"痴子弟"了。第十六回又有眉批曰："《石头记》中多作心传神会之文，不必道明。一道明白，便入庸俗之套。"还曾多处指出《石头记》的"春秋笔法""史公用意"

"不写之写"等等，这些与我国传统文艺理论对含蓄的种种描述，如"言有尽而意无穷""意在言外""言在此而意在彼""言近而旨远，辞浅而义深"等等，是完全一致的。这也说明《红楼梦》的基本风格就是含蓄，不了解这点就读不懂《红楼梦》。

一种风格的形成是有着多方面的原因的。阶级、时代、传统文化的哺育、作家个人的身世经历等等，都是重要的因素。《红楼梦》含蓄风格的形成，与时代和作家的经历有着十分直接的联系，而这两者又是密不可分的。《红楼梦》产生于清代雍正、乾隆之际，正是清朝统治者为了巩固他们的统治而实行残酷文字狱的时代。一字相牵，百口莫辩；一人获罪，九族株连。乾隆时又曾多次下令焚书，其规模之巨、厄难之深，实为秦政所不可望其项背。在此背景下，文人要公开表示自己的意见是十分困难的。乾、嘉以后考据学之大盛，实际上可以看成是整个学术界的一种沉默，真正的思想都隐蔽在其中了，可以说整个思想界都处在一种含蓄的时代。这种状况反映在小说方面亦不能例外。清初以来，凡是真正能揭露一些现实黑暗的作品，都不能不采取各种不同的委婉含蓄的手法。《聊斋志异》只能借神仙鬼狐来抒发蒲松龄的胸中块垒，《镜花缘》只能托诸对唐代海外各国的描绘来反映现实的丑恶和寄托李汝珍的理想，《儒林外史》除了同样托诸前代之外，其批判讥刺的锋芒也只局促在当局可以允许的"儒林"这样一个圈子之内，这一切都可说是表现了不同形式、不同深度的含蓄。《红楼梦》自然也不能例外。曹雪芹不但同样生在这个时代，而且还有他自身经历的特殊原因，他以一个罪人之孥，要写这样一部石头都忍不住要说话的长篇巨著，很难设想他能超出这种含蓄手法之外。《红楼梦》第一回引作者的话说："作者自云：'因曾历过一番梦幻之后，故将真事隐去，而借通灵之说，撰此《石头记》一书也。'"这里说得十分明白，作者之所以采用"将真事隐去"（实即含蓄）的手法，是由于他经历过一番梦幻，也就是他的家庭经历过一番政治上的挫折，成了"当今"的罪人；这种人却要写一部"离合悲欢，兴衰际遇"的大书（尽管作者自己声明是"几个女子"的故事），他怎能不出之以委婉曲折的含蓄笔墨呢？所以《红楼梦》含蓄风格的形成乃是历史的必然产物。

从这个意义来说，作者采用含蓄的手法，"将真事隐去"，"用假语村言，敷衍出来"，其中是有不得已的原因的。但作者却并没有因此而受束缚，相反，他是以娴熟的技巧，得心应手地驾驭了这种手法，充分发挥了它的特点，因而获得了空前的成功。

　　《红楼梦》的含蓄的最大一个特点，就是表面看来"虽近荒唐"，而"细玩颇有趣味"。也就是说，它的含蓄不是晦涩难懂，看后令人摸不着头脑，像元好问读西昆体的感受那样，"诗家总爱西昆好，独恨无人作郑笺"，而是理解了它的方法之后，就越读越有味，读了还想读。"细玩"的读者，每读一次都可在心领神会之间获得新的东西，它就像一个浩瀚的海洋，可以取之不尽，因而屡读不厌。《红楼梦》以外的小说，恐怕找不出第二个这样的例子来。就拿与《红楼梦》有许多相类似之处的《金瓶梅》来说吧，它写的也是一个家族的败落，也接触了十分广阔的社会生活，也具有重要的认识意义，但读它却很难产生那种想一读再读的兴致，主要原因是里面缺少那种可以使人细细咀嚼而感到余味无穷的东西。

论《红楼梦》的艺术结构

鲁迅先生说:"自有《红楼梦》出来以后,传统的思想和写法都打破了。"这种打破传统的写法,是表现在多方面的,对于长篇小说来说,占有重要地位的全书艺术结构,《红楼梦》也与传统的方法显然不同,值得进行具体的探讨。

我国从明代开始成熟了的古代长篇小说,它们反映了宏伟壮阔的社会生活,与之相适应的艺术结构也千姿百态、各具特色,既取得了可喜的成就,也都还有自身的不足。从一些著名的长篇来看,《三国演义》是描写历史题材的小说,它反映的社会思想内容虽然已超越了三国时代的范围,但它却不能脱离三国的历史时代这个基本线索。它以蜀汉为中心,抓住三国的矛盾斗争为主线来开展故事情节,虽然长达一百来年的时间,人物众多,事件交错,头绪纷繁,却能写得波澜起伏、有条不紊。作为章回小说的开山作品以及较早的历史小说,它在艺术结构上的成就是十分突出的。它的结构特点是和以历史作为题材有着紧密的关系,代表了历史演义这一类小说的共同特点。《水浒传》的艺术结构从前七十回来看,主要是描写了各种人物如何被"逼"上梁山的过程,这也就是它的主线。由于各色人等的社会地位、生活经历不同,被"逼"上山的具体原因和动机也个个不同,作品就通过这一系列的描写,从各个方面表现了当时广阔的社会生活。在具体结构上,它的主要部分是由几个主要英雄人物的独立的传记体组合起来的。如第三回到第八回主要写鲁智深;第八回到第十二回主要写林冲;从第二十三回"景阳冈武松打虎"直到第三十二回"武行者醉打孔亮",差不多有十回的篇章都主要是写武松。这从写人物来说虽很突出,但从全书结构来说,就不能很好地做到融为一体。这明显是因为它来自话本,还保留了许多"小本水浒"的痕迹。《西游记》和《金瓶梅》虽然题材完全不同,但在结构上有一个重要相同之处,就是都以一个人物——孙悟空和西门庆的行动为主要线索,贯穿全书。但是,它们在具体写法上却有着明显的缺点,如《西游记》的主要部分是西天取经,中间经历了九九八十一难,其中包含了四十一个故事,而这些故事却有前后雷同及互不关联的毛病,作为单个故事,自然许多都是精彩的,而作为一部长篇,却缺少浑成的有机联系。这种毛病到与《红楼梦》同时的《儒林外史》时就发展得更突出了。《儒林外史》中许多故事能够烛幽显微,其讽刺性是十分深刻的;但在全书的结构上,却缺少一条明确的主线。所以鲁迅先生批评它:"惟全书无主干,仅驱使各种人物行列而来,事与其来俱起,亦与其去俱讫。虽云长篇,颇同短制;但如集诸碎锦,合为帖子,虽非巨幅,而时见珍异,因亦娱心,使人刮目矣。"(《中国小说史略》)

以上各书的艺术结构,虽然千差万别,但细细推敲,却可找到一个共同点:都是以某个具体的人物(《西游记》《金瓶梅》)或某个具体的历史事件(《三国演义》《水浒传》)为中心线索来结构、贯穿全书的。这可以说是中国古代长篇小说("虽云长篇,颇同短制"的《儒林外史》不在其内)在艺术结构上一个带普遍性的规律。其他思想艺术较为逊色或不成功的作品,大抵也是这个情况。

那么,《红楼梦》是否也是这样呢?一些论述此问题的文章也正是从这样一个传统的路子来进行分析的。于是有的认为是以宝、黛爱情悲剧为主线,有的认为是以贾宝玉和贾政等在人生道路问题上的叛逆和反叛逆为主线,有的则认为有两条主线,等等。这些看法都反映了一定的客观事实,符合书中的局部情况,但都不能说明作品的全貌,都有其局限性。因为上述各种主线,有的太短,不能贯穿始终;有的太细,不足以支持全书的骨架;至于两条主线的说法则是看见了纷繁的现象而未能加以分析之故。

如宝、黛爱情悲剧说,的确是书中一个重要内容,也是一条明显的线索,但只要稍微翻检一下全书就可发现,从开卷第一回直到十七回为止,基本上都没有写到宝、黛的爱情,甚至连两人在一起的描写都很少,除了第三回大家初次相见外,只有第七回周瑞家的送宫花时宝玉在黛玉处玩九连环游戏,第八回先后一起到薛姨妈家喝酒,第十七回黛玉因误会而剪了香袋儿。前两处自然说不上是爱情描写,后两处虽略见情事,但主要是描写黛玉的性格,而且远远连不成一条爱情的线索。而这就差不多占了前八十回四分之一的篇幅,还不计后面仍有许多篇章是与宝、黛爱情无关的。所以这条线从竖的来说既不能贯穿全书,从横的方面来看也无法提挈书中其他重要内容。

宝玉的叛逆行为说的确是比爱情说有较多的合理成分，因为它比之爱情这条线的确是要长许多，而且叛逆行为的内涵比较广阔，并可把宝、黛爱情的内容包囊进去。但《红楼梦》的主题毕竟太大了，它包含的生活内容毕竟太丰富广阔了，里面的矛盾斗争也十分错综复杂，贾宝玉与贾政等人的矛盾斗争虽然的确是一条线，但不是一条能承受得起作品的全部分量和贯穿得了一切环节的主线。从大的方面来说，如贾府内统治阶层之间的明争暗夺、统治者与奴婢们之间的矛盾斗争等重要内容，都不是这条线能统括得了的。

要了解《红楼梦》的艺术结构，首先必须着眼于它的主题，因为作品的艺术结构总是为主题服务、受主题制约的。《红楼梦》的主题是通过一个有典型意义的封建贵族家庭由盛到衰的过程，预示了整个封建制度的必然灭亡。它不同于前面所举一些长篇那样只表现一个历史事件或一个历史断代、一个社会横截面，而是写一个延续了两千多年的社会制度的整个崩溃，而且又是写得如此成功。一个社会制度的面临崩溃是多种社会因素所造成的，也必然会在社会生活的各个方面表现出来。因此，不难想象，要把这样一个巨大的主题完成得十分成功，必然要求作品在尽可能大的限度内多方面地反映社会生活的广阔面，而在《红楼梦》里要做到这一点，就不可能是一个人物或其中的某个具体事件的发展过程所能达到的。从《红楼梦》全书所反映的内容来看，足以担当得起这副担子、成为全书主线的，就只有贾府由盛到衰的过程，因为只有这个过程才能容纳得了书中已写的一切人物和事件。由于这是主线，还是一条很粗大的主线，其中就不免融汇了一些具体事物的发展过程，它们本身也各自可成大小长短不等的线。这样，在读者眼里就容易"横看成岭侧成峰，远近高低各不同"，因而形成了主线问题的多种看法，也无怪乎有的人竟认为有两条主线了。

具体说来，贾府由盛到衰这条主线在《红楼梦》里是怎样体现出来的呢？依我的看法，在前八十回里，这条线可分为以下几个组成部分。

前五回可说是作者给这部巨著写的一个概述。它除了安排主要人物登场，介绍贾府概况以及四大家族的关系之外，主要在于说明该书的时代背景、作者的创作意图、预示贾府和主要人物的结局以及作者所抱的态度等重要内容。第六回中有说："且说荣府中合算起来，从上至下，也有三百余口人，一天也有一二十件事，竟如乱麻一般，没个头绪可作纲领。正思从哪一件事，哪一个人写起方妙。"这几句话清楚地画出了前五回和后面的界限。第二回中冷子兴对贾府的述评，第五回警幻口中转述荣宁二公的嘱咐，以及"红楼梦十二支曲子"，等等，都预示了贾府由盛而衰的过程和结局。

从第六回到八十回止，虽然全书未完，但由盛而衰的大部分过程已经有了。贾府的悲剧结局，其具体情节尽管"殊难必其究竟"（《中国小说史略》），可是"悲音"已经出现，向"白茫茫大地真干净"发展的趋势是无疑的了。在这七十五回中，按其发展过程，可大体分为五个阶段（最后一个阶段未完），每阶段中最后一回是该段的中心或高潮，又是向下一段转折的开始。试分述如下：

从第六回到第十八回元妃省亲是第一阶段。它通过接见刘姥姥、毒设相思局、协理宁国府、弄权铁槛寺等章节，写了贾府当家人王熙凤的权威、才智与刻毒，而更主要的文字则是极写贾府的荣华奢侈以及赫赫势焰。首先从刘姥姥这个乡下老太婆初进荣国府的眼里看见眼花缭乱的贾府，的确给人以特别深刻的印象。其次是宁国府一个青年媳妇的殡礼，却招来了满朝王公大臣的吊祭，殡葬队伍"浩浩荡荡，压地银山一般"，"军民人众不得往还"，其富贵权势已是超乎寻常了。最后着力铺写的是元妃省亲，这场"烈火烹油鲜花着锦"的喜事，就把贾府的繁盛写到了秦可卿托梦时说的"月满""水满"的极致了。而"月满则亏，水满则溢"，它的结果是"乐极生悲"，所以第十八回元妃省亲，既是表现贾府兴盛的最高潮，又是向另一个阶段转折的开始，因为接着而来的就是各种矛盾斗争的全面展开，最后引向灭亡的结局。

从第十九回的"意绵绵静日玉生香"开始到三十三回的"不肖种种大承笞挞"为止是第二阶段，是对贾府内各种矛盾斗争全面铺写的阶段。一方面，荣国府内嫡庶之间为了"这一分家私"展开了一场你死我活的斗争，赵姨娘勾结马道婆演了一出"魇魔法"的丑戏，把王熙凤、贾宝玉弄得死去活来，使这个封建秩序森严的家庭内"登时乱麻一般"，斗争达到了白热化的程度。另一方面，前面早已预告了的"古今不肖无双"的逆子贾宝玉，其异端行为已全面表现出来。他谈情说爱，偷读禁书，参禅作偈，结交优伶，饮宴弹唱，挑逗母婢……主奴之间的矛盾也以金钏儿的惨死揭开了血淋淋的一幕。正是这积蓄已久的种种矛盾的发展和激化，导致了贾宝玉的"大承笞挞"。因为宝玉的挨打除了因忠顺王府派人来查询琪官的下落因而在贾政面前暴露了他的种种不肖之外，还有一个火上加油使"贾政气得面如金纸"的重要原因,就是赵姨娘借贾环之口,告了宝玉一个"强奸不遂",使"金钏儿赌气投井死了"的恶状。这是赵姨娘继"魇魔法"未能成功之后,又一谋害贾宝玉的阴谋行动。而从贾政的角度来说,打宝玉也是势在必行的。因为通过打宝玉,不但贾家那块"自祖宗以来,皆是宽柔待下"的虚伪面具可以继续张挂下去,而且王夫人这个刽子手肆虐杀害金钏儿的罪恶也很快被含糊不清地掩盖过去了,而更主要的是要借此凶暴手段来遏阻贾宝玉的异端行为,以免他走到"弑父弑君"的道路上去。所以宝玉挨打是矛盾斗争的诸因素所汇成的,形成了书中的第二个高潮。在这里,既揭示了贾府内的诸多矛盾,也反映了当权者还是强有力的,他们可以公开用暴力来试图镇压异端,可以肆无忌惮地将一个奴婢置之死地,死者的母亲得了几件杂物赏赐后,还要"磕个头,谢了出去"。这一切说明统治者对维持其现状不仅还有力量,而且颇有信心。这种状况是符合贾府的矛盾斗争还处在初期的特征的。然而这只是暂时的现象,统治者的横暴可以逞凶于一时,却无法从根本上消弭这些矛盾,情况很快在起变化。

从第三十四回到第五十五、五十六回探春理家,这是第三阶段。这一阶段的特点有两个。一是旧的矛盾继续发展。宝玉在被打得死去活来之后,并没有依照宝钗的愿望"早听人一句话",而是更下定决心,"便是为这些人死了,也是情愿的"。他的肉体遭到了摧残,但意志却更坚定了。此后,"木石前盟"已发展到一个新的阶段,与"金玉良缘"的矛盾更加深了。奴婢们已经敢于公开反抗了:玉钏儿对她姐姐的死已怒形于色;鸳鸯更敢于公开反抗主子的淫暴,用巧妙的方法拒绝了主人给予的"半个主子"的赏赐,并使贾赦夫妇狼狈不堪;至探春理家时,众媳妇们已经敢于先来试探一番,只待找到不当之处,就"不但不畏服,一出二门,还说出许多笑话来取笑"主子。奴隶们已经十分放肆了。二是新的矛盾不断增加。我们看到,矛头指向掌权的王氏姑侄的不仅是赵姨娘母子,还有贾赦夫妇,邢夫人早就在背后骂她们是"黑母鸡一窝儿"。贾赦想娶鸳鸯,主要还不是好色,在此过程中许多人物的异乎常态,表明这是一场较为隐秘的斗争。由于贾赦夫妇与赵姨娘的身份地位不同,所以采取的方法也各异。此外出现的母女(赵姨娘与探春)、夫妻(贾琏与凤姐)、奴隶与奴才(怡红院众丫头与袭人)等等之间的矛盾斗争也都与其他主要矛盾斗争错综复杂地融合在一起。这些新旧明暗的斗争,就导致了需用两回来描写的探春理家的必然出现。探春理家,表面原因是王熙凤小产致病,不能理事;实质上却是王熙凤借此抽身,以期缓和一下紧张的矛盾的一个手段。这可从王熙凤与平儿的谈话中看出真谛,"一家子大约也没个背地里不恨我的。我如今也是骑上老虎了","若论私心藏奸上论,我也太行毒了,也该抽头退步,回头看了看",所以"趁着紧溜之中,他出头一料理,众人就把往日咱们的恨暂可解了"。因此探春理家的实质是凤姐暂时退居幕后,让探春出面改换一下手法来暂解众人之恨。它清楚地表明贾府的发展过程已经到了原来的统治者以及那一套旧的统治方法都行不通了的地步,因而需要另找新路以继续维持其统治,所以探春理家的出现,就成了贾府的兴亡史进入了另一个转折的明显标志。这里还有值得注意的一点是在探春理家时,王夫人还请了一个薛宝钗来"托他各处小心","别弄出大事来才好"。堂堂的一个荣国府,为何竟请了一个未出阁的异姓姑娘来参与理家呢?原来这是一个严峻的信号,它预示了在贾府内部各种力量的激烈斗争中一个新的重要人物将登场了,它同时也就宣告了宝、黛的爱情必将以悲剧告终,因为宝钗的"小惠全大体"证明了她是一个理想的理家人才。这是王氏姑侄在退中有进的一着毒棋,她们已在为未来的斗争筹谋力量并为之先造舆论了。

从第五十七回到第七十四回抄检大观园是第四阶段,更为广泛和深刻的矛盾和危机,最后以抄检大观园的方式爆发出来。

探春等理家虽然挖空心思,但在经济上不过革免了几项微不足道的用度以及打算从园子里的破荷叶和枯草根子身上每年榨出几百银子来,这对花钱像"淌海水似的"贾府来说,这个数目只不过是沧海一粟,是无济于事的。对于各种矛盾冲突,薛宝钗也只能凭点"小惠",哄得几个婆子、老妈暂时高兴一阵子,丝毫不能改变当权者王熙凤已经"骑上老虎"的那种艰险处境。相反,形势更危急了。首先,具有强烈叛逆性质的宝、黛爱情已完全确立,宝玉并因紫鹃一句试探性戏语竟急得"眼也直了,手脚也冷了,话也不说了,李妈妈掐着也不疼了,已死了大半个了",从而公开向大家宣布了两人的关系,而且表明是生死不渝的了。其次,由于贾政不在家,他的异端行为更毫无禁忌地发展起来。他整天在脂粉队里厮混,藕官给药官烧一阵纸钱,挑动他许多遐思,杏树结满了果子引起他无限伤感。他成日"无事忙",乐于替彩霞"瞒赃",为香菱张罗换裙,在怡红院里偷开夜宴庆寿,往栊翠庵中亲投回帖,唯有贾政规定要读的书却一次也没拿起。贾政回来后，他为应付检查，便索性装病躺倒。这些表明他的异端行为已经完全到了"于国于家无望"的地步。贾府的其他矛盾也达到了空前紧张的阶段，还在探春理家时，由于花草树木全派给老婆子们分管，因此引起她们之间许多新的矛盾冲突，用平儿的话来说是"各屋里大小人等都作起反来了，一处不了又一处"。尤其严重的是主子之间的斗争，已经不是暗中使手段，而是"乌眼鸡"似的当面对干了。因贾琏偷娶尤二姐，王熙凤便打上门来大闹宁国府。芳官因用茉莉粉代替蔷薇硝欺哄了贾环，赵姨娘竟跑到怡红院来大打出手。荣府的看门老婆子得罪了尤氏，被王熙凤命人捆起来，邢夫人又借此"有心生嫌隙"，当着众人的面向凤姐"求情"，使王熙凤"又羞又气"，"别的脸紫胀"，"一阵心灰，落下泪来"，随后竟气病了。而"玫瑰露引出茯苓霜"事件，则是主子之间的斗争波及了厨房的奴仆。这反映了贾府的各种矛盾斗争激烈、深入而又广泛地交织在一起了。而长期来，贾府内囊空虚的经济危机到这时已反映到架子外面来，贾琏已在向鸳鸯央求偷贾母的东西去抵押银子以应急用。正是这一切矛盾斗争的综合，于是就出现了抄检大观园的大搏斗。

抄检大观园的直接起因是由一个绣春囊引起的，但这不过是一个表象而已。试想"馋嘴猫儿似的"腐败作风，"从小儿人人都打这么过"的贾府，区区一个绣春囊，何至掀起这样的狂澜巨波？其中奥妙在于邢夫人从傻大姐手上得到绣春囊后，马上派人将它送到王夫人处去，目的是要在王氏姑侄的脸上抹黑：看看你们管的这个家成个什么样子！结果是把王夫人"气了个死"，因此决定抄检大观园。一是要查出原因以回击邢夫人的挑战；二是如王熙凤说的，"趁着这个机会，以后凡年纪大些的，或有些咬牙难缠的，拿个错儿撵出去，配了人，一则保的住没有别事，二则也可省些用度"。由此可见，抄检大观园是上述各种矛盾和经济危机的产物，绣春囊不过是个借口罢了。抄检的直接结果是从一封信里查出了绣春囊是来自迎春的丫鬟司棋——邢夫人的心腹王善保家的外甥女，王善保家的当场遭到的"说嘴打嘴，现世现报"，正是对邢夫人的一个沉重打击。无怪乎平时识不得几个字的王熙凤这时也硬着头皮将潘又安给司棋的信当众念了一遍了。她自然不是在欣赏一封奴隶的情书，而是发现了这里面有打击王善保家的——邢夫人的子弹。受害最惨的当然还是底层的奴仆：晴雯、司棋两个被赶了出去，迫害致死；芳官、藕官、蕊官三人被逼出家，从龄官称之为"牢笼"的大观园跳进了智能儿称之为"牢坑"的尼庵。这是在探春理家采用了一套"兴利除弊"而无法奏效之后，当权者又施出的一套暴力手段，以图挽救其空前的危机。

然而别看他们气势汹汹，似乎这如意算盘打得还挺不错，其实这场抄检的实质意义还是算探春真正说透了："你们别忙，自然你们抄的日子有呢！……咱们也渐渐的来了。可知这样大族人家，若从外头杀来，一时是杀不死的。这可是古人说的'百足之虫，死而不僵'，必须先从家里自杀自灭起来，才能一败涂地！"的确，抄检大观园表面看来是镇压了一批"咬牙难缠"的奴隶，也削弱了支持宝玉异端行为的力量，还打击了邢夫人一方的挑战，战果是可观的，而其实是贾府自杀的开始。这是贾府由盛而衰的历程中一个重要转折，"一败涂地"的前景已经不远了。

至此，应该开始第五阶段了。十分可惜，一部未完成的《红楼梦》到此已所剩无几，我们无法看到它的全貌。但也正如鲁迅先生说的，它已"露悲音"，在所能见到第五段的仅仅六回中，作者紧锣密鼓地写了一系列这个家族"下世的光景"，大有山雨欲来风满楼之势。紧接抄检之后，宁国府那边中秋夜宴，就遇上"异兆发悲音"，半夜三更之时，祠堂那边墙下忽听"有人长叹之声"，使大家"都毛发悚然"，最后扫兴而散。荣国府这边，贾赦竟当众大讲母亲"偏心"的故事，引起贾母的不快；桂花丛中又传来凄凉伤感的笛音；而黛玉和湘云的联诗，使出家人妙玉听了都感到"果然太悲凉了"。随后的情节则有晴雯屈死、司棋撞壁、芳官等出家。贾宝玉当着林黛玉之面已经不是念什么"若同你多情小姐共鸳帐"的艳词，而是念出了"茜纱窗下，我本无缘，黄土陇中，卿何薄命"的不祥之词，使黛玉"陡然变色"。总之，抄检之后的贾府已是一片"悲凉之雾，遍被华林"了。至七十九回的"贾迎春误嫁中山狼"，则已开始了"三春去后诸芳尽，各自须寻各自门"的历程，"树倒猢狲散"的预言已开始成为现实了。所以八十回以后的情形，虽难"必其究竟"，但大的趋势却是明白无疑的。从前面的格局和章法来看，原稿必然还有两个具有高潮、转折和标志性质的章回。

总之，元妃省亲、宝玉挨打、探春理家、抄检大观园是《红楼梦》中具有特殊地位的四章，是脂批中说的那种"乃通部书中之大过节、大关键"的地方。从思想内容方面来说，它们是贾府由盛到衰的历程中四个重要的里程碑，反映了它既曲折而又合理的过程。从艺术结构来说，它是主线上面四个重要的环。这四个环的作用一是组织故事高潮。每个环都是书中的高潮部分,这就使这样一部长篇作品能够从头至尾波澜起伏,腾挪跌宕,因而能始终保持住读者饱满的阅读情绪。二是承前启后的枢纽。每个环既是前一阶段的终结,又是后一阶段的开始。这就使作品既不断有高潮出现,又前后衔接,"如常山蛇,击尾而首应"(脂批语),绝无其他长篇中常见的那种前后互不关联的弊病。从文气来说,在连贯中又有曲折,使文章时如舒徐行云,时若奔腾怒潮,笔法多样、摇曳生姿。三是起归纳融合的作用。《红楼梦》写了各阶层众多的人物以及无数的矛盾冲突事件。它们表面看来各自存在,互不关联,其实却有十分细密的不可分割的内在联系。只是往往要发展到一定的时候,即出现了高潮时,才会汇成一体,充分显示出来。而这些环,就是起着这种作用。通过它,就能把大量原来似乎是零碎分散的现象融汇成一个整体,使作品中任何一个微小的人物都有它的地位,任何一件细小的事情都有它的意义。反过来,整部作品就像一个浩瀚的海洋,能获得和容纳无比丰富广阔的生活内容。这就是为什么在《红楼梦》里不仅有大的事件,而且写了大量的日常生活琐事,但都使人感到它们不是可有可无的原因所在。而这四个环之间,又具有完成作品主题的缺一不可的有机联系,它的最终结果,就使全书成为一部浑然一体的艺术珍品。

《红楼梦》第三回人物出场的描写艺术

《红楼梦》第三回主要写的是林黛玉初进贾府，也是读者第一次进入贾府见到里面的景象和人物。在此之前，贾府诸人虽然经冷子兴"演说"过一番，但毕竟是耳闻的东西，给读者的印象不深。乘林黛玉这个人物来投靠贾府，顺理成章，作者自然要利用此机会来对贾府的人物做一番介绍，从封建贵族家庭的礼规来说，林黛玉到了贾府也必然要去拜望或会见其中的一些主要成员；因此这一回对贾府各人的介绍——使其出场，就不仅是文所必行，也是理之必然。贾氏荣、宁二府的人物是如此之多，他们在书中以及在家族内地位又个个不同，因此如何安排这样一批人物出场以及如何描写他们就不是一件简单的事情。在文艺作品中，人物的首次出场亮相在艺术效果上有重要的意义，因此如何写好它也就成了文艺创作中的一项重要课题。探索一下《红楼梦》在这方面的写法，我们也可得到一些有益的启示。

第三回写人物出场的特点，首先是先后适宜、详略得体、虚实兼用。

林黛玉进贾府并不是一下子就见到一大群人，而是经过作者精心构思，让众人先后出场的。当林黛玉到了正房大院，刚进房，首先见到的是"一位鬓发如银的老母迎上来"，这当然是贾母了。贾母是一家之"老祖宗"，从血缘关系上来说，又是黛玉最亲的人，自然第一个见到的应该是她。二人搂抱痛哭一阵之后，经贾母一一指点："这是你大舅母；这是二舅母；这是你先前珠大哥的媳妇珠大嫂子。"这样，邢夫人、王夫人、李纨就都一笔带过了。因为邢、王二夫人后面还有写到，而李纨在这里不是重要人物，就不必在此多加笔墨，作者是有意把她放在第四回的开头来做介绍的。按照封建家规，媳妇们经常要在婆婆面前侍候起居，所以在见到贾母时，连带出这三个人来，又是合情合理的。

接着，贾母吩咐"请姑娘们"，这样，迎春、探春、惜春就出场了。"三春"的出场，描述了她们的衣着形态、神情举止以及一些日常叙谈，这除了是介绍三人的一般情况外，同时还是有意造成一种"这些人个个皆敛声屏气"的气氛,以等待下一个重要人物王熙凤的出场。

正是在这种气氛下,忽听得后院一声笑语:"我来迟了,没得迎接远客!"这种未见其人先闻其声的出场方式,和前面"三春"的到来形成一个鲜明的对照。王熙凤出来后,整个场面就为她所占据了,气氛也比前大大不同,一直很悲伤的贾母,现在开始"笑"了。这一方面是符合她的性格和能力,另一方面也是由于她在书中的地位,作者才对她给予较多的笔墨加以描写。可以说,王熙凤的出场是这次会见中的第一个高潮。安排王熙凤在这个时候出场,既可在写法上与前后人物的出场有所不同,做到文字翻新,同时又可与宝玉这个主要人物的出场形成一个适当的间隔,可以说是不早不迟,来得正是时候。

《红楼梦》的文字善于腾挪跌宕、波澜起伏,不但大的故事情节的发展是如此,在许多局部描写中也处处表现出这种特色来。《红楼梦》人物的第一次出场也是这样。在王熙凤的热潮过后,贾母即命"带黛玉去见两个舅舅去",而结果是贾赦说:"连日身上不好,见了姑娘彼此伤心,暂且不忍相见",贾政也因今天"斋戒"去了,故都没见着。在礼规上,两位舅父大人是必须见的;但在文章上如果一个一个见面问候,叙说一番,则不但文字枯燥,而且这两次舅甥的晤谈,文字上也是很不好写的。结果作者采用了避难就易、避实就虚的方法,既做到了理之所必见,又避免了实见时描述的困难。而且这里的虚见又和前后必须要有的实见相互配合,使文章的气势显得抑扬顿挫、波澜起伏。

此后,作者用了相当多的文字写黛玉从贾赦处回来的一路所见,王夫人与黛玉的谈话,黛玉与贾母一起进餐,等等。贾府的面貌与生活习惯也都一一写来,作者的笔锋似乎已从写人物出场转向对贾府其他方面的描绘去了。然而这一切的描写,恰恰是作者在为另一个重要人物出场做铺垫。因此,当吃完饭,贾母命令其他人"你们去吧",只剩下她和黛玉二人之后,刚要说几句话时,宝玉出场了:

一语未了,只听外面一阵脚步响,丫鬟进来笑道:"宝玉来了!"

这一声"宝玉来了",掀起了这次人物出场的最高潮。作者这样安排宝玉的出场是经过精心设计的。在一般情况下,整天在"内帏厮混"的贾宝玉,当林黛玉一进贾府时,是马上就会碰面的,然而作者却偏偏打发他今天"往庙里还愿去"了，一直拖到晚饭后其他人都不在场了，才让他回家。这种安排有两点很明显的用意：一是要让宝、黛二人的相会放在最后，二是要在其他人都散了的情况下让宝、黛二人单独相会（唯一的贾母在场是当时条件下所不可避免的）。宝、黛最后才相见，就可以把其他该写的人和事都写了，然后集中笔墨来写此二人的相会，以掀起最后的高潮。遣散众人是为了不发生其他干扰，避免分散读者的注意力，以突出这书中的二位主角。这正如舞台上为突出主要人物而时常使用的"净场"手法。这样做的结果，就能有力地加强二人的形象，在读者心中留下深刻的印象，收到强烈的艺术效果。

贾宝玉的出场还有一个独特之处。他刚一露面，使"黛玉一见，便吃一大惊"之后，又进去换了另一副装束打扮出来。除衣饰的不同外，第一次主要描写了他的面、色、鬓、眉、鼻、睛等外形，第二次则写到了他"转盼多情，语言若笑；天然一段风韵，全在眉梢，平生万种情思，悉堆眼角"——完全是传神之笔了。在古代小说中，使其主人公这样出场亮相的，可说是十分少有的。贾宝玉这个艺术形象给读者的印象如此深刻，是和作者对他初次出场时运用的这种着意刻画的独特手法分不开的。

从以上的描述中可以看出，作者写这些人物的出场，有的先，有的后；有的是本来在场的，有的是贾母叫人去"请"出来的；有的是黛玉去拜见的，有的是自己赶了来的；有的是单个到来，有的是多人出来；有的写得详，有的写得略；有的实写，有的虚写。文章变化多姿而又合情合理，体现了作者精密的艺术匠心。

其次，作者对第一次出场的人物，善于用简洁的笔墨准确描绘其形态外貌，又深刻揭示其性格特征，给人以不可磨灭的印象，使人物的基本特性在第一次露面时，就深深扎在读者的脑海中。

如迎春、探春、惜春，虽然"其钗环裙袄，三人皆是一样的装束"，可是迎春"温柔沉默，观之可亲"，探春"俊眼修眉，顾盼神飞，文彩精华，见之忘俗"，寥寥数语，就已概括出这二人的整个性格特征。

至于其他主要人物就更是这样了。如王熙凤，她出场前的一阵"笑语声"，就像贾宝玉出场前的"一阵脚步响"一样，都是本人所独有的，不能与别人混同，因为这是性格特征的表现。王熙凤那"一双丹凤三角眼，两弯柳叶吊梢眉，身量苗条，体格风骚。粉面含春威不露，丹唇未启笑先闻"，在美貌的外壳中，透露出一股杀气，在表面十分机灵的做作中，隐藏着一颗叵测的内心。这足以概括出王熙凤一生的行止。同时，作者还特别描述了一件很细小的事情，让读者能获得一点感性的体验。当王熙凤进来拉着黛玉的手说话时，她因为黛玉自幼丧母，所以说"可怜我这妹妹这么命苦"，"说着便用帕拭泪"。当贾母阻止她说"我才好了，你又来招我"时，我们看到王熙凤"忙转悲为喜"，原来她的"悲"和"喜"是可以在转瞬间急忙转变过来的。可见，她外露的悲、喜感情，只是根据环境的需要而制造出来的。为了对黛玉表同情，她需要"悲"；为了讨贾母的喜欢，她又可以立刻变为"喜"。她的"悲"和"喜"与她内心的真正感情是毫不相干的。她的"悲"完全不同于当时贾母表现出来的悲，更不用说和林黛玉相比了。通过这样很精炼的几句外形描写和一件小事，就把王熙凤这个人物从表到里的主要特点十分精确地勾画出来了。

贾宝玉的出场不仅排在最后，而且事先还做过一番渲染，主要是王夫人对黛玉的交底，说贾宝玉是一个"孽根祸胎，是家里的'混世魔王'"，他的嘴里"有天没日，疯疯傻傻"，加上黛玉幼时听母亲说过，这个宝玉"顽劣异常，不喜读书，最喜在内帏厮混"，等等。这样，读者也就和黛玉一起，事先对贾宝玉形成了一个先入之见："这个宝玉不知是怎样个惫懒人呢。"当作者完成了这样的一番铺垫之后，送到黛玉和读者面前的宝玉却完全是另外一个青年公子的形象，尤其是让宝玉接连两次亮相，进行了由形到神的描绘。这不仅使黛玉见了吃一大惊，就是读者也因前后截然不同的对照而留下了强烈的印象。这种欲扬先抑的艺术手法在这里获得了很大的成功。

贾宝玉的内在性格则主要表现在作者为他别出心裁所写的两首《西江月》中：

　　无故寻愁觅恨，有时似傻如狂。纵然生得好皮囊，腹内原来草莽。　潦倒不通世务，愚顽怕读文章。行为偏僻性乖张，那管世人诽谤！

　　富贵不知乐业，贫穷难耐凄凉。可怜辜负好韶光，于国于家无望。　天下无能第一，古今不肖无双。寄言纨绔与膏粱：莫效此儿形状！

从表面看,这里句句都显示着对宝玉其人的嘲讽;但透过字面,却又处处看到作者对宝玉性格的赞美。这种欲赞还讽、寓褒于贬的新颖手法,在这里是显得十分别开生面的。它也是《红楼梦》刻画人物的重要手法之一。所谓"无故寻愁觅恨,有时似傻如狂",这常常是贾宝玉外形特征的表现,而"行为偏僻性乖张""古今不肖无双""于国于家无望",却是贾宝玉内在性格的核心所在。从这里我们也可看出,作者所要写的主要人物贾宝玉主要是封建社会的一个叛臣逆子,而不是一个风月场中的情痴情种。这对我们正确理解《红楼梦》的主题也是具有重要意义的。

贾府主要人物的出场,我们都看到了。但第三回还着力介绍了另一个重要人物,那就是林黛玉自己。贾府的人物是通过林黛玉的到来才先后露面,而林黛玉又是在这整个过程中得到介绍的。值得注意的是,林黛玉进了贾府许久,作者也描写了她的许多活动,但读者只知道她是一个很细心的人,如进入贾赦院中,她能察辨得出这里"必是荣府中之花园隔断过来的"。到了王夫人处她能分别得出哪个地方是贾政的座位,同时找到自己合适的坐处来。她还留心观察到贾府的"丫鬟们妆饰衣裙,举止行动,果与别家不同"。虽然作者也写到她有病,在众人眼里,她身体弱不胜衣,却有一种风流态度,但读者对林黛玉形象的完整认识,却是直到最后宝、黛相遇时,才从宝玉的眼里获得的。那是一个"真是与众各别"的形象:

> 两弯似蹙非蹙笼烟眉,一双似喜非喜含情目。态生两靥之愁,娇袭一身之病。泪光点点,娇喘微微。闲静似娇花照水,行动如弱柳扶风。心较比干多一窍,病如西子胜三分。

在读者心目中形成的林黛玉那种聪明伶俐而又多愁多病、袅娜风流而又弱不禁风的形象,大抵都和这段精心的描写分不开。这样一个概括了人物从外貌到心灵的活生生的典型形象,不但打破了历来小说中对佳人美女的那种俗套描写,就是在《红楼梦》中也是独一无二的。

作者一定要把黛玉的形象从宝玉的眼里反映出来,正像宝玉的形象也必须是从黛玉的眼里写出来一样,这是很有考究的,因为宝、黛二人的性格是不为一般人所了解的。兴儿就说宝玉是"成天家疯疯癫癫的,说话人也不懂,干的事人也不知",黛玉也被人们视为一个心胸狭窄的"小性儿"人物。他们的精神和面貌只有在二人相互的眼光中才能被发现、认识和理解。所以当这两个不为人们所理解的人物第一次碰在一起时，他们就不约而同地一个感到"好生奇怪，倒像在那里见过一般，何等眼熟到如此"，另一个则直截了当地宣布"这个妹妹我曾见过的"。这样描写，十分生动地反映了二人的一种神交，即在感情性格上处于一种自然融洽的境地。至此，黛玉性格中的具体内容是什么也就十分明朗了。这就是黛玉的神态也必须在宝玉的眼里表现出来的原因所在。这不仅是一种文章结构或技巧问题，而是表现了作者对生活的深刻认识。试想，如果不是这样写，而是一开始就在贾母或其他人眼中写出黛玉的这种形象，那就大煞风景了。因为这不仅没有任何意义，而且违背了生活的真实，在贾母或其他人眼中是根本不可能看出黛玉这种特有的气质来的。由此可知作者对事物的描写是十分考究时间、地点和对象的。

我们还看到，在写宝玉眼中的黛玉时，一点也没有写到她的服饰装束，这和黛玉与其他人相会以及第八回宝玉第一次去见薛宝钗首先是注意她的打扮的写法都完全不同，它表明宝玉与黛玉初会时就完全处于一种精神上的倾慕和交流的境界中，所以其他表面的东西就一无所见或视而不见了。这样写是很深刻地挖掘和表现了二人的性格特征的。作者在这方面的构思有许多精到的地方，值得我们去认真揣摩。另外，宝、黛二人的初次相会，作者还突出写了两个情节，即宝玉摔玉和黛玉因此流泪，这都很好地向读者介绍了两人所特有的性格特征，和后面的情节有很大的关联。

最后一个特点是写人物出场与介绍两府环境交叉进行，配合自然，相得益彰。

在写黛玉与众人会面时，作者还穿插写了不少黛玉所见贾府房舍的结构、豪华的陈设、贵族家庭的礼规家法以及生活习惯等等。安排这样的穿插，即使人物的出场能够波澜起伏，文章可以变化多姿，同时这些穿插内容本身又是不可少的。第十七回"试才题对额"的过程中有对大观园的系统介绍，而两府的环境这样一个必不可少的内容则主要是从这里的穿插来反映的，因此这些穿插又不是处于一种附属的地位，而是有其独立的重要意义。同时，这里所写的一切，又很符合林黛玉的身份地位和文化修养，和刘姥姥一进荣国府时所见到的"很似打箩筛面一般"的自鸣钟以及听到它"当"的一声，"不妨倒唬的一展眼"的情状是两种完全不同的境界。因此对贾府环境的刻绘，实际也是从一个特定的侧面表现了刚刚进入这个环境的人物林黛玉。从这里也可看到,《红楼梦》的文字不但没有一处闲笔,而且任何一个人、一件事的写法都不是随意写出来的,其中的关联和脉络值得我们认真研究学习。

《红楼梦》的对比艺术

《红楼梦》以四大家族为中心，反映了十分丰富、广阔的社会生活，成为现实主义的杰作。在四大家族中，作者的笔锋实际上只主要写了贾府一家，而这一家子的活动范围又主要集中在荣、宁两府，加上不得已的客观原因，更多的还是局促在一个几里地的大观园内。《红楼梦》的许多故事情节不过是一些家庭内的生活琐事，"并无大贤大忠理朝廷治风俗的善政"壮举。其中的主要人物，也"不过几个异样女子"，并无叱咤风云的英雄人物或扶危济困的豪杰义士。他们在生活环境、身份地位、亲缘关系方面又多是十分接近的，在这样的情况下，要避免曹雪芹批评的历来小说存在的那种"千部一腔，千人一面"的弊病，其难度就显得更大了。然而曹雪芹却巧妙地调动了各种艺术手段，打破了这种客观形势的局限，获得了巨大的成功。其中相当重要而且广泛使用的一种方法，就是在身份地位十分接近的人物和性质十分相同的事件之间用鲜明对比的特点把它们鲜明地区分开来，从而成功地达到了人皆异面、事不重出的艺术效果。这种手法，我们可以称之为对比法。凭着它，不仅使相近的人物或事件不会互相混淆，而且还因对比鲜明、相互衬托，因而起到更突出它们各自特点的作用。

脂批曾对《红楼梦》以前的才子佳人小说多次进行批评，特别在人物描写方面，往往切中这一类小说的弊病。如说："可笑近之野史中，满纸羞花闭月，莺啼燕语，除（殊）不知真正美人方有一陋处，如太真之肥，飞燕之瘦，西施之病，若施于别个不美矣。"（"庚辰本"第二十回）"可笑近之小说中，有一百个女子，皆是如花似玉，一副脸面。"（"甲戌本"第三回眉批）的确，在《玉娇梨》《平山冷燕》《好逑传》等一批才子佳人小说中，尽管主要人物不多，但在描写她们时，的确都是一些"羞花闭月""如花似玉"之类的陈词老调，因而这些人物也就大都是"一副脸面"。而《红楼梦》里的许多主要人物，只要读者回想一下，就都会有一个个具体的形象浮现在脑际。其原因就在于这些人物都不是那么完美，而是各人都"有一陋处"，也就是都有自己的特点；而在特别相近的人物之间，这种特点又被对比得特别明显，绝不会混淆不清。

第三回林黛玉初进荣国府，迎春、探春、惜春三姐妹同时出现，这是各方面都十分近似的三个人物，很容易写成三人一面，可是作者写她们三人时却形态各异，对比分明：

> 第一个肌肤微丰，合中身材，腮凝新荔，鼻腻鹅脂，温柔沉默，观之可亲。第二个削肩细腰，长挑身材，鸭蛋脸面，俊眼修眉，顾盼神飞，文彩精华，见之忘俗。第三个身量未足，形容尚小。

一个丰满，一个苗条，一个尚小，经过这样虽然简练，却是对比鲜明的几笔描绘，结果这三个姐妹尽管在衣饰上"三人皆是一样的妆束"，可是三个不同的人物形象却毫不含混地活现在读者面前。

这三姐妹如此，对于其他有关联的人物，作者也同样十分注意突出他们之间的明显区别。兄弟之间，贾宝玉是"神彩飘逸，秀色夺人"；而贾环则是"人物委琐，举止粗糙"。在"金玉良缘"与"木石前盟"这一对对立面之间，薛宝钗生得"肌肤丰泽"、心广体胖，贾宝玉把她比为杨贵妃；林黛玉则是"弱柳扶风""病如西子"。另一对兄弟，薛蟠是一个粗鄙蠢陋的"呆霸王"；薛蝌则是一个风流倜傥的美貌公子，"他这叔伯兄弟，形容举止，另是个样子"。这种例子多不胜举。

自然，要刻画出众多成功的典型人物形象，仅有人物面貌形态的不同还是远远不够的。更重要的还要在人物内在性格上有自己的特点；否则，仍然是会失败的。《平山冷燕》里的男女主角虽然各只二人，但两人之间，不仅外貌上都是男如潘安，女赛西施；而且在才性情趣方面，都无多大差别，大体上都是一个模子里出来的。它之所以要男女各写二人，只不过便于在故事情节上安排得更富有戏剧性而已，在人物塑造上无疑是不可取的。《红楼梦》则不然，在人物性格上，它尤其注意相近人物之间的个性区别，更广泛地采用了对比的方法，因而取得了满意的结果。

在兄弟之间，贾府长一辈的三人中，贾敬学道求仙，追求长生，反而被丹砂烧死，是一个愚妄的宗教徒；贾政则满口仁义纲常，迂腐而又虚伪，是一个典型的儒家信徒；贾赦则是一个只会寻欢作乐、荒淫好色的昏庸市侩。荣国府里第二代的三兄弟——贾琏、贾宝玉、贾环也是三个性格各异的人物：一个荒淫好色，一个叛逆不肖，一个庸俗狠毒。荣国府里一对常在贾母、王夫人面前侍候起居的妯娌中，王熙凤精明能干，两面三刀，机关算尽；李纨却"竟如槁木死灰一般，一概不问不闻"。钗、黛之间不仅外貌迥异，性格更是泾渭分明。一个是满口"女子无才便是德""仕途经济"的女君子；一个是"从不说这样混帐话"的叛逆者。一个表面装愚守拙，随分从时，而内多机诈；一个看来不大合群，小性儿，却心地善良。同是姐妹之间，荣国府里的迎春是文静懦弱的"二木头"，探春却是一个"才自清明志自高"的带刺的"玫瑰花儿"。另一对投靠在宁国府里的苦难姐妹——红楼二尤，二姐"花为肠肚"，"一生心痴意软"，终于死于阴谋之手而不自知，三姐却是一个豪爽泼辣的"刚烈人"。贾政身旁有两个姨太太，赵姨娘因有个儿子，一心想独占家产，施展了各种罪恶手段，经常兴风作浪；周姨娘因并无一男半女，就只好默默无闻。同样是丫鬟，怡红院里的花袭人为爬上一个姨太太的地位，钻营取巧，成为王夫人设在怡红院里的耳目，是统治者的"西洋花点子哈巴儿"；晴雯"心比天高，身为下贱"，咬牙难缠，"得罪了太太也不怕"，不但眉眼儿像林黛玉，而且思想性格亦有相同之处。正像袭人颇似宝钗那样，晴雯则接近黛玉。宝玉支开去宝钗处借书的是袭人，而同时郑重派去黛玉处送手帕的却是晴雯——处处形成鲜明的对照。潇湘馆里的紫鹃灵敏机智、富有感情，雪雁则善良纯朴、平实木讷，判然两人。这种情况在其他许多相近的人物之间都普遍地存在，甚至贾琏的赵嬷嬷与宝玉的李嬷嬷这样两个极为次要的人物，作者也能把她们对比区分得让读者印象分明。这就是《红楼梦》的众多人物都能"立于纸上"的一个重要原因。

毕竟《红楼梦》里的主人公们所处的生活圈子太小了，他们当中的许多人作为同一个阶级、同样的身份与生活环境中的人物，虽经作者的巧手处理，都有各自的面目与个性，但在一些人之间，总不可避免地还会有这样那样的共性，这是生活的规律所决定了的。面对这种情况，如不充分表现他们，那么，人物的性格必然显得单调而不丰满，这就必然会违背生活的真实；如果充分表现它，则某些人物之间在性格上就不免会有重复、雷同之弊。为了克服这种矛盾，作者的对比手法又有了新的运用，即对于同一类性格的人，根据不同的对象，使他们相同的性格在表现方式上又有明显的不同，在共性中显出个性。这就使具有相同性格内容的人，仍能成为各自特点鲜明的不同典型。

作为剥削阶级的代表人物，王熙凤与薛宝钗都有虚伪奸诈的一面，这是她们的共性；但两人这种性格的表现特点，在作者笔下却截然不同。王熙凤的所作所为，书中都写得明明白白，读者一看便知。例如，贾琏偷娶尤二姐被她发现之后，她一面大肆张扬，将尤二姐接回来，一面又使人教唆张华去告状，借此到宁国府去大闹一场。尤二姐进府之后，王熙凤本人对她当面甜言蜜语，背后又使"借刀杀人"的方法，利用秋桐出面，折磨得尤二姐吞金自尽。这是大事情。小一点，如贾母为凤姐做生日，"学那小家子，大家凑个份子"。因为贾母可怜李纨是"寡妇失业的"，王熙凤便当众做好人说"大嫂子这份我替他出了罢"。第二天王熙凤收银子交给主办人尤氏时，尤氏"按数一点，只没有李纨的一份"，又被她扣回去了。原来昨天开的是空头支票，做不花本钱的人情。对王熙凤来说，诸如此类的事情，不可胜数。这一切，不仅读者看得明白，书中人也都一清二楚。所以兴儿就曾一口气数她"心里歹毒，口里尖快"，"估着有好事，他就不等别人去说，他先抓尖儿；或有了不好事或他自己错了，他便一缩头推到别人身上来；他还在旁边拨火儿"，真是"嘴甜心苦，两面三刀；上头一脸笑，脚下使绊子；明是一盆火，暗是一把刀：都占全了"。这可以说是十分精确地概括了王熙凤的性格特点。

薛宝钗的情形却复杂得多了。在滴翠亭她偷听到小红和坠儿起誓不告诉别人的悄悄话，因来不及躲避，"便故意放重了脚步，笑着叫道：'颦儿'我看你往那里藏！"最后的事实是把二人的怀疑转嫁到黛玉身上去了。她是有心还是无意，这里在文字交代上语焉不详，令人一时不易捉摸。在处理与宝、黛、钗的三角关系上，作者出面为她说的话是：她因知道有"金玉"之说而"处处远着宝玉"。她和宝玉之间也确实没有像宝、黛之间那种"意绵绵"的情事，她常常公开对宝玉讲的是一套"仕途经济"之类的"混帐话"。可是细心一点的读者就会发现，在她脖子上成日挂着的那把象征着"金玉良缘"的金锁，在宝玉第一次去她家时就把它亮在他的眼里。而且她还特别关心别人这一类挂在身上的东西，如史湘云有一个金麒麟，别人都不知道，独有她记得。她也曾经在一个炎热的中午闯进宝玉卧室，坐在宝玉床边为他绣鸳鸯兜肚；当然，除袭人外，只有黛玉偶然撞见，并叫史湘云来看。她还曾弄得晴雯大发牢骚，因为她"有事没事，跑了来坐着，叫我们三更半夜的不得睡觉"。当然，这些事怡红院以外的人就更少有知晓的了。她更特别笼络袭人，以至到了宝玉"心下惦着黛玉，要打发人去，只是怕袭人拦阻，便设法先使袭人往宝钗那里去借书"，然后再派人去黛玉处的微妙程度。这一切，作者都写得隐隐约约，似不经意，因此孤立地、平白地看去，这些也似无多大意义；但如果将这些前后联系起来，"细玩"一番，就会发现里面是寓有深意的。所以当写到晴雯对宝钗"有事没事，跑了来坐着"表示不满时，"庚辰本"夹批有曰"犯宝卿如此写法，指明人则暗写"，明白指出了对宝钗的"犯"——讥刺，用的是一种"暗写"手法。

其实，作者写宝钗其他奸诈虚伪之处，多是用的一种暗写——含蓄的手法，这就与写王熙凤那种淋漓尽致的明写手法恰恰形成了鲜明的对照。所以王熙凤与薛宝钗在性格上虽有相同之处，但在人物形象上，却是两个完全不同的典型，各有其独立的意义。江顺怡《读红楼梦杂记》引明镜主人话说"宝钗似王莽"，"凤姐似严嵩"。也就是说，她俩的性格虽有其相同之处，但凤姐的奸巧，人人都知道；而宝钗的奸诈，则不易为人们所觉察。从这个意义来说，这个比喻是对的。正因为如此，凤姐当时的处境是"一家子大约也没个背地里不恨我的"，而薛宝钗却不但得到上下周围的人的一片赞扬，甚至后来的读者也有人因为她辩护而和朋友"几挥老拳"的。结果，这样两个在性格本质上十分相近的人物却成了两个一藏一露、对比鲜明的生动人物形象。

出于和上面所说的同样原因，《红楼梦》里还是不可免地会出现同类性质的事件和矛盾冲突。尤其贾府内部统治阶级之间的矛盾斗争更是层出不穷，这一类斗争又更多地表现在因争财夺权而产生的互相倾轧。最突出的则有赵姨娘母子与王氏姑侄（自然还包括宝玉）之间以及邢夫人夫妇与王氏姑侄之间的斗争。这两对矛盾斗争的性质是如此相同，可是它们的表现方式却又大不一样，这又是作者的对比手法所产生的巨大作用。赵姨娘直截了当地说："了不得，了不得！提起这个主儿，这一份家私要不都叫他搬了娘家去，我也不是个人。"矛头直指王熙凤，焦点是家私财产，说得一清二楚。她们所使用的手段，书里也写得豁明白，起先是贾环"故作失手，将那一盏油汪汪的蜡烛，向宝玉脸上一推"，虽没大伤，也烧起了"一溜燎泡"；继而是赵姨娘勾结马道婆用魔魔法将王熙凤与贾宝玉弄得死去活来，全家"登时乱麻一般"；后来又是赵姨娘通过贾环之口，在贾政面前告了宝玉一个"强奸不遂"，逼死金钏的恶状，"把个贾政气的面如金纸"，差点把宝玉活活勒死。表现了一幕幕杀气腾腾、你死我活的残酷斗争的场面。

比较起来，邢夫人的表演就完全是另外一种样式。尽管我们从兴儿之口里知道邢夫人在背后骂王夫人与王熙凤是"黑母鸡一窝儿"，书中却未明白写出矛盾的来由。作者只是借赖大母亲之口开玩笑似的露了一句："在那边是儿子媳妇，在这边是内侄女儿，倒不向着婆婆姑姑，倒向着别人，这儿媳妇倒成了陌路人，内侄女儿倒成了外侄女儿了！"说她不向着姑姑，自然只是一句陪衬的话，这是《红楼梦》里常见的一种特殊笔法，骨子里是在揭出"这儿媳妇倒成了陌路人"。然而贾赦、邢夫人与这"陌路人"以及她那一窝"黑母鸡"的斗争，虽然也极为尖锐，但在表现形式上比之赵姨娘却斯文得多了。

在贾赦与邢夫人精心策划要娶鸳鸯的计谋遭到鸳鸯拒绝和贾母、王熙凤等反对，最终失败了之后，这种矛盾冲突更频繁了。凤姐因两个守夜婆子得罪了尤氏，命人捆了放在马圈里听候尤氏发落，邢夫人却借贾母生日的名义，当着大众的面"陪笑和凤姐求情"，使凤姐"又羞又气，一时抓寻不着头脑，憋得脸紫涨"，回去后"越想越气越愧，不觉的一阵心灰，落下泪来"，眼睛也哭得肿肿的，最后竟因此病倒。邢夫人的几句话虽然冷冷的，还赔着笑脸，远远比不上赵姨娘勾结马道婆那么剑拔弩张，但其效果却是毫无二致的。抄检大观园一事起因中的重要一环，是邢夫人将傻大姐拾到的绣春囊封了派人送去给王夫人。其用意无疑是给王氏姑侄抹黑，因为王夫人最先也断定是王熙凤遗失的，邢夫人是如何想的也就不用说了。所以抄检的灾难虽然最后是落在奴仆们身上，但其中却交织着邢、王之间的尖锐矛盾。抄检过程中，凤姐与王善保家的之间的钩心斗角就是生动的证明。中秋晚宴上，贾赦竟然当众讲了一个"天下作父母的，偏心的多着呢"的故事，以致引起"贾母疑心"。后来，他又公然对贾政评为"发言吐意，总属邪派"的贾环的诗"连声赞好"，认为"甚是有气骨"。这些求个情、送个绣春囊、宴席上讲个故事、赞扬一首诗等等，比之当面泼蜡烛油、背后使魔魔法，自然显得文雅多了。但如果我们按脂批常常指点的，"掩卷合目思之"一番，这些看来细小的事情在当时的场合下是一点也不平和的。试想当着合家之面，贾赦讥讽母亲"偏心"，与贾政唱反调，公开表示欣赏谁都不喜欢的贾环，在这样一个诗礼簪缨之家，发生在"文"字老一辈身上的这种"冷战"，其"惊心骇目"之处是绝不逊于后一辈的泼油、钉纸人的。可是这两者在表现形式上，却的确是显得对比鲜明，一种表现得激烈、直率，一种表现得平和、含蓄，互不相犯而又两全其妙。同一性质的事件描述在作者的笔下表现得如此多姿多彩、丰富生动，这也是其他小说所远不可企及之处。也是《红楼梦》尽管写了大量家庭生活琐事，但人们读来总不嫌其重复累赘，而是觉得仪态万千、愈读愈有韵味的原因所在。

当然，作者这种手法的运用，绝不是可以随心所欲、为区别而区别的，不同的表现方式是与人物的具体情况有内在的联系的。如王熙凤的狡诈被写得淋漓尽致，是因为她大权在握，又有四大家族作为后台，因而无所顾忌，"凭是什么事，我说要行就行"。这样一个人物，自然适合于用直露之笔来描绘。薛宝钗作为一个闺门女子，处在贾府的环境，要为当上宝二奶奶而奋斗，其行动自然就不能不格外隐蔽韬晦。要表现她在这方面的奸巧性格，也就自然适合于用含蓄的手法了。赵姨娘母子与贾赦夫妇在贾府对王氏姑侄的斗争中，其表现之不同，也是由本人的身份地位所决定的。《红楼梦》在这方面的创作构思是有很丰富的经验的，值得我们借鉴学习。

以上所说，只是就主要的方面而言，说明这种对比的方法在书中所起到的巨大作用。其实，作为一种艺术表现手法，在《红楼梦》里的运用是十分普遍的，而且表现形式也多种多样。

有时是在同一回之中，通过前后两件事情的对比来说明一个意思。如第二十七回的"滴翠亭杨妃戏彩蝶，埋香冢飞燕泣残红"，前半写芒种节那天，即春天的最后日子，众姐妹们"绣带飘飘，花枝招展"地来到一起祭送花神，其中特别突出写了薛宝钗用扇子扑蝶，"香汗淋漓，娇喘细细"，充分显出了这个平日端庄稳重的少女在春天里的快乐心情。同是这个时候，在大观园的另一角，另一个少女林黛玉却在一面埋葬残花，"一面数落着，哭的好不伤心"。通过这样一种对比，有力地衬托出薛、林二人的不同心情、不同遭遇和处境，意境深幽，韵味无穷，具有很大的艺术感染力。

有时同一件事情，发生在同一个人身上，其情景也是对比分明，起到了不同的作用。如黛玉葬花，大家都熟悉上面所提到的那一次，表现了她的无限愁苦。其实黛玉共有两次葬花，另一次是在二十三回与宝玉一起葬花。她发现贾宝玉偷看《西厢记》后，两人一起同看，后来宝玉借《西厢记》里的词语向黛玉表白了自己的感情，虽然开头表面吵闹了一阵，最后黛玉也以《西厢记》里的词语还敬了他。这是在一个明媚春光的日子里，二人做了第一次的爱情表露和交融。这次的葬花和第二次的相比，一乐一苦，完全不同。

有时作者写书中人物随便的一句话，孤立起来看，不一定有任何深意，但前后联系起来，却可以发现作者极巧妙的对比艺术。如元妃省亲时，因宝钗教了宝玉作诗的一个出典，宝玉感谢她说："……从此只叫你师傅，再不叫姐姐了。"宝钗笑着回答说："还不快做上去，只姐姐妹妹的！谁是你姐姐？那上头穿黄袍的才是你姐姐呢。"从省亲活动开始，作者从未写过元妃的服饰装扮，只是到现在从薛宝钗眼里才知道她身上穿的黄袍。在这里，作者是有意让人们知道，元妃身上这件黄袍，对宝钗来说，是如何的显目，从而揭示了她垂涎三尺的心理。可是在第三十五回写莺儿替宝玉结络子，当宝钗提出要结一个络子来装宝玉的通灵宝玉，大家正商议用什么颜色才好时，宝钗又说："用鸦色断然使不得，大红又犯了色，黄的又不起眼，黑的太暗；依我说，竟把你的金线拿来配着黑珠儿线，一根一根的拈上，打成络子，那才好看。"在这里，薛宝钗的本意当然是通过用金线络玉来推销她的"金玉良缘"；但在贬低其他颜色时，作者偏偏给她加上了一条"黄的又不起眼"，这就使人想起前面的那件黄袍独独对她如此显眼，而现在的"黄的"却不"起眼"了，作者就是通过这前后对比的不同态度，入木三分地揭露了薛宝钗的内心奥秘。

《红楼梦》里的许多事件无疑都有其各自独立的意义，但在有些事件之间，又有其相互的联系，这种联系往往是不明显的，只有经过细心的联系、比对才能发现，这也是作者运用对比手法的一个特点。如元妃省亲与袭人探母，这两件事除其本身的意义外，对比起来就可发现更为丰富、深刻的含义，而这样做就得需要专篇文章才能完成了。

歌德的《论拉奥孔》说："题材与表现它的方式，还必须与明显的艺术规律有联系，那就是和谐、清晰、匀称、对比等等；这样，艺术品看上去就会变得美丽，或者，用通常的语言来说，给人以快感。"也就是说，对比是一种普遍适用的"艺术规律"，是作品给人以"快感"，即产生艺术效果的重要手段，因此，各种艺术门类的作者都普遍运用它。可以说，运用得最好、最成功的莫过于《红楼梦》，其中的对比有正比、反比、巧比、暗比、远比、近比、虚比、实比等等，它们变化多端、运用自如，值得我们去认真研究、学习。

《红楼梦》描写眼睛的艺术

塑造一个人物形象,其成败优劣,很重要的一点是在眼睛。因为眼睛是最足以传神之处,这是古今中外艺术大师们所共有的创作经验。最早认识到眼睛的这种奥秘的,应该是我们中国的思想家。早在两千多年前,战国时代的孟子就说过:"存乎人者,莫良于眸子。眸子不能掩其恶。胸中正,则眸子瞭焉;胸中不正,则眸子眊焉。听其言也,观其眸子,人焉瘦哉?"① 这是说,眼睛最能反映出一个人的内心世界,它是观察人物对象的一个最有效的窗口。在中国,较早把这个原理自觉地运用到文艺创作领域中来的是绘画,东晋名画家顾恺之在谈自己的绘画经验时就说:"四体妍媸本无关于妙处,传神写照,正在阿堵中。"② 他指出描绘人物最关键的部位就在"阿堵"("这个"的意思),即眼睛之中。有关张僧繇画龙点睛的传说,更生动地说明眼睛的重要性。后来,随着小说的发展与成熟,特别在长篇小说中,写眼睛也成了刻画人物的一个重要手段。鲁迅先生在《我怎么做起小说来》一文中就说过:"要极省俭地画出一个人的特点,最好是画他的眼睛。我以为这话是对的,倘若画了全副的头发,即使细得逼真,也毫无意思。"可以说,这是在长期实践中小说创作的经验总结。

毫无疑问,在这方面,《红楼梦》的实践又是最出色的。

对于《红楼梦》中的几个主要人物,如贾宝玉、林黛玉、王熙凤、薛宝钗,作者都有专门的"点睛"之笔,至为传神。在这些人中,作者最早描写的是王熙凤,第三回她一出场,作者对她肖像的描绘首先就突出在眼睛上:

一双丹凤三角眼,两弯柳叶吊梢眉。

---

① 《孟子·离娄》上。
② 〔南朝宋〕刘义庆:《世说新语·巧艺》。

丹凤眼、柳叶眉是传统绘画中的美人的眼、眉，然而王熙凤的这对丹凤眼却同时是三角形的，柳叶眉又一直斜入鬓角之中，再配上"粉面含春威不露，丹唇未启笑先闻"的脸容，就使人感到，这是一个外表美丽、内含杀威、在和善的外衣下心怀叵测的人物。这与贾府中人评价她的"嘴甜心苦，两面三刀；上头一脸笑，脚下使绊子；明是一盆火，暗是一把刀"的基本性格特征完全一致，的确是写到点子上了。

在同一回书中对林黛玉形象的描绘，也是先落笔在眼睛上：

  两弯似蹙非蹙笼烟眉，一双似喜非喜含情目。态生两靥之愁，娇袭一身之病。泪光点点，娇喘微微。

这含着泪花、"似蹙非蹙"、"似喜非喜"的眉目，反映了林黛玉心里尚未平息的因母死父别而产生的痛苦和对未来前景还捉摸不定的惶惑心情。而从气质上来说，又透露出这是一个眉尖若蹙、多愁善感而又富于感情的少女。这寥寥数笔，就写出了林黛玉目下的心理状况和她总的性格特征，言简意赅，恰到好处。

对于贾宝玉，作者更是着意一再写他的眼睛，在宝、黛相会的这一节，一共写了两次。贾宝玉刚从外面回来与林黛玉初会时，作者各用一句写了他的色、鬓、眉、鼻之后，却用三句话写了他的眼睛：

  睛若秋波。虽怒时而似笑，即瞋视而有情。

换过衣服再出来时，作者又一次写了他的外貌，除了"越显得面如敷粉，唇似施脂"之外，主要的文字又是重点在写眼睛了：

  转盼多情，语言常笑，天然一段风骚，全在眉梢，平生万种情思，悉堆眼角。

所谓"睛若秋波"，这清澈的眼睛，正是这个人物"胸中正，则眸子瞭焉"的反映，其眼角眉梢洋溢着的万种风韵情思，则充分表现了他的聪明俊秀、不同世俗的气质。作者让我们从他眼睛内所窥见的这个人物形象，与后面人们对他的诸如疯癫、痴呆、怪狂等等谤语相比截然不同。这正是作者高明手法之所在。

综观以上对凤姐、黛玉、宝玉三人的"点睛"之笔，它们的一个共同特点是能通过眼睛高度概括地写出人物内心世界中最本质的性格特征，成为刻画人物的一种重要手段。它与其他小说中那种一般只是描绘出人物外貌特征的手法有很大的不同。如《三国演义》第一回就写了三个重要人物刘、关、张的同时出场，也都有对他们包括眼睛在内的外貌描写，刘玄德是"目能自顾其耳"，张飞是"豹头环眼"，关云长是"丹凤眼，卧蚕眉"。后面也还曾多次提到他们的眼睛，如张飞大闹长坂桥的"圆睁环眼"之类，但这些只能描绘出人物外部形态的不同特征，还远远没有起到表现人物内在性格、成为"心灵的窗子"的作用，与《红楼梦》比较起来，两者的优劣、高低自不待言。

然而《红楼梦》写眼睛的艺术，还不是大量地表现在对眼睛的直接的传神描写，更多的还是在于通过人物眼睛之所见，来表现人物的思想、精神及格局。作者在这方面的运用更是变化多端、各臻其妙，为其他作品所不及。

要了解作品在这方面的艺术特点，首先必须明白一个总的前提，那就是《红楼梦》凡在描写每一重要的事件或一个人物形象时，绝大多数场合都不是由作者出面向读者描述，而主要是通过书中人物的眼睛所见来表达。如秦氏的卧房及太虚幻境是通过贾宝玉所见来介绍的；大观园的总体结构及景色是从贾政及其清客们眼中来显现的；元妃省亲的排场是通过贾母、贾赦等人在焦急等待中所见来描述的；贾母率领贾府众人去清虚观求神祷福，一路上"只见前头的全副执事摆开，一位青年公子，骑着银鞍白马，彩辔朱缨，在那八人轿前领着那些车轿人马，浩浩荡荡，一片锦绣香烟，遮天压地而来。却是鸦雀无闻，只见车轮马蹄之声"，这种声势是从"那街上的人"和"那些小门小户的妇女"眼中所看到的；宁国府内除夕祭宗祠，其祠堂规模、对联、题额以及贾府中人"分了昭穆，排班立定"的祭祖场面，都是由"初次进贾祠观看"的薛宝琴眼中所现的；等等。这与其他小说中常见的由作者自己站出来描述、介绍情况的写法大大不同。

这样着重从书中人物的眼中来描述事物的表现方法有什么考究吗？有的。因为每个人的生活经历、社会地位和文化教养不同，周围的客观事物在他们心里的反映也必然不同。同一件事物，对某些人来说可能是触目惊心的；而对另一些人来说，则可能无动于衷，因此视而不见。在同一个场合，有的人自然着眼于这一部分事物，有的人则容易被另一部分事物引起注意，甚至在不同情况下，同一个人对同一件事物的印象也是不同的。文艺作品如果能精细地写出这些差异来，就不仅仅是写了一些事物，更主要的是写出了着眼于这些事物的人，即艺术形象的性格，触及了他的内心世界，因此它是准确而细致地塑造人物形象的一种重要手段。能否把握好它，是和作者了解生活和艺术功力的深度密不可分的。在这一点上，《红楼梦》所达到的炉火纯青的地步正可作为这种艺术手法的楷模。

我们仍以林黛玉进荣国府为例。林黛玉的最初形象，是通过她第一次出场时，贾府众人的眼中来描绘的，但大家所见个个不同。先看一般人之所见：

> 众人见黛玉年纪虽小，其举止言谈不俗，身体面貌虽弱不胜衣，却有一段风流态度，便知他有不足之症。

再看王熙凤"携着黛玉的手，上下细细打量一回"后所得到的印象：

> 天下真有这样标致的人物，我今儿才算见了！况且这通身的气派，竟不像老祖宗的外孙女儿，竟是个嫡亲的孙女……

无论是"众人"或是独具一对"丹凤三角眼"的凤姐，她们所见的林黛玉，都只不过是一些"举止言谈""身体面貌"的外部特征，林黛玉与一般的美貌女孩子，比如贾母的"嫡亲的孙女儿"们没有多大差别。可是同是这个林黛玉，她在最后出场的贾宝玉眼中却是另外一种形象：

> 两弯似蹙非蹙笼烟眉，一双似喜非喜含情目。态生两靥之愁，娇袭一身之病。泪光点点，娇喘微微。闲静似娇花照水，行动如弱柳扶风。心较比干多一窍，病如西子胜三分。

这里，贾宝玉所看见的不仅是人物的举止外貌，而且由表及里，看出了她多愁善感的气质以及比西施更漂亮、较比干还聪慧的心灵。"真是与众各别"——作者特别点出这么一句，不仅是就黛玉的形象而言，而且还指出宝玉所看到的形象与前面"众人"所见皆不同。这种不同只能说明林黛玉所特有的品性和气质是别人所不理解，因而也觉察不到的；真正能认识和了解她的只有贾宝玉。所以即使是从外貌上来观察，对王熙凤来说，也只能是"我今日才算看见了"；而对贾宝玉来说，乍一相见，他的第一个印象就是"这个妹妹我曾见过的"。在此之前，贾宝玉又何曾见过林黛玉呢？然而我们绝不能认为贾宝玉是初次相会便当面撒谎，贾宝玉的"我曾见过"之说，只是反映了宝、黛二人的一种神交，一见面便产生了精神上的共鸣和感情上的交融。因此，我们从作者通过贾宝玉的眼中来写林黛玉的表现方法就可看到，在这里，不仅写了林黛玉，同时也写了贾宝玉，写了宝、黛二人之间所特有的关系。

基于同样的道理，我们自然又可发现，林黛玉眼中的贾宝玉也是这种情况。且不说平日里贾府众人对贾宝玉是如何的诸般诽谤，单从宝、黛二人相会之前来说，贾宝玉的恶名已早为林黛玉所知。在幼年时"黛玉素闻母亲说过，有个内侄乃衔玉而生，顽劣异常，不喜读书，最喜在内帏厮混，外祖母又溺爱，无人敢管"。黛玉刚进到贾府，还未见面，王夫人又一再向她吹风，"我就只一件不放心：我有一个孽根祸胎，是家里的'混世魔王'，今日因往庙里还愿去，尚未回来，晚上你看见就知道了。你以后总不用理会他，你这些姐姐妹妹都不敢沾惹他的"，"他嘴里一时甜言蜜语，一时有天没日，疯疯傻傻：只休信他"。这一切正是反映了"众人"心中眼中的贾宝玉，当它们传播到黛玉耳内时，就在她心中形成了一个"这个宝玉不知是怎样个惫懒人呢"的坏印象。然而当这个"百口嘲谤，万目睚眦"的"混世魔王"出现在黛玉眼中时，却是一个风流俊秀的少年公子形象：

> 头上戴着束发嵌宝紫金冠，齐眉勒着二龙戏珠金抹额；穿一件二色金百蝶穿花大红箭袖，束着五彩丝攒花结长穗宫绦，外罩石青起花八团倭缎排穗褂，登着青缎粉底小朝靴。面若中秋之月，色如春晓之花，鬓如刀裁，眉如墨画，眼似的瓣，晴若秋波。虽怒时而似笑，即瞋视而有情。项上金螭璎珞，又有一根五色丝绦，系着一块美玉。
>
> 黛玉一见，便吃一大惊，心下想道："好生奇怪，倒像在那里见过一般，何等眼熟到如此！"

林黛玉的心目中原来明明有一个贾宝玉的形象，是个"惫懒人"，哪曾见过眼前的这个活生生的贾宝玉呢？可是在她毫无思想准备的情况下，第一眼就觉得"倒像在那里见过的，何等眼熟"，这里的奥妙不用多说，和宝玉初见黛玉时的情况是完全一样的。因此，黛玉眼中所见的宝玉形象，也同样是既写了宝玉，又同时写了黛玉因为只有林黛玉能理解贾宝玉。永忠的诗中说"颦颦宝玉两情痴"，脂批评贾宝玉时，说他的特异品性"恰恰只有一颦儿可对，令他人徒加评论，总未摸着他二人是何等脱胎，何等骨肉"①，别人都不能理解此二人，只有他们自己能互相理解，脂批的确是说到了点子上。作者的表现方法也的确是精到之极。

我们还可将贾宝玉第一次会林黛玉与第一次会薛宝钗的情形做一个比较，从中更可见作者写眼睛的生花妙笔。第一次见林黛玉已如上述。第一次正式写他与宝钗的相会是在第八回，贾宝玉去住在梨香院里的薛姨妈家探宝钗之病，薛姨妈让他去里间看宝钗。

> 宝玉掀帘一步进去，先就看见宝钗坐在炕上作针线，头上挽着黑漆油光的髻儿，蜜合色的棉袄，玫瑰紫二色的金银线的坎肩儿，葱黄绫子棉裙：一色儿半新不旧的，看去不见奢华，惟觉雅淡。

贾宝玉眼中的薛宝钗与眼中的林黛玉形成一个鲜明的对照：写林黛玉字字传神，句句透露出人物的品格气质，不见丝毫衣饰装束的描写；而薛宝钗则完全相反，写的尽是从上到下的装束、穿戴：髻儿、棉袄、坎肩、棉裙等。这是为什么？脂批在宝玉看黛玉一段有批说："不写衣裙妆饰，正是宝玉眼中不屑之物，故不曾看见。黛玉居（举）止容貌亦是宝玉眼中看心中评，若不是宝玉，断不能知黛玉终是何等品貌。"②脂批已接触到这一问题了，但说得尚不够透彻。探其究竟，应该是平日得不到周围人们理解的贾宝玉，一旦遇上林黛玉，这两个"正邪两赋而来，一路之人"，便如前所说，马上沉浸在一种精神的共鸣和感情的交融之中，他根本来不及（而不仅仅是"不屑"）觉察到林黛玉的服饰上去，而完全被林黛玉的神态吸引住了，这是一种极精细的描写。对于薛宝钗，贾宝玉毫无

---

① "庚辰本"第十九回脂砚斋批语。
② "甲戌本"第三回脂砚斋眉批。

这种感受，因为在她身上根本不存在林黛玉身上那种可以引起贾宝玉强烈共鸣的因素，所以不被他注意，就只能看到一些衣饰装束之类的外在东西了。因此作者通过宝玉之眼对钗、黛的不同描绘，表面看不出有什么很特别的地方，而实际上，它不仅写了两个人的外形，而且写了宝、黛、钗三个人的品性、气质，以及他们之间的重要联系和区别。这是何等追魂摄魄的高手笔墨。

似乎是为了证明我们这种分析的合理性，作者还为我们提供了一个证据，那就是在另一处作者"补"写了一笔宝玉眼中的宝钗容貌。第二十八回，贾宝玉等待薛宝钗褪左腕上的香串子来看时，因忽然想起"金玉"一事，就看了看"宝钗形容"：

只见脸若银盆，眼同水杏；唇不点而含丹，眉不画而横翠，比黛玉另具一种妩媚风流；不觉就呆了。

这里的薛宝钗的确是一个美人儿，这水灵灵的大而圆的杏子眼，表明她是一个可以令贾宝玉偶尔为之忘情的美貌少女，但也仅此而已，它里面并不能提供林黛玉那双眼睛内那种能永远让贾宝玉产生心灵共鸣的力量。薛宝钗在贾宝玉眼中的"妩媚风流"和林黛玉在"众人"眼中的"一段风流态度"并没有什么两样，都是外部形态给人的一种感觉而已。

其实，钗、黛二人在宝玉眼中之不同，还可从宝玉在钗、黛二人眼中之不同反映出来。我们已经知道了宝玉在黛玉眼中的少年公子的形象，以及乍一见就使黛玉觉得"眼熟"而"吃一大惊"的情景。那么，薛宝钗眼中的贾宝玉又是一个什么模样儿呢？上面提到的第八回宝玉来探病时，宝钗见到宝玉进来，是一面让座，叫莺儿倒茶，一面问老太太、姨娘安，问别的姐妹们好。

一面看宝玉头上戴着累丝嵌宝紫金冠，额上勒着二龙捧珠抹额，身上穿着秋香色立蟒白狐腋箭袖，系着五色蝴蝶鸾绦，项上挂着长命锁、记名符，另外有那一块落草时衔下来的宝玉。

同是这个宝玉，钗、黛之所见却有两个明显的不同之外。第一，黛玉所见，固然也有他的装束穿戴以至脖子上挂的通灵宝玉，但重点是被贾宝玉精神品性所吸引，这是细致地从"眉梢""眼角"的神态中观察得来的；而这一切在宝钗眼中却一概不见了，她见到的只是一位贵公子身上华丽的金冠、抹额、箭袖、鸾绦等等，而最后是注视在"那一块落草时衔下来的宝玉"，即薛宝钗视为"金玉良缘"的象征物上面。第二，见面后黛玉是沉浸在"何等眼熟"的感情品味之中，而宝钗的第一件事情就是说："成日家说你的这玉，究竟未曾细细的赏鉴，我今儿倒要瞧瞧。"她的落脚点不在人而在玉，这绝不是一个偶然的行动，而是"成日家"说着惦着这块玉的必然结果。这里反映了薛宝钗多么丰富而又微妙的心曲。而这一切都是从人物眼中的不同所见来表现的，这说明作者写眼睛的艺术到了何等出神入化的地步。作者写薛宝钗第一次与宝玉见面就把注意力放在他的通灵宝玉上，这和元妃省亲时，单写只有薛宝钗见到元妃身上穿的"黄袍"，二事有异曲同工之妙。光从这两点描写上，已可知作者对薛宝钗这一人物的态度了。有些论者却常常抓到一些表面现象为薛宝钗做诸多辩护，真是不幸而"被作者瞒过"了。

　　同一事物，在不同身份的人眼里有不同的反映，不同的人，在相同的场合面对繁复的事物，能吸引他注意的也各异。这是《红楼梦》里运用得十分多的独特手法。除了上面宝、黛、钗三人之间的那些入微的描绘外，作者在通过两个外来人——林黛玉与刘姥姥入荣国府之所见的描写方面，也十分突出地表现了这种写作艺术。同是这个荣国府，但由于林、刘二人在各方面都存在的悬殊的差别，就使她们之所见也迥然不同。

　　首先看看贾府看门人的模样。林黛玉见到的是"门前列坐着十来个华冠丽服之人"。而刘姥姥呢？"只见几个挺胸叠肚、指手画脚的人坐在大门上，说东谈西的"。林黛玉所见，但觉其富贵华丽，与众不同；而刘姥姥所见，就带有明显的权势威风的感觉，怀着几分畏惧的心理。正像对荣国府的丫鬟们，林黛玉能觉察出她们的"妆饰衣裙，举止行动，果与别家不同"，如有一个丫鬟，她能仔细地看得出她"穿红绫袄青绸掐牙背心"；而刘姥姥呢，她根本分不出什么穿着上的名目，她一见到平儿时，只觉得她"遍身绫罗，插金戴银，花容月貌"，而且主子与奴才也分不清，不是周瑞家的指点，就直把平儿当凤姐来叫"姑奶奶"了。这二人所见之差异如此之大，是完全符合她们不同的社会地位的。正是由于有这样的不同，我们还看到，在进入荣国府这个贵族之家后，她们所看见的，更精确一点说是引起她们注目的东西也完全不一样。

从林黛玉的眼里，我们看到贾府或是轩峻壮丽或是小巧别致的建筑结构，从署款"万几宸翰之宝"的"荣禧堂"大匾、东安郡王穆莳写的称颂荣华富贵的对联，到厅堂的布置、座位的摆设以及贾母进餐时的礼则家规，这些都写得极细致具体；唯其如此，方能显出林黛玉的身份、地位和文化教养，以及极其细密的心思。而这一切，在刘姥姥眼里就通通不见了，对刘姥姥来说，荣国府内给她总的印象是：

才入堂屋，只闻一阵香扑了脸来，竟不辨是何气味，身子如在云端里一般。满屋中之物都耀眼争光的，使人头悬目眩。刘姥姥此时惟点头咂嘴念佛而已。

"满屋中之物都耀眼争光的，使人头悬目眩"，这笼统的一笔浑写，是十分恰切地反映了一个乡下老太婆进入这个贵族之家的最初印象的。在等待接见的时刻里，刘姥姥当然也能看到一些具体的事物，在她坐定喝茶之后，作者写道：

刘姥姥只听见咯当咯当的响声，大有似乎打罗柜的一般，不免东瞧西望的。忽见堂屋中柱子上挂着一个匣子，底下又坠着一个秤砣般一物，却不住的乱幌，刘姥姥心中想道："这是什么爱物儿？有甚用呢？"正呆时，只听得当的一声，又若金钟铜磬一般，不妨倒唬的一展眼。接着一连又是八九下。

此外，在见到凤姐之前，刘姥姥还看见几个妇人手上捧着的"大漆捧盒"，以及凤姐饭后撤出来的炕桌，上面"仍是满满的鱼肉在内，不过略动了几样"，仅此而已。但在荣国府里，也只有这"仅此"之所见，才确实是属于刘姥姥的。因为"大漆捧盒"是一般人能识之物，一大把年纪、颇通世故的刘姥姥自不例外。柱子上的大挂钟，本是不识之物，但它的响声有如"打罗柜筛面"，它那晃动惹目的东西又像"一个秤砣似的"，贾府的贵重珍物与刘姥姥农家常用之物有了这样一种联系，所以就能使她产生好奇心而特别注目。至于那炕桌上"满满的鱼肉"，对于那"天未明时"就梳洗上路，直到现在时钟已一连响了"八九下"还空着肚子的刘姥姥来说，自然就更令她注目了。"板儿一见就吵着要肉吃"，正是透露了此中消息。如果不是写这些,而把林黛玉所见之物写在刘姥姥眼中,那就变成匪夷所思了。同样,如果写林黛玉望着自鸣钟"发呆",就不免大大失真,如再写她注目炕桌上"满满的鱼肉",那就更不得体了。作者通过林、刘二人初进荣国府之所见,不但从不同的角度对荣国府做了必要的介绍,而且十分恰切地表现了这两个不同的人物。所谓"一声也而两歌,一手也而二牍"① 的表现手法,在《红楼梦》里是无所不在的。

　　鲁迅先生曾说过:"《水浒》和《红楼梦》的有些地方,是能使读者由说话看出人来的。"它说明了两书人物语言的高度个性化到了不可互相替换的地步。同样的情况,我们认为《红楼梦》的有些地方,是能使读者由人物的眼中所见看出人来的。贾宝玉眼中所见的林黛玉与"众人"所见的不同,刘姥姥与林黛玉眼中所见的荣国府也各异;他们眼中之物也是绝对不能互相调换的。这种事例在书中自然不止这一些,它也成了《红楼梦》所独有的一种艺术特色。

---

① 〔清〕戚蓼生:《石头记序》。

关于后四十回的作者及评价问题

《红楼梦》原是一部未完成之书,它最初只有八十回,以手抄本形式在社会上流传。至乾隆五十六年(1791年)和五十七年(1792年),程伟元把这八十回与程伟元、高鹗二人补续的后四十回合在一起,先后用活字排印了两次(即后来通称的"程甲本"与"程乙本"),这样,《红楼梦》才开始以一百二十回的完整面目在社会上更为广泛地流传起来。

自从考证出后四十回非曹雪芹所作,系他人所续之后,对它的评价就展开了激烈的争论,形成了极不相同的意见。随着争论的深入,后四十回的作者是谁也作为一个问题提出来了。过去相当流行的看法是认为后四十回乃高鹗所补作,所以从20世纪50年代到80年代出版的两种流行极广的一百二十回本《红楼梦》,都是以高鹗与曹雪芹并列署名为《红楼梦》的作者。其实这是大可斟酌的。

对后四十回的正确评价与弄清后四十回的作者是谁,这两个问题是互相关联的,应该一起加以研究。先从它的作者问题说起。

一

我们要辨析后四十回的作者是谁,首先有必要弄清后四十回是怎样成书的。程伟元在"程甲本"的《红楼梦序》中谈到了他搜集后四十回以及整理的过程:

> 然原目一百廿卷,今所传只八十卷,殊非全本。即间称有全部者,及检阅仍只八十卷,读者颇以为憾。不佞以是书既有百廿卷之目,岂无全璧?爰为竭力搜罗,自藏书家甚至故纸堆中无不留心,数年以来,仅积有廿余卷。一日偶于鼓担上得十余卷,遂重价购之,欣然翻阅,见其前后起伏,尚属接榫,然漶漫不可收拾。乃同友人细加厘剔,截长补短,抄成全部,复为镌板,以公同好,《红楼梦》全书

始至是告成矣。

在同书高鹗的《红楼梦序》中,对此事也有相应的叙述,与程伟元所说完全相合:

今年春,友人程子小泉过予,以其所购全书见示,且曰:"此仆数年铢积寸累之苦心,将付剞劂,公同好。子闲且惫矣,盍分任之?"予以是书虽稗官野史之流,然尚不谬于名教,欣然拜诺,正以波斯奴见宝为幸,遂襄其役,工既竣,并识端末,以告阅者。

在第二年刻印的"程乙本"卷首,程、高合写的《红楼梦引言》中又有说:

书中后四十回系就历年所得,集腋成裘,更无他本可考。惟按其前后关照者,略为修辑,使其有应接而无矛盾。至其原文,未敢臆改,俟再得善本,更为厘定,且不欲尽掩其本来面目也。

从以上材料,我们可知下面几点。

第一,后四十回是程伟元费多年心血搜集积累而来的。程、高二人只是做了"细加厘剔,截长补短"的工作,在这过程中,他们还尽量注意保存其"本来面目","未敢臆改",因此后四十回并不是程、高二人续创出来的。

第二,由于后四十回的原稿在文字上"漶漫不可收拾",所以程、高二人在"细加厘剔"的过程中,自不免有增删取舍,因而其中也必然反映有他们的主观思想意识,但与创作毕竟是两回事。

第三,主持这一工作的人是程伟元,高鹗只是一个"襄其役"者,是应邀来"分任"程伟元一部分工作的助手。过去长期把程伟元看成是一个刻书人、书商,而把高鹗与曹雪芹并列为《红楼梦》的作者,这完全是一个误会,因为后四十回的成书,程伟元的作用是远远超过高鹗的。产生这种误会的原因是由于过去可以了解程、高二人(尤其是程伟元)的材料太少,而对已有的材料又缺乏正确的分析所致。现在,程、高材料均有新的发现,应该据以纠正过去的误会,还事实以本来面目。

高鹗，字兰墅，一字云士，别号红楼外史，汉军镶黄旗人。早年热衷功名，乾隆五十三年（1788年）中顺天乡试举人后，参加会试却屡试不中，至乾隆六十年（1795年）辛卯科始中三甲一名进士。在乾、嘉两朝，历任内阁中书、内阁典籍、内阁侍读、江南道监察御史、刑科给事中等职，是一个屡获"勤职"考语的封建官吏。有《兰墅诗钞》《砚香词》《兰墅文存》等著作，他襄助程伟元修订《红楼梦》的工作是在考取进士之前，既"闲"且"惫"的乾隆五十七年（1792年）完成的。长期以来，人们把他径直称为后四十回的作者，主要是根据张问陶的一首诗注所说"《红楼梦》八十回以后俱兰墅所补"而然。其实，"补"与创作之间差距甚大，而与程、高二人自己说的在另稿的基础上"截长补短"的"补"正相符合。此外，高鹗还有一首写于乾隆五十七年（1792年）的诗，题为《重订红楼梦小说既竣题》，这里的"既竣"和《红楼梦序》里所说的"截长补短"的"工既竣"当是一个意思，也证明他是补订修改，而非创作。我们考虑问题是不应该抛开现有的材料不顾而去凭空臆测的。很难想象，如果没有主观的创作欲望和充分的准备，只凭别人一句话就肯答应，而且竟然也能够创作出这样四十回小说来。

关于程伟元，从现在已发现的材料中知道，他大约生于乾隆初年的一个书香世家，在嘉庆初年曾为盛京将军晋昌的幕僚。晋昌能诗文，善诗画，有《且住草堂诗稿》，该诗稿约有三分之一是与程伟元唱和之作。在程伟元的同学李桑为《睢鞭诗稿》写的"跋"中，说到程伟元"工于诗""擅长字画"。晋昌赠程伟元诗曾说"文章妙手称君最，我早闻名信不虚"。在奉和程伟元的诗中，晋昌又说"君是风流潇洒客，放怀今古已忘骸"，"书窗诗案得追陪，雪月花时共举杯"，"知君高士静门庭，镇日琴书意自宁"。这些材料充分说明程伟元也是一个放浪形骸、寄情诗酒的风流文人。晋昌还有诗劝他说"况君本是诗书客，云外应闻桂子芬"，"脱却东山隐士衫，泥金他日定开针"，可见他又是一个无意功名的"隐士"。同时，他还善画，已发现的有《双松图》，还知道他为晋昌生日画过《罗汉册》，为善怡庵画过《柳荫垂钓图》，等等。总之，程伟元是一个具有多种才艺、志趣不俗之士，为高鹗所不及。高鹗在考取进士之前，因科场的多次失利而弄得"闲"而且"惫"的时候，被程伟元召去协助订补《红楼梦》的工作是完全符合他当时的身份和处境的。因此，后四十回要署上"订补"者的名字的话，那么，首先应该是程伟元，而不是高鹗。

那么,后四十回的作者应该是谁呢?不得而知。因为它是经程伟元数年"铢积寸累之苦心","集腋成裘"而陆续凑集起来的,它甚至可能不只有一个作者。但可以认为,它不是曹雪芹的文字。因为不仅两者之间的思想境界和艺术水平差距太大,而且前八十回的脂批所透露过的八十回以后的一些文字和情节在现在的后四十回中却一概不见。如贾家被抄后,贾宝玉后来过着"寒冬噎酸枣,雪夜围破毡"的贫苦生活,通灵宝玉一度被窃。茜雪、红玉"狱神庙慰宝玉",最后贾宝玉"悬崖撒手"出家去了。此外,还有林黛玉"泪尽"魂归离恨天;迎春"一载赴黄粱";探春"远适"海隅不归;惜春"缁衣乞食";妙玉"瓜州渡口"流落"风尘";"薛宝钗借词含讽谏,王熙凤知命强英雄",后来"短命"而死;全书最后以"警幻情榜"列出"正、副、再副及三、四副芳讳"而告终;等等。这么多的重要情节和内容在现在的后四十回里找不到一点踪影,足以说明这四十回是出自他人之手笔。根据现有的材料,已可以确切证明在程、高本排印之前,社会上已有一百二十回本的《红楼梦》在流传。如周春的《阅红楼梦随笔》中就记载:"乾隆庚戌秋,杨畹耕语余云:'雁隅以重价购抄本两部,一为《石头记》,八十回;一为《红楼梦》,一百廿回,微有异同,……'"其他如明义、王衍梅都看到过全本的《红楼梦》,内容皆不相同,这种情况不正说明程伟元搜罗到其他八十回以后的续作不是完全有可能吗?有的论者认为上述各本所透露的内容与程、高本的内容不同,因此证明是程、高二人续作无疑。这就等于说,当时八十回以后的文字绝对只有上述雁隅、明义、王衍梅等三种了,这样的论断,岂不意味着,除我所知道的本子以外,就绝不再存在其他的本子了。但是谁会相信,我们今天所能了解,看到的材料会比程伟元、高鹗当时所看到、掌握的更多呢?在目前还拿不出任何证据证明程、高二人说谎的情况下,就不能用自己的想当然去否定历史上明确留传下来的材料。

二

《红楼梦》通过描写作为封建统治的基础、以贾府为代表的四大家族的真实的兴衰过程,在客观上展示了整个封建制度行将灭亡的必然趋势,从而获得了巨大的、深刻的社会意义,成为不朽的名著。

出于作品主题的需要，而且又是曹雪芹在前八十回已经预示了的，贾府的结局应是由于"运终数尽，不可挽回"，所以最后是"树倒猢狲散"，"好一似食尽鸟投林，落了片白茫茫大地真干净"。这个结局是曹雪芹从各个侧面、以各种方式反复渲染、预示过的，而且随着故事情节的发展，这个趋势在前八十回也越来越明显。以七十四回"抄检大观园"为契机，这个趋势更显出了咄咄逼人的势头。正如敏探春所说的："咱们也渐渐的来了。可知这样大族人家，若从外头杀来，一时是杀不死的。这可是古人说的'百足之虫，死而不僵'，必须先从家里自杀自灭起来，才能一败涂地！"此后接连而来的，是"开夜宴异兆发悲音"。前八十回里最后的一个中秋节，宁国府里紧靠祠堂墙下令人"毛发悚然"的"长叹之声"，使大家都预感到一种不祥之兆；在荣国府里，中秋之夜，异常凄凉的笛声，使得大家都"不禁伤感"，跑到另一个地方的林黛玉、史湘云的联句，竟使出家人妙玉都感到"果然太悲凉了"。简直是一片"悲凉之雾，遍被华林"，它笼罩在每一个人的心头。再后是晴雯屈死，司棋被逐，芳官等出家，这已是一个死亡、离散的先兆。贾宝玉祭晴雯的《芙蓉女儿诔》已经使"黛玉听了，陡然变色"，不祥的阴影已无情地压到了林黛玉的头上。而七十九回的"贾迎春误嫁中山狼"，意味着她已走上了"一载赴黄粱"的历程，这样，"三春去后诸芳尽，各自须寻各自门"的"飞鸟各投林"的悲剧帷幕就正式拉开了。同一回的"薛文起悔娶河东吼"，无疑是迎进来一个丧门星，从此家无宁日。它反映了"一损皆损"的四大家族正面临着同一个命运，它未来之颓势，必然是一落千丈，谁也阻挡不了的。而后四十回一开始却写什么"四美钓游鱼"，贾宝玉"两番入家塾"，完全阉割了前八十回蓄之已久的气势，因而显得十分格格不入。在写了贾家的破败、死亡、抄家和罢官之后，又力挽狂澜，让贾政"承袭"了宁、荣世职，贾赦、贾珍皆遇赦放回，"给还家产"，而且"兰桂齐芳"，贾府的两个小后辈皆中了举人，因而得以"沐皇恩""延世泽"，与前八十回的思想内容大相径庭。像鲁迅先生说的："是以续书虽亦悲凉，而贾氏终于'兰桂齐芳'，家业复起，殊不类茫茫大地，真成干净者矣。"后四十回所写的这种结局，明显是要让前八十回中行将就木的贾府死灰复燃、后继有人，这就大大削弱和破坏了原著的深刻主题，掩盖了它的光辉。这种结局是建立在一种因果报应的宿命论基础上而写成的。第一百二十回，作者通过甄士隐之口说道："福善祸淫，古今定理，观今荣宁两府，善者修缘，恶者悔祸，将来兰桂齐芳，家道复初，也是自然的道理。"这一段话与曹雪芹笔下甄士隐在第一回所做的《好了歌》注中的一切皆完了的思想形成了鲜明的对比，这种对比反映了前后两位作者在哲学思想上的根本对立：曹雪芹以其深刻的现实主义观察力看到了这个社会的"运终数尽，不可挽回"，并且生动形象地把它反映了出来，其中含有朴素的唯物主义成分；而后四十回的作者则是建立在天道循环的宿命论思想基础之上的。从这里我们看到了曹雪芹与后四十回作者的思想分野，这是最根本的不同。有的论者曾认为高鹗的思想（他认为后四十回的作者是高鹗）高于曹雪芹，真不知从何说起。

文艺作品是通过人物形象来反映生活、表现主题的。后四十回对前八十回主题的篡改，也必然会在人物形象的塑造上反映出来。这在一些主要人物身上表现得特别突出。

贾宝玉原是一个"潦倒不通庶务，愚顽怕读文章"，"于国于家无望"的叛逆者，他把"四书""五经"说成是前人"杜撰出来的"，骂八股文，攻击科举制度，憎恶仕途经济，毫"不希罕那功名"，因而与他的父亲——封建卫道者的代表发生了激烈的矛盾冲突，几乎被贾政的大板活活打死。而后四十回一开头就让贾宝玉"奉严命两番入家塾"，每天吃了饭就往"学房里去"，并悔恨自己过去"在这个上头没头脑"，过去他曾为了逃避贾政检查他的功课而装病发烧，现在却是真正夜里发烧了，第二天还照常坚持去上学。因此他的表现深得贾代儒和贾政的欢心，父子之间的矛盾已消失了。他不仅自己努力读圣贤之书，还竟然向巧姐大肆灌输《女孝经》《列女传》之类的封建毒素。后来为了报答天恩祖德，竟高魁乡榜，中了第七名举人，成为他自己斥骂过的"禄蠹"。在对待婚姻爱情问题上，按曹雪芹的原意，钗嫁黛死之后，贾宝玉应该是"空对着山中高士晶莹雪，终不忘世外仙姝寂寞林"；然而后四十回里的贾宝玉却"又想黛玉已死，宝钗又是第一等人物，方信金石姻缘有定，自己也解了好些"，而且"又见宝钗举动温柔，就也渐渐的将爱慕黛玉的心肠略移在宝钗身上"，到了一百十一回时，宝玉已经是"更喜欢宝钗，'到底他还知道我的心，别人那里知道？'"因此他与宝钗已成了一对情投意合的好夫妻。对于林黛玉，如果还有点思念之情的话，也只不过是一丝"痴公子余痛触前情"罢了。因此他最后的出家，既非出自对现实的不满，也不是由于"你（黛玉）死了，我做和尚去"，而是由于重游太虚幻境之后，悟了仙缘才出家的。而且他还认为，"一子出家，七祖升天"，出家也是对父母家族的一个报答。这种报答还体现在他出家之前还给薛宝钗留下一个遗腹子，这个遗腹子既可为贾家留下一个"兰桂齐芳"、振兴家业的种子，他自己也免掉了"不孝有三，无后为大"的罪名，所以他的出家，竟像一个为家事做了周详安排之后去出远门的当家人。这样一个"披着一领大红猩猩毡的斗篷"的阔和尚，和曹雪芹意中"悬崖撒手"、把万事全抛的和尚还有丝毫相同之处吗？

　　林黛玉是一个孤标傲世的叛逆者，她与贾宝玉有着广泛相同的志趣和爱好，尤以不说薛宝钗、史湘云常说的"混帐话"而与宝玉成为知己，并与之建立了爱情关系。这是一种有着共同政治思想基础的爱情，而非曹雪芹批判过的那种传统的才子佳人式的爱情，因此，宝黛的爱情悲剧就具有强烈的反封建的性质。后四十回里的林黛玉却大劝宝玉读八股时文，说什么"内中也有近情近理的，也有清微淡远的……况且你要取功名，这个也清贵些"。第九十四回写到贾府众人观看枯海棠开花，林黛玉为了讨好贾母，竟说："如今二哥哥认真念书，舅舅喜欢，那枯树也就发了。"这一派完全应该是薛宝钗说的"混帐话"，竟从林黛玉口中肉麻地说出来了。这样，林黛玉的叛逆性格以及宝、黛爱情的思想基础也完全消失了。因此，震撼人心的宝、黛爱情悲剧也没有了，剩下的只是一般三角关系中失败者留给人们的一丝个人的哀怨而已。自然，林黛玉表现在前八十回中的其他方面的许多锋芒棱角也一概不见了，她只是一个沉浸在悲哀与痛苦中的弱女子而已。

　　这种情况不仅表现在贾宝玉与林黛玉两个主要人物身上，其他一些重要人物也是如此，以下试举数例。

　　元春，作为贵妃，她是贾府与王室联结的纽带，贾府那炙手可热的权势，是与她的身份地位分不开的。她的生死荣辱对贾府的命运至关重要。"一声震得人方恐，回首相看已成灰"，说明她死亡的突然与急骤。"故向爹娘梦里相寻告：儿命已入黄泉，天伦呵，须要退步抽身早！"因为她的死，而导致她特别在梦中嘱告其父早日"退步抽身"，这已很明显地透露了她绝非正常的死亡。因此可以断定，所谓"虎兔相逢大梦归"，必有十分强烈的政治内容；而续书却把她的死写成是正在"圣眷隆重"时，因平日原有痰疾，这次"偶沾寒气，勾起旧病"，医治无效而死去，所谓"虎兔相逢"只不过她死之时正碰上交了"卯年寅月"，仅仅是一种时间上的巧合而已。这种写法完全抹杀了元妃死因中包含的复杂的社会关系和政治因素，掩盖了四大家族与王室及其他官僚集团之间的矛盾，而纯粹归之于一种自然死亡。这样，这个人物在后四十回中就没有任何意义了，显然是不符合曹雪芹的原意的。

探春，她的结局应是远嫁海疆，"把骨肉家园，齐来抛闪"，此后就如同一只断线的风筝，"也难绾系也难羁"，永无回头之日。这种预示也正符合全书"树倒猢狲散"的总体构思。后四十回却写远嫁的探春又随夫荣归，与王夫人等重新团聚，而且"服饰艳丽"，"出挑得比先前更好了"。这与前面曹雪芹预示的"清明涕泣江边望，千里东风一梦遥"的探春形象完全相反，说明续作者在不得不照应一下前八十回已经明确的预示之后，又偷偷地把自己的主观愿望塞了进来。

巧姐，按照第五回的"判词"和"红楼梦曲"，巧姐应是在贾家"势败家亡"之后，被"狠舅奸兄"拐卖出去，并曾一度"流落在烟花巷"，后来幸遇得刘姥姥相救，使她在农村靠纺绩自食其力。"一座荒村野店，一美人在那里纺绩"，这就是巧姐的最后归宿。这种结局既照应了全书主旨，又深刻地反映了封建末世在复杂的矛盾斗争中阶级关系的巨大变化。而续书却是根据这些预示用叙述性的语言简单交代了一下过程，实际上是虚晃了一枪，然后马上笔锋一转，几经转折，最终将巧姐嫁了一个家财巨万、良田千顷、风流倜傥，而且中了秀才的农村土财主周少爷，而且最后也回到了贾府。与探春一起，这些已作鸟兽散的"猢狲"又回来聚合了，这大大违逆了原作者的本意。

妙玉，是一个在思想、性格以至整个气质上都与林黛玉十分相近的人，正因为如此，就注定了她一生中"世难容"的命运。"好高人愈妒，过洁世同嫌"，写出了她的性格与社会世俗的矛盾冲突。"可怜金玉质，终陷淖泥中""好一似，无瑕白玉遭泥陷"，只能说明她是被这个不相容的社会现实所吞没了，这应该是一场善恶、美丑之间的思想冲突。由于她的特殊身份，她的结局自有它特殊的悲剧意义。而后四十回却把妙玉写成"一个极洁极净的女儿，被这强盗的闷香熏住，由着他掇弄了去了"。被劫走的妙玉，后来"是甘受污辱，还是不屈而死，不知下落，也难妄拟"，就这样不了了之了。也许这就是续书者理解的"欲洁何曾洁""终陷淖泥中"吧。这显然是一种十分肤浅无知而又庸俗卑下的理解，它与原著的构思相距何止天壤。

香菱，是封建社会备受折磨和欺凌的一个弱女子，作者给她原来起的名字叫甄英莲，就隐含有"真应怜"的意思。她由小时被拐子拐骗，又卖到薛呆子家过着半婢半妾的屈辱生活，后又受夏金桂的百般虐待，结局是"自从两地生孤木，致使芳魂返故乡"，清楚不过地表明她将是死在夏金桂手中的。事实上第八十回已写到她"今复加以气怒伤肝，内外折挫不堪，竟酿成干血之症，日渐羸瘦，饮食懒进，请医服药不效"，分明已快要死了。香菱的应有结局，是从另一个侧面对四大家族罪恶的又一份血泪控诉；可是到后四十回，却突然情况大变，夏金桂因设毒计而自食其果，一命呜呼，香菱倒被扶正为正式奶奶。她后来是因"难产"而死，而且她的死只是一种"尘缘脱尽"的表现，是登仙籍的一个过渡。这种安排仍是续作者"福善祸淫，古今定理"的宿命论思想在作祟。至于香菱在死前还要给薛蟠留下一个儿子"以承宗祧"，这和贾宝玉在出家前给薛宝钗留下一个遗腹子一样荒唐。

鸳鸯，是贾府的女奴中斗争性最强的一个。她曾利用贾母的关系，与贾赦、邢夫人做过坚决的斗争，对贾赦的逼迫，曾表示就是"一刀子抹死了也不能从命"，表现了一种"富贵不能淫，威武不能屈"的凛然气概。而贾赦则威胁说："凭她嫁到谁家，也难出我的手心。"可以想见，八十回后的鸳鸯，定有一番更为激烈的反迫害斗争行动。可是后四十回里的鸳鸯在贾母死了之后，马上也悄悄地上吊死了，这是不符合鸳鸯的初衷的。鸳鸯的确曾考虑到贾母死后她将如何来对付贾赦这条恶狼，她在第四十六回里是这样对平儿说的："老太太在一日，我一日不离这里；若是老太太归西去了，他横竖还有三年的孝呢，没个娘才死了，他先弄小老婆的！等过了三年，知道又是怎么个光景儿呢？那时再说"。而现在不仅"三年之孝"还没开始，更主要的是当时贾赦在抄家后已被"发往台站效力赎罪"，他什么时候回来，甚至能不能回来，都还是一个未知数，远远还没有对鸳鸯构成威胁，她怎么能死呢？现在鸳鸯却是死了，而且是人不知、鬼不觉地死了。这样一个富于反抗性的女奴，不但没有表现出一点她的反抗性格，反而成了主子们用来大肆宣传的工具，说她是"殉主"了。连邢夫人也说："我不料鸳鸯倒有这样志气！"贾政还在她的灵前烧香、作揖，这与曹雪芹笔下的鸳鸯难道有丝毫相同之处吗？

总之，《红楼梦》里一些主要人物的结局在前八十回里都是已经预示了的，后四十回的作者也是完全明白这一点的，因此，这些人物的结局不能说完全没有照应到曹雪芹的预示，但它的照应或只是在形式上、表面文字上做一些似是而非的连缀，如元春、妙玉的结局。这就像为了照应一下"落了片白茫茫大地真干净"这句话，而写宝玉出家后去拜辞他父亲，贾政追他不见，却"只见白茫茫一片旷野，并无一人"的描写一样荒唐可笑；或是在开头接应一下，随后又掉过头来，完全改变了曹雪芹的原意，如探春、巧姐、香菱等。而这一切都与续作者要"沐皇恩""延世泽""家道复初"的指导思想是一致的，是通过人物形象来反映他的总体思想。因此这些人物的结局不仅歪曲了人物形象，也严重地损害、破坏了原书的悲剧意义和主题思想。

《红楼梦》作为一部优秀的长篇小说，是与它杰出的艺术成就分不开的，它是在集古代小说艺术之大成的基础上又有突出的创新，这种情况当然不是简单的几句话所能道其万一的。即使单从其表现手法的丰富性来说，也是前无古人的。这一点，脂批曾指出："书中之秘法亦复不少，予亦于逐回中搜剔刳剖，明白注释。"他的确如此做了。在这当中，特别有两次脂批对《红楼梦》的表现手法做了较为集中的介绍。一见"甲戌本"第一回的眉批，这是开头的一个总的提示："事则实事，然亦叙得有间架，有曲折，有顺逆，有映带，有隐有见，有正有闰，以至草蛇灰线，空谷传声，一击两鸣，明修栈道，暗度陈仓，云龙雾雨，两山对峙，烘云托月，背面傅粉，千皴万染诸奇。"另一见于"庚辰本"第二十七回的眉批："《石头记》用截法、岔法、突然法、伏线法、由近渐远法、将繁改简法、重作轻抹法、虚敲实应法，种种诸法，总在人意料之外，且不曾见一丝牵强，所谓'信手拈来无不是'是也。"脂批的这些表述，虽然有的未必就很确切，更不能以为《红楼梦》的表现手法就尽于此了；但仅就这些而言，亦足见其千变万化之生花妙笔了。这种种技法共同形成了《红楼梦》文字的一个突出特点，就是内容丰富充实，却又含蓄蕴藉，意味无穷而耐人咀嚼，亦即作者所说的"细玩颇有趣味"，故能使人百读不厌，每读一遍都会有新的收获。当然，在《红楼梦》的艺术宝库中，这些具体的表现技法只不过是其中的一个方面而已，而仅从这么一个最基本的方面与后四十回比较起来，则后者在表现手法上显得枯燥单调，读来毫无"趣味"可品，作者所要说的，读者一览无遗。前八十回中那种种吸引人的魅力与韵致都没有了，两者差距之大，是不可相提并论的。当然，这也不奇怪，因为前后两位作者在思想境界上是如此不同，后者要在思想矛盾的状况下把续作与原著相照应而连续起来，做到这一点已是够费力了，哪里还有余力顾及其他？更不用说这两位作者在艺术修养与才气之间所无法弥补的距离了。

三

以上我们比较了《红楼梦》八十回前后各方面的悬殊差别，实际情况当然还远远不仅止如此，我们无法一一列举。然而这一切都只是就其与高水平的前八十回而言的，如果因此就把后四十回说得毫无是处，甚至不屑一顾，这却不是实事求是的态度。因为任何成功的续作都无疑是一件困难的事情，除了要具备一般创作所需要的全部条件外，还要能准确地揣摸出前著从思想内容到艺术表现手法的种种一切，并使自己的续作与之融合为一，这是谈何容易的事情！如果说，今天众多著名的雕塑家连一只维纳斯塑像的断臂都无法续接得令人满意的话，那么，在过去要续作一部如此广博精深的优秀长篇小说而能使今人满意，就更是不可能的事。今人也有不少从事八十回后的探佚工作的，而且目前还只停留在局部的内容和情节方面，即使如此，也已经是仁智互见，各说各的，这当然也是允许的。可是如果对古人所续的整整四十回书，采取一言以蔽之的态度，从而把它一笔抹杀，岂不是对历史太不尊重也太不公平了吗？历史的事实是现在的后四十回竟然能和前八十回一起流传近二百年，这一事实本身也就告诉我们是不能简单地把它全部否定的。

首先，《红楼梦》在有刻本之前，只有八十回的未完稿以手抄本的形式主要传递于北京地区的士大夫家，后四十回续成并一起镌版刊行后，才使它能以完整的面貌在更为广泛的范围内流传。如果说，过去在很长一段时间里人们并不知道后四十回系出自另一作者之手（这一事实也值得注意），那么，在今天了解了真相之后，《红楼梦》还得借助它一起刊印流行，而且并没有受到广大读者的非议，这种社会效果不是证明它的确有其可以存在的理由吗？尽管人们可以站在今天的高处来睥睨它，但它所起过的历史作用和现实意义总还是客观存在的。

后四十回之所以能与前八十回一起流传是有其客观原因的，那就是它除了有在不少地方与前八十回存在严重抵牾之处这一面之外，也同时存在能与前八十回不同程度地相连续的另一面。

从整个结局来说，后四十回是用了较具体的情节来描绘了一系列的抄家、罢官、出家、死亡等离散破败现象的，虽然后面长出了一条延世泽、沐皇恩的狗尾，与"白茫茫大地真干净"的结局不相符，但从全面来看，也只是"结末又稍振"（鲁迅语），已远远比不上当日那赫赫扬扬的势派了。从总的来说，"大故迭起，破败死亡相继"（鲁迅语）所带来的悲凉气氛还是主要的。我们从今天的认识高度出发，特别强调前八十回预示的最后结局对全书主题的深刻意义，但当时的人是不可能有这种认识的，即使曹雪芹也未必是自觉意识到这一点的，他预示最后要写到这点，只说明他的现实主义创作方法的巨大成功。这正是他高出于同时代一切作者的地方。而后四十回的作者以其能达到的思想高度写出了这样一个结局，在他看来，这就已经是符合前八十回的原意了。这结尾的一点"稍振"是无损于结局的总的悲凉气氛的。而且看来不仅是续作者，就是一百多年来的绝大多数读者，也是以这样一种观点和思想水平来读它的，这也许就构成了它得以流传的一个原因吧。

作为《红楼梦》总体的悲剧结局，是由许多个别的、局部的悲剧共同组成的。从前八十回看来，通过艺术形象反映出来的最能感动人的当然莫过于宝、黛的爱情悲剧了。而在后四十回中，宝、黛爱情这个局部悲剧应该说是续书中表现得最充分也最成功的了。"林黛玉焚稿断痴情，薛宝钗出闺成大礼"，把黛死钗嫁安排在同一时刻，这是后四十回中最能牵动读者感情的篇章，今天据一百二十回本《红楼梦》搬上舞台、银幕演出的戏剧、电影，能使读者唏嘘落泪的也莫过于这个时刻了。它的艺术感染力与那些"非借尸还魂，即冥中另配，必令'生旦当场团圆'才肯罢手"（鲁迅语）的大量续书比较起来，岂非也同样有天壤之别吗？这可说是后四十回能附骥尾的最重要的一个原因。从这里或可看出，后四十回的作者虽不及曹雪芹，却比后来许多续书的作者高出多多。

此外，在众多的人物中，虽然我们在前面指出过有许多重要人物的结局是与曹雪芹预示的不一致，但不可否认，也有一部分重要人物如王熙凤、薛宝钗、迎春、惜春、史湘云、花袭人等的结局还是尽力按照他所理解的在前五回中所预示的那样来安排的，尽管在具体情节上未必都符合曹雪芹的构思，写得不尽如人意，但还不至于大相径庭。

在其他思想内容方面，后四十回固然还有不少封建糟粕，但也不是毫无可取的，对于封建统治者的罪恶与腐朽也有一定的揭露。如写元妃死时所表现的宫廷内那种难言的痛苦,那"多多少少穿靴带帽的强……强盗来了"的抄家场面,都是在别的历史书上所找不到的。再如"掉包计"所揭露的封建婚姻的罪恶,从凤姐那里抄出来的重利盘剥的"一箱借票"所表现出的她的贪婪,"狠舅奸兄"出卖巧姐的人情世态,贾政、邢夫人等的昏庸腐朽,等等,都还是具有鞭挞力量的。

总之,曹雪芹是当时的佼佼者,他的前八十回是文学史上的一座高峰,任何续作在它面前都不免要相形见绌的;但不能因此就不分青红皂白地把后四十回具有积极的一面一笔勾销,还应实事求是地分辨出它的功与过。孟子云:"登东山而小鲁,登泰山而小天下。"① 泰山之高,固不可及,但不能因此就不承认东山应有的地位,甚至无视它的存在吧。

---

① 《孟子·尽心上》。

论"脂批"的主要贡献

《红楼梦》是我国古代小说中思想性和艺术性结合得最好的一部作品,它是几千年中国优秀文化的结晶,它以其辉煌的成就成为我国文学史上的一座丰碑。这样一个总的评价是绝大多数人所公认的。然而这样一部优秀的作品在许多具体问题上——包括一些重大的问题——如主题思想、人物评价、事件性质、艺术结构等等,无不存在着重大的意见分歧,时经两百多年依然纷争不已。产生这种情况的原因固然很多,其中相当重要的一点是这部作品的特点与一般小说迥然不同,用鲁迅先生的话来说是"自有《红楼梦》出来以后,传统的思想和写法都打破了"。当人们还没有都掌握到它的与传统不同的思想、写法,一些人仍然用传统的眼光与方法去评论它时,自然就不能不产生严重的抵牾。当然,从《红楼梦》问世后的两百多年来,人们是在逐渐认识并掌握它的特点,因而对它的评价也是在不断深入和取得成效的。在这个过程中,"脂批"作为《红楼梦》最早的评论意见,有着不可忽视的重要意义和贡献,这是由"脂批"的主要作者与曹雪芹及《红楼梦》的创作有着十分密切的关系所决定的。

"脂批"内容庞杂,精华、糟粕并存,对它做"一言以蔽之"的结论是不合适的,而且也不是一篇文章能详加论析的。本文只就它在如何帮助、启发读者较准确地理解《红楼梦》这方面做一些探索,即使在这一点上它也同时还有错谬的地方。

中国的古代长篇小说,大抵在卷首都有一首诗词作为开场,它或概述作品的大致内容,或对所写内容加以评论,或抒发作者本人对事件的慨叹,等等不一。《红楼梦》在卷首介绍了故事的"缘起"之后,也写了第一首标题诗。诗曰:

满纸荒唐言,一把辛酸泪。
都云作者痴,谁解其中味?

这首诗与以上所说的各种情况皆不同，作者向读者说的是自己的一种担心："谁解其中味？"——怕大家不能真正了"解"书中之"味"。若果然如此，岂非完全辜负了作者呕心沥血所写成的一部《红楼梦》吗？正因为如此，所以我们看到，在"缘起"的开始，作者劈头就说道："说起根由虽近荒唐，细按则深有趣味。"实际上是作者告诉大家一个如何读懂此书的重要方法：要"细按"——认真玩味，不能一览而过，像读其他小说那样。这可以说是读《红楼梦》的一个最基本的方法。而两百多年来，人们却恰恰经常忘记了这一点，这无疑也是"红学"中纷争问题最多的一个原因吧。真正第一个懂得而且运用此方法来读《红楼梦》的应该说就是"脂批"，"脂批"多次提出：

凡看书人从此细心体贴，方许你看，否则此书哭矣。（"庚辰本"第十二回）

等着二字大有神情。看官闭目熟思，方知趣味，非批书人谩（漫）拟也。己卯冬夜。（"庚辰本"第二十二回眉批）

大妙大奇之文，此一句便伏下病根了。草草看去，便可惜了作者行文之苦心。（"庚辰本"第四十四回）

所谓"细心体贴""闭目熟思，方知趣味""草草看去，便可惜了作者行文之苦心"云云，和作者说的"细按则深有趣味"完全是一个意思。而这一类意思的批语在全部"脂批"中还远远不仅这么几条，此足见批者的指导思想是十分明确的，也是和作者的思想一致的。

当然，如果仅仅是指出了要"细玩""熟思""细心体贴"等等，并不等于就具体理解了《红楼梦》的写作特点和掌握了阅读《红楼梦》的特殊的、却是科学的方法。但从全部"脂批"来看，应该说，批者在经过他的细心玩味之后，是理解到了作品的主要写作特点，因而也解出了作品中的许多人还不能"解"的"趣味"的。

我们从"脂批"中可以见到大量的这一类批语：

开卷一篇立意，真打破历来小说窠臼。阅其笔则是《庄子》《离

骚》之亚。("甲戌本"第一回眉批)

这正是作者用画家烟云模糊处,观者万不可被作者瞒弊(蔽)了去,方是巨眼。("甲戌本"第一回眉批)

春秋字法。春秋字法。("甲戌本"第三回夹批)

这一句都(却)是写贾赦,妙在全是指东击西,打草惊蛇之笔。若看见写一人即作此一人看,先生便呆了。("甲戌本"第三回夹批)

是书勿看正面为幸。("甲戌本"第八回眉批)

勿作正面看为幸。("庚辰本"第十二回眉批)

此书表里皆有喻也。("庚辰本"第十二回)

观者记之,不要看这书正面方是会看。("庚辰本"第十二回)

九个字写尽天香楼事,是不写之写。("甲戌本"第十三回眉批)

惊魂夺魄只此一句。所以一部书全是老婆舌头,全是讽刺世事,反面春秋也。所谓痴子弟正照风月鉴,若单看了家常老婆舌头,岂非痴子弟乎?("庚辰本"第四十三回)

只看他题纲中用"尴尬"二字于邢夫人,可知包藏含蓄,文字之中莫能量也。("庚辰本"第四十六回回前总批)

从上可看出,"脂批"反反复复强调《红楼梦》的一个重要写作特点是用的"春秋字法","不写之写","一部书全是老婆舌头,全是讽刺世事,反面春秋",因此切"勿看正面","不要看这书正面方是会看","若看见写一人即作此一人看,先生便呆了",因为"此书表里皆有喻","包藏含蓄","文字之中莫能量也"。

作品大量的事实证明,"脂批"的这些论断是完全正确的。《红楼梦》的主要艺术风格就是含蓄。含蓄的特点可以表现为各种形式,如言有尽而意无穷,言在此而意在彼,故作反语("反面春秋"),等等,这种事例在《红楼梦》的全书中随处可见,这里不一一列举。

正由于"脂批"的作者对《红楼梦》的写作特点有了准确的理解,因而在关于作品的不少具体问题上,它能提出许多有价值的见解。虽然限于它是评点的方式,未能系统、深入地进行发挥,因而不可能充分表达出它的看法,但仍有不少方面对我们今天探讨一些问题还具有启迪和借鉴的作用。

《红楼梦》究竟是一部什么性质的作品?对于这样一个带有根本意义的问题,两百多年来一直未能解决。鲁迅先生曾总结过在他以前的各种看法:"单是它的命意,就因读者眼光的不同而有种种:经学家看见《易》,道学家看见淫,才子看见缠绵,革命家看见排满,流言家看见宫闱秘事……"此后,"新红学"家们提出了"自传说",时至今日,又出现了政治小说与爱情小说之争。关于这一点的谁是谁非,我们如果仔细读读"脂批",却是可以获得一些启发的。

首先,在这个问题上,《红楼梦》的作者自己曾有一番表白,他说此书是"大旨谈情""毫不干涉时世""非伤时骂世之旨"。用现在的话来说,就是《红楼梦》的主题大旨是爱情而非政治。今天之持爱情说者,实和作者的这种表白颇有关系。然而与作者及其创作很有关系的"脂批"却不这么看,还在第一回当写到甄士隐抱着英莲,癞头和尚对他说"你把这有命无运累及爹娘之物,抱在怀内作甚"时,有批曰:

> 看他所写开卷之第一个女子便用此二语以订终身,则知托言寓意之旨,谁谓独寄兴于一情字耶?

"脂批"自然不会知道后人对《红楼梦》会有一些什么争议,但他总担心后来的读者因不"细心体贴"而"被作者瞒过",因而时时不忘提醒。就在作者宣言此书"大旨谈情"的第一回,他就批上此书"托言寓意之旨"不能只着眼在一个"情"字上。这是故意与作者唱反调,以求标新立异吗?不是。这是因为他和作者的特殊关系,深知此书的写作背景以及它的写作特点(批者甚至参与了此书的创作),明白作者好作反语,在作者担心"谁解其中味"的情况下,通过批语的方式从旁来宣泄多少此书的真正"趣味",指出此书的意旨绝非"寄兴于一情字"。明乎此,我们就可以进一步理解其他一些批语的意义了。如第一回在作者写到"亦非伤时骂世之旨"、"又非假拟妄称"和"因毫不干涉时世"三语时,旁边都有批曰:"要紧句!"这几句话"要紧"在何处呢?在多次指出作者好作反语,"一部书全是反面春秋",此书的"托言寓意之旨"不是"谈情"的"脂批"作者看来,这几句话之所以"要紧",并不是要提醒读者记住这部书的确是"非伤时骂世","不干涉时世",而只是说明这几句话就作者来说是不能不写的,否则就不免招来无端之祸。而经"脂批"这样一点出"要紧句",正是要让读者意会到,这正是一部非常尖锐地"伤时骂世"、"干涉时世",具有强烈政治内容的作品,而非像作者说的是一部爱情小说。

同样的情况我们还看到,当第一回写到"然朝代年纪,地舆邦国,却反失落无考"时,"甲戌本"又有夹批曰:"据余说,大有考证。"

在作者本意,既不愿像历代野史那样"假借'汉''唐'名色",又不敢直接明白写出朝代年纪,故只好含糊说它无朝代年纪可考;而"脂批"却紧紧抓住说"大有考证",这是何故呢?原因就在于地舆邦国、朝代年纪的明朗化更足以加强作品的现实意义。"脂批"不放过这一点,也正说明它对该书不是着眼在一个"情"字上,而在它的政治内容。当然,"脂批"没有也不敢直接把它"考证"出来,写在批语中,只是告诉读者应该从作品中去"考证"出来。那么,《红楼梦》的地舆邦国与朝代年纪果真大有可考吗?只要读者细心去体会,就可从书中的官制、服饰、风习以及第二回贾雨村口中那一长串人名中"考证"出来。同时,"脂批"自己也多少透露了一些该书所写"朝代年纪"的信息,如:

记清此句。可知书中的荣府已是末世了。("甲戌本"第二回夹批)

作者之意,原只写末世。此已是贾府的末世了。("甲戌本"第二回夹批)

第三代。亦是大族末世常有之事,叹叹!("甲戌本"第二回夹批)

> 又补出当日宁荣在世之事，所谓此是末世之时也。（"庚辰本"第十八回）

我们从清初一些唯物主义思想家的作品中可以看到，他们常把清朝称为"末世"，而"脂批"这样反复强调作品所写的时代是"末世"，是足以表现它的意义所指。同时从他这样重视此书的时代背景，也可说明他对此书性质的看法。可以肯定说，如果《红楼梦》只是一部爱情小说，那么，作者和批者都完全不必如此去强调它的"末世"背景的。

如果说，曹雪芹的作品是惯用含蓄手法、"反面春秋"的话，"脂批"也不可能把他体会到的一切都铺叙开来。他只能稍加指点，以助读者的思路，加上它的评点方式，更不可能正面阐述此书的性质问题。但即使如此，体味一下这些批语，对我们认识《红楼梦》的性质，特别是分清它是政治小说或爱情小说，不仍有其独特的意义吗？

《红楼梦》中另一个重要的意见分歧问题，是对主要人物贾宝玉的评价。像书中人物对贾宝玉有许多不同的称呼（如"祸胎""混世魔王""富贵闲人""无事忙"等等）那样，评论者们对他的看法也是众说纷纭、莫衷一是，分歧意见之间距离相当大。但如果我们研读一下"脂批"，或许也可受到不少启发。

"脂批"称贾宝玉为"一部书中第一人"（"甲戌本"第二回眉批），也即是书中主要人物的意思。对这个主要人物，"脂批"首先是注意到作者描写他的手法特点，指出：

> 通部中笔笔贬宝玉，人人嘲宝玉，语语谤宝玉。（"甲戌本"第五回眉批）

这确实是事实。《西江月》词说他"天下无能第一，古今不肖无双。寄言纨绔与膏粱：莫效此儿形状"云云，在书中从未这样直接正面地贬斥过其他人。正因为如此，就难免给一般"草草读去"，因而"错会书意者"造成很不好的印象。然而在"脂批"看来，这种评价并不是作者的真意，是什么呢？第五回写到贾宝玉对弟兄姐妹们皆视如一体，"并无亲疏远近之别"时，有两条批语：

> 如此反谓愚痴，正从世人意中写也。（"甲戌本"夹批）

> 如此反谓愚痴，盖从世人眼中写出。（"甲戌本"批语）

可见书中对宝玉的大量贬语都是作者从"世人"的目光中来写他，并不是作者本人对贾宝玉的看法。那么，作者对这个人物有没有自己的评说呢？有。作者除了主要通过形象本身来表现之外，间中亦有点睛之笔。如第十五回贾宝玉与北静王水溶第一次会面时，作者就从水溶的眼中写到他"语言清楚，谈吐有致"。对这么短短的八个字，在一般读者眼中就可能一溜而过，可是"脂批"却特别挑出来说：

> 八字道尽玉兄。如此等方是玉兄正文写照。壬午季春。（"庚辰本"眉批）

把这说成是对贾宝玉的"正文写照"有道理吗？有的。因为在一般"世人"眼中，贾宝玉是"嘴里一时甜言蜜语，一时有天无日，一时又疯疯傻傻……""成天家疯疯癫癫的，说的话人也不懂，干的事人也不知"，而"语言清楚，谈吐有致"根本就是另一个人物。"脂批"当然认为这是从另一个角度，即作者心中为贾宝玉的"正文写照"了。这种"正文写照"比之全书对他的"贬语"来，数量是极少的，但却很重要。如作者通过警幻仙姑说宝玉"天分高明，性情颖慧"时，"脂批"在"通部中笔笔贬宝玉"的情况下指出：

> 忽写出此八字来，真是言外之意。（"甲戌本"第五回眉批）

所谓"言外之意"，就是指的大量"世人"谤语之外的作者真正本意也。"脂批"的这种看法是符合作者的本意的。

因为书中有"世人"眼中的宝玉（表现为"通部中"皆贬语）和作者心中的宝玉（表现为极少数量的"玉兄正文写照"）之分，因此当书中以"世人"眼光对贾宝玉进行讥讽时，"脂批"有时就站出来为之辩护，如对前引"寄言纨绔与膏粱：莫效此儿形状"二句时，"脂批"就说：

末二语最要紧。只是纨绔膏粱，亦未必不见笑我玉卿。可知能效一二者，亦必不是蠢然纨绔矣。（"甲戌本"第三回眉批）

这实是"脂批"对"世人"和"纨绔与膏粱"的反讥讽：你们贬斥贾宝玉，你们比贾宝玉还更可笑呢！而从这种态度中也就透露了"脂批"对贾宝玉这个人物的肯定意向。

与熟悉作者善作反面春秋的笔法特点相联系，"脂批"还指出书中对宝玉的一些贬语实是作者的反话，它是明贬暗褒的，如第五回作者写到贾宝玉具有天性所禀来的一片"愚拙偏僻"时，就指出：

四字极不好，却是极妙，只不要被作者瞒过。（"甲戌本"夹批）

"脂批"认为，"愚拙偏僻"四字在表面字义上本是"极不好"的，但用在宝玉身上却又"极妙"，什么道理呢？它没有进一步做出解释，但从贾宝玉的整个形象来看，只能认为他的"愚拙偏僻"乃是与"世俗"之人在思想性格上的格格不入，是一种愤世嫉俗的表现。而作者却赞赏他的这种性格，"脂批"又从而特别指出，叫大家"不要被作者瞒过"，则可知"一芹一脂"在对待宝玉的态度上也是完全一致的。

"脂批"对贾宝玉的基本倾向和态度既明，那么，贾宝玉究竟是一个什么人呢？由于时代等客观条件的限制，"脂批"没有也不可能给出正面具体的答案，但从他的一些"长篇"论述中，仍然含有启发我们正确认识这个人物形象的积极内容。第十九回中，贾宝玉因去看美人图卷而撞见茗烟一段，有批曰：

按此书中写一宝玉，其宝玉之为人，是我辈于书中见而知有此人，实未目曾亲睹者。又写宝玉之发言，每每令人不解；宝玉之生性，件件令人可笑；不独于世上曾亲见这样的人不曾，即阅今古所有之小说传奇中，亦未见这样的文字。于颦儿处为更甚。其囫囵不解之中实可解，可解之中又说不出理路。合目思之，却如真见一宝玉，真闻此言者，移之第二人万不可，亦不成文字矣。余阅《石头记》中至奇至妙之文，全在宝玉、颦儿至痴至呆囫囵不解之语中，其诗词雅谜酒令奇衣奇食奇玩等类，固他书中未能，然在此书中评之，犹为二

着。("庚辰本"批语)

这里重点在说宝玉之"发言"是《石头记》中"至奇至妙"之处,而同时更为重要的是说贾宝玉作为一个艺术形象的重要特点——他是过去的文艺作品中所没有的,也是现实生活中所没有的人物,只是在《石头记》这本"书中见而知有此人"。这就有力地否定了胡适的"自传说",它写的不是真人真事。但是宝玉是个什么人呢?要具体说出来,就使笔者十分惶惑,对宝玉的特有的语言,总觉得"其囫囵不解之中实可解,可解之中又说不出理路"。言为心声,对他的语言不好理解,实际是对这个人物形象的思想性格无法捉摸得准,"说不出理路"来。"脂批"的这种看法在另一段批语中说得更为集中、明确。当贾宝玉埋怨自己这种浊物倒生在这富贵之家时,该批曰:

> 这皆宝玉意中心中确实之念,非前勉强之词,所以谓今古未(有)之一人耳。听其囫囵不解之言,察其幽微感触之心,审其痴妄委婉之意,皆今古未见之人,亦是未见之文字。说不得贤,说不得愚,说不得不肖。说不得善,说不得恶。说不得正大光明,说不得混帐无赖。说不得聪明才俊,说不得庸俗平(缺一字)。说不得好色好淫,说不得情痴情种。恰恰只有一颦儿可对,令他人徒加评论,总未摸着他二人是何等脱胎,何等骨肉。余阅此书,亦爱其文字耳,实亦不能评出二人终是何等人物。("庚辰本"第十九回夹批)

这段批语非常重要,因为它虽然没有最后评出贾宝玉是"何等人物",却为我们提供了有效地去探究这个人物的重要线索。"脂批"大量列举了传统眼光中的各种人物来对照贾宝玉,结果都不合适,因此都"说不得",从而他反复提出了贾宝玉是"今古未有之一人""皆今古未见之人"的结论。既然如此,就不应以传统的眼光在"过去"中寻求他,而应以新的眼光到"未来"世界中去考察他"是何等脱胎,何等骨肉"。要做到这一点,对"脂批"来说自然是无能为力的,而他也实事求是地承认了自己"实亦不能评出二人终是何等人物"。但对我们来说,不是正可以从中获得启示,把贾宝玉从传统的"今古"眼光中解放出来,让他到"未来"的世界中去接受一番检验吗?如果说,今天在这方面已经取得了一些进展的话,"脂批"不是也有过它所能做到的贡献吗?

除以上关于书的性质以及主要人物贾宝玉的评价之外,在阅读方法上似乎还有一个重要的方面值得一提。《红楼梦》在写作方法和生活取材上和它以前的许多著名小说不同,它既不像《三国演义》《水浒传》那样描写了众多叱咤风云的英雄人物和翻天覆地的历史事件,也不像《西游记》《聊斋》那样有那么多曲折离奇的故事情节和变幻莫测的神怪灵异。《红楼梦》大量写的是一些日常生活中的平凡琐事,读者听见的也多是家庭里面的妇姑勃豀,和"老婆舌头"以及吟诗猜谜、唱戏饮宴之类,因此,习惯于阅读前面一些作品的读者,在初读《红楼梦》的时候,往往没有多大兴味,甚至读不下去。这里固然有题材、故事方面的原因,也有表现方法的不同而要求阅读方法有异的原因。除了前面提到"脂批"突出强调了的要"细玩""不要看正面""言在此而意在彼"等等之外,"脂批"还有不少意见,对阅读《红楼梦》来说,也是颇有启发意义的,如:

不见后文,不见此笔之妙。("甲戌本"第三回夹批)

这是告诉读者,作品中的某些情节不要孤立只看一点,而要前后联系起来看。

《石头记》总于没要紧处闲(用)三二笔写正文筋骨,看官当用巨眼,不为彼瞒过方好。壬午季春。("庚辰本"第十五回眉批)

这是说书中有些文字常常是在没多大"要紧处"用三两笔夹写重要的"正文筋骨",读者切不可草草一眼放过。这种事例是很多的,是《红楼梦》写作手法的一大特点。

《石头记》每用囫囵语处,无不精绝奇绝,且总不相犯。("庚辰本"第三十一回眉批)

这里告诉大家,作品中很多人物的语言在表面文字上往往是囫囵费解的,但正是这一类话语"无不精绝奇绝",当然,这就尤其需要对它们进行细致的体察,不要因一时不明所以就草草放过。

当我们了解了"脂批"中这一类批语的特色和作用之后,我们最后还要特别提到书中第一回的这样一条批语:

事则实事,然亦叙得有间架,有曲折,有顺逆,有映带,有隐有现,有正有闰,以至草蛇灰线,空谷传声,一击两鸣,明修栈道,暗度陈仓,云龙雾雨,两山对峙,烘云托月,背面傅粉,千皴万染诸奇,书中之秘法亦复不少,予亦于逐回中搜剔刳剖,明白注释,以待高明,再批示误谬。("甲戌本"第一回眉批)

批者在第一回写这么一条批语,无疑是要把他掌握到的《红楼梦》写作上的种种"秘法"告诉读者,其中所列举的肯定不足以概括《红楼梦》的全部技法,有些名目也略有空玄之弊;但从总体来看,这些具体笔法确是都指向了《红楼梦》总的艺术特点,指出了写作上的这种特点,也就自然要求阅读者必须掌握"细玩""细心体贴"这个总的阅读方法,这些是完全符合作品的客观实际的。我认为这就是"脂批"的主要贡献。

下编　漫步大观园

说不完的《红楼梦》

在长期的君主专制社会里,传统的眼光是不把小说当文字的,所以在正史的《儒林传》《文苑传》等列传中,三、四流之诗文作者可以赫然荣列榜上,而杰出的小说家们则踪影全无,甚至在野史遗文中也找不到他们的多少事迹,以至许多名著连作者是谁也搞不清,真是何其不幸!

自金圣叹把《庄子》、《离骚》、《史记》、杜诗(杜甫的诗)、《水浒传》、《西厢记》列为"六才子书",将戏剧小说与传统的诗、文名著并列,大大提高了小说的地位。同时代的毛宗岗又在《读三国志法》中把他自己评点过的《三国演义》推为第一奇书:"《三国》一书,乃文章之最妙者……"吾谓才子书之目,宜以《三国演义》为第一。"金、毛二氏,对确定小说在文学中的地位,可谓功德不小。他们对《三国演义》《水浒传》的评价。也时有精到之处,对时人和后代亦颇有启发意义。

时隔百年左右,说部中又出了一部《红楼梦》,它一问世立刻蜚声文坛,一直得到众口一词的赞誉,其名声又掩盖了《三国演义》、《水浒传》。

《红楼梦》为小说中无上上品。(杨恩寿《词余丛话》)

如《红楼梦》实出四大奇书之外,李贽、金圣叹皆未曾见也。("甲戌本"《石头记》卷末批语)

少读《红楼梦》。……以为文章之奇,莫奇于此矣,而未知其所以奇也。(孙桐生《妙覆轩评石头记序》)

《红楼梦》一书,其词甚显,而其旨甚微,诚为天地最奇最妙之文。(犀脊山樵《红楼梦补序》)

中国说部。登峰造极者无若《石头记》。(林纾《孝女耐儿传序》)

《红楼梦》一书,近世稗官家翘楚也。家弦户诵,妇竖皆知。(缪艮《文章游戏》初编)

世所传《红楼梦》,小说家第一品也。(赵之谦《章安杂说》稿本)

若论小说本色,则《红楼梦》其圣矣。(邱炜萲《续小说闲评》)

这从作品产生时就开始了的一片赞扬声一直延续到今天。当代评论中对《红楼梦》所做的评语,如"封建社会璀璨的画卷""形象的封建社会的衰亡史""封建社会的百科全书"等等,不管在具体提法上是否准确,都反映了它是长篇小说中受到了人们一致的最高评价的。

《红楼梦》之被称为"奇书",又和其他小说之"奇"不同,如《三国演义》之被称为"奇",《三国志演义序》的作者金人瑞就指出是因为"三国者乃古今争天下之一大奇局,而演三国者,又古今为小说之一大奇手也",所以"作演义者以文章之奇传其事之奇"。也就是说,《三国演义》之所以"奇",一方面是因为作者具有的"奇手"笔,另一方面,它所写的题材乃是"古今争天下之一大奇局",即轰轰烈烈的、具有传奇色彩的历史政治大事件。若用这一点来衡量《红楼梦》,那它就显得异常平淡无"奇"了。因为《红楼梦》里写的尽是一些家庭的生活琐事。诸如父子矛盾、夫妻反目、婆媳争斗、姑嫂勃豁、嫡庶夺产、妯娌不欢、儿女私情等等,这都是一些日常生活中时时皆有、处处可见的平凡事情,与那种"古今争天下之一大奇局"题材远远不能相比。可就是在这种平凡的、许多作品都写过的琐事题材中,《红楼梦》却创造了其他"奇书"所没有的种种"奇"迹。

首先,这是一部漂亮的通俗白话小说,在字面上人人都看得懂,人们也众口一词地在总体上给了它最高的评价。可是当一接触到具体问题时,麻烦就来了。可以说,《红楼梦》从主题思想、人物评价到一些事件的性质、某个细节的意义以至一个词语的理解,都存在着许多分歧甚至对立的意见。拿主题来说吧,鲁迅先生曾总结过在他以前的种种看法,有"淫"书说,有"宫闱秘事"说,有推广"易"理说,有"缠绵"的言情故事说,有革命家的"排满"说;到今天则有"爱情小说"与"政治小说"之争,在相持不下时,又出现了"多主题说"等等。人物评价也是如此,光一个主人公贾宝玉就够繁杂的了。最早的评论者脂砚斋认为他是"今古未有之一人",但却无法评出他是"何等人物";同时的永忠则称他为"情痴";时至今天,又有"封建叛逆者""新人""纨绔子弟""色情狂""多余的人"等等毁誉极其不一的看法。至于薛宝钗与林黛玉,其正反、褒贬之争从两百年前以"几挥老拳"形成高潮开始,到今天仍然没有结果。其他问题的争执大抵皆然。

除了作品本身的纷争,《红楼梦》还存在作品以外的许多问题。如版本问题、曹家家世问题、《红楼梦》的作者问题、曹雪芹的生平问题、"脂批"的评价及其作者问题、有关《红楼梦》及曹雪芹的文物的真伪问题等等。而在这每一个问题当中,又存在着许许多多大大小小的具体问题。就拿曹雪芹的生平问题来说吧。曹雪芹的生、卒年是什么时候?他的父亲是谁?江宁织造府是因何被抄家的?西山正白旗三十九号是否曹雪芹的故居?曹雪芹是不是《红楼梦》的原作者?他和脂砚斋的关系怎样?这些之所以可以列为问题,主要不在于有许多人对它们有浓厚的兴趣,进行了大量的研究工作,而在于弄清这些问题对理解《红楼梦》作品本身有很大的关系,它们和曹雪芹头上究竟有多少根头发之类的问题是不可同日而语的。

一部公认的名著,竟有那么多里里外外的却又长期得不到统一认识的问题,岂非一奇吗?

我国文学史上有许多优秀的长篇小说,也都有许多人在对它们进行研究,但对《红楼梦》的研究却与对其他小说的研究不一样,因为《红楼梦》研究已经成了一门专门的学问——"红学"。这个名称不是什么人随意创造出来的,而是自然形成的,更重要的是有与名相符的研究事实。《红楼梦》还在创作的时候(当时名为《石头记》),就有人对它加以反复的评论,面世后研究的人越来越多。从它诞生到"五四"运动前,形成了一个"红学"流派叫"旧红学";"五四"后,又出现了一个新流派,叫"新红学"。20世纪50年代以后,"红学"虽经过了不少曲折,但始终是在前进的,到今天,已经出现了一个蓬勃的新局面。国内成立了中国红楼梦学会,每年都有一次全国性的讨论会。研究队伍不断壮大,还出现了不止一家的研究《红楼梦》的专门刊物,特别令人瞩目的是还召开了两次国际"红学"讨论会,它已成为一门国际性的学问了。更有甚者,这种热潮的浪头实际上已超出了"红学"领域,请看,在艺术界里,戏曲、电影、电视、音乐、美术、芭蕾舞、说唱等等都与《红楼梦》结下了不解之缘；古建筑家在北京、上海兴建了大观园，而精微的小型大观园模型则早已有多种在各地巡回展出；医学家在研究《红楼梦》里的医案；食品学家在研究并已制作出《红楼梦》里的佳肴美馔；电脑专家则已设计出为"红学"研究服务的多种软件，这也是一个首创。这不是由于科学家们特别垂青于《红楼梦》，而是因为《红楼梦》所特有的广博的内容而自然导致的结果。"红学"的这种热潮绝不是凭少数几个红学家的主观愿望弄得起来的，而是有来由的。早在《红楼梦》还未定稿的时候，它就以手抄本的形式在社会上流传，"好事者每传抄一部，置庙市中，昂其值得数十金，可谓不胫而走者矣"（程伟元《红楼梦序》）。当时的《京都竹枝词》还说："开谈不说《红楼梦》，读尽诗书是枉然。"可见在它诞生之初，其本身就具有一股强大的吸引力，并非有谁在哪里做宣传、贴广告的结果。这也是《红楼梦》的一大奇处。

　　一个完全没有接触过《红楼梦》的人，绝对想不到这部影响如此巨大的作品，还有一个会使他惊异不止的绝无仅有的奇处，那就是这样一部旷世无匹的杰作竟是一部未完成之作。从内容情节来看，全书所缺尚有约三分之一的篇幅，现在的后四十回乃是他人所"补"。这样一来，又自然给"红学"增添了丰富的内容，带来了一大堆，同时也是和前面一样的说不清的问题。比如对现在的后四十回应如何评价？它的作者是通常说的高鹗还是别人？里面有没有曹雪芹的文字？曹雪芹是没有写完《红楼梦》还是本来写完了却又遗失了后半部？如果写完了又是什么原因使之"遗失"了的？按照原著的本意，全书的故事情节和各个人物的结局本是怎样的呢？这又给读者和研究者们留下一大串说不完的题目。这些题目自然不是本文所能说得清楚的，这里只想说明这样一点。这样奇之又奇的一部书，不仅是空前的，或许也是绝后的吧。

　　"红学"研究已有两百多年的历史了，不但有这么多的问题一直未能解决，而且从总的趋势来看，还有许多新的问题正在与日俱增。真是说不完的《红楼梦》！

《红楼梦》的"朝代年纪"

《履园丛话》（卷十七）记载，雍正初年有一个叫徐冠卿的学子，因写的诗里有"明月有情还顾我，清风无意不留人"两句，被仇家告发，结果服罪死。《东华录》乾隆四十三年（1778年）十月载，乾隆时一个叫徐述夔的诗中有"明朝期振翮，一举去清都"之句，被乾隆皇帝认为"显有去本朝而兴明朝之意"，因而被定以"大逆不道之罪"。这是由于清朝统治者在取代明朝的天下之后，深畏汉人怀念旧朝不服新朝的一种心理，是当时激烈的民族矛盾的反映，也是清代统治者实行文字狱的一个重要内容。因此除上面这些话外，诸如"清风不识字，何事乱翻书""明朝""日月"等等字眼，只要牵涉到"清""明"二字的均有入文字狱的危险。"清风""明月"本是传统诗词中常用的语词，可在清代前期却成为十分敏感的字眼。清代文字狱的横暴，由此亦可见一斑。

因为这个原因，所以许多作家就十分谨慎，讳言本朝之事，即使写的是清朝的事实，也要伪托异朝。一些现实性特别强烈的作品尤其如此。如与《红楼梦》同时期的《儒林外史》，就伪托为元末王冕时之事；稍后的《镜花缘》，则伪托为唐代武则天时的故事。生活在当时的《红楼梦》的作者，自然也不能不受此限制，然而他却别出心裁，不肯"假借汉唐等年纪"，而借空空道人之口，宣称此书无朝代年纪可考。为了显得确乎如此，作者还煞费苦心，做了许多安排，如书中的官制既有古代职称，也有清代官衔；服饰上非满非汉，又似有满有汉；地点上一会南京，一会北京，有时又称京都为长安。对这一些如果过于"认真"起来，就会觉得它有许多自相矛盾、混乱不一致之处，而其实却是作者故意如此，用烟云模糊法来掩人耳目，以与"无朝代年纪可考"做呼应。

然而正如作者不甘心于自己所宣布的此书"大旨谈情"那样，他也绝不希望读者真的以为这是一本女娲炼石那样的神话时代的作品。他总是要以他独特的手法来透露它的真谛的。只要像作者说的那样，"一一细考较去"，就会发现它准确、真实的"朝代年纪"。

果然，在第二回冷子兴演说荣国府时，作者借贾雨村之口，大谈"正""邪"二气，提到了许多古代的人物，当说到"正邪两赋"这一类人时，贾雨村列出了一长串名单：

> 如前代之许由、陶潜、阮籍、嵇康、刘伶、王谢二族、顾虎头、陈后主、唐明皇、宋徽宗、刘庭芝、温飞卿、米南宫、石曼卿、柳耆卿、秦少游，近日之倪云林、唐伯虎、祝枝山……

一个书中人物把从上古传说中的许由直到宋代的柳永、秦少游等人的时代统称为"前代"，把元、明两代的倪瓒、唐伯虎、祝枝山等人的时代并称为"近日"，这就明确地表明此书所写的时代必在明代中叶以后。那么后到什么时候呢？在这里无法判明，然而作者却又在后面的一些故事情节中有意无意地透露出其他一些更为确凿、具体的信息来。

第五十三回荣国府庆元宵夜宴演的剧目是《西楼·楼会》，这是袁于令的《西楼记》中的一出。袁是明末清初人，这一出戏，就把《红楼梦》的时间至少延至明末清初之后了。而早在第十一回宁府为贾敬庆寿辰所唱的戏中，就出现了洪昇《长生殿》中第三十八出的《弹词》。第十七、十八回元春省亲时，她所点的四出戏中，第一出是《豪宴》，它出自剧作家李玉的《一捧雪》，第二出《乞巧》，又是出自《长生殿》，而李玉和洪昇都是清初有名的剧作家，这样，《红楼梦》的"朝代年纪"就完全清楚了。它是清朝建国一百来年的现实反映，是作者曹雪芹写的"当代"小说。它的"朝代年纪"虽经作者宣称"无可考"，而实际上是可以通过"细考较去"的办法找出明确的答案来的。

据此，我们也可以从另一个角度明白，作者完全没有必要为写一部普通的"谈情"小说而如此煞费苦心的。

《红楼梦》是"淫书"吗

专制统治者与那些假道学先生们对《红楼梦》的诅咒与诬蔑,都是众口一词地把这部书称为"淫书"。如梁恭辰《北东园笔录》(四编)说:"《红楼梦》一书,诲淫之甚者也。"齐学裘的《见闻随笔》(卷十五)也称《红楼梦》"语涉妖艳,淫迹罕露,淫心包藏,亦小说中一部情书。高明子弟见之,立使毒中膏肓,不可救药矣。其造孽为何故哉!因知淫词小说之流毒于绣房绿女,书室红男,甚于刀兵水火盗贼。"陈其元《庸闲斋笔记》也说:"淫书以《红楼梦》为最,盖描摹痴男女情形,其字面绝不露一淫字,令人目想神游,而意为之移,所谓大盗不操干矛也。"汪堃的《寄蜗残赘》(卷九)则诬蔑《红楼梦》使"聪明秀颖之士,无不荡情佚志,意动心移,宣淫纵欲,流毒无穷。至妇女中,因此丧行隳节者,亦复不少。"在对《红楼梦》这样大泼污水的同时,他们还大肆造谣,说什么曹雪芹在阴司受苦,子孙三世皆哑,以致绝后,都是因为写了《红楼梦》这部"淫书"之报应。

在这些咒骂与造谣声中,最值得"奇文共欣赏"的是毛庆臻在《一亭考古杂记》中的一段话,他说:

> 其书(《红楼梦》)较《金瓶梅》愈奇愈熟,巧于不露,士夫爱玩股掌,传入闺阁,毫无避忌。作俑者曹雪芹,汉军举人也。……然入阴界者,每传地狱治雪芹甚苦,人亦不恤。盖其诱坏身心性命者,业力甚大,与佛经之升天堂正作反对。嘉庆癸酉,以林清逆案,牵都司曹某,凌迟覆族,乃汉军雪芹家也。余始惊其叛逆隐情,乃天报以阴律耳。伤风教者,罪安逃哉?然若狂者,今亦少衰矣。更得潘顺之、补之昆仲、汪杏春、岑梅叔侄等损赀收毁,请示永禁,功德不小。然散播何能止息,莫若聚此淫书,移送海外,以答其鸦烟流毒之意,庶合古人屏诸远方,似亦阴符长策也。

此公不仅和其他人一样，对曹雪芹和《红楼梦》极尽造谣、诬蔑之能事，而且还有一大发明，即主张把《红楼梦》这部"淫书"流放到国外去，作为外国人把鸦片烟流毒到中国来的回报。此公竟把《红楼梦》与"鸦烟"等同起来，并称自己的办法为"阴符长策"，自鸣得意。对同一事物，由于观点、立场的不同，差异之大，竟至于此，真是令人叹息不止。

那么，《红楼梦》究竟是不是一部淫书呢？其实这一点曹雪芹自己早就做了回答，在第一回的故事缘起中，作者就借石头之口，批评了这一类小说，其中说道：

> 历来野史，或讪谤君相，或贬人妻女，奸淫凶恶，不可胜数。更有一种风月笔墨，其淫秽污臭，屠毒笔墨，坏人子弟，又不可胜数。至若佳人才子等书，则又千部共出一套，且其中终不能不涉于淫滥，以致满纸潘安、子建、西子、文君，不过作者要写出自己的那两首情诗艳赋来，故假拟出男女二人名姓，又必旁出一小人其间拨乱，亦如剧中之小丑然。……故逐一看去，悉皆自相矛盾、大不近情理之话，竟不如我半世亲睹亲闻的这几个女子，虽不敢说强似前代书中所有之人，但事迹原委，亦可以消愁破闷……

从这一段话里，我们清楚地看到，作者是明确地对"前代书中"那些"淫秽污臭""坏人子弟"的淫书以及"千部共出一套"的才子佳人小说表示了不满，并把自己的作品和它们划清了界限的。

这样说，却并不等于说《红楼梦》里一点也没有那种男女两性活动的描写，相反，还是多处出现的，有些甚至还写得相当"淫秽"；但我们仔细分析一下就会发现，《红楼梦》里的这些描写，与一味追求皮肤淫滥、感官刺激的"风月笔墨"是不同的。以贾府这样一个封建腐朽家族，在他们的男女成员中出现一些淫滥之事是毫不奇怪的，正如贾母在贾琏与鲍二家的事发，凤姐大泼酸醋时所说的："什么要紧的事！小孩子们年轻，馋嘴猫儿似的，那里保得住不这么着。从小儿世人都打这么过的。"可见在贾母这个老太君的眼里，贾府的男人们"馋嘴猫儿似的"淫滥生活，乃司空见惯之事，实在太多了。这种情况是由他们的本质所决定的。因此文学作品在这一方面予以揭露和鞭笞，以展现其丑恶的灵魂，是完全允许和必要的。它与"诲淫"作品那种大肆渲染、夸张两性关系，抱着欣赏的态度去描写是完全不同的。《红楼梦》正是这样一部作品。

《红楼梦》里写到的有关男女情事虽然不止一处，但在具体写法上却与"诲淫"之作大不相同，其中颇有讲究之处。如第六回写贾宝玉的"初试云雨情"时，只浑写一笔"遂强袭人同领警幻所训云雨之事。袭人……遂和宝玉偷试一番，幸得无人撞见"，仅此而已。而写贾琏与多姑娘的私通，则淫态浪言，丑相毕露，是全书中写得最直露的地方。这种不同的写法，也是有其用意的。贾琏是一个花花公子，与贾赦、贾珍、贾蓉都是贾府中有名的荒淫无耻之徒，对他们在这一方面极尽其丑态，正是揭露和鞭挞了这伙"馋嘴猫"的肮脏灵魂。而贾宝玉则是书中的正面主人公，他虽然成日和许多女孩子厮混，但也只是与袭人有过那么一次越轨行为，这还是发生在他少年未甚晓事的时候，完全符合这种家族中纨绔公子的习气。但随着年龄的增长、思想性格的发展变化，就从未有过第二次这种事情发生，这正说明他与赦、琏、珍、蓉之辈有本质上之不同，因此作者在写到他那唯一一次的性行为时，只是一笔带过，未做具体描摹，是完全符合塑造这个正面人物的需要的。由此可见，即使在两性关系的描写上，《红楼梦》也是严格按照总的创作意图来落笔的，这与那些"淫秽污臭""坏人子弟"的淫书根本不可同日而语。

至于一些道学先生们列举的一些因读《红楼梦》而产生的消极影响的事例，这只是读者自己的问题，不是作品本身的过错。清初的张竹坡在批《金瓶梅》时曾说道："凡人谓《金瓶梅》是淫书者，想必伊止知看其淫处也。若我看此书，纯是一部史公文字。"《金瓶梅》中自然主义的两性描写，比之《红楼梦》不知超出多少，可是有些人把它当"淫书"来读，有些人则把它当成"一部史公文字"。由此可见，那些把《红楼梦》当成"淫书"的人，也"想必伊止看其淫处也"。至于像陈其元那样说《红楼梦》"字面绝不露一淫字，令人目想神游，而意为之移"的人，则又不只是在那里"止看其淫处"了，而是在那里"目想神游"，潜心揣摩。若碰到这种"高明弟子"，别说是《红楼梦》，恐怕天下也没有几部不是"淫书"的了。

瑶华为什么不敢看《红楼梦》

清代宗室有一个叫永忠的人,他写了三首赞咏《红楼梦》和吊怀曹雪芹的诗,题目叫作《因墨香得观〈红楼梦〉小说吊雪芹三绝句》,在这个诗题上有一个叫瑶华的人写了几行字的批语,道是:

> 此三章诗极妙。第《红楼梦》非传世小说,余闻之久矣,而终不欲一见,恐其中有碍语也。

《红楼梦》问世之后,世人对待它有各种各样的态度。绝大多数人是喜爱、赞扬它;少数封建卫道者和统治阶级是诬蔑它,要销毁它,把它视为洪水猛兽。也有极个别的人是一方面喜欢它,另一方面又害怕它,不敢看它。瑶华就是这样的一个人。他虽然说自己不想看它,但却"闻之久矣"。这个"闻"字值得玩味一下。所谓"闻",就是听到过。单独这么一个字,未免太笼统了,因为他既可以是只听到过有这么一部书,也可以是听到了该书的一个大体轮廓或某些不连贯的故事情节和人物,也可以是听到了很详细、具体的内容。从他认为永忠的三首诗写得"极妙"并提笔作批来看,他的所"闻"应该是后一种情况,因为如果没有足够的了解,是很难这样对别人的评语再做评议的。而他的"闻之久矣"则更增加了这种可能性。同时,从他"此三章诗极妙"的批语来看,就他所"闻"的《红楼梦》的内容来说,他也是喜欢这部书的。

那么,他为什么又"终不欲一见"这部书呢?这是因为他就他所"闻"的内容来看,认为这是一部不能在现实社会中公开传扬的书,而且十分担心其中有"碍语"。那么,什么叫"碍语"以及它为什么如此可怕呢?所谓"碍语",就是指有违碍统治者利益的带有政治含义的各种触犯时忌的话语。曹雪芹极力声言他书中没有的那种"伤时骂世""干涉时世"的话就是"碍语"。事实上,在清代"碍语"的内容是包含得非常广泛的,一部书、一篇文章、一句话乃至一个字都有可能成为"碍语"。因

"碍语"致祸杀身的,不仅仅是它的作者,甚至作序的、刻书的、卖书的、读书的都可招来灭顶之灾。这种情况,在有关清代的文字狱档案中是记载了很多的。

瑶华,字弘昉,是永忠的叔父。而永忠则是康熙第十四子允禵的孙子。允禵是诸皇子中与胤禛(雍正皇帝)争夺帝位最激烈的一个,失败后被禁锢到乾隆时才放出。永忠的父亲弘明也终身赋闲,并教育儿子不要去追求功名,尽量远离现实,可以说是一个在"翻过筋斗"的家庭中出生的人。瑶华能在他的诗上批字,可见关系不一般,自然也深知朝廷,也是他自己家族中的种种内幕,是一个十分敏感、富有政治头脑的人。正是这样一个人,以其所"闻"《红楼梦》的内容而估计其中有"碍语",因而宣布"不欲见"它,实际是不敢看它。这种事实就给我们带来了两点十分有益的启示:第一,从中可见清代文字狱的严酷,皇室中人犹如此战战兢兢,其他的人与情事更可想而知;第二,《红楼梦》绝不是一部爱情小说,否则像永忠这样的人绝不会对曹雪芹发生"可恨同时不相识"的叹惜并"几回掩卷哭曹侯"。像瑶华这样的人也绝不会连看都不敢看了。永忠和瑶华对《红楼梦》真正含意的理解,特别是其中的政治意味,应该是比今天许多人更能体会得到的。其实,我总觉得瑶华是曾经看过《红楼梦》的,"不欲一见"云云,不过是用来遮人耳目而已。

永忠和瑶华都是真正"解味"的人。

"魇魔法"与嫡庶之争

《红楼梦》第二十五回写赵姨娘收买马道婆用妖法谋害王熙凤与贾宝玉，把二人弄得死去活来，整个贾府也因此好像"天翻地覆"，"登时园内乱麻一般"。这一场风波，书中写得十分明白，是赵姨娘为其儿子贾环与王熙凤、贾宝玉争夺财产和继承权的斗争。这种势不两立、你死我活的争斗，充分反映了这个钟鸣鼎食之家的内部危机，也深刻揭示了封建贵族家庭里嫡庶之间、兄弟之间、主奴之间的矛盾关系。它第一次正面揭开了笼罩着这个家庭的那一层诗礼簪缨的外衣，而赤裸裸地展现了它的真正面目。因此，在《红楼梦》里这是十分重要的一件事。

赵姨娘由于她的特殊身份，所以在贾府里势孤力单，根本不能正面与王夫人、王熙凤较量，这就决定了她只能在暗地里用阴谋手段来制裁对方。因此她勾结马道婆，运用"魇魔法"就不是偶然的了。

"魇魔法"究竟是怎么一回事呢？

据有关记载，这是过去巫婆用来害人的一种迷信手段。据说，她们用木头或稻草扎成一个小人，把她所要谋害的人的生辰八字写在上面，在暗地里施以咒语，这样就可置对方于死地。这种妖法在古代的小说、笔记里是常有记载的。如《醒世恒言》（卷二十七）的《李玉英狱中讼冤》中就写道：

> 后母还千方百计，做下魇魅，要他夫妻不睦。若是魇魅不灵，便打儿子……

这里的"魇魅"也就是"魇魔"。"魇魔法"不仅存在于小说故事中，实际上，现实生活中也确是存在。特别令人吃惊的，也是颇有意味的是，在清代最高统治层——皇室的继位斗争中也用上了此法。请看王先谦《东华录》康熙四十七年（1708年）十一月的几条"上谕"：

十一月壬申谕："……大阿哥允禔，素行不端，气质暴戾。朕尝对众屡加切责，尔等俱悉闻之。……朕自有定见。十月十七日查出魇魅废皇太子之物，侍废皇太子之人奏称，是日废皇太子忽似疯颠，备作异状，几至自尽。诸宫侍抱持环守，过此片刻，遂复明白。废皇太子亦自惊异，问诸宫侍："我顷者作何举动？"朕从前将其诸恶皆信为实，以今观之，实被魇魅而然，无疑也。"

丁亥上谕："……皇太子前因魇魅，以至本性汩没耳。因召至左右，加意调治，今已痊矣。朕初谓魇魅之事，虽见之于书，亦未可全信，今始知其竟可以转移人之心志也。"

戊子上谕："……今观废皇太子，虽曾有暴怒捶挞伤人事，并未致人于死，亦未干预国政。若人果被杀，岂无有姓名见证？凡此等事，皆由允禔魇魅所致。"

允禔是康熙长子，康熙三十七年（1698年）封直郡王。他对康熙立第二个儿子允礽为皇太子极为不满，于是勾结其他皇子如允䄉等人暗中陷害皇太子允礽，使他两度立而复废。后来康熙查出皇太子允礽的种种恶行皆允禔用魇魅法所致。因为康熙四十七年（1708年）十月康熙的第三个皇子允祉曾奏闻查出了允禔勾结喇嘛诅咒允礽的证据，并挖出魇魔物件十余处，因此允禔被革爵圈禁。这是当时争夺皇太子，即皇帝的继承人而发生的一场大丑闻。

"魇魔法"显然是一种封建迷信活动，说它真能害人，并无什么科学根据。曹雪芹是否也像康熙皇帝那样真正相信它，对此我们也无须深究。我们觉得有趣的是《红楼梦》里描写荣国府内的这场大斗争，和离《红楼梦》写作时代很近的皇室里的一场大斗争竟有如此多的相同之处。第一，他们争的都是继承权，不同的是一个是皇室，一个是家族罢了。第二，都是嫡庶之争。允禔虽是长子，但是妃子所生；允礽虽是次子，但为皇后所生，是嫡子。按照封建宗法制度他应立为皇太子。所以这两场斗争双方的身份、地位是完全一样的。第三，斗争的手段都是用的"魇魔法"，一个勾结喇嘛，一个勾结道婆。第四，被害者的症状也极其相像，都因神志不清而产生种种失常之态。允礽是"忽似疯颠，备作异状，几至自尽",并有"暴怒捶挞伤人之事"。贾宝玉则是开头"忽然'嗳哟'了一声,说:'好头疼!'"继而是"大叫一声:'我要死!'将身一纵,离地跳有三四尺高,口内乱嚷乱叫,说起胡话来了",后来"益发拿刀弄杖,寻死觅活的,闹得天翻地覆"。在这同时,又"只见凤姐手持一把明晃晃钢刀砍进园来,见鸡杀鸡,见狗杀狗,见人就要杀人"。比较一下这三个人——允礽、贾宝玉、王熙凤的病症不完全是一样吗?

这两场一真一假(清代皇室的斗争是真,贾府的斗争是假)的大搏斗,在其性质、人物身份、手段和表现上都如此相同,曹雪芹所写是有意还是无意?如是有意,其意何在?如是无意,从这种巧合中又能悟出什么道理来?康熙诸子之斗争,是尽人皆知的事情。立储一事,乃康熙晚年最大的困扰,至死仍未解决。这场斗争,一直激烈地延续到雍正朝。允禔用"魇魅法"害皇太子一事,虽未必人人皆知,但也是公开的秘密,曹雪芹当然是知道的。在这种情况下,《红楼梦》里竟出现了与之如此相似的故事情节,那么,不管作者是有意影射还是无意的巧合,它本身就是够有"趣味"的事了。可以说,这不应该是在卷首就宣布了"不干涉时世"的书所应写的内容,而说这只是一部爱情小说则更不知从何说起了。

在"虚热闹"的后面

俗话说,"侯门深似海"。自然,皇宫就应该比海还深了。所谓"深",是指一般人不容易,也不敢"深"入其内,因此也就无法探其"深"奥。《红楼梦》作为一部专制社会末世的百科全书,它的笔锋自然是无所不及的,皇宫应该也不例外。但要写皇宫,就不能不受到这个"深"字的限制,加上曹雪芹所处的时代及其本人的特殊境遇,这个"深"字就更多了一层可怕的意思。因为如果"深"进去的话,就很有可能会触犯到"当今",这是当时人避之唯恐莫及的事情,怎敢想象"深"入虎穴去捋虎须呢?曹雪芹不愧是一个最勇敢的人,他没有回避这个难题;他同时又是一个最聪明的人,他没有冒失地把笔锋直伸进虎穴,而是把"深"宫里面的人在一个冠冕堂皇的名目下请到外面来,这样就可由外而及内、由此而及彼地达到他的目的。

元妃省亲就是这样的一个杰作。

首先,作者把此事的起因归之于皇恩浩荡,而且反复、着力地渲染这一点。早在议论此事的起因时,作者通过凤姐之口说这是"可见当今的隆恩",贾琏说是"如今当今贴体万人之心"。省亲之时,贾政在他的颂词中又说此事是"今上启天地生物之大德,垂古今未有之旷恩,虽肝脑涂地,臣子岂能得报于万一"。元妃自己在为大观园几处地方亲笔赐名的对联中又写道:"天地启宏慈,赤子苍头同感戴;古今垂旷典,九州万国被恩荣。"到临别之时,元妃还对众人说:"如今天恩浩荡,一月许进内省视一次……"真是从头至尾,一片颂圣之声不绝。本书开头说,此书"及君仁臣良父慈子孝,凡伦常所关之处,皆是称功颂德,眷眷无穷,实非别书之可比"。从上面所写看来,的确一点不错。

在贾府的盛衰史上,元妃省亲乃是一件最热闹繁华不过的事情。早在秦可卿给凤姐托梦时就说到这是"一件非常喜事,真是烈火烹油、鲜花着锦之盛"。在为省亲做准备时,又花费大量财物,建造了一座"天上人间诸景备"的大观园,连元妃本人都感到"过分之极"的奢华。省亲之前一日，先有"三部官员并五城兵备道打扫街道，撵逐闲人"。省亲之日，那"一队队太监"，"一对对龙旌凤翣，雉羽夔头"，以及各种执事、礼仪——真是说不尽那天上富贵，人间风流。

这样的旷世恩典所带来的盛举，是可以预料得到的，因此它带给人们的心理影响是无比的兴奋和快乐。还在省亲消息刚传来的时候，"宁荣两处上下里外，莫不欣然踊跃，个个面上皆有得意之状，言笑鼎沸不绝"。贾琏刚陪林黛玉从苏州回来，王熙凤对他说的第一句话就是"国舅老爷大喜"。琏、凤与赵嬷嬷在议论此事时，王熙凤说："若果如此，我可也见个大世面了。"他们还把省亲和他们祖上最荣耀的"接驾"大事联系起来，可见非同一般。省亲的前后多日，"荣宁二府中因连日用尽心力，真是人人力倦，各各神疲"，但又一个个心满意足，得意非常。

从古未有的"当今"恩典、泼天荣耀的大喜事、人们兴高采烈的心情，其结局该会是十分美满的吧。事实也是如此，因为元妃回宫后，向皇帝"回奏归省之事，龙颜甚悦"，又赏赐了有关人员许多东西，这就标志着它的圆满成功。

然而，以上所写的形形色色，只是省亲事件的一个方面，而且是它的表面。它虽然写得如此喧闹、热烈，但如果借用赵嬷嬷的一句话来说，这只是一场"虚热闹"而已。拨开那层"虚"纱，显露在读者面前的真相却是与表面的热闹形成鲜明对照的另一种情景。

费了如许财力和精神迎来的省亲，目的是使后妃们能回到家中，"庶可略尽骨肉私情，天伦中之至性"。因此当亲人们好不容易相聚之时，应该是十分高兴快乐的吧。事实却不然，当一套官礼完毕，正可畅叙私情时，贾母、王夫人和元春拉着手，"三个人满心里皆有许多话，只是俱说不出，只管呜咽对泣"。这种悲泣当然不是团聚不使人高兴，而是反映了它来之不易，以及长久分离之苦痛。如果说，久别之后突然相逢会禁不住流泪悲痛是人之常情的话，那么，接下来应该是为欢聚而高兴吧。事实又不然，因为在整个省亲过程中，我们都看见元妃不断处在"不禁又哽咽起来"、"又不见哭泣一番"、"隔帘含泪谓其父曰"以及"一语未终，泪如雨下"的悲境中，直到临别之时，元妃"不由的满眼又滚下泪来"，"只得忍心上舆去了"。可以说，几个时辰的省亲过程，元妃都是处在以泪洗面的怆楚之中。为什么会这样呢？因为过去的痛苦自不必说，将来又如何呢？元妃在"上舆"别去之前曾安慰家人说："倘明岁天恩仍许归省……"这说明即使像这样的全家短暂相会,以后是否还有,尚在未知之数,至少在元妃自己的心目中还是渺茫的。这样就让人们在一系列生动、形象的场面和情节中感到,所谓"当今"的"旷世恩典"以及"天恩浩荡"云云究竟是怎么一回事了。

也许,人们还可以认为,元春虽然要忍受父母骨肉离散之苦,但作为一个妃子,她在宫中总是荣华富贵享受不尽,是一般人所不可企望的吧?探春在算众人生日时不是说过"大年初一日也不白过,大姐姐占了去。怨不得他福大,生日比别人就占先"。可是这位皇妃究竟享的是怎样一种"福"呢?听听她自己对父亲的哭诉吧:

> 田舍之家,虽齑盐布帛,终能聚天伦之乐,今虽富贵已极,骨肉各方,然终无意趣。

原来,生活在至高无上的帝王家里,在元妃的体验中,还不如一个过着粗茶淡饭日子的普通"田舍之家"那样有"意趣"呢!其中奥妙何在?元妃未及细说,她只在开头时透露过那么一句:

> 当日既送我到那不得见人的去处……

这么一句话,比起她的全部感受来的确是太少了,但也完全够了,因为它里面高度浓缩的意思,会心的读者是自能体会出来的。

当然,元妃用这种语言方式来表达她的内心情感也是迫不得已的。她不是不想多说,而是"满心里皆有许多话,只是说不出"。这样,元妃以及贾母等就比其他受苦的人还更多一层苦,这叫有苦难言。这种"难言",不同于林黛玉的"醒时幽怨同谁诉"和妙玉的"芳情只自遣,雅趣向谁言",那是无人可说之苦。元妃等人之苦,是大家皆了然,而且又都在面前,本来可以诉说而不敢说出来,这可说是苦上加苦了。这种苦又从何来呢?不就是施舍"旷世恩典"的"当今"和他那一套"皇家规范,违错不得"吗?

不难看出,这元妃省亲一节,表面上是大力颂圣,渲染其无限的荣华富贵和由此给人们带来的面上自得,而实质上是在骂皇帝,在写身处皇宫的痛苦,写一场大大的"虚热闹"。在表面的热闹中,极写内里镂心刻骨的隐痛,虚实相衬,真假互见,充分体现了《红楼梦》特殊而高妙的笔法。

为贾雨村说几句好话
——兼谈"护官符"

作者在《红楼梦》里为贾雨村所花笔墨不多,但却塑造出一个人人讨厌的家伙。突出的原因是他干了两件大坏事(在前八十回):一是第四回的徇私枉法,让薛蟠白白打死了冯渊;二是第四十八回充当贾赦的打手,为夺二十把旧扇子把石呆子弄得倾家败产,不知是死是活,成为一个狡诈、贪婪、凶残的封建官僚的典型。所以平儿曾咬牙骂他是一个"饿不死的野杂种"。

但平心而论,贾雨村也并不是一个天生的坏蛋,一无是处,我们甚至还不妨为他说几句好话。也许只有这样,才能真正全面认识贾雨村,并看清其他一些问题。在未发迹之前寄居葫芦庙时,贾雨村以"卖字作文为生",虽然困窘,却能清贫自守,不失书生本色,故能与甄士隐相善。后来时至运转,取得功名,做了县太爷,尽管曾接济过他的甄士隐已随道士不知所终了,他还能"遣人送了两封银子、四匹锦缎,答谢甄家娘子"。在他落魄之时,甄家丫鬟无意看了他两眼,便以为她对自己有意思,所以"自为是个知己,便时刻放在心上",而做了县令后马上就娶她做了二房,不久妻子死了,"便将他扶侧作正室夫人",并未嫌她出身低微而一阔脸就变。这两件事都说明他还能心念旧恩。他升了本府知府之后,不到一年,便被上司参劾,因而"龙颜大怒,即批革职",主要原因是他"恃才侮上",说明他当时还书生气十足,并不懂得要巴结逢迎上司。审理薛蟠打死冯渊一案,当他还不明白其中关系,只听了原告的诉讼时的反应是:

> 雨村听了大怒道:"岂有这样放屁的事!打死人命就白白的走了,再拿不来的!"因发签差公人立刻将凶犯族中人拿来拷问,令他们实供藏在何处;一面再动海捕文书。

这时的贾雨村是对死者抱有同情心并真心想惩处凶手的。在听"冷子兴演说荣国府"时,他的正、邪二气之说,"成则为王败则贼"的观点也无疑是颇有见地的。他对贾宝玉的看法,比之贾政之辈的世俗人更是高出一筹的。他根据冷子兴所述贾宝玉的种种行为,断定他"来历不小",在书中也是找不出第二个来的。也许正因为如此,他才有资格被作者安排做了林黛玉的启蒙教师吧。这可不是一个轻易能得到的位置啊!

既然如此,那么,为什么又要把这样一个人最后写成一个封建坏官吏呢?殊不知这正是作者高明之处。因为作者的构思不单单是写一个具体官吏的种种恶行,更主要的是写出这种恶吏是如何产生出来的,这就必然要接触到当时的社会根源,揭示出某些社会现象的本质,这正是作品的思想深刻之处,这样的艺术形象也更符合社会生活的真实。

如前所说,贾雨村最初在应天府公堂上要"发签"去抓凶犯,这是他当时的真实思想,绝非假意做作。他只是在听了深知当地官场内幕的门子的拦阻和陈说利害之后,才最后徇情枉法、胡乱判案的。这门子说了些什么呢?细细琢磨一下,也的确是够厉害的了。首先他告诉贾雨村,"如今凡作地方官者,皆有一个私单,上面写的是本省最有权势、极富极贵的大乡绅名姓,各省皆然;倘若不知,一时触犯了这样的人家,不但官爵,只怕连性命还保不成呢!"这张私单就叫作"护官符"。可见如何对待这张"护官符"是关系到一生的荣华富贵以至身家性命的头等大事,怎能掉以轻心呢?接着,门子掏出了当地的那张"护官符"来,上面写道:

贾不假,白玉为堂金作马。
阿房宫,三百里,住不下金陵一个史。
东海缺少白玉床,龙王来请金陵王。
丰年好大雪,珍珠如土金如铁。

这四家真是声势显赫,富贵已极,远非一般的"乡绅"可比。而且这四家之间又不是各自孤立的,而是"皆连络有亲,一损皆损,一荣皆荣,扶持遮饰,俱有照应的"。面前打死人的被告正是那"丰年好大雪"的薛家公子,你贾雨村惹得起吗?最后还有一层重要的关系,贾雨村在被革职后能得以"起复"并做到现职,所靠的正是这四家之首的贾家,这又是何等为难的一件事!

贾雨村正是在这种强大的政治压力之下走上了"枉法"的道路的。

他有一个清晰的变化过程可以供我们研讨。在最初门子拦阻他"发签"时,"雨村心下甚为疑怪",说明他对此案的内情毫无所知,是准备依法办理,以报"皇上隆恩"的。当门子问他有没有"护官符"时,他也一点都"不知",在听了门子的解释以后,他才明白官场内还有这么多隐秘,因而进一步"细问"究竟。等他弄清了一切原委之后,他"低了半日头",可以想见,这"半日"工夫,贾雨村是在对整件事的各种关系权衡利害得失,这期间他自然不会不想到他过去是如何因"恃才侮上"而被"革职",现在又是如何凭借贾、王二府之力而得"起复"的。到最后,他和门子"二人计议"出这样一个"葫芦案"的结局,也就十分自然了。从这事件的全过程中可见,贾雨村并非生下来就是一个贪官酷吏,而是这个社会现实决定了要出现贾雨村式的封建官吏。冯渊的冤案在此之前"告了一年的状,竟无人作主",不正好说明在他之前的那些官吏,不同样是贾雨村式的吗?

至于必然会产生贾雨村式人物的社会现实究竟是一个什么样子呢?我们试引王先谦《东华录》乾隆三十一年(1766年)春正月乙未的一条"上谕",就可以知道一个究竟。其"谕"曰:

> 向来各省督抚办理案件,瞻徇欺蒙,上下通同,舞弊习气,最为恶劣。……外省吏治弊坏皆由督抚不能正己率属,专以上下和同,联为一气,以行其蒙蔽欺诈之伎俩,各省皆所不免,而江南为尤甚,在伊等相习成风,恬不为怪……

读了这段文字之后,我们就会发现,乾隆皇帝口中的这段话,和那个小门子说的情况竟然是如此吻合,"而江南为尤甚",又正与"葫芦案"发生地江南应天府相符。这就清楚地告诉我们,贾雨村这样的人物以及"护官符""葫芦案"等等均不是小说家言,而是活生生的社会现实。如果要说这条"上谕"和门子的话有什么不同的话,那就是"上谕"发出的乾隆三十一年(1766年)春正月,曹雪芹已离世五六个年头了,也就是说,乾隆所看到的或者说不得不加以警告的这种官场黑幕,早在五六年前或者更早的时间里,曹雪芹已深刻而生动地写在他的《红楼梦》里了。从这里我们不是能够又一次体味到曹雪芹公开声言的"此书大旨谈情""毫不干涉时世"的真正含义吗?

女性的颂歌

《红楼梦》的杰出成就,不仅表现在对旧事物的全面批判和否定,而且还表现在有新的理想和追求。后者的最突出表现是对女性的热情赞美和歌颂。

在数千年专制社会占统治地位的儒家思想里,妇女一直是男子的附属物,地位低下,备受歧视。从孔夫子开始,就说"唯女子与小人为难养也"。在一些被人们公认,也是普遍使用的比喻里,兄弟是手足,妻子是衣服。谁家生了男孩,被恭贺为"弄璋"(璋是玉器),生了女孩就成为"弄瓦"了。因此男孩子被叫作"万金",而女孩子则只勉强够个"千金"。至于"尤物""祸水"就成为统治阶级强加给女性的带污辱性的代称了。古语有云:"为人莫作妇女身,百年欢乐由他人。"这句话很深刻地概括了封建时代妇女的痛苦。

在中国古代的文字作品里,反映和同情妇女疾苦的作品是不少的,但最多也只能为之洒一掬同情之泪罢了,而不能有更多的作为。宋元以来,随着市民文学的兴起,反映妇女生活的作品更多了。从《西厢记》到《牡丹亭》,可以说是这一类作品中的佼佼者。它们批判了旧制度的不合理,表达了妇女自己的要求,在杜丽娘身上,还明显透露了要求个性解放的信息。但是这一切还只是局限在爱情、婚姻这一特定的领域内,而且她们那有限目的的达到,还离不开金榜题名、奉旨完婚的旧套、旧意识。而在这同时,传统的歧视、鄙夷妇女的思想意识仍然大量地存在于各种文艺作品之中,即使一些优秀名作也跳不出这个局限。《三国演义》中的貂蝉与孙夫人,都成为当权者政治斗争的工具和牺牲品,牺牲孙夫人的还是她的胞兄孙权。刘备战败绝粮时,猎户刘安因一时寻找不到野味,"乃杀其妻以食"。这样一种视妇女如牲畜的野蛮、愚昧行为,作者却是把它当作一件"义举"来写的。《水浒传》中的潘金莲、潘巧云在婚姻、家庭问题上遭到不幸,这本是旧制度所造成的;可作者却把罪责完全归在两个妇女身上,梁山好汉武松和杨雄像野兽似的用极残忍的手段杀害了这两个毫无抵抗能力的弱女子,并累及无辜的丫鬟迎儿。一丈青扈三娘本是一个"好生了得"的巾帼英雄,曾在阵上生擒矮脚虎王英,后因被俘,在"推却不得"的情况下,被宋江一句话硬是许给了"好色之徒"王矮虎,显然宋江是凭借权力做了一件违背当事人意愿的坏事,可书上却借众人之口,反复"称赞宋公明真乃有情有义之士"。以描绘世情著称的《金瓶梅》,其中写了大量的女性,但一个个皆是醉生梦死、麻木不仁,好像封建社会几千年沉积下来的污秽都被作者硬加到她们身上去了。在妇女问题上的偏见,可以说成了这些名著的共同缺陷。

这种情形到了明朝末年及以后的小说中却起了明显的变化。如冯梦龙的《三言》,是一套内容比较复杂的作品,糟粕亦复不少;但其中却出现了一些与众不同的妇女形象,如杜十娘、莘瑶琴、金玉奴、王娇鸾等,她们在反抗封建压迫、争取婚姻自由、维护人的尊严等方面所做的努力,令人耳目一新,精神为之振奋。作者也对她们的遭遇与举动表示了同情与赞美。明末清初出现的一大批才子佳人小说已大大突破了传统的郎才女貌的旧模式。那些"佳人"中的许多人能走出闺门,投身到社会生活中去。她们有侠义之心,具过人之才,敢作敢为,往往为男子所不及。她们和传说的充满脂粉气的名门闺秀已有大大的不同。到清初蒲松龄的《聊斋志异》,更出现了一大批可爱可喜的女性形象,作品对她们进行了热情的赞美与歌颂。到这时,妇女在文艺作品中的地位已完全进入了一个新天地。

《红楼梦》的妇女观就是沿着这条轨迹发展而来的,而且达到了空前的高度。

作者在书一开头就说写此书的动机是"忽念及当日所有之女子",她们的"行止见识,皆出于我之上","闺阁中本自历历有人",因此要写出一段故事,"使闺阁昭传"云云。我们当然不认为一部《红楼梦》只是为了写几个女子,但它的确是通过这许多女子写出了广阔的社会生活,其中也包括了对女子看法的不同见解。从这一个侧面也体现出《红楼梦》所达到的思想深度。

作品的主角贾宝玉首先就是以对妇女问题的特异看法而引起读者注意的。他曾说:"女儿是水作的骨肉,男人是泥作的骨肉。我见了女儿,我便清爽;见了男子,便觉浊臭逼人。"这话是冷子兴向贾雨村演说荣国府时特意传述的,可见在当时的确是惊世骇俗之论。作者在第二十回又写道:"他便料定,原来天生人为万物之灵,凡山川日月之精秀,只钟于女儿，须眉男子不过是些渣滓浊沫而已。因有这个呆念在心，把一切男子都看成混沌浊物，可有可无。"贾宝玉的这种"呆"论，虽然在表达形式上用了一些较为奇特的词语，但只要稍加分析便会明白，它的思想内核乃是把数千年来男尊女卑的传统观念倒了过来，认为女性质优于男子，而且有天渊之别。这种以性别定妍媸优劣的看法，在理论上当然是不科学的，但在当时特定的历史条件下，它却是矫枉过正的行为，是对传统封建意识进行有力挑战的一种大胆而又先进的思想。明白了这一点，我们就会理解，第七十七回贾宝玉指着两个拉走司棋的婆子说的话："奇怪，奇怪，怎么这些人只一嫁了汉子，染了男人的气味，就这样混帐起来，比男人更可杀了。"这话的真实意思，并不在骂那两个婆子，而是借她们来骂"汉子"和"男人"而已；有些论者曾据此话认为贾宝玉喜欢的只是美貌的青年女子，对那些结了婚的年长女人却是另一个态度，实在是皮相之见。

不用做太多解释，贾宝玉的这种思想和作者的思想是一致的。因此我们看到，在整部《红楼梦》里，特别是在它所描写的重点贾府里，男儿们一个个皆是愚庸无能之辈，偌大一个家族，能运筹谋划的竟无一个，实在是一堆渣滓浊沫，荒淫酒色、"爬灰"、"聚麀"，一个个都像"馋嘴猫儿似的"，的确是浊臭逼人。看来，贾宝玉说的那番话，初听起来似乎有点奇特，而一和实际联系起来，却不能不承认它是至理名言。而《红楼梦》里的大批女性，她们不仅一个个气质美如兰，而且许多人饱读诗书，吟诗作对，才华馥比仙。比较起来，赦、政、珍、琏、蓉之辈，固无足论，就连贾宝玉的文才也远远比不上。她们已远远脱离了纯乎"佳人"——貌美的模式。有的人虽然没怎么认真读书，如王熙凤，但她却富有才干，她"少说些有一万个心眼子"，"十个会说话的男人也说他不过"，就是她掌管了荣国府的大权。在她病中，继任理家的又是"俊眼修眉，顾盼神飞"的敏探春，她大刀阔斧、兴利除弊、不讲情面，颇有几分改革家的气势，真是"闺阁中历历有人"，益见贾府中众多的"堂堂须眉，诚不若彼裙钗"。这种男不如女的思想，还表现在一篇颇有争议的《姽婳词》中。此词的全面含意如何，这里不暇细说，但其中的"纷纷将士只保身"，"不期忠义明闺阁"与"何事文武立朝纲，不及闺中林四娘"，则是以一个林四娘的义烈行为骂尽了天下男子。单从这一点来说，《姽婳词》也可千古独步了。

由于对女性有如此独特的看法，所以在整部《红楼梦》中就有许多地方表现出对女性的热烈赞美，其中尤以《芙蓉女儿诔》最为著名。请读下面这几句：

  其为质则金玉不足喻其贵，其为性则冰雪不足喻其洁，其为神则星日不足喻其精，其为貌则花月不足喻其色。

  翻开一部中国文学史，有谁曾用过这样美好的词语来赞美过一个女子呢？还有不要忘记的是，这里所赞美的晴雯还是一个"身为下贱"的女奴呢。

  一般来说，妇女解放的程度是衡量社会文明进步的一把重要标尺。在《红楼梦》里虽然还没有明确提出妇女解放的口号，但在整个故事情节和场面中表现出来的观点和倾向，不是已经透露了这种要求的重要信息吗？

大观园在哪里
——"苇坑"站牌的启示

  正像妇孺老幼没有人不知道《红楼梦》那样，读过《红楼梦》的人也绝没有不知道大观园的。"刘姥姥进大观园"已经成为人们的一句口头禅了。因为一部《红楼梦》从第十七回起，它的故事就差不多都是在大观园里发生的。可以说，没有大观园，"这怀金悼玉的《红楼梦》"就根本找不到"演出"的舞台。因此，人们对大观园怀有很大的兴趣，就是很自然的事情了。其中议论较多的一点就是大观园究竟在哪里。

  大观园的地点问题，从大的方面来说，历来有南北之争，即《红楼梦》里所写的故事究竟是发生在北京还是南京？如果光从材料罗列上来看，则或南或北皆可找出证据，不加分析就会无所适从。其实这种现象的存在，也像其他许多问题一样，乃是作者故意用的"烟云模糊之法"所布下的疑阵。如果我们能像分析其他问题那样"一一细考较去"，就自然会得出一个可信的结论：《红楼梦》的故事乃是发生在北京。因为那是有多处明确无误的材料作为根据的。

  至第三十三回时，因贾政打宝玉激怒了贾母，她当众吩咐人去准备轿马："我和你太太、宝玉立刻回南京去！"第四十六回平儿说鸳鸯："你的父母都在南京看房子，没上来，终久也寻的着。现在还有你哥哥嫂子在这里。"像这些坐实了地点的话语，自然比其他花草竹木所提供的线索更有力地说明《红楼梦》所写的地点是北京而非南京。而且，如果大家都承认《红楼梦》的写作背景就是作者所处的康、雍、乾之时的话，那么，书中写到贾府所在的"京师""都中"自然也就是北京，而不会是明太祖建都的南京。这样，大观园当然也就是在北京了。

  说大观园是在南京的，主要认为其地址是随园。但随园故迹早已荡然无存，要证明它就是大观园，从何说起？当然，此说是有其来由的，那就是袁枚在《随园诗话》里说的一句话"大观园即余之随园也"。可是袁枚是连《红楼梦》的人物身份也弄不清的人，他曾荒唐地把明义咏林黛玉的诗当成是咏一个妓女，所以郭沫若先生曾说"看来袁枚并没有看过《红楼梦》"，他只是"主观臆断而已"。(《读〈随园诗话〉札记·谈林黛玉》)俞平伯先生还说过，袁枚这个"极肉麻的名士"，只是"老着脸说'大观园即余之随园也'"。(《〈红楼梦〉研究·〈红楼梦〉地点问题的商讨》)总之，袁枚有关《红楼梦》的话大都是不可信的，而且有不少明显的谬误。

既然《红楼梦》的地点是在北京，那么，大观园的具体地点又在哪儿呢？当然，《红楼梦》是小说，我们根本不可能在现实中找出一个和书上一个模样的大观园来。但是，文艺作品也常常会以现实中的某个事件或人物作为艺术加工的模特或原型，同样，大观园也不排斥可以用现实中的某个名园作为它的蓝本。从这个意义来说，北京前海西街的原恭王府后连的花园的可能性最大。

首先，"芳园筑向帝城西"，恭王府花园紧挨地安门西侧，在大的方位上正相符合。其次，还有许多细小的、却是极引人瞩目的情事，十分有意思。如恭王府西北的旧护国寺后面，至今仍有一花枝胡同，与贾琏偷娶尤二姐时安置在离贾府"二里远近小花枝巷内"的位置、胡同名吻合；邢岫烟当棉袄的"恒舒"当铺也在离恭王府很近的鼓楼大街；这条街上曾有一座清虚观，正是贾母去打醮的观名；大观园有一条由墙外引进来的水，恭王府花园邻近后海，是唯一可以从外面引水进来的王府花园，而且该园也有水道；等等。如果只是一两件事，那可能是偶合，如此多的线索皆指向这座花园，就不能这么说了。以上情况是人们比较熟悉的，就不详说了。

除此之外，还有一条十分重要的线索，似乎还未被人注意到。大家知道，第四十三回中，宝玉和茗烟去水仙庵，他们从园子后门出发，两匹马不久就出了"北门"的"城门"了。第四十七回中，柳湘莲诱引薛蟠出城外，也是"直出北门"，到一片人烟稀少的苇塘痛打了一顿，喝饱了苇根下的脏水，然后把他丢在"苇中泞泥处"。人们都注意到离恭王府最近的北京城门是德胜门，它正是北京城的"北门"，这自然又是一个好佐证，说明了恭王府花园和大观园的地理关系。但人们却忽略了一条更为重要的材料——当贾珍派人去找薛蟠，从泥泞里把他搀扶起来时，众人笑道：

薛大叔天天调情，今儿调到苇子坑里来了。

这"苇子坑"就是一条十分重要的线索。20世纪70年代，我第一次从地安门乘车去十三陵，很快出了德胜门，当时发现德胜门外第一个公共汽车站站牌上就赫然写着"苇坑"二字，我一下竟愣住了，这不正是柳湘莲痛打薛呆子的地方吗？不过当时当地并不像书上写的那样"人烟稀少"，更不见有"一带苇塘"，而是宽阔的马路和熙攘的人群，也许这个地名又是一个"偶合"吧，后来一打听，原来此地在五十年代初期仍是一片芦苇地，所以才会有这么一个站名。于是，大观园、北城门（即德胜门）、苇子坑，这三者的地理关系，不又是一条说明大观园地点所在的极好证据吗？

《红楼梦》的"楔子"——前五回

在古代的戏剧、小说中,常见有"楔子"的名目,如元杂剧的结构,一般就是四折或四折加一楔子。在长篇小说中也有,如"金本"《水浒传》,金圣叹就是把原本《水浒传》的引子和第一回合并,名之曰"楔子"。话本小说中的"入话"或"得胜回头",也大体上和"楔子"的意义差不多。

"楔子"的作用,或作为正文的引子,或交代正文的大致情节,或介绍正文的人物,或点明正文的题旨和表示作者对有关事件的看法。总之,它起着前奏或序幕的作用。

《红楼梦》有没有"楔子"?书上没有直接标明。但从行文来看,却是有的。不过与其他"楔子"在形式上颇有不同。第六回在开头有两段文字接着上回末了的事补叙完毕之后,有这么一段话:

> 按荣府中一宅人合算起来,人口虽不多,从上至下也有三四百丁;虽事不多,一天也有一二十件,竟如乱麻一般,并无个头绪可作纲领。正寻思从那一件事自那一个人写起方妙,恰好忽从千里之外,芥豆之微,小小一个人家,因与荣府略有些瓜葛,这日正往荣府中来,因此便就此一家说来,倒还是头绪。你道这一家姓甚名谁?又与荣府有甚瓜葛?且听细讲。

紧接下来,就是写刘姥姥一进荣国府的事了。在此之前,《红楼梦》的文字已经写了五回之多,这本书的故事不是早已开始了吗?怎么这个时候作者还在那里说什么"正寻思从那一件事自那一个人写起方妙"呢?如果说,这里只是就写贾府而言,那么,前面写到的林黛玉与薛氏一家的先后进府不是早已写到贾府了吗?又为何要等刘姥姥的到来才算是开始"写起"呢?可是作者却偏偏对这种明显的事实不予承认,硬是认为只有这一次刘姥姥的进府才算是"写起",才算是给"乱麻般"的贾府找到一个"头绪可作纲领",这说明什么呢?这只能说明,在作者的心目中,他对《红楼梦》所描写的主要对象贾府,是从第六回才正式开始"写起"的。而此前的前五回乃是全书的一个"楔子",一个从未有过的大"楔子"。《红楼梦》是部巨著,也应该有一个相应的"楔子"。

这个大"楔子"包含了一些什么内容以及它的意义又何在呢?从大的方面来说,它的内容可以概括成以下几个方面。

通过第一回写了甄士隐和贾雨村两个主要人物,以甄士隐出家而贾雨村流落"风尘"预示了本书将"真事隐去",以"假语村言"出之的特点。其中关于"此书立意本旨"和"大旨谈情"的正面告白,务须联系到作者说的"解味"和"细按"的要求去体味。它是作者告诉读者关于《红楼梦》的最基本读法。《好了歌》及甄士隐对它的注则流露了作者浓厚的"末世"之感。作者似乎不经意地写到的"偏值近年水旱不收,鼠盗蜂起,无非抢田夺地,鼠窃狗偷,民不安生……"云云,则是本书产生的时代背景的一个侧面的最简练的概括。而开篇的那个关于女娲补天的神话故事,使全书一开始就蒙上了一层神秘梦幻的色彩,这实际上是作者有意运用的烟云模糊法。从某种意义来说,第一回乃是前五回乃至全书的总纲,因为一部作品的各种重要方面都在这里安排下来了。

有了这个纲之后,第二回的笔锋就开始进入具体的描写对象——贾府。但因贾府每日事件纷繁、人物众多、关系复杂,所以作者通过"冷子兴演说"的办法先将贾府众人和其特性作了一个提纲挈领式的介绍,使读者心中有个谱,随后就可以从容地逐次写来,不嫌突兀。在此过程中,作者又通过贾雨村所说的阴、阳二气特别是"正邪两赋而来一路之人"这个概念,暗寓了他对一些人物的评价,同时也表现了作者进步的历史观。

于是第三回写林黛玉进府,也就是贾府诸人正式亮相,其中写得有主有次、有评有略、有虚有实、有先有后,等等不一;但都恰到好处而又下笔从容,众多人物任其驱遣。

如果《红楼梦》仅仅是写贾府一家一姓之事,那么,到此为止,这个"楔子"就可以结束,而马上转入第六回的内容了。可又不,作者还要在第四回写薛氏一家进府。从文字来看,薛氏一家的来到,作者未做过多的描绘,只是用"姊妹们暮年相会,自不必说悲喜交集,泣笑叙阔一番"云云简单地带过去之后,就"暂不能写矣"了。第四回的文字主要是写"葫芦案"一事，由贾家带出薛家，由薛家的人命案子带出"四大家族"，再扩大到"各省皆然"的"护官符"及应天府的审案过程，从一个重要的侧面反映了当时的社会现实，具有强烈的政治意味。"楔子"中"楔入"这样的内容，就使读者意想到这全书绝不仅是写一家一姓之事，更不是主要写个人的某件事了。

第五回则通过贾宝玉梦游太虚幻境，既与第一回的神话故事相照应，又预示了十二钗和其他主要人物的未来命运以及整个贾府"好一似食尽鸟投林，落了片白茫茫大地真干净"的整体结局。

至此，"楔子"才算了结，全书"正文"才开始接着"写起"。

由此可以看出，《红楼梦》的"楔子"用了五回的篇幅来写，它是所有"楔子"中规模最为巨大的一个。这种宏伟的气势和它所包括的丰富内容，实是为从第六回开始的"正文"铺垫了一个宽阔而又深厚的基础。由此出发，它将要写的必然是一幅更为宏大深刻的社会政治画卷，而绝非什么写爱情之类的主题所用得上的。这也是《红楼梦》的"楔子"给我们的一个很好的启示吧。

贾宝玉及其"狂"

如果说《红楼梦》是文学史上一部奇书的话,那么,它的主角贾宝玉就可说是一个奇人。一般所谓"奇",应该包括这么一些内容:比较少见、与众不同、不容易为别人所理解。贾宝玉正是这样的一个"奇"人。《红楼梦》的第一个评论家,也是与该书的创作很有关系的人脂砚斋在说到贾宝玉时,就认为他是一个"今古未见之人","不能评出"他是"何等人物"。其实不仅脂砚斋不理解他,就是《红楼梦》中整天和他在一起的人物也不了解他,对他有种种称呼,如"孽障""祸胎""混世魔王""富贵闲人""无事忙"等等。至于后世以至今天的评论者,则更是众说纷纭,如"情痴""封建纨绔""色情狂""多余的人""叛逆者"等等。同是这么一个贾宝玉,古往今来、书里书外的人对他竟有这么多不同的看法,而且分歧又如此之大,岂非在别的书中都见不到的一位"奇"人吗?

有了这种种不同的看法,于是又引起人们的种种争议,但仍然得不出比较一致的意见来。其实在这些争议中,人们往往忽视了最为重要的一点,即《红楼梦》的作者对贾宝玉的看法。我们不妨在这方面做些探索,也许更能接近了解贾宝玉究竟是"何等脱胎,何等骨肉"(脂批语)。最能代表作者对贾宝玉看法的是第三回贾宝玉出场时作者精心为他写的两首《西江月》,特别其中的开头两句,最为紧要:

无故寻愁觅恨,有时似傻如狂。

这劈头两句话是恰到好处地抓到了贾宝玉的性格特点的。因为贾宝玉虽然生活在锦衣玉食的优越物质环境之中,但他的精神状况却异常彷徨苦闷,正如他在《红豆词》中自我抒唱的那样,他有着许许多多的"新愁与旧愁",就像那"遮不住的青山隐隐,流不断的绿水悠悠"。当这种愁与恨积累到一定程度时,它就会使人变得"傻"和"狂"起来。"愁"与"恨"是因,"傻"与"狂"是果。书中还常常说到贾宝玉有着许多

"疯疯癫癫""痴""呆"等毛病,它们与"傻""狂"都是同一类型的性格特点,而"狂"却是这种特点的最突出的标志,是它们的最高表现。

贾宝玉是一个极其"聪俊灵秀"之人,并无丝毫精神上的不正常,那么,他的由"愁"与"恨"引发而来的"狂"究竟是什么呢?这一点,近代词论家况周颐有颇为精到的见解,他的《蕙风词话》在评论晏几道的一首《阮郎归》词时说:

> 狂者,所谓"一肚皮不合时宜"发见于外者也。

也就是说,"狂"乃是一个人对现实生活的极端不满在外部形态上的表现。这话对我们是颇有启发的。"不合时宜"、与现实生活格格不入以至不为人所理解,乃是"狂"的核心,贾宝玉恰恰就是这样一个人。

世人都慕功名,于是读书做官就成为人生的理想途径,无数读书人曾为之奋斗终生;而贾宝玉却鄙视科举,斥骂"禄蠹"。秦钟十分羡慕宝玉的"金冠绣服,骄婢侈童"的富贵生活,这也是普通人共有的心理;而贾宝玉却自认为"锦绣纱罗,也不过裹了我这根死木头;美酒羊羔,也不过填了我这粪窟泥沟,'富贵'二字,不料遭我荼毒了"。自古以来都是男尊女卑,夫为妻纲;而贾宝玉却贬男尊女,完全颠倒过来。从来主仆之间的等级界限最严,清代尤甚;而贾宝玉却不摆主子架子,如兴儿说他的"有时见了我们,喜欢时没上没下,大家乱顽一阵;不喜欢各自走了,他也不理人。我们坐着卧着,见了他也不理,他也不责备。因此没人怕他,只管随便,都过的去"。世族的婚姻都讲究门当户对、财产根基;而宝玉却重思想与意趣,因而舍钗爱黛。贾宝玉出生于一个正统的诗礼簪缨之族,其父贾政"自幼酷喜读书"——当然所读皆儒家圣贤之书,其母王夫人有一个"慈善人"的称号,原因就在于她"最喜斋僧敬道"。而贾宝玉却"愚顽怕读文章",他怕的恰恰就是贾政"喜读"的"四书""五经"。同时他又一味地"毁僧谤道",可见他与"三教并重"的时尚又是如此格格不入。

以上就是贾宝玉的所谓"狂"的一些主要表现,当然还不止这一些。全面分析一下这些"狂"态,不就是况周颐说的那种"一肚皮不合时宜"吗?不可忽视的是他所"不合"的那种"时宜"并非区区小节,而都是一些离经叛道、违反正统思想的大事,无怪乎正统的卫道者贾政就担心他将来可能会走上"弑父弑君"的道路。而身份卑贱、对"君父"不那么关心、又没有贾政想得多的小厮兴儿就只能说他"说的话人也不懂,干的事人也不知"了。从贾宝玉的这些表现以及不同身份的人对他的种种评价中,不是可以帮助我们在众说纷纭之中大致理出一个认识贾宝玉的头绪来吗?

两千多年前,儒家的老祖宗孔夫子还在世的时候,曾经有一个在孔子的车子前走过并唱歌讥笑他的楚国人,这个人的名字就叫"楚狂"。这当然是一个伪名。唐代著名的诗人李白也是一个思想上不受羁绊的人,他对儒家以及孔夫子也不那么尊敬,于是他也就称自己的行为是"我本楚狂人,凤歌笑孔丘"(《庐山谣寄卢侍御虚舟》)。看来,历史上不满儒家思想——后来成为中国传统社会的统治思想——的人,都自称为"狂人",那么,曹雪芹把他书中的主人公称之为"狂",其中不也透露出可以帮助读者来认识这个形象的许多信息吗?

"怕读文章"与"杂学旁收"

《红楼梦》第三回作者为贾宝玉写的两首《西江月》里说到贾宝玉的种种"不肖"与"无能"时,其中有一条是:

愚顽怕读文章。

不明究竟的读者很容易就此认为贾宝玉是一个不喜欢读书的人。其实,这是一个误解,原因在于不了解"文章"的真正含义。那么,什么叫"文章"呢?曹雪芹没有做具体的解释,但在与《红楼梦》同时的《儒林外史》中有一个情节却做了很好的回答。该书第三回写到周学道正在考场里看范进的卷子时,有这样的一个情节:

有一个童生来交卷。那童生跪下道:"求大老爷面试。"学道和颜道:"你的文字已在这里了,又面试些什么?"那童生道:"童生诗词歌赋都会,求大老爷出题面试。"学道变了脸道:"'当今天子重文章,足下何须讲汉唐',像你做童生的人,只该用心做文章。那些杂览,学他做什么!况且本道奉旨在此衡文,难道是来此同你说杂学的么?你这样务名而不务实,那正务自然荒废,都是些粗心浮气的说法,看不得了。左右的,赶了出去。"

很明显,这里把"文章"和诗词歌赋对立起来了。因为"当今天子重文章",考官又是奉旨衡文,所以考生谈论什么诗词歌赋,不但考官不感兴趣,而且还要被当场驱逐出去,最后这个考生真的被"几个如狼似虎的公人""叉着膊子,一路跟头,叉到大门外"去了。诗词歌赋在当时竟是如此可恶!联系《红楼梦》《儒林外史》均产生于清代中期,当时的科举考试只考八股文而不要诗赋,我们就可明白,这里的所谓"文章",就是专指当时科举考试中,统治者规定的以"四书""五经"命题、以朱熹注释为指导思想的所谓"代圣贤立言"的八股文。

如果觉得这还只是一种推断的话，那么，我们还可以找出直接的证据来。与吴敬梓、曹雪芹同时代的清代著名学者章实斋在《答沈枫墀论学》中说道：

> 自雍正初年至乾隆十许年．学士又以《四书》文义相为矜尚。仆年十五、六时，犹闻老生宿儒自尊所业，至目通今服古，谓之"杂学"，诗古文词，谓之"杂作"，士不工《四书》文，不得为通。

把这段话和《儒林外史》中周学道的那段话一对照，就会发现两者反映的情况完全一样，证明《儒林外史》所写的正是清朝当时的现实，只是周学道说得更加痛快透彻而已。而这"自雍正初年至乾隆十许年"间，又正是《红楼梦》从酝酿到创作的时期。

因此，贾宝玉"愚顽怕读"的"文章"是什么也就一目了然了。事实也是如此。我们看到，第九回贾宝玉要入家塾读书时，贾政就特别吩咐："什么《诗经》古文，一概不用虚应故事，只是先把《四书》一气讲明背熟，是最要紧的。"显然，只读熟"四书"，而不问其他，其目的就在于去应考。可是直到第七十三回，贾宝玉担心贾政来"盘考"他读书的事时，自己"打算打算，肚子内现可背诵的，不过只有'学''庸''二论'是带注背得出的。至上本《孟子》，就有一半是夹生的，若凭空提一句，断不能接背的；至'下孟'，就有一大半忘了。"贾政还曾布置过"百十篇""时文八股"让他去读，他也最多只看过某篇中的"一二股"，而从未"成篇潜心玩索"过。一个幼童，没有其他事情，如果专心致志，要背熟"四书"及若干篇八股文，本是很容易的，而现在的这种情况正说明了他是何等"怕读文章"！

那么，贾宝玉是不是一个什么书也不读、胸无点墨，像薛蟠、王熙凤那样的人物呢？不是对他的思想和言行十分关注的薛宝钗曾经说过一句话："宝兄弟，亏你每日家杂学旁收的……"所谓"杂学旁收"也就是周学道和章实斋说的"杂览""杂作"。读了他们这两段话就会知道，薛宝钗在这里是用的当时的新名词，对贾宝玉颇含嘲讽之意。而恰恰是从她的嘲讽之中使我们明白，贾宝玉既不是像薛蟠、贾珍、贾琏那样不学无术的纨绔子弟，也不是像乃父贾政那样死啃八股，除此以外毫无真才实学的人。他的"杂学旁收"正说明他是一个涉猎极广、博学多识的"杂家"。

事实也是如此。"当今天子重文章",受排斥的是诗词歌赋,而贾宝玉在这方面却各体俱擅。他十二三岁时作的诗就被外人广为传抄,他自编自唱的《红豆曲》韵味十足,而长篇歌词《姽婳词》以及著名的散文诗《芙蓉女儿诔》更是红楼诗词中的佳作。他熟悉《庄子》,能提笔仿续《南华经》。他还习佛学,在触发出"禅机"时,能够"提笔立占一偈"。至于被封建统治者严禁的"淫词艳曲",他更是乐此不倦,什么"古今小说并那飞燕、合德、武则天、杨贵妃的外传与那传奇角本"无不搜阅。对于《会真记》,称为"真真这是好书",并介绍给林黛玉看,而他自己却是"过目成诵",随时可以冲口而出,比起读那"四书"八股,直是两种境界。此外,他还有许多人们不大注意的长处。他的书法也不错,林黛玉和其他人都向他讨过字,"好几处(贴)有"他写的斗方。他还颇懂得一些饮食起居之道,经常照顾提点林黛玉,脂砚斋认为"宝玉亦知医理,却只是在颦、钗等人前方露"("庚辰本"第二十回批语),所以一般人并不知道。贾政带着众清客与宝玉游大观园时,来到后来称为"蘅芜苑"的地方,面对许多牵藤异草,贾政和众人都不识得,贾宝玉却能认得并叫出一大串名称来。孔夫子曾经说过,读了《诗经》可以"多识于鸟兽草木之名",而贾政除了八股之外,一概无知无识,把《诗经》与唐宋古文也当成了"虚应故事",无怪乎面对这种种花草藤蔓,他就一概莫名了。

在贾宝玉的读书问题上,里面也包含有许多"文章"哩。

宝玉出家

《红楼梦》后四十回写贾宝玉出家做了和尚，有的人提出疑问，像他这么一个反佛、道的人怎么可能自己去做和尚呢？的确，他一贯来"毁僧谤道"，平素又"恨俗人不知原故，混供神混盖庙"，甚至睡梦里还骂"和尚道士的话如何信得？"他对佛、道的反对态度是十分明朗的。然而他最后出了家做和尚，应该也是事实。因为在前八十回中，他多次对林黛玉说"你死了，我作和尚去"，以至林黛玉准备要记他"作和尚的遭数儿"。《红楼梦》里是没有闲笔的，常常一句话伏线千里，因此贾宝玉最后应了他的预言是不奇怪的。再从事实上来看，在曹雪芹的原著里，贾宝玉也确实是出了家的。这有脂砚斋的批语为证，"庚辰本"第二十一回有一条大家常用的重要批语，其中就明白写道：

> 然宝玉有情极之毒，亦世人莫忍为者，看至后半部，则洞明矣。此是宝玉三大病也。宝玉看（有）此世人莫忍为之毒，故后文方能（有）"悬崖撒手"一回，若他人得宝钗之妻、麝月之婢，岂能弃而（为）僧哉？

这里提供了八十回后的许多重要内容，曾经"看至后半部"的脂砚斋，明确指出曹雪芹的原著后面有一回"悬崖撒手"的文字，贾宝玉确实是抛弃了妻妾家小，出家做和尚了。

因此，宝玉出家应该是不成问题的，需要解释的问题是，贾宝玉既反佛，为何又要走上出家这条路，因为这在表面上看来，的确是一件颇为矛盾的事情。

其实要回答这个问题也并不太复杂，如果用简单的一句话来说，就是出家并不等于信佛，不要把做和尚看得太认真了。

中国历史上的出家大概有两类情况。一类是真正崇奉佛教的虔诚僧徒，他们的出家是出于一种信仰。另一类则有种种不同原因，或者为了享受僧徒们的某些特权，或者是悲观厌世，或者是在激烈的社会矛盾中，借佛门作为遁身之地，等等。后者和信奉佛教是毫无关系的。一般来说，在社会动乱、政治斗争激烈的时期，第二类情况的出家人就会大大增加。由明末到清初，就是这样的一个大变乱时期。明末著名的东林党与阉党进行了激烈的斗争，东林党受到残酷的打击与迫害，在此情况下，东林党中就有许多人纷纷隐迹空门，正如屈大均说的"今日东林社，遗民半入禅"（《翁山传外》卷十三《过吴不官草堂赋赠》）。至明清易代之后，许多抗清的爱国志士在失败之后，出于失望情绪和表明不愿与新朝合作等原因，也有大批人出家去了。就拿屈大均来说吧，他是清初岭南著名的抗清爱国志士，在斗争失利的情况下，他也曾一度进入空门，他的《翁山文外·死庵铭》中说道："予自庚寅丧乱，即逃于禅，而以所居为死庵。"这里说得很明白，像他们这样的人之所以出家，乃是一种"逃禅"，即把佛门作为一个隐蔽所、以逃避眼前的灾难，根本不是信佛。所以屈大均在一度"逃禅"之后，又曾还俗继续反清。屈大均在谈到自己的思想变化过程时曾经说过："予二十有二而学禅，既又学玄，年三十而始知其非，乃尽弃之，复从事于吾儒。"（《翁山文外》卷五《归儒说》）可见屈大均是一个自觉的儒者，是绝不会信佛的，他的出家只是一种手段而已。他的例子可以说明当时许多出家人出家的真实原因。其实，这类型出家，不仅存在于庶民、士大夫之间，就在清代王室的矛盾冲突中也有出现。雍正以阴谋手段篡夺帝位之后，对曾同他争夺过帝位的许多兄弟实行了残酷的镇压，他们都逃不过或关或杀的厄运，于是也有人打算走这条出家之路。被流放幽禁到西宁的康熙第九子允禟就曾对雍正的来使说："上责我皆是，我复何言？我行将出家离世。"（《清史稿·列传八·诸王七》）在表面上无话可说而实际上是有话说不得的情况下，看来就只有出家了，走这条路实际上既是避祸，也是一种反抗行为。

《红楼梦》所产生的乾隆时期，历史上号称为"盛世"，和明末清初的社会混乱情况的确是有所不同，按理说出家人不应有那么多了。可是由于清朝统治者大力利用宗教为其统治服务，前期的几个皇帝都熟悉佛典，雍正还与释子有许多交往，并采取了许多扶持佛、道发展的政策，特别在乾隆初期，所发度牒（即出家的许可证）达三十余万，不久，干脆取消了度牒制度，又允许寺院拥有大量寺产，于是出家人数日益增加。可以想见，在这样的情况下，大量的僧徒大都是由于种种不同的原因和怀着不同的目的而出家的,而真正能奉佛守戒者极少。早在康、雍之时,佛门情况已经混乱不堪,我们从乾隆刚上台时的两道"上谕"中就可看出一个究竟。雍正十三年(1735年)八月〔当时雍正刚"驾崩",弘历继位,以明年为乾隆元年(1736年)〕《东华录》载:

  庚子谕:佛法以明心见性,兴善能仁,舍贪除欲,忍辱和光为本,而后世缁流竟借佛祖儿孙之名以为取利邀名之具,奸诈盗伪,无所不为,以致宗风颓败,象教衰微,此皆不肖僧徒贻之咎也。

同月己卯又有"谕":

  近日缁流太众,品类混淆,各省僧众真心出家修道者百无一二,而愚下无赖之人,游手聚食且有获罪逃匿者窜迹其中,是以佛门之人日众而佛法日衰。不惟参求正觉克绍宗风者寥寥希觏,即严持戒律习学小乘之人亦不多见,蔑弃清规,徒增尘玷,此其流弊将不可胜言。

  从乾隆皇帝的话里可知道,当时的出家僧徒,真正为了修道者微乎其微,整个佛教的情况是"佛门之人日众而佛法日衰"。这种情况,正说明在清代之时,为封建制度服务的佛教也与封建制度一样,已经"象教衰微",到了它的穷途末日了,这样我们就会明白,当时的出家行为,大都不是出于一种宗教意识,它与本人的思想信仰是毫无关系的。

  就在《红楼梦》里,我们也可找到这种例证。妙玉、宝珠、芳官等人出家是出于何种原因,我们姑且不说,尤其有意思的是,第三十三回贾政毒打贾宝玉时,不是也曾嚷着要"把这几根烦恼鬓毛剃去,寻个干净去处自了"吗?贾政是一个再正统不过的儒教徒了吧,可是在他烦恼不过的时候竟也想到要做和尚去,难道能说他是忽然信起佛来了吗?贾政的情况,只能说明我们在前面说过的,当时的出家是一件很随便的事情,不要把它看得太认真。

  明乎此,我们就会知道,宝玉的出家也是和"东林"诸子、屈大均、允禵等人一样,是在当时条件下所能做到的一种反抗现实、与现实不合作的行为和手段,和他们每个人对佛门的看法并无关系,因此和贾宝玉平时的"毁僧谤道"也一点不矛盾。

第四十三回曾经写到，当贾母众人在"闲取乐"凑份子与王熙凤做生日时，贾宝玉却偷偷带了茗烟从北门出了城，原想去祭奠他心目中的一个人，却因没有带香炉香火，决定去水仙庵借用。茗烟问他："我常见二爷最厌这水仙庵的，如何今儿又这样喜欢了？"贾宝玉回答他说，平时他是很讨厌人们乱起庙、乱供神的，水仙庵供的洛神也是听了曹子建的谎话，其实古代是没有洛神的。不过今儿却合他的心事，故借它一用。

可见，平时"最厌这水仙庵"的贾宝玉，在特殊的情况下，也不妨"借它一用"；那么，平常专一"毁僧谤道"的贾宝玉，在最后无路可走的情况下，走了许多人都可走的一条出家之路，不也可以看成是"借它一用"吗？

从贾宝玉与北静王说起

由于有"水作的骨肉"与"泥作的骨肉"之说,因此贾宝玉说"我见了女儿,我便清爽;见了男子便觉浊臭逼人"。这已成为贾宝玉的名言。也因此,贾宝玉长年累月便只在"内帏厮混",而最不愿束带顶冠去外面接应宾客,尤其是会见贾雨村这样的官僚。可是大家都知道贾宝玉与北静王却有很好的关系,"每思相会",第一次见面前,宝玉心里便"自是欢喜"。北静王不也是一个男的吗?贾宝玉见了他为何反觉"清爽"呢?原来这身为男性的北静王,却有一种女性化的外貌形容,你看他"面如美玉,目似明星,真好看的人物",加上他"每不以官俗国体所缚"的潇洒性格,自然就很对贾宝玉的景了。更为有趣的是,作者给这个北静王起的名字叫"水溶",这不分明是"水作的骨肉"吗?这就完全揭开了这个问题的奥秘,贾宝玉喜欢北静王,还是遵循了他自己那句名言的原则的。

人们也许要问:贾宝玉自己不也是男性吗?按照他的原则,岂不应该首先将自己也否定了?同样有趣的是,贾宝玉自己也是一个充分女性化了的人。不说他自小喜欢和女孩子们在一起以及"爱红"等内在性格,即就外部形态来说,他也颇具女孩子的气质。尤三姐就说过贾宝玉的"行事言谈吃喝,原有些女儿气"。再如第三十回写龄官正在地上出神地画"蔷",连下雨了也不觉得,宝玉大声地提醒她:"不用写了。你看下大雨,身上都湿了。"龄官才抬起头来一看,可是因宝玉身子被枝叶隐住,"刚露着半边脸"。所以,"那女孩子只当是个丫头,再不想是宝玉,因笑道:'多谢姐姐提醒了我。难道姐姐在外头有什么遮雨的?'"龄官在没有准备的情况下,只凭她耳闻的声音和所见的半个脸面,便从直觉上判定对方是个女性,因而连呼"姐姐",这更有力地说明了贾宝玉的女性化特点。

根据这样一个分析,我们再去查查贾宝玉的另外两个至好的男性朋友秦钟和蒋玉菡,果然发现他们在外形上也具有明显女性化的特点。第一次露面的秦钟"较宝玉略瘦些,眉清目秀,粉面朱唇,身材俊俏,举止风流,似在宝玉之上,只是怯怯羞羞,有女儿之态"。毋庸多说,因为这里已完全点明了他"有女儿之态"了。名优蒋玉菡,在戏台上就是一个"唱小旦的",光这一点,也就有了七八分女性的气质了。他和宝玉初次相见时,宝玉便"见他妩媚风流,心中十分留恋"。很显然,这又是一个水溶、秦钟一类的人物。在明末清初之际,也就是说在《金瓶梅》与《红楼梦》之间,曾经出现了一大批才子佳人小说,其中的许多才子在形容体态上也都具有趋向女性化的特点,这可以说是当时的一种时尚。因此《红楼梦》里也出现这种人物,以及本来只爱"女儿"的贾宝玉也喜爱与有这种特性的男性交往是不足为怪的。

与此相联系的是,这个"见了女儿便清爽"的人,有时竟也会骂起"女儿"来,而且正言厉色,一点不留情面。一次,薛宝钗说了劝贾宝玉留意仕途经济之类的话,宝玉"咳了一声,拿起脚来走了",使薛宝钗"登时羞的脸通红"。另一次史湘云也这样劝他,宝玉马上当面下逐客令:"姑娘请别的姊妹屋里坐坐,我这里仔细污了你知经济学问的。"在平时,薛、史都是贾宝玉所亲近和尊重的人,为什么在这一点上竟一下子就翻脸呢?原来,在贾宝玉看来,薛、史所劝说他的一套话语,乃是"好好的一个清净洁白女儿,也学的钓名沽誉,入了国贼禄鬼之流。这总是前人无故生事,立言竖辞,原为导后世的须眉浊物。不想我生不幸,亦且琼闺绣阁中亦染此风,真真有负天地钟灵毓秀之德"。这里说得很明白,这些本应是须眉浊物的话,为什么"清净洁白的女儿"也讲起来了呢?因此他对薛、史的不客气,乃是针对这件事,是不满他们"亦染此风",而不是对这两个"女儿"不满,他骨子里的落脚点还是在骂"须眉浊物"的。同样的道理,贾宝玉还骂过两个拉司棋出去的老婆子,说:"奇怪,奇怪,怎么这些人只一嫁了汉子,染了男人的气味,就这样混帐起来,比男人更可杀了。"有人据此便认为贾宝玉喜欢的只是未结婚的年轻"女儿",而对老婆子们则又是另一态度,这实在是一个大误会。因为宝玉对她们的不满乃是因为她们"染了男人的气味",因此这里表面上是骂婆子,实际上还是骂的那些"汉子""男人"们。他对那些"亦染此风"的薛宝钗、史湘云这样的年轻"女儿",不也同样是这样的态度吗?

总的来说,贾宝玉有时也喜欢某些"男人",但他所真正喜爱的是他们身上的女性特征；贾宝玉有时也骂过一些"女人"（包括老的婆子和年轻的"女儿"），但他实际上是骂的她们身上所染的"男人"气味。贾宝玉始终没有背离过他的名言所包含的精神。

他为什么想杀林黛玉

　　文学史上一些成功的艺术形象，常常能引发读者强烈的爱憎感情。一个木匠一斧头把舞台上扮曹操的演员砍死，可以算是最典型的事例了。在《红楼梦》里关于薛宝钗、林黛玉的争论，持续了两百多年，至今仍未解决，清代曾有两个好朋友为此争论得"几挥老拳"，后来发誓见面不谈《红楼梦》了。这是比较多的人知道的事情。其实，引发读者情绪的还有更甚于此者，以至有人竟想杀《红楼梦》中的人物，这一点恐怕知道的人就较少了。值得注意的是，这个人想杀的是什么人，恐怕是在了解之前谁也想不到的，因为他想杀的不是像曹操那样专做坏事的奸贼，而是一个受尽生活折磨的柔弱女子林黛玉！他为什么要杀林黛玉以及从中可以引起我们怎样的思索？这倒是值得推敲一番的。要知其究竟，得先读读他的原话。此人名曰赵之谦，在他的《章安杂说》中写道：

　　《红楼梦》，众人所着眼者，一林黛玉。自有此书，自有看此书者，皆若一律，最属怪事。余于此书，窃谓其命意不过讥切豪贵纨绔，而尽纳天地间可骇可愕之事，须眉气象出以脂粉精神，笑骂皆妙。其于黛玉才貌，写到十二分，又写得此种傲骨，而偏痴死于贾宝玉，正是悲咽万分，作无可奈何之句。乃读者竟痴中生痴，赞叹不绝！试思如此佳人，独倾心一纨绔子弟，充其所至，亦复毫无所取。若认真题品，则全部《红楼梦》第一可杀者即林黛玉。余尝持以示读此书者，皆不为然。尝一质菱甫，菱甫仅言似之。前夜梦中复与一人读此书，争久不决。余忽大悟曰："人人皆贾宝玉，故人人爱林黛玉。"谈者俯首遁去，余亦醒。此乃确论也。

　　这段引文虽然较长，但却提供了不少重要的信息。首先，在"旧红学"时期的钗、黛之争中，不仅有"几挥老拳"者，而且还有在梦中亦和人进行辩论的赵之谦。赵是贬黛的主要代表者，他甚至要把林黛玉放在

"第一可杀者"的地位。然而他如此不满林黛玉,主要原因是林黛玉竟如此痴心爱上了一个"纨绔子弟"贾宝玉。可见他是因不满"纨绔子弟"贾宝玉而迁怒于林所致,而对林黛玉本人除了说到她的"傲骨"之外,并无更多可指摘之处,相反还肯定了她的"十二分"的才貌。可见,如何认识林黛玉是与如何评价贾宝玉密不可分的。在我们看来,林黛玉的"傲骨"与贾宝玉的"不合时宜"竟是完全一致的,这也是他们能够相爱的主要性格基础。赵之谦这个正统封建文人既然认为《红楼梦》的"命意不过讥切豪贵纨绔",而且认定贾宝玉就是一个这样的"豪贵纨绔",自然也就会不满于黛玉如此"倾心"于他了。同时,这里还提供了一个很重要的根据,就是在当时虽然存在钗、黛之争,但是真正尊钗抑黛的实乃少数,"人人皆贾宝玉,故人人爱林黛玉"乃是当时读者的普遍心理现象。这也说明《红楼梦》的创作动机与其产生的客观效果是完全一致的。其实,从字里行间来看,赵之谦也未必是真正讨厌林黛玉这个"才貌写到十二分"的人,只是不满意于她竟如此痴心爱恋"纨绔"贾宝玉这件事罢了;而这又恰恰可以反过来让我们更好地理解贾宝玉这个形象的意义。

且说林黛玉的"小性儿"

在钗、黛之争中，尊钗抑黛的可以肯定只占少数，过去和现在皆是如此。但不管是尊钗抑黛或者是尊黛抑钗，尽管他们的意见分歧，态度对立，可是都指责或者承认林黛玉确实存在这样明显的毛病，那就是心胸狭隘，小性儿，对人对事好挑剔甚至刻薄，又常哭哭啼啼、吵吵闹闹，等等；这与薛宝钗的"行为豁达，随分从时"形成了极其鲜明的对照。这样一种看法是有来由的，因为书中的许多人物就是这样认为的。如史湘云就曾当着贾宝玉的面，说林黛玉是"小性儿、行动爱恼人，会辖治你"的人。贾宝玉的奶母李嬷嬷也说过："真真这林姐儿，说出一句话来，比刀子还尖。"所以当红玉与坠儿在滴翠亭说悄悄话，中了薛宝钗的"金蝉脱壳"计，以为林黛玉偷听到她们说话时，就十分紧张，坠儿吓得"半日不言语"，红玉说："若是宝姑娘听见，倒还罢了。林姑娘嘴里又爱刻薄人，心里又细，他一听见了，倘或走露了风声，怎么样呢？"至于袭人则公开在众人面前议论黛玉的长短，并拿她与宝钗做比较，说薛宝钗如何"有涵养，心地宽大"，"要是林姑娘，不知又闹到怎么样，哭的怎么样呢"。而她们对林黛玉的这种议论又确实不是凭空捏造，而是有事实为依据的。比如冷言挑剔周瑞家的送宫花，因疑心而剪掉给宝玉已做好一半的香囊，经常与贾宝玉哭啼吵闹，等等，均是事实。看来，对林黛玉性格的这种评价，竟是可以成为有凭有据、众口一词的定论了。而林黛玉也几乎成了爱刻薄别人、心胸狭窄这一类人的别名。

正是因为有这样普遍一致的看法，所以当今常可听到一些青年人并非完全开玩笑地说林黛玉的命运虽值得同情，但却很难像贾宝玉那样去爱她，因为她常常这样哭哭啼啼、吵吵闹闹地寻别扭，怎样受得了？甚至说要温柔体贴倒还是薛宝钗好。这样的一种思想，实际上不是今天的人才有，过去的人也有这样想的。上文提到的赵之谦就说过这样的话：

孙渔生亦曰："以黛玉为妻，有不好者数处：终年疾病，孤冷性格；使人左不是，右不是。虽具有妙才，殊令人讨苦。"余笑谓："何尝不是，但如此数者，则我自有林黛玉在，不必悬想《红楼梦》中人也。"渔生曰："怪底君恶黛玉，原来曾吃过黛玉苦头的。"附作一笑。

虽然这些话都是以一种"笑"谈的姿态出现，但也是反映了人们许多真实的思想的。不过依照我的看法，林黛玉如果果真是这样一种性格的人，则人们对她采取怜而远之的态度是完全未可厚非的，因为这种情况的确是令人受不了的。

然而，对林黛玉这一由来已久的、已经成为定论的看法，实际上是一个大大的误会。

林黛玉的确是有许多"小性儿"的表现，但是她对周瑞家的送宫花的不满，乃是因为她看到最后两朵才送来给她，便认为"别人不挑剩下的也不给我"，是在特定条件下一种维护自尊心的表现。她剪掉"费了许多工夫"才做到一半的准备给宝玉的香袋儿，是因为她以为她以前送给宝玉的荷包他没很好地珍惜，让小厮们解去了（实际上宝玉是珍藏在衣服里面的），这样也有伤她的尊严。我们还可以举出的表现林黛玉"小性儿"的事例，其实都是在寄人篱下这样一个处境中的林黛玉为了维护自己人格尊严的一种行为，和一般的心胸狭隘有所不同。可以作为这一点的有力证据是，当不牵涉到她的人格尊严时，她的对人处事就完全是另一番景象。

香菱要学诗，林黛玉毛遂自荐、热情指导，这种"诲人不倦"的诚挚态度在贾府中找不出第二个人来。当一个晚上蘅芜苑的两个老婆子给她送来一包燕窝时，黛玉却能为她们想到"如今天又凉，夜又长，越发该会个夜局，赌两场了"，生怕耽误了她们的时间，并送几百钱给她们打酒吃，以度长夜。在贾府里，又有谁曾如此细心体察并关心过这些比丫鬟们更微贱不幸的老婆子呢？而偏偏是林黛玉做到了。这件不大引人注意的细事，不正足以说明林黛玉所独有的善良心灵吗？此外，她对自己的丫鬟紫鹃甚好，对于嘴尖牙利的晴雯，她也"平日待他甚厚"。妙玉曾因她品不出水的味道来，当面说她"是个大俗人"，她一点也不介意。大观园的诗社赋诗，于此道不大在行的李纨做裁判，她常把黛玉名列宝钗之后，尽管宝玉曾为此多次提出异议，她自己却毫不计较。这样的事例还可举出许多。由此看来，林黛玉何曾有什么"小性儿"或心胸狭隘呢？这些话语其实都是某些人强加给她的不实之词，应当加以澄清。

林黛玉的确是常在宝玉面前哭哭啼啼、争吵斗气，有时达到气得贾宝玉脸色发黄、心灰意懒的地步，就连紫鹃都批评她："宝玉有三分不是，姑娘倒有七分不是。"但是我们稍做一些分析就会发现，林黛玉的这些表现乃是有规律可循的，即它都是发生在和贾宝玉的爱情初期阶段。这个时候，尽管林黛玉一心爱贾宝玉，但她却担心贾宝玉未能和她那样专一，特别因为有"金玉"之说，她自然就更顾忌贾宝玉"见了姐姐就忘了妹妹"。而贾宝玉虽然心里确实只爱林黛玉，但他也确实常被薛宝钗的美貌所吸引，这一点林黛玉也是看在眼里的。因此林黛玉的啼哭吵闹，都是和这件事有紧密联系的。比如她哭得最厉害的一次，"倚着床栏杆，两手抱着膝，眼睛含着泪，好似木雕泥塑的一般。直坐到二更多天"，后来又很久不理贾宝玉，就是因为她那天晚上去敲怡红院的门，却吃了在气头上的晴雯的闭门羹，而随着又看到薛宝钗一行人从里面出来的缘故。其他许多的争吵都可找到与这种情事有着这样那样的关联。因此可以说，林黛玉的这些所谓"使人左不是，右不是"的行为，是因为她既向贾宝玉捧出了一颗诚挚的心，就要求贾宝玉也同样对待她，这是要求爱情专一的表现，是妇女在婚姻爱情上为了维护自己的权利而进行的一种斗争，是封建社会妇女在特殊环境下所表现的一种特殊斗争形式与所谓"心胸狭隘""小性儿"等不好的性格是完全沾不上边的。

后来的事实也证明了确实是如此。细心的读者一定可以发现，在宝玉挨打、晴雯送帕、黛玉挥泪题诗从而标志着宝、黛爱情进入了默契阶段之后，就再没有发生过以前那些事情了，甚至林黛玉与薛宝钗的关系也好了起来。为什么？就因为他们既达成了默契，林黛玉原来的顾忌自然也就解除了。这时，读者不但看不到林黛玉对待贾宝玉的那种"小性儿"以及使他左右为难的事，而且表现出了另外一种截然相反的态度。第四十五回写一个刮风下雨的晚上，宝玉又来看黛玉，两人叙谈许久，黛玉因为"夜深了"，并"谢你一天来几次瞧我，下雨还来"，所以催他回去，宝玉于是告辞，并问她想吃什么，书中写道：

黛玉笑道："等我夜里想着了，明儿早起告诉你。你听雨越发紧了，快去罢。可有人跟着没有？"有两个婆子答应："有人，外面拿着伞点着灯笼呢。"黛玉笑道："这个天点灯笼？"宝玉道："不相干，是明瓦的，不怕雨。"黛玉听说，回手向书架上把个玻璃绣球灯拿了下来，命点一支小蜡来，递与宝玉，道："这个又比那个亮，还是雨里点的。"宝玉道："我也有这么一个，怕他们失脚滑倒了打破了，所以没点来。"黛玉道："跌了灯值钱，跌了人值钱？你又穿不惯木屐子。那灯笼命他们前头照着。这个又轻巧又亮，原是雨里自己拿着的，你自己手里拿着这个，岂不好？明儿再送来。就失了手也有限的，怎么忽然又变出这'剖腹藏珠'的脾气来！"宝玉听说……一径去了。

请看，就在宝玉要走的这一阵间，黛玉又是问有没有人跟着，又嫌他的灯不亮，把自己最好的给他，并说他重物不重人。知道他"穿不惯木屐子"，又交代这灯笼怎么打，路上如何走，等等，这是何等的细心爱护、温柔体贴啊！能够说林黛玉对贾宝玉只会哭闹斗气吗？

其实，只要更细心一些，读者就应该看到，即使在前期常常闹矛盾的阶段，黛玉也屡屡同时透露出对宝玉的体贴关心，如第二十回，两人正怄着气，黛玉却突然怪他"今儿冷的这样，你怎么倒反把个青肷披风脱了呢？""回来伤了风，又该饿着吵吃的了"。第三十回，两人都哭着，黛玉却发现宝玉用新衣服的袖子擦泪，于是"便一面自己拭着泪，一面回身将枕边搭的一方绡帕子拿起来，向宝玉怀里一摔，一语不发，仍掩面自泣"。在两人吵嘴的时候插入这样写得极细极细的细节，正是十分细致地刻画出黛玉在心灵深处对宝玉的深深爱护与体贴。至于在大关键时刻，如宝玉被打时，大家都来探病，林黛玉是"两个眼睛肿得桃儿一般，满面泪光"，"气噎喉堵……心中虽然有万句言词，只是不能说得"。而薛宝钗前来却是长篇大论、滔滔不绝，她起头一开口就指责贾宝玉"早听人一句话，也不至今日"，后来又责备"到底宝兄弟素日不正，肯和这些人来往，老爷才生气"。两相对比，也许才能真正理解林黛玉。

林黛玉与"戏子"

宝、黛二人在恋爱的最初阶段,曾有过不下数十次的大小争吵。在这些争吵中,绝大多数都是以林黛玉不满贾宝玉、后者尽力向前者讨好赔小心的形式出现。这是符合他们之间的爱情发展规律的,不足为奇。不过如果仔细分析一下,就会发现,在林黛玉发起的许多争吵中,又有两种不同的情况:一种是真的大动感情,或怒,或怨,或气愤;而另一种则是表面上也吵吵闹闹,甚至哭哭啼啼,但内心并未动真气。比如贾宝玉两次借用《西厢记》的词语来向林黛玉表示自己的心曲时,林黛玉都发作了一番。第一次尽管林黛玉开头又哭又骂,可因为宝玉赔了个不是,并说了一句调皮话,林黛玉就马上被逗笑了,反而也用了一句《西厢记》中的话回敬他,弄到宝玉反过来要抓她的把柄,可见这一次林黛玉并未真的动气,只是面子上过不去罢了。正因为如此,所以不久贾宝玉又敢再说第二次,而林黛玉照样又哭又要去告状,可因为袭人来通知说贾政叫宝玉,于是宝玉匆匆走了,此事便不了了之。但是林黛玉却因为贾政叫了宝玉去,心里放不下,晚上还专门去怡红院想知道个究竟,可见前面的事情她根本就没放在心上,甚至内心深处说不定还很高兴哩。

使黛玉真正生气、动怒的事情当然也很多,其中闹得最凶的一回是薛宝钗做生日,贾母出银子在外头请了戏班来演戏那一次。当时大家说戏台上的那个小旦的扮相活像一个人,但谁也不肯点破,只有史湘云心直口快,当众直说出来像林黛玉,贾宝玉使了一个眼色制止她,又被林黛玉发觉了,结果引起了一场大风波。宝玉想去向她解释,又被她"推出来,将门关上"。尽管宝玉在窗外连声喊"好妹妹",黛玉也不理他,"那宝玉只是呆呆的站在那里"。最后宝玉只好回到怡红院,"不禁大哭起来",而且写了"一偈",再加"填一支《寄生草》",以抒发他内心的极度痛苦和悲伤。

林黛玉之所以会动怒,明显是因为众人"拿我比戏子取笑"。就这样比一比"戏子",林黛玉就这么受不了,今天的年轻人可能不大好理解,但是只要了解一点"戏子"在当时的社会地位,就比较好懂了。乾隆、嘉庆时有一个叫昭梿的写了一部《啸亭杂录》,记载了清初至嘉庆时的政治及社会情况。由于他自己是皇室成员,所以对清代一些皇帝的事情也了解较多。卷一有一篇《杖杀优伶》,对我们了解此事也颇有帮助:

> 世宗万几之暇,罕御声色。偶观杂剧,有演《绣襦》院本《郑儋打子》之剧,曲伎俱佳,上喜赐食。其伶偶问今常州守为谁者(戏中郑儋乃常州太守),上勃然大怒曰:"汝优伶贱辈,何可擅问官守?其风实不可长。"因将其立毙杖下。其严明也若此。

这位演员本来以他精湛的演技使雍正皇帝很高兴,并得到了赏赐,可转眼之间,皇帝却"勃然大怒",命令立刻将其打死杖下。这也许和雍正皇帝"喜怒无常"(康熙语)的性格有关外,更主要的原因是"优伶贱辈"竟敢询问现在某地的地方官是谁。对专制社会来说,这是一种不可容忍的行为。由此可见,当时演员的地位卑贱到了什么程度。清初著名戏剧家李渔的《谭楚玉戏里传情,刘藐姑曲终死节》里也说过:"天下最贱的人,是娼优隶卒四种。""优"(演员)的社会地位和娼妓、奴仆同处在社会的最底层。

这种情况在《红楼梦》里也得到了生动的反映。贾府修建大观园就从苏州买了十二个女孩子来学戏,后来不唱了,又把她们分到各少爷、小姐屋里作丫鬟使唤。由于唱过戏,似乎还蒙上了一层不光洁的色彩。王夫人称她们的唱戏是"装丑弄鬼了几年"。抄检大观园之后,王夫人又骂芳官说"唱戏的女孩子,自然是狐狸精了",并命令把芳官等唱过戏的全赶出园外去。丫鬟出身的赵姨娘,自己还是半个奴才的身份,她也敢大骂芳官说:"小淫妇!你是我家银子钱买来学戏的,不过娼妇粉头之流!我家里下三等奴才也比你高贵些……"赵姨娘骂她是"娼妇粉头之流",并没有夸大,和李渔所说是完全一致的。当然,说"连下三等奴才也不如",只是赵姨娘一种感情的发泄,并没什么根据的。

当我们明白了这一切之后就会理解,为什么众人把林黛玉比"戏子"一事,会使她产生如此强烈的反感情绪。同时它也证明我们前面说过的,林黛玉多次表现出的"小性儿"等等,乃是维护其个人的人格尊严,是对加在她身上的种种"风刀霜剑"的一种反抗,而绝不是一种不可接近的狭隘性格。

林黛玉的生日

　　一年到头，贾府有摆不完的盛筵、吃不完的酒席，这其中包括了为每个大大小小的主子们庆贺生日。但是，由于每个人在这个家庭里的身份、地位以及处境等等的不同，这些生日却有着规模与形式上的种种不同，其差异有时相当悬殊。我们从这里往往也可看出一些奥妙。

　　贾母是这个封建宗法家庭的老祖宗，她做生日的盛况自可不言而喻。王熙凤本是贾府里的小字辈，可由于她的特殊身份以及与贾母、王夫人的特殊关系，贾母曾经带头让大家凑份子（不管别人是否愿意）来给她大大庆贺一番，这自然是一种殊荣。另外一个也曾获得这种殊荣的是薛宝钗。贾母亲自从自己的口袋里掏出二十两银子（相当于王夫人一个月的"例钱"）叫凤姐去办"置酒戏"，为宝钗做生日，这就已经超乎一般了，更值得注意的是，薛宝钗的生日是正月二十一日，那年给她做生日时正值元春在元宵节省亲之后。元春省亲本已是一件"烈火烹油，鲜花着锦"的大喜事，为了这件事，荣、宁二府中人已经是"连日用尽心力，真是人人力倦，各各神疲"，可是在相隔不到一个星期的时间里，贾母又这样兴师动众来为薛宝钗做生日，不是很值得寻味的事情吗？

　　而林黛玉，这个贾母的亲外甥女儿的生日又是怎样一个情形呢？书中没有明白写到过，但不写，不等于就不隆重，比如贾政、王夫人等的生日，虽然未专门写但人们绝不会怀疑它们的隆重程度。那么，林黛玉过生日的具体情况究竟又如何呢？我们可以从探春的一段话里探索到一线消息。在第六十二回，大家给宝玉贺生日，因这一天同时又是平儿、宝琴和邢岫烟的生日，大家觉得很有趣，探春就算起她们家各人的生日情况来，她说：

　　　　倒有些意思，一年十二个月，月月有几个生日。人多了，便这等巧，也有三个一日、两个一日的。大年初一日也不白过，大姐姐占了去。怨不得他福大，生日比别人就占先。又是太祖太爷的生日。过了灯节，就是大太太和宝姐姐，他们两个遇的巧。三月初一日是太太，初九日是琏二哥哥。二月没人。

　　花袭人接着探春的话马上说："二月十二是林姑娘，怎么没人？就只不是咱家的人。"对此，我们不禁要问：探春数生日，一月份、三月份的都记得，死去很久的太祖太爷的生日也记得，宁国府那边的贾琏的生日也记得，同样"不是咱们家的"薛宝钗的生日也记得，单单就记不起二月份的，又是常常在一起玩笑的林黛玉的生日，这是为什么？它只说明，林黛玉来了贾府几年，从来就没人做主给她做过一个像样的生日，因此没有给人留下过什么特别的印象，这就无怪乎连"敏探春"也记不起来了。从薛宝钗一月二十一日过生日到林黛玉二月十二日的生日，中间只不过二十来天的光景，但薛宝钗的生日过后就根本没人提起林黛玉的生日，到二月二十二日，贾府上下又在为少爷、小姐们搬进大观园而大忙起来了。林黛玉受到这样冷遇，又怎能怪她在宝钗生日那天"歪在炕上"而不愿去吃饭、看戏呢？可林黛玉正常常是因为诸如此类的一些表现而被人们视为"小性儿"，这不是很不公平吗？

　　不过，不平的读者可以庆幸的是，林黛玉的生日虽然遭到了贾府的冷遇，但作者曹雪芹却着意给她安排了一个特别的好日子——二月十二日。这个日子的特别之处何在呢？原来我国的民俗以二月十二日为百花生日，称为"花朝"。"花朝"的日子虽然也有指为二月十五和二月二日的，但《提要录》却指实"今吴俗以二月十二日为花朝"，而早在宋代杨万里的《诚斋乐府》也提到"东京以二月十二日为花朝"。因此，这一天定为百花生日可说是得到公认的。曹雪芹特意安排这一天为林黛玉的生日，就有将黛玉隐喻为百花之神的意思。黛玉有知，尽可置当年贾母用"那霉烂的二十两银子"为薛宝钗做的生日于不顾，而在太虚幻境里以此自豪吧。

林黛玉有"影子"吗？有几个

《红楼梦》在书的开头，曾经批评过在它以前的许多才子佳人小说存在着"千人一面"的毛病。因此它自己就认真注意避开这一点。对一些身份、地位比较接近的人物，尤其注意要把他们的面貌形容区分开来。比如迎春与探春、宝玉与贾环、薛蟠与薛蝌等等，读者只要闭目略思，眼前就会出现他们之间截然不同的外形容貌来。

可是对于有的人，作者却偏偏有意要写出别人很像她，而且不止一个人像她。这人就是林黛玉。除了贾母替薛宝钗做生日时请来演戏的一个小旦扮相像林黛玉之外，另外还有三个人是真正的像她。

第一个像林黛玉的是晴雯，这是大家比较熟悉的。因为王夫人对凤姐说她曾经在大观园里看见"有一个水蛇腰、削肩膀、眉眼又有些像你林妹妹的，正在那里骂小丫头"，她说的就是晴雯。

第二个像林黛玉的是尤三姐。兴儿对尤氏姐妹介绍贾府情况，谈到林黛玉时，说她"面庞身段和三姨不差什么"，三姨即尤三姐。

第三个像林黛玉的是龄官。"龄官画蔷"时，贾宝玉"隔着篱笆洞儿""留神细看，只见这女孩子眉蹙春山，眼颦秋水，面薄腰纤，袅袅婷婷，大有林黛玉之态"。

这三个毫不相干的人，作者为什么却要把她们写成都像林黛玉呢？仔细思索一下，就会发现，原来这三个人都在某个方面有着和林黛玉相似的性格。

晴雯是一个"心比天高，身为下贱"的丫鬟，她嘴尖牙利，在主子们眼里是一个"咬牙难缠"的人物。薛宝钗在怡红院待久了，她会表示不满。抄检大观园时，她敢当着王熙凤的面发泄对王善保家的实质也是对这次抄检的愤慨。平时她还宣称："一样这屋里的人，难道谁又比谁高贵些？……冲撞了太太，我也不受这口气。"在丫鬟中她是最有傲骨和棱角的人物。因此，除黛玉的贴身丫鬟紫鹃外，她是和黛玉关系最好的人。林黛玉"平日待她甚厚"，而宝玉挨打后，也只有她才能担当给黛玉送手帕的任务。

尤三姐敢于藐视贾家的富贵权势。当贾琏、尤二姐以为她想嫁宝玉，而且认为她"果然好眼力"时，"尤三姐便啐了一口道：'我们有姊妹十个，也嫁你弟兄十个不成。难道除了你家，天下就没了好男子不成！'"她还表示，"只要我拣一个素日可心如意的人方跟他去。若凭你们拣择，虽是富比石崇，才过子建，貌比潘安的，我心里进不去，也白过了一世。"她心中只守着五年前看中的一个浪迹江湖的柳湘莲，最后并以鲜血和生命来证明自己的心迹，表现得"这等刚烈"。

龄官爱上了贾蔷，就一心一意沉浸在其中，连宝玉来找她，她也看不上，毫不理睬，十分冷淡，致使宝玉"自此深悟人生情缘，各有分定"，可以说她的行动对宝玉的刺激是很大的。龄官对她所深爱的贾蔷的诸多刁难，竟可以与林黛玉对贾宝玉的情态相仿佛。贾蔷买了一个会串戏的雀儿来给她玩，众女孩看了都说"有趣"，龄官却大为生气，她联系自己的身世，认为这"分明是弄了它来打趣形容我们"。这完全是一种林黛玉式的敏感，而这种敏感的背后是蕴藏着一颗和林黛玉一样的自尊心。龄官的确不仅"大有林黛玉之态"，而且颇得黛玉之神。

有诸内必形诸外，一个人的内在性格，往往同他的外部形态、气质有着一定的联系。这也许就是晴雯、尤三姐以及龄官与林黛玉颇为相像的奥秘所在吧。看来作者是把握了这种现实生活的一般规律而且又能精到地把它运用到人物塑造上来的。

还有值得注意的一点是，这三个人不但都是《红楼梦》中的下层人物，如婢子、戏子之属，而且还是这一类人物中最富反抗性的代表。作者偏偏把她们三人写成与林黛玉十分相像，正是有力地衬托了林黛玉这个人物。林黛玉自己曾说过："她（指史湘云）是公侯的小姐，我原是贫民的丫头。"这句带有几成气愤的话语，也许正是作者要借此点明我们所说的这一层意思吧。

清人涂瀛的《红楼梦问答》中有说："袭人，宝钗之影子也。写袭人，所以写宝钗也。""晴雯，黛玉之影子也。写晴雯，所以写黛玉也。"张新之的《红楼梦读法》也说："是书叙钗、黛为比肩，袭人、晴雯乃二人影子也。"对于这种"影子"说，引起了人们不同的看法。影子是物体的附属物，它不能脱离其主体而独立存在。从这一点来说，"影子"说是不能成立的。因为袭人和晴雯作为两个完整的艺术形象都有各自的独立意义，不是薛宝钗和林黛玉所能分别替代的。但如果从影子与主体有某些相像之处这一角度来说，"影子"说作为一种比喻，也是有其一定的道理的。袭人的确有许多地方像宝钗，而黛玉和晴雯之间也可找到不少共同的特点，这是大家所公认的。若从这一角度来说，林黛玉的确是有"影子"，而且不止是有晴雯一个，而是有三个。这三个"影子"除了都具有自己的独立意义外，又都从一个重要的共同之点衬托了林黛玉。

四只"凤凰"

《红楼梦》里有四只"凤凰"。

第一只是贾元春。她因为"才选凤藻宫",成了高贵的皇妃。皇帝是"龙",她自然名正言顺是"凤"了。元妃省亲时,贾政在"帘外问安"时说的一通酸腐不堪的话里也有:"臣,草莽寒门,鸠群鸦属之中,岂意得征凤鸾之瑞。"贾政故意把自己家那一窝子说成是"鸠群鸦属"(其实也差不离),就是为了要衬托、突出元春作为"凤"的特殊荣誉的。然而这样的"凤"在某种情况下,却是不大能被人看得起的。贾赦在向鸳鸯逼婚时,鸳鸯的嫂子奉命替邢夫人做说客,遭到鸳鸯的一顿臭骂:"怪道成日家羡慕人家女儿做了小老婆,一家子都仗着他横行霸道的,一家子都成了小老婆了!"有人认为这段话是骂贾氏一家,当然也就骂了贾元春了。有人则不同意这是指桑骂槐,认为鸳鸯只是骂她嫂子而已。这个问题的是与非姑且不论,但有一点却是可以肯定的,即从皇帝家庭的内部关系来说,贾元春也的确不过是人家的一个小老婆而已。既然做了"老婆",而且又是"小"的,她就不能不受到丈夫以及"大"老婆的统辖甚至虐待。元妃省亲时的满脸流泪,以及对祖、父、母等说的:"田舍之家,虽齑盐布帛,终能聚天伦之乐;今虽富贵已极,骨肉各方,然终无意趣!"她还称她住的"凤"窝——皇宫,是一个"不得见人的去处",这一切都透露出了当小老婆生涯的难以言状的辛酸。可以说,这只"凤"还不如"田舍之家"那些燕、雀们那么自由自在。

第二只是王熙凤。她家里把她自幼充男儿教养,给她的名字中就有一个"凤"字,因此又叫凤姐儿。从名字中就寄托了她家人对她的期望。王熙凤果然不负所望。她长大后具有非凡的才干,贾府的男子汉没有一个能及得上她。她在这方面得到了人们普遍的称赞,"都知爱慕此生才"。因而年纪轻轻就能成为荣国府的管家人。在提倡"女子无才便是德"的时代,她不愧是一只女中凤凰。然而由于这只"凤凰"出身于一个常和外国人来往的官僚大家庭,而且"粤、闽、滇、浙所有的洋船货物都是我们家的"。她从小就和银钱财货打交道，因此她的才干也都用到这个上面去了。可是由于她生不逢世，"凡鸟偏从末世来"，又生活在一个"一个个不像乌眼鸡，恨不得你吃了我，我吃了你"的具体环境中；因此，作者却给这只沾满了铜臭味的"末世"凤凰安排了一个"机关算尽太聪明，反误了卿卿性命"的可悲下场，带有很明显的批判意味。

第三只是贾探春。探春的"凤凰"称号是贾琏的心腹小厮兴儿封赠的。兴儿在向尤氏姐妹介绍荣国府的情况时说："三姑娘的浑名是'玫瑰花'。""玫瑰花又红又香，无人不爱的，只是刺戳手。也是一位神道，可惜不是太太养的，'老鸹窝里出凤凰'。"在兴儿看来，探春如此聪明、美丽，又如此"神道"——有本领，真像一朵鲜红的玫瑰花，可爱而又戳手，以赵姨娘这样的人品和身份能生出这样的姑娘来，确实是"老鸹窝里出凤凰"了。探春成为兴儿心目中的"凤凰"，是符合这一类人的心理和思维的。

以上三人被看成"凤凰"，反映了不同人们的思想意识和各自的理想。但可以说，她们都不是作者曹雪芹心目中的"凤凰"。曹雪芹心中有"凤凰"吗？有！是谁呢？

她就是《红楼梦》书中的第四只"凤凰"林黛玉。

这一层关系不像上面那三只"凤凰"那样，在书中写得明明白白，可以一目了然，而需要做一点分析。"大观园试才题对额"一回，贾宝玉随其父及众清客来到一个所在，"忽抬头看见前面一带粉垣，里面数楹修舍，有千百竿翠竹遮映。众人都道：'好个所在！'"贾宝玉给这"好个所在"题的名额是"有凤来仪"。众人都为此名"叫好"，连贾政也只能"点头"。因为此地以独有的"千百竿翠竹"显其特色，而竹子正是凤凰栖息的地方，元妃省亲命宝玉赋诗，其第一首咏《有凤来仪》开头两句就是"秀玉初成实，堪宜待凤凰"。此地虽经后来元妃改名为"潇湘馆"，但后来却成了林黛玉居住的地方；林黛玉选中此处，又恰恰是和"爱那几竿竹子"有关。这不说明了曹雪芹正是把林黛玉隐喻为"凤凰"吗？

在表面文字上，曹雪芹屡写林黛玉的"小性儿"以及其他许多毛病，人缘又不甚好，而暗地里却尊她为百花之神，尊她为凤凰，我们从中不是可以体会出许多"趣味"来吗？

从"红香绿玉"到"怡红快绿"的背后

贾母带众人游大观园，在探春屋里时，贾母曾开玩笑说她们姐妹们都不喜欢人来坐，怕把地方弄脏了，但马上又声明说："我的这三丫头却好，只有两个玉儿可恶。回来吃醉了，咱们偏往他们屋里闹去。"大家都明白，这"两个玉儿"自然是专指宝玉与黛玉了。因为在贾府的主子们中，没有第二个名字有带"玉"字的。

尽管贾府有那么一对"玉儿"，而且应该说他们又都是贾母的宠儿。然而却有一些人对这个"玉"字很不喜欢，甚至对别人以它作为名字也很反感。怡红院的丫头红玉因替凤姐跑了一趟腿，凤姐见她十分伶俐，很喜欢她。当问她的名字，知道她叫红玉时，书中写道：

> 凤姐听说将眉一皱，把头一回，说道："讨人嫌的很！得了玉的益似的，你也玉，我也玉。"

其实，除了"两个玉儿"之外，贾府中连丫鬟在内也只得王夫人的一个丫鬟叫"玉钏儿"，何来"你也玉，我也玉"呢？而且一家子主仆上下三四百人，名字中有一个字相重的很多，为什么偏偏对重得并不多的"玉"字如此反感呢？而且在不多的人当中，宝、黛就占了两个！因此，凤姐这突如其来的"将眉一皱"的"讨嫌"表情，委实令人感到有点莫名所以。

然而，对"玉"字感到讨厌的并不只是凤姐一个，而且也不是由她开始，还有更重要的角色和更为紧要的事情呢。这个角色便是当时正"震得一声人方恐"的"当今"皇妃贾元春。

元妃归省，游幸大观园时，曾经"亲搦湘管"，给园中几处最主要的地方定名，这些地方在贾宝玉"试才题对额"时原都起了一个名字，如"有凤来仪""红香绿玉""蘅芷清芬""杏帘在望"。元妃对以上四处地方有三处皆"赐"以新"名"，即完全换了四个字，唯有对"红香绿玉"

却改作"怡红快绿"（即名曰"怡红院"），也就是说保留了原来的"红绿"二字，而删去了"香玉"二字。至于这两个名字究竟有何高下，说实在的，恐怕谁也很难说得清。只能借薛宝钗的话说，不过是这位娘娘"不喜""香玉"这二字罢了。这个改动，对一般人来说，本也不会引起很大的注意，因此在贾宝玉后来奉命作诗时，是经宝钗特别向他提醒这一点，宝玉才恍然大悟过来，从而把诗句中原有的"绿玉春犹卷"改成了"绿蜡春犹卷"。事情如果仅到此为止，本来也就算了，似乎不必对此事做更多的探究。

可是当我们读完第十七、十八回的"省亲"一节之后，紧接第十九回却出现了可以"细按"之处。这一回中的"意绵绵静日玉生香"可以说是《红楼梦》开篇以来正式用浓墨写宝、黛爱情的一回。这回贾宝玉给林黛玉讲了一个杜撰的耗子精偷香芋的故事，在这个故事的结尾是小耗子的一句话：

> 我说你们没见世面，只认得这果子是香芋，却不知盐课林老爷的小姐才是真正的香玉呢。

这个很长的故事到最后实际只告诉大家一件事：林黛玉是真正的"香玉"！但不要忘记，这个"香玉"，不正是前一回元妃所"不喜"因而用笔删去，薛宝钗又劝说宝玉在诗中把它改掉的"香玉"吗?！这两者之间难道仅仅是一种巧合而没有内在的联系吗？我认为，"无一处闲笔"的《红楼梦》是绝不会写出这种无意义的偶合来的。因此我们只能这样认为，元妃"不喜"欢"香玉"二字，实际上是暗写了她对林黛玉的一种态度。作者怕读者不明白，所以又在紧接着的下一回把它挑明。明白了这层意思，我们就要回过头来再说一点，书上明明写着元妃换掉了"香玉"两个字，而薛宝钗在提醒贾宝玉改诗时却说"他因不喜红香绿玉四字，改了'怡红快绿'；你这会子偏用'绿玉'二字，岂不是有意和他争驰了？"元妃并未单说"绿玉"二字不好，只是把四个字混在一起改了，而薛宝钗却硬要把"绿玉"二字挑出来，盖"绿玉"者，即"黛玉"也。如果说元妃还表现得含蓄一点的话，那么，薛宝钗则是直点出来了，只是稍稍绕了一点弯而已。

如果说我们说到这里为止还仅仅是一种字面的分析的话，那么，以后的事实却为我们这种分析提供了可靠的根据。林黛玉初到贾府时，书上写到贾母对她的钟爱情况是"贾母万般怜爱，寝食起居，一如宝玉，迎春、探春、惜春三个亲孙女倒且靠后"，薛宝钗来后，也没说到贾母对林黛玉在态度上有什么变化。可是自元妃省亲之后，情况却明显不同起来了。元妃省亲是在元宵节，即正月十五日，省亲之前，两府人士已经忙了好多天，"至十四日，俱已停妥。这一夜，上下通不曾睡。"省亲之后，"荣宁二府中因连日用尽心力，真是人人力倦，各各神疲，又将园中一应陈设动用之物收拾了两三天方完。"在这样的情况下，按理省亲过后，大家尤其是老太太贾母应该是考虑着如何休息一段日子才是了。可是奇怪的是，在离省亲只有六天，离将"一应陈设动用之物收拾"好只不过三四天，而且王熙凤也累得正在吃力地"挣扎着"操持家务的时候，迎来了一月二十一日的薛宝钗生日。贾母竟然又事先"自己蠲资二十两，唤了凤姐来，交与他置酒戏"。至那天一早，搭了戏台饮酒看戏，一直闹到"至晚方散"，可以说是表现了一种出格的热情。按照王熙凤与贾琏事先议论此事所说，可知是大大超出了往年与林黛玉做生日的"则例"的。这种破格的行为，就明显表示了贾府对薛、林的不同态度了。

而更明显不过的是这一年的端午节，元妃叫太监给贾府诸人所赏的"礼节"就是按不同的人给予了不同的"赏"的。其中贾宝玉"同宝姑娘的一样。林姑娘同二姑娘、三姑娘、四姑娘"又一样，两者之间差了一个等次。当贾宝玉怀疑是不是"传错了罢"，袭人却告诉他："昨儿拿出来，都是一份一份的写着签子，怎么就错了！"真是一点也不含糊。而这也就证明元妃"不喜"欢"香玉"二字不是无缘由的。

早在林、薛进贾府之前，元春就已经进宫了。住在那个"不得见人的去处"的贾元春，与薛、林并未见过面，为什么会对她们有如此不同的态度呢？毫无疑问，她的所作所为只是反映了王夫人、薛姨妈等人的意愿，因为在归省之前，皇恩还有"每月逢二六日期，准其椒房眷属入宫请候看视"之机会，这就完全有传谋各种消息的便利了。这里就透露了一个信息：宝、黛的爱情悲剧早在薛宝钗进京后以及她们开始散布"金玉良缘"之时就已注定了，黛玉的个人性格并不是这个悲剧的主要原因。因为元妃省亲之时，黛玉到贾府的时间并不长，在此之前，又因父亲病死同贾琏回了一趟苏州，再度来到贾府时，就遇上省亲之事。这时，她的性格并未充分展现，不可能就达到使贾母等人不满的程度，只是她的存在以及与宝玉初露端倪的关系，对炮制"金玉良缘"的人来说的确是一个潜在的障碍，因此才会出现元妃对她的这些异常态度。自然，随着她性格的充分展现以及她与宝玉这种叛逆者结盟的爱情关系的不断发展，就更加强了这种悲剧的必然性了。

"冷雪"与"热毒"

薛宝钗姓薛,"薛"与"雪"谐音,即"雪"的意思。所以"金簪雪里埋""空对着山中高士晶莹雪""丰年好大雪"等等,凡与薛宝钗有关的判词、曲子、谚俗口碑等都有一个"雪"字。而贾母带了刘姥姥众人游大观园到了薛宝钗住处时,又发现她的房屋如"雪洞一般"。所以兴儿向尤氏姐妹介绍荣府情况时,提到薛宝钗便径直这样说:"还有一位姨太太的女儿,姓薛,叫什么宝钗,竟是雪堆出来的。"他还说,每凡碰到她时,都不敢出大气,因为怕"气暖了,吹化了姓薛的"。在这里,薛宝钗竟完全是一个"雪堆出来的"雪人儿了。

"雪"总是和"冷"联系在一起的。接触薛姑娘就常常会有"冷"的感觉。你看,她吃的药丸名曰"冷香丸",身上又常散发出一股"冷香"。在元妃省亲之前,贾政带众清客、宝玉游赏她的住所蘅芜苑时,只描写到这里有许多异草,以及它们的各种姿态形状:"或有牵藤的,或有引蔓的,或垂山巅,或穿石隙,甚至垂檐绕柱,萦砌盘阶,或如翠带飘飘,或如金绳盘屈,或实若丹砂,或花如金桂,味芬气馥,非花香之可比。"到薛宝钗住进去以后,贾母等来到此地时,这些草蔓藤萝都充满了一股阴森袭人的寒凉:"贾母忙命拢岸,顺着云步石梯上去,一同进了蘅芜苑,只觉异香扑鼻。那些奇草仙藤愈冷愈苍翠,都结了实,似珊瑚豆子一般,累垂可爱。及进了屋,雪洞一般……"这真是一件怪事,凡是与她有关的东西都这样冷得出奇,无怪人们会称她为"冷美人"了。

更为奇怪的是,偏偏这样的一位冷美人,却从小得了一种怪病,这种病的病根是"从胎里带来的一股热毒"引起的,它"热毒"到什么程度呢?书上没有进一步的细写,但从癞头和尚给她开的那个"海上方"看来,这股"热毒"可非同一般。那方子是:

要春天开的白牡丹花蕊十二两,夏天开的白荷花蕊十二两,秋天的白芙蓉蕊十二两,冬天的白梅花蕊十二两,将这四样花蕊,于次年春分这日晒干，和在药末子一处，一齐研好了。又要雨水这日的雨水十二钱……白露这天的露水十二钱，霜降这日的霜十二钱，小雪这日的雪十二钱。把这四样水调匀，和了药，再加十二钱蜂蜜，十二钱白糖，丸了龙眼大的丸子，盛在旧磁坛内，埋在花根底下。若发了病时，拿出来吃一丸，用十二分黄柏煎汤送下。

这个药方中的白牡丹、荷花、芙蓉和梅花都是寒凉之物，"白"又是冷色，它们的花蕊又更增其寒凉，霜雪雨露自然也是凉的。这些药和水的分量都要"十二"，是极言其多。这样研成的药丸平时要储放在"花根底下"（薛宝钗的"冷香丸"是埋在性凉的梨花树根底下），临服时还要"用十二分黄柏煎汤送下"，黄柏乃是一种降火去热毒的苦寒性药物。因此，这个药方表面上是在说这要如何的"巧"，实质上是在极度形容它的寒凉性能，从中就可知道薛宝钗的"热毒"到了什么程度了。还有值得注意的是，薛宝钗的这股"热毒"，不是一般的受外界风邪而致的时症，而是"从胎里带来的"。作者给薛姑娘安上这么一种病，一方面是嘲讽了薛宝钗的父母，另一方面更在说明薛宝钗的这种病是根深蒂固的一种先天顽症，是本性难移的。所以"冷香丸"的药性尽管寒凉如此，却不能从根本上治好她的"热毒"病，只能在病发的时候吃一丸下去收到"效验些"和"好些了"的暂时效果。

薛宝钗外面很"冷"，冷得像"雪"一般，内里却很"热"，热到生"毒"的程度。这是作者塑造这个人物的一个总体构思，也是作者用种种比喻手法暗示给读者的意向，因而也是读者理解、分析这个人物形象的一把总钥匙，至少在主要方面是如此。

这，才是真正的薛宝钗

说起薛宝钗，打从她刚刚进入贾府起，书上就说她"行为豁达，随分从时，不比黛玉孤高自许，目无下尘，故比黛玉大得下人之心。便是那些小丫头子们，亦多喜与宝钗去顽。"尽管黛玉对这一点很不满意，"宝钗却浑然不觉"。这后一点尤其重要，与林黛玉的刻薄、多疑、小心眼恰成鲜明的对照。此后，书中还多次说到她"安分随时，自云守拙"一类的性格特点，因而深得许多人甚至包括赵姨娘在内的欣赏和赞扬。

薛宝钗是否真的这么超脱，对周围的事情都漠不关心，像王熙凤说的那样"事不干己不开口，一问摇头三不知"呢？恐怕未必，她有一次曾当着众人的面说：

> 我来了这么几年，留神看起来，凤丫头怎么巧，再巧不过老太太去。

这句话既讨好了贾母，又赞扬了凤姐，说的是何等的"巧"，同时又透露出薛宝钗到了贾府后"这么几年"，她都是在"留神看"她周围的事物的，而不是真的对什么都"浑然不觉"。有了这样一种认识，我们就会越来越清晰地觉察到，薛宝钗的小心眼儿不仅仅是林黛玉不可望其项背，就是其他任何人也远远不能达到她的境界。她的许多所作所为已经达到了唯我独步的境界。

在第二十一回中，薛宝钗与花袭人第一次单独在一起，袭人说了不满意贾宝玉在林黛玉处梳洗过了的话。

> 宝钗听了，心中暗忖道："倒别看错了这个丫头，听他说话，倒有些识见。"宝钗便在炕上坐了，慢慢的闲言中套问他年纪家乡等语，留神窥察，其言语志量深可敬爱。

贾府中有哪个主子会这样去打量、"套问"、"窥察"一个丫鬟的底细、心思的呢？没有！林黛玉第一次见到袭人时，她自己正因宝玉摔玉一事而掉眼泪，袭人还在劝导安慰她呢。

正因为她有这种"留心窥察"别人的习性和本领，所以元妃命令大家作诗时，宝玉所作的"怡红院"一诗的草稿内原有"绿玉春犹卷"一句。

> 宝钗转眼瞥见，便趁众人不理论，急忙回身悄推他道："他因不喜'红香绿玉'四字，改了'怡红快绿'；你这会子偏用'绿玉'二字，岂不是有意和他争驰了？"

元春把"红香绿玉"改名为"怡红快绿"一事，大家也许都会知道，但因此就悟出元春是不喜欢"绿玉"二字，这恐怕就是薛宝钗的独步工夫了。而且进一步又从宝玉的诗句中一眼"瞥见"这二字，便马上提醒他改过来，其心思之细、反应之快，真是独一无二了。

大观园里成立了诗社，史湘云也要拟题并设食做东，于是薛宝钗为她设计了一个螃蟹宴，这个考虑一方面固然因为它省钱，可以解决史湘云的困难，而同时又因为薛宝钗知道：

> 现在这里的人，从老太太起连上园里的人，有多一半都是爱吃螃蟹的。

这里眼光所及是从贾府到大观园里所有的人，事情则是细小到其中"多一半"的人在饮食方面的共同嗜好，这些都没有逃过宝姑娘的"窥察"，那么，周围还有什么人和事会不被她"留神"过呢？

其实，她的这种"窥察"和"留神"并没有仅仅停留在贾府和大观园的范围内，只要有一点可能，她甚至会把这种功夫做到更远的地方去。第三十二回写到袭人想请史湘云替宝玉做鞋子一事，被薛宝钗制止了。因为她认为史湘云在家里连自己的活还做不过来，她告诉袭人：

> 他们家嫌费用大，竟不用那些针线上的人，差不多的东西都是他们娘儿们动手。

这件事并不是史湘云明白告诉过她的，她只是通过"近来看云丫头神情"，"想其形景来"，自然而然地得出来的结论。她这种观察人的工夫，真是到了出神入化的地步了。整部《红楼梦》对史湘云家里的情况极少有直接的描写，我们倒是通过薛宝钗的这种非凡本领才略知一二哩。

当然，表现出薛宝钗这种独有能耐的突出例子应该是"金麒麟"的故事了。在第二十九回中，贾母众人在清虚观打醮，众道士送给宝玉一批玉器，大家一起把玩。

> 贾母因看见有个赤金点翠的麒麟，便伸手拿了起来，笑道："这件东西好像我看见谁家的孩子也带着这么一个的。"宝钗笑道："史大妹妹有一个，比这个小些。"贾母道："是云儿有这个。"宝玉道："他这么往我们家去住着，我也没看见。"探春笑道："宝姐姐有心，不管什么他都记得。"林黛玉冷笑道："他在别的上还有限，惟有这些人带的东西上越发留心。"宝钗听说，便回头装没听见。

这个例子之所以特别突出，是因为同一件事情摆在众多人面前，最有条件知道的众人反而记不得，而薛宝钗却偏偏记得。贾母自是见过的（因为很有可能本是她娘家原有之物），但记不起了，从小一起长大的宝玉、探春也不知道，唯有最后到贾府来的薛宝钗一看就记起来。她不但记得是谁的，而且连物体的大小都能分得清清楚楚，这就难怪探春会为之惊讶不已了。当然，在这一点上能洞察出其中某些奥秘的还是林黛玉，她认为宝钗在别的方面还有限，唯有在谁身上挂着什么这一类物事上特别"留心"。后一点确实是说到了薛宝钗的点子上，而前一点则说明林黛玉还远远不了解薛宝钗。而这种不了解恰恰说明在使心机、弄手段上，林、薛二人是不可同日而语的。它甚至使我们感到，就连敏锐的王熙凤对她的"事不干己不开口，一问摇头三不知"的评语，也多少是受了她的蒙蔽呢。

长期以来，薛宝钗就是这样通过"留神看""留神窥察""看……神情""想其形景"等等方法，在注视着她周围的一切。于是，她以一个年轻的女孩子却了如指掌地把握了老太太贾母的一切脾性和爱恶，因此她每次点戏、点菜、穿衣，甚至出谜语等都能投其所好，使贾母平日对亲外孙女儿林黛玉的那份爱心都逐渐转移到她身上去了；薛蟠从江南带回来一些土特产，她到处分送，连赵姨娘那里也没少一份，以至对人人怀有敌意的赵姨娘也由衷地赞美起她来了；她乘着林黛玉痛感孤苦无依之时，对她说了几句悄悄话，送去几两燕窝，终于使林黛玉改变了对她"藏奸"的看法，而称她"是极好的"人。

这，才是真正的薛宝钗。

薛宝钗"总远着宝玉"吗

《红楼梦》第二十八回有一段写道:

> 薛宝钗因往日母亲对王夫人等曾提过"金锁是个和尚给的,等日后有玉的方可结为婚姻"等语,所以总远着宝玉。昨儿见元春所赐的东西,独他与宝玉一样,心里越发没意思起来。

这里说到了两点:第一,"金玉良缘"是薛姨妈提出来的;第二,此事与薛宝钗无关,她还是有意要避免和贾宝玉接触的。因此,在关系到薛宝钗的婚姻问题时,一部分论者就认为,二宝的婚事,就薛宝钗来说,她只是遵循父母之命、媒妁之言,自己并无意去追求宝二奶奶这个宝座;所以在造成二玉的悲剧上,薛宝钗是毫无责任的,她一切处在被动的地位上,甚至自己还是一个受害者。

薛宝钗是否真的是一个被动者?要说主动,那就是"有意远着宝玉",真的如此吗?事实完全相反。

先看看薛宝钗的行动。

在第二十六回中,林黛玉晚上去怡红院,因碰上气头上的晴雯,没听出敲门的声音来,结果吃了闭门羹。晴雯生什么气呢?原来她正在院内抱怨薛宝钗:

> 有事没事跑了来坐着,叫我们三更半夜的不得睡觉。

这两句很短的话语里却透露出很多重要的信息。薛宝钗跑怡红院是"有事没事"的去,而且绝不止一次两次,否则晴雯的话不能这样说。再有,每次去都要"坐"到很晚,使丫鬟们三更半夜的还不能休息。发生在怡红院里的这种情况,只是晴雯在生气的情况下才偶尔透露一点出来,更多的,外人就不得而知了。不过,在别的场合下,我们并不少见。

在第二十一回中，一大早，因贾宝玉在林黛玉房中梳洗过了，奴才花袭人为此大大不高兴。她刚回到怡红院，薛宝钗就来了，问了一句"宝兄弟哪去了？"听了袭人的牢骚后，套问了她一番底细。待宝玉回来，她又走了。这显然也是属于"有事没事"式的走动。

在第三十六回中，大家在王夫人处吃了西瓜各自散去，薛宝钗却又"顺路进了怡红院，意欲随宝玉谈讲以解午倦"。这是一个十分炎热困人的中午，怡红院里两只仙鹤"在芭蕉下都睡着了"，"外间床上横三竖四，都是丫头们睡觉"。她竟穿房入室，一直到宝玉卧房，她在这样一个时刻到来，就连花袭人都"唬了一跳"。随后她为宝玉赶蚊子、刺绣的肉麻事我们不说，光是这个时候跑去不又是一种"有事没事"式的乱窜吗？

其他如袭人本要请史湘云为宝玉做鞋子，她却找了种种理由阻止了，最后毛遂自荐揽上了这份差事；在一次酒宴上，贾宝玉斟了一杯"合欢花"浸的酒给林黛玉喝，林只呷了一口，薛宝钗也莫名其妙地赶去自己斟了一杯喝下去；宝、黛二人在一起玩笑、说话时，人们就常会发现薛宝钗神不知鬼不觉地"撞来"（如宝、黛讲耗子精的故事时）。这种种一切，能说薛宝钗是"总远着宝玉"吗？

更需要一提的是，书上说到薛宝钗的"总远着宝玉"乃是由她知道其母对王夫人等说了"金玉姻缘"一事而引起的。照理，她对这"金玉姻缘"的象征物——贾宝玉的通灵宝"玉"应该是特别敏感而极力回避的了。其实不然。

第八回写贾宝玉与薛宝钗第一次正式会面时，几句必要的寒暄之后，薛宝钗的第一句话就是："成日家说你的这玉，究竟未曾细细的赏鉴，我今儿倒要瞧瞧。"原来这块"玉"是整天都挂在她的嘴上，因此今天她不但"细细的赏鉴"了"玉"，而且还把自己的"金"锁——"金玉良缘"的另一个象征物也有意让宝玉仔细地"赏鉴赏鉴"了一番。看得出，这场活剧是经过事先的安排，而不是偶然发生的。

第三十五回莺儿替贾宝玉打络子，原来商议好打装汗巾子的络子。已经打了半截时，薛宝钗又是"有事没事"的来了，她一打听到打什么之后，马上就反对说："这有什么趣儿？倒不如打个络子把玉络上呢。"她的兴"趣儿"又是在贾宝玉的那块"玉"上。

第六十二回庆贺宝玉生日，众人作射覆之戏，刚巧宝玉和宝钗对了点子，"宝钗覆了一个'宝'字"，宝玉马上明白，是在射他的"玉"字。

由上可知，薛宝钗不仅"成日家"在嘴上挂着那个"玉"，而且心里也是无时无刻不在想着这块"玉"哩。

与此相联系的还有一件很有意味的事情。端午节元妃赏赐的"节礼"，唯有宝玉的"同宝姑娘的一样"，都有红麝香珠串，薛宝钗不是为此事还"心里越发没意思起来"吗？既然如此，为什么这个平时不爱装饰，连一朵轻巧的宫花也不愿戴（不要忘记，那把金锁她却是一直吊在脖子上的）的"山中高士"，却偏偏要把那红麝串子紧紧地箍在自己的手腕上并展现在宝玉的眼中呢？

基于以上的种种行动和微妙心理，我们自然要问：薛宝钗真的"总远着宝玉"吗？

薛宝钗与郑恒

《红楼梦》在第一回卷首就批评了一类"才子佳人等书",其中一点就是指出这些书在"假拟男女二人名姓"的爱情事件中所扮演的角色。

又必旁出一小人其间拨乱,亦如剧中之小丑然。

在《红楼梦》产生之前的明末清初,产生了一大批才子佳人小说,这应该就是曹雪芹之所指。作为一个整体的文学现象,这批才子佳人小说在文学尤其是小说的发展史上有着重要的意义,甚至可以说是从《金瓶梅》到《红楼梦》的一个重要的中间环节,缺之不可。自然,这一类书也有许多缺点和不足之处,上面曹雪芹提到的就是其中比较明显而又普遍的现象。

这种在别人的爱情生活中出来"其间拨乱"的"小人",一般都是行为不端、品貌猥琐、令人厌恶的坏家伙。他们多是凭借金钱、势力或其他关系,为了一己之私利,硬要插足其间。把他们搬到舞台上则是属于小丑的角色,都是遭到台上(书中)正面主人公和台下观众(读者)的谴责和唾骂的。

曹雪芹说的这种"剧中之小丑",比较早而且有名的可以上溯到王实甫《西厢记》中的郑恒。后世的这类"小丑",大抵都没脱出郑恒的模式。《西厢记》(即《红楼梦》书中提到的《会真记》)是贾宝玉和林黛玉最喜爱的文学作品,被称之为"真真好文章",当然也是曹雪芹所熟悉的。如果光从两书中婚姻爱情的纠葛这一点来看,薛宝钗与郑恒所处的地位是十分相似的,借用一个现代名词来说,薛与郑都是介入他人的爱情婚姻中去的"第三者"。但如果仔细分析一下,这两个"第三者"却写得十分不同。

首先,郑恒这个人物只起到一种"拨乱"的作用,他本身在作品中只是一个很次要的陪衬角色,远远未能成为一个典型人物。而薛宝钗则是书中的主角之一，她除了也有"拨乱"而且取得了成功的作用外，本身又是一个性格内容十分丰富的典型形象，绝不仅是一个宝、黛爱情的陪衬人物。

其次，也是最主要的，作为一个在"其间拨乱"的"小丑"，郑恒也和后来才子佳人小说中那许许多多的"小丑"们一样，除了倚仗"先人拜礼部尚书"的这种老本之外，其本人却是一个典型的猥琐小人。红娘就当面拿他与张君瑞反复相比较说："君瑞是君子清贤，郑恒是小人浊民。""你值一分，他值百十分，萤火焉能比月轮？""君瑞是个'肖'字这壁着个'立人'，你是个'木寸''马户''尸巾'。""他凭师友君子务本，你倚父兄仗势欺人。"也就是说，在丫鬟红娘的眼里，郑恒与张君瑞相比乃有天壤之别，不言而喻，小姐崔莺莺就更看不上郑恒了。因此，郑恒这个"第三者"并不具有多少竞争力。莺莺舍郑而取张，乃一般常理之必然。也就是说，郑恒的存在与"拨乱"，并没有丝毫加强崔、张爱情的反封建意义，无助于深化《西厢记》的主题思想。除了对情节的发展变化有一定作用外，这个人物和作品的思想意义是关系不大的。

薛宝钗则不然。在王熙凤说的"人物""门第""根基""家私"这几项传统的婚姻标准中，薛宝钗不是不如林黛玉，相反是远远超过了林黛玉的。因为一个父母双亡、寄人篱下的孤弱女子林黛玉，怎能和一个出身"四大家族""珍珠如土金如铁"的皇商家庭的千金小姐薛宝钗相比呢？除了这些基本条件之外，我们还看到，从人缘关系来说，薛宝钗也比林黛玉好，上层人物固不必说，贾宝玉身边的贴身丫鬟花袭人的倾向也十分明显，"便是那些小丫头子们，亦多喜与宝钗去顽"。林黛玉不像《西厢记》中的张君瑞那样能得到莺莺小姐的唯一丫鬟红娘的好感和支持。再拿当事人本身来说，薛宝钗也是一个十分端丽的人物，而且据作者在第五回所叙说的，她"品格端方，容貌丰美，人多谓黛玉所不及"。这种情况也确实对贾宝玉具有不可忽视的吸引力。贾宝玉就曾经因偶然看到薛宝钗"雪白一段酥臂，不觉动了羡慕之心"，因此又认真观察了一番薛宝钗的容貌，觉得她"比林黛玉另具一种妩媚风流，不觉就呆了"。正因为存在这种情况，所以林黛玉才会产生贾宝玉"见了姐姐就忘了妹妹"的担心。

综合以上种种情况，可以说，从任何一个角度来衡量，林黛玉的条件都是比不上薛宝钗的，可是贾宝玉却仅仅因为思想上的一致这一点而毅然抛弃了传统婚姻的一切标准，爱上了林黛玉。很显然，做出这样的一个选择,贾宝玉要付出很大的努力来和许多传统的观念决裂。正是这个选择和决裂的过程,成为贾宝玉远远高出于以前文学作品中爱情主角的最光彩形象的重要原因之一。因此可以说,如果在宝、黛的爱情关系中没有薛宝钗这个人物,或者虽然有但她却处处不如林黛玉,只是一个郑恒式的人物,那么,宝玉取黛舍钗的意义就会大大削弱。它最多只不过表现了从《诗经》以来的文艺作品中就屡屡出现过的那种要求婚姻自主的思想罢了。而现在的薛宝钗却不同,在作者笔下,她是一个"任是无情也动人"的人物。对贾宝玉来说,她虽"无情"(思想感情上格格不入),却又"动人"(在其他许多方面)。贾宝玉则仅因她的一点"无情"而撇弃了她的全部"动人",这正是贾宝玉的反传统思想的重要表现。在此情况下,"动人"的一面写得愈突出,则宝玉最后舍钗取黛的思想意义就愈大。作者正是倾全力写了宝钗的处处"动人",因而就更突出、加强了贾宝玉反传统思想的分量和意义。这就是薛宝钗与郑恒的最大区别,大概也是《红楼梦》在这方面高于《西厢记》,因而也更能感动人的地方吧。

呆霸王的另一面

一提起薛蟠，人们常常会把他和鲁斋郎、高衙内一类人物联系起来，这自然不错。他因为贪图美色，唆使恶奴打死冯渊，视人命如儿戏，是个霸王。他曾对柳湘莲存有邪念，结果很容易地被骗出城外，挨了一顿好打，被丢在芦苇坑里，后来除了"睡在炕上痛骂柳湘莲，又命小厮们去拆他的房子，打死他，和他打官司"之外，竟也毫无其他办法。因此他又是一个呆霸王。他不学无术，错认唐寅为"庚黄"；他唱的"新鲜曲儿""哼哼韵"鄙俗不堪；他无所事事，"终日惟有斗鸡走马"，较之乃妹薛宝钗，真是"十倍"不如。

然而薛蟠又并不仅仅只有呆、霸、俗的一面，比起他家被称为"慈姨妈"的母亲和"贤宝钗"的妹妹来，他似乎还有许多她们所不及的地方。

薛蟠虽然干了不少坏事，但他却是直来直往，搞阳谋而不耍手段。这一点与乃母乃妹的风格迥然不同，相去甚远。

秦可卿死后，贾珍找不到好棺木，薛蟠慷慨地把自家店铺里一具珍贵木料做的棺材相让："你若要，就抬来使吧。"当贾珍问价时，他说："拿一千两银子来，只怕也没处买去。什么价不价，赏他们几两三钱就是了。"在《红楼梦》里像这样豪爽大方的人还不多。

薛蟠因挨了柳湘莲的打，曾命令小厮要去"打死他"，后来他做生意在路上遇盗，被柳湘莲救了命，为感他的恩，又和柳"结拜了生死弟兄"。因尤三姐自刎，柳湘莲随一个疯道人出了家，薛蟠为此，眼中淌泪，丢下生意货物的事不理，"就连忙带了小厮们在各处寻找……又去问人""忙了这几日"，可说是恩怨分明、真心待人，与薛宝钗对此事的"并不在意"相比，截然不同。

贾宝玉挨打，薛宝钗怀疑是薛蟠告的状，引起兄妹间一场争吵。薛蟠既委屈又说不过她，却情急生智，竟把薛姨妈平日的"金玉"之说和"你留了心，见宝玉有那劳什骨子，你自然如今行动护着他"的话都说出来了，果然制服了她，使薛宝钗"到房里整哭了一夜"。薛宝钗还从来没这样伤心地哭过呢，可见薛呆子又是呆中有智的。待事情过后，薛蟠又主动向母妹赔不是，并自责说："如今父亲没了，我不能多孝顺妈多疼妹妹，反教娘生气妹妹烦恼，真连个畜生也不如了。"他一面说，眼睛里禁不起也滚下泪来。在家人之间流露出的这种真挚感情，整个贾府以至整部《红楼梦》里也是不多见的。

从以上薛蟠的种种表现之中，可见他性格的另一面就是直爽率真、不事伪饰，因而时有感人之处。

涂瀛的《红楼梦论赞》说到薛蟠时指出他："然天真烂漫，纯任自然，伦类中复时时有可歌可泣之处，血性中人也。"这的确是看到了薛蟠性格中一个重要方面。也许正因为如此，贾宝玉才会常和他有交往吧，这并不因为他们是表兄弟之故，要知道，珍、琏、环、蓉之辈是从来也不能和贾宝玉厮混到一块儿的。

《红楼梦》里最奸巧伪善的人

在《红楼梦》中，描写到薛姨妈的文字并不多，但她却是一个很重要的人物，因为有名的所谓"金玉良缘"就和她有着十分紧密的关系。

大家知道，《红楼梦》里还有一个与"金玉良缘"相对的"木石前盟"。它是以一个顽石幻化成的神瑛侍者日夜以甘露浇灌灵河岸边的一株绛珠草，使之脱掉草胎木质，修成为一个女身这样一个神话故事作为依据的。而"金玉良缘"又是由何而来呢？这是由贾宝玉脖子上那块特有的玉和不爱妆饰的薛宝钗颈上长年累月挂着的那块金锁而来的。那么，在各人身上的那块"金"与"玉"又是如何成为"良缘"的呢？原来它并不像"木石前盟"那样有一个美妙的神话故事作为依据，"金玉良缘"只不过出自于一个癞头和尚嘴里凭空说的一句话"这金锁将来要拣一个有玉的才可以配"。但须要注意的是，癞头和尚说的这句话，谁也没有直接听到过，而是由薛姨妈之口传出，经莺儿、薛蟠等有意无意地散播而成的二手材料，是查无对证的。因此这里首先就存在一个这句话的真正出处的问题——真是癞头和尚说的，还是薛姨妈自己编造出来的？这可以从薛家进京一事看出一些端倪。

薛氏进京并非因薛蟠打死人命怕吃官司，因为"人命官司一事，他竟视为儿戏，自为花上几个臭钱，没有不了的"。进京的原因按书上所说有三："一为送妹待选，二为望亲，三因亲自入部销算旧帐，再计新支——其实则为游览上国风光之意。"其实稍一分析，就会明白，这里面是有许多含糊的。如果薛氏是很重视"金玉"之说的话，就不会老远巴巴地准备把薛宝钗送到那"不得见人的去处"去的。虽说"凡仕宦名家之女，皆亲名达部"，但并非家家都非送选不可。贾氏姐妹、史湘云、林黛玉等自然都属"仕宦名家"，却未见有必须送选的迹象。至于处理生意的事情，则更不必老少男女都一齐出动。因此，入都的真正动因乃是"望亲"——探望亲友。而在京的亲友很多，如果只是单纯的探亲的话，原可落脚在王子腾家或别的地方。按薛蟠的原意，因怕姨父拘管，是不愿住在贾宅的,"无奈母亲执意在此",他"只得暂且住下",可薛家住下后却再无回去的意思了。从以上这种种迹象来看,薛姨妈此次进京的真正目的,乃是推销她所编造的"金玉良缘"。因为贾宝玉"衔玉而生",是所有亲友以至外人都知道的新鲜事,宝钗与宝玉第一次单独见面就说"成日家说你的这玉",这更是绝好的明证。在有"金玉"之说的情况下,薛姨妈带了女儿一定要住在贾府,其用意不是再明显不过的吗?

薛姨妈进住贾府之后,除了像个女清客经常陪伴贾母等玩笑之外,作者专门写她的笔墨很少,但有两处却是作者的特笔,更足以说明上面的问题。

第一件事是第八回贾宝玉第一次去梨香院探望薛氏一家,实际上也是他们之间的第一次正式打照面。宝玉先入薛姨妈室中,几句必要的寒暄之后,当宝玉因宝钗前些时身体不适,因而问道:"姐姐可大安了?"

> 薛姨妈道:"可是呢,你前儿又想着打发人来瞧他。他在里间不是,你去瞧他,里间比这里暖和,那里坐着,我收拾收拾就进去和你说话儿。"

当宝玉进去"里间"之后,在宝钗与莺儿的巧妙配合下,演出了一场"比通灵""识金锁"的妙戏。这已过了老长一段时间了,可是却始终不见薛姨妈进来和客人"说话儿",这不是有意让宝钗去与宝玉厮磨接近吗?可是后来林黛玉来了不久,我们马上看见:

> 这里薛姨妈已摆了几样细茶果来留他们吃茶。

如果不是林黛玉的到来,连丫鬟莺儿都来不及"去倒茶",薛姨妈的那"几样细茶果"就更不知道什么时候才能摆出来了。十分明显,这一切都是薛姨妈的精心安排。

第二件事是在第五十七回,贾宝玉因紫鹃一句试探性的戏言说林黛玉要"回苏州家去",贾宝玉竟因此急得发了疯,一时竟"眼也直了,手脚也冷了,话也不说了,李妈妈掐着也不疼了,已死了大半个子,连李妈妈都说不中用了……"这边厢林黛玉一听此信,马上"哇的一声,将腹中之药一概呛出,抖胸搜肺,炽胃煽肝的痛声大嗽了几阵,一时面红发乱,目肿筋浮,喘的抬不起头来"。这两人的表现实际上是以一种激烈的方式公开了他们之间至死不渝的爱情关系。在这种情况下,对"金玉良缘"的炮制者来说自然是一个严峻的事件,于是我们看到薛姨妈使出了她的浑身解数。她一方面"劝"贾母众人说:

> 宝玉本来心实,可巧林姑娘又是从小儿来的,他姊妹两个一处长了这么大,比别的姊妹更不同。这会子热剌剌的说一个去,别说他是个实心的傻孩子,便是冷心肠的大人也要伤心。这并不是什么大病,老太太和姨太太只管万安,吃一两剂药就好了。

很明显,她在这里是故意把宝、黛之间热烈的爱情硬说成是人人皆有的一般亲友之情,因此,宝玉的现状只是"吃一两剂药就好了"的小"病",不必为之担心。看她把一件如此大事却说得多么轻松,用心何在,读者是可以体味得到的。

另一方面,这位从没去过黛玉住处的薛姨妈,却破天荒地第一次和薛宝钗一起先后来到潇湘馆,做了一场"慈姨妈爱语慰痴颦"的出色表演。她是怎样来安"慰"正处在爱情苦恼中的林黛玉呢?她和黛玉做了长时的无拘束的家常谈话,在此过程中,她还会"摩娑黛玉"表示"你不知我心里更疼你呢",显得十分亲热。然而在具体的话语上她却说了一些什么呢?首先,她讲了一个"月下老人"拴红线的故事:

> 管姻缘的有一位月下老人,预先注定,暗里只用一根红丝把这两个人的脚绊住,凭你两家隔着海,隔着国,有世仇的,也终久有机会作了夫妇……凭父母本人都愿意了,或是年年在一处的,以为是定了的亲事,若月下老人不用红线拴的,再不能到一处。比如你姐妹两个的婚姻,此刻也不知在眼前,也不知在山南海北呢。

在宝、黛二人闹到如此地步的情况下,她却来宣扬命中"注定",暗示"你姐妹两个",实际指林黛玉"此刻"的婚事在何处尚在未知之数,并特别点破不要以为"年年在一处的,以为是定了的亲事"。这不明明是针对宝、黛的情形来大泼冷水吗?哪有一点疼爱之心、安慰之意呢?继而她又好像是不经意似的透露出:

> 前儿老太太因要把你妹妹（指薛宝琴）说给宝玉，偏生又有了人家，不然倒是一门好亲。

尽管她表面上是说此事未成，但不明明是告诉林黛玉贾母根本就没有考虑过她吗？在林黛玉的心目中，唯一可以指望做主完成她的心愿的，自然只有这一个外祖母，这样一说，不是完全绝了她的希望吗？这意外的消息，无疑是给林黛玉当头一棒，无怪乎她当时已是听得"怔怔的"了。到了这时，她才又最后假惺惺地表示自己的心愿，当着黛玉面前装着对宝钗说：

> "我想着，你宝兄弟老太太那样疼他，他又生的那样，若要外头说去，老太太断不中意，不如竟把你林妹妹定与他，岂不四角俱全？"

如果单听这一句，自然可以认为她是有心帮黛玉的了，可是当我们联系她在此事件中前后的一系列行动，不完全可以看出这是一串彻头彻尾的骗人鬼话吗？这一切，的确是可以蒙骗人们于一时的，无怪乎好心肠的紫鹃听了就忙跑了来说："姨太太既有这主意，为什么不和老太太说去？"但结果却是在薛姨妈的哈哈大笑中，受到一阵嘲笑。薛姨妈的奸巧伪善，真是令人可畏可恨。

其实，薛家要攀宝玉这门亲事，本也无可非议。但是她却采取了种种欺骗狡诈的手段，编撰"金玉良缘"的谎言，导演识金锁、认通灵的把戏。在宝、黛二人已公开他们的关系后又在贾母等人面前抹杀它的实质意义，同时又对林黛玉使尽欺吓、哄骗的手段。而这一切她又是打着劝慰的幌子去进行的，使人着了道儿还以为她是好心。这就是她最老奸巨猾之处。可以说，薛姨妈是《红楼梦》里最奸巧伪善的一个人，薛宝钗会从她的胎里带来如许"一股热毒"，也就不是偶然的了。

王熙凤是何许人也

王熙凤是荣国府的管家婆,她手握大权,衣着华丽,容貌出众,"恍若神仙妃子",行动有"一群媳妇丫鬟围拥着",真是威风八面,好不得意。她行事心狠手辣,许多条人命都断送在她手上。因此评论家们一般都把她称为典型的封建地主势力的代表,而且是其中最顽固的"保守派"。

这种看法虽然不是没有根据的,但其实只看到了她的一个方面,甚至还不是她的主要方面。因为只要做进一步的了解就会发现,王熙凤之所作所为与这样一个封建贵族之家、诗礼簪缨之族的管家少奶奶的身份对照起来,是有许多地方大相径庭的。

传统势力对妇女的最基本要求就是所谓"三从四德",而对已婚女子来说,主要就是要孝敬公婆和忠顺丈夫。从这一点来说,王熙凤是表现得非常"缺德"的。

她与公公婆婆处处作对,贾赦想娶鸳鸯为妾,作为媳妇,她第一个表示反对,并"先派上了一篇不是",假托贾母的话,责备贾赦"左一个小老婆右一个小老婆放在屋里……放着身子不保养,官儿也不好生作去,成日家和小老婆喝酒"。她和自己的婆婆邢夫人总合不到一起,而和娘家的姑姑王夫人抱成一团,把持荣国府,以致邢夫人骂她们二人是"黑母鸡一窝儿"。正像赖大的母亲说的玩笑话,她"倒向着别人,这儿媳妇成了陌路人"了。

她和丈夫贾琏也是同床异梦、各怀鬼胎。在经济上她自己"独立核算",还常要敲贾琏的竹杠。她尤其是有名的"醋缸醋瓮"。本来,在贾府这样的家族里,正像邢夫人说的"大家子三房四妾的也多",不仅贾赦这个老色鬼"左一个小老婆右一个小老婆放在屋里",就连道学家贾政也有周姨娘、赵姨娘两个小老婆呢。因为对他们来说,这乃是天经地义的平常事情。可是贾琏却因为有了王熙凤这个"阎王老婆",竟弄到一个小老婆也没有,甚至"凡丫头们二爷多看一眼,他有本事当着爷打个烂羊头"(兴儿对尤氏姐妹说的)。平儿虽然是经她的允许收在屋里的通房大丫头,可"大约一年二年之间两个有一次到一处,他还要口里掂十个过子"哩。在这种情况下,贾琏哪能不像"馋嘴猫儿似的"经常在外面偷野食呢?然而只要被她一发现,就都没有好下场,鲍二家的、尤二姐就是这样上吊和吞金自尽了。如果说邢夫人自己出面为贾赦谋娶鸳鸯是"倒也三从四德,只是这贤慧也太过了"(贾母语)的话,那么,王熙凤就是根本没有这种"妇德"了。

王熙凤对丈夫管束很严,可她自己的私生活又如何呢?贾琏有一次对平儿说:"他防我像防贼的,只许他同男人说话,不许我和女人说话;我和女人略近些,他就疑惑,他不论小叔子侄儿,大的小的,说说笑笑,就不怕我吃醋了。"在专制社会,特别像在贾府这样的家庭里,丈夫如此拘管妻子那是很平常的事,而像王熙凤那样倒过来,妻子管束丈夫,自己却反而放荡不羁(她和贾蓉、贾蔷二人的关系其实已经不只是"说说笑笑"了),倒是很少见的。

综上所说,如果我们用传统礼教的"七出"之条来衡量,那么,王熙凤起码就符合"不孝顺公婆""妒""淫"这三条,另外,"七出"中的"多言"和"贪"这两条她也是完全够得上的。她简直成了名教的罪人了。

另外,我们还看到,她和其他正统的卫道者还有着许多不同的心理状态,如她曾说过,她是"从来不信什么是阴司地狱报应的",似乎她不怎么迷信。抄检大观园时,晴雯与王善保家的顶嘴,"凤姐见晴雯说话锋利尖酸",对这场抄检甚为反感,她不是大怒,反而"心中甚喜"。她甚至还和林黛玉一样,平时对贾宝玉从来不说什么"读书上进"这一类的"混帐话"。在嫡庶的问题上,她也和一般传统观念不同,因而对探春表示欣赏。

正是因为王熙凤有以上种种表现,所以曾经在某个时期,竟有人把她当成是一个反对儒家思想的法家而大大加以赞美,这实在是一个大大的误会。王熙凤的一些思想和言行的确与传统不同,但她绝不是一个具有进步思想的人物。在她种种悖逆表现的背后,实际上是包藏了一颗极端利己主义的野心。不是吗?她与贾赦夫妇不合,并不是要反封建孝道,只是要巩固她在荣府的当家大权。她和贾琏的矛盾,并不是要求夫妻平等,而是为了自己大捞体己而同床异梦。她的糜烂生活,并不是为了反"天理"而存"人欲",只是追求一种个人的享乐放纵,因为她只顾自己这样,而不准别人也这样。她说不信"阴司地狱"，只是说明她为了三千两银子是什么都在所不顾的，而不是反封建迷信。因为她的女儿出痘，她照样要"打扫房屋，供奉痘疹娘娘"。她还为女儿向张道士讨寄名符。她欣赏晴雯的说话"锋利尖酸"，乃是因为晴雯打击了邢夫人的心腹王善保家的。她赞扬探春，是因为探春替她理家，让她能暂时"抽身退步"，而她对赵姨娘作为妾的身份仍是极端蔑视的。所以她的一切行为，都是在讨好（实质还是利用）贾母、王夫人的前提下，来达到她"凭是什么事，我说要行就行"的利己目的，而并非反封建。

当然，从另一个角度来看，王熙凤的所作所为毕竟是超出了封建礼教的规范的。从她身上也使我们看到，在专制社会内部，不但出现了像贾宝玉、林黛玉这样萌发了新思想的人物，也出现了像王熙凤这样的既不同于正统的封建卫道者，也根本和具有进步思想的人沾不上边的另一种人，她正以百倍的精神贪婪地向着另一条道路走去。在当时来说，她的前途虽然尚未可卜，但却有力地表明，封建制度内部的离心力正越来越大，对王熙凤这样身份地位的妇女也大大丧失了制约力，因此这个制度的毁灭命运，倒是确定无疑了。

王熙凤的才

《红楼梦》在"开卷第一回"有一段"作者自云",说到此书所写乃"忽念及当日所有之女子",她们的行止见识,使"堂堂须眉,诚不若彼裙钗",因为"闺阁中本自历历有人",作者不忍其"泯灭",所以要写此书,以使"闺阁昭传"。

在曹雪芹笔下,使"闺阁昭传"的具体内容是什么呢?它们不是封建礼教所规范的那一套"三从四德",而是与"女子无才便是德"相对立的"才"。《红楼梦》里表现的女子的"才"主要有两个方面,一是以林黛玉为代表的"咏絮才",即她们的文学才能。她们自创各种诗社,吟诗作词,才华横溢,不仅赦、政、珍、琏、环、蓉等不可望其项背,就是聪明俊秀如贾宝玉,每次赛诗也是名次最后,的确是"须眉不若裙钗"。《红楼梦》里所写女子的另一种"才",是一种才干,能办实事,会管家,这一类才人的代表便是王熙凤。

这王熙凤,本是"金陵王"的千金,却"自幼假充男儿教养"。可惜她不但"怕读文章",甚至连字都不识得几个。不过"假充男儿教养"的结果,倒是为她造就了一种阳刚的坚毅气质,成为她后来管家的有利条件。贾珍说她"从小儿大妹妹顽笑着就有杀伐决断"。宁国府总管来升说她"是个有名的烈货,脸酸心硬,一时恼了,不认人的"。她在协理宁国府时,杀伐决断,雷厉风行,把一个乱糟糟的宁国府整治得井井有条。

她不识字,也许是把心思和精力放到别的上头去了,因此她还有其他一些超人的才干。周瑞家的对刘姥姥介绍王熙凤,说她"少说些有一万个心眼子。再要赌口齿,十个会说话的男人也说他不过"。善姐则对尤二姐说起凤姐整天的忙碌情态,说她"一日少说,大事也有一二十件,小事还有三五十件。外头的从娘娘算起,以及王公侯伯家多少人情客礼,家里又有这些亲友的调度。银子上千钱上万,一日都从她一个手一个心一个口里调度",真有日理万机之慨。王熙凤这种聪明干练的才能已经名声远扬,甚至贾府以外的人也知道,冷子兴就向贾雨村赞颂过,说她"模样又极标致，言谈又爽利，心机又极深细，竟是个男人万不及一的"。

最能说明她干练才能的具体事件，当然要数她的"协理宁国府"了。在秦可卿去世、尤氏又卧病的情况下，宁国府里已经一片乱糟糟，"着实不成个体统"，王熙凤可说是受任于危难之际。她在动作之前，凭她的敏锐感觉，很快梳理出宁国府内存在的五种弊患，因此一上任后，马上有针对性地进行整顿、调度，而且很快就见了成效。

> ……众人领了去，也都有了投奔，不似先时只拣便宜的做，剩下的苦差没个招揽。各房中也不能趁乱失迷东西。便是人来客往，也都安静了，不比先前一个正摆茶，又去端饭，正陪举哀，又顾接客。如这些无头绪、荒乱、推托、偷闲、窃取等弊，次日一概都蠲了。

还须要特别提出的是，王熙凤在宁国府取得成功的同时，仍然还在管着荣国府的家，在这样两副担子的重压下，她自然异常繁忙。她住在荣府，身子却要两头跑，"彼时宁国荣国两处执事领牌交牌的，人来人往不绝"，加上秦可卿的灵柩"发引在即"，到时将有大量外客贵人来吊祭，此时的王熙凤不但要料理内事，而且要安排"外事"。

> 因此忙的凤姐茶饭也没工夫吃得，坐卧不能清净。刚到了宁府，荣府的人又跟到宁府；既回到荣府，宁府的人又找到荣府。凤姐见如此，心中倒十分欢喜，并不偷安推托，恐落人褒贬，因此日夜不暇，筹画得十分的整肃。于是合族上下无不称叹者。

王熙凤就是这样以超人的才智和加倍的辛劳出色地同时挑起了这两副重担，因而获得了众人的赞赏。在这个过程中还有一点值得注意的是，她在承担这项工作时并不是勉为其难，而是乐意相就。书上写到贾珍来请她时有说："那凤姐素日最喜揽事办……今见贾珍如此一来，他心中早已欢喜。"可见她不但有才，而且喜欢显示她的才干，这就是在忙得不可开交之时，她"心中倒十分欢喜"的原因所在。

王熙凤不仅想表现自己的才干，而且也为自己的成功而欣赏自得，在协理宁国府时，"凤姐儿见自己威重令行，心中十分得意。"后来又为此事在贾琏面前自鸣得意了一番。

在这种意识的驱遣之下，她还不自觉地产生了爱才之心。她见小红口齿伶俐，办事灵巧，便把她从怡红院弄到自己身边来，并要认她做干女儿。她还极力赞扬探春在理家时表现的才能，在背后私下和平儿议论说：

> 如今有一种轻狂人，先要打听姑娘是正出庶出，多有为庶出不要的。殊不知别说庶出，便是我们的丫头，比人家的小姐还强呢。将来不知哪个没造化的，挑庶正误了事呢，也不知哪个有造化的，不挑庶正的得了去。

在重才的心理作用下，她甚至能超出在嫡庶关系上的传统偏见，而表现出一种较为开明的态度来。出于同一种观点和角度，她在评论宝玉、李纨、迎春、惜春、贾环等人时，都是一言以蔽之曰："不中用！"在她的眼光里，人的好坏优劣，全是以一个"才"字来画线的。

由上可知，王熙凤这人有一个很突出的特点，就是擅才、恃才、爱才。对这一点作者也是以赞赏的态度来写她的。"都知爱慕此生才"便体现了这个意思。

凭着这种才能，王熙凤应当是有足够的力量来完成她的使命的。在最初之时，实际上她的际遇也是不错。第十三回末尾作者写的联语"金紫万千谁治国，裙钗一二可齐家"，既是对她才能的赞誉，也是对她已取得的成功的一种肯定。这也是值得作者为"闺阁昭传"之所在吧。

然而，这个如此有才又得到作者如此"爱慕"其才的王熙凤，后来不但单单一个荣国府也管不下去，而且感到自己是已经"骑在老虎背上"，只好借病隐退幕后，让探春等人去维持局面。最后作者还给她安排一个"哭向金陵事更哀"的悲剧下场。原因何在呢？"凡鸟偏从末世来！"一切根子就都出在"末世"二字上面。作为个人，有再大的本领，其奈时不我遇何！处于"末世"者，不仅懦弱无能的人和愤世嫉俗的人不会有好结果，就是最有才干的人也脱逃不了"千红一哭，万艳同悲"的厄运。"机关算尽太聪明，反算了卿卿性命"，"才自清明志自高，生于末世运偏消"，王熙凤与探春这两个在诸钗中最有才干的人的共同命运不正好说明了这一点吗？就像当时能产生王熙凤这样的女强人有历史必然性一样，这类人的悲剧命运也是具有历史必然性的。不管作者是否能自觉地理解到这一点，他毕竟生动地写出了这一点，这也正是曹雪芹的伟大之所在。

王熙凤和钱

有那么一段时间，人们评说《红楼梦》时，总少不了掐指数数地计算全书共死了多少条人命，而这些人命又更多的是与王熙凤有着直接或间接的关系，因而"吃人生番""刽子手""阎罗王"等等帽子都戴到了她的头上。这些自然不无道理，但进一步分析起来就会发现，除了尤二姐是她必欲置之死地之外，其他一些与她有关的人命案，倒不是她有意想把人害死，而是为了另一个共同的目的而导致他人的死亡的。从法律上来说，这和有意要害死人是不同的。这个目的是什么呢？它可以用一个字来概括：

钱！

王熙凤之所作所为，不管在什么情况下，都忘不了一个钱字。可以说，要钱，这就是王熙凤的极端利己主义的核心。

在馒头庵和老尼净虚的一笔交易，害死了张金哥和守备公子两条人命，这不是她的本意。她的目的是弄到三千两银子。

贾瑞之死，至少有一半是他本人的自作自受。王熙凤在有意逗弄他的同时，没有忘记刮他一笔钱。贾蓉、贾蔷奉命摆布贾瑞时，最后让他以各"写了一张五十两欠契"做了结，这自然也是王熙凤的主意。如果贾瑞不死，银子到手的话，自然也是要进王熙凤的荷包的。

为贾琏娶尤二姐之事，她上下其手，买通官府，给了都察院三百两银子。后来当她"大闹宁国府"、一把眼泪一把鼻涕大撒泼的时候，也没有忘记谎报用了"五百两银子去打点"，逼得尤氏与贾蓉答应"少不得我娘儿们打点五百两银子与婶子送过去，好补上的"，她才罢手。她不但把本钱弄了回来，还另赚了二百两银子。尤二姐死后，贾琏手头无钱安葬，买了一副棺木还只好"赊着"，他去"开了尤氏箱柜，去拿自己的梯己。及开了箱柜，一滴无存，只有些拆簪烂花并几件半新不旧的绸绢衣裳……"尤二姐的钱财到哪里去了？还不明摆着吗？

贾琏因有急事没钱用，"和鸳鸯借当"，并请凤姐帮忙"再和他一说"。当时口称"现银子三千五千"也拿得出的凤姐又乘要她"说一句话"的机会敲诈了她的丈夫贾琏一二百两银子作为"利钱",使贾琏除了说"你们也太狠了"之外,也没有其他办法。

如果上面这些事情还不是许多人都知道的话,那么,她克扣了众丫鬟的月例银子拿去放债却是公开的秘密,已经弄到怨声载道了,但"她这梯己利钱,一年不到,上千的银子呢"。

赵姨娘曾经在背后对马道婆发牢骚说王熙凤:"了不得,了不得!提起这个主儿,这一份家私要不都叫他搬送到娘家去,我也不是个人。"说她要"搬送到娘家去"虽然未必,但的确是看出了她对金钱的无限贪欲。

贪心极大的人,一般都是十分吝啬的,这往往是一个普遍的规律。王熙凤恰恰就是这样一个一毛不拔的家伙。

贾母强要大家凑份子给王熙凤做生日,王熙凤因看着李纨"寡妇失业的"可怜,于是当着众人的面表示:"不如大嫂子这一份我替他出了罢了。"做了一个很体面的人情。可一转身,她又把那该出的十二两银子赖掉了。而在这同时,她却没忘记让人去周姨娘、赵姨娘"两个苦瓠子"处各刮了二两银子来。

贾琏与鲍二媳妇的丑事被凤姐撞破,在王熙凤的撒泼威吓下,鲍二媳妇上"吊死了"。消息传来,尽管"贾琏凤姐儿都吃了一惊",面对死者的亲戚要去告状的严峻形势,王熙凤反复强调的是"我没一分钱,有钱也不给,只管叫他告去","不许给他钱"。后来还是贾琏用了几百两银子才平息此事。当日薛蟠打死冯渊,虽然"人命官司一事,他竟视为儿戏",但也"自为花上几个臭钱,没有不了的"。也就是说,用钱偿命,在薛蟠看来还是理所应该的,而王熙凤虽然内心惊惧,未敢把此事"视为儿戏",可是却一文钱也不肯花,真是一个地道的铁公鸡了。

王熙凤的要钱,不仅表现在对待具体的钱财事务上,而且还浸溶在日常生活她不自觉的言谈笑语中,这尤其显得深刻。

在清虚观里,王熙凤向张道士索取巧姐的寄名符,张道士把它用盘子托了出来。

> 只见凤姐笑道:"你就手里拿出来罢了,又用个盘子托着。"张道士道:"手里不干不净的,怎么拿,用盘子洁净些。"凤姐儿笑道:"你只顾拿出盘子来,倒唬我一跳。我不说你是为送符,倒像是和我

们化布施来了。"众人听说，哄然一笑，连贾珍也掌不住笑了。

这话的确说得颇为诙谐，引人发笑，别人可谁也说不出这种笑话来；因为只有在王熙凤对金钱有特殊感情所形成的潜意识里，才能引发出这种诙谐来。

大观园里起了诗社，李纨带了众姐妹去请凤姐做个"监社御史"。她一听，马上敏感地说："你们别哄我，我猜着了：那里是请我作监社御史！分明是叫我作个进钱的铜商！你们弄什么社，必是要轮流作东道的，你们的月钱不够花了，想出这个法子来拗我去，好和我要钱。可是这个主意？"请看，诗社众人请她做"监社御史"，本也算一件风雅的事情，可这事一和她的神经接上，就会是钱的意识在她脑子里活动了。而且，此事还并未到此就结束，由于李纨说了她一句"真真你是个水晶心肝玻璃人"，王熙凤就把话题引到李纨身上来了，开头说她没好好带引姑娘们学规矩针线，接着就揭起她的经济老底来了：

> 你一个月十两银子的月钱，比我们多两倍银子。老太太、太太还说你寡妇失业的，可怜，不够用，又有个小子，足的又添了十两，和老太太、太太平等。又给你园子地，各人取租子。年终分年例，你又是上上分儿。你娘儿们，主子奴才总共没十个人，吃的穿的仍旧是官中的。一年通共算起来，也有四五百银子。这会子你就每年拿出一二百两银子来陪她们顽顽，能几年的限？他们各人出了阁，难道还要你赔不成？

李纨的各种收入来源，与其他人收入的比例，除去人口数及其支出，剩下每年的总收入，等等，王熙凤不但一清二楚，而且能随时一口气把它们端了出来，这说明这些钱财情况是时刻印在她的脑子中的。但这件事情的意义还不在于说明王熙凤的记忆力如何的好，因为一个精明的当家人能记住这些是不足为奇的。它的意义在于在一般人看来本没有必要的情况下，她却如数家珍地把别人的财源收入、支出等情况都兜了出来，实际上是不自觉地反映了她对金钱有特殊爱好的一种本能，也就是"言为心声"的道理吧。这对别人来说是不大好理解的，所以李纨听了只好说："你们听听，我说了一句，他就疯了，说了两车的无赖泥腿市俗专会打细算盘分斤拨两的话出来。"

上面的事例还只是说明金钱在王熙凤心目中的位置，因此她常常三句不离本行，张口离不了钱。但我们如果再仔细品味一下，王熙凤有时在说到钱时，和说别的东西似乎不大一样，她对钱确是有一种特殊的感情，有时竟可把钱说活了。在第四十七回中，凤姐和贾母、薛姨妈等斗牌，当薛姨妈说王熙凤输了不给钱时，书中写道：

> 凤姐听说，便站起来，拉着薛姨妈，回头指着贾母素日放钱的一个木匣子笑道："姨妈瞧瞧，那个里头不知顽了我多少去了。这一吊钱顽不了半个时辰，那里头的钱就招手儿叫他了。只等把这一吊也叫进去了，牌也不用斗了，老祖宗的气也平了，又有正经事差我办去了。"话未说完，引的贾母众人笑个不住。偏有平儿怕钱不够，又送了一吊来。凤姐儿道："不用放在我跟前，也放在老太太的那一处罢。一齐叫进去倒省事，不用做两次，叫箱子里的钱费事。"贾母笑的手里的牌撒了一桌子，推着鸳鸯，叫："快撕他的嘴！"

凤姐儿这一串话，虽然是有意逗笑，以取悦贾母，但她说得多有趣，那一串串"孔方兄"在她嘴里都成了有意识的活物，它们好像正在那里说话、招手呢。把拟人化的手法运用到钱身上去，王熙凤大概是一个首创者吧。

王熙凤之所以具有这样的特质和嗜好，和她出身于"金陵王"这样一个专管外贸生意的官僚家庭密切相关。按她的才能和后盾，本来是可以大有作为的，可惜她生不逢时，"凡鸟偏从末世来"，所以尽管在一个时期里也许可以弄到"金满箱，银满箱"，但最后呢，"机关算尽太聪明，反算了卿卿性命"。她最后也逃脱不了悲剧的命运。

王熙凤和洋货

《红楼梦》第十六回写元妃将要省亲的消息传来后,贾琏、他的乳母赵嬷嬷、王熙凤在一起聊天议论此事。由凤姐可惜自己出生太晚,没看上当年"太祖皇帝仿舜巡的故事"说起,赵嬷嬷谈起她小时看见贾府"只预备接驾一次"的热闹和花费,话还没说完,凤姐忙接道:

> 我们王府也预备过一次。那时我爷爷单管各国进贡朝贺的事,凡有的外国人来,都是我们家养活。粤、闽、滇、浙所有的洋船货物都是我们家的。

在当时,谁家能"接驾一次"本已是最荣光、出风头的事了,王熙凤却把这种事情与她祖上同洋人打交道一事相提并论并引以为豪。她把"凡有的外国人来""所有的洋船货物"都反复地与"都是我们家的"紧紧地联系在一起,带着几分明显的矜夸意味。这种景况虽然还不能和后世的崇洋媚外意识完全等同起来,但至少已表现出在这个延续了几千年的帝国里,那盲目而又顽固地以我为尊的封闭保守思想中,已萌发出了一丝对域外世界的兴趣和关注,甚至还带有一些羡慕的成分。这种情况看来又还不是单独和偶然的。

在第五十二回中,当薛宝琴谈到她保留有一幅"披着黄头发"的外国女子写的一首五言律诗时,大家都表示了很大的兴趣。贾宝玉首先要看,薛宝琴说还放在南京时,林黛玉表示不相信,认为这种东西"自然都是要带了来的"。当宝琴准备念出来给大家听时,薛宝钗又要人去把"诗疯子"史湘云、"诗呆子"香菱叫了来一起听,"就说我们这里有一个外国美人来了,作的好诗"。后来宝琴念出来的这首诗,虽然比起众人的诗来并不算怎么样,可大家都说:"难为他!竟比我们中国人还强。"这实际是表现了当时的中国人对外国人及其种种行事的浓厚兴味,颇具有一种时代的新气息。

当时交通不便、消息闭塞，这些诗礼簪缨之族里的大家闺秀对她们家那两扇兽头大门以外的事已是知之甚少，更无从了解域外洋人的情况。那么，是什么东西使她们对那些"洋"字号的物事感兴趣呢？看来，是许多舶来品即进口洋货带来的结果。薛宝琴就是因为小时候跟随她父亲到"西海沿子上买洋货"才遇上那"真真国的女孩子"的。洋货既可在外随便买到，就说明进来的数量是不少，而且是很受欢迎的。

贾府的洋货除了可以像薛宝琴家那样从外面购得，还有两条重要的来路。一是王夫人、王熙凤从娘家带来的。由于她们家的特殊条件，这类东西自然不在少数，在第六回中，贾蓉来向王熙凤借的那"玻璃炕屏"，就是"王家的东西"，自然是洋货。二是元妃在宫中，可以有许多国外贡品转赐到他们家来，这在书上已多处写到，因此贾府里的洋货也是非常多的。只要稍加注意，就可发现他们家有洋衣料、洋钟、洋炕屏、洋药、洋表、洋茶叶、洋米、洋漆家具、洋葡萄酒、洋烟、洋酒壶、洋衣镜、洋玩具、洋眼镜以至西洋鸭、暹罗猪、鱼等等。真是吃的、穿的、用的、玩的样样齐全。这些洋玩意儿，在当时不仅是贵重的，也是时髦得令人眼红的。一小瓶玫瑰露就曾在大观园里引起了轩然大波，足可见其价值。

在贾府众人当中，又数王熙凤是拥有洋货最多的人了。她不仅自己身上随时穿着"缕金百蝶穿花大红洋缎窄褃袄"之类的洋衣料，屋里挂着会突然"当"的一声、曾使刘姥姥"唬的一展眼"的洋挂钟，还有不少洋货可以借给别人使用和作为礼品赠送别人。贾珍请一个重要客人，就想到要向她借"炕屏"去摆一摆；她曾向众小姐送过暹罗进贡的洋茶叶，贾宝玉过生日，她又送了"一件波斯国所制玩器"；袭人回家探母病，王熙凤嫌她拿的绸包袱太旧，又特命平儿把一个"玉色绸里的哆罗呢的包袱拿出来"给她使用，以显示她的洋气派。知道这些之后，我们回过头来就可以明白在王熙凤身上为什么会颇有那么一股崇洋的气味了。不过，在当时中国王朝闭关锁国、眼闭耳塞的保守情况下，有人对域外的人事和物品肯予以关注并有相当的兴趣，未尝不是一件好事情哩。

全面综观一下王熙凤，我们可以说，这个人物有她自己的突出特点。她不肯受传统教条的束缚，对金钱有狂热的追求欲，对"洋"有一种不自觉的朦胧向往，这些都反映了一定时代的气息，因此她和顽固守旧人物不同。但她和贾宝玉、林黛玉又不是一条路上的人，她是一个极端的利己主义者，她的一切行为都是从这一点出发的。她是在新的历史时期产生的与封建统治者不同的另一类"大凶大恶"的人物。作为一个艺术形象，她虽然没有贾宝玉、林黛玉那样的进步意义，但却有他们所不可替代的时代认识意义。

"癞蛤蟆"为什么"想天鹅肉吃"

王熙凤可以说是一个"妒妇",因为她的"吃醋"十分出名。她平时像"防贼一样",不让贾琏接近别的女人,贾琏与鲍二家的私通,于是有"变生不测凤姐泼醋",贾琏偷娶尤二姐,于是有"酸凤姐大闹宁国府",这些都是闹到大家皆知的大风波。所以贾琏称她为"醋罐子",而兴儿则把她叫成"醋缸醋瓮"。如果仅此而言,凤姐的"吃醋"原是无可厚非的,甚至还不妨说是有它的合理性的。

但凤姐"防贼一样"只防她的丈夫,而自己却是毫无顾忌,可以随心所欲的。对这一点,书上不是像写贾琏那样写得那么显豁,但还是有迹可寻的。我们可以从"王熙凤毒设相思局"一节谈起。人们常因贾瑞之死而说到王熙凤的狠毒,这自然是不错的;其实比起后来的陷害尤二姐来,这还只是她的一点小手段而已。而且贾瑞这条人命的罪案与其归在凤姐身上,倒不如说是贾瑞自己找死更为合适,这里无须细说。值得注意的是通过这件事情,我们倒可看出王熙凤生活中的另一个侧面。贾瑞之死,固然写了贾瑞,但从作者惯用的写作手法上来看,写贾瑞的创作意图实际上还是为了写王熙凤,贾瑞何足道哉,作者能有那么多笔墨花到贾瑞身上去吗?

按照书上平儿的说法,贾瑞打凤姐的主意乃是"癞蛤蟆想天鹅肉吃"。一般来说,这个比喻固然也颇适合他们两人的身份,但贾府里的"天鹅"多矣,贾瑞不想吃别的"天鹅",而单单想吃王熙凤这只"天鹅",不正说明此"天鹅"实在有令该"癞蛤蟆"觉得有可以吃到的可能吗?试想,以王熙凤的权势和厉害,如果不是她的平日行为不正,为人所知,区区贾瑞竟敢狗胆去捋虎须吗?事实也是如此。当贾瑞去勾搭她的时候,她能多次装出"假意笑道",而且当面甜言蜜语,挑逗得贾瑞晕头转向,感到王熙凤"最是个有说有笑极疼人的"人,虽然吃了亏还不醒悟,反而弄到"来,来,来。死也要来"的地步。试问这是一般没有此种经历的正经妇女能做得到的吗?再有,在设计和布置圈套时,她能安排两个青年男子贾蓉、贾蔷去执行那种下流的勾当，当中情事不又超出了一般的常情吗？其实个中奥秘，她自己也透露得很清楚，她当面就对贾瑞说过：

> 果然你是个明白人，比贾蓉两个强远了。我看他那样清秀，只当他们心里明白，谁知竟是两个糊涂虫，一点不知人心。

在对贾瑞的挑逗中，王熙凤却无意地把她和"贾蓉两个"的暧昧关系泄露出来了。这种关系其实早在第六回贾蓉借"玻璃炕屏"时就已见端倪，当时王熙凤当着刘姥姥之面就和贾蓉在那里眉目传笑，超乎一般。明白了这层关系之后，大家也就会理解在贾蓉帮助贾琏偷娶尤二姐的事发后，王熙凤骂贾蓉是"天雷劈脑子五鬼分尸的没良心的种子"。这种恨之入骨的恶毒咒骂，如果不明白他们之间的那种特殊的肮脏关系，是很难查其究竟的。大家熟知的焦大的有名醉骂："我要往祠堂里哭太爷去。那里承望到如今生下这些畜牲来！每日家偷狗戏鸡，爬灰的爬灰，养小叔子的养小叔子，我什么不知道？咱们'胳膊折了往袖子里藏'！"如果说，"爬灰"说的是贾珍的话，那么，"养小叔子"又说的是谁呢？焦大因为晚上派他的公差，借酒醉而骂起来，开头骂的是别的事情，后因"贾蓉送凤姐的车出去"，贾蓉骂了他几句，焦大才骂到这上头来了，而且"凤姐贾蓉等也遥遥的闻得，却都装作没听见"。此情此景，不活画出王熙凤与贾蓉是"养小叔子"的当事人吗？

如此看来，"癞蛤蟆想吃天鹅肉"这句成语中的"癞蛤蟆"固然是没有自知之明，但贾瑞这只"癞蛤蟆"想吃王熙凤的"天鹅肉"却不是完全没有因由的吧。

"老鸹窝里出凤凰"

在历代的《红楼梦》评论中，都有许多争论不休的人物，除持久的钗、黛之争外，探春也是一个。訾议探春的人，大家都离不了一条：她的个人私心太重，是个不认自己亲人而一心想巴结攀附王夫人以向上爬的人。实际上这也是赵姨娘的观点，赵姨娘当面就说她"只顾讨太太的疼，就把我们忘了。……忘了根本，只拣高枝儿飞去了"。典型的例子就是赵姨娘的哥哥赵国基死了，正在代替凤姐理家的探春，根据旧例只赏了最低等的二十两银子，比袭人的母亲赏的四十两还少，因此赵姨娘跑来大闹一场。在争吵中，因赵姨娘说到"如今你舅舅死了"之话，探春就说："谁是我舅舅？我舅舅年下才升了九省检点，那里又跑出一个舅舅来？"于是议者就得出了上面那样对她的指责。这种指责确实是合乎一般的常情，却完全不合贾府这种家族的常规。在贾府这贵族之家，由奴仆当了姨太太，她生的子女是主子，但她本人却还是奴仆身份，正像芳官骂赵姨娘时说的"梅香拜把子——都是奴儿"。正因为如此，所以如果论辈分说，王熙凤比赵姨娘算低了一辈，但她却可以"隔窗"训斥赵姨娘，称贾环"他现是主子……与你什么相干"，明白点出了赵姨娘仍是奴仆身份，而"赵姨娘也不敢则声"。这一层关系本是大家都明白而且习为自然的，所以探春也曾理直气壮地用这样的事实来驳辩赵姨娘："既这么说，环儿出去为什么赵国基又站起来，又跟他上学？为什么不拿出舅舅的款来？"这些情况都说明，赵姨娘与探春的矛盾只是想利用她生了探春和贾环来抬高自己的身份，处处讨多一点便宜，甚至与王夫人、宝玉争衡。探春只是按一般常规行事，赏赵国基银子的数目，按平儿说的，"若照常例，只得二十两"，可见并未特别作践她。这一点，过去也是有人看到的。冥飞《古今小说评林》有一段话说得较为清楚：

乃有谓探春对于生母太无情义者，是其人毫不知八旗世族中之习惯者也。满人有世仆之制，主仆之分极严。所纳之妾，如系仆家之女，其看待自较所纳平民之女不同。故赵国基死，探春只能援老例赏以二十两，而袭人之母，则可以赏四十两，以其为外头人也。

据此我们可以说，探春在处理与赵姨娘的关系时，如的确有不近人情之处，则其责任也在传统制度，而没有必要仅就此作为探春本人的严重过错而特别加以指责。因为这种思想不仅是探春、王熙凤，甚至本身也是奴隶的芳官也是这样看的呢。探春在处理这事时，只能说她是在严格遵循"祖宗手里旧规矩"，从这一点来说她具有正统的封建意识倒还可以，却说不上她是"于生母太无情义"的。

其实，在不干犯"祖宗手里旧规矩"的时候，探春心底里并未拿她的母亲和其他奴婢一律看待。当赵姨娘和芳官等四人打得不可开交的时候，探春来劝架时是这样对赵姨娘说的："那些小丫头子们原是些顽意儿，喜欢呢，和他说说笑笑，不喜欢便可以不理他，便他不好了，也如同猫儿狗儿抓咬了一下子，可恕就恕，不恕时也只该叫了管家媳妇们去说给他去责罚，何苦自己不尊重，大吆小喝失了体统。"可见在探春的心目中，那些小丫头们不过是一些"顽意儿"，"如同猫儿狗儿一样"，而赵姨娘却是一个可以"自尊"以不失"体统"的人，显然要比那些奴仆高出一头。这说明赵姨娘的身份尽管还确实是一个奴仆，但探春并未以奴视之，仍有母女之情。

但这种天性的母女之情与赵姨娘本人的姨娘身份之间，存在着许多情感上的不协调，探春本人的庶出地位更给她带来许多无可摆脱的烦恼，成为她思想深处最为忌讳的一个疙瘩，也是造成她精神上的一个最大压力。因此她对赵姨娘的最大期望是"安静些养神罢了"，最不满意的是她到处惹是生非，以至把她们的关系牵扯出来。她对赵姨娘说："何苦来，谁不知道我是姨娘养的，必要过两三个月寻出由头来，彻底来翻腾一阵，生怕人不知道，故意的表白表白。也不知谁给谁没脸？"探春之所以会和赵姨娘发生一些矛盾甚至激烈的摩擦，主要是因为赵姨娘无法理解探春的这种心理，而常常要"翻腾一阵"，给探春造成"没脸"所致。

在这样一个贵族大家庭里，作为一个庶出的女孩子，其所承受的压力可以说是超负荷的，对多数人来说，都是会压得抬不起头来的。贾府里的二小姐贾迎春和探春都是"老爷跟前人养的，出身一样"，可以说迎春就是在这种重压下而成为一个逆来顺受、无所作为的人。她既不敢得罪自己的乳母，也无力庇护跟随自己多年的丫鬟，成为一个出名的"懦小姐"和"二木头"，结果连自己也活活被丈夫折磨死了。

探春所受的压力当然和迎春是相同的，但她却能在这种重压下迸发出许多闪光耀眼的火花。在她的思想中最具特色而为别人所不及的，是她在贾府中有着最清醒的头脑，能够看清这个家族的某些本质，因而不安于现状，极力想摆脱命运的安排，去干一番她自己所愿意干的事业。

第七十一回写到邢夫人与王熙凤过不去，弄得凤姐大丢面子而大哭一场时，探春就说："我说倒不如小户人家人少，虽然寒素些，倒是欢天喜地，大家快乐。我们这样人家人多，外头看着我们不知千金万金小姐，何等快乐，殊不知我们这里说不出来的烦难，更利害。"到抄检大观园时，她就预感到："……咱们也渐渐的来了。可知这样大族人家，若从外头杀来，一时是杀不死的。这可是古人曾说的'百足之虫，死而不僵'，必须先从家里自杀自灭起来，才能一败涂地！"在抄检之后，她又当着众人冷笑道："咱们倒是一家子亲骨肉呢，一个个不像乌眼鸡，恨不得你吃了我，我吃了你！"真是鞭辟入里，看透了这个家族，在贾府中还有第二个这样独具只眼的人吗？没有！只有"孤臣孽子"式的贾探春才具有这般敏锐的眼光。

正是在这种处境下，又独具这种辨察力，探春成为贾府千金中唯一一个想往外走的人。理家时，探春说：

> 我但凡是个男人，可以出得去，我必早走了，立一番事业，那时自有我一番道理。偏我是个女孩儿家，一句多话也没有我乱说的。

一个女孩儿家，偏想成为一个男子，离开这个令别的男子（比如秦钟）还羡慕不已的温柔富贵之家，出去自"立一番事业"，仅这一点就是探春的独到之处。贾府中的任何一位裙钗都不可望其项背。这种愿望在现实中虽然绝对是不可能的，但这种思想意识却包含了非常丰富的历史内容，蕴蓄着一种妇女要求摆脱封建束缚、走向社会的朦胧意识，它和贾宝玉、林黛玉要求个性解放的思想可以相映生辉。这就是贾探春最主要的特色。

自然，在实际上她是不可能越出雷池一步的，但就在大观园这有限的范围内，她仍显示出了不同一般的独特本色。她非但仪表上"俊眼修眉，顾盼神飞，文彩精华，见之忘俗"，而且做了许多不是女子本分应做的事情。她首创诗社，并宣称"孰谓莲社之雄才，独许须眉；直以东山之雅会，让余脂粉"，立志要盖过男子。理家之时，她兴利除弊，首拿凤姐、宝玉作法，敢把朱熹的话当"虚比浮词"；抄检大观园时，她敢亲手打邢夫人心腹奴才王善保家的耳光，当众揭露这个家庭的丑恶和预言它的不祥的前途。这一切种种，都是别人所不敢言、不敢行的。兴儿说她是"老鸹窝里出凤凰"，确是颇有眼光。她也是曹雪芹要写的"闺阁中本自历历有人"中的一个佼佼者。

是真名士自风流

　　现代文明讲究心理健康。所谓心理健康，就是说一个人由于不大受七情六欲的困扰，能保持一种比较舒坦、乐观、健康而纯真的情感。从这一点来说，在《红楼梦》里，史湘云算得上是一个心理最为健康的人。

　　处在封建社会的人，尤其是受压深重的妇女，她们的精神状态是很难保持纯真的本性的，大观园的女孩子亦不能幸免。李纨的"槁木死灰"和迎春的"木头"性格都是精神遭受严重压抑的结果，而惜春的执拗、孤介是对这种压抑的一种逆反心理表现，林黛玉的忧郁、愁苦是心灵遭受创伤的病态。妙玉的乖僻、不合时宜是对现实社会的憎恶……在她们一个个的心灵上无不打上了遭受压抑的印记。

　　而这一切在史湘云身上却似乎找不到多少明显的痕迹。她的一切言谈行止都显得那样飘洒超脱、放任自然。她不受约束、无视物议，敢于做别人不敢做而自己想做的事。庆贺宝玉生日，大家行酒令射覆，她却"等不得，早和宝玉'三''五'乱叫，划起拳来"，引得其他人也捉对儿划起来了，一时"叮叮当当只听得腕上镯子响"。女孩儿家划拳，在今天还是稀罕事呢。"割腥啖膻"一回，又是她首先拉了宝玉去烧烤鹿肉吃，李婶、宝琴等已视为"罕事"，后来又抓了平儿也一起去弄，并招呼薛宝琴说："傻子，过来尝尝。"后来引着凤姐"也凑着一处吃起来"。当林黛玉等打趣她时，她不仅不怕，还说："'是真名士自风流'，你们都是假清高，最可厌的。"真是豪爽不羁，任性随意。她甚至还宣称："我们这会子腥膻大吃大喝，回来却是锦心绣口。"这已经可以与李白那种斗酒诗百篇的气概相仿佛了。

　　她的这种气派甚至在睡觉时也显得与众不同。一次在潇湘馆睡着了，只见她"一把青丝拖于枕畔，被只齐胸，一弯雪白的膀子搁于被外"，和"林黛玉严严密密裹着一幅杏子红绫被，安稳合目而睡"形成了鲜明的对照。而"醉眠芍药裀"一回，她喝醉酒了，便在一块青石板上，用一包芍药花做枕，扇子掉在地上，竟是"香梦沉酣"，则更是她独一无二的佳话，并已成为红楼故事中有名的画题了。

  贾府的主子们因为要遵守"大家子"的规矩，互相之间尽管心里"一个个像乌眼鸡"似的，可是表面上却要装出平和的样子。即使实在过不去了，也不愿直言相犯，总是要用其他较为委婉的方法表示出来。贾赦讲"偏心"的故事，薛宝钗的"机带双敲"都是很好的例子。甚至在林黛玉当众把自己喝剩的半杯酒递到宝玉嘴边让他一口饮完时，贾母和王熙凤也只是借说书的事和嘱咐宝玉"不要喝冷酒"来表示自己的不满。这种例子实在太多了。

  然而，史湘云却完全不来这一套，她从不掩盖自己的真实感情，心直口快、敢说敢笑、敢怒敢骂、无所顾忌。一次看戏时，王熙凤故意要当众作践林黛玉，她狡猾地指着台上演小旦的对大家说："这个孩子扮相活像一个人，你们再看不出来。"薛宝钗尤为狡猾，她明知道，却"只一笑不肯说"，贾宝玉"亦不敢说"，只有史湘云的嘴没遮拦，她接着笑道："倒像林妹妹的模样儿。"结果引起一场大风波。史湘云因宝玉对她"瞅了一眼，使个眼色"，马上叫翠缕收拾衣包要回去，因为她不愿在此"看人家的鼻子眼睛"。当宝玉向她解释时，她不仅对宝玉不满，还连带上了林黛玉，她说："这些没要紧的恶誓、散话、歪话，说给那些小性儿、行动爱恼人、会辖治你的人听去！"黛玉的"小性儿"在贾府是有名的，但敢于公开挑出来并加以直言指责的就只有史湘云一个了。

  然而，史湘云却并不是一个喜欢对别人挑剔的人；相反，她是一个心地善良、肯关心别人的热肚肠姑娘。就拿对林黛玉来说吧，她虽然在生气时说过她"小性儿"，但事情一过也就从未将它"略萦心上"；而且在整个贾府里，除了贾宝玉之外，真正关心过林黛玉的也只有一个史湘云。在第七十六回中，因中秋之夜，黛玉对景感怀，凭栏垂泪，史湘云就宽慰她说："你是个明白人，何必作此形象自苦。我也和你一样，我就不似你这样心窄。何况你又多病，还不自己保养。"真真句句出自肺腑，坦朗而又关切。史湘云的这种对人态度，即使在丫鬟婢妾们面前也是如此。她教香菱作诗，其诲人不倦的精神可与黛玉比美。她和自己的丫头翠缕谈论阴阳，就像与朋友说家常一样。她在送了几个戒指给姐妹们的同时，还没忘记亲自带了几个来送给从小在一起的其他几个丫鬟。这在大观园里也是罕有的了。

  史湘云的旷达、豪爽性格，恰和林黛玉的性格形成一个鲜明的对照，这绝不是因为她有着和林黛玉不同的生活环境，相反，这两人的境遇倒是有许多相似之处。史湘云在襁褓之中就父母双亡，幼年时过着坎坷生活，眼下生活在叔父身边也有许多外人不知的苦处。她的不幸，比之黛玉，似有过之。她对黛玉说的"我也和你一样""你我竟有许多不遂心的事"就说明了这种情况。那么，为什么她的表现又会与林黛玉如此迥然不同呢？原来她是"幸生来，英豪阔大宽宏量，从未将儿女私情略萦心上。好一似，霁月光风耀玉堂"，也就是说，这种性格是天生而然的。

当然，所谓"幸生来"的性格，终归还是作者曹雪芹所赋予她的。曹雪芹之所以要塑造一个具有如此性格的人物形象，是和他塑造的其他一些重要人物形象的艺术构思息息相通的。如果说，在贾宝玉、林黛玉、妙玉、探春等人物身上体现了要求个性解放、维护人的尊严以及妇女希望摆脱封建束缚而有所作为，甚至不让须眉的进步思想的话，那么，在史湘云身上，则集中而突出地表现了作者所追求的一种自然、纯真、善美的个性。史湘云的这种个性在形式上虽然和过去的一些风流名士不无相通之处，但就其性质来说，仍是表现了作者的一种新的理想，和宝、黛、妙、探等人的个性同具有时代的新气息。她们都是贾雨村在论正、邪二气时所说的同"一派人物"，与宝钗、凤姐、袭人等不同。我们不能因为她也有某些缺点而把她错划到另一"派"人物里去。

一个"嫖了男人"的奇女子

尤三姐是《红楼梦》中的一个奇女子。

她听了兴儿介绍贾府情况,说到贾宝玉"成天家疯疯癫癫的"时,马上凭她接触过的一件小事予以驳斥:"姐姐信他胡说……若说(宝玉)糊涂,那些儿糊涂?……只不大合外人的式,所以他们不知道。"她因五年前看过一次柳湘莲演戏,就认定要选他为终身之伴,因而获得"也难为他眼力""果然眼力不错"的称赞,表现了出奇的敏锐又不同世俗的眼光。当柳湘莲嫌她过去有秽行而索还定亲宝剑时,她竟当面用剑"只往项上一横","以死报此痴情",表现得出奇的刚烈!

更令人想不到的是她处在贾府那一班"馋嘴猫"当中出奇的意识和行动。

在较接近曹雪芹原著的"庚辰本"中,已透露出尤氏姐妹早在正式出场之前就和贾珍父子有不明不白的关系。她们随尤老娘投奔到宁府后,马上受到珍、琏、蓉的包围,演出了一场父子、兄弟聚麀的丑剧。在这过程中,书上多处写到了尤三姐的种种"淫情浪态":

> 贾珍便和三姐挨肩擦脸,百般轻薄起来。小丫头子们看不过,也都躲了出去,凭他两个自在取乐,不知作些什么勾当。

> (尤三姐)自己先喝了半杯,搂过贾琏的脖子来就灌,说:"我和你哥哥已经吃过了,咱们来亲香亲香。"唬的贾琏酒都醒了。

> 这尤三姐松松挽着头发,大红袄子半掩半开,露着葱绿抹胸,一痕雪脯。底下绿裤红鞋,一对金莲或翘或并,没半刻斯文。两个坠子却似打秋千一般,灯光之下,越显得柳眉笼翠雾,檀口点丹砂。本是一双秋水眼,再吃了酒,又添了饧涩淫浪……

文字写到了这种地步，我们似乎并没有必要像有些文章那样从字里行间去估摸、讨论、落实尤三姐还是一个"干净"女儿，是否仍然保持了她的"童贞"。因为从封建的标准来看，她的以上种种品行，早已距"妇德"十万八千里了，而无须再顾及其他。而我们应该研讨的倒是，尤三姐为什么要这样做？其动机与效果如何？如何予以评价？

尤氏姐妹居处在贾府的牢笼之中，在贾珍父子的哄骗下，尤二姐嫁给了贾琏。结婚之后，她对贾琏表示，"我生是你的人，死是你的鬼，如今既作了夫妻，我终身靠你"，把一辈子的后路都寄托在贾琏身上了。然而尤三姐的眼光却比其姐高出万倍，当她从亲身的经历中，看出了现实的真相后，她马上当着众人把事情戳穿，指着贾琏说："你别油蒙了心，打谅我们不知道你府上的事。这会子花了几个臭钱，你们哥儿俩拿着我们姐儿两个权当粉头来取乐儿，你们就打错了算盘了。"为了不让他们的算盘打得那么如意，也为了保护自己不沦为别人取乐的粉头，我们不妨设想一下，尤三姐能找出什么办法来呢？以她的身份和地位来说，恐怕除了逃和死就很难再有其他对策。而且逃的后果恐怕也多半是凶多吉少，鸳鸯抗婚的时候，不听老色鬼贾赦说的吗，"凭他嫁到谁家去，也难出我的手心。除非他死了⋯⋯"一个贾赦竟是这样凶狠，而尤三姐面对的却是三个贾赦的子孙后代呢。

看来，尤三姐除了像贾赦说的"死了"之外是别无他路了。然而这个女中奇人竟主动在那几个男人面前使出了谁也想不到的一招：

> 作出许多万人不及的淫情浪态来，哄的男子们垂涎落魄，欲近不能，欲远不舍，迷离颠倒，他以为乐。

我们在前面所引的那几段文字，就是她的种种"淫情浪态"了。这一招的结果如何呢？原来奇迹出现了，"他那淫态风情，反将二人禁住"，"贾珍得便就要一溜"，"唬的贾琏酒都醒了"。而尤三姐在高谈阔论、拿他们兄弟嘲笑取乐一阵之后，就把他们"撵了出去，自己关门睡去了"。

这一招显然是尤三姐胜了，因为她用一种特殊的手段打击了对方，保存了自己，用作者的话来说：

> 竟真是他嫖了男人，并非男人淫了他。

在这一手之后，贾珍之流，竟至"不敢轻易再来"，反而要尤三姐高兴之时，叫小厮去请，"方敢去一会"，而且不敢胡言乱动了。最后尤三姐不仅保护了自己不被"这两个现世宝沾污了去"，而且获得了他们让她自主择夫的权利，可以说是大获全胜了。

当然，尤三姐的这一手乃是在不得已的情况下采取的一种不得已的方法。她虽然目的达到了，但也不可避免地遭到了许多非议。因为在当时社会一个女子竟至"嫖了男人"，骤听起来，真是闻所未闻、绝伦乱纪的丑行怪事。但是，我们如果用历史的眼光去加以分析的话，就会发现，尤三姐的所作所为不仅是一种不得已的绝招，而且是有其历史的必然性，在荒唐的外表下蕴含了某种历史的进步因素。

在明末清初之际，社会上出现了一股反映新兴市民阶层的进步意识，在要求男女平等、反对单纯要求妇女遵守的"贞操"观方面表现得尤为突出。

明末哲学家吕坤在《呻吟语·治道》中说："夫礼也，严于妇人之守贞，而疏于男子之纵欲，亦圣人之偏也。"

明末清初思想家颜元在《习斋言行录·清乾第六》中也说："世俗但知妇女之污为失身，为辱父母，而不知男子或污，其失身、辱亲一也。"他还主张："男子之失身，更宜斥辱也。"

这些言论都发出了对男女不平之愤鸣，特别对传统的"守贞""失身"观念提出了富有挑战性的新颖见解。

这种社会思潮在当时的文学作品中也有鲜明的反映，在广泛而又集中反映了市民思想的小说"三言""二拍"中尤其突出。如《喻世明言》中《蒋兴哥重会珍珠衫》中的王三巧，她的丈夫蒋兴哥长年在外经商，她在家受骗"失身"，后又嫁给了别人，几经生活的周折之后，蒋兴哥原谅了她，破镜重圆，表现了他注重感情而无视"贞操"的鲜明的市民思想。类似的情况在其他作品中也常可见到。

知道了这些哲学和文学中的思想背景之后，就会明白尤三姐的这种行动就不是偶然的了。尽管尤三姐并不一定读过吕坤、颜元等的著作和冯梦龙的小说，她也并没有要求突破"贞操"观念的自觉意识，可她毕竟敢于做出了这种大胆的事情。为了爱情，她可以毫不犹豫地以死殉之；可为了不当供人玩乐的粉头，她绝不肯死，而选择了这出人意表的做法。她不会不知道这种做法是要在实际上和声誉上付出代价的，但她没有把这种代价看得比死的代价更重,甚至认为这对男人还是一种嘲弄和制裁,这就远远突破了"饿死事小,失节事大"的传统意识。作者把她的这种大胆行为称为"竟真是她嫖了男人,并非男人淫了她",实是一种赞赏之辞。可以说这是曹雪芹进步的妇女观中的一个重要组成部分。

尤三姐不愧是一个"嫖了男人"的奇女子。

处在"槛外"与"土馒头"之间的妙玉

在金陵十二钗中,有一个颇为特殊的人物,那就是出家人妙玉。在前八十回中,她出场的机会不多,而且作者从来没有用专节写她,都是在写别的人和事时顺便把她带出,但她却是一个读者和评论家们议论颇多而且纷争也较多的人。从总的来说,贬抑妙玉的人恐怕还居多数。这也不足为怪,因为在一般人的眼中,她显得孤傲怪僻、不合时宜,所以连李纨这样的老好人也说"可厌妙玉为人"。就是和妙玉过去有老交情且现在还时常有往来的邢岫烟也说她"放诞诡僻",并责备她"僧不僧,俗不俗,女不女,男不男,成个什么道理"。和妙玉做过十年邻居的邢岫烟竟对她做出这样的评语,可见知人之难。其实,妙玉其人其事,是完全可以理解的,如果说她有一些和世人不一般的地方,那只是她的特殊环境使然,她的性格也是现实社会的产物。她的内心奥秘,从邢岫烟因妙玉给宝玉送生日贺柬一事而给贾宝玉做的一番介绍中已可以窥察出来,只是邢岫烟囿于世俗之见,无法理解得到罢了。她对宝玉说:

> 既连他这样,少不得我告诉你原故。他常说:"古人中自汉晋五代唐宋以来皆无好诗,只有两句好,说道:'纵有千年铁门槛,终须一个土馒头。'"所以他自称"槛外之人"。又常赞文是庄子的好,故又或称为"畸人"。他若帖子上是自称"畸人"的,你就还他个"世人"。畸人者,他自称畸零之人;你谦自己乃世中扰扰之人,他便喜了。如今他自称"槛外之人",是自谓蹈于铁槛之外了;故你如今只下"槛内人",便合了他的心了。

这一段话,可以说是全部概括了妙玉不同一般人的心理。其中尤可注意的是妙玉特别喜欢范成大的"纵有千年铁门槛,终须一个土馒头"两句诗这一件事。在中国古代浩如烟海的诗句中,她为什么单单会喜爱上这两句呢?这就得从她的身世遭际说起。

原来妙玉是出生于苏州的一个"读书仕宦之家",自己"从小多病",曾经买了许多"替身儿"替她去出家,都不济事,最后还是本人"亲自入了空门,方才好了"。此人和一般青年女尼如智能辈颇不一样,因为她"文墨也极通","模样儿又极好"。可见,妙玉本也可以过贾府小姐们那样养尊处优的生活,她只是被逼而出家的。所以她虽然"入了空门",却是"带发修行"的。这样一个出家的过程,说明她是"身在曹营心在汉",实际上只不过是一个披上了尼装的世俗人罢了。邢岫烟说她"僧不僧,俗不俗",倒不是完全没有根据的。

但是既然已经披上了出家人的外装,她的行为就不能不受到种种限制,而这种限制也就必然会和她世俗人的内在实质产生激烈的矛盾冲突。"可叹这青灯古殿人将老,辜负了红粉朱楼春色阑。"这种心灵上的矛盾冲突自然是异常痛苦,而且在现实生活中又是无法解脱的。于是,她只好去寻求精神上的慰藉,而这个"文墨也极通"的青年女尼终于从茫茫典籍中找到了范成大的两句诗:"纵有千年铁门槛,终须一个土馒头。"诗的意思乃是说,不论是谁,即使有千年享受不尽的荣华富贵,到头来也还终须有一死,这个最后结局是尽人皆同的。仅从这一点来说,世间任何不幸的人是都可以从中得到解脱和获得慰藉的。

然而这种人生的最终结局,对一个正处芳龄的年轻女子来说,毕竟是相当遥远的事,眼前的现实却是她被无情地排斥在"铁门槛"之外。未来人人平等的结局所带来的一丝慰藉终究弥补不了现实时时处处皆在的不平等遭际所带来的心灵创痛,尤其是生活在这么一个"脂正浓,粉正香"的花花世界般的大观园里,它给妙玉所带来的刺激又必然是加倍地严酷。因此,处于"铁门槛"之外与"土馒头"之间的妙玉,就一直是处在似已求得解脱而实际未能得到解脱的深深痛苦之中。她的女尼身份使她很想在人们心目中树立起自己已经超乎"槛外"的形象,但是她内心向慕"槛内"生活的本能又是如此强烈、火热,就像栊翠庵冷清的山门内却长着"十数株红梅如胭脂一般",形成了内外很不协调的鲜明对比。

正因为如此,于是在她身上就会不由自主地出现一些常常受到人们指责的"矫作"现象。比如,在庵内品茶时,她因嫌刘姥姥脏而命人把刘姥姥喝过的成窑茶杯丢在外面,而将"自己常日吃茶的那只绿玉斗来斟与宝玉",但同时却又"正色"对宝玉说:"你这遭吃的茶是托她两个福,独你来了,我是不给你吃的。"她作为方外之人,却偏偏记得贾宝玉的生日，而派人送去贺柬，表示"遥叩芳辰"，但同时又署上一个"槛外人"的名号。对这一类的情事，如果只是孤立地去看，自然是显得十分矫揉造作的，因而引起人们的訾议；但当我们了解了前述妙玉的身世和遭际时就应该明白，妙玉的种种不自然的情态，乃是在一个不合理的社会现实中，一个人的正常要求受到严重压抑所产生的一种心理变态。她的孤傲、诡诞、"好高"、"过洁"等等怪僻，都是对现实世界的一种逆反，是对她所受到的压抑的一种抗争。她也是封建社会的一个受害者。她的这种行为和林黛玉有许多相似之处，只是由于二人处在"槛内"和"槛外"的身份地位不同，其形式上或有相异，而在性质上是无不同的。因此对于妙玉，我们应该理解她、同情她，而不应参加到对她"世同嫌"的行列中去。

在大观园里，只有宝、黛与妙玉的关系最好，从黛玉与妙玉的身世、遭际、性格等等都有许多相同的特点来看，我们甚至可以说，林黛玉乃是在家的妙玉，而妙玉则是出家的黛玉。同时十分有趣的是，在大观园里也只有这三个人的名字独独带有"玉"字，这也不是偶然的吧。

在"槁木死灰"覆盖的下面

"女子无才便是德"是薛宝钗的一句口头禅,但她说这句话主要是用来教训别人的,她自己从来没有这样去做。她是一个典型的有"才"无"德"的人。不过《红楼梦》里真正符合"女子无才便是德"要求的人也还是有的,她乃是李纨。

李纨的父亲李守中曾为国子监祭酒。他和薛宝钗不同,是一个真正的"女子无才便是德"的信奉者,所以生了李纨后,并不认真叫她读书,只拿了几本"女四书"之类,使她认得几个字,记得几个前朝的贤女便罢了。李纨从小就承受了此种沉重的封建枷锁,长成出嫁后,又遭丈夫早死。她所受的教育和所处的环境又决定了她必须"守节不移",李纨的确是默默地这样做了。她可说是"无才便是德"的样板,同时也是贾府中最不幸的女性之一。

所谓"女子无才便是德"的确切含义是什么呢?符合这样的一个标准的女子又会是怎样的一个人呢?要知端的,还是先听听薛宝钗的权威性解释。因为黛玉不肯给宝玉看她写的《五美吟》,薛宝钗议论此事时说道:

> 自古道"女子无才便是德",总以贞静为主,女工还是第二件。其余诗词,不过是闺中游戏,原可以会可以不会。咱们这样人家的姑娘,倒不要这些才华的名誉。

可见这一闺诫的主要内容是"贞静"。所谓"贞静"就是要洁身自好、清静寡欲。李纨的确是这样做了。她平日只带领姐妹们做针线,并不关心周围发生的任何事情,更不参加到任何矛盾纠纷中去。贾母自掏腰包,专门给薛宝钗做生日,林黛玉就明显有不愤之意;而贾母发动大家凑份子来给王熙凤做生日时,李纨也并无丝毫介意,还当众领了王熙凤十二两银子的虚情。她对任何实质性的事情不问是非,对任何尊卑上下的人不做褒贬。她奉命和薛宝钗一起协同探春理家，但从不发表任何主张，徒具虚名。一旦感到有那么一丁点儿事可能和她有关时，她总是十分谨慎小心，怕担不是。抄检大观园后，薛宝钗托称母亲有病，要搬出大观园，这本是她自有心计，原也不算得怎么一回事。而李纨却别有考虑，她反反复复地叮嘱薛宝钗说："既这样，且打发人去请姨娘的安，问是何病。我也病着，不能亲自来的。好妹妹，你去只管去，我自打发人去到你那里去看屋子。你好歹住一两天还进来，别叫我落不是。"李纨费那么多小心，其实并非为了别的，而是怕自己"落不是"。从这一点也可看到，李纨是如何的整天生活在谨小慎微的日子中。正因为如此，我们看到在一个个"像乌眼鸡"似的贾府里，唯有李纨一人从不与人发生摩擦，也从没有人说她的是非。然而不又同是这个李纨，从来也没有得到过任何人的真正关心和同情，甚至连一句悄悄话也从来没有人和她说过吗？

李纨在与人的关系中是这样一个情况，在她个人的私生活中又是怎样一个形景呢？作者曾经描绘过林黛玉在潇湘馆里抱着双膝、倚着床栏杆、流着眼泪一直坐至深夜的情景，也曾预示过惜春"独卧青灯古佛旁"的"可怜"前景，却并未直接描绘过李纨这个年青寡妇在稻香村里是如何打发她的漫长昼夜的。然而人们却可从她的一些丫鬟的行动中看到一些消息。

尤氏一次和惜春怄气后来到李纨房中要洗脸，李纨的丫鬟素云只好拿了自己的脂粉来给尤氏使用，因为据素云说："我们奶奶就少这个。"很明显，由于是寡妇，涂脂擦粉的权利也没有了。

李纨过的这种清苦生活，看来还给她周围的人心理上罩上了一层阴影。一次她的丫鬟碧月来怡红院寻一块手帕，偶然看见晴雯、麝月、雄奴几个在床上滚做一团地膈肢玩，笑声不断，碧月对此不由产生了一种羡慕的心情，说：

倒是这里热闹，大清早起就咭咭呱呱的顽到一处。

这里的"热闹"和她们那里的"更寂寞了"形成了鲜明的对照。这不难使人想象得到，在稻香村里长年累月所度过的是一种怎样冷寂灰暗的时光。

对此，我们似乎从未听到过李纨有任何一句怨言，甚至没有一声轻微的叹息。看来，李纨的确像"槁木死灰"一般，她的心完全死了，是被专制社会以及她所信奉的训诫窒息死了。因此这个人物的悲剧和《红楼梦》里其他女性的悲剧有一个明显的不同，从她成为寡妇，甚至在接受了"女子无才便是德"的训诫时，她的悲剧便已经开始了。也就是说，在《红楼梦》的帷幕揭开之前，她已是一个悲剧人物。作者这样写，正是深刻有力地揭露了礼教吃人的本质。和曹雪芹同时的哲学家戴震说："人死于法，犹有怜之者，死于理，其谁怜之。"（《孟子字义疏证》）李纨不就是这么一个可悲的典型人物吗？

  像李纨这样一种类型的人，在专制社会中不知有多少。人们往往称之为"槁木死灰"，曹雪芹在最初介绍李纨时，也沿用了这一习惯说法。然而人毕竟是具有极为丰富、复杂的感情的，礼教真的就能把人的本能吃得如此一干二净吗？尤其在《红楼梦》所处的"理"与"欲"正产生激烈搏斗的时代，李纨竟然一丝也不受其影响吗？如果是一般的作家，把李纨写到这个地步，也不失为一个成功的艺术形象。然而曹雪芹毕竟独具只眼、艺高一筹，他敏锐地看到，或者说只能是感觉到像李纨这样出身和处境的人也还是有她的本能欲望的，并未天性全泯，只是表现得十分隐蔽却又富有意味，不注意是很不容易觉察得到的。

  前面不是说过李纨从来不褒贬人吗？可是有一次我们却发现在芦雪庵联句时，宝玉自认不佳，李纨要罚他，说：

  ……今日必罚你。我才看见栊翠庵的红梅有趣，我要折一枝来插瓶。可厌妙玉为人，我不理他。如今罚你去取一枝来。

  原来李纨竟也有讨厌别人甚至到了"不理他"的时候！我们且不问此中原因是什么，只就她会讨"厌"妙玉这一点来说，说明她不是一个真正的没有血性、没有好恶的人。既然对妙玉如是，难道对其他种种不同性格的人，她就一例能相处融洽吗？当然不是。只是在贾府这是非之地，她不愿在这些人面前显露出来罢了。而妙玉是一个方外之人，表示一点什么是不会有什么关系的。于是，这也就让我们窥见了在李纨心底的一点奥秘。更有意思的是，尽管李纨不喜欢妙玉其人，却对她庵里的梅花颇有兴趣。这些梅花是怎样一个情景呢？恰恰在此之前，宝玉曾打从栊翠庵门前经过，他因闻得一股"寒香拂鼻"，于是回头一看，只见这样一番情景：

> 妙玉门前栊翠庵中有十数株红梅如胭脂一般,映着雪色,分外显得精神,好不有趣!

一个甘守淡泊的青年寡妇,平时连脂粉都不擦(心中如何不得而知)的李纨,却居然会情不自禁地喜欢上"如胭脂一般"的"红梅",真是"好不有趣"!这好像是极不经意的淡淡一笔,却让读者得以一瞥在那"槁木死灰"覆盖下的仍是一颗满贮热血的心灵。它既有好恶,也有追求和欲望。只是这种感情表现得极其曲折幽微而已。

当然,这只有曹雪芹才有这种笔力,也只有曹雪芹笔下才有这种人物。

"老祖宗"与宗法制

中国古代曾经长期处于宗法制的社会中。贾府就是这样一种宗法制家庭的典型代表。体现这个制度的最高权威人物自然就是"老祖宗"贾母了。

贾母的权威究竟有多大？先看一件小事。第六十三回"寿怡红群芳开夜宴"时，林之孝家的一伙因查上夜的人来到怡红院，她和贾宝玉有一段长篇对话，她特别教训贾宝玉说："这些时我听见二爷嘴里都换了字眼，赶着这几位大姑娘们竟叫名字来，虽然在这屋里，到底是老太太、太太的人，还该嘴里尊重些才是。"因为袭人、晴雯原是老太太的丫鬟，现在派在怡红院，但主子贾宝玉却不应直呼她们的名字，否则，在林之孝家的看起来，这样做会"惹人笑话，说这家子的人眼里没有长辈"。当她听说宝玉没这么叫时，才说："这才好呢，这才是读书知礼的。"随后，她又进一步发挥说："别说是三五代的陈人，现从老太太、太太屋里拨过来的，便是老太太、太太屋里的猫儿狗儿，轻易也伤他不的。这才是受过调教的公子行事。"也就是说，按照宗法制度的"礼"，后辈必须尊重长辈，甚至对长辈的屋里人、猫儿、狗儿都必须尊重，这样才是有"调教"，才是"读书知礼"。对于这一番大道理，宝玉等人也是毕恭毕敬地听着，唯唯应着。这本身也就体现了这种宗法制度的威力。

正因为有这样一种"礼"，所以我们看到，一次贾琏去找平儿，"至门前，忽见鸳鸯坐在炕上"，贾琏连忙缩住脚，含笑和她说话，而鸳鸯可以"只坐着"不动，贾琏的话也显得特别谦恭。抄检大观园时，王善保家的和晴雯发生冲突，晴雯指着她的脸说："你说你是太太打发来的，我还是老太太打发来的呢！"这些人的言和行，固然都表现了他们各自的性格，但同时也都反映了老太太的绝对权威。

如果注意到了这种关系，我们就会明白，对于贾母本人的种种事情，都要从这个方面去思考才能知其究竟。宝玉挨打时，贾母与贾政之间的激烈冲突就是一个很好的例子。

在一般的情形下，贾母对待自己两个儿子的态度是不一样的。贾赦有一次就公然当着贾母的面讲了一个母亲"偏心"的故事，引起贾母的不快。但其他人好像也都有这种看法，薛姨妈就曾开玩笑地说过："老太太偏心，多疼小儿子媳妇，也是有的。"但我们却发现，尽管贾母不喜欢贾赦，却从未发生过当面的直接冲突，而和贾政却曾闹到几乎要崩裂的地步。这事便是由宝玉被打引起的。

一般人往往会认为，贾母在这事件中的如此大发作，主要是出于对宝玉的一种疼爱，这固然不无道理，但这只看到表面现象，矛盾之实质其实还在于贾母的宗法思想作怪。因为贾政必欲把宝玉置于死地，是在盛怒之下不许别人入内禀告，背着贾母进行的。贾府中人人都知道，老太太屋里的猫儿、狗儿轻易都不能伤害，这是对"老祖宗"的尊重；而贾政却敢擅自打死她平日最喜爱的孙子，这不是完全无视她的存在吗？按照林之孝家的说的那一套"礼"来看，这确乎是对老太太一种大不敬。因此可以说，贾母这一次的大发作，其根由就在于此。我们可以从事件的过程中找到证明。

当贾母出现，贾政劝她大暑天不要亲自出来，有事叫他进去吩咐就可以时，贾母第一句就是厉声说道："你原来是和我说话！我倒有话吩咐，只是可怜我一生没养个好儿子，却教我和谁说去！"话里不是责备他打了宝玉，而是表示对没人听她的话，也即对她本人不尊重的不满。

当贾政表示以后再不打宝玉时，贾母又冷笑说："你也不必和我使性子赌气的。你的儿子我也不该管你打不打。我猜着你也厌烦我们娘儿们……"贾政明明是打的宝玉，她却认为这是对她"使性子"，是"厌烦"她们"娘儿们"。这虽然不是贾政的本意，但她硬要这样说，乃是因为她觉得自己的权威受到了损害。她接着命令备车子，要带了王夫人、贾宝玉回南京去，正是要显示她的权威身份。

后来她又对王夫人说："你也不必哭了，如今宝玉年纪小，你疼他；他将来长大成人，为官作宰的，也未必想着你是他母亲了。"这种指桑骂槐的语言，不仍然是表示了她对本人威严所受亵渎的不满吗？

最后，当贾政表示母亲的话使他"无立足之地"时，她却说："你分明使我无立足之地，你反说起你来！"这话就说到点子上来了！儿子责打孙子，祖母却感到会使自己"无立足之地"。这除了因为此举伤害了作为"老祖宗"的威势而云然之外，哪里还能做出其它合理的解释来呢？

到此为止，我们看到，"老祖宗"发了这么一长串的连珠炮，却没有一句是专门为贾宝玉说话的。她所指责的全是贾政对她的不尊重态度，这不是十分有力地说明了问题的实质吗？因此，贾母和贾政的冲突，表面上是为了庇护宝玉，而根本上还是在全力维护她代表的宗法制度的权威。

当贾政在她从未有过的暴怒的威慑之下，当着众人之面，由"忙跪下"到"叩头哭道"直到最后"苦苦叩头认罪之后"，也就是说在"老祖宗"感到自己的威严得到了充分的恢复和张扬之时，她这才过来看视宝玉被打的情况，同时"又是心疼，又是生气，也抱着哭个不了"。但是，从整个情节和场面来看，可以说，宝玉之惨遭痛打，固然也痛在她身上，但贾政的由于"一时性起"所带来对她的冒犯，才是真正触到了她的心上。

贾赦和邢夫人

在一般人的眼里，贾赦只是一个老色鬼，除了再加上谋夺石呆子的二十把扇子外，就没有多少可说的事情了。邢夫人则更是一个愚庸之辈，一切唯贾赦之命是从。在贾母的庇护下，荣国府的大权都把持在王夫人及赦、邢的外向媳妇王熙凤手中。我们除了曾经听到贾赦有一次讲故事时影射贾母"偏心"和邢夫人在背后骂过王夫人、王熙凤是"黑母鸡一窝儿"之外，似乎不见他们有其他行动。可是贾赦是荣国府的长子，在"一个个不像乌眼鸡似的，恨不得你吃了我，我吃了你"的荣国府里，赵姨娘尚且忍不住屡屡兴风作浪，直欲置凤姐、宝玉于死地而后快，而贾赦夫妇就能够如此善罢甘休吗？这是说不过去的。只是由于身份、地位的不同，贾赦夫妇不能像赵姨娘母子那样用魇魔法和泼蜡烛油之类的卑下手段去伤害对手，他们自有一套适合自己身份特点的独特手法来进行周旋。

贾赦之欲娶鸳鸯，就是他们深谋老算的一着。

对于这件事情，许多人（包括书中人和读书人）历来都把它看成是仅仅揭露了贾赦的荒淫好色。如花袭人就说："这个大老爷太好色了，略平头正脸的，他就不放手了。"但这只是皮相之见，它远远未能窥察到贾赦的真正用心。因为在整个事件中，作者并无一笔描写贾赦如何好色的丑态，和刻画贾珍、贾琏、贾蓉等人的卑污行为完全不同。贾赦只是提出要娶鸳鸯为小老婆而已。须知二老爷贾政屋里不就放着周、赵二位姨太太吗？那么，大老爷想在众多的丫头里选一个"家生子""收在屋里"又有何不可呢？邢夫人说得好："大家子三房四妾的也多，偏咱们就使不得？"这确是实话，是符合他们的情理的。因此，作者花费了一回半的篇幅来写这件事，绝不是为了写贾赦的好色，用花袭人的眼光是不可能看清它的真正含意的。

它的真正意义要从贾府内部的争斗中去寻求。由于贾母的"偏心"，使贾赦夫妇处于绝对势孤力单的地位。对他们来说，如何才能摆脱这种困境呢？贾赦之娶鸳鸯就是一个可行的好方法。原因有三点。

首先，如果把鸳鸯娶到手，贾赦夫妇就可增加一份不同寻常的力量。因为在贾府里，这种大丫头的地位是与众不同的，她们可以左右许多事情，试看平儿、袭人的作用就可明白。而鸳鸯更是一个享有特殊威信的人，正如贾母对邢夫人说的："这几年一应事情，他说什么，从你小婶和你媳妇起，以至家下大大小小，没有不信的。"这样的人一旦当上了姨太太，成为半个主子，其作用和影响又更不一样了。

其次，鸳鸯是贾母最宠信的人。如果真能与贾赦夫妇结成一条心，就有可能通过她去影响贾母的"偏心"态度，使各方力量朝有利于贾赦夫妇的方向发生变化。

最后，贾母那一份谁也弄不清有多少数目的私房财产，全掌管在鸳鸯手里，只有她才一清二楚，谁都不能超越她去打它的主意。试看贾琏想弄贾母一批东西去暂时抵押一项急用的银子时，他可以瞒着贾母，却不能不去鸳鸯面前作揖赔小心。这说明，如果能把鸳鸯弄过来做姨太太，那么，其中的好处是不言而喻的。

在这个事件的过程中，还有两个人的行动也足以证明这种分析的可靠性。

一个是邢夫人。她先将贾赦的意思和凤姐打了招呼后，就直接去找鸳鸯游说，她先是"拉着鸳鸯的手笑道：'我特来给你道喜来了。'"接着是对鸳鸯大唱赞辞："……这些女孩子里头，就只你是个尖儿，模样儿，行事作人，温柔可靠，一概是齐全的。"然后是高价引诱："你跟了我们去，你知道我的性子又好，又不是那不容人的人，老爷待你们又好。过一年半载，生下个一男半女，你就和我并肩了。家里人你要使唤谁，谁还不动？"这些话出在别人口里不足为奇，可是作为一个正太太，这样屈尊地去求一个丫鬟来当丈夫的姨太太，还保证她将来可以和自己"并肩"，在一般情况下，这是不可思议的事。邢夫人这样做了，正说明这一行动是有其更深一层的目的的。

另一个是王熙凤。她尽管与贾赦夫妇不对路，可是这个心眼极细的人，是不愿也从来没有当面去顶撞她的公婆的。而当邢夫人最初把此事在她面前亮出来进行试探时，她马上表示反对，并对贾赦"派上了一篇不是"。首先是借贾母之口骂贾赦："如今上了年纪，作什么左一个小老婆右一个小老婆放在屋里，没的耽误了人家。放着身子不保养，官儿也不好生作去，成日家和小老婆喝酒。"继而自己也骂了起来："老爷如今上了年纪，行事不妥，太太该劝才是。比不得年轻，作这些事无碍。如今兄弟、侄儿、儿子、孙子一大群，还这么闹起来，怎样见人呢？"本来公公要纳妾，婆婆出面做媒，作为一个媳妇，有何因由来反对呢？随便找个借口回避此事都是极容易的事，这个"少说些有一万个心眼子"的王熙凤，岂能不明此理？而这次她却一反常态，竟当面教训公婆一顿，岂非咄咄怪事？但当我们明白了此事的真正含义时，就会理解到，这种表面的变态，正好是反映了他们之间矛盾斗争的常规的。

由于贾母的反对和鸳鸯本人的拒绝，贾赦夫妇的谋算落空了。他后来"费了八百两银子买了一个十七岁的女孩子来，名唤嫣红，收在屋内"。这仅仅是用来掩盖他的最初用心的一种手段而已。如果仅仅为此，他早就可以办到，何必费如许心思，经那么多周折，去讨一场没趣呢？他难道不知道"偏心"的母亲是不会那么容易满足他的要求吗？

话说周姨娘

　　道学先生贾政也有两个姨太太，一个是人人皆知而名声颇为不好的赵姨娘，另一个是默默无闻、鲜为人知的周姨娘。之所以如此，是因为这位周姨娘在全书中通共只不过简单地被提到几次。她没有任何事迹，更没有留下一句话，她的不引人注意也就很自然了。然而即使这样只有一个称呼的人，由于她出自曹雪芹的笔下，生活在《红楼梦》的世界中，她的存在仍有足以使我们得到启迪的地方。

　　探春因赵姨娘和芳官等大打出手而劝导她时，曾顺便提到周姨娘，以她为榜样对赵姨娘说：

　　你瞧周姨娘，怎不见人欺他，他也不寻人去。

　　这是全书中唯一一处提到周姨娘为人处世的情况，因此是很重要的。但周姨娘为什么会和人们保持这样一种关系，探春一字未提，要知究竟，还得联系起赵姨娘一块来说才行。

　　赵、周二位都是姨娘，为什么单单赵姨娘如此声名狼藉呢？并没有什么证据来说明这二人在个人品性上有什么大的差别，她们最大的不同就在于赵姨娘有一对儿女——贾探春和贾环，而周姨娘却一无所出。这唯一的不同，关系可大了。因为赵姨娘有儿女，就形成了嫡庶之争。这种矛盾可不同于一般的妇姑勃谿和妯娌不和的是非口舌，而是"乌眼鸡"式的搏斗。赵姨娘勾结马道婆用"魔魔法"就曾把王熙凤与贾宝玉折腾得死去活来。她又通过贾环之口，在贾政面前告了贾宝玉一个"强奸（金钏儿）不遂"的恶状，宝玉就差点被活活打死。王夫人抱着遍体鳞伤的宝玉向贾政哭诉说：

　　老爷虽然应当管教儿子，也要看夫妻分上。我如今已将五十岁的人，只有这个孽障，必定苦苦的以他为法，我也不敢深劝。今日越发要他死，岂不是有意绝我。既要勒死他，快拿绳子来先勒死我，再勒死他。我们娘儿们不敢含怨，到底在阴司里得个依靠。

嫡庶之争中的当事人王夫人这发自心底的哀诉，却道出了一个严酷的现实：在传统社会，尤其是在这样一夫多妻的贵族大家庭里，妇女有没有儿子，其境遇遭际是有天壤之别的。这既有一个财产继承问题，又有一个老年依靠的问题。赵姨娘之所以如此兴风作浪，必欲置宝玉于死地而后快，就在于要争夺这份财产和将来能在贾府掌持大权；王夫人虽是大老婆，但如果宝玉死了，她最终也免不了要靠边站。这就是嫡庶之争的本质内涵。

周姨娘既是姨太太，又没有子女，不管她本人的意愿如何，这双重的不幸就注定了她在贾府只能是一个无足轻重的人物。这是由宗法制度所决定的。既然如此，那么，对周姨娘来说，做到洁身自好，通过从"不寻人去"，即不去找别人的什么麻烦，没有任何奢求，以求得"不见人欺他"，就是她最高的也是最大限度的满足了。

在这种情况下，周姨娘的默默无闻和赵姨娘的兴风作浪都是由她们自身的身份地位所决定的。据此，作者写赵姨娘笔墨颇多，成为一个鲜明的艺术形象，而对周姨娘则只写了她的存在，使她不露形迹，不闻音响。表面看来这个人物似无多大意义，但实际上却是一种不写之写，她可以让读者通过对照从不写中也悟出许多道理来。

像周姨娘这样的人物也有它独自的意义，这也是《红楼梦》在塑造人物上不可企及的一个重要特色。

小红和贾府的大、小丫鬟们

第五十八回写芳官的干娘因巴结讨好，主动跑来要替宝玉吹汤，被晴雯喝令"出去"而牵连小丫头们也挨了骂，小丫头们只好拿她来出气："我们到的地方儿，有你到的一半，还有你一半到不去的呢。何况又跑到我们到不去的地方还不算，又去伸手动嘴的了。"芳官的干娘原是在荣府干浆洗一类粗活的老婆子，是"不知内帏规矩"的"三等人物"，故此出了洋相，受到一番羞辱。老婆子们的辛酸且不说它，只是从中却让我们看到，贾府的奴仆们是分等级的。老婆子们固然比小丫鬟矮了一截，而在丫鬟当中，众多的小丫头们又是处在最底层的。因为在丫鬟们服役的天地里，是有许多她们所"到不去的地方"的。所谓"到得去""到不去"乃是指干活的粗细以及与主子接触的远近疏密而言。这种不同，更明显地反映在她们的经济待遇上。贾府的丫鬟们每月都是有"例钱"的，据王熙凤透露，大小丫鬟们的"例钱"，有每月一两、一吊钱、五百钱的差别。它成了区分丫鬟等级的主要标志。由于有这许多的不同，这就给贾府的丫鬟问题带来了许多复杂的情况。

在曹雪芹的笔下，写得较多的是那些有体面的大丫鬟，着力进行描写的小丫鬟形象较少。这种情况就给读者全面地去评断丫鬟问题带来一些困难，因为它不能提供足够生动具体的材料以便在不同等级的丫鬟中加以比较辨析。人们之所以对平儿、晴雯、鸳鸯、袭人等大丫鬟存在明显不同的看法也与此有关。然而作者并未完全忽视对小丫鬟的关注，小红就是作者颇为注重的一个小丫鬟，通过她，我们可以更好地认识一些贾府的丫鬟的问题。

小红是怡红院里一个俊俏伶俐的丫鬟，她说话"娇声嫩气"，口齿清爽，凤姐支使她一趟，回话时"这奶奶""那奶奶"地一大串，说得一清二楚，博得众人的称赏，以至王熙凤都要向宝玉讨了去为她服务。可这样一个难得的丫鬟，却长期埋没在怡红院里的大群下等丫鬟中，默默无闻。由于一个偶然的机会去给宝玉递了一杯茶，贾宝玉竟根本不认识她，还不知道她就是本院的丫鬟。为什么呢？就因为丫鬟也分三差九等，小红只干些喂雀、浇花、生炉子的事，而为宝玉"递茶递水，拿东拿西"这些能接近主人的"眼见的事"却根本没有她的份。这种等差的存在，就使处于不同等差内的丫鬟们存在不同的心理意识。

大丫鬟们往往觉得自己要比其他丫鬟高出一等，她们对小丫鬟们可以颐指气使，小丫鬟们除了服从之外，不敢有所反抗。尤其值得注意的是，在丫鬟之间，她们不但职责范围界限清楚，而且这种范围往往还给大丫鬟们形成一种荣耀心理，同时不能让其他等级里的丫鬟来分享。正因为如此，所以小红偶然入内给宝玉递了一杯茶，就遭到大丫鬟秋纹、碧痕的严厉责问，并当面啐骂她说："没脸的下流东西！……一里一里的，这不上来了。难道我们倒跟不上你了？你也拿镜子照照，配递茶递水不配！"这种责骂和小丫鬟们骂芳官的干娘不配为主子吹汤的出发点和心理意识是完全一致的。可见在丫鬟们中间，这种等级观念是何等强烈。

大丫鬟们不但有这种待遇以及在这种待遇支配下所产生的思想意识，她们的物质生活在某种程度上来说也是养尊处优的，以至连颇懂得一点世故的刘姥姥在第一次见到"遍身绫罗，插金带银"的平儿时，也把她错当成为凤姐而差点要称之为"姑奶奶"了。贾府的主子们对一些丫鬟给予这样的待遇，自是有他们的目的和需要，这里无暇细表。但这一措施的结果，却使这一部分丫鬟在有意无意之间都不同程度地具有倾向主子的意识。花袭人这个奴才不但成了王夫人在怡红院里的"心耳神意"，而且敢于"冒死"向王夫人做不合她身份的进言，因而得到了主子的垂青。平儿自觉地为王熙凤的放债行为四面周旋照应，成为王熙凤进行剥削活动的好帮手。就连晴雯对小红的"爬上高枝儿上去了"也表示了极大的不满，进行冷嘲热讽，以及她对小丫鬟坠儿等的粗暴行为，都明显表现出她的思想意识里也充满了这种等级观念。至于麝月由于不认识戥子，宁愿多给医生一些银子而不愿让医生说"咱们有心小器"的心理，也和那"站在外头台矶上"告诉她银子分量的老婆子的心理有着明显微妙的不同。

这种思想倾向，反映在她们对待奴仆们的一些纠纷时，就表现得更鲜明了。第五十八回因春燕娘吵着要打春燕，引起了麝月、袭人、晴雯等一干大丫鬟的干预，最后把平儿请了来，请听平儿和袭人之间的一段对话：

平儿笑道："'得饶人处且饶人'，得省的将就省些事也罢了。能去了几日,只听各处大小人儿都作起反来了,一处不了一处,叫我不知管那一处的是。"袭人笑道:"我只说我们这里反了,原来还有几处。"

这种话语和声气,乍听起来,不完全应该是出自主子们的口中吗?然而它们却是丫鬟说的。

既然如此,我们就会明白,为什么这些丫鬟死都不愿离开贾府了。金钏儿因王夫人要撵走她,"苦求"不应,跳井死了。司棋被逐,求迎春救援无效,最后撞壁死了。晴雯与宝玉斗气,宝玉要回太太赶她,她边哭边喊:"只管去回,我一头碰死了也不出这门儿。"至于袭人这奴才,就硬是装出狐媚子来欺哄主子,以达到长留的目的。

从以上情况可知,这一批有体面的丫鬟,在某种意义上来说,的确与其他丫鬟和老婆子们不同。有的论者把晴雯说成是"半个主子",固然过分,但也是事出有因的。

回头再看那些小丫头们,情况就不一样了。眼前的现实使她们都有一种"向上"的愿望。小红就"心内着实妄想痴心的向上攀高,每每的要在宝玉面前现弄现弄";柳五儿也多方钻营希望成为怡红院里的丫鬟。然而要做到这一点却谈何容易。小红仅仅在宝玉呼唤没人服侍的时候进去递了一杯茶,就遭到大丫头一阵不堪的辱骂而不敢吱声。小丫鬟佳蕙因袭人叫她去黛玉处送了一次茶叶,就觉得是"好造化"。小红得到王熙凤的一次使唤就有点飘飘然了,但还免不了要受到晴雯等人的当面嘲讽。在这种情况下,小丫鬟们的心理意识就和大丫鬟们有着明显的不同。宝玉挨打,大家服侍辛苦,可主子却"按着等儿赏他们",小佳蕙就表示了极大的不满,而且对"晴雯、绮霰他们这几个,都算在上等里去"感到愤愤不平。她们并没有把大观园当成人间乐园,佳蕙就说"这个地方难站"。小红则说:"'千里搭长棚,没有个不散的筵席',谁守谁一辈子呢?不过三年五载,各人干各人的去了,那时谁还管谁呢?"这就和金钏、司棋、晴雯、袭人等大丫鬟的心理状况截然不同,她们对待主子的态度也必然迥异。可以想象,那些"各处大小人儿都作起反来了"的绝不是那些有体面的大丫鬟,而是许许多多像小红等连主人都不认识她们的小丫头、老婆子和其他仆人们。那些在背后骂王熙凤、把她"恨极了"的当然也不是平儿一干大丫头,而是平日跪过瓷片、挨过板子、动不动拉出去配小厮的小丫头以及比小丫头还低微的一班人。

从以上情况可知，在大小丫鬟之间，她们的心理意识以及待人处事的态度是有明显区别的，她们之间也存在着一定的矛盾。前者较倾向于主子，而后者则是下等的奴仆，这是客观存在的事实。因此，对她们的评价也就不可等量齐观，而是要注意到她们之间的不同。

但以上只是问题的一个方面，只是就大小丫鬟之间来比较而言的。而另一方面，对于主子来说，不论大、小丫鬟，她们都是被剥削、被压迫的奴仆，即是大丫鬟，也免不了当奴隶者所共有的悲惨。金钏、晴雯、鸳鸯不是都惨死了吗？她们平时看上去有许多小丫头所不具有的特殊好处，但那是以不违背主子的规矩，而且要以为他们的利益效劳为前提的；稍有违忤，就会祸生不测，其中苦楚，又是许多小丫头所无法理解的。如平儿应是丫头中最有权势的吧，她可以自主处罚丫头、婆子，许多时候俨然就是凤姐的替身，人人都敬畏她三分。可是了解内情的人，如尤氏，就很同情她的处境，竟曾当她的面说："好丫头，你这么个好心人，难为在这里熬！"这话里包含了平儿平时的多少辛酸啊！平儿如此，其他人就更不用说了。因此不管大、小丫头之间有多大的区别，归根到底她们又都是丫头，都是供人驱使的奴仆，决不能把那些大丫头推到主子或者"半个主子"的队伍里去。否则，就会把事物的性质弄混淆了。弄清楚了这种关系之后，我们又可进一步明白，为什么作者主要是在那些大丫头身上重点着笔，因为那些有体面的"上等"丫鬟遭遇且是如此，那些"下等"的小丫鬟，其命运如何岂非不言而喻了吗？而其实，通过前八十回未完成的小红形象，读者也就可以略见一斑了。这也是作者手法高明之处。

以上是从总的方面比较了一下贾府中大、小丫鬟之异同，至于每个具体人物形象之间，则不管她是大丫鬟还是小丫鬟，又有许多各自的性格内容和不同的审美意义，如晴雯和袭人同是大丫鬟，但却是两个完全不同的典型。要辨析她们就不是本文所能胜任的了。

藕官与蕊官

贾府因建大观园准备元妃省亲，除了从江南采办大量物资回来之外，还从苏州买了十二个女孩子回来充当梨园子弟，派人教她们唱戏。书上除了写到她们的一些演戏活动外，没有更多地反映她们的日常生活情状，但她们一些大的生活历程还是清楚的。在不需要她们演戏之后，散的散了，没有地方去的，就分拨到各屋里去伺候贾府的公子和小姐们。抄检大观园之后，她们又成了这场贾府内部斗争大风波的牺牲品。芳官、藕官和蕊官三人被逼出家了，其后路如何，自不难想象，小尼姑智能儿的遭遇就是最好的前鉴。

她们在贾府的整个生活过程中，除了芳官等四人齐心合力围攻赵姨娘这精彩的一幕，表现了她们不甘受人欺压的可贵意志之外，最能引人同情，同时又足以发人深思的事情乃是藕官为蕊官烧纸钱一事。

第五十八回，写一个清明节，藕官在大观园里一块山石后边烧纸钱，被婆子发现，硬要回了奶奶们，拉她去受罚，碰巧遇上贾宝玉，把她解脱了，使藕官很感激。宝玉问她为谁烧纸钱，她要宝玉去问芳官，后来芳官告诉了宝玉是烧给蕊官的，宝玉原以为"这是友谊，也应当的"，芳官却告诉他说：

> 那里是友谊？他竟是疯傻的想头，说他自己是小生，蕊官是小旦，常做夫妻，虽说是假的，每日那些曲文排场，皆是真正温存体贴之事，故此二人就疯了，虽不做戏，寻常饮食起坐，两人竟是你恩我爱。蕊官一死，他哭的死去活来，至今不忘，所以每节烧纸。

在舞台上演夫妻戏，继而在生活中成为真夫妻的本是很平常的事情，但这种情况都是在男女演员之间才能发生的。而两个都是女"戏子"，因同台演生旦角色而相爱，像真夫妻那样"你恩我爱"，并且死后"至今不忘"，还"每节烧纸"，则可以说是绝无仅有的事了。按一般的情理来说，这的确是"疯了",是"疯傻的想头"。然而只要认真思索一下,就会发现,在这有悖常情的事件中,却又蕴含有十分合理的因素在内。那就是在那违背人性的专制社会里,这些无辜可怜的女孩子,自己的终身命运都掌握在别人手里。尤其这些被人花了几个臭钱买来的卑贱"戏子",她们不但谈不上有什么婚姻自主的权利,而且因为是关在贾府的"牢坑"里,连见到一个异性的可能也没有。可她们却整天生活在充满青春情感的世界里:林黛玉因偶然得读《西厢记》,便"只管出神,心内还默默记诵",这些"戏子"们演唱《牡丹亭》时,"偶然两句吹到耳内",林黛玉便"不觉心动神摇",后来又"不觉心痛神痴,眼中落泪",而藕官、药官等整天在排练、演出这些戏,这会给她们的思想感情带来什么影响,不是可以不言而喻吗?那么,在她们那纯洁、炙热的感情得不到可以倾注的对象的时候,她们产生和做出了这近乎同性恋的"假凤虚凰"的"疯傻想头"和事情,不又是十分合乎情理的事吗?在这种表面看来是"疯傻"的行动中,实际却反映了她们的苦痛,是她们对不合理的现实世界的一种抗争,也是她们具有纯正而又善良的感情的表现。

她们的这种感情不是一时的逢场作戏,而是持久而又深沉的。药官死后,藕官一直念念不忘,芳官对此继续补充说:

> 后来补了蕊官,我们见他一般的温柔体贴,也曾问他得新弃旧的。他说:"这又有个大道理。比如男子丧了妻,或有必当续弦者,也必要续弦为是。便只是不把死的丢过不提,便是情深意重了。若一味因死的不续,孤守一世,妨了大节,也不是理,死者反不安了。"你说可是又疯又呆?

在这里,藕官的思想和行动既表现了她反对传统的守节观念,又不忘故人的恩情,所以她一面和蕊官"一般的温柔体贴",一面又时刻记着药官,为她"每节烧纸",这真是一番既有情义又十分通达的"大道理",为须眉浊物们所不可领悟。后来出家时,芳官去了水月庵,藕官则和蕊官一起去了地藏庵,一对"情人"同到一个庵子出家,藕官也不愧为《红楼梦》里一个奇女子了。

旧社会的"戏子"历来是受歧视的,王夫人会骂芳官说:"唱戏的女孩子,自然是狐狸精了。"并诬蔑她们唱戏是"装丑弄鬼了几年"。芳官的干娘也骂她说:"怪不得人人说戏子没一个好缠的。凭你什么好人,入了这一行,都弄坏了。"在世俗人的眼里,"戏子"其人其业是如此不堪,而在《红楼梦》的形象里,"戏子"又是这样纯洁、多情、识理,这也是曹雪芹的不可企及之处。

《红楼梦》里写了种种不同情况的爱情,有宝、黛的爱情,尤三姐对柳湘莲的爱情,司棋和潘又安的爱情,张金哥与其未婚夫的爱情,智能儿与秦钟的爱情等等,而藕官与药官之间可以说又是别开生面而且寓意深刻的一种爱情吧。

为什么要删去"秦可卿淫丧天香楼"

十二钗中的秦可卿,是在书中存活得最短暂的人物,第十三回便去世了。而且在此之前,也只在第五、十、十一回中部分地写到她,应该说,十二钗都是书中的重要人物,为何她却如此来去匆匆呢?但仔细推敲一下就会发现,秦可卿出现的时间虽然短,却有着和其他金钗所不同的明显特色,从中仍可看出她的重要意义。

秦可卿除了第五回引宝玉到她房中安歇以及后来写到她卧病榻上之外,她在书中真正做过的事情只是两件:一是在贾宝玉神游太虚幻境时,以警幻仙子之妹的身份许配了宝玉,结果宝玉与她"柔情缱绻,软语温存,与可卿难解难分",以致宝玉差点走入"迷津";二是临死前在凤姐梦中托付一件未了之"心愿",即从事物的荣枯哲理,讲到为贾府保持"退路"的具体治家方略,其中还泄露了某些本来不宜多说的"天机"。

这两件似乎没有多少关联的事情却有一个共同的特点,即秦可卿的所为都是在别人的梦中进行的,她显得只是一个虚幻式的人物。更重要的是,这两件事情似乎都有一个相同的背景,即她是接受了警幻仙子的派遣,为完成贾府"宁荣二公之灵"的嘱托来执行使命的。第五回警幻仙姑对另外几个仙女介绍宝玉说:

> 你等不知原委:今日原欲往荣府去接绛珠,适从宁府经过,偶遇宁荣二公之灵,嘱吾云:"吾家自国朝定鼎以来,功名奕世,富贵传流,虽历百年,奈运终数尽,不可挽回者。故遗之子孙虽多,竟无可以继业。其中惟嫡孙宝玉一人,禀性乖张,用情怪谲,虽聪明灵慧,略可望成,无奈吾家运数合终,恐无人规引入正。幸仙姑偶来,万望先以情欲声色等事警其痴顽,或能使彼跳出迷人圈子,然后入于正路,亦吾兄弟之幸矣。"如此嘱吾,故发慈心,引彼至此。先以彼家上中下三等女子之终身册籍,令彼熟玩,尚未觉悟;故引彼再至此处,令其再历饮馔声色之幻,或冀将来一悟,亦未可知也。

原来秦可卿与宝玉在神游太虚幻境的梦中交欢一事，乃是警幻仙姑为了"警其痴顽"而安置的"饮馔声色之幻"的一部分，本是幻象，而非实情。很明显，秦可卿托梦给凤姐时说的一番大道理，也是体现了"宁荣二公之灵"的意旨，它与实际生活中贾府这样一个晚辈的最年轻媳妇是毫不相干的。当完成了这样一种使命的时候，秦可卿的存在当然就是多余的了，这就是秦可卿来去匆匆的原因所在。办丧事时，贾政不主张用薛蟠送的那副"万年不坏"的高级棺材来安葬秦可卿，说："此物恐非常人可享者，殓以上等杉木也就是了。"但贾珍不听劝阻，还是用了。这正好也暗示了秦可卿原"非常人"可比也。

秦可卿这个"非常人"所担负的使命，其意义何在呢？如果说，贾府的末世子孙们一个个"安富尊荣者尽多，运筹谋画者无一"，因而到了不可挽回的地步，那么，"宁荣二公之灵"应该是清醒的，他们是有一套挽救其家族颓危的办法的。事实也如此，他们不但有，而且通过秦可卿这个媒介传之其子孙，然而，"聪明灵慧，略可望成"的贾宝玉并未从"仙闺幻境"的"饮馔声色"中警悟过来。"脂粉队里的英雄"、贾府精明的当家人王熙凤听了秦可卿的一番"心愿"嘱托，梦中便已"心胸不快"，醒后除了"吓了一身冷汗，出了一回神"之外，就没有把它放在心上，更没有照它去做。她仍然是孜孜以求地去谋她的私人营生去了。什么祖宗大业、子孙退路，她一概弃之脑后了。因此通过秦可卿这个人物及其所肩负的任务未能奏效一事，就更有力地预示了贾府及其所代表的四大家族必然衰落败亡的命运。它与整个《红楼梦》的思想主题是紧密地联系在一起的。这就是秦可卿这个形象的作用和意义。

由于秦可卿原"非常人"，因此我们也就不应当用看待其他"常人"的眼光和方法来看待她。比如她和神游中的贾宝玉曾有过"儿女之事"，而且感情缠绵、难解难分。但作者所写，并不是在塑造一个如此"多情"的女子的实在形象，只是用来表示警幻仙姑的某种哲理的一个幻象，它和美醪、乐音一样，不过是用来对贾宝玉进行"警其痴顽"的一种工具而已。当它的使命完成之后，自然就要结束它的存在了。

而在曹雪芹"增删五次"的原稿中，却曾有过"秦可卿淫丧天香楼"的内容，其具体情节虽不得而知，但从回目来看，秦可卿却是一个有血有肉的实体，而且是"淫"行的主体。这就和前面说到的她只是一个幻象的特性很不协调。而从经作者"删去"后的现存文字来看，它所揭露的仅是贾珍的无耻淫行，并未正面涉及秦可卿的行为，因而仍能保持她作为一个幻象的特性，这实在是非常高明的一着妙笔。故此原来的"秦可卿淫丧天香楼"的文字，虽然据脂批说是脂砚斋"命芹溪删去"的，但实际上却是非常符合曹雪芹的创作思想的。否则，大段的文字如果可以按他人意愿而随意增删的话，《红楼梦》又怎能达到"字字看来皆是血"的境地呢？

每个人物都是主角

中国古代的长篇小说以人物众多成为一个共同的特点。《三国演义》《水浒传》《金瓶梅》《红楼梦》等等，全书人物都在数百人之多。然而，任何一部小说，即使人物再多，其主要角色也不过是寥寥几个。以《红楼梦》来说，全书有四百多人，而主要人物也只不过是宝、黛、钗、凤四根大梁。如果一部长篇巨著在数百人中只能塑造出几个出色的主要人物，其他皆黯然无光，那么这部书的成就也必然极其有限，但是如果书中所有人物都要像主要人物那样用大量笔墨和篇幅去刻画，又是绝对不可能的。《红楼梦》里连二、三等人物在内，恐怕也只不过三四十人左右，用在他们身上的笔墨当然比宝、黛等四人少得多，至于其他大多数人物所花的笔墨就更少了。在前八十回里，有的甚至只出现一次就不见了。然而，即使是这样的人物，在《红楼梦》里也都能给人留下深刻的印象，成为举足轻重、不可代替的角色。这也可以说是《红楼梦》的重要特色之一。其原因何在？且举一二例子加以说明。

"贾府的焦大"是每个读过《红楼梦》的人都知道而且印象极深的人物。然而焦大只在第七回露过一面，有关他的事总共才不过几百字的文章，为什么却能这样出名呢？原来贾府里"每日家偷狗戏鸡"的事不知有多少，但《红楼梦》和那些充满"淫秽污臭"的"风月笔墨"截然不同，它既要充分揭露那些贵族纨绔的种种丑恶，又不愿在文字上写得过于裸露。于是对这一方面的内容，作者采用了种种较隐含的手法，以不写之写旁见侧出地来表现它们。这样既避免了文字上太着痕迹，又与《红楼梦》的整个含蓄风格保持了一致。不过这样一来，作者又怕有的读者未必能"解其中味"，于是又采取了画龙点睛的手法，让焦大当着众人及当事人之面，来一番醉骂。这样一来，许多较含糊、隐蔽的情事，就一下子明朗化了。这就是焦大的巨大功绩。然而更为重要的是，焦大醉骂不仅是行文的需要，更主要的是只有焦大这样一个具体人物才能承担这个任务。要知道，对于主子们的种种丑行，有些奴仆会在背后说笑话是不足为奇的，但是要当着主子之面，尤其是王熙凤在场的情况下，竟敢"说出这些没天日的话来"，那是不可思议的事。可是焦大却偏偏是一个有特殊身份的人物，他拼着性命救过贾府的前辈祖宗，贾府今日的荣华富贵离不开当日焦大的汗马功劳，所以贾府里对于他"有祖宗时都另眼相待"。在他自己心中，贾府历代的主子们"也不敢和焦大挺腰子"。可是管事的却在他吃醉了的情况下，派他的差事。他对此不满，贾府最小的主子贾蓉不识高低，使人把他捆起来，于是就引出了这么一番醉骂，从而有力地为作者完成了点睛的任务。

可见，焦大这个人物在这里有这么几个特点：首先，他完成了一项重大的点睛任务；其次，这个任务只有他的特殊身份才能完成；最后，他骂的那番话，作者又是安排在他喝醉了酒的时候"混呲"出来的，也就是说，如果换了另一个人，或者是换在焦大不是酒醉的情况下，绝不敢干出这种"连个王法规矩都没有"的事来。因此，在这件事情上，焦大是一个当然主角，或者说，他是一个不可替代的角色。虽然作者写这个人物下笔不多，但却获得了很大的成功，给人们留下不可磨灭的印象。

同样的道理，还可以表现在傻大姐身上。傻大姐迟至七十三回才出场，而且也总共只不过几百字的文章，然而她也是一个使人难忘的人物，原因就在于她和《红楼梦》里抄检大观园这件大事有着直接的关系。抄检大观园虽然有其必然的原因，是贾府内部各种矛盾的结果，但直接导致这件事情的发生却是由傻大姐捡到了一个绣春囊，被邢夫人看见，她出于给王氏姑侄抹黑的目的，派人送到王夫人处而引起的。这里的关键就在于傻大姐是一个"心性愚顽，一无知识"的痴丫头，她因"掏促织儿在山石上"拣到一个东西，"不认得是春意"，还以为上面是"两个妖精打架"，所以一面看，还一面准备"拿去与贾母看"，路上撞到了邢夫人，才引发那么大的一场抄检风波。很明显，如果捡到绣春囊的不是傻大姐，而是其他丫头，她或者把它抛掉，或者把它藏起来，而绝不敢这样露于人前。这样，事情又将会是另一种样子，而现在出现抄检这样的结果，就只有通过傻大姐这个环节才能产生。因此，在这里傻大姐又是一个不可代替的主角。这就是这个人物笔墨虽少，影响却大的原因所在。

在《红楼梦》里，这种角色还有不少，作者表现的方式和它的意义各有不同，都在不同程度上取得了良好的效果，这对今天的创作仍有借鉴意义。

曹雪芹好说反话

　　同样是名著杰作，有的作品读起来可以痛快淋漓，一气而下，好像一顿美餐，经过一番狼吞虎咽就可以全收皮囊之中；有的作品初读起来似乎没有什么兴味，有的读者可能因此浅尝即止，放下以后就不再问津了，可是许多有心的读者却会在慢慢的品尝中越读越有意思，以至反复多遍，越读越爱读。《红楼梦》就是后一类中最有代表性的作品。的确，《红楼梦》是一部最漂亮的白话文小说，除了某些诗词典故之外，几乎每个字、每句话一般读者都能懂，但《红楼梦》却是引起争论最多的一部作品，这是大家都知道的事实。究其原因，除了读者的观点、方法、研究角度的不同等原因外，还有一个重要因素，就是读者对此作品的真正理解程度有所不同，说得明白一点，就是人们读懂了《红楼梦》的程度有所不同。一本白话小说，还有读不懂的地方吗？有的！许多人本认为自己都懂了，其实只懂了字面，并没有真正懂其内涵，这是因为曹雪芹写《红楼梦》用了许多其他小说所没有的表现手法。不了解这些手法的特点，我们就不能真正读懂《红楼梦》，或者似懂非懂。要了解它的一些写作特点，就须要慢慢琢磨，才能得其要领，也即是作者说的"细按则深有趣味"。前人读小说，常常根据具体作品的不同特点，提出一些各自的"读法"，如金圣叹的《读第五才子书法》，毛宗岗的《读三国志法》，张竹坡的《批评第一奇书金瓶梅读法》，蔡元放的《东周列国志读法》及《水浒后传读法》，等等。《红楼梦》既有其不同的写作特点，自然也应有相应的独特"读法"。那么，它究竟有一些什么特别的写作特点呢？在这里很难条分缕析，一一说个明白，现只就个人浅见，择其要者，在以后若干篇里，略说一二，并探讨一下根据这些特点可以找出一些什么相应的"读法"来。

　　首先有一条突出的是，曹雪芹喜欢说反话。

　　在古代小说，尤其是明清时期的长篇说部中，作者常常喜欢自己出来对作品中的某些事件、现象、人物等发表自己的意见和看法，有时还要阐述一通道理，以求读者明悉。而在《红楼梦》里，曹雪芹却很少有这种做法，他从不把自己的意见直截了当地灌输给读者。当然，曹雪芹有时也在行文时给他笔下的人物加过一些介绍或评论性质的话，但奇特的是，在很少的这类笔墨中，曹雪芹说的常常都是反话，即他表面文字所表述的和他实际的创作意图往往相反。在许多时候，他对一些反面人物常说些好话，而对一些正面人物却常说些坏话。

比如贾政吧，在作品中他是一个典型的封建卫道者，为了维护礼教，他恨不得亲手处死自己的儿子，表现出一副凶狠残暴的面目。可是当作者在以自己的身份提到他时，却说他什么"自幼酷喜读书，为人端方正直"，"贾政最喜读书人，礼贤下士，济弱扶危，大有祖风"，全是一片赞语。花袭人奴性十足，是公认的"西洋花点子哈巴儿"，可曹雪芹却常称她为"贤袭人"。王夫人是逼死金钏、晴雯的直接凶手，又把芳官等几个无辜的女孩子逼入空门，可书上却说她是一个"心肠慈善"的人。相反，贾宝玉是书中最主要的正面主人公，是作者心中的宠儿，可曹雪芹却处处贬损他，贾宝玉一出场时，曹雪芹就为他写了两首《西江月》词，说他"愚顽""偏僻""乖张""无能""不肖"等等，并且号召青年子弟们"莫效此儿形状"。后来又借众人之口，给他起了"混世魔王""富贵闲人""无事忙"等等贬抑性的外号。在全书中说他种种劣行的话语更是不少，正如"脂批"所说的："通部中笔笔贬宝玉，语语谤宝玉。"

对人物如此，对许多事件的态度亦然。元妃省亲，本意在对皇宫和"当今"的揭露，可作者处处通过书中人物之口，宣扬这是皇帝的"隆恩"。第十九回前半部分，袭人变着法子欺哄宝玉，不肯赎身回家，随后又乘机规劝宝玉"两三件事"，纯是一派"混帐话"，实是对袭人丑恶灵魂的鞭笞，可作者给此事却加了一个很美的回目"情切切良宵花解语"。薛姨妈给林黛玉讲"月下老人"故事一节，表现了她十分的滑头和毒辣，前面已经分析过。而作者给此事加的回目却是"慈姨妈爱语慰痴颦"，八个字中有三个字是赞颂薛姨妈的。光从这回目来看，薛姨妈是多么关怀林黛玉的一个好人啊！而事实却恰恰相反。

类似以上的例子，在书中还有许多，如果我们不做辨析，径直相信作者字面的话，就根本无法理解《红楼梦》的许多内容，有时还会得出完全相反的结论来。

当然，我们并不认为，在《红楼梦》里属于曹雪芹本人的每句话都是反话，这样说又言过其实了。那么，如何去辨别这些话的真假、正反呢？总的来说，我们不能仅仅根据作者对某件事、某个人物说过什么话而孤立地把它抽出来作为最后的评断，而必须根据具体的情节和场面以及它们与其他事件、人物的关联，从总体上去把握事件的性质和人物的性格。这样，庶几可以理解和懂得作品的真正内涵，而不致"被作者瞒过"。

"不见后文，不知此笔之妙"

《红楼梦》第三回写林黛玉初到贾府，通过林黛玉之眼介绍了贾府的各个主要人物。中心内容扣得很紧，一切人和事都是围着林黛玉来落笔的，然而就在这紧凑的描述当中，却插进了这么一小段话：

> 说话时，已摆了茶果上来。凤姐亲为捧茶捧果。又见二舅母问他："月钱放过了不曾？"熙凤道："月钱已放完了。才刚带着人到后楼上找缎子……"

这孤零零的关于"放月钱"的一问一答，是这样倏然而起，又悄然而逝，和黛玉进府以来所描述的人和事毫不相干。一般人读起来很容易毫不经意地把它忽略过去，因为在这个地方它的确是显得有点多余，然而熟知作者笔法的脂砚斋却在王夫人的问话旁写了一条夹批：

> 不见后文，不知此笔之妙。

"此笔之妙"在何处呢？当我们读到后面时才知道，原来荣国府的当家人王熙凤背着上下，拿了众人的"月钱"出去放利息，"一年不到，上千的银子呢"。她这一招，引起了众丫鬟和赵姨娘等的极大不满，用王熙凤自己的话来说，她已"落了一个放帐破落户的名儿"，"我的名声不好，再放一年，都要生吃了我呢"。可见用"月钱"去放债，是引起贾府内部尖锐矛盾的一个重要原因，可以设想，它是导致王熙凤以至贾府在复杂的社会矛盾斗争中趋于破败的一条重要导火线。后四十回写抄家时，也特别提到一箱子"借券，实系盘剥"，因而成了一条大罪状，并给王熙凤以致命打击一事，是有它的道理的。

由以上可知，王熙凤放债一事，在全书来说，虽着墨不多，却是一件十分吃紧的事情。作者特意在黛玉进府时的繁忙笔墨之中，由王夫人这似乎是不经意的一问，实则暗示了王熙凤干这种事情是由来已久，而且遭到了人们的强烈不满，以致在新来的客人面前王夫人也忍不住要查问一声了。读者在初读《红楼梦》到这一回时，因为注意力都放在林黛玉以及通过她所见到的各个人物和贾府的种种状貌、礼规等等上去了，所以对王夫人与凤姐之间这简短的一问一答不会引起注意。可当我们读完了上面提到的那些"后文"之后，再回过头来看看王夫人的这句问话，就会感到在这种情况下王夫人都不得不追问一句就可想而知这事的严重性了。因此这一问虽然短短只有七个字，却是字字千钧。同时也就会明白为什么王熙凤在简短地回答了六个字之后，就连忙把话题转到别的地方去了，因为这七字问话触及了她的最敏感的神经。只有到这时，我们才能体会到"脂批"的话是深懂曹雪芹的特殊写作手法的。这句话确是"妙"笔，同时又只有读了"后文"才能体会到它的"妙"处。

　　这里就又为我们读《红楼梦》提供了一条启示，即读《红楼梦》只读一遍，甚至两三遍是远远不够的，因为曹雪芹的文字，前后照应性很强，也就是"脂批"常说的所谓"伏线千里"，许多地方必须读了"后文"再翻到前面来，才能体会到它的意义。

　　这种情况在作品中是非常多的，而且其具体表现手法又各式各样、千变万化。再举一个薛宝钗的例子吧。薛大姑娘素以清淡朴素闻名，从不喜欢装饰打扮。第七回特别写到薛家有许多上好的特制宫花，因为薛宝钗从不爱戴这些花儿朵儿之类的饰物，所以薛姨妈才特意让周瑞家的拿去分送给其他姑娘们。可是到后来我们才发现，同是这个薛宝钗，却成天把一块象征"金玉良缘"的金锁吊在脖子上。第二十八回以后，我们又发现，薛姑娘的手腕子上又紧紧地箍着一个元妃赐的，只有她和宝玉两人独有的红麝串。如果作者写了薛宝钗平日是一个爱装饰打扮的人，那么，她身上戴着这么一些饰品自然不足为奇，可她却是素淡得连一朵轻巧的宫花也不愿戴的人，那么，她为什么又偏偏喜爱戴这两样物事呢？这样一对比，读者都难免会发出会心的微笑，增加对这位薛大姑娘微妙心曲的理解。只有到这时，我们才又体会到，作者写周瑞家的送宫花一节，又是曹雪芹的一大"妙"笔，切不可泛泛看过。

　　读了"后文"，才知前文之"妙"，这是曹雪芹的特别笔法所决定了的一种特别读法。这也是读《红楼梦》会越读越有味，每读一遍又有新的体会的原因所在。当然,"前文"与"后文"的联系在《红楼梦》里是多种多样的,有铺垫、有映衬、有对比、有虚实相生等等,这就需要读者在读书时细心去体察了。

不写之写

《红楼梦》的笔法讲究含蓄有味。作者生怕读者未必都能品味得出来,所以在作品的一开头,他就告诉大家,此书"说来虽近荒唐,细按则深有趣味"。虽然是传授了一个"细按"——即仔细地体察的读法,但读者是否能真正读懂,作者还是没有把握,所以在紧接着的一首诗里,作者还忧心忡忡地说:"都云作者痴,谁解其中味?"作者的这种担心不是没有根据的,事实证明,《红楼梦》流传至今二百多年,不是还有许多地方是人们还未真正读懂的吗?其原因和作者经常运用种种特殊的写作方法是有很大关系的。

"不写之写"又是这许多方法中重要的一个。

在中国古代绘画理论中,很讲究虚实相生,就是要把画面上的有画部份和空白部分结合起来,让读者通过有画部分产生联想,而在无画部分也产生出艺术景象来。也就是华林在《南宗扶秘》中说的"画中之白即画中之画,亦即画外之画。"在一些画家看起来,能产生这种"画外之画",才是画中的妙品。戴熙《习苦斋画絮》说的"画在有笔墨处,画之妙在无笔墨处"就是这个意思。

《红楼梦》笔法中的"不写之写",也就是运用了这种方法,让读者在有文字可见的图像中,品味出"象外之象,景外之景"来。

第十三回写秦可卿久病后死了,但从第十一回描写的病情来看,她却是死得有点突然。原因何在呢?在"甲戌本"该回的结尾,脂砚斋有条批语说出了其中底细:"'秦可卿淫丧天香楼',作者用史笔也,老朽因有魂托凤姐贾家后事二件,嫡(的)是安富尊荣坐享人能想得到处?其事虽未漏,其言其意则令人悲切感服,姑赦之,因命芹溪删去。"原来这一回的原稿秦可卿是死在"淫丧"上面,而非病死,脂砚斋出于某种考虑,要曹雪芹把"淫丧"的情节删去了。也许由于曹雪芹和脂砚斋的特殊关系,使他不能不遵从他的意见,删去了"淫丧",但从创作构思来说,曹雪芹又不愿意改变秦可卿的真正死因。为了解决这个矛盾,我们看到,曹雪芹就成功地使用了"不写之写"的高明手法。首先他写秦可卿死亡的消息一传出来后,"彼时合家皆知,无不纳罕,都有些疑心"。如果是久病不治而死,事前大家应该都有不同程度的思想准备,何来"纳罕"和"疑心"呢?显然这里已否定了病死的可能。事情发生之后,我们看到合族中人都赶来了,书中特意写了贾家从代字辈到文、玉、草字辈四代,一连串共二十八个人名都亮了相。出奇的是,在死者的家里,只见死者的公公贾珍当众"拍手","哭的泪人一般",而贾珍的父亲贾敬在城外庙中不肯回来,贾珍的妻子尤氏这时却恰好"犯了胃疼旧疾,睡在床上",诸事不理,死者的丈夫贾蓉却从未露面,不知去向,作者对他竟至一字不提。在经过这样一层层的鲜明对比之后,作者又于贾珍在为秦可卿觅得棺木时补上一句"此时贾珍恨不能代秦氏之死",此中情事已是十分显豁了。此外,作者又写到秦氏的两个贴身丫鬟,一个"触柱而亡",一个"甘心愿为义女,誓任捧丧驾灵之任",对这些大家觉得"可罕"之事,"合族人都称叹",而"贾珍喜之不尽"。这一切种种,不是有力地说明秦氏死得不寻常,她的死因和贾珍有着十分密切的关系吗?究竟是什么关系?贾敬、尤氏、贾蓉等人诸事不问且不露面的反常情态所透露的蛛丝马迹,已足可以让读者得出共同的结论来了。当然这个结论不是作者用文字直接描绘或表述出来的,它是读者就其他可见的实在情境通过联想而得出来的字面上不见的情境,是"境生于象外"。作者的这种手法,正是所谓的"不写之写"。凭借这种写法,作者就达到了既满足脂砚斋的要求,删去了"淫丧"的正面情节,而又保持了"淫丧"的本来内涵,而且在效果上显得更蕴藉有致、耐人寻味。

有些论者曾认为以上作品中的种种蛛丝马迹乃作者删改未尽之处,实乃未谙作者"不写之写"的妙笔。而有的《红楼梦》影视改编作品竟直接出现了贾珍、秦氏淫乱的镜头,实有蛇足之嫌,把《红楼梦》的这种妙笔所造成的妙境丧失殆尽了。

"不写之写"在《红楼梦》里不仅是常用的手法,而且在具体运用上又有许多变化。作者有时在用实像表现某一客体时,又同时用虚像来表现它,这种情况读者往往会疏忽过去,而不能体会到作者的真正用意。如尤二姐之死一节,作者用了几回的篇幅写她从偷嫁贾琏到被逼吞金自尽的过程,淋漓尽致地直接刻画了王熙凤的心狠手辣、两面三刀的丑恶嘴脸。从她"讯家童"开始,到她甜言蜜语哄骗了尤二姐进园、大闹宁国府、勾结公堂、派人要杀死张华等等，王熙凤的性格已刻画得入木三分了。在这个过程中，作者还同时写了其他一些人物，如秋桐、平儿以及其使女等等，作者写这些人，其真正目的还不在于写她们本身，实际上还是在写王熙凤，只不过换了一种虚写的方法罢了。这也是一种"不写之写"。对这一点，戚蓼生序本第六十九回回末有一条"脂批"颇有见地：

> 写凤姐写不尽，却从上下左右写。写秋桐极淫邪，正写凤姐极淫邪。写平儿极义气，正写凤姐极不义气。写使女欺压二姐，正写凤姐欺压二姐。写下人感戴二姐，正写下人不感戴凤姐。史公用意，非念死书子之所知。

这里具体说的只是王熙凤的一件事，但对体会作者如何运用"不写之写"的手法却很有启发作用。

言在此而意在彼

苏东坡有一首题画诗，表达了他的重要文艺思想，后来为诗、画论者所称引：

> 论画以形似，见与儿童邻。赋诗即此诗，定非知诗人。

这首诗之所以引人注目，不但是因为它见解精辟，能道出艺术创作与评论中的某些根本性的原理；而且还因为他首创以题画论诗的形式，能够把不同艺术门类的共同规律概括出来，沟通了不同艺术形式之间的关联，扩大了作家、艺术家的视野，因而具有重要的意义。

在中国文学、艺术史上，一些有成就的著名大家，往往都能把不同门类的文艺创作方法融会贯通起来，因而在各个方面都能取得突出的成就。比如苏东坡本人，就是一个诗、文、书、画各个方面都很拔尖的集大成者。

明、清以来，小说兴盛，至于巅峰，有些优秀的小说家，也能把其他文艺的创作技法运用到小说创作中来，使之别具特色。曹雪芹就是其中最突出的一个。

上引苏东坡的那首诗，意思是主张诗贵含蓄，不能把诗意都在字面上泄露无遗，应该意在言外，字面上好像是说这个意思，而实际包含的却是另一个意思，也就是诗论家们常常称道的"言在此而意在彼"的含蓄手法。它常被视为诗歌创作中的一种重要的方法和特色。这种写作方法恰恰也成为曹雪芹的《红楼梦》的一个重要特色。如果不明白这一点，也就不容易读懂《红楼梦》。

我们首先以宏观的眼光从全书的主题大旨来看。在作品的一开始，曹雪芹就宣称此书是"大旨谈情"，不干涉世事、政治等等。书中有关爱情的故事情节写得十分细腻感人，尤其全书的几个主要人物宝玉、黛玉、宝钗等又都是婚姻爱情纠葛中的主角，因此长期以来，不少人都把《红楼梦》当成是一部爱情小说，许多根据《红楼梦》改编的影剧作品也都仅仅着眼在爱情这一点上。随着研究的不断深入，人们透过表面又渐渐认识到，此书的真正题旨绝非"谈情"，而是反映了作者所处时代广泛而深刻的社会生活，是一部百科全书式的作品。这一点是个大题目，在这里无法详论，我们只点到而已。

缩小一些，从《红楼梦》中一些占篇幅较多的故事情节来看，也有许多部分具有这种特点。如元妃省亲，表面上是在歌颂圣恩浩荡和贾府的荣华高贵，实际上却在揭露皇宫的黑暗、"当今"的残虐以及贾府骨肉分离的痛苦，这一点前面已有专文谈及。"王熙凤毒设相思局"，此节固然写了王熙凤如何狠毒以及她对贾瑞的惩处，还有贾瑞的丑态，等等，然而区区一个贾瑞何足道哉？他那么一点丑行值得作者花那么多笔墨去写吗？此回实际上还是写王熙凤。以贾瑞这样一个穷酸，竟敢无端去打这么一个权势赫赫的二奶奶的主意吗？贾瑞敢走出这一步，实已写出凤姐其人；而凤姐竟然安排贾蓉、贾蔷去为她布设陷阱，则一切情事可知矣。所以这一节文字明是写贾瑞，实则写王熙凤；明为写王熙凤的狠毒，实质写了王熙凤平日的秽行。此前焦大曾当众大骂"养小叔子"云云，"凤姐和贾蓉等也遥遥闻得，便都装着没听见"，凤姐还要贾宝玉也装听不见，就不是偶然的了。

至于日常生活中的一些细小事情，尤其书中人物的一些言语，这种笔法的运用就更比比皆是。如林黛玉看《荆钗记·男祭》时，说戏中人王十朋跑到江边去祭钱玉莲是"不通"；贾宝玉就林黛玉手上的杯子喝了一杯酒，王熙凤叫他"别喝冷酒，仔细手颤，明儿写不得字，拉不得弓"；金鸳鸯骂她嫂子"成日家羡慕人家女儿作了小老婆，一家子都仗着他横行霸道的，一家子都成了小老婆了"；等等，都是"言在此而意在彼"，话中有话的。

对于以上所举的一些例子以及其他未举到的例子，如果我们不了解这种写作特点，只是直通通地照字面上的意思来理解，那就必然成为"赋诗即此诗，定非知诗人"，也就是定非读得懂《红楼梦》的人了；相反，如果我们把握了这种写作特点，从而懂得一套与之相应的读法，就会在表面文字之外，获得更多的兴味，领略到《红楼梦》的真意。

当然，还有必要提出一点来，《红楼梦》里并不是每句话、每个情节、每个故事都是"言在此而意在彼"的，如果一律这样看待，就会求之过深，弄到不可知的地步上去了。至于孰是孰非，那就全靠我们细心体察了。同时，单就"言在此而意在彼"这一笔法来说，曹雪芹在运用上又有他自己的特点，那就是即使读者未能理解出"在彼"之"意"，也未尝不可以就"在此"之"言"去读它的故事。尽管有深浅、表里的不同，但人们都可以在这里获得自己的理解趣味。比如从全书的"大旨"来说吧，即使你理解不了它所反映生活的广度和深度，而仅仅把它作为一个爱情故事来读，它也确实是为你提供了一个这样生动的内容的。这也许就是《红楼梦》的读者这么多，大家都叫好而又在许多问题上都争论不休的一个重要原因吧。

一声两歌，一手二牍

《红楼梦》第五十四回写王熙凤学说书人的口吻，说了一长溜引话，什么"……一张口难说两家话，花开两朵，各表一枝……"意思是一支笔只能写一件事，一张嘴只能说一句话，不能一嘴二用。这是说书人口中或旧小说中常见的套语，同时也是符合一般人口中、笔下的实情的。然而在一些杰出的作家那里，往往一下笔可以同时写几件事，一句话里可以包含有多层次或多方面的意思。戚蓼生在《石头记序》里就说这部作品具有"一声也而两歌，一手也而二牍"的功能。这正是《红楼梦》的又一写作特点。

第三回写林黛玉刚进贾府时，王熙凤出场后拉着她的手细细打量了一番后对大家说：

> 天下真有这样标致的人物，我今儿才算见了！况且这通身的气派，竟不像老祖宗的外孙女儿，竟是个嫡亲的孙女，怨不得老祖宗天天口头心头一时不忘。只可怜我这妹妹这样命苦，怎么姑妈偏就去世了！

从王熙凤的这番话来说，它的正面目标当然是在称赞林黛玉的"标致"和那"通身的气派"，可是在这同时，她又立刻把林黛玉的这种天下难见的特质与贾母挂起钩来，这样一来，明处固然赞扬了林黛玉，而骨子里，却是对贾母的一个极好的奉承。同时不要忘记，在王熙凤说话的时候，贾氏的迎、探、惜三姐妹也是在座的。如果仅有"天下真有这样标致的人物，我今儿才算见了"这么一句话，那就大有让林黛玉压倒一切之势，也就是说她从来没有见到过有比林黛玉更"标致"的人儿了。这样一来，王熙凤为了赞扬一个新来的客人林黛玉，却同时得罪了三个在旁的小姑子，岂不是大大地失算了吗？而她却紧接着补添了一句，说林黛玉的气派"竟不像老祖宗的外孙女儿，竟是个嫡亲的孙女"，有了这么一句，王熙凤就不仅是间接奉承了"老祖宗"，而且也是在说三姐妹的好话，这样，任凭王熙凤在前头把林黛玉说得多好，三姐妹心里不但不会不高兴，而且会是乐洋洋的，也许在平时这位二嫂子还从没有这样称赞过她们呢。从这里我们可以看到，王熙凤这么短短几句话，出发点虽然都是在说林黛玉，而实际上却还说到了贾母和三姐妹，"一声两歌，一手二牍"还不足以概括它的神妙功能呢。

曹雪芹笔下的人物，能说这种多功能话语的人，不仅一个王熙凤，还大有人在。第三十五回薛宝钗对大家说："我来了这么几年，留神看起来，凤丫头凭她怎么巧，再巧不过老太太去。"这里正面是讨好贾母，实质又巧妙地奉承了王熙凤，可谓深谙"一声两歌"的壶奥，其功夫不在王熙凤之下。

以上是就曹雪芹笔下人物的语言技巧来说，其他如刻画人物、表述事件等等方面也常见有此种情况。举一个很简单的情节来说吧。宝玉挨打，众人来探伤后，书上有宝玉派丫鬟去给林黛玉送两条旧帕子一事，黛玉得了帕后，了悟于心，在帕子上挥泪题诗，它表示了宝、黛爱情从此进入了一个默契的阶段，过程虽很简单，意义却很重要。如果在一般作者笔下，随便派一个人去送帕子目的也就达到了，可是曹雪芹却不轻易放过这一差事，他特意让贾宝玉选派了晴雯去充当这一使者的角色，这样一来，赠帕一事，就不仅表示了宝、黛二人之间的关系发展的新阶段，而且反映了黛玉、晴雯之间的某种特殊关系，后文"痴公子杜撰芙蓉诔"时，宝玉对黛玉说"况你平日又待他甚厚"也就有了依据了。附带一笔，如果再联系到宝玉在派遣晴雯送帕之前曾有意打发袭人去宝钗处借书一事来读，则更加勾画出了一幅内容广泛的人物关系图，具有更深刻的意义。

送帕一事，情节及其过程极其简单，但内涵却很丰富，体现了曹雪芹"一手也而二牍"的写作特点，我们正可以从这里体味出又一种有关《红楼梦》的读法来。

"闲笔"不闲

《红楼梦》第七回写周瑞家的为薛姨妈给姑娘们送宫花,给了迎春、探春之后,来到那屋里的惜春处时,书上有这么一句:

只见惜春正同水月庵的小姑子智能儿一处顽耍呢。

针对这句话,"甲戌本"有一句眉批说:

闲闲一笔,却将后半部线索提动。

送宫花的整段文字,重点在写林黛玉的性格以及从侧面写王熙凤的腐烂私生活。贾氏三姐妹只是陪写,至于惜春在和别人玩耍,正如迎春、探春的在下棋一样,更是附带的"闲笔"。但是,作者在写到和惜春一起玩耍的人时,却特别点出是"水月庵的小姑子智能儿",不是和其他任何人玩耍,而单单是和尼庵的"小姑子"玩耍。这就为八十回后惜春的出家埋下了一条重要线索,预示了惜春所独有的性格意趣,所以在表面文字上,这只是"闲闲一笔",但在人物的个性及其归宿上却是极重要的一笔,所以脂砚斋才会写下上面这样的一条批语,这是深知曹雪芹笔法三昧的。

自然,《红楼梦》里的这种笔法又绝不仅此一处,而其作用也各有不同。初读起来似觉"闲闲",实际上却无比重要。

一处"闲笔",有时可以引出一大段重要的故事情节。秦可卿死讯传出之后,众人齐奔宁国府,书上写到贾宝玉在秦氏灵前痛哭一番之后,然后去见尤氏。

谁知尤氏正犯了胃疼旧疾,睡在床上。

初看起来，这自然也是顺便带出的"闲闲一笔"，因为它和前后文字都没有什么直接关联，是孤零零的一笔。然而正因有这一笔让尤氏因"病"卧床，才得以有后面"王熙凤协理宁国府"这一大段充分显示王熙凤才能及其性格的文字。如果尤氏体健，治理这场丧事就轮不到王熙凤了，因为尤氏也是一把好手。试看后面"死金丹独艳理亲丧"一回，贾敬之死，贾珍父子因国丧在外，不就是尤氏一人料理的吗？

　　一处"闲笔"，有时可以揭出一件重大事情的底蕴。"金玉良缘"与"木石前盟"是《红楼梦》里两种尖锐对立的姻缘。这"金玉良缘"究竟因何而起，又为何能最后实现呢？许多读者可能一下子是回答不出来的。原来在第二十八回写到薛宝钗看见宝、黛二人在一起说话，有意装着没看见，在描写薛宝钗的心理活动时，夹叙了这么一句：

> 薛宝钗因往日母亲对王夫人等曾提过"金锁是个和尚给的，等日后有玉的方可结为婚姻"等语……

　　原来"金玉良缘"之说能够在贾府得以四面传播并且终成事实，竟是薛姨妈亲口说出并和王夫人等早已议定好的，这是多么重要的一件事，又本来该有多少内容可记叙啊！然而这一切在书上都不可见，只是作者在这种场合似乎很不经意地带了一笔出来，可这一笔又是多么的重要。

　　《红楼梦》里的"闲笔"有时又不仅是三言两语或几句话，而是有大段大段的"闲"语。第十六回王熙凤、贾琏与赵嬷嬷的聊天就是属于这样的"闲"语。因为这一回的回目正题是"贾元春才选凤藻宫，秦鲸卿夭逝黄泉路"，它说的是元春晋升和秦钟病死两件事，而写凤、琏、赵三人说话的两三千字显然和回目正题没有直接的关系，同时它又是以"闲"聊天的形式出现，因此也是属于"闲笔"。但这长达几千字甚至连正题的叙述文字也挤剩得寥寥无几了的"闲笔"，我们可千万别等"闲"视之，它可是大有文章哩。里面"闲"聊到的如"宫里嫔妃才人等皆是入宫多年，抛弃父母音容……想父母在家，若只管思念儿女，竟不能见，倘因此成痴致病，甚至死亡"；江南甄家"四次接驾"；贾府"只预备接驾一次，把银子都花的淌海水似的"；"只不过是拿着皇帝家的银子往皇帝身上使罢了！谁家有那些钱买这个虚热闹去"；等等，它们在作品的思想意义、作品产生的时代背景、作家的家世等方面，都蕴含有许多重要的意义在内，是千万不能轻易放过的。

总之，在《红楼梦》里，"闲笔"不少，但"闲笔"不闲。掌握了"闲笔"的真正意义，对理解作品是大有好处的。

"点睛"之笔

南朝梁画家张僧繇"画龙点睛"的传说人人皆知，虽然它不可能是事实，但却说出了文艺创作中的一种重要现象：在关键性地方用一二笔点明要旨，就可以使作品气韵生动，全面皆活。

绘画是如此，诗文小说的创作也是如此。《红楼梦》中也常用到。

贾宝玉是全书的正面主角，但作者却通过书中许多人物之口，给他加上了种种带贬义的称号和评语，如"混世魔王""孽障""无事忙""富贵闲人"以及"有天没日""疯疯癫癫""呆气""色鬼"等等，正如"脂批"所说的"通部中笔笔贬宝玉，语语谤宝玉"。然而全书中却也有那么一处竟对宝玉说了两句赞语，那就是贾宝玉在神游太虚幻境时，通过警幻仙姑的感觉，认为他"天分高明，性情颖慧"。这两句八个字，和前面说到的种种谤语形成了鲜明的对照。这不大引人注意的两句话，正是作者对贾宝玉真正评价的"点睛"之笔。究其原因，乃是一切所有之谤语，都是出自书中凡夫俗子之口，而单独的一处赞语，作者却选择了"司人间之风情月债，掌尘世之女怨男痴"的仙姑之口，这就不是偶然的了。完全可以认为是作者故意通过这种安排来泄露其创作意图的天机。明乎此，我们也就会懂得，第三回宝玉出场时，作者为他写的两首几乎句句是谤语的《西江月》词，也是模拟世人之口来说的，并非作者的真正本意。

《红楼梦》中"点睛"之笔的出现，当然不可能处处都借警幻仙姑之口来表达，如果这样，就会变得索然无味，也不成其为"点睛"之笔了。究竟如何判别它是否"点睛"之语以及以何种形式出现，很难一言以蔽之，作者往往是根据不同的情况而采取不同的方式，绝不会雷同重复。要得出正确的判断，还是用得上作者的一句老话："细按则深有趣味"。

我们再举一个薛宝钗对于自己婚事的态度问题来说吧。宝、黛相爱，而且还常为此吵闹啼哭，这是大家都知道的。那么，薛宝钗呢？她似乎与林黛玉的情况有很大的不同，在宝、钗之间，从来不见有"意绵绵静日玉生香"之类的亲密情意，也没有为儿女私情之事大吵大闹过，至于薛宝钗因常讲"混帐话"而遭到宝玉的难堪待遇倒是有的。而且书上还明明写着：

> 薛宝钗因往日母亲对王夫人等曾提过"金锁是个和尚给的，等日后有玉的方可结为婚姻"等语，所以总远着宝玉。昨儿见元春所赐的东西，独他与宝玉一样，心里越发没意思起来。幸亏宝玉被一个林黛玉缠绵住了，心里念念只记挂着林黛玉，并不理论这事。

也就是说，薛宝钗在行动上是有意要"远着宝玉"，在心理上则"幸亏"宝玉被林黛玉缠绵住了，对此她并"不理论"，总之，她自己并没有问鼎宝二奶奶宝座的意向。正因为如此，所以有些论者在谈到薛宝钗的婚事时就认为，薛宝钗只是按一个大家闺秀的礼训，遵从了"父母之命，媒妁之言"而嫁给贾宝玉的，她自己并无觊觎之心。果真如此吗？其实不然。作者的确写了一些情事，造成了一个表象，似乎她并无意于贾宝玉，然而作者除了写了她一些不易为人察觉的诡秘行动之外，还特别写到了一件事情。那是在第三十四回，因贾宝玉挨父亲的毒打，薛宝钗去探伤时，听袭人无意中说到这次挨打的起因是薛蟠拨弄是非的结果。她回去后和薛蟠过不去，在争吵的过程中，薛蟠于气急败坏之时说了这么一段话：

> 好妹妹，你不用和我闹，我早知道你的心了。从先妈和我说，你这金要拣有玉的才可正配，你留了心，见宝玉有那劳什骨子，你自然如今行动护着他。

这正是一段"点睛"之笔，它点到了"你的心"——薛宝钗的心坎深处去了。为什么？因为"金玉"之说，乃是薛氏的心事和秘密，轻易不能向外泄露的，各人的心事大家也是心照不宣。即使是薛呆子，在一般情况下，也绝不会把这事直通通地端出来。可今天却为宝玉挨打而冤到他头上，他百口莫辩，根本说不过他母亲，尤其是薛宝钗。于是在"早已急的乱跳""急的眼似铜铃一般"的情况下，为了堵薛宝钗的嘴，他"未曾想话之轻重"，才捅出上面这一段话来。唯其如此，这话出自心直口快的薛蟠之口，又是在他受了委屈的情况下说的，因而才特别真实可信，所以说它是可贵的"点睛"之笔。薛宝钗因此在当时就"气怔"了，过后又从未有过的"到房里整哭了一夜",也正好说明这话是点到"你的心"上去了。

除此之外,其他如焦大的醉后大骂,林黛玉说薛宝钗的"他在别的上还有限,惟有这些人带的东西上越发留心";柳湘莲说的"你们东府里除了那两个石头狮子干净,只怕连猫儿狗儿都不干净";探春在抄检大观园后关于"一个个不像乌眼鸡,恨不得你吃了我,我吃了你"的谈话;等等,都是"点睛"之笔。我们能把握住这些独特的笔法,就能在《红楼梦》变化万千的写作手法中捕捉到作者对许多人物和事件的真正态度,是帮助读者真正读懂《红楼梦》的重要一环。因此值得好好玩味。

后四十回、续书及其他

我们以上所写诸篇，都是就前八十回的内容来写的，并未涉及后四十回，道理很简单，因为前后两部分并非出自一人之手，它们的创作思想及艺术效果自然也不可能一致。后四十回比之前八十回，其优劣妍媸是十分明显的，相互之间矛盾、抵牾之处也实在不少，所以我们不能把它们作为一个有机整体来论说。

不过这只是问题的一个方面，在这同时，我们也不能不注意到另一个方面的事实，即《红楼梦》的长期广泛流传，乃是以一百二十回的结构出现的。也就是说，后四十回在相当长的时间里是得到广大读者的承认的，甚至可以说，前八十回的得以传播，后四十回是有它的一份功劳的。这种情况并不仅仅因为读者存在爱看完整故事的习惯心理，而主要说明后四十回有某些可与前八十回相贯通之处。

首先，在大的故事情节上，它基本上保持了一个悲剧的结局。虽然后面写到了兰桂齐芳，没有完全达到"白茫茫大地真干净"的境地，但也只是"结末又稍振"（鲁迅《中国小说史略》），原来那"钟鸣鼎食""翕蔚洇润"的富贵气象已荡然无存了。

其次，与此相联系的是，书中的一些人物，尤其是书中的主要人物宝、黛、钗、凤这四根大梁，均落得悲剧的下场：宝玉出家、黛玉惨死、宝钗独守空房、熙凤"哭向金陵"。这种结局是符合作者原来的艺术构思的。它也是形成百二十回本《红楼梦》悲剧气氛的主要因素。

另外，它的某些章回，如"薛宝钗出阁成大礼，林黛玉焚稿断痴情"，写得还是不错的，有一定的感人力量，在艺术构思上，与前八十回中的"滴翠亭杨妃戏彩蝶，埋香冢飞燕泣残红"不无相通之处。贾府被抄家的场面也写得生动逼真，甚至可以当作颇为难得的史料，这样写，还是需要有一定的胆量的。

正是因为有上面的原因，后四十回能与前八十回一起流传才不是偶然的吧。

说它不是偶然的，还可以从《红楼梦》的一些续书的情况得到进一步的启示。自《红楼梦》产生之后，由于它的巨大影响，于是写续书者纷纷而起，从乾、嘉以来，直至清末民初，都未停息过。今天所知道的如《后红楼梦》《续红楼梦》《绮楼重梦》《红楼复梦》《红楼圆梦》《红楼梦补》《补红楼梦》《增补红楼梦》《红楼幻梦》《红楼梦影》《新石头记》《红楼真梦》等等，不下二十余种。续书数量之多，续写时间之长，可以说都是空前的。然而它们的命运大体上都是昙花一现，未能获得读者的认可。究其原因，首先是这些续书的意旨和原著大相径庭。它们尽管五花八门，却万变不离其宗，都想把原著的大悲剧改成一个团圆的大喜剧。正如鲁迅先生所概括的，这些书的内容，"非借尸还魂，即冥中另配，必令生旦当场团圆，才肯罢手"（《论睁眼看》）。这类作品，已经无法"续"后四十回之"尾"，遑论前八十回之"貂"乎？但由此也可看出，后四十回的意趣比之同时代人是大大高出一筹的。因此，它才能与前八十回并传。

曹雪芹是他的时代最伟大的作家，和其他作家比起来，有如敦敏诗所说的，"可知野鹤在鸡群"。从这一点来说，后四十回能达到这样一个水平，足以与前八十回一起长期流传，就是很不容易的了，虽然我们今天可以挑出它许多这样那样的毛病和谬误来。

由于时代的进步，今天的作者自然会有许多地方超过曹雪芹，但他们是无论如何也续不好《红楼梦》的。因为如果续得不好，那就成了不值钱的"狗尾"，如果续得超水平，那也只是当代文字，而与曹雪芹的《红楼梦》无关。曹雪芹和《红楼梦》只能产生在产生曹雪芹和《红楼梦》的特定时代。今天的时代不可能产生那样的曹雪芹，又何必去续写（或者改写）只有曹雪芹才能写而且尚未写完的《红楼梦》呢？

后四十回的成书过程十分复杂，至今还没有足够的材料来说清它的本来面目。程伟元的《红楼梦序》说他是在搜集到许多旧稿的基础上"乃同友人细加厘剔，截长补短，抄成全部"的。我们并没有什么充分的理由来说明程伟元说的是假话。从"脂批"所提供的线索可知，八十回后曹雪芹是写有稿子的，甚至已经基本完成，这从"脂批"提到八十回后的一些故事情节和书末的"情榜"可证。既然如此，那么，在程高的后四十回中掺有某些原著的成分，也就完全是可能的。如果说，在后四十回中还有某些不无可取之处的话，也许是和这种情况有很大关系的。

与此有关的一个问题是，目前流行的说法是把"脂批"的本子和程高刻本作为两个系统来看待，而把它们之间的不同文字全看作是程伟元、高鹗篡改的结果，而对程、高系统的本子持贬抑的态度。这种说法似乎还有某些值得商议的地方。诚然，当程、高在对后四十回"细加厘剔，截长补短"的时候，同时也对前八十回在文字上做某些删改，这是完全可能的。这样的结果，当然在一些地方不免会有损原著的意义。但是，我们却没有理由认为凡是程、高本与现存"脂批"本不同之处，皆是程、高删改的结果。因为在程、高之时，他们能看到的"脂批"本子肯定比我们现在能看到的多得多，程伟元、高鹗在《红楼梦引言》中说道："书中前八十回抄本，各家互异；今广集核勘，准情酌理，补遗订讹。其间或有增损数字处，意在便于批阅，非敢争胜前人也。"又说："是书沿传既久，坊间缮本及诸家所藏秘稿，繁简歧出，前后错见。即如六十七回，此有彼无，题同文异，燕石莫辨。兹惟择其情理较协者，取为定本。"由此可见，当时的抄本、"秘稿"很多，而程、高又做过"广集核勘"的收集、校勘工作，他们看到的肯定比今天能看到的多得多。比如非常重要的"甲戌本"，我们今天只能看到十六回，而程、高就完全可以得窥全豹，更何况还有许多我们连一字一句都未曾得见的"诸家所藏秘稿"呢。在这种情形下，程高系统本和今天我们能看见的"脂批"本存有一些文字上的歧异，怎么就不可能是我们并未见过的抄本上的文字呢？如果不加分析，一概把它们说成是程、高篡改的结果，那显然是一种武断而又不科学的做法。要知道，现在能看到的"脂批"本之间不也有许多字、语句以至大段落故事情节的不同吗？

后　　记

　　《红楼寻味》一书由我的两本旧著组成。一本是《红楼梦新探》，由广东人民出版社 1987 年 5 月出版。另一本是《漫步大观园》，最初由香港中华书局 1987 年 10 月出版，台湾远流出版事业股份有限公司于 1988 年 7 月再版，江苏古籍出版社又于 1992 年 1 月再出版一次。三处都曾多次印刷，销路尚佳。

　　"红学"的范围颇为广泛，五花八门，什么都有，显得非常驳杂。窃以为就其核心来说，应该是着力于对《红楼梦》文本的研究，离开这个核心，其他的研究就会失去意义。广大读者对"红学"的喜爱也正是着眼于作品本身，其中道理不言自明。

　　本书正是紧扣这个核心进行了一番研究和探索，它涉及《红楼梦》内容的方方面面，希望引起广大读者的兴趣和关注，更期盼与研究者们起到切磋与交流的作用。

　　以上两书的初次出版，都在 20 世纪 80 年代中期，距今已经 30 多年了。常有读者和朋友来求索，都无法满足他们的要求。今得中山大学出版社合并出版，自是一件大好事。

曾扬华
2018 年金秋 10 月
于康乐园